Sarit Yishai-Levi

Das Meeresblau von Tel Aviv

aufbau

SARIT YISHAI-LEVI

Das Meeresblau von Tel Aviv

ROMAN

Aus dem Hebräischen
von Ruth Achlama

aufbau

Die Originalausgabe unter dem Titel
Isha Me-Ever La-Yam
erschien 2019 bei Modan Publishing House, Jerusalem.

Für meine Mutter

MIX
Papier aus verantwortungsvollen Quellen
FSC® C083411

ISBN 978-3-351-03822-9

Aufbau ist eine Marke der Aufbau Verlag GmbH & Co. KG

1. Auflage 2021

Published by agreement with The Institute for the Translation
of Hebrew Literature
Einbandgestaltung zero-media.net, München
Satz LVD GmbH, Berlin
Druck und Binden CPI books GmbH, Leck, Germany
Printed in Germany

www.aufbau-verlag.de

Gab es Qualen – sie segelten zu dir,
Mein weißes Segel in dein Dunkel
Lass mich gehen lass mich gehen zu knien
am Strand des Vergebens.

Aus: *Selichot* von Lea Goldberg

Elija

Bis zu den Augen eingemummelt in zwei Pullover, Schafswollmantel, Schal und Mütze, flüchtete ich vor der schneidenden Kälte in die warme Stube eines Eck-Cafés namens Lit de Revière. Kleine Kerzen brannten auf den spärlich besetzten Tischen. Bei der eisigen Kälte draußen waren nur Leute ausgegangen, die vor Einsamkeit schier erstickten. Im Café war es wohlig warm. Ich setzte mich an einen Fenstertisch, und den Mantel mit Schal, Mütze und Handschuhen hängte ich nicht, wie ortsüblich, an die Garderobe am Eingang, sondern stapelte alles samt den Pullovern auf dem freien Stuhl neben mir.

Obwohl mitten im Quartier Latin gelegen, zog das kleine Lit de Revière mit seiner einfachen französischen Küche kaum Touristen an, sondern fungierte eher als Nachbarschaftstreff. Auch ohne Speisekarte wusste ich, was ich bestellen wollte: »Croque Madame« – zwei Scheiben Toastbrot mit je einer Scheibe Käse und Kochschinken dazwischen, überbacken und mit einem Spiegelei garniert. Dazu orderte ich ein Glas Rotwein. Der Wein kam sofort, während der Croque Madame auf sich warten ließ. Unterdessen konnte ich es mir auf dem Polsterstuhl gemütlich machen, aus dem Fenster schauen und mich zum tausendsten Mal fragen: Was zum Teufel tue ich wieder in Paris? Warum sitze ich in dem Café, wo mein Leben einst einen anderen Lauf genommen hat? Warum haben mich meine Füße an den Ort zurückgetragen, an dem mir damals das Herz in tausend Stücke brach? Was suche ich hier? Die Antworten kenne ich ja, Ari hat sie mir gegeben, ohne eine einzige Frage zu übergehen, und mir dann das Messer eingerammt und es gedreht, bis aufs Blut.

»Es ist besser so«, hatte er damals gesagt. Die ganze Wahrheit auf den Tisch, ohne Lügen und Ausflüchte, ohne etwas rechtfertigen oder entschuldigen zu wollen, ein gezielter Schlag ins Gesicht, ins Herz, in die Magengrube. Er liebe mich nicht mehr, sagte er kalt lächelnd, er habe sich in eine andere verknallt, eine Pariserin, *petite*, kastanienbraunes Haar, grüne Augen. Er musste sie auch noch genau beschreiben, als wäre ich dieser Hurentochter noch nie begegnet.

Ihretwegen war er endgültig nach Paris gezogen, ihretwegen hatte er mich wochenlang nicht mehr angerufen, hatte gelogen, er wohne in einem billigen Hotel ohne Telefon im Zimmer. Ihretwegen konnte ich an den Fingern einer Hand abzählen, wie oft wir miteinander schliefen, wenn er in den letzten Monaten mal in Israel war. Ihretwegen sog er vor dem Einschlafen nicht mehr an meinen Nippeln, sondern kehrte mir den Rücken zu mit der Behauptung, er sei müde, nervös, kaputt.

Vor genau einem Jahr hatte ich ihm hier im Lit de Revière gegenübergesessen, und schon damals dämmerte mir, dass etwas Schreckliches passierte, dass mein Leben nicht mehr so sein würde wie zuvor. Es zog mich hinab, als entrinne mir das Leben, und ich fragte mich, ob es sich so anfühlte, wenn man starb. Ich starrte Ari an, hörte nicht seine Stimme, roch nicht seinen gewohnten Duft – Rasierwasser mit Zigarettenrauch –, sah nicht mal seinen kleinen, schlanken Körper, sein volles, braunes Haar oder seine schmalen, dunklen Augen. Ich sah nur die Bewegung seiner Lippen – bis er aufsprang, mir flüchtig die Wangen küsste, einen Geldschein auf den Tisch legte und verschwand.

Ich blieb wie versteinert sitzen, bemüht, die Worte zu erfassen, die er mir an den Kopf geworfen hatte: Er liebt mich nicht, er liebt eine andere, eine Pariserin, *petite*, mit großen Augen und kleinen Brüsten. Und was nun? Ich war doch nach Paris gekommen, um mit meinem geliebten Mann zusammen zu sein. Hatte ihn überraschen wollen, und nun hatte er mich überrascht.

Im letzten Jahr unseres Zusammenlebens war Ari oft nach Paris gereist. Ich wollte mitfahren, meinen Liebsten in die romantischste Stadt der Welt begleiten, träumte davon, mit ihm auf den Spuren meiner amerikanischen Lieblingsschriftsteller, Ernest Hemingway und F. Scott Fitzgerald, zu wandeln, die nach dem Ersten Weltkrieg in Paris gelebt und geschrieben hatten, wollte die Häuser finden, in denen sie einst wohnten, dieselben Cafés aufsuchen, um dort *Wem die Stunde schlägt* und *Der große Gatsby* zu lesen. Ich lag ihm so lange in den Ohren, bis er mich schließlich mitkommen ließ, unter der Bedingung, dass mein Vater das Flugticket bezahlte.

»Damit du dir keine Illusionen machst: Du kommst jetzt nicht jedes Mal mit, wenn ich nach Paris fliege«, warnte er, doch ich wollte unbedingt mitreisen.

Schon am Flughafen spürte ich Fremdheit zwischen uns. Mein Mann war distanziert und in sich gekehrt, und kaum hatte das Flugzeug vom Boden abgehoben, schlief er ein, den Kopf an die Lehne und nicht, wie sonst, an meine Schulter gelehnt. Ich schmiegte mich an ihn, legte den Kopf an seine Schulter, aber er rückte unwillig ab.

Vom Flughafen fuhren wir mit der Bahn ins Quartier Latin. Ich war hingerissen: Der Boulevard Saint-Germain mit seinen edlen Modeboutiquen war so elegant und so anders als die Tel Aviver Dizengoff-Straße, die ich bisher für den Nabel der Welt gehalten hatte. Ari ging schnell, trug unser Gepäck, und ich blieb zurück.

»Wo rennst du denn hin«, fragte ich atemlos.

Er ignorierte meine Frage und verlangsamte nicht. Wir überquerten den Boulevard Saint-Germain zum Café Les Deux Magots, das voller amerikanischer Touristen war, und gingen die Rue Bonaparte zur Rue Jacob, wo wir an einem Eck-Café haltmachten, dessen Name auf einem unauffälligen, kleinen Schild stand: Lit de Revière.

»Warte hier im Café auf mich, ich bin gleich zurück«, sagte er und verschwand in der Hausnummer 40. Ich blieb ratlos auf der Straße stehen, war gerade erst in Paris gelandet, zum ersten Mal im Ausland, in einem fremden Land, dessen Sprache ich nicht sprach. Kalter Schweiß lief mir über den Rücken, aber schnell raffte ich mich auf und hastete ihm nach, ehe er mir die Haustür vor der Nase zuknallte.

»Ich hatte dich gebeten, im Café auf mich zu warten«, fauchte er genervt.

»Du lässt mich nicht allein, keinen Augenblick«, gab ich zurück, »ich kenne hier niemanden, hab Angst allein.«

»Na was, bist du ein kleines Mädchen? Warte fünf Minuten auf mich, ich bin gleich zurück.«

»Wo gehst du denn hin? Was ist das für ein Haus?«

»Hier wohne ich«, sagte er, »ich geh nur schnell rauf, den Koffer abstellen. Warum kannst du nicht im Café warten?«

»Ich warte nicht im Café. Wenn der Kellner mich fragt, was ich trinken möchte, weiß ich nicht, was ich antworten soll, ich weiß ja nicht mal, wie man Kaffee auf Französisch sagt.«

Ari verzog das Gesicht und erklärte ungeduldig: »Kaffee ist Kaffee, auch auf Französisch.« Doch er kapierte wohl, dass seine Frau, die gewöhnlich alles tat, was er wollte, diesmal nicht lockerlassen würde. Er stieg die schmale Wendeltreppe hinauf, den Koffer auf dem Kopf haltend, und ich folgte ihm. Im fünften Stock angelangt, zog Ari einen Schlüssel heraus, schloss die Tür auf, und zu meiner Überraschung war es kein billiges Hotelzimmer, wie ich erwartet hatte, sondern eine kleine Wohnung. Im Wohnzimmer nahm ein olivgrünes Sofa viel Raum ein, auf dem Holzboden lagen zwei große Futons und daneben, ebenfalls auf dem Boden ein Plattenspieler und ein Stapel Schallplatten. Über dem Sofa hing ein Riesenposter von »Dick und Doof« inmitten aufgemalter Ranken, die die ganze Wand in Schwarz-, Türkis- und Grünschattierungen überzogen. Vom Wohnzimmer führten zwei Türen in weitere Räume. Ari öffnete die eine, zu einem Zimmer mit einem raumfüllenden Doppelbett. Die Schreibmaschine daneben erkannte ich sofort als Aris Hermes Baby.

»Etwas eng«, sagte ich.

»Mehr gibt's nicht«, erwiderte er lakonisch, »ist ja ohnehin nur für ein paar Tage, bis du wieder nach Hause fährst.«

Mir blieb die Luft weg: Er wollte mir bloß ein paar Tage widmen? Wer flog denn nur für ein paar Tage ins Ausland? Wer gab ein Vermögen für einen Flug in ein fernes Land aus, um nur wenige Tage zu bleiben?

Wird schon werden, tröstete ich mich. Schließlich hatte ich mich so danach gesehnt, mit Ari in einem fernen Bett zu kuscheln, und sein enges Zimmer lag in der Rue Jacob, in der einst Ernest Hemingway gewohnt hatte. Schlagartig besserte sich meine Laune, inspiriert allein durch das Wissen, auf Hemingways Spuren zu wandeln, in seinem Stammcafé gegenüber sitzen zu können.

»Ich hoffe, du nutzt und genießt deine Tage in Paris«, sagte Ari weicher, und ich verfiel erneut dem Bann seiner schönen Worte, merkte gar nicht, dass er von mir, nicht von uns, sprach, hinterfragte nichts. Ich eilte zu ihm, in seine Arme, ignorierte, dass mein Körper weich und anschmiegsam war, seiner jedoch steif, fast widerstrebend.

Seine Distanziertheit dauerte auch nachts an. Er blieb lange im Wohnzimmer, tippte auf seiner Schreibmaschine, rauchte wie ein Schlot. Ich saß neben ihm auf dem Sofa, rollte ihm seine Joints, und er bot mir hin und wieder einen Zug an, hauchte mir den kräuselnden Rauch jedoch nicht, wie sonst, in den Mund, und mir dämmerte, dass er mich seit unserer Ankunft kein einziges Mal geküsst hatte. Es wurde immer später, und Müdigkeit überkam mich. »Ari, komm ins Bett«, sagte ich lockend, fast bettelnd, »ich sehne mich nach dir.« Er erwiderte ungerührt: »Geh du, ich komm bald nach.« Er kam nicht. In seinem fremden Bett machte mich das monotone Klappern der Schreibmaschine schier verrückt, und als es endlich abbrach, hörte ich sein Atmen und Schnaufen, hörte ihn husten und schließlich schnarchen. Statt mich, wie erträumt, in die Arme zu nehmen und die ganze Nacht zu lieben, war er im Wohnzimmer eingeschlafen.

Während Ari, wie gewohnt, erst nachmittags aufstand, wachte ich wie immer am frühen Morgen auf. Gelangweilt streifte ich durch die kleine Wohnung, versuchte die Tür zum anderen Zimmer aufzumachen, aber sie war abgeschlossen. Ich studierte wieder die aufgemalten Ranken um das Poster von Dick und Doof, sah die Plattensammlung durch. Ich hätte gern eine Platte aufgelegt, fürchtete jedoch, Ari zu wecken. Im Regal fand ich ein paar Bücher, alle auf Französisch. Ich wollte Kaffee, wollte ein Croissant. Ehrlich gesagt hatte ich die ganze Reise nach Paris von Kaffee und Croissant geträumt. In dem kleinen Kühlschrank fand ich eine geöffnete Flasche Weißwein und ein umwerfend stinkendes

Stück Käse: Warum in drei Teufels Namen hob er verdorbenen Käse im Kühlschrank auf. Daneben fand ich ein Schraubglas, dessen Inhalt ich für Weißkäse hielt. Ich probierte ein wenig und spuckte es sofort aus: Es war Gesichtscreme. Meine Mutter sagte immer, mein Stöbern würde mich letzten Endes umbringen, aber was sie nicht wusste und ich seinerzeit auch noch nicht: Die Creme war der erste einer Reihe von Hinweisen, die mich schließlich dazu bringen sollten, mich allein in dem Pariser Café, unterhalb Aris Wohnung, wiederzufinden.

Mit der Zeit wuchs meine Langeweile und vor allem mein Hunger. Mein Gott, dachte ich, ich bin in Paris, der romantischsten Stadt der Welt, habe Jahre davon geträumt, einmal dort zu sein, und statt durch die Straßen zu flanieren, in Cafés zu sitzen, Museen zu besichtigen, Spuren der Schriftsteller der Lost Generation zu suchen, stecke ich in dieser Mini-Wohnung mit leerem Kühlschrank und einem Ehemann, dem es gar nicht einfällt, einmal früher als sonst aufzustehen, um mir Paris zu zeigen.

Ich versuchte, die Kaffeemaschine in Gang zu kriegen, aber vergebens. Hungrig und durstig streifte ich durch die Wohnung, wartete, dass Ari aufwachte. Natürlich kam ich gar nicht auf die Idee, ihn zu wecken. Mein Gott, was hatte ich damals eine Angst vor ihm, ohne es überhaupt zu merken.

Ich blickte aus dem Fenster. Von oben sah ich über die schönen Dächer von Paris. Das Café unten war vollbesetzt, lachende Stimmen schallten herauf. An den wenigen Tischen auf dem Trottoir saßen Gäste bei *café au lait* und Croissants. Leute gingen einzeln oder paarweise die kleine Straße entlang. Ich wollte auch dort flanieren und dann in den wunderhübschen, breiten Boulevard einbiegen, den ich noch nicht richtig genossen hatte, wollte das Deux Magots, an dem wir am Vortag vorbeigekommen waren, aus der Nähe sehen, aber meine Füße waren wie am Boden festgenagelt. Meine Seele wollte davonfliegen, doch mein Körper sank plump und lahm auf den Stuhl am Fenster, auf dem ich tatenlos sitzen blieb. Wie abhängig ich damals war, wie nachgiebig, wie elend.

Als Ari endlich aufwachte, sagte er nicht mal Guten Morgen. Er war verdrossen, wie immer beim Aufstehen, und sagte, er würde auf einen Kaffee runtergehen. Obwohl er mich nicht zum Mitkommen eingeladen hatte, tappte ich ihm nach. Er fragte auch nicht, was ich in all den Stunden gemacht hätte, doch das überraschte mich nicht. Nach dem Kaffee gingen wir schnell heim, und Ari hackte sofort wieder auf seine Hermes Baby ein.

»Ari«, sagte ich tapfer, »das ist mein erstes Mal im Ausland, ich möchte schrecklich gern was von Paris sehen.«

»Na und?«, antwortete er. »Geh die Treppen runter, und du bist mitten in Paris.«

»Ich kenne hier nichts, warum machst du keinen Spaziergang mit mir? Allein verirre ich mich. Du weißt doch, dass ich kein Wort Französisch kann.«

Schließlich fand er sich bereit, mich in die Buchhandlung Shakespeare and Company am Seine-Ufer mitzunehmen.

Aufgeregt über seine unerwartete Geste und den Besuch in dem berühmten Laden, machte ich mich zurecht wie eine Französin, um ihm zu gefallen. Ich legte einen Schal um den Hals, malte mir die Lippen rot an und fasste das Haar zu einem Pferdeschwanz zusammen. Er würdigte mein Äußeres keines Blickes, nicht mal die blutroten Lippen.

In der Buchhandlung stand ich überwältigt vor den randvollen Bücherwänden. Kunden drängten sich zu Dutzenden zwischen den Regalen und in den kleinen Nebenräumen und studierten Bücher. Hier und da hingen Fotos des ursprünglichen Geschäfts, das, wie ich wusste, in der Rue de l'Odéon gewesen war, bevor es hier am Seine-Ufer, gegenüber der Kathedrale Notre Dame, neugegründet wurde. Ari streifte durch die Räume, und ich folgte ihm, doch statt angesichts der Bücherberge in Begeisterung zu geraten wie ein kleines Mädchen im Spielwarenladen, fühlte ich mich verloren. In den Räumen voller Bücher, Menschen und Staub bekam ich Platzangst.

»Lass uns gehen«, bat ich Ari, »ich ersticke hier.«

»Dann geh doch, und hier, nimm.« Er streckte mir einen schweren Schlüssel hin.

»Was ist das?«

»Das ist der Wohnungsschlüssel, ich komm heute Abend nicht zurück, übernachte hier. Warte nicht auf mich.«

»Hier?«

»Da«, er deutete auf eine Holzpritsche hinter einem Vorhang.

»Was soll das heißen? Wieso schläfst du im Laden?«

»Das ist so abgemacht«, antwortete er, ohne mich anzusehen, »dafür wische ich morgen Staub oder sitze an der Kasse.«

»Und ich?«

»Du machst, was du willst.«

Ich hatte einen Kloß im Hals. Ari war dabei, mich zu verlassen, allein in einer fremden Stadt, und diesmal nicht nur für ein paar Minuten. Er kehrte mir den Rücken, und ich eilte ihm nach, doch er schob sich zwischen die Kunden im Erdgeschoss und entschwand aus meiner Sicht, war wie vom Erdboden verschluckt. Nun stand ich draußen, gegenüber der Kathedrale Notre Dame, blickte auf eines der Pariser Wahrzeichen und fühlte mich hilflos. Was sollte ich bloß machen, wo mein teurer Ehemann mich behandelte wie eine Fremde, die sich ihm an den Hals geworfen hatte? Ich kehrte der Buchhandlung den Rücken und ging los, um mich im Quartier Latin zu verlieren. Zum Glück wusste ich Aris Adresse. Da ich jede Einzelheit aus Ernest Hemingways Leben kannte, erinnerte ich mich auch an den Namen der Straße, in der er in Paris gewohnt hatte. Und so, mithilfe reichlich unhöflicher Pariser, die ich in einem Mischmasch aus Englisch und französischen Brocken ansprach, erreichte ich die Rue Jacob und Aris Wohnung.

Dort warf ich mich tief enttäuscht aufs Sofa, fragte mich, wie viel ich noch von Ari einstecken könnte, wie oft er mich noch kränken würde. Rastlos begann ich, die Wohnung zu durchstreifen und in Aris Sachen zu kramen. Außer Feuerzeugen und Stapeln von Papier, die mit seiner engen, schwer leserlichen Handschrift beschrieben waren, fand ich nichts Interessantes oder Belastendes. Ich rüttelte erneut an der Tür zu dem verschlossenen Zimmer, aber vergeblich. Dann suchte ich die Küchenschränke ab, den Mülleimer unter der Spüle, entdeckte darin ein Baguette und zog es hastig heraus. »Man wirft kein Brot weg«, hörte ich meine Großmutter Sarina sagen, »Brot, das, behüte, zu Boden gefallen ist, hebt man auf, gibt ihm einen Kuss und legt es aufs Fenstersims für die Vögel, wirft es aber um Himmels Willen nicht in den Abfalleimer.« Es verblüffte mich, dass ich die Stimme meiner Großmutter so klar in Erinnerung hatte, ihr holpriges Hebräisch, gewürzt mit Ladino.

Eine Woge der Sehnsucht versetzte mich zurück in die Zeit, als ich ein kleines Mädchen war und samstags morgens an der Hand meines Vaters die Großeltern im Tel Aviver Stadtteil Newe Zedek besuchte. Und als hätte eine verborgene Hand den Damm gebrochen, begannen meine Tränen zu fließen. Ich weinte über meine Großeltern, die schon seit Jahren nicht mehr an meinem Leben teilnahmen, weinte über meinen Vater, der mir die Parisreise bezahlt hatte, obwohl er dagegen war, und sogar über Lily, meine Mutter, weinte ich. Sie war mir niemals eine richtige Mutter gewesen, hätte mich aber nie und nimmer in einer Buchhandlung in einer fremden Stadt alleingelassen. Auch über mich weinte ich und über Ari und unsere unglückliche, gescheiterte Ehe, über den Schmerz, den er mir zufügte und der mir zur zweiten Natur geworden war. Ich weinte und weinte, bis ich einschlief.

Ari kam in jener Nacht tatsächlich nicht zurück und auch nicht am nächsten Morgen. Ich hatte zwei Möglichkeiten: Allein in der Wohnung bleiben und mein Schicksal beweinen oder Ari in der Buchhandlung suchen. Ich entschied mich für Letzteres: Ging die Wendeltreppen runter zur Straße und dann Richtung Shakespeare and Company, um ihn dort ausfindig zu machen. Ich versuchte, den Weg des Vortags von der Rue Jacob wiederzufinden, aber vergebens. Stundenlang streifte ich durch die fremden Straßen, verirrte mich in malerischen Gassen, bis ich den Mut verlor. Vor lauter Fremdheit und Einsamkeit konnte ich den Zauber der Stadt nicht genießen. Müde und erschöpft vom sinnlosen Umherirren fand ich zurück zur Wohnung, doch an der Tür merkte ich, dass ich den schweren Schlüssel nicht mitgenommen hatte. Verzweifelt hämmerte ich mit den Fäusten an die Tür. Zu meiner Überraschung öffnete Ari und kehrte mir dann wortlos den Rücken. Ich folgte ihm zögernd hinein, wusste nicht, was tun, um seine schlechte Laune zu vertreiben: Sollte ich mich hinsetzen oder lieber stehen bleiben? Und wo? Mein Mund war trocken, ich hätte gern etwas gesagt, aber die Worte wollten mir nicht über die Lippen. Ari kam aus seinem Zimmer in den Wohnraum, sagte jedoch kein Wort. Die Spannung in der Luft wurde unerträglich.

Schließlich holte ich tief Luft und fragte: »Ari, was ist los?«

»Nichts ist los.«

»Warum redest du nicht mit mir?«

»Hab keine Lust zu reden, bin mit meinem Buch beschäftigt.«

»Was soll ich denn tun, wenn du mir abhandenkommst?«

»Nach Tel Aviv zurückfliegen.«

»Nach Tel Aviv zurückfliegen? Ich bin doch gerade erst angekommen?«

»Hatte dir doch gesagt, dass du hier nichts verloren hast.«

In diesem Moment kam eine kurzhaarige junge Frau aus dem verschlossenen Zimmer.

»Sehr angenehm«, sagte sie und küsste mich auf beide Wangen. »Ich bin Sophie, Aris Mitbewohnerin.« Ich war verblüfft. Ari hatte mir nicht erzählt, dass er die Wohnung mit jemandem teilte.

»Sehr angenehm«, murmelte ich und warf Ari einen fragenden Blick zu. Bei mir fiel der Groschen immer noch nicht. Wie naiv und dumm ich damals war. Ari ignorierte meinen Blick, setzte sich an die Schreibmaschine und haute in die Tasten.

Die junge Französin schlang sich einen Schal um den Hals, sagte auf Wiedersehen und ging aus. Ich zog es vor, keine Fragen zu stellen, auf die ich ohnehin keine Antworten erhalten würde, und mich mit der Lage abzufinden.

Wenn ich nun schon in Paris war, würde ich mich amüsieren, mit oder ohne Ari, beschloss ich. Ich würde ihn nicht nach seiner koketten Mitbewohnerin fragen, mich nicht erkundigen, wohin er stundenlang verschwunden war, würde ihn nicht stören, wenn er sich mit seiner Schreibmaschine abschottete und tippte. Ich wollte nicht mehr von seinen Launen abhängig sein wie eine Marionette, die er nach Belieben tanzen ließ, wann und wo es ihm gefiel. Ich würde ihm zeigen, dass ich sehr gut ohne ihn auskam, verdammt nochmal.

In den nächsten Tagen flanierte ich stundenlang durch die Gassen des malerischen Quartier Latin, besuchte die Kunstgalerien in den schmalen Straßen, die Boutiquen, die bildhübsche Kleider zu Preisen feilboten, die mein Budget weit überstiegen, und beobachtete die Französinnen, studierte, wie sie ihr Haar hochsteckten, ihre Kleider trugen, mit dezenter, kaum merklicher Sinnlichkeit trippelten. Ich dachte, wenn ich mich weiter umsah, könnte ich mir vielleicht etwas abgucken.

Und so kostümierte ich mich jeden Morgen als Französin und ging aus, lange bevor Ari aufwachte. Ich lernte, einfache Gerichte in Restaurants zu bestellen und angstfrei die paar Brocken Französisch zu sprechen, die mir langsam geläufig wurden. Ich trank Kaffee im Café Les Deux Magots und Weißwein im Café de Flore, aß Croque Monsieur in der Brasserie Lipp und Croque Madame im La Coupole, verzichtete auch nicht auf Muscheln in Weißwein in der La Closerie des Lilas. Das Alleinsitzen in Cafés und Restaurants, das unvertraute Essen und der gute Wein verwirrten mir den Kopf und lenkten mich von Ari ab. Ich verschwendete wissentlich Geld, das wir nicht hatten. Ari würde vor Wut kochen, wenn er entdeckte, welches Vermögen ich in Lokalen ausgegeben hatte, in denen sich längst keine Bohème-Schriftsteller und Intellektuellen mehr trafen, sondern nur noch Touristen, aber mich zog es wie mit Zauberbanden dorthin. Insgeheim genoss ich meine kleinen Geheimnisse, freute mich riesig, Dinge hinter seinem Rücken zu tun und unerlaubt Geld zu verschwenden. Wie viel Kraft sammelte ich dank meiner wiedergewonnenen Selbstständigkeit. Ich gab mich ganz dem Glücksgefühl hin, das die kleinen Eskapaden mir verschafften. Zum ersten Mal in unserem gemeinsamen Leben tat ich etwas für mich und nicht für Ari.

Ich erkundete jeden Winkel des Quartier Latin. Ich suchte und fand das Haus in der Rue de Fleurus, in dem Gertrude Stein einst gewohnt und das sie zum festen Treffpunkt für die Schriftsteller und Maler gemacht hatte, die nach dem Ersten Weltkrieg in Paris zusammenkamen. Ich fasste an die Mauern und stellte mir die stürmischen Abende in Steins berühmtem literarischen Salon vor, von dem ich im Literaturstudium an der Universität Tel Aviv gehört hatte.

Meine Fantasie trug mich in jene romantische Zeit. Ich sah mich als eine der schicken Frauen jener Epoche im Charleston-Kleid, eine Zigarette mit langer Spitze in der Hand, in den schummrigen Jazz-Kellern des Quartier Latin verkehren und imaginäre Dialoge mit leidenschaftlichen Männern führen, die gerade von den Schlachtfeldern des Spanischen Bürgerkriegs zurückgekehrt waren. Anders als bei meinen echten Gesprächen mit Ari, fielen mir bei diesen fiktiven Dialogen immer zündende Antworten ein, und meine faszinierenden Gesprächspartner bewunderten meine Beiträge.

Seit jeher ging ich gern auf Distanz zur Wirklichkeit, mochte träumen und so tun, als sei ich nicht ich, sondern eine Andere: schöner, erfolgreicher, glücklicher, wichtiger. Als Kind flüchtete ich mich in Geschichten und lebte in meiner eigenen Welt. Meine blühende Fantasie und meine Tagträume retteten mich vor dem grauen Leben und der ewig tristen Stimmung in der elterlichen Wohnung, die mir immer armselig und verlottert vorkam, mit Stockflecken an der Badezimmerdecke. Parallel zu diesem verhassten Leben schuf ich mir ein anderes, in einem anderen Zuhause, mit einer anderen Mutter, war wohl nur in meinen Träumen glücklich.

In Tel Aviv, am Keren Kajemet Boulevard, genau gegenüber dem Haus von David Ben Gurion, stand eine prächtige Villa hinter einem Zaun. Auf dem Weg von unserer Wohnung am Ende der Dizengoff-Straße zum Gordon-Schwimmbad kam ich stets an dieser Villa vorbei und spähte durch das eiserne Tor auf das stattliche Haus mit der Freitreppe und dem Springbrunnen davor. Das war mein Traumhaus, der Angelpunkt meiner Fantasien. Ich stellte mir vor, ich würde in der eleganten Villa wohnen, und mein Vater sei ein sehr wichtiger Mann und Ben Gurions bester Freund. Einmal wurde der Boulevard für einen hohen Gast aus einer der europäischen Monarchien gesperrt. In meinen hochfliegenden Fantasien sah ich den königlichen Gast nach seinem Besuch bei Ben Gurion die Straße überqueren, um auch unsere Villa zu beehren. Als ich einem Mädchen aus unserem Haus auf dem Weg zum Schwimmbad davon erzählte, dachte sie, ich sei ausgeflippt, und ging in der ganzen Nachbarschaft damit hausieren. Ich galt ohnehin schon als sonderbar, und diese Geschichte verschreckte die anderen Kinder noch mehr. Freundinnen hatte ich nie, doch meine Fantasie rettete mich davor, ein bedauernswertes Kind zu sein und ein trauriges und langweiliges Leben zu führen. Und als ich dann Ari kennenlernte, rettete mich meine Vorstellungskraft vor unserem Leben, das so gar nicht dem ähnelte, was mir vorgeschwebt hatte, und vor der Vergeblichkeit meiner ständigen Beschäftigung mit seinen Privatangelegenheiten.

Solange ich mit Ari zusammenlebte, hielt ich mich für seine Muse, glaubte ihn zu der Frauenfigur in seinem neuen Buch zu inspirieren. Als er mir verbot, einen Blick in sein entstehendes Manuskript zu werfen, fand ich das logisch, schließlich sollte die Muse nicht über sich selbst lesen. In meiner Fantasie stieg er auf die Bühne, um einen wichtigen Literaturpreis entgegenzunehmen und ihn dann, nach einigen Worten des Dankes, mir, der Liebe seines Lebens, zu übergeben, der Frau, die ihn inspirierte und ohne die das Buch nicht entstanden wäre. Ja, ich verrannte mich immer noch in Fantasien, hegte Träume, lebte in alten Zeiten, noch vor meiner Geburt, und versetzte mich in Familien, denen ich nicht angehörte. So wähnte ich auch in Paris, eine andere zu sein, in einem anderen Land, einer anderen Welt und zu anderer Zeit zu leben. Und wie in Tel Aviv rettete mich in der Lichterstadt meine Fantasie davor, in die Irre zu gehen.

Mit der Zeit lernte ich sie zu schätzen, die Franzosen mit ihren guten Manieren und ihrem charmant harmlosen Flirten. Es gefiel mir, wenn sie mir eilfertig Feuer gaben, kaum dass ich die Zigarette in den Mund gesteckt hatte, mir aus dem Mantel halfen und die Tür aufhielten. Ich wollte den Frauen nacheifern, die kokett, elegant und todschick die Straßen bevölkerten. In kurzer Zeit gewöhnte ich mir einen neuen Gang an, trommelte wie sie auf hohen Absätzen, ein teures, neues Woll-Cape lässig elegant um die Schultern gelegt. Mit Pferdeschwanz, Halstuch und dem roten Lippenstift, den ich seit meinem ersten Tag in Paris benutzte, kam ich mir nicht mehr so fremd vor, fühlte mich nach einigen Wochen in der Lichterstadt sogar heimisch – und wichtiger noch: weiblicher denn je.

Dank meiner neugewonnenen Selbstständigkeit drängte Ari mich nicht mehr zur Rückreise nach Tel Aviv, sondern machte mich notgedrungen mit seinen Pariser Freunden bekannt. Sie waren junge Intellektuelle, die im Lit de Revière unterhalb Aris Wohnung stundenlang hitzige politische Debatten führten und existenzielle Probleme diskutierten, Wein und Kaffee tranken und Muscheln oder Pferdewurst aßen. Nach anfänglichem Lachen über meine französischen Brocken und die wenigen Wörter, die ich zu Sätzen zusammenfügen konnte, empfingen sie mich mit offenen Armen und Wangenküssen. Aris Freunde flirteten mit mir, machten mir Komplimente, und nur er selbst begegnete mir bestenfalls mit kühler Höflichkeit, als wären wir Fremde. Er interessierte sich nicht für mein Tun, fragte nicht, wie ich die Tage verbrachte. Ich schien ihm gleichgültig zu sein. Bei Tag war ich ihm sichtlich egal und bei Nacht kehrte er mir den Rücken und schlief nicht mit mir, als trenne uns eine Wand.

Sophie, seine Mitbewohnerin, hingegen bemühte sich sehr um mich. Je abweisender Ari wurde, desto freundlicher begegnete sie mir, und wenn ich von einem langen Streifzug durch Paris zurückkehrte, freute ich mich immer, wenn sie zu Hause war und mich mit einem Glas Rotwein begrüßte. Trotz Aris abweisendem Verhalten fühlte ich mich wohl in Paris. Fern von meinem kalten, bedrückenden Elternhaus, fern vom staubigen Tel Aviv, fand ich in Paris ein wenig zu mir selbst zurück. Ich lernte, ohne Ari auszukommen, war beinah glücklich. Bis mir die Wahrheit ins Gesicht geschleudert wurde, bis zum Augenblick meiner tiefen Erniedrigung.

Das Fest stieg in einem großen osmanischen Prachtbau in der Rue de Rennes. Dort trafen wir uns zur Abschiedsparty, bevor die ganze Gruppe gemeinsam in den Sommerurlaub, die *grandes vacances,* fahren würde. Wir hörten Musik, tanzten, redeten, lachten, und anders als sonst ließ ich mich zu Haschisch und Cognac verführen, was mich ein wenig benebelte. Deshalb dauerte es eine Weile, bis ich das Offensichtliche sah: Am großen Fenster stand Ari und knutschte mit Sophie, drückte sie an sich, saugte an ihren Lippen. Sie küssten sich, als wären sie allein im Raum, als tanzte seine rechtmäßige Ehefrau nicht in Reichweite. Ich erstarrte auf dem Fleck, meinte, all mein Blut würde mir aus dem Körper weichen. Die reizende Sophie, die mich in versteckte, kleine Boutiquen in den Gassen des Quartier Latin führte, die nur Einheimische kannten und keine Touristin je gefunden hätte, Sophie, die sich als meine neue beste Freundin gerierte, worauf ich, die nie eine beste Freundin gehabt hatte, prompt auf ihren Charme hereinfiel – was für ein Spiel spielte sie? Und ich, wieso hatte ich nicht erkannt, dass Ari und Sophie keine bloßen Mitbewohner waren, sondern ein Liebespaar? Wieso hatte ich nicht begriffen, dass ich für die beiden das fünfte Rad am Wagen war?

Zutiefst aufgewühlt verließ ich die Tanzfläche, rannte tränenüberströmt die Rue de Rennes hinunter, überquerte den Boulevard Saint-Germain und lief weiter, bis meine Füße mich zu der einzigen Adresse trugen, die ich in Paris hatte, zu Aris Wohnung.

Die ganze Nacht tat ich kein Auge zu. Gegen Morgen hörte ich den Schlüssel im Schlüsselloch, Ari plumpste auf das Bett neben mir, in voller Kleidung, stank nach Alkohol und Zigaretten. Angewidert rückte ich an den Bettrand, aber er packte mich mit eisernem Griff. Ich erstickte schier, so hatte er mich noch nie angefasst. Ich versuchte loszukommen, doch seine Hand war bleischwer. Ari war sofort weg, in trunkenen Schlaf versunken, schnarchte, als würde er Baumstämme zersägen. Er schlief sonst immer ruhig und atmete gleichmäßig, aber der Mann, der jetzt neben mir im Bett lag, war nicht Ari, sondern ein besoffener Klotz, der mich vor meinen neuen Freunden beschämt hatte.

Zusammengekrümmt wie ein Kind im Mutterleib, versuchte ich, den Vorfall auf der Party zu verdauen. Schlaftrunken tastete seine Hand nach mir, umschloss meine eine Brust, drückte den Mund drauf und packte meinen Nippel mit den Zähnen. Das war nicht mehr die intime Geste von früher, die mir Lust bereitete. Ich konnte seinen Mund auf meiner

Brust nicht ausstehen, versuchte loszukommen, doch Ari packte nur fester zu, küsste mich hart, presste mich an sich.

»Nein, Ari«, flüsterte ich, »du bist betrunken.«

Ari drehte mich auf den Rücken und versuchte, in mich einzudringen.

»Lass, Ari«, flehte ich, »das tut mir weh.«

Er ignorierte mein Jammern und drang mit Gewalt in mich ein.

»Hör auf!«, schrie ich. »Ich will nicht, du bist betrunken.«

Ari murmelte etwas Unverständliches, lastete mit vollem Gewicht auf mir, und mir schien, er würde mich von innen zerreißen. Ich schrie vor Schmerzen. »Da genießen wir's endlich, was«, fauchte er mir ins Gesicht, und seine Fahne drehte mir den Magen um. »Ari, genug! Du tust mir weh! Hör auf.« Er machte weiter, und ich meinte, auf der Stelle sterben zu müssen. Eine gefühlte Ewigkeit verging, bis er schließlich kam und auf mir zusammensackte. Er war bleischwer, und ich versuchte, ihn mit letzter Kraft von mir herunterzuwälzen, seinen üblen Mundgeruch im Gesicht loszuwerden, aber ich schaffte es nicht.

Mein Gott, kam es mir schlagartig zu Bewusstsein: Mein Mann hat mich vergewaltigt.

Als ich am Morgen an der Kaffeemaschine stand, die ich mittlerweile zu bedienen gelernt hatte, trat er von hinten an mich heran, frisch geduscht, und bat mich, auch ihm Kaffee zu machen. Ich atmete tief durch, und die Tränen schnürten mir wieder die Kehle zu. Aber ich machte ihm schweigend seinen Kaffee. Ich wollte lieber glauben, dass er sich an nichts erinnerte. Wollte lieber so tun, als sei die Nacht ein Alptraum gewesen. Dass er nicht er gewesen war und ich nicht ich, dass ich nicht unter ihm gelegen und ihn angefleht hatte, aufzuhören.

Wir haben nie über jene Nacht gesprochen, nicht über Sophie und nicht darüber, dass er mich vergewaltigt hatte. Ehrlich gesagt, habe ich nicht mal mit mir selbst über jene Nacht gesprochen.

Ich vergab, aber vergaß nicht. Ich musste vergeben, um mit ihm zusammenbleiben zu können. Nach und nach verblasste jene Nacht zu einer verschwommenen Erinnerung, als sei sie nicht mir geschehen, sondern einer anderen Frau. Manchmal wachte ich von kaltem Schweiß überströmt auf, spürte harte Arme mich aufs Bett drücken, und trotzdem blieb ich bei ihm, verzichtete nicht auf Ari, denn ohne ihn, da war ich mir sicher, ohne ihn würde ich sterben.

Sophie sah ich nicht wieder, nach der Partynacht kam sie nicht mehr in die Wohnung. Wenn ich gehofft hatte, jetzt, ohne Sophie, würde mein Leben wieder so sein wie zuvor und Ari würde nur mir gehören, so hatte ich mich getäuscht. Ari saß viel an der Schreibmaschine oder verschwand für Stunden, ohne Erklärungen abzugeben. Manchmal schliefen wir miteinander, aber es war wie Zähneputzen, wie Duschen, wie Pinkeln. Ari vögelte mich, um seinen Drang zu befriedigen, doch meine Lust war erstickt. Kurze Zeit später teilte er mir mit, er würde mit seinen Freunden an die französische Riviera fahren. Er lud mich nicht ein, mitzukommen.

Endlich fiel der Groschen bei mir. Was immer ich für Ari tat oder opferte – es war umsonst. Es ließ sich nicht länger verleugnen: Ari, mein Mann, mein Herzallerliebster, war meiner Liebe überdrüssig. Er suchte große, stürmische Gefühle. Der sichere Hafen, den ich ihm bot, genügte ihm nicht mehr.

Drückende Augusthitze schlug mir ins Gesicht, als ich zutiefst verletzt wieder in Tel Aviv landete. Ich sehnte mich immer noch verzweifelt nach Ari. Leib und Seele taten mir weh.

Einsam und allein streifte ich durch unsere Wohnung, von Zimmer zu Zimmer, von Wand zu Wand, roch an seiner Kleidung im Schrank, sog den Duft seiner Unterwäsche ein. Nachts stellte ich mir vor, er läge neben mir, der Ari von früher. Ich vergrub meinen Kopf in seinem Kissen, meinte, ihn zu umarmen, ihn anzusprechen, ihn mit mir reden zu hören.

Je mehr Tage vergingen, ohne dass ich ein Wort von Ari hörte, je mehr Nächte ich wach in unserem Doppelbett lag, mir die Finger in die Scheide steckte, seine heisere Stimme mir zuflüstern hörte, weiter, tiefer einzudringen, desto sicherer wusste ich, dass ich ihn nicht hergeben würde, weder Sophie noch einer anderen Frau. Trotz allem, was er mir angetan hatte, trotz seiner Untreue war mir klar, dass ich auf ihn warten würde, bis er wiederkam. Auch wenn er es vergessen haben sollte, wusste ich: Er war der Mann für mich und ich die Frau für ihn. Es war ein Bund, den ich nicht lösen konnte.

Vor allem war mir schleierhaft, wie ich ohne ihn leben sollte, Ari war mein Ein und Alles. Außer ihm hatte ich niemanden. Meine wenigen Freunde waren eigentlich seine, und mit meinen Eltern konnte ich nicht über meine Sehnsucht nach Ari reden. Sobald ich bei ihnen auftauchte, seufzte meine Mutter und verfluchte den Augenblick, in dem ich diesen Nichtsnutz, wie sie ihn nannte, kennengelernt hatte, einen Kerl, der seine Frau nicht ernährte, ihr keine Enkel bescherte, und dann auch noch nach Paris abhaute und seiner Frau Lügengeschichten aufband, von wegen, er schreibe ein Buch, das ohnehin kein Mensch lesen würde.

Wenn meine Mutter Ari verdammte, biss ich die Zähne zusammen und suchte das Weite. Ich war es leid, mit ihr zu streiten, Ari und seine Bedürfnisse als Intellektueller und Literat zu verteidigen, die sich von denen normaler Menschen unterschieden, hatte es satt, ihr zu erklären, dass Ari kein gewöhnlicher Sterblicher war, sondern ein begnadeter Künstler, und dass sie es eines Tages noch bereuen würde, ihn so schlechtgemacht zu haben.

Gelegentlich kam ein Brief von Ari, lakonisch, unpersönlich. Selten mal telefonierten wir. Ich war es, die anrief, ihn inständig bat, zurückzukehren, ihn immer wieder fragte, wann wir uns wiedersehen würden. Ich blendete aus, was ich in Paris über die andere Frau in seinem Leben erfahren hatte, und verdrängte geflissentlich jene furchtbare Nacht. Schließlich willigte er ein, dass ich kurz wieder nach Paris kommen würde, allerdings unter der Bedingung, dass ich unser gemeinsames Bankkonto leerräumte und ihm das Geld in bar überbrachte, da er es für seinen Lebensunterhalt brauchte.

Ich akzeptierte bereitwillig jede Bedingung, hob umgehend alles Geld vom Konto ab, buchte jedoch, trotz Aris Bestehen auf einem kurzen Besuch, nur einen einfachen Flug. Das Abschiedsgespräch mit meinen Eltern, Schaul und Lily, plante ich für den Abend am Ausgang von Jom Kippur. Am nächsten Tag würde ich schon im Flieger nach Paris sitzen.

Doch am Jom Kippur, dem Tag, an dem in Israel die Welt stillsteht, ich meinen Koffer packte und die wunderbare Ruhe auf den Straßen genoss, die vom Beginn des Fastens bis zum Fastenbrechen am nächsten Abend herrscht, zerriss Sirenenalarm die Stille. Erschrocken hastete ich ans Fenster und sah Menschen in Panik rennen, einige mit ihrem Gebetsmantel in der Hand, andere mit einem Rucksack auf dem Rücken, und plötzlich sausten, ohne jede Vorwarnung, Autos vorüber, Türen knallten im Haus, und laute Rufe drangen aus den Nachbarwohnungen. Ich war verwirrt, und ehe ich wusste, was tun, klingelte das Telefon, und mein Vater schrie: »Es ist Krieg, komm sofort nach Hause!« Verdattert schaltete ich das Radio an. Es wurde von der Generalmobilmachung der Reserve berichtet und von enormen Schlangen junger Israelis in London, Rom, New York und Paris, die El Al-Schalter belagerten, um zum Kämpfen heimzukehren.

Wie sollte ich nach Paris fliegen, wenn Krieg war? Wie sollte ich Vater und Mutter hier alleinlassen? Und wer weiß, ob man überhaupt fliegen konnte, vielleicht wurden alle Flugzeuge für den Krieg gebraucht? Klar, ich musste Ari anrufen und ihm vom Kriegsausbruch berichten, gewiss hatte er noch nichts davon gehört, und nun würde auch er in die Heimat zurückkehren. Ich wählte mit zitternden Fingern seine Nummer, vertat mich mehrmals, diese verflixt lange Vorwahlnummer. Endlich klingelte das Telefon, und Ari antwortete schläfrig, als hätte ich ihn geweckt: »Hallo …«

»Ari«, sagte ich mit bebender Stimme, »Ari, komm heim! Es ist Krieg.«

»Wovon redest du?«, fasste er sich abrupt. »Was für ein Krieg?«

»Krieg. Autos fahren an Jom Kippur. Dauernd schrillen Sirenen, die Leute laufen runter in die Luftschutzkeller, die Reserve wird eingezogen.«

»Und du willst, dass ich dazu anreise?«

»Aber Ari … Ich kann jetzt nicht zu dir kommen.«

»Du hast den Verstand verloren!«, rief er, »ich komm nicht heim und melde mich zu keinem Krieg, sollen sie sie ohne mich ausfechten, diese beschissenen Kriege eines irren Landes, das von einem Krieg zum anderen lebt.« Und ohne Abschiedsgruß knallte er den Hörer auf.

Im Stockwerk über mir kreischte eine Frau: »Geh nicht, bitte, geh nicht.« Als ich die Tür aufmachte, sah ich die Nachbarin von oben ihren Mann festhalten. Er wollte sich losreißen, doch sie ließ nicht locker. »Pass auf die Kinder auf«, sagte er und befreite sich aus ihren Armen, hastete an mir vorbei und verschwand die Straße hinauf. Die Sirenen schrillten weiter. Ich zitterte am ganzen Leib und wusste nicht, was mir mehr Angst einjagte: die Sirenen, der Trubel, der die Ruhe des Versöhnungstags störte, oder Aris schlimme Reaktion.

Ich schnappte meine Ledertasche, knallte die Tür hinter mir zu und rannte zu meinen Eltern. Draußen herrschte ein Mordstumult, Autos rasten vorbei, Sandsäcke wurden vor den Haustüren aufgetürmt. Ich lief die belebte Dizengoff-Straße entlang bis zu meinem Elternhaus, und als ich die Tür aufmachte, fiel ich meinen verblüfften Eltern fast in die Arme. »Großer Gott, Elija«, sagte mein Vater, »wie lange du gebraucht hast, wir haben schier unsere Seele ausgehaucht.«

»Schnell, schnell runter in den Luftschutzkeller«, rief Lily, »macht mich ja ganz taub, dieser Sirenenalarm.« Wir gingen hinunter in den kleinen, muffigen Schutzraum, der lange nicht benutzt worden war. Alle Nachbarn mit Kind und Kegel drängten sich zusammen, saßen beinah aufeinander.

»Das halte ich nicht aus«, sagte Lily, »ich ersticke, ist mir egal, Krieg oder nicht, ich geh rauf in die Wohnung.«

»Lily!« rief mein Vater entsetzt, aber ich stimmte ausnahmsweise mit ihr überein, auch ich konnte in dem überfüllten, stinkigen Keller nicht bleiben. »Ich komm mit«, sagte ich, und Vater folgte uns rauf in die Wohnung. Das Sirenengeheul dauerte an, aus dem Fenster sah ich Militärfahrzeuge draußen vorbeifahren und Reservisten abholen.

Mein Vater stellte den Fernseher an. Premierministerin Golda Meir – müde, älter als ich sie in Erinnerung hatte, eine Zigarette in der Hand – füllte den Bildschirm.

»Der Krieg hat noch kaum angefangen, und sie ist schon verzweifelt«, kommentierte meine Mutter.

Draußen gingen Ehrenamtliche die Straße ab und forderten die Anwohner auf, die Lichter zu löschen. Mein Vater schaltete Lampe und Fernseher aus, und wir saßen im Dunkeln.

Neunzehn Tage dauerte der verfluchte Krieg, neunzehn Tage voller Schock und Schmerz.

Und zu der schrecklichen Traurigkeit im Land, zu der tiefen Trauer über erloschenes junges Leben, über die neuen Gräber, die täglich geschaufelt wurden, kam mein persönlicher Kummer über Aris Grobheit und Distanz. Während des ganzen Krieges rief er mich nur ein einziges Mal an. Sogar seine Eltern telefonierten fast täglich mit mir, aber auch zu ihnen hielt er kaum Kontakt.

Ich verschob den Flug auf unbestimmte Zeit, wusste nicht, ob ich noch jemanden in Paris hatte, zu dem es sich zu fliegen lohnte. Mein Vater drängte mich, mir Arbeit zu suchen, Freunde zu treffen, ins Leben zurückzukehren, doch ich schottete mich weiter ab.

Und dann, als ich meine Träume schon aufgegeben und mich beinah damit abgefunden hatte, Ari verloren zu haben, kam ein Brief voll honigtriefender Worte und doppeldeutiger Sätze, die seinem komplizierten Wesen entsprachen. Auch wenn es nicht so aussehe, denke er doch an mich. Es tue ihm leid, dass er nicht zum Schreiben gekommen sei, aber er wisse, dass es mir gut ginge, denn ich sei eine starke Frau, er hingegen ein Waschlappen. Allerdings habe er mir einen Riesengefallen damit getan, dem Krieg ferngeblieben zu sein, denn wäre er aus dem Feld nicht heimgekehrt, hätte ich ihn auf dem Gewissen gehabt, und damit hätte ich nicht leben können. »Sehnst du dich überhaupt nach mir? Und wann kommst du nach Paris mit dem Geld, das du von der Bank geholt hast?«

Und ich Trottel ging ihm wieder auf den Leim.

So war denn im nasskalten November genau vor einem Jahr, in dem Café unterhalb von Aris Wohnung, in dem ich jetzt saß, mein früheres Leben zu Ende gegangen. Die Nacht, in der ich mich für immer von Ari gelöst hatte, verursachte mir immer noch Gänsehaut. Ich wollte die Erinnerung an den Vorfall damals in der nahen Seine ertränken. Wollte vergessen, nicht gedenken. Aber eines wusste ich: Ich musste meinem ursprünglichen Plan folgen, beherzt durch das Labyrinth meines Lebens gehen und sehenden Auges erfassen, was daraus geworden war. Deshalb ließ ich die Flut der Erinnerungen zu. Auch ein Jahr später brannte der Schmerz noch wie gerade erst erlitten. Doch ich erinnerte mich an den Grund meiner Rückkehr an den Tatort, erkannte schmerzlich, dass ich allein in dem Pariser Café saß, um die Erinnerung an jene Nacht endlich hinter mir zu lassen.

Genau vor einem Jahr hatte ich hier gesessen. Es war schon später Abend, als Ari damals unseren Tisch im Café verließ und ich total verstört zurückblieb. Ein Kellner zündete die Kerzen auf den Tischen an, die Straßenlaternen leuchteten gelblich, die Fensterscheiben beschlugen, und meine aufgestauten Tränen drohten zu strömen wie der Regen draußen, doch keine einzige Träne rann mir übers Gesicht. Ich weinte nicht, saß nur starr wie eine Salzsäule auf meinem Stuhl, zündete eine Zigarette nach der anderen an und starrte in das unberührte Glas Wein vor mir.

Ich weiß nicht, wie viel Zeit verging, Minuten, Stunden oder vielleicht Tage. Der Kellner störte mich nicht in meiner Einsamkeit, räumte auch Aris leeres Weinglas nicht ab. Gäste kamen und gingen, Kellner schwebten durch den Raum wie die Tänzer eines modernen Balletts, balancierten Tabletts mit Wein- und Biergläsern, Tische wurden frei und neu gedeckt, und ich saß ungerührt an meinem Platz.

Plötzlich ging die Tür auf, und Ari trat ein, den Arm um

Sophies Schultern gelegt, schenkte ihr jenes kleine Lächeln, von dem ich geglaubt hatte, es sei mir allein vorbehalten. Dieser Scheißkerl kehrte so schnell an den Ort zurück, wo er mich schmählich verlassen hatte, dazu noch mit Sophie, der anderen Frau? Die Intimität zwischen den beiden erschütterte mich. Ari teilte das, was uns gehört hatte, nun mit ihr. Das löste mich schlagartig aus meiner Erstarrung, schärfte meine Sinne. Wie gebannt verfolgte ich seine Gesten, als er Sophie den Mantel von den schmalen Schultern nahm, ihr den Schal vom Hals wickelte, sie auf die Nasenspitze küsste, ihr den Stuhl unterschob, den anderen Gästen seine guten Manieren demonstrierte.

Ich konnte den Blick nicht von meinem Mann und seiner Geliebten wenden. Den Kuss der beiden damals auf der Party hatte ich in den Tiefen meines Gedächtnisses verscharrt und mit einem Berg von Ausreden zugeschüttet. Aber nun stand mir dasselbe Schauspiel vor Augen, das mir das Herz aus der Brust zu reißen drohte. Ari strich Sophie eine Haarsträhne aus der Stirn, streifte ihr die Handschuhe ab, führte ihre Hand an die Nase, um ihren Duft einzusaugen und sie zu küssen. Tête-à-Tête flüsterte er ihr etwas zu, worauf sie ihm den Nacken kraulte und ihre Nase an seiner rieb. Im stillen Café, unter den gedämpften Stimmen der Gäste, redete er auf einmal laut, hell und klar über Sophies Augen und Lippen. Ich kannte nicht alle Wörter, verstand jedoch sehr wohl, dass es Worte der Liebe waren.

Ich weiß nicht, was mich plötzlich überkam, welche Kraft mich vom Stuhl riss. Fast schwebend überwand ich den kurzen Abstand zum Tisch meines untreuen Ehemanns und seiner Geliebten, ergriff sein Rotweinglas und schüttete ihm den Inhalt ins Gesicht.

Auf dem Weg ins Freie hörte ich die Frau, die jetzt die Partnerin meines Mannes war, kreischen und Ari verblüfft

»Elija!« rufen. Draußen herrschte eisige Kälte, Regen prasselte auf die Stadt nieder. Ich rannte wie besessen durch die fremden Straßen, bis mich die Kräfte verließen, hielt dann ein Taxi an und bat den Fahrer, mich geradewegs zum Flughafen Orly zu bringen.

Einen ganzen Tag wartete ich im Terminal, bis ich einen Flug nach Tel Aviv erwischte. Das Ticket bezahlte ich von dem Geld, das ich auf Aris Wunsch von unserem gemeinsamen Bankkonto abgehoben hatte. »Du belässt mich ohne einen Groschen«, hatte ich bei einem unserer seltenen Telefongespräche zu ihm gesagt. »Du wirst nicht ohne einen Groschen bleiben«, blaffte er zurück, »du kannst immer deinen Papa bitten, er wird nie Nein sagen.« Und ich, die ich zu Ari nie Nein sagen konnte, holte alles Geld von der Bank und tauschte die Israel-Pfund bei den Geldwechslern in der Lilienblum-Straße in französische Francs. Mir klopfte das Herz bei diesem Handel. Ich wusste, dass ich gegen das Gesetz verstieß, zitterte vor Angst, von einem der Geheimpolizisten gestellt zu werden, die in der Gegend patrouillierten, um Devisenschmuggler und Schwarzgeldhändler zu verhaften, fürchtete, man könnte mich später auf dem Flughafen einer Leibesvisitation unterziehen und mir das ganze Geld abnehmen, fürchtete ausgeraubt zu werden, denn ich hatte ja noch nie eine so hohe Summe mitgeführt, und was sollte ich Ari wohl sagen, wenn ich ohne das gewünschte Geld in Paris ankäme?

Rückblickend begriff ich, dass ich mich mehr vor Ari gefürchtet hatte als davor, einer Straftat überführt oder ausgeraubt zu werden. Ich hatte Angst, er könnte mich eine blöde Kuh schimpfen, wie damals, als ich vergaß, das Wechselgeld von dem Fahrer einzustecken, der uns von Tel Aviv nach Jerusalem gebracht hatte, fürchtete, er könnte mich verspotten, als Feigling und dummes Kind beschimpfen und mir wieder einmal vor Augen halten, dass ich seiner nicht würdig war. Da ich ihm meine Ängste nicht einzugestehen wagte, überwand ich sie und tat verbotene Dinge, denn sobald Ari etwas brauchte oder wollte, musste man sofort spuren. Jetzt verstand ich, wozu er das Geld brauchte. Er hatte Ausgaben, musste seine französische Freundin ausführen und beschenken. Er kaufte gern Geschenke, das wusste ich: einen Seidenschal, einen Ring, eine Perlenkette, einen Gedichtband von Dalia Rabikovich. Er war ein Meister der kleinen und großen Gesten. Die hatten mich von Anfang an in seine Honigfalle gelockt, mich zu seiner kleinen Frau gemacht, die für ihn sorgte und ihm jeden Wunsch erfüllte. Er hatte mich mit Gesten eingelullt, mir die süßesten Worte zugeflüstert, sogar im letzten Jahr, als er – wie mir jetzt bewusst wurde – ein Doppelleben geführt hatte.

Er hatte zwei Gesichter. Er war ein Großmeister der süßen Worte, die mich völlig schutzlos machten, und er konnte von einem Moment auf den anderen sein Wesen ändern, seine süßen Worte in giftige, verletzende Aussprüche verwandeln. Manchmal dachte ich, Ari brauchte mich gar nicht erst zu verprügeln, damit ich mich als misshandelte Frau fühlte. Seine Worte schmerzten mehr als Schläge, waren messerscharf.

Ich sah auf die Armbanduhr. Ein Jahr war seit jenem Zwischenfall vergangen, aber das Café war unverändert. Auch diesmal regnete es und die Fenster beschlugen. Ich rührte den Toast vor mir nicht an, bestellte jedoch ein zweites Glas Rotwein und rauchte noch eine Zigarette, glitt im Zeittunnel zurück zu der Zeit vor der Trennung von dem Mann, den ich für die Liebe meines Lebens gehalten hatte, dem

Mann, von dem ich damals glaubte, wenn das – auch noch so verschlissene – Verbindungsseil zwischen uns risse, würde ich in den Abgrund stürzen.

Ari hatte immer gesagt, ich sei sein Ein und Alles, er vertraue mir blind. »Meine kleine Wundertäterin«, nannte er mich, und ich barg überglücklich das Gesicht in seiner Halsmulde. Genau das wollte ich doch sein – seine kleine Wundertäterin, sein Ein und Alles, seine Muse und Inspiration. »Eines Tages wirst du eine Heldin in meinem Buch sein«, versprach er. Er redete, als errate er meine geheimsten Träume, versicherte mir, seine Muse zu sein, und ich wusste: Egal, was er von mir verlangen würde – ich wäre der Staub unter seinen Füßen.

Noch vor unserer Hochzeit brachte Ari mich dazu, all das zu tun, was er hasste: Mit Bussen zum Finanzamt und zur Sozialversicherungsanstalt fahren, zur Apotheke, zur Bank und zur Post gehen. All diese lästigen Gänge erledigte ich für ihn, damit er sich auf »das wirklich Wichtige – das Schreiben« konzentrieren konnte. Und ich wagte niemals laut zu fragen, wieso er – obwohl aller Aufgaben und Pflichten enthoben – denn seinen Roman nicht beendete, den er noch vor meiner Zeit begonnen hatte, den Roman, der die israelische Literatur revolutionieren würde, wie er behauptete.

»Bürokram stresst mich«, erklärte er, »allein schon an Behördengänge zu denken, macht mich verrückt.«

Ich wollte nicht, dass Ari, Gott behüte, verrückt wurde, und daher kümmerte ich mich um seine Angelegenheiten, obwohl auch ich solche Gänge hasste, bis dahin noch nie mein Bankkonto angeschaut hatte. Zuvor hatte mein Vater alle Banksachen für mich erledigt, mir diese Sorge abgenommen, und ich schämte mich, ihm zu gestehen, dass mein Mann mir Aufgaben aufhalste, die ich penibel auszuführen hatte, um ihn bei Laune zu halten. Wenn Ari von mir abhängig wäre, könnte er nicht mehr ohne mich sein, dachte ich insgeheim. Außerdem glaubte ich, Ari gewährte mir Eintritt in sein Leben, wenn er mir auftrug, mich um seine Probleme beim Finanzamt oder der Sozialversicherung zu kümmern, Honorare bei säumigen Zeitungsredaktionen einzutreiben, einen Vorschuss zu erbetteln, seine Flugtickets beim Reisebüro in der Gordon-Straße abzuholen.

Statt die Universitätsflure abzulaufen, Vorlesungen zu hören, mitzuschreiben, mit einem Gedichtband von Jehuda Amichai oder David Avidan auf dem Rasen vor dem Gilman-Gebäude zu sitzen, verplemperte ich meine Zeit nun mit müßigen Erledigungen. Statt inmitten sorglos lachender Studenten in der Cafeteria anzustehen, stand ich stundenlang in Ämtern oder Apotheken zwischen griesgrämigen, alten Menschen. Statt Agnons spezielles Hebräisch zu bewundern oder Hemingways *Inseln im Strom* zu durchdringen, lernte ich am eigenen Leib, was es heißt, sein Konto zu überziehen – ein Dauerzustand bei uns –, oder dem Bankbeamten etwas vorzujammern. Denn selbst, wenn Geld für Aris Vorträge oder Aufsätze einging, war es im Nu wieder verschwunden. Wohin? Das habe ich nie begriffen. Schließlich lebten wir bescheiden in seiner Wohnung in der Ranak-Straße, die er von seiner kinderlosen Tante geerbt hatte. Wenn ich Ari fragte, antwortete er aufgebracht, er könne mit seinem Geld tun und lassen, was er wolle, bedaure überhaupt, mich zur Mitinhaberin des Kontos gemacht zu haben, und wenn ich mich daran störte, dass das Geld ausging, werde es vielleicht Zeit, dass ich den Arsch hochbekäme und etwas zum gemeinsamen Konto beitrüge. Aber ich hielt das alles für leeres Gewäsch, schließlich hatte er mich überredet, meinen Job in der Unibibliothek aufzugeben.

»Du verdienst ja ohnehin kaum was«, hatte er nach unserer Heirat gesagt, »und die Dinge, die du für mich erledigst, sind viel mehr wert. Jede Minute, die du für mich aufbringst, damit ich in Ruhe schreiben kann, verdiene ich für uns beide ein Vielfaches dessen, was du für deine Sisyphusarbeit an der Uni kriegst.«

Und da ich mich ohnehin zwischen dem Job, dem Literaturstudium, dessen strammes Kurspensum oft die Lektüre langer Aufsätze in englischer Sprache bis in die Nacht hinein erforderte, und den Behördengängen für Ari aufrieb, hörte ich auf ihn. Schweren Herzens gab ich schließlich auch das Studium auf – sehr zum Leidwesen des Fachbereichsleiters, der Hoffnungen in mich gesetzt hatte. Aber für mich galt der Traum, Aris Muse zu werden, mehr als alles, was das Studium mir bieten konnte. In der gewonnenen Zeit organisierte ich für Ari öffentliche Vorträge, stimmte Termine ab, trieb Gelder ein, besorgte alles, was er brauchte, von Schnürsenkeln und Unterwäsche bis zu Hemden und Hosen, von Zigaretten bis Whisky, und wenn das Geld ausging, bat ich meine Eltern darum. Mein Vater gab wortlos, aber meine Mutter explodierte: »Wie oft habe ich dir gesagt, dass ein Mann, der kein Geld nach Hause bringt, kein echter Mann ist, sondern Ausschussware.«

Ich schluckte die Kränkung hinunter und nahm das Geld, das mein Vater mir in die Handtasche schob. Aber innerlich kochte ich vor Wut – nicht auf Ari, der mich genötigt hatte, mich zu erniedrigen und beleidigen zu lassen, sondern auf meine Mutter, die nicht einsah, dass Ari ein Künstler war, den man nicht mit solchen Bagatellen wie Geld belästigen durfte. Als ich ihnen sagte, dass ich das Studium aufgegeben hatte, um Ari zu unterstützen, erreichte Lilys Wut Erdbebenstärke. Zornesrot fauchte sie: »Unser ganzes Leben sparen wir uns das Essen vom Mund ab für dein Studium, dein Vater schuftet wie ein Esel im Laden, damit du studieren kannst, und am Ende schmeißt du alles hin für diesen Lackel.« Sie drohte, mich aus ihrem und Vaters Leben auszuschließen: »Von mir aus leb mit dieser Null, diesem Kerl, der denkt, die Sonne lacht ihm von unten, aus der Gosse!«

Wenn Lily tobte, senkte mein Vater den Kopf und ließ ihren Zorn verpuffen. Er neigte stets zu Kompromissen, aber meinen Studienabbruch überging auch er nicht schweigend: »Eljusch, meine Liebe, was wünschen wir uns denn schon? Dass du es einmal besser hast als wir. Wir hatten nicht das Glück, studieren zu können, aber heute erreicht man ohne Uniabschluss gar nichts mehr. Du lernst doch gern, hast Erfolg, kannst vorankommen.«

»Willst du denn Schuhverkäuferin werden?«, winkte meine Mutter in ihrer derben Art mit dem Beruf, den sie für den niedrigsten der Welt hielt.

»Ich versteh das nicht, wieso kannst du als Ehefrau nicht studieren?«, fragte mein Vater. Darauf hatte ich keine Antwort. Viele meiner Mitstudentinnen waren verheiratet, und eigentlich wusste auch ich nicht, warum ich nicht beides sein konnte, Ehefrau und Studentin. Als ich Ari darauf ansprach, rastete er aus: »Ich will kein weiteres Wort über deine verrückte Mutter und ihre Ideen hören! Noch eine, die was vom Studieren versteht. Kann sie überhaupt lesen und schreiben, diese Analphabetin?! Was denkst du dir eigentlich, dass du hier die Weisheiten deiner genialen Eltern zitieren kannst? Dafür hab ich keine Zeit. Wenn du auf sie hören willst – da ist die Tür, du kannst wieder bei ihnen einziehen und weiterstudieren. Falls du bei mir wohnen willst, gilt: entweder ich oder die Uni.«

Ich gab nach. Natürlich tat ich das. Aris Wille ging über alle meine Wünsche. So begrub ich auch meinen Kindheitswunsch, eine Radiosendung über Bücher und Schriftsteller zu moderieren, denn Ari hatte ja recht: Ich konnte nicht studieren und gleichzeitig rund um die Uhr für ihn arbeiten. Ari war wichtiger als meine Träume.

In der Nacht vor Aris erstem Abflug nach Paris tat ich kein Auge zu. Ari hingegen schlief den Schlaf der Gerechten. Er lag auf dem Rücken, nahm den größten Teil unseres Doppelbetts ein, drängte mich an den Rand. Ich lag auf der Seite, vergebens bemüht, ein Stückchen von der Decke zu ergattern, in die er sich gewickelt hatte, als schliefe er allein. Tausend Gedanken gingen mir durch den Kopf: Was hatte ich falsch gemacht, was war zwischen uns schiefgelaufen. Ich schwor mir, besser zu Ari zu sein, sensibler, zugewandter.

Am nächsten Morgen packte ich ihm wie immer den Koffer, und am Nachmittag fuhren wir mit unserem roten VW-Käfer zum Flughafen. Ari war distanziert, in sich gekehrt. Ich lehnte den Kopf an seine Schulter und legte ihm die Hand auf den Oberschenkel. Er mochte es, wenn ich ihn beim Fahren anmachte, und ich spürte gern sein Glied in der Hose unter meiner Hand steif werden, bis er nicht mehr konnte und am Straßenrand anhielt. Dann befriedigten wir unsere Lust, bis wir halb von Sinnen waren, während die Autos an uns vorbeirauschten. Der Kitzel der Gefahr und die Möglichkeit, dass uns jemand sah, steigerten noch die Lust, und wir beide stöhnten wie irre. Aber diesmal rieb meine Hand vergeblich am Reißverschluss seiner Hose, Ari blickte unverwandt nach vorn, fuhr mit abgrundtiefem Ernst, versuchte allerdings auch nicht, meine Hand abzuwehren. Schließlich nahm ich sie weg und rückte näher ans Fenster.

Am Flughafen angekommen, stieg ich nach ihm aus und lehnte mich an den Wagen. Abrupt packte er mich, drückte mich an die Brust und küsste mich. Sein Griff war so hart, dass ich fürchtete, er könnte mir die Rippen brechen. Und dann spürte ich Feuchtigkeit auf meinem Gesicht. Ari weinte. Seine Tränen nässten meine Wangen, und ich küsste sie weg. Alles ist gut, alles ist in Ordnung, Ari liebt mich. Das vorher war nur Fehlalarm, Ari ist wirklich besorgt, aber nicht meinetwegen, hat Künstlersorgen, zwischen uns ist alles in Ordnung. Doch kurz bevor er von mir abließ, als ich noch in seinen Armen war, bevor er wegging und von den Flughafentüren verschlungen wurde, spürte ich: Obwohl mein Leib an seinem geklebt hatte, meine Brüste an seiner Brust plattgedrückt und meine Beine um seine geschlungen waren, war jenes Glied, das sonst stets unter meiner Berührung erwachte, gleichgültig geblieben. Doch ich verdrängte den Gedanken augenblicklich, hatte Trost in seiner Umarmung gefunden.

Erst später, als er mich in dem Pariser Café sitzen ließ und ich ihn mit seiner neuen Geliebten sah, begriff ich: Aus Gewissensbissen hatte Ari mich so fest umarmt. Weil er im Begriff stand, mir das Herz zu brechen, waren ihm Tränen in die Augen getreten. Seine Geste hatte nichts mit Lust und Liebe zu tun. Es war ein Ausdruck des Bedauerns, höchstens noch der verzweifelte Versuch, an etwas festzuhalten, was zwischen uns eingeschlafen oder abgestorben war, nicht mehr existierte, und ich Dummkopf hatte alles falsch ausgelegt. Und einen guten Monat später war ich nur deshalb an Bord eines Fliegers gegangen, damit Ari mir sagen konnte, dass er mich nicht mehr liebte, er mir das einzige Leben nehmen konnte, das ich kannte, das Leben an seiner Seite.

Seine Liebe zu Sophie – gewiss in Leidenschaft und Drama entbrannt, wie so oft bei verbotener Liebe –, war aufgelodert und meine fügsame, sichere Liebe dafür ausrangiert worden. Dagegen war nichts zu machen.

Das Leben war anders gelaufen, als ich es mir erträumt oder gewünscht hatte. Jetzt sah ich ein, dass ich dieses irre Gefühlskarussell, in das Ari mich versetzt hatte, nicht länger aushalten würde, diese Achterbahn mit nur zwei Haltestellen, oben und unten. Nun war die Bahn unten zum Stehen gekommen, und ich war hinausgeschleudert worden, schutzlos Schlägen von rechts und links ausgesetzt. Mein Leib war entblößt bis auf die Knochen, meine Seele abgestorben.

Deshalb war ich vor genau einem Jahr vom Flughafen Lod geradewegs zu meinem Elternhaus gefahren, ohne in Aris und meiner Wohnung vorbeizuschauen. Erst drei Tage später brachte ich den Mut auf, in die Wohnung zu gehen, die bis vor Kurzem noch mein Zuhause gewesen war. Spontan räumte ich meine Kleidung aus dem Schrank, meine Bücher aus dem Regal, meine Lieblingsschallplatten aus dem Plattenschrank und meine Kosmetikartikel aus dem Badezimmer. Alles, was mein war, nahm ich mit, ohne eine Spur zu hinterlassen. Als ich alles in Kartons gepackt hatte, ließ ich einen letzten Blick durch die Wohnung schweifen. Auf dem Schreibtisch im Wohnzimmer lag ein liniiertes Heft von der Sorte, die Ari immer benutzte, bevor er den Text mit der Maschine abtippte. Ich schlug es auf, fing zum ersten Mal an zu lesen – und da traf es mich wie ein Messerstich in die Brust: Ich war nicht Aris Romanheldin. Nicht ich war seine Muse, sondern Sophie, seine französische Geliebte. Er beschrieb sie genau: Ihr kurzes Haar, ihr perlendes Lachen, ihre weichen Konsonanten. Seine Sophie war göttlich, überlebensgroß, sinnlich und amüsant, eine Frau, die jeden Raum erfüllte und auch jede Herzkammer meines untreuen Ehemanns, die reinste Traumfrau. Mich erwähnte er mit keinem Wort.

Mein Schmerz damals auf der Party, als ich ihn mit Sophie knutschen sah, war nichts gegen den jetzigen. Es war der Schmerz der Kränkung und des Erwachens aus dem Lügengespinst, in dem ich gelebt hatte, der Schmerz der bitteren Wahrheit, die schwarz auf weiß in Aris enger und unleserlicher Handschrift dastand.

Vor dem Weggehen sah ich mich noch einmal in der Wohnung um. Auf dem Fernseher stand in einem silbernen Rahmen, den mein Vater in seinem kleinen Juweliergeschäft eigens für uns angefertigt hatte, ein Foto von Ari und mir. Ich nahm das Bild, das uns glücklich umschlungen zeigte, und schleuderte es zu Boden. Das Glas ging in Scherben. Ich trat mit den Füßen darauf, zertrampelte die Scherben. Die wenigen anderen gemeinsamen Bilder und seine Briefe an mich ließ ich zurück. Ich brachte es nicht fertig, sie einzusammeln und zu verbrennen. Sollte er sie meinetwegen selbst verbrennen und sich gleich mit, dachte ich wütend.

Den Schlüssel warf ich in die Mülltonne auf dem Hof. Nichts sollte mich noch an Ari erinnern. Wochenlang war ich damit beschäftigt, diesen Mann aus meinem Leben zu löschen. Um ihn endgültig zu vergessen, mied ich die Straßen, die wir gemeinsam entlanggegangen waren, und die Cafés, in denen wir gesessen hatten. Alles, was mich an ihn erinnerte, ob Mensch oder Straße, wurde gestrichen.

Ari suchte mich durchaus, schickte Kuriere und schrieb Briefe in kühlem Juristenstil. Er wollte Eigentumsfragen klären, über Wohnung, Auto, gemeinsame Gegenstände, wollte die Scheidung. Wir müssten uns nicht treffen, wenn ich nicht wollte, erklärte er, er würde mir auf dem Rabbinat in Paris den Scheidungsbrief ausstellen, ihn per Kurier übersenden, und ich bekäme ihn dann auf dem Rabbinat in Tel Aviv. Aber ich weigerte mich hartnäckig, seine Kuriere zu empfangen, ignorierte seine Briefe, hob das Telefon nicht ab, und als er nach Israel kam, verweigerte ich ein Treffen. Ich wollte keinerlei Kontakt, weder mit seiner Familie noch mit unseren wenigen gemeinsamen Freunden, die sich vergeblich bemühten, mit mir in Verbindung zu bleiben. Ich konnte mich nicht auf sie verlassen. Wen immer ich über Ari kennengelernt hatte, der trug für mich ein großes, rotes Stoppschild.

Im Alter von sechsundzwanzig Jahren, ohne Beruf oder abgeschlossene Ausbildung, ohne Mann, ohne Eigentum und ohne Lebenslust zog ich wieder bei meinen Eltern ein, die traurig zusahen, wie ich zum Schatten meiner selbst wurde.

Nichts half, nicht die Verzweiflung meines Vaters, der mich inständig bat, wieder ich zu sein, und nicht die gequälte Zuwendung meiner Mutter, die ausnahmsweise davon Abstand nahm, ihre Pfeile auf mich abzuschießen und laut auszusprechen, was sie dachte: »Ich hatte es dir ja gesagt!«

Ein ganzes Jahr ist eine lange Zeit, eine, die das Leben verändert. Das Jahr nach Aris Abkehr von mir war ein verlorenes Jahr für mich, in dem ich tatenlos auf dem Bett in meinem alten Kinderzimmer lag, mich halb totrauchte, nichts las, wenig sprach, kaum was aß und meine Mutter schier um den Verstand brachte. Mein Vater, Zeit seines Lebens ein säkularer Mensch, fing nun an, sich mit Rabbinern zu beraten und Psalmen zu beten, alterte in einem Jahr um zehn Jahre, aber ich starrte weiter nur an die Decke. Müde und erschöpft gab er schließlich die Bemühungen auf, seiner einzigen Tochter wieder auf die Beine zu helfen, und ließ mich endlich in Ruhe. Ich wusste, er wünschte sich nichts sehnlicher, als dass ich mich aus meiner Starre befreite, hoffte täglich auf Besserung. Ich wusste es und konnte ihm doch nicht die Hand reichen.

Und dann rappelte ich mich eines Morgens aus meinem Jugendbett auf, trat ans Fenster und schob den Vorhang beiseite. Der Himmel draußen war mit grauen Wolken übersät, zwischen denen die Wintersonne hervorblinzelte.

Ich stand am geschlossenen Fenster, die Sonnenstrahlen

fielen durch die Scheibe, und ich ließ sie an mich ran, erlaubte ihnen, meinen eiskalten Körper zu wärmen. Ich blickte in die Sonne, bis sie mir gänzlich die Augen blendete. Schlagartig kam mir die Erkenntnis, dass ich eigentlich tot war und nur mein Körper noch weiterlebte.

Plötzlich ekelte ich mich vor mir selbst und eilte ins Badezimmer, um dieses Gefühl abzuspülen. Die junge Frau, die vor mir im Spiegel auftauchte, hatte keinerlei Ähnlichkeit mit mir. Aber ich war es. Flach und schmal, die Brüste kleiner denn je, die Knochen hervortretend, als wollten sie ein Eigenleben entfalten, die Arme baumelnd wie bei einem kleinen Mädchen und die Beine fernstehend, dünn und mager wie zwei Streichhölzer. Mein Gesicht, von einer struppigen, kastanienbraunen Mähne umrahmt, sah bleich und leblos aus, die geschwollenen Lippen wirkten deplatziert in dem kleinen Gesicht, die Wangen waren eingefallen, und die Wangenknochen traten hervor. Ich starrte mir im Spiegel in die Augen, sogar ihre grüne Farbe war verblasst, kein Funken Leben war in ihnen verblieben.

Ich holte tief Luft, schloss die Augen, und plötzlich – wie ein Geysir aus den Tiefen der Erde – brachen die aufgestauten Tränen hervor. Ich weinte die Kränkung, den Schmerz, die Enttäuschung heraus und vor allem die Untreue. Monatelang hatte ich mein Herz verhärtet, hatte schweigend geraucht, doch nun ließ ich Gefühle zu, und der Schmerz war so überwältigend, dass ich nicht mehr stehen konnte, mich in der Dusche auf den Boden legte, zusammengekrümmt wie ein Embryo.

Ich konnte mich selbst nicht mehr ertragen, hasste mein Spiegelbild. Wassertropfen rannen mir noch über den nackten Körper, als ich das erstbeste Kleid aus dem Schrank riss, das schwarze, das Ari nicht ausstehen konnte. Ich hörte förmlich seine Stimme in den Ohren: »Das ist die Kreation einer

Modedesignerin, die derart hässlich ist, dass nur ein kleines Schwarzes ihre Mängel kaschieren kann.« Früher hatte er mir verboten, dieses Kleid zu tragen. Aber jetzt konnte er mir nichts mehr verbieten.

Kaum hatte ich einen Fuß auf den Bürgersteig gesetzt, schlug es mich zur Haustür zurück. Die längst vergessenen Geräusche, der Autolärm, das lebendige Treiben, betäubten mir die Ohren. Der Dieselgestank der Busse, vermischt mit den Essensdünsten der Restaurants und dem Geruch der Passanten, stieg mir wie der Gestank fauligen Abfalls in die Nase. Ich wollte mich zurück in mein Kinderzimmer flüchten, wusste jedoch, dass mir auch dort die Decke auf den Kopf fiel, ich auch dort schier erstickte, auch dort nicht sicher war. An jenem kalten, windigen Tag, in Flipflops und dünnem Kleid, rannte ich einfach los. Ich passierte Amirams Bar an der Straßenecke, lief die Dizengoff-Straße entlang, vorbei an Cafés und Restaurants, Bekleidungs- und Schuhgeschäften, überholte Passanten, die verblüfft die junge Frau anstarrten, die wie vom Teufel gejagt an ihnen vorbeisauste. Ich lief bis zum Nordau-Boulevard, überquerte die Ben-Jehuda Richtung HaJarkon-Straße, ignorierte das Gehupe und Gefluche der Fahrer, die stoppen mussten, um mich nicht anzufahren. Atemlos erreichte ich das Sheraton-Hotel, und dort, am Ende der Habakuk-Straße erwartete mich das Meer.

Der Strand war leer, die Liegestühle hatte man zusammengeklappt aufgestapelt und ans Bademeisterhäuschen gekettet, Simchas Kiosk war zu, das einzige Fenster verrammelt. Der Sheraton-Strand war mein Strand, der Strand meiner Kindheit, Jugend und Erwachsenenzeit, mein zweites Zuhause. Dieser im Sommer so quicklebendige Strand lag jetzt verlassen da.

Ich stand an der Wasserlinie, die nackten Füße in die

sanft anlaufenden, kleinen Wellen getaucht. Ich breitete die Arme aus, hob den Kopf, holte tief Luft, schloss die Augen und bat das Meer, mich zu retten, wie es mich stets gerettet hatte, mich zu heilen wie früher. Ohne das schwarze Kleid abzulegen und trotz der empfindlichen Kälte, ging ich ins Wasser.

In der Ferne sah ich ein Brandungsboot, auf dem ein junger Mann stand und das Ruder steuerte wie ein geübter Tänzer. Aber ich wollte nur, dass die Wellen mich bedeckten wie eine flauschige Bettdecke. Ich ließ mich sinken, das Wasser drang mir schon in die Nase, zog mich mit archaischer Kraft in seinen Schoß, doch kurz bevor ich in die Meerestiefen hinausgespült wurde, hörte ich eine Stimme: »Hey! Gib mir die Hand«, und starke Arme packten zu, fischten mich aus dem Wasser und zogen mich an Bord.

Ausgekühlt und verstört, bis auf die Knochen durchnässt, saß ich auf dem Brandungsboot, rieb mir die Arme, die vom harten Griff des Ruderers brannten, fragte mich verwirrt, wie dieser Fremde zu mir gelangt war und warum er mich aus dem Wasser gefischt hatte, statt mich in die Tiefen abtauchen zu lassen.

Minuten später setzte der Bug des Bootes auf dem weißen Sand auf, der Ruderer sprang ab und reichte mir die Hand, um mir auf den Strand zu helfen. Novemberkühle hing in der Luft. Der Ruderer kletterte hinauf ins Bademeisterhäuschen, kam mit einer Wolldecke zurück und legte sie mir wortlos um. Ich hielt mit einer Hand die Decke, um mich mit der anderen aus dem nassen Kleid zu schälen, das mir am Leib klebte. Der Ruderer schaute höflich aufs Meer. Zu meiner Überraschung fühlte ich mich in seiner Anwesenheit sicher. Und als ich sah, dass er woanders hinblickte, warf ich die Decke ab und zog das Kleid aus. Doch gerade, als ich splitternackt im Sand stand, drehte er sich um. Für einen kurzen Moment begegneten sich unsere Blicke, dann wandte er die Augen schnell wieder ab, stieg erneut hinauf ins Häuschen und kehrte mit einer Sherwal-Hose und einem Pullover zurück, die er mir wortlos reichte.

Ich zurrte mir die Hose um die Taille fest, damit sie nicht rutschte, und schlüpfte in den warmen Pullover. Plötzlich breitete sich Ruhe in meinem Innern aus. Das gute Meer, mein namenloser Lebensretter und die übergroßen warmen Sachen verliehen mir, erstmals seit vielen Monaten, ein wohliges Gefühl von Frische und Sicherheit. Ich atmete auf, setzte mich in den weichen Sand. Der Ruderer kniete sich hin, holte einen Gaskocher aus seinem Rucksack und kochte uns starken türkischen Mokka in einer rußigen Stielkanne. Dann bedeckte er meine zitternde Hand mit seiner, als wollte er sie fixieren. Augenblicklich hörte ich auf zu zittern. Ich hob die Tasse an die Lippen und trank einen Schluck heißen schwarzen Kaffee.

»Bist du okay?«, fragte er.

Ich nickte, den Blick auf die Tasse gerichtet, wagte nicht, die Augen zu heben, um seinen nicht zu begegnen.

Lange saßen wir stumm da, tranken langsam unseren Kaffee, bis der Ruderer das Schweigen brach und fragte: »Was wolltest du denn Mitte November im Meer?«

»Mich reinwaschen.«

»Und ich Idiot dachte, ich würde dich retten!«

»Vielleicht hast du mich gerettet, vielleicht hätte es mich in die Tiefe gerissen, wenn du mich nicht aus dem Wasser gezogen hättest.«

Er sah mich verwirrt an. »Hast du nun versucht, dich zu ertränken, oder nicht?«

»Ich bin nicht ins Meer gelaufen, um mich zu ertränken. Ich komme ans Meer, wenn es mir schlecht geht. Dort gehe ich ins Wasser, und nach und nach spült es das schlechte Gefühl ab, verwandelt es in ein gutes, und ich beruhige mich.«

»Tut mir leid«, erwiderte er ehrlich bedauernd, »tut mir leid, dass ich dein Ritual gestört habe.«

»Schon in Ordnung, hab Schlimmeres erlebt im letzten Jahr.«

»So schlimm?«

Ich atmete tief durch. Könnte ich es ihm nur erzählen. Vielleicht wäre dieser fremde Ruderer fähig, mich ebenso zu heilen, wie es das Meer vermochte, aber die Worte kamen mir nicht, und so schwieg ich.

Mein Kaffee war kalt geworden, und der Ruderer goss den Rest in den Sand und schenkte mir starken schwarzen Kaffee aus der Stielkanne nach, die die ganze Zeit auf dem Feuer stand.

»Sieh mal«, sagte er nach einer Weile, »ich weiß nicht, was du gerade durchmachst, aber wenn Geister in dir stecken und nicht rauswollen, dann rate ich dir, Hilfe zu suchen. Nach meiner Erfahrung hilft es, zu reden.«

»Willst du mit mir über meine Geister reden?«

»Ich nicht«, lachte er, »ich kann dich höchstens zu einer Runde auf dem Brandungsboot einladen, aber ich kenne jemanden, der dir helfen könnte, wenn du magst. Er heißt Amir Kaminski. Hier«, er zog einen Zeitungsausschnitt aus dem Rucksack, »das hat vor ein paar Tagen über ihn in der *Haaretz* gestanden.«

Ich nahm den Zeitungsausschnitt. Amir Kaminski wurde als wegweisender Psychiater porträtiert, Erfinder einer neuartigen Therapie für Patienten, die an Kriegstraumata, Psychosen und Depressionen litten.

»Danke«, sagte ich und gab ihm den Ausschnitt zurück, »aber ich bin kein Psycho, ich brauch keinen Psychiater.«

»Behalte den Artikel«, sagte er ungerührt, »vielleicht nutzt er dir doch mal was, kann man nie wissen.« Er stand auf. »Ich muss los, vertäue nur schnell noch das Boot und begleite dich rauf zur Straße. Kein toter Hund am Strand, nicht so angenehm, hier allein rumzulaufen.«

Erst als er in der Habakuk-Straße auf seine Vespa stieg und davonfuhr, merkte ich, dass ich noch immer seine Klamotten trug.

Dr. Amir Kaminski

Ich blieb unschlüssig an der Tür stehen. »Guten Tag«, sagte der Doktor. Ich merkte, dass er durch mich hindurchsah, nicht in meine Augen.

»Nehmen Sie bitte Platz«, er deutete auf den Stuhl vor seinem Schreibtisch.

Dr. Amir Kaminski war ein massiger Glatzkopf. Auf seiner Nasenspitze saß lässig eine Halbbrille mit Kette. Alle paar Minuten hob er sie von der Nasenspitze auf den blanken Schädel. Im Mundwinkel steckte eine filterlose Nelson. Vier Zigaretten zählte ich während meines kurzen Aufenthalts in seiner Praxis. Der Doktor trug eine schwarze Hose, die ihm unter dem dicken Bauch hing, und ein verwaschenes weißes Hemd. Das Fenster hinter ihm ging auf die Krone einer Sykomore hinaus, die das Zimmer beschattete. Auf dem schweren Schreibtisch brannte eine Kupferlampe mit grünem Glasschirm, wie aus der Requisitenkammer eines Theaters. Daneben stand ein weißer Telefonapparat samt Anrufbeantworter, auf dem ein rotes Lämpchen unermüdlich eine eingegangene Nachricht signalisierte, was mich verrückt machte.

»Bevor wir anfangen, möchte ich, dass Sie mir einige Fragen beantworten«, sagte er. »Wie haben Sie von mir erfahren?«

»Durch den Artikel in der *Haaretz.*«

»Aha. Und ein Zeitungsartikel reichte Ihnen zu der Erkenntnis, dass ich der richtige Arzt für Sie bin? Haben Sie keine Empfehlungen eingeholt, keine Nachforschungen angestellt?«

»Ich habe aus dem Zeitungsartikel von Ihnen erfahren«, wiederholte ich, ohne ihm von der Empfehlung des Ruderers am Strand zu erzählen. Was sollte ich denn auch sagen: Jemand hat mich aus dem Meer gezogen und mir geraten, Sie aufzusuchen? Ich wusste ja nicht mal, wie mein Retter hieß, erinnerte mich kaum an sein Aussehen. Nicht mal mir selbst konnte ich erklären, wie ein namenloser Ruderer vom Sheraton-Strand mich dazu gebracht hatte, die Praxis dieses Mannes aufzusuchen.

»Waren Sie schon einmal in psychologischer oder psychiatrischer Behandlung?«

»Nein.«

Der Doktor schrieb ein paar Dinge in das offene Notizbuch auf seinem Schreibtisch, brummte etwas, und ich rechnete nach, dass er einige teure Minuten von meiner Therapiestunde verplempert hatte. Als er aufblickte, sah er mir wieder nicht in die Augen, sondern auf die Nasenpartie.

»Also, Sie wissen, dass die Therapiesitzung fünfzig Minuten dauert.«

»Ich weiß es und höre die Uhr ticken«, erwiderte ich und blickte auf die Uhr auf dem Schreibtisch. Der dicke Doktor gefiel mir nicht.

Ungerührt fuhr er fort: »Das Honorar haben wir bereits telefonisch besprochen. Ich bestehe auf Zahlung nach jeder Sitzung. Bei mir gibt es keine Schulden und keine besonderen Zahlungsbedingungen.«

Ich zog umgehend 250 Pfund heraus, wie er es mir am Telefon gesagt hatte.

»Es muss nicht am Beginn der Sitzung sein, es geht auch

am Ende«, erklärte er, nahm jedoch rasch die Scheine und schob sie in die Schreibtischschublade.

»Noch etwas«, begann er erneut, offenbar nicht in Eile, »ich rate Ihnen, Ihren Zynismus das nächste Mal schon im Flur abzulegen. In diesem Zimmer wird er Sie nicht weiterbringen. Und wenn Sie nun so gut sein möchten – lassen Sie uns zur Couch übergehen.« Dr. Kaminski deutete auf ein grünes Sofa, auf das ich mich legen musste, während er auf einem Ledersessel hinter meinem Kopf Platz nahm.

Auf der Couch verfiel ich augenblicklich in Panik. Schlechte Gedanken gingen mir durch den Kopf. Würde ich mit den Geistern leben können, die er heraufbeschwor? War es richtig, die Therapie auf dem grünen Sofa zu absolvieren und aufzuwecken, was ich hatte vergessen wollen?

Ich setzte mich hastig auf.

»Ist was passiert?«, fragte der Doktor gleichmütig.

»Ich denke, ich bin nicht bereit für eine Psychoanalyse.«

»Haben Sie mich etwas von Psychoanalyse sagen hören?«

»Wozu haben Sie mich denn sonst auf die Couch beordert?«

»So arbeite ich nun mal, junge Dame: Der Patient liegt entspannt auf der Couch und erzählt mir, was ihn bedrückt, und ich versuche, ihm zu helfen. Psychoanalyse ist ein Prozess, über den wir später gemeinsam entscheiden müssen. Nicht jeder ist geeignet, diesen Prozess zu durchlaufen, und nicht jedem hilft er. Ich weiß noch nichts über Sie außer Ihrem Namen, ihrem Alter und Ihrer Ungeduld. Ich schlage vor, Sie legen sich jetzt auf die Couch, schließen die Augen, und wir beginnen mit der Therapie. Warum nicht? Bezahlt haben Sie schon, dann lassen Sie's doch auf den Versuch ankommen. Wenn es guttut – prima, wenn nicht – Schalom und nicht auf Wiedersehen. Gehen Sie Ihrer Wege und fertig.«

»Was muss ich tun?«, fragte ich besorgt.

»Schließen Sie die Augen, entspannen Sie sich, und atmen Sie bitte durch die Nase.«

Nach und nach fiel mir das Atmen leichter. Ich wusste nicht, wie lange ich dort mit geschlossenen Augen gelegen und durchgeatmet hatte, als ich plötzlich die Stimme des Doktors wie aus der Ferne hörte: »Nun, Elija, was führt Sie zu mir?«

Ich schluckte und sagte mit weit schwächerer Stimme als sonst: »Ein gebrochenes Herz.«

Der Doktor schwieg eine gefühlte Ewigkeit.

»Haben Sie gehört, was ich gesagt habe?«

»Ja, das habe ich«, antwortete er. »Wer hat Ihnen das Herz gebrochen?«

»Mein Mann, wenn man ihn noch so nennen kann.«

»Wie hat er Ihnen das Herz gebrochen?«

»Er hat mich verlassen, und mich ohne Leben sitzen gelassen. Ein Jahr lang habe ich mir die Bettdecke über den Kopf gezogen und wollte sterben.«

»Warum sind Sie dann nicht gestorben?«

»Wie bitte?«

»Sie hätten sich mit Leichtigkeit umbringen können: Schlaftabletten nehmen, Pulsadern aufschneiden, unter die Räder eines Autobusses werfen, vom Dach springen. Man kann auf viele Weisen zu Tode kommen. Wenn Sie sterben wollten, warum haben Sie dann nichts von all dem getan?«

»Wer hat Ihnen gesagt, dass ich nichts getan habe?«

»Ich sehe, dass Sie quicklebendig sind.«

Das Ticken der Uhr auf dem Schreibtisch machte mich wahnsinnig, und ich wurde wütend. Umsonst vergeudete ich hier das Geld meines Vaters und meine Zeit.

Ich schnellte erneut hoch, leicht schwindlig von dem raschen Übergang vom Liegen zum Sitzen, und sagte: »Entschuldigen Sie, Herr Doktor, ich habe Sie nicht aufgesucht, um tausend Wege zum Selbstmord zu lernen, die kenne ich selbst. Ich bin zu Ihnen gekommen, damit Sie mir erklären, warum ich diesem Hund, meinem Mann, erlaubt habe, mein Leben zu zerstören, mich unterzubuttern und wie eine Marionette tanzen zu lassen. Und was tun Sie? Wollen Sie mir sagen, ich hätte mich umbringen sollen? Tabletten schlucken, vom Dach springen, Pulsadern aufschneiden? Habe ich Ihnen dafür Geld gegeben, das mein Vater eigentlich nicht hat? Haben Sie mich dafür auf die Couch gebeten?«

Der Doktor wirkte gleichmütig. Er zog an seiner Zigarette, blies Rauchkringel in die Luft, schob die absprungbereite Brille von der Nasenspitze hoch, und erst nach einer kleinen Ewigkeit fragte er: »Warum haben Sie mich nun wirklich konsultiert?«

»Hab ich Ihnen doch gesagt, damit Sie mein gebrochenes Herz kurieren.«

»Ich kuriere keine gebrochenen Herzen.«

»Was denn dann?«, fragte ich und zündete mir ebenfalls eine Zigarette an. »Wollen Sie die traurigen Reste davon auch noch zertrümmern?«

»Ich bin kein Glaser und kein Maurer, kann kaum eine Glühbirne wechseln. Ich beschäftige mich mit Prozessen, an deren Ende der Patient sich hoffentlich besser kennt und lernt, mit sich klarzukommen, sich so anzunehmen, wie er ist, unter Vermeidung früherer Fehler. Mit anderen Worten: Der Patient und ich begeben uns auf einen Weg, der lang oder sehr lang sein kann. Man braucht festes Schuhwerk, um ihn zu begehen, kann ihn nicht mit Flipflops meistern.« Er warf einen abfälligen Blick auf die Sandalen, die ich trotz des trüben Wetters trug. »Man kann ihn nicht kurzatmig beschreiten. Wenn Sie sich den Weg zutrauen, werde ich Sie gern begleiten. Wenn Sie jedoch Abkürzungen suchen, schlage ich vor, dass wir uns in Freundschaft trennen.«

Alle Stärke, die ich gegen Ari nicht aufzubringen wusste, mobilisierte ich nun gegen den Doktor. Wie konnte er sich anmaßen, mit mir über Wege und Anstrengung zu reden. »Herr Doktor«, fauchte ich, »wir trennen uns tatsächlich, aber nicht in Freundschaft. Sie haben mir meine Zeit und vor allem mein Geld gestohlen. Vielen Dank.«

Ich drückte die Zigarette im Aschenbecher aus und ging zur Tür. Der Doktor blieb sitzen. Als meine Hand schon auf der Klinke lag, stoppte mich seine Stimme: »Ich glaube nun gerade, Ihnen helfen zu können. Falls Sie es doch noch einmal versuchen möchten, würde ich Ihnen gern eine zweite Chance geben.«

»Es wird keine zweite Chance geben«, schnaubte ich und knallte die Tür zu.

Man müsste ihm die Approbation entziehen, dachte ich wütend, wie konnte er mich in den Selbstmord treiben? Als wäre ich nicht selbst draufgekommen. Ein ums andere Mal hatte ich ja vorgehabt, aufs Dach zu steigen und auf dem Gehsteig zu zerschmettern, aber allein schon der Gedanke an das hochfliegende Kleid und an meine Glieder, die auf der großen Straße verstreut liegen würden, hatte mich abgeschreckt. Eigentlich wollte ich gar nicht sterben. Ich wollte schlafen. Wollte einschlafen, um beim Aufwachen festzustellen, dass alles nur ein schlechter Traum gewesen war, dass Ari wieder mir gehörte und mir das Leben erneut geschenkt war, als wäre es mir nie genommen worden. Doch eines wusste ich mittlerweile mit Sicherheit: Ari war nicht mein, nichts war wie früher, und das erboste mich derart, dass ich hart gegen die steinerne Einfriedung des Hauses kickte, in dem sich Amir Kaminskis Praxis befand, mir beinahe den kleinen Zeh gebrochen hätte, der aus den Sandalen herausragte.

Zu Hause saßen meine Eltern auf dem braunen Wohnzimmersofa und sahen Chaim Yavin die Fernsehnachrichten verlesen. Lily setzte sich immer gleich nach dem Abendessen vor die Mattscheibe und blieb dort, bis der »Bibelspruch des Tages« das Programm beendete. »Dann beschließt sie das Fernsehen«, wie mein Vater zu sagen pflegte. So ging das allabendlich. Sie verlangte absolute Stille und starrte auf die Flimmerkiste, als verkünde sie Gottes reine Lehre. Mein Vater war passiver Mitzuschauer. Ihr gegenüber äußerte er niemals einen eigenen Willen, und wenn er mal vorschlug, ins Kino oder Theater zu gehen, richtete er sich stets nach ihren Wünschen. Hatte meine Mutter, seine geliebte Frau, Lust auf einen Film, gingen sie ins Kino. War sie bereit, ein Theaterstück anzuschauen, gingen sie ins Theater, und wenn nicht – dann eben nicht, er gab unweigerlich nach. Als Kind hatte ich mich noch nach dem Warum gefragt, aber mittlerweile wusste ich, dass mein Vater vor ihr kein Rückgrat besaß. Niemals trat er meiner Mutter so entschlossen entgegen wie den Kunden in seinem kleinen Juwelierladen in der King-George-Straße. Ich hatte mehrfach miterlebt, dass er auf dem Preis eines Goldrings beharrte, einfach nicht runterging, auch wenn er dadurch einen Kunden verlor. Aber bei Lily war er anders, sagte zu allem Ja und Amen. Er blieb sogar den ganzen Abend stumm wie ein Fisch, um sie nicht beim Fernsehen zu stören.

Als sie mich hörten, wandten sie mir sofort den Blick zu, sichtlich gespannt, was ich sagen würde. Ein ganzes Jahr lang hatten sie mich nur im Bett gesehen, wo ich schlief oder vor mich hinstarrte, kaum ansprechbar war. Inständig hatten sie mich gebeten, aufzustehen, und nun, wo ich das Bett und ihren Aufsichtsbereich verlassen hatte, sorgten sie sich offenbar noch mehr um mich.

»Wäre besser gewesen, du wärst unter der Bettdecke geblieben!«, platzte meine Mutter heraus. »Da wussten wir wenigstens, wo du bist.«

»Um Gottes willen! Wie redest du denn, Lily?«, sagte mein Vater sanft. »Endlich ist das Mädchen aufgestanden, man müsste in die Synagoge gehen und den Segensspruch für Rettung aus Gefahr sprechen.«

»Geh du in die Synagoge und sag Segenssprüche«, blaffte meine Mutter, als wäre ich gar nicht da, »ich versichere dir, wir haben noch viel Kummer und Sorge von ihr zu erwarten, egal ob mit oder ohne Segen, und hör endlich auf, an den Nägeln zu knabbern. Seit Elija aus Paris zurück ist, hast du ja kaum noch Nägel an den Fingern, bald auch keine Finger mehr.«

Mein Vater nickte stumm. Er wusste bestens, wie man Lily nicht vor den Kopf stieß, sie nicht in Rage brachte, keinen Streit mit ihr anfing, sondern ihren Weg mitging, all das, was mir nie gelang. »Lass sie, Elija«, hatte er mir wiederholt gesagt, »das ist gut für uns alle drei.«

»Was hast du denn davon, dass du sie machen lässt, sie nicht aufbringst und nicht mit ihr streitest, wenn es trotzdem nie gut für uns drei ist, nicht für dich, nicht für sie und nicht für mich?«

Diese Frage beantwortete er nie, wiegte nur den Kopf, als wolle er die Sorgen abschütteln, die die Frauen seines Lebens ihm bereiteten.

Ich fingerte eine Zigarette aus der Tasche, zündete sie demonstrativ an und sah den Rauchkringeln nach.

Lily rastete aus, wann immer ich eine Zigarette anzündete. Sie, die nie geraucht hatte, verabscheute den Zigarettengeruch, der sich an die Möbel und angeblich auch an sie selbst heftete. »Ich rauche nicht, und andere sagen mir, mein Haar würde stinken wie ein Aschenbecher«, jammerte sie mir oft vor, aber ich konnte und wollte das Rauchen nicht aufgeben.

Je verrauchter mein Zimmer war und je mehr es »nach Aschenbecher stank«, desto wohler fühlte ich mich, doch Lily rauschte zuweilen herein, riss den Laden auf und ließ schlagartig grelles Licht ins Zimmer. »Mach den Laden zu«, forderte ich dann und hielt mir die die Augen zu, »geh weg hier!« Aber sie überhörte es und ließ den Laden offen, bis ich ihn wieder schloss.

»Wenn du ersticken willst, dann bitte schön, aber dein Vater und ich wollen es nicht, und deinetwegen ersticke ich in meinen eigenen vier Wänden«, rief sie und setzte mit geänderter Taktik hinzu: »Ich leere dir nicht mehr die Aschenbecher. Meinetwegen ersticK in deinem Qualm und Gestank. Schütt sie selber aus, wenn du willst.« Sobald sie die Harmlosigkeit ihrer Drohungen erkannte, da der Aschenbecher bei mir überquoll und die Asche auf Nachtschrank und Boden rieselte, leerte sie ihn unter Schimpfen und Fluchen doch wieder.

Jetzt zog ich an der Zigarette und blies den Rauch in ihr heiliges Wohnzimmer, blickte ihr direkt und abwehrbereit ins Gesicht. Aber sie sah mich nur schweigend an. Mein Vater umklammerte die Sessellehnen, hatte sich in meiner Abwesenheit sicher das Herz verzehrt. Er blickte Lily an, als warte er auf ein Wort von ihr. Elend und verloren sah er aus, setzte mehrmals zum Sprechen an, schluckte den Satz jedoch hinunter. Und da begriff ich: Großer Gott, mein Vater hat nicht nur Angst vor meiner Mutter, er hat auch Angst vor mir.

»Was denn?«, bellte ich meinen Vater an.

»Nichts«, antwortete er schwach, »wir waren in Sorge um dich, es ist schon etwas spät.«

»Was gibt's da zu sorgen, ich bin eine verheiratete Frau, hast du das vergessen?«

Meine Mutter fixierte mich schweigend. Mein Vater wandte den Blick ab, seine Augen wirkten glasig.

Ich wusste, dass ich grausam mit ihnen umging, noch dazu in dem schrecklichen Jahr nach dem Jom-Kippur-Krieg. Nicht genug mit dem Kummer, den ich ihnen bereitete, waren sie auch noch besorgt über die Weltuntergangsstimmung im Land. Noch nie hatte ich meinen weichen, sensiblen Vater, der immer auf Zehenspitzen ging, so nervös gesehen. Er klagte, aber nie in Lilys Anwesenheit, er habe es satt, dass jeder Pieps von mir oder Lily einen Seelensturm bei ihm auslöse, der sein Lebensschiff ins Schlingern bringe, dass jedes Klingeln des Telefons ihn aufschrecke und jede Laune von ihr oder mir ihn um den Schlaf bringe. »Mir reicht's!«, sagte er in einem Moment der Erschöpfung. »Ich hab genug von euren Launen, und ich hab auch genug von der Stimmung im Land. Erst hat der Krieg mich erledigt, und nun machst du mich auch noch kaputt, Elija. Wach endlich auf! Wie lange willst du denn noch im Bett liegen bleiben?«

Als die Agranat-Kommission, die das Vorgehen der Militär- und Staatsführung in diesem verfluchten Krieg prüfen sollte, die Hauptschuldigen an dem Fiasko, Verteidigungsminister Mosche Dayan und Ministerpräsidentin Golda Meir, von der Verantwortung freisprach, rastete mein Vater aus. Er, der sonst nie laut wurde, stand vor dem Fernseher und schrie: »Eine Frechheit! Das ganze Volk Israel weiß, dass die beiden die Verantwortung übernehmen und zurücktreten müssen.« Und als nach dem Krieg Proteste ausbrachen, ging mein Vater, dieser bescheidene und zurückhaltende Mann, den sonst nichts interessierte außer seiner kleinen Familie und seinem Juweliergeschäft, tatsächlich hin und solidarisierte sich mit Motti Ashkenazi, dem Kommandeur des Forts Budapest an der Bar-Lev-Linie, der vor Golda Meirs Amtsräumen in Hungerstreik getreten war. Gleich danach kam er zu mir, setzte sich auf meine Bettkante und redete händefuchtelnd auf mich ein, obwohl ich gar nichts hören wollte: »Noch nie im Leben bin ich bei einer Demonstration oder einem Protestmarsch mitgelaufen, noch nie habe ich meine Meinung laut ausgesprochen, sie immer lieber für mich behalten, aber diesmal nicht! Diesmal solidarisiere ich mich mit Motti Ashkenazi. Aber erzähl Mutter ja nichts, damit sie keine Szene macht.«

Ich streckte den Kopf unter der Bettdecke hervor und nickte, bloß, damit er aus meinem Zimmer verschwand und mich in Ruhe ließ, aber das tat er nicht. »Versprich es mir«, beharrte er, und ich versprach ihm, Lily kein Wort zu verraten, ihr nicht zu erzählen, dass ihr Mann sich von einem *Nebbich*, einem Nichts, wie sie ihn nannte, in einen Revolutionär verwandelt hatte.

Doch er klagte weiter über die Folgen dieses schrecklichen Krieges, der das Leben so vieler junger Menschen gekostet hatte, schimpfte, ganz gegen seine Gewohnheit, auf Golda und Mosche Dayan und die Lage, und ich lag im Bett und wollte nur, dass er endlich schwieg, wegging und mich alleinließ, denn mich interessierte die Lage nicht die Bohne. Ich scherte mich um nichts, was draußen, außerhalb meiner Bettdecke geschah, sah und hörte nichts, und als mein Vater, nunmehr im Stehen, weiterredete, hätte ich schreien mögen. Doch irgendwo tief drinnen erkannte ich, dass er nicht mit mir sprach, sondern mit sich selbst. Er musste seine Verbitterung loswerden, um nicht auch noch auszuflippen.

Ein ganzes Jahr lang pflegten und umsorgten mich meine Eltern, als wäre ich wieder ein kleines Mädchen. Durch die Wand zu ihrem Schlafzimmer hörte ich oft meinen Vater schluchzen und meine Mutter schimpfen: »Es reicht, Schaul, hör auf, dich wie ein Weib zu benehmen. Das hat Elija jetzt gerade noch gefehlt, dich weinen zu hören. Sei ein Mann, zeig ihr, dass du stark bist.« Sicher hat meine Mutter das ganze Jahr über keine einzige Träne vergossen. Sie war eine harte Frau, die keine Gefühle zeigte.

»Elija, wo warst du?«, fragte mein Vater mit seiner angenehm weichen Stimme.

»Ich war beim Psychologen. Hab dein Geld umsonst rausgeschmissen, für einen abgefuckten Psychologen, der keinen Groschen wert ist.«

»Wieso denn rausgeschmissen?«, fragte mein Vater fröhlich, ihm schien ein Stein vom Herzen gefallen zu sein. »Gut, dass du zum Psychologen gegangen bist, das ist sehr gut für dich, er wird dir helfen, drüber wegzukommen.«

»Worüber wegzukommen?«, ließ Lily endlich ihre Stimme vernehmen.

»Was worüber? Über Ari. Sie muss sich von ihm scheiden lassen und ins Leben zurückfinden.«

»Sie lässt sich nicht scheiden!«, sagte Lily entschieden. »Wir werden ihm die Hölle so heiß machen, wie er sie ihr heiß gemacht hat. Er wird zahlen für das, was er ihr angetan hat, unser teurer Jecke-Potz, wir zeigen ihm, was eine Harke ist.«

»Was heißt wir?« Meine Stimme klang sogar mir schrill und laut in den Ohren, und meine Eltern zuckten zusammen, als sei eine Bombe eingeschlagen. »Ich entscheide, ob ich mich scheiden lasse oder nicht, nicht ›wir‹. Ari ist mein Problem, nicht eures.«

»Er mag dein Problem sein, aber du bist unser Problem!« Lilys Blick erschreckte mich, ich kannte ihn zur Genüge: Wenn sie die Augen verengte, war sie kurz vor dem Siedepunkt. Der Funkenflug brannte auf der Haut und verhieß nichts Gutes.

Doch anders als sonst flüchtete ich diesmal nicht auf mein Zimmer und knallte die Tür zu, sondern ertrug Lilys weitere Salven: »Er hat dir das Herz gebrochen, dieser Nichtsnutz, dieser Parasit. Er hat dir ein geschlagenes Jahr deines Lebens geraubt, hat dich in dein Zimmer getrieben, und wir mussten dich pflegen wie ein Baby, dich mit dem Löffel füttern, rund um die Uhr auf dich aufpassen, damit du dir nicht das Leben nahmst. Deshalb müssen wir jetzt, wo du Gott sei Dank wieder zu dir kommst, dieses Problem namens Ari angehen, denn es ist auch unser Problem, nicht nur deines. Und wir werden es in die Hand nehmen, nicht nur du.«

»Lily!«, kreischte ich. »Wegen dir, nur deinetwegen habe ich Ari geheiratet, um dich loszuwerden, diesem Elternhaus zu entfliehen. Weil ich mit dir nicht mehr unter einem Dach leben konnte, weil du mich erdrückt hast. Deinetwegen habe ich geheiratet. Du hast mich Ari in die Arme getrieben. Hätte ich ihn nicht geheiratet, wäre mein Herz vielleicht nicht in Stücke gebrochen.«

»Sag mal, hörst du dich eigentlich selbst reden?« Lily funkelte mich wütend an. »Ich habe dich angefleht, nicht zu heiraten, habe dir gesagt, du solltest nichts überstürzen, seist noch zu jung. Ich hab dir gleich gesagt, dass Ari ein elender Egoist ist, der nur an sich selbst denkt, und dass die Schriftstellerei bloß ein Hirngespinst ist und kein Beruf! Dass man keinen Mann brauchen kann, der nicht jeden Morgen zur Arbeit aufsteht und am Monatsende Geld nach Hause bringt. Aber du hast ja nicht auf mich gehört, hast deine Hochzeit geplant, ohne uns einzubeziehen. Du bist in die Boutique von der Frau des dicken Dud vom Dudaim-Duo in der Hod-Passage gelaufen und hast, ohne dich mit mir zu beraten, wo doch sonst jede Braut sich Rat bei ihrer Mutter holt, ein Kleid bestellt, dass vielleicht gerade noch für den Strand gepasst hätte, aber gewiss nicht für eine Hochzeit. Und damit nicht genug, hast du auch noch auf dem Rabbinat geheiratet. Auf dem Rabbinat!«

Ich wartete, dass meine Mutter eine Pause einlegte, aber dieser Sermon hatte wohl Jahre auf mich gewartet. Sie hörte keineswegs auf, sondern feuerte weiter: »Meine Tochter heiratet auf dem Rabbinat, als hätte sie, Gott behüte, etwas unter dem Kleid zu verbergen, und die Bewirtung, o Gott, die Bewirtung – ich hätte mich am liebsten in ein Mauseloch verkrochen: Ein Stück Bourekas pro Person und süßer Kiddusch-Wein. Zwei Uhr nachmittags, und doch waren alle total angeschickert, auch der Bräutigam. Was habe ich mich geschämt vor den paar Gästen von unserer Seite.«

»Genug!«, fuhr mein Vater dazwischen. Ich konnte mich nicht erinnern, ihn jemals lauter gehört zu haben. »Lily, ich bitte dich – genug damit. Warum regst du dich auf über etwas, was war und nicht mehr zu ändern ist?«

Lily explodierte. »Ich rege mich auf, weil deine Tochter sich sehenden Auges das Leben kaputtgemacht hat, ich rege mich auf, weil sie diese Null geheiratet hat, diesen Kerl, der bei seiner eigenen Hochzeit so besoffen war, dass er sich nicht auf den Beinen halten konnte, sondern in seinem schäbigen Hochzeitsanzug auf den Stufen des Rabbinats hockenblieb. Und deine Elija, deine Prinzessin – statt dass er sie auf Händen getragen hätte, musste sie diesen Schlemihl, den sie geheiratet hatte, den ganzen König-David-Boulevard entlangschleifen bis zum Platz der Könige Israels.«

»Woher willst du das wissen?«, fragte mein Vater. »Was reimst du dir für einen Unsinn zusammen!«

»Ich reime mir Unsinn zusammen? Frag die paar Gäste, die wir mit ihrer Erlaubnis zur Hochzeit einladen durften. Mir langt's, ich bin es leid, dass du sie dauernd in Schutz nimmst, als sei sie in Ordnung und ich nicht.«

»Habe ich dir jemals so was gesagt?«

»Musst du gar nicht erst, ich sehe es dem Gesicht an, das du mir schneidest. Wenn du nichts sagst, ist es schlimmer, als wenn du redest. Ich kann mich an deine Miene bei der Hochzeit erinnern, wie ein Toter hast du ausgesehen, wie ein Mensch, dem ein Unheil geschieht.«

»Vielleicht dachte ich wie du, dass Elija einen Fehler beging, als sie Ari heiratete, aber ich dachte gewiss nicht, dass ein Unheil geschieht, also leg mir das bitte nicht in den Mund.«

»Und verbiete du mir nicht den Mund, ich werde meiner Tochter sagen, was ich empfinde, auch wenn sie es nicht gerne hört. Und du«, wandte sie sich an mich, »du musst dieser Französin, die ihn dir weggeschnappt hat, danke sagen, sie hat dir einen großen Dienst erwiesen. Schick ihr einen Blumenstrauß.«

»Einen Strauß Zyanid werde ich ihr schicken«, sagte ich, lief in mein Zimmer und knallte die Tür zu, als wäre ich wieder ein pubertierender Teenie.

In meinem Zimmer steckte ich den Kopf unter die Bettdecke. Die wenigen lichten Momente, die mich veranlasst hatten, raus auf die Straße, ans Meer zu gehen, die Momente, in denen ich am Strand Kaffee getrunken hatte mit dem namenlosen Ruderer, meinem Retter, der mich zu Dr. Kaminskis Praxis geschickt hatte, diese Momente verblassten. Ich wollte schlafen, hoffte, wenn ich den Kopf wieder unter der Decke barg wie in dem schweigend verbrachten Jahr, würde der Schmerz vergehen. Ich war böse auf Lily, weil sie mich an mein Leben mit Ari erinnert hatte, ein Leben, das ich nun nicht mehr mit dem Mann führte, den ich nach wie vor liebte, obwohl diese Liebe mich innerlich aufzehrte. Ich war ihr böse, weil sie mich in meine Hochzeitsnacht zurückversetzt hatte.

Ich versuchte, die Gedanken an die »merkwürdige Hochzeit«, wie Lily sie nannte, zu vertreiben, denn für mich hatte sich damit ein Traum erfüllt. Ich hatte Ari auf den ersten Blick heiraten wollen, und sei es mittags auf dem Rabbinat, mit nichts als Sangria, Bejgele und Bourekas und mit den wenigen Bekannten und Verwandten von meiner Seite, die Ari mir einzuladen erlaubte.

Ich erinnerte mich in allen Einzelheiten an den 25. September 1972, den Tag meiner Hochzeit. Aris Verwandte und Bohème-Freunde, von denen ich kaum jemanden kannte, stellten die Mehrheit. Von mir waren nur ein paar Onkel und Tanten, Cousins und Cousinen meines Vaters da; und die Großeltern Zoref, die ich seit Jahren nicht gesehen hatte, standen bei der Hochzeit ihrer Enkelin verschämt am Rande wie Fremde. Jetzt tat es mir so leid: Als die einzigen Großeltern, die ich habe, in ihren guten Sachen zu mir traten, um mich zu beglückwünschen, fertigte ich sie ab, als seien sie nicht mein eigen Fleisch und Blut. Jetzt, da ich mich an ihre gütigen Gesichter erinnerte, an Großvater, der sanft meine Hand nahm, und an Großmutter, die mir mit ihrer runzligen Hand die Wange streichelte, schämte ich mich so sehr, dass ich mich unter der Decke heftig kniff. Gott, wie nervös war ich auf meiner Hochzeit gewesen, hatte für nichts und niemanden Augen gehabt außer für Ari. Ich war diesem einzigartigen Mann, der tatsächlich bereit war, mich zu heiraten, auf Schritt und Tritt mit Blicken gefolgt, ängstlich, wenn er einer anderen Frau nahekam und hemmungslos mit ihr flirtete, als sei er nicht der Bräutigam auf seiner eigenen Hochzeit, wenn er zu viel trank und laut lachte, während ich ihm nachlief wie ein dummes Mädchen, den Mund zu einem schiefen Lächeln verzogen, das meinen Gefühlen nicht entsprach. Ich war auf der Hut: Besorgt, er könnte es sich in letzter Minute noch anders überlegen und mich unter dem

Hochzeitsbaldachin stehen lassen, oder, schlimmer noch, sich so betrinken, dass er vergaß, wozu wir auf dem Rabbinat waren, wozu ich ein weißes Kleid, das meine Mutter schrecklich fand, trug und einen Schleier angelegt hatte.

Ja, natürlich war auch Lily dabei, die die gesamte Trauzeremonie mit wütender Miene verfolgte und dann noch vor Ende der Feier ging, im Schlepptau meinen Vater, der ihr vergebens versicherte, das sei nicht üblich. »Kümmert mich einen Dreck, was üblich ist«, hörte ich sie schnauben und hoffte inständig, dass es nur mir zu Ohren gekommen war. »Gewiss ist es nicht üblich, dass dieser Nichtsnutz, der deine Tochter geheiratet hat, unter der Chuppa, noch ehe er das Glas zertrat, schon schwankte wie der Feststrauß am Laubhüttenfest. Also rede nichts von wegen unüblich. Entweder du kommst mit oder ich geh allein und lass dich da!« Ich sah die beiden aus dem Augenwinkel, konnte meinem Vater die Gedanken vom Gesicht ablesen. Der Gedanke an den Skandal, den seine Frau verursachen könnte, ängstigte ihn noch mehr als der, dass seine Tochter vielleicht einen großen Fehler beging, als sie diesen Schriftsteller, den sie kaum kannten, heiratete. Schließlich gab er nach: »Gut, Lily, gehen wir.«

Lily strebte schon dem Ausgang zu, aber mein Vater kam zu mir, küsste mich auf die Stirn und sagte: »Mutter fühlt sich nicht so gut, mein Kind, wir gehen jetzt. Viel Freude noch auf deiner Hochzeit.« Ich wusste, er log in Bezug auf Lily, wusste aber nicht, ob er mir wirklich Freude auf meiner Hochzeit wünschte oder seinen Unmut über die erbärmliche Feier äußerte, die Ari für uns arrangiert hatte. Ich erwiderte seinen Kuss und sagte: »Papa, sei nicht entsetzt, so heiratet man halt in der Bohème«, was ich mir damals selbst einredete.

Die Hochzeit endete nach einer knappen Stunde. Endlich war ich allein mit Ari, doch der war so betrunken, dass er sich kaum senkrecht halten konnte. Mit Mühe bugsierte ich meinen frischgebackenen Ehemann aus dem Gebäude. Während er in seinem Hochzeitsanzug auf den dreckigen Stufen des Rabbinats hockte, versuchte ich, ein Taxi anzuhalten. Als ich mich nach ihm umsah, erschrak ich: Ari lag auf der Treppe. Die von Moischele, dem Sohn von Chetzkel aus dem Literatencafé Kassit, zubereitete Sangria, von der Ari Glas um Glas gekippt hatte, stand in dem Ruf, auch den Schalom-Turm mit seinen 34 Stockwerken umkippen zu können.

Als wir endlich in Aris Wohnung, die nun unsere war, ankamen, wimmelte es dort von Menschen, die ich nicht kannte. Aus dem Plattenspieler schallten Gitarrenklänge von Jimi Hendrix, der die Saiten mit der amerikanischen Hymne traktierte. Manche tanzten eng umschlungen. Haschischgeruch hing in der Luft, und einer meinte, man müsse die Fenster schließen, sonst würde uns ein Nachbar noch die Polizei auf den Hals jagen. Auf dem schmalen Sofa kuschelten Männer und Frauen. In der Küche und sogar im Bad ging es ebenso bunt zu. Mit Mühe schleifte ich Ari ins Schlafzimmer, aber auch das Bett war von einem Paar belegt. Grölend vor Lachen befreite Ari sich aus meinem Griff und plumpste aufs Bett, drängte sich zwischen das fremde Paar. Ich beschloss, ihn alleinzulassen und mich auf meiner Hochzeitsparty inmitten all der Fremden in unseren Räumen zu amüsieren. Aber es gelang mir nicht.

Ich sah die Gäste unseren Kühlschrank öffnen und plündern: Käse und Marmelade und Gemüse und die fette Wurst, die ich zu einem horrenden Preis eigens für Ari in Josés Delikatessengeschäft in der Dizengoff Ecke Jean Jaurès gekauft hatte. Sah sie in meiner Unterwäsche nach dem Zigarettenpapier wühlen, das, wie Ari ihnen verraten hatte, zwischen meinen BHs und Slips versteckt lag. Ich stand wie gelähmt dabei, wusste nicht, wie ich dem Stöbern in meinen privaten Dingen Einhalt gebieten sollte, fürchtete Ari aufzubringen, der explodieren würde, wenn er meinte, ich beleidigte seine Freunde.

Ich wusste nie, was tun, wenn er betrunken oder bekifft war, konnte mich nie an den besoffenen oder vollgedröhnten Ari gewöhnen, der dann so anders war als in nüchternem Zustand. Vielleicht ist dieses Treiben auf meiner Hochzeitsparty ja in Ordnung, dachte ich naiv. Vielleicht ist es üblich, in einem fremden Haus den Kühlschrank aufzumachen und leerzuräumen, vielleicht darf man im Unterwäschefach nach verstecktem Zigarettenpapier und Haschisch kramen, vielleicht ist das in der Boheme gang und gäbe. Was wusste ich denn von der Bohème, bevor ich Ari kennenlernte? Ich war ein braves junges Mädchen, das ihm auf der Straße nachgelaufen war wie eine Blinde.

Vor Ari hatte ich niemanden wie ihn gekannt.

Die Party dauerte bis in die Nacht, und ich war keine Minute mit meinem neuen Ehemann allein. Er wechselte von einem Gast zum anderen, lachte hier mit einem Mann, streichelte dort eine Frau. Mit brennender Eifersucht sah ich ihn einer fremden Frau an den Po fassen, sie an sich drücken, sein Gesicht an ihren Hals legen, blitzschnell einen Joint drehen, »Bomben« herstellen, während alle ihn umstanden und staunten, wie er das Papier mit der Fingerfertigkeit eines begnadeten Pianisten rollte.

Macht nichts, tröstete ich mich, und schlang die Arme um den Leib, bald gehen sie, und dann sind wir allein. Aber die Zeit schlich dahin, und keiner schien sich verkrümeln zu wollen, die Party würde wohl bis in die Puppen weitergehen. Ich fühlte mich nicht als Braut. Auf meiner eigenen Hochzeitsfeier fristete ich ein Mauerblümchendasein, fand kein einziges Plätzchen für mich in der Wohnung, die mein Zuhause war. Ich fing an, wie wild Aschenbecher auszuleeren und dreckige Gläser mit Zigarettenstummeln einzusammeln. »Hey, Süße, bringst mir mal 'n Bier?«, rief ein berühmter Schauspieler, der auf unserem Sofa lümmelte.

»Süße?!«, hätte ich aufschreien mögen. »Ich bin keine Süße, ich bin die Braut, und das hier ist meine Hochzeitsparty!« Ich hatte Lust, die Schallplatte vom Plattenspieler zu nehmen und all die Rindviecher, die mein Haus besetzt hielten, in ihrem ewigen Geschwätz zu unterbrechen, Lust, dem Affen, der mich Süße nannte, eine in die Fresse zu hauen, aber das wagte ich nicht. Selbst wenn ich eine ganze Flasche Whisky gekippt oder eine »Haschischbombe« geraucht hätte, hätte ich mich nicht getraut. Schon damals fürchtete ich mich vor Ari, fürchtete, ihn bloßzustellen. »Wenn mich irgendwas wahnsinnig macht, dann eine Situation, in der eine Frau mich bloßstellt«, sagte er mir einmal. »Ich bitte dich, Elija, blamier mich niemals vor meinen Freunden.«

Er war süß, als er mir das sagte, gab mir einen Kuss auf die Nasenspitze, strich mir zärtlich über den Rücken, und ich schwor ihm, ihn niemals zu blamieren.

Getreu meinem Versprechen schmiss ich das ganze Gesocks, das Wohn- und Schlafzimmer, Küche und Bad bevölkerte, nicht raus, zerschmetterte keine Jimi-Hendrix-Platte, gab der Mieze, die Ari jetzt ans Herz drückte, während seine Hände auf ihren Pobacken ruhten, keinen Tritt in den Hintern. Nein, ich blamierte meinen vollgedröhnten Ehemann nicht, tat nur alles, um die Zeit rumzubringen, bis die Party von selbst endete, alle abhauten und Ari und ich endlich allein waren.

Gegen Mitternacht klopfte ein Nachbar an die Wohnungstür und warnte, wenn der Krach nicht sofort aufhöre, werde er die Polizei rufen. Das Wort »Polizei« tat seine Wirkung. Alle fürchteten die selbstständig ermittelnde »Hauptabteilung« und speziell Kommissar Siegel, der die Tel Aviver

Bohème in Angst und Schrecken versetzte. Kurz zuvor waren Mitglieder der Künstlergruppe Lul festgenommen worden, die sich in einer Hütte am Strand trafen. Auch die Künstlergruppe HaAin Hashlishit, der der Regisseur und Künstler Jacques Katmor angehörte, sowie andere mehr oder weniger bekannte Gruppen und Einzelpersonen waren der Hauptabteilung nicht entgangen.

Während die Partygäste erschraken, atmete ich erleichtert auf. Ich fürchtete weder die Hauptabteilung noch Kommissar Siegel, hatte keinerlei Grund zur Angst. Trotz Aris Drängen hatte ich kein Haschisch angerührt. Ich fürchtete mich vor Kontrollverlust, und er beharrte nicht. Ihm genügte, dass ich lernte, Joints zu drehen und sie ihm nach und nach zu reichen. Er brauchte keine Gesellschaft, wenn er allein bei uns kiffte, und in Gemeinschaft rauchen konnte er an den langen Abenden in Häusern, wohin ich niemals eingeladen wurde. Deswegen dankte ich insgeheim dem Nachbar, der mit der Polizei drohte, denn nun würden alle gehen und uns alleinlassen.

Doch da trat Ari breitbeinig in die Zimmermitte: »*Jalla*, auf an den Strand! Auch du, Elija«, sagte er, als sei es nicht selbstverständlich, dass ich mitkäme, als gäbe es da überhaupt eine Frage. Ich kam mit, klar tat ich das. Im Auto eines gewissen Alex setzte Ari sich nach vorn, und ich klemmte mich mit einer Scharona auf die Rückbank. Ich blickte durchs Fenster auf die dunkle Stadt, und das Herz tat mir weh vor Enttäuschung. So hatte ich mir meine Hochzeitsnacht nicht vorgestellt, so sollte sich eine Braut am Tag ihrer Trauung nicht fühlen. Verwirrt klebte ich die Nase ans Seitenfenster, wusste nicht mehr, was ich empfand. Wir fuhren an den Sheraton-Strand, wo ein Teil der Gäste von vorher schon auf uns wartete. Wir setzten uns alle in den Sand, und ein berühmter Sänger, der zwei Lieder in der Hitparade hatte, nahm seine

Gitarre und sang mit starkem Akzent Beatles-Songs. Die anderen stimmten ein, ließen eine Flasche billigen Weinbrand kreisen und kifften. Ich drehte nur Joints für Ari, der meine Arbeit mit einem Blick lobte. Und dann sagte er: »Mir ist langweilig. Wir fahren zur Kommune nach Rosch Pina.«

»Nach Rosch Pina um diese Uhrzeit?«

Wir fuhren los und kamen nur durch ein Wunder heil an. Wieder war ich enttäuscht, als Ari vorn neben Alex Platz nahm und ich mir mit Scharona die Rückbank teilte. Es gab kein Vögeln bis zur Bewusstlosigkeit, nicht mal einen Kuss von ihm. In jener Nacht hätten wir zehnmal umkommen können, denn Alex war bekifft, müde und schläfrig, verlor gelegentlich die Kontrolle über das Lenkrad und fuhr Schlangenlinie. Ein Glück, dass es frühmorgens geschah, ein Glück, dass keine anderen Fahrzeuge unterwegs waren, ein Glück, dass Gott über uns wachte.

Die Sonne ging auf, als wir Rosch Pina erreichten. Alex parkte das Auto vor einem der Steinhäuser im alten Viertel, stieg aus und riss ohne Anklopfen die Haustür auf. Wir folgten ihm hinein. Im Wohnzimmer lagen Matratzen auf dem Boden und darauf Schlafende, die mir gänzlich unbekannt waren. Wenn ich noch ein Fünkchen Hoffnung in mir gehabt hatte, nun endlich mit Ari allein sein und als seine Angetraute mit ihm schlafen zu können, so erlosch es auf der Stelle. Ari sank auf eine freie Matratze vor seinen Füßen und schlief auf der Stelle ein, benebelt von Drogen und Alkohol. Ich versuchte, mich neben ihn zu legen, aber er hatte die Glieder ausgestreckt, und meine Nähe störte ihn wohl, denn er schubste mich im Schlaf von der Matratze, so dass ich auf den kalten Fußboden rollte.

»Komm hierher«, flüsterte mir die schöne Scharona zu und zeigte mir ein freies Bett im Nebenzimmer. So verbrachte ich meine Hochzeitsnacht im Bett mit einem fast fremden

Mädchen, während mein Bräutigam zugedröhnt auf einer Matratze im nächsten Zimmer ruhte.

Meine merkwürdige Hochzeit war jetzt eine ferne Erinnerung, und auch mein altes Kinderzimmer, wo ich früher immer Unterschlupf vor Lilys Allüren gefunden hatte, war mir fremd geworden.

Der Streit mit Lily hatte mich fertiggemacht, ich wollte fliehen, aber die Träume und Fantasien, die mich sonst immer retteten, blieben diesmal aus. Ich öffnete den Fensterladen und begann die Sterne am dunklen Himmel zu zählen. Danach rekapitulierte ich die Namen meiner Klassenkameraden, erst in der Grundschule, dann im Gymnasium, dann die der Kinder im Haus und im Viertel, und schließlich die meiner Mitstudierenden an der Uni. Ich plagte mein Gehirn mit 1001 überflüssigen Namen, mit 1001 Menschen, die mich nicht wirklich interessierten. Ich fragte mich nicht mal, was aus ihnen geworden war, was sie jetzt wohl machten, sagte nur lange Listen auf: Bloß nicht zurückdenken, mich bloß nicht mit mir selbst beschäftigen, bis ein leises Klopfen an der Tür mich aus meinen müßigen Gedanken riss.

»Ich bin's, darf ich reinkommen?«

Ich öffnete ihm. Diesem geliebten, sensiblen Mann, der mein Vater war, konnte ich nie etwas abschlagen.

»Wie geht's dir, Bubale?«

»So lala.«

»Lass dir von Mutter nicht die Laune verderben, sie weiß manchmal nicht, was sie redet. Wir sind so froh, dass du wieder die alte bist, und vor lauter Freude machen wir ab und zu Fehler. Mama kommt nicht zurecht mit dem, was dir passiert ist, du musst sie verstehen, deine Mutter tut sich schwer mit Trennungen.«

»Aber ich habe mich getrennt, nicht sie.«

»Sie ist wütend auf Ari, Bubale, nicht auf dich. Du bist einfach greifbar, deshalb kriegst du's ab. Und jetzt erzähl mir, warum du mit dem Psychologen unzufrieden warst.«

»Er ist ein Idiot und ein Scharlatan, und ich geh nicht mehr hin.«

»Nicht weiter schlimm, Bubale, wir suchen einen anderen. Ich frage Dr. Galili von der Krankenkasse, vielleicht findet der jemanden.«

»Macht es dir denn nichts aus, wenn Dr. Galili erfährt, dass deine Tochter einen Psychologen braucht?«

»Deiner Mutter macht es was aus, also werden wir es ihr nicht erzählen.« Er verstummte eine Weile und fuhr dann fort: »Vielleicht solltest du deiner Mutter in der nächsten Zeit überhaupt nichts erzählen. Sie hat eine ihrer Krisen, weißt du, bei denen sie leicht aufbraust und ausrastet, eine Zeit, in der du lieber Abstand von ihr halten solltest.«

Ich habe nie verstanden, wie und warum mein Vater sie mal geheiratet hatte, diese Lily, das Biest, das meine Mutter war, wie ein so ruhiger und bescheidener Mann einer derart stürmischen und ordinären Frau verfallen konnte. Diesmal nahm ich allen Mut zusammen und fragte: »Warum gehst du dann selbst nicht auf Abstand zu ihr? Papa, sag, warum hockst du all die Jahre mit ihr zusammen?«

»Wie redest du denn, Elija? Sie ist meine Frau und deine Mutter, ich sage nur, dass sie eine ihrer heiklen Zeiten durchmacht.«

»Sie macht immer eine heikle Zeit durch, und das ganze Haus muss strammstehen und Abstand halten. Was soll daran neu sein?«

»Elija, während der ganzen langen Zeit, als du dich in dein Zimmer verkrochen hast, hat sie dich umsorgt und gepäppelt wie ein Baby, hat nicht an mich und nicht an sich und auch an sonst keinen gedacht, nur an dich.«

»Prima«, gab ich erbost zurück, »dann sollte ich vielleicht wieder ins Bett gehen und mir die Decke über den Kopf ziehen, damit Lily mich beachtet.«

»Gut, Elija, ich kann nicht zwischen euch beiden stehen. Auch ein Mensch mit Geduld, mit sehr viel Geduld wie ich, kann mal explodieren«, sagte er und verließ den Raum. Ich kannte die Rituale, die meinen Vater beruhigten, und stellte mir im Geist vor, wie er von meiner Zimmertür zu seiner alten Jacke ging, ihr eine Schachtel Ascot-Zigaretten entnahm, die Wohnung verließ und die zehn Stufen zum Dach hochstieg. Die Holztür hinaus war geborsten. Ein leichter Stoß, und sie schlug mühelos auf. Er lehnte sich ans Dachgeländer und sog den Rauch ein, blies ihn in Kringeln wieder aus. Unten wimmelte die Dizengoff-Straße von Menschen und Fahrzeugen, und gegenüber leuchteten die Lichter des Leuchtturms von Reading. Er atmete tief durch und versuchte sich zu beruhigen.

Ich konnte meinen Vater nicht vor meiner Mutter retten. Wenn ich nicht einmal mich selbst retten konnte, wie dann ihn? Ich zog die Decke über den Kopf, und in dem Dunkel, dort, wo ich mich am einsamsten, am wenigsten zugehörig fühlte, vergoss ich bittere Tränen. Ich versuchte, das Schluchzen zu unterdrücken, damit meine Mutter im Nebenzimmer nichts hörte, mein Vater nicht mitweinte. Warum, fragte ich mich zum ersten Mal seit Langem, warum schafft meine Mutter es immer, mich zum Heulen zu bringen?

Seit ich zurückdenken kann, musste ich immerzu Rücksicht auf meine Mutter nehmen, und so sehr ich mich auch bemühte, ein braves Mädchen zu sein – es gelang mir nicht. Sie fixierte mich mit ihrem ewig enttäuschten Blick. Ich war nicht das Kind, das sie sich erträumt hatte. Ihr Traumkind war das auf dem Foto im Wohnzimmer auf der Kommode.

Das Bild stand immer da, wurde aber nie erwähnt. Manchmal merkte ich, dass Lily erst mich, dann verstohlen das Foto anschaute und seufzte. Seit jeher wusste ich, dass ich mich sehr anstrengen musste, um meiner Mutter so würdig zu sein, wie es das Kind auf dem Foto gewesen war.

»Wäre der Junge am Leben geblieben, hätte er mir wahre Freude gemacht und nicht die Freuden, die du mir bereitest«, sagte sie bei einer der seltenen Gelegenheiten, bei der sie von dem Kleinen sprach. Ich war noch keine fünf Jahre alt, als ich begriff, dass ich in einem Konkurrenzkampf steckte, den ich nur verlieren konnte, denn für meine Mutter würde das Kind auf dem Foto stets den Sieg davontragen. Wenn ich weinend zu meinem Vater lief, sagte er immer, meine Mutter habe es nicht so gemeint, Mama sei traurig und Mama sei nervös und Mama sage Dinge, die nicht böse gemeint seien, und ich solle bitte Rücksicht auf Lily nehmen, denn sie habe ein schweres Leben gehabt und viel gelitten.

Und was war mit meinem Leiden? Ich war das einzige Einzelkind im ganzen Haus, im Viertel, im Kindergarten und in der Schule. Wie sehnlich träumte ich von einem Bruder oder einer Schwester! Anfangs versprach mir Lily, bald sei es so weit, zu gegebener Zeit, danach wimmelte sie mich ab mit dem Vorwand, ich würde sie nerven, und schließlich sagte sie mir die Wahrheit ins Gesicht, obwohl ich erst sechs Jahre alt war: »Du bist wie zehn Kinder, Elija. Wir brauchen keine weiteren Kinder, mit dir haben wir genug!«

Nachts, bevor ich die Augen zumachte, betete ich zu Gott, er möge mich in ein braves Mädchen verwandeln, mich so gut machen, dass Lily einsähe, dass ich nicht wie zehn Kinder sei, dann bekäme ich vielleicht doch noch ein Geschwisterchen, mit dem ich über unsere Mutter stänkern könnte, denn Lily erlaubte nicht, dass man mit fremden Leuten über die Vorgänge daheim redete, und mich bei meinem Vater beklagen war sinnlos. Er nahm seine Frau unweigerlich in Schutz.

Auch Lily hatte keine Geschwister, ja schlimmer noch, nicht mal Eltern. Ich war also nicht nur ein Einzelkind, sondern hatte von Mutters Seite auch keine Großeltern, keine Onkel und Tanten, Cousins und Cousinen, wie alle anderen Kinder ringsum sie hatten. Ein Glück, dass wenigstens Vater kein Waisenkind war, ein Glück, dass ich von seiner Seite Opa und Oma hatte, die wir allerdings nur selten sahen, denn auch sie nervten Lily.

Die Eltern meines Vaters, Opa und Oma Zoref, wohnten in der Pines-Straße im Stadtteil Newe Zedek, bei Jaffa, und mein einziger Onkel, Schmulik – oder Sam, wie er sich jetzt nannte –, wohnte in Amerika, war gleich nach seinem Wehrdienst ausgewandert. Dort hatte er Aida, eine amerikanische Jüdin, geheiratet, die Lily mit »Ihre Hoheit« betitelte. Die Kinder der beiden hatte ich nie gesehen. Der Onkel kam alle zwei Jahre nach Israel, mal mit Ihrer Hoheit, mal ohne, und stets ärgerte Lily sich über Vater und seine Eltern, die immer ganz aufgeregt waren.

»Ich rühre keinen Finger für deinen Amerikolo-Bruder«, sagte sie, wenn mein Vater ein festliches Abendessen zubereitete, und weigerte sich demonstrativ, den Tisch zu decken. Wenn Opa und Oma und der Onkel dann eintrafen, machte sie ein säuerliches Gesicht, und je saurer sie wurde, desto breiter strahlte ich. Ich war glücklich, dass endlich Menschen im Haus waren, außer uns drei. Für kurze Zeit versammelten wir uns wie alle anderen Familien um den Abendbrottisch, auch wenn von den sechs Anwesenden fünf erwachsen waren, zwei sogar richtig alt. Trotzdem aßen wir fröhlich, abgesehen von Lily, die meinen Vater ärgerlich anfunkelte, zumeist schwieg und nur wortkarg antwortete, wenn sie angesprochen wurde.

Die seltenen Besuche des Onkels aus Amerika waren für

mich ein richtiges Fest, ein Ausbruch aus der erstickenden Routine im Haus meiner Kindheit. Der Onkel lud die Familie immer in Zions Restaurant im Jemeniten-Viertel zum Essen ein. Lily zog natürlich erst ihre übliche Show ab, sagte, er wedele ihnen allen bloß mit seinen Dollars vor der Nase rum, als wäre er ein Millionär, obwohl er doch bloß eine Autowerkstatt in Brooklyn betreibe.

Mein armer Vater, hin und her gerissen zwischen Lily und Schmulik, versuchte vergeblich zu beschwichtigen: »Ich bitte dich, Lily, mein Bruder kommt gerade mal alle zwei Jahre nach Israel, dann bring mich bitte nicht dazu, ihn in den zwei Wochen, die er hier ist, zu kränken.«

»Ich ertrag es nicht, dass du neben ihm zum Fußabtreter wirst«, ereiferte sie sich, »ich kann es nicht ausstehen, dass deine Mutter so tut, als wäre er ihr einziger Sohn. Man könnte ja meinen, er interessierte sich für sie, wenn er in seinem Amerika ist. Du läufst dir für sie und deinen Vater die Hacken ab, zur Sozialversicherung, zur Krankenkasse, zur Bank. Er hat ihr nicht mal ihre Enkelkinder vorgestellt, und doch ist er der Herr der Welt für sie …«

Aber Onkel Schmuliks Besuche, mit oder ohne Frau, waren selten. Sehnsüchtig beobachtete ich die anderen Familien in unserem Haus, sah neiderfüllt, wenn sie zu Festessen an Schabbat- und Feiertagsabenden zusammenkamen. Rosch Haschana war mir besonders verhasst. Während aus den offenen Fenstern ringsum die Klänge des Weinsegens und der Festtagslieder schallten, begleitet von Lachen und Stimmengewirr und lautem Kindergeschrei, saß ich mit meinen Eltern am Küchentisch, drei stumme Menschen ohne Kiddusch, ohne Lieder, ohne Lachen und Tumult. Ich konnte dieses trübselige Mahl nur überleben, indem ich mich Fantasieträumen hingab: Ich stellte mir vor, wir säßen an einem großen Tisch mit Opa und Oma und Onkel Schmulik und

Ihrer Hoheit, der Tante, und den Cousins und Cousinen, die ich nie kennengelernt hatte. Sogar die alte Tante Chana, die mit Opas Bruder verheiratet gewesen war, sowie ihre Kinder und Enkel, die ich seit meiner frühen Kindheit nicht mehr gesehen hatte, lud ich ein. Ich schloss die Augen und ließ die ganze Szene vor mir aufsteigen: das Lachen und Singen bei Tisch, die herumgereichten Schüsseln, das Geschirrgeklapper und das Klingen der Weingläser beim Anstoßen zum Lechaim. Ich drückte die Augen fest zu, bis Lilys Stimme mich aus meinen Gedanken riss: »Schon wieder träumst du, iss deinen Teller leer und räum den Tisch ab.«

Bis zu meinem sechsten Lebensjahr begingen wir die Feiertage noch mit Opa und Oma Zoref. Den Sederabend verbrachten wir bei ihnen, und ich saß zwischen den vier Erwachsenen und deklamierte verschämt die traditionellen vier Fragen. Ich kam gern zu ihnen, obwohl der Seder traurig verlief. Ich kam gern, weil Oma mich immer innig umarmte vor Freude über mein Kommen und weil Opa mir die Hand auf den Kopf legte, mich auf die Stirn küsste und segnete, und vor allem wegen der Geschenke, mit denen sie mich überhäuften und für die Lily nie ein gutes Wort übrighatte. »Das sind Spielsachen, die nicht für ihr Alter passen, und Klamotten vom Carmel-Markt«, klagte sie meinem Vater gegenüber. Mir war das egal. Ich freute mich riesig über Geschenke von diesen lieben Menschen, wollte so gern spüren, dass wir eine Familie waren. Ich wünschte mir sehnlichst, mein Vater würde mich nach Amerika mitnehmen, damit ich meine Cousins kennenlernte und jemanden in meinem Alter hätte, der nicht bloß ein Freund war, sondern ein Verwandter, ein Cousin oder eine Cousine.

Mein Vater sagte lachend, im Fall eines Lottogewinns würde er mit mir nach Amerika fahren, um meine Cousins zu treffen, die in einem Gebäude wohnten, das fast bis an den Himmel reichte, viel, viel höher als der Schalom-Turm, den man jetzt anstelle des Herzlia-Gymnasiums baute und von dem es hieß, es werde das höchste Gebäude im Nahen Osten werden. Um die Lottogesellschaft kreisten alle Träume meines Vaters und daher auch meine. Wann immer ich mir etwas wünschte, was er mir nicht schenken konnte, vertröstete er mich auf den Tag, an dem er den Jackpot knacken würde. Wenn er in der Lotterie gewann, würden wir nach Amerika fahren, bekäme ich ein Fahrrad, würde er mich zum Ballettkurs anmelden. Und ich ging an dem Büdchen der Lottogesellschaft in der Dizengoff-Straße, vor dem Kino David Palace, vorbei und konnte nicht begreifen, wieso ein Ort, an dem so viel Geld lagerte, dermaßen armselig aussah.

Würde mein Vater tatsächlich in der Lotterie gewinnen und mir Träume erfüllen wollen, würde ich mir ein Gerät wünschen, das den irren Film in meinem Kopf löschen, die Erinnerungen tilgen könnte: Aris Gesicht, das sich über die französische Geliebte Sophie beugte, seine Lippen, die ihr Worte zuflüsterten, die einst mir gegolten hatten. Ich wünschte mir ein Gerät, das Lilys Züge löschen würde, ihren erhobenen Zeigefinger bei der Warnung, dass nichts Gutes bei einem Mann herauskäme, der nicht jeden Monat Geld nach Hause brachte, ein Gerät, das die Erinnerung an meine Hochzeitsnacht löschte, im Bett mit Scharona, die zwei Jahre später an einer Überdosis Heroin gestorben und deren Leiche erst eine Woche später entdeckt worden war, ein Gerät, das den Tag auslöschte, an dem ich Ari kennengelernt, mich an ihn geheftet hatte wie Schorf, um ihm fortan auf Schritt und Tritt nachzulaufen, jenen verfluchten Tag, den ich einst für meinen Glückstag gehalten hatte und von dem ich heute weiß, dass er mein Unglückstag war.

Ich würde mir wünschen, dass mein Vater von seinem

Lottogewinn eine Maschine kaufte, die mich in die Elija zurückverwandeln könnte, die ich früher, vor Ari, gewesen war: eine vielversprechende Literaturstudentin an der Universität Tel Aviv, die davon träumte, freitags nachmittags eine Radiosendung über Schriftsteller und Bücher zu moderieren.

Aber was verband die Träume mit mir heute, mit der Frau, die bei jedem Pieps ihres Ehemannes sprang? Wieso hatte ich einen Mann geheiratet, der mich genauso gängelte, wie Lily meinen Vater? Großer Gott, erfasste ich plötzlich, wie hatte ich meine Mutter heiraten können?

Die Gedanken bedrohten mich, überfluteten unablässig mein Gehirn. Sie hämmerten mir im Kopf, pochten in den Schläfen. Gleich würde man mir eine Zwangsjacke anlegen und mich in die Nervenklinik Abarbanel einliefern. Ich konnte die Gedankenflut nicht ertragen, ertrug mich selbst nicht mehr. Jemand musste diesen Mummenschanz stoppen, der mich um den Verstand zu bringen drohte, jemand musste den Horrorfilm in meinem Hirn zerreißen, musste mich abkoppeln, mir Ruhe verschaffen.

Mein Vater sagte, meine Schreie hätten ihn und Lily in mein Zimmer gerufen: »Ein Glück, dass du die Tür nicht abgeschlossen hast.« Sie fanden mich auf dem Bett sitzend und mir mit einem Rasiermesser die Pulsadern aufschlitzend. Ich ritzte und schrie, ritzte und weinte. Lily, die in Gefahrenmomenten immer geistesgegenwärtiger reagierte als mein Vater, riss mir das Rasiermesser aus der Hand, was ich weinend und schreiend zu verhindern suchte.

Während mein Vater den Krankenwagen rief, drückte Lily mir fest beide Daumen auf die Handgelenke, um den Blutstrom zu stoppen. Als man mich auf die Trage gehievt, in die Ambulanz geschoben und ins Krankenhaus gefahren hatte, war ich bewusstlos geworden.

»Mein Bubale«, hörte ich meinen Vater wie von fern, »bist du aufgewacht?«

Ich schlug die Augen auf: Ich lag in einem Krankenhausbett und hing am Tropf. Konnte mich nicht aufrichten. Meine Handgelenke waren verbunden und schmerzten höllisch, mein Mund war trocken, und ich bekam ihn beim besten Willen nicht auf, um meinem Vater zu antworten.

»Was ist denn passiert?«, hauchte ich.

»Jetzt ist alles in Ordnung, Liebes«, sagte mein Vater, »ruh dich aus, das ist das Wichtigste, dass du ruhst.«

»Was ist passiert?«, fragte ich erneut.

»Du hast versucht, dich umzubringen, das ist passiert«, antwortete Lily gewohnt grob.

»Geh kurz raus, Lily.« Ganz gegen seine Art sprach Vater forsch und entschieden. »Geh einen Kaffee trinken, du hast eine schwere Nacht hinter dir. Ich bleibe hier bei Elija.«

»Bubale«, wiederholte er, als Lily draußen war, »warten wir ab, bis der Arzt kommt und mit dir spricht, und danach erzähle ich dir, was passiert ist.«

»Wie du möchtest«, sagte ich müde und schloss die Augen.

Ich war schwach und ausgelaugt, mein Herz pochte so stark, dass ich es im Kopf dröhnen hörte. Ich drückte die Augen noch fester zu. Hatte es nicht mal geschafft, mich umzubringen. Sogar daran war ich gescheitert. Die Tränen flossen wieder, und ich weinte und weinte, bis ich wohl einschlief.

Als ich Stunden später aufwachte, saßen meine Eltern an meinem Bett.

»Du musst was essen«, sagte Lily in sachlichem Ton, »hier ist Püree und Suppe. Iss, das wird dich stärken.«

Ich presste die Lippen zusammen wie ein störrisches Kleinkind und weigerte mich, etwas zu mir zu nehmen.

Ich sah meine Eltern Blicke wechseln. Lily wirkte ratlos.

So sehr sie es auch zu verbergen suchte – sie war den Tränen nahe, und ich hatte Lily noch nie weinen gesehen.

Ich erinnerte mich, daheim hinter meiner verschlossenen Zimmertür mitgehört zu haben, wie sie meinen Vater rügte, er solle sich nicht wie ein Waschlappen benehmen und nicht so butterweich sein. »Du musst normal mit ihr umgehen, auch wenn sie monatelang im Bett liegen bleibt, denn nur wenn sie sieht, dass das Leben im Haus auch dann normal weitergeht, wenn sie nicht aus dem Bett kommt, wird sie aus ihrer Lage herausfinden.« Was war ich wütend gewesen, als sie das sagte.

Nun entdeckte ich einen verletzlichen Winkel in ihrem steinharten Herzen, der mich fesselte. Da war etwas Unvermutetes: Sensibilität Vielleicht sogar Panik. Sie hatte Angst.

»Ich hol einen Arzt«, sagte mein Vater und ließ uns allein.

Lily setzte sich zu mir auf die Bettkante und nahm meine Hände. »Schau, was für magere Arme du hast, wie Hühnerbeine.« Ich war verlegen, nicht gewöhnt an Annäherungen ihrerseits. Und dann tat sie etwas, was mich sprachlos machte: Sie führte meine Hände an die Lippen und küsste sie, nässte sie mit Tränen. Damals im Krankenhaus sah ich sie zum ersten Mal weinen, und soweit ich zurückdenken kann, war es auch das erste Mal, dass sie mich küsste. Noch nie im Leben war ich so verlegen und verwirrt gewesen, unschlüssig, ob ich die Hände zurückziehen oder ihr um den Hals fallen und mitweinen sollte. Doch da kam mein Vater mit dem Arzt herein, und ich entdeckte zu meiner Verblüffung, dass es kein anderer war als Dr. Amir Kaminski, aus dessen Praxis ich Hals über Kopf geflohen war.

Dr. Kaminski war übertrieben fröhlich. »Wie geht es uns denn heute Morgen?«

»Sie will nichts essen«, sagte Lily.

»Haben Sie denn keinen Hunger?«, fragte der Arzt. »Vielleicht mögen Sie das Krankenhausessen nicht? Soll Papa ins Steakhaus runtergehen und Ihnen ein Steak in Pitabrot holen?«

Allein bei dem Gedanken wurde mir übel, und ich verzog das Gesicht. Dr. Kaminski jubilierte: »Oh, ich sehe, irgendwas bewegt Sie doch. Wenn Sie wollen, reagieren Sie. Entschuldigen Sie«, wandte er sich an meine Eltern, »lassen Sie mich bitte allein mit Elija.«

Kaum hatten sie das Zimmer verlassen, sagte der Arzt unvermittelt: »Im Jom-Kippur-Krieg war ich am Suezkanal. Dort sah ich junge Menschen sterben wie die Fliegen, Menschen in Ihrem Alter, die schrecklich gern leben wollten, und Sie möchten freiwillig sterben?«

Er hielt inne, als warte er auf eine Antwort. Auf mein Schweigen hin fuhr er fort: »Die ärztliche Behandlung hier ist beendet. Ihre Schnittwunden werden verheilen, aber die Narben werden Sie immer daran erinnern, dass Sie einmal die schrecklichste aller Sünden begehen wollten: Leben nehmen. Sie sind nicht Gott, Elija, Sie entscheiden nicht über Leben und Tod. Bedenken Sie das, und denken Sie dabei auch an Ihre Eltern, die Sie beinahe mit umgebracht haben. Ich weiß, wir haben unsere Verbindung auf dem linken Fuß begonnen, und das tut mir leid.« Mit einem Blick auf das Krankenblatt am Bett redete er pausenlos weiter, hörte kaum auf, um Luft zu holen oder zu sehen, ob mich seine Worte erreichten. »Tut mir ehrlich leid, aber wir können von Neuem beginnen, und wenn Sie nicht möchten, dass ich Sie behandle, empfehle ich Ihnen einen anderen Arzt. Ein gebrochenes Herz ist kein Grund zum Sterben, man kann die Scherben zusammenkitten und weitermachen.«

»Aber Sie haben gesagt, Sie würden keine gebrochenen Herzen flicken, Sie seien kein Glaser.«

»Ich flicke tatsächlich keine gebrochenen Herzen, aber das heißt nicht, dass man sich deswegen die Pulsadern aufschneidet. Man muss einen Weg einschlagen. Wenn Sie mir bis zum Schluss zugehört hätten, hätten Sie meinen Rat gehört, diesen Weg einzuschlagen und nicht, mit gebrochenen Herzen zu verbleiben. Sie haben sich entschieden, nur zu hören, was Sie hören wollten, nicht, was ich wirklich gesagt habe.«

»Und was haben Sie wirklich gesagt?«

»Dass ich Ihnen helfen kann, wenn Sie möchten.«

»Was war mit mir?«, fragte ich leise. »Warum habe ich mir die Pulsadern aufgeschnitten?«

»Das werden wir während der Therapie herausfinden müssen, die ich Ihnen empfehle.«

»Und was jetzt?«

»Sie werden in vierundzwanzig Stunden entlassen, so man es für richtig hält.«

»Was meinen Sie damit?«

»Wenn Sie mitmachen und anfangen zu essen, um kräftiger zu werden, wenn ihre seelische Verfassung sich stabilisiert, dann werden Sie entlassen.«

»Und wenn nein?«

»Warum denken Sie an ›Nein‹? Denken Sie an ›Ja‹.«

Ich war verwirrt. Ich wollte nach Hause, fürchtete jedoch die Rückkehr in meine vier Wände und in mein blutverschmiertes Bett, zu den Gedanken, die mir durch den Kopf schwirrten, zu der Null, die ich nun war, zu der Angst, die wie irre bei mir anklopfte. Alles sah rabenschwarz und sinnlos aus.

Plötzlich war es genau wie vor einem Jahr in Paris, als Ari mir sagte, dass er mich verlassen würde: Ich hörte den Doktor nicht, sah nur seine Lippenbewegung. Kein Wort kam in meinem Hirn an. Die Augen fielen mir zu. Ich zog die Krankenhausdecke über den Kopf und ignorierte Dr. Kaminski, der an meinem Kopfende stand und weiterredete, bis ich einschlief.

Es war ein schwerer, traumloser Schlaf, wohl aufgrund der Beruhigungsmittel, mit denen man mich vollgepumpt hatte. Ich wachte benommen auf, mit Brummschädel und Schwindel. Am Bett saßen meine besorgten Eltern, sichtlich gealtert, mit grauen Gesichtern. In ihren Augen las ich Angst.

»Ich muss Pipi«, sagte ich schwach.

»Ja, gewiss«, erwiderte mein Vater und half mir eilig, mich aufzusetzen und aus dem Bett zu steigen.

Lily stützte mich auf der anderen Seite, fasste mich um die Taille.

»Ich bin nicht körperbehindert, bloß verrückt«, blaffte ich, »ihr müsst mich nicht festhalten.«

Sie nahmen hastig die Hände weg, doch prompt geriet ich ins Schwanken, wäre beinah umgekippt. Sofort packten sie mich wieder, und diesmal sagte ich kein Wort.

»Komm, ich bring dich aufs Klo«, sagte Lily und half mir zu den Toilettenräumen am Ende des Gangs.

»Soll ich mit reinkommen?«, fragte sie zögernd.

»Nicht nötig.«

Ich hielt mich an der Klinke fest. Der Gedanke, meine Mutter auf der Toilette beim Pinkeln dabeizuhaben, ängstigte mich mehr als die Gefahr, zu straucheln und mir den Schädel einzuschlagen. Draußen stützte sie mich sofort wieder und brachte mich zurück ins Bett.

Mir fiel auf, dass sie mich ungewöhnlich zart anfasste, wie einen zerbrechlichen Gegenstand, beim geringsten Stolpern jedoch fester zupackte. Eigenartigerweise verlieh mir ihr Griff eine Sicherheit, wie ich sie als kleines Kind empfunden hatte, als ich sie noch Mama und sie mich Eljusch nannte. Wann hatte ich aufgehört, sie Mama zu nennen, wann hatte sie aufgehört, mich Eljusch zu nennen, wann hatte ich aufgehört, mich bei meiner Mutter sicher zu fühlen? Ich schloss die Augen.

»Machen Sie die Augen auf«, befahl Dr. Kaminski.

Seine Anordnung war derart eindeutig, dass die Augen quasi von selbst aufgingen.

»Schauen Sie sich um«, sagte der Arzt, »wollen Sie das hier? Im Krankenhaus bleiben? Ihren Vater und Ihre Mutter zu Tode ängstigen?«

Mein Vater wischte sich mit dem Handrücken die Augen, hielt mühsam die Tränen zurück. Lily stand neben ihm und umklammerte seinen Arm so fest, dass das Aderngeflecht an ihren Armen hervortrat. Ich hörte ihren schweren, angstvollen Atem, sah, wie sie stark sein wollte für meinen Vater und vielleicht auch für mich, und wieder kam mir der seltsame Gedanke, dass ich meine Mutter vielleicht gar nicht richtig kannte, vielleicht nicht alles über Lily wusste.

»Ich muss Sie erneut bitten, hinauszugehen und mich mit Elija alleinzulassen«, sagte der Doktor bestimmt.

Allein mit dem Arzt wurde mir leichter ums Herz. Die harten Gefühle von unserer ersten Begegnung waren wie weggeblasen, vielleicht weil Kaminski, anders als meine Eltern, mich nicht wie ein verlorenes Kind behandelte, auf Augenhöhe mit mir redete, mir nichts durchgehen ließ.

Er zerrte sich einen Stuhl ans Bett. »Hören Sie, ich weiß nicht, was Sie mit sich vorhaben, aber ich reiche Ihnen meine helfende Hand und rate Ihnen, sie zu ergreifen. Was das Krankenhaus anbetrifft, fliegen Sie innerhalb von vierundzwanzig Stunden hier raus und gehen zurück dahin, wo sie hergekommen sind. Von da an sind Sie Ihr eigener Herr, verantwortlich für Ihr Schicksal. Ich hoffe nur, wir treffen uns nicht bald wieder wegen einer weiteren Ihrer Nummern, die Sie abziehen, um Aufmerksamkeit zu bekommen. Manchmal gehen diese Spielchen zu weit, und dann sehen wir uns erst im Jenseits wieder. Verstehen Sie mich?«

Ich schwieg lange, und auch Dr. Kaminski wartete, ließ sich Zeit, bis er schließlich sagte: »Es gibt jetzt zwei Möglichkeiten: Entweder setzen Sie die Behandlung in der ambulanten Abteilung des Krankenhauses fort oder Sie kommen privat in meine Praxis. Sie können sich natürlich auch für einen anderen Arzt entscheiden, aber Sie müssen einen Arzt aufsuchen, sonst veranlasse ich Ihre Zwangseinweisung.«

»In die Irrenanstalt?«

»Oh, ich sehe mit Freuden, dass Ihnen doch nicht alles egal ist. Ja, in ein Krankenhaus für Geisteskranke. Ein Mensch, der versucht, seinem Leben ein Ende zu setzen, gefährdet sich selbst, und in dem Fall verlangen die gesetzlichen Bestimmungen, dass er, so er nicht freiwillig Hilfe sucht, dazu gezwungen werden muss. Sie haben also die Wahl: Entweder nehmen Sie Hilfe an, oder sie wird Ihnen aufgezwungen.

»Wissen das meine Eltern?«

»Ihre Eltern wollten lieber, dass ich Sie informiere. Sie sind unfähig, es mit Ihnen aufzunehmen. Hätten Sie das geglaubt? Zwei erwachsene Menschen, deren Lebensziel es war, ihre einzige Tochter großzuziehen, fürchten sich zu Tode vor Ihnen.«

Ich blickte Dr. Amir Kaminski an. Der dicke Doktor, dessen weißes Hemd über der schwarzen Hose spannte, konnte zweifellos reden. Seine Worte waren messerscharf und präzise, trafen genau ins Zentrum meiner offenen Wunde, und ich wusste, er würde mir kein Theater und keine Lüge abnehmen. Hinter seiner lächerlichen John-Lennon-Brille lagen Augen, die ins Innerste drangen.

»Ich möchte stationär behandelt werden, in der Irrenanstalt«, sagte ich.

»Ich weiß nicht, welchen Fantasien über Irrsinn Sie nachhängen«, erwiderte er, »aber ich glaube kaum, dass Sie das Irrenhaus, wie Sie es zu nennen belieben, besonders mögen werden. Wenn Sie es jedoch unbedingt wünschen, lässt es sich einrichten«, schloss Kaminski in ruhigem Ton und wandte sich zum Gehen. Als er die Hand schon auf der Türklinke hatte, flüsterte ich: »Ich will mir nicht noch mal die Pulsadern aufschneiden.«

Kaminski ließ die Klinke los, kam zurück, und als er ganz nahe an meinem Bett war, fuhr ich fort: »Ich bin nicht sicher, ob meine Mutter mich nächstes Mal wird retten können.«

Der Doktor verengte die Augen und sah mich prüfend an: »Ich glaube nicht, dass Sie sich noch mal die Adern aufschneiden werden. Ich glaube, das war ein Hilfeschrei.« Er setzte sich wieder an mein Bett. »Sie sind kein suizidaler Typ. Sie durchleben eine Krise. Die Trennung von Ihrem Mann ist ein großer Bruch, aber so was lässt sich durch Gespräche therapieren, sogar mit Antidepressiva. Dafür müssen Sie nicht in eine psychiatrische Klinik.«

Doch ich wollte ins Krankenhaus. Ich wollte nicht sterben, aber auch nicht ins Leben zurückkehren. War noch nicht bereit dafür.

Mein eigenständiges Bemühen, mich reinzuwaschen und neu zu starten, war gescheitert. Ohne den Mann mit dem Brandungsboot wäre ich vermutlich ertrunken, wäre jetzt wohl tot. Und so sicher ich wusste, dass der dicke Doktor jetzt bei mir saß, wusste ich auch, dass der einzige Weg, mich vor mir selber zu retten, darin bestand, mich auf eine geschlossene Station zu begeben. Dort würden fremde Menschen mich behandeln, Tag und Nacht über mich wachen: Nicht mein Vater, der meinetwegen dem Zusammenbruch nahe war, und nicht meine Mutter, die bald ebenfalls verrückt werden würde, sondern der dicke Doktor, der keine Gefühle für mich empfand, für den ich nur ein weiterer Fall war und der sich beim nächsten Patienten kaum noch an meinen Namen erinnern würde.

»Dr. Kaminski«, begann ich von Neuem, um einen sicheren Ton bemüht, »Sie haben mir zwar gesagt, dass Sie keine Herzen kitten, aber bitte helfen Sie mir, geben Sie mir mein Leben zurück.«

Er blickte mich mit einem Ausdruck an, den ich als halbes Lächeln wertete, und sagte: »Oho, da laden Sie mir aber eine große Aufgabe auf die Schultern, junge Dame, eine schwere Aufgabe.« Doch er lehnte nicht ab.

»Wenn jemand sich wirklich und wahrhaftig umbringen will, schafft er es auch«, sagte mir Dr. Kaminski bei unserem ersten Gespräch in seiner Praxis, nach meiner Entlassung aus dem Krankenhaus. »Sie sind der klassische Fall einer responsiven Depression, in Respons auf die Trennung von Ihrem Mann. Daher ist es leicht, Sie mit Gesprächen zu therapieren, und falls nötig, auch mit Medikamenten.«

»Und wenn ich die Therapie abgelehnt hätte?«, fragte ich in gleichgültigem, distanziertem Ton, als ginge es gar nicht um mich und mein Leben.

»Wenn ich Sie als suizidgefährdet eingestuft hätte, hätte ich Sie zwangsweise eingewiesen, wir hätten Sie in eine geschlossene Station gesteckt und nicht rausgehen lassen. Meinen Sie, Sie hätten das ausgehalten? Und wenn Sie weiter die Nahrung verweigert hätten, wie zuvor im Ichilov-Krankenhaus, hätten wir Sie über eine Sonde ernährt, und das ist unangenehm, junge Frau, sehr unangenehm.«

Mein Vater kündigte einen Sparvertrag, um die teure Behandlung bei Dr. Kaminski zu finanzieren, aber er hätte auch eine Niere verkauft, um mich zu retten. Und Lily, die sonst keineswegs spendabel war, sondern äußerst sparsam mit Geld umging, war zwar nicht glücklich bei dem Gedanken, dass meine Treffen mit dem Doktor viel Geld kosteten, zog es aber immer noch vor, dass ich in einer Privatpraxis behandelt wurde und nicht in der Poliklinik der Krankenkasse, wo mich, Gott behüte, jemand sehen könnte.

»Meine Therapiemethode ist nicht die klassische«, erklärte mir der Doktor. »Ich bin nicht nur ein Psychiater, der Medikamente verschreibt, und nicht nur ein Psychologe, der seinem Patienten zuhört, ohne ihn zu unterbrechen oder etwas einzuwerfen. Ich habe eine neuartige Behandlungsmethode entwickelt: Ich führe einen Dialog mit dem Patienten, und an einem gewissen Punkt, wenn der Betreffende bereit ist und ich es für richtig halte, nehme ich ihn in eine Gruppentherapie auf. Aber bis dahin ist es noch ein weiter Weg, Sie brauchen also keine Grimassen zu schneiden. Vorerst bitte ich Sie nur, offen zu sein und mir zu helfen, Ihnen zu helfen.«

Danach bat mich der Doktor aufs Sofa. Ich stand widerwillig auf und legte mich hin, zusammengerollt wie ein Embryo.

»Drehen Sie sich auf den Rücken, lösen Sie die Fäuste und legen Sie die Hände mit den Handflächen nach oben auf die Couch«, sagte er. Ich tat wie geheißen, ließ jedoch die Beine angezogen.

»Strecken Sie die Beine aus, lassen Sie sie bequem niedersinken. Atmen Sie durch die Nase wie beim ersten Mal, als Sie hier waren.«

Mein superkurzer Minirock machte es mir schwer, die Beine locker auszustrecken, und so presste ich sie weiter aneinander.

»Lassen Sie Ihre Beine locker!«, befahl Dr. Kaminski leicht ungeduldig.

Langsam entspannte ich mich. Ich lag mit ausgestreckten Gliedern auf der Couch des Doktors, atmete weisungsgemäß durch die Nase und war zu meiner Überraschung so ruhig wie seit Jahren nicht mehr.

»Beginnen wir am Anfang«, drang die Stimme des Arztes durch die Wellen der Ruhe, die mich umfingen. Aber ich wusste nicht, wo der Anfang war. War der Anfang der Tag, an dem ich Ari kennenlernte und seinem Bann verfiel? Oder der, an dem er mich in dem Pariser Café verließ? Oder vielleicht der Tag, an dem ich sein Manuskript auf dem Schreibtisch las und zu meiner bitteren Enttäuschung entdeckte, dass nicht ich seine Muse war, sondern Sophie, die französische Hündin?

Unter Anleitung des Doktors bemühte ich mich, Schritt für Schritt den Ereignissen nachzugehen, die mich dazu gebracht hatten, mir die Pulsadern aufzuschneiden. »Versuchen Sie mir zu erklären, was er an sich hat, dieser Mann, dass Sie partout nicht von ihm ablassen wollen, sich beharrlich an ihn klammern«, bat Dr. Kaminski.

Ich schloss die Augen und fand keine Antwort. Solche Fragen hatte ich mir noch nie gestellt. Ari war Ari, und das genügte, hatte immer genügt. Nach geduldigem Warten unterbrach der Doktor mein Grübeln: »Überlegen Sie nicht zu viel, schießen Sie los mit dem ersten Gedanken, der Ihnen in den Sinn kommt.«

Ich schwieg. Mit geschlossenen Augen zählte ich die Minuten, die vergingen. Nun wurde Dr. Kaminski lauter: »Wenn Sie hier auf dem Sofa liegen und schweigen möchten, ist das völlig in Ordnung, aber wenn Sie möchten, dass wir weiterkommen statt Geld zu vergeuden, das Ihr Vater nicht hat, wie Sie eigens angemerkt hatten, würde ich Ihnen raten zu reden.«

Ich klang kleinlaut, fast kindlich: »Keiner wird je so mit

mir reden wie Ari, wir reden die ganze Zeit, fahren Auto und reden, gehen auf der Straße und reden.«

»Reden Sie miteinander, oder redet nur Ari?«, unterbrach mich der Doktor.

»Manchmal redet er auch über mich«, sagte ich versonnen, »analysiert mein Wesen und lehrt mich Dinge über mich selbst. Wer wird je wieder so mit mir reden? Wer kennt mich besser als Ari?«

»Was hat Ari noch an sich, was kein anderer hat?« Der Doktor nahm einen tiefen Zug von seiner Zigarette, der fünften, nach meiner Rechnung. Er verlangte Antworten, die ich nicht hatte.

Vielleicht, schoss mir ein Gedanke durch den Kopf, den ich Dr. Kaminski nicht verraten wollte, vielleicht wird keiner so mit mir Liebe machen wie Ari? Aber hatte Ari denn wirklich Liebe mit mir gemacht? Mir fiel all das ein, was ich hatte vergessen wollen: Wie er mich gezwungen hatte, erst ihn zu befriedigen und dann mich selbst, während er zuguckte und ich am liebsten gestorben wäre vor Scham. Wie er mich vergewaltigt hatte in jener schrecklichen Nacht in Paris, in der er besoffen torkelnd von der Party zurückkam, wo er mit Sophie geknutscht hatte, wie er mich damals gewaltsam aufs Bett gedrückt und mir wehgetan hatte.

Plötzlich war ich todmüde. Damit Kaminski Ruhe gab, sagte ich schließlich: »Wer wird mich so lieben, wie Ari mich geliebt hat?«

»Und wer wird Sie verlassen, wie Ari Sie verlassen hat?«, erwiderte er, ohne einen Funken Mitleid. »Dieser Mann, dem Sie Ihr Leben in die Hände gelegt haben, hat Sie in einem Café in einer fremden Stadt verlassen. Sie haben mir selbst erzählt, dass Sie extra nach Paris gereist waren, um Ihren Mann wiederzusehen, und dann bringt er Sie in ein Café und sagt Ihnen, dass er sich in eine andere Frau verliebt hat. Tut mir leid, junge Frau, ich kann in der Art, wie er Sie *abserviert* hat, um es salopp auszudrücken, keinen Anflug von Altruismus finden. Er hat keinerlei Mitgefühl, der Mann, den Sie mir beschreiben, er hat nichts, wonach Sie sich sehnen sollten.«

Ich verkrampfte mich auf dem Sofa, bohrte die Finger in den groben Polsterstoff, aber Kaminski fuhr erbarmungslos fort: »Ich stelle mir vor, wie Sie in dem Café im fremden Paris sitzen, nachdem Ari Ihnen mitgeteilt hat, dass er sie verlässt, und gegangen ist. Und Sie sind fern von allem Vertrauten, ohne Verwandte und Bekannte, ohne eine Schulter, an der Sie sich ausweinen könnten, ohne jemanden, der Sie tröstet. Das ist eine Geschichte, bei der es keine zwei Seiten gibt, und trotz all dem hat Ari Sie immer noch von fern an der Kandare. Es macht mir Sorgen, dass Sie wirklich und wahrhaftig glauben, keiner werde Sie je so lieben wie er.«

Diesmal wartete er meine Antwort nicht ab. Offensichtlich hatte er die Fetzen der Tatsachen und Geschichten, die ich ihm geliefert hatte, zu einer ganzen Geschichte zusammengefügt. Ich hatte immer noch den Drang, Ari in Schutz zu nehmen, musste jedoch zuhören. Kaminskis Stimme wurde hörbar weicher. »Damit eines klar ist: Dieser Mann interessiert mich nicht. Für mich ist er eine Leiche, die wir hier in diesem Raum erst dann sezieren werden, wenn wir verstanden haben, was Sie veranlasst hat und weiter veranlasst, ihm wie eine Gefangene nachzulaufen, und wenn ich ›Gefangene‹ sage, meine ich das wörtlich. Sie sind auch jetzt noch die Gefangene dieses Mannes, den Sie seit einem Jahr nicht gesehen haben. Obwohl er Sie verletzt hat, stehen Sie nach wie vor in seinem Bann, weigern sich, loszukommen und frei zu sein. Nun möchte ich wissen, warum. Was bringt Sie dazu, freiwillig gefangen zu sein. Sie sind doch nicht so klein und elend. Ich hatte schon Gelegenheit, Sie kennenzulernen, Sie haben einen Mund, und Sie haben Chuzpe, und Mut haben Sie auch.«

»Ich soll Mut haben?«, fand ich plötzlich die Stimme wieder, stützte mich auf beide Ellbogen, das Haar fiel mir wie ein roter Vorhang über die Augen.

»Und was für Mut! Sie waren ohne Weiteres bereit, sich in das irre Abenteuer einer Einweisung in eine psychiatrische Klinik zu stürzen. Dazu gehört Mut!«

»Das beruhte auf Feigheit, auf Schwäche. Ich dachte, ich könnte mich nicht selbst kurieren, wollte behandelt werden«, gestand ich enttäuscht.

»In die Irrenanstalt gehen, um behandelt zu werden? Sie hätten ins Erholungsheim im Kibbuz Ma'ale HaChamischa fahren können, dort hätte man Sie unter viel angenehmeren Umständen umsorgt.«

Ich schwieg, versuchte Kaminskis Worte zu verdauen, atmete vorschriftsmäßig durch die Nase und sagte: »Wo sollen wir denn anfangen?«

Bei den nächsten Treffen klärten sich die Dinge langsam. Vor allem wollte ich wieder die werden, die ich vor Aris Zeit gewesen war: Elija Zoref, Literaturstudentin an der Universität Tel Aviv, mit Träumen von einer Karriere beim Radio und auch von einem Zuhause, von Kindern. Ich wollte wieder so sein wie alle.

»Was hindert Sie heute daran, wie alle zu sein?«, fragte der Doktor, als ich diese Wendung immer wieder benutzte.

»Ich komme mir vor wie ein räudiger Hund, den alle meiden, weil er Tollwut hat. Wie der Hund Balak in Agnons *Gestern, vorgestern.*« Ich wartete nicht ab, ob er den Roman gelesen hatte. »Ich kann nachts nicht einschlafen, meine, der Hass würde alles Gute in mir zerfressen. Statt eines Herzens steckt ein verheerendes Feuer in meinem Innern, statt Blut fließt Gift in meinen Adern, statt einer Seele habe ich brodelnden Zorn, wie schwarze Lava. Ich kann nicht mehr, ich will nicht mehr hassen, neiden, zürnen. Und ich spüre: Solange dieser Zorn, diese Eifersucht nicht weg sind, habe ich keinen Raum, um das Gute, die Liebe, die Freude, die Arglosigkeit einzulassen – Dinge, die ich so massenhaft besaß, bevor Ari die Elija von einst zerstörte.«

»Schreien Sie«, sagte der Doktor, »schreien Sie den Schmerz, den Zorn, die Eifersucht, den Hass heraus. Kreischen Sie, um nicht zu ersticken. Schreien Sie es sich von der Seele, drinnen im Zimmer und draußen im Freien. Lassen Sie es hier in meiner Praxis oder daheim unter der laufenden Dusche heraus. Schreien Sie im Meer, schreien Sie, schreien Sie alles heraus, bis Sie keinen einzigen Schrei mehr in sich haben, bis Ihr gebrochenes Herz, wie Sie es nennen, und seine Tausenden von Scherben zu Staub zerfallen und in alle Winde verwehen, sich total auflösen, in ein Nichts, etwas Nichtexistentes, etwas, das es nie gab in Ihrem Leben.«

Und ich schrie, wie vom Doktor empfohlen. Ich schrie in seinem Sprechzimmer und unter der Dusche, wenn meine Eltern nicht zu Hause waren, und am Strand. Am meisten schrie ich im Meer, schrie mir fast Herz und Seele aus dem Leib, bis mir die Stimme versagte.

Sechs Wochen lang suchte ich Dr. Amir Kaminski zweimal die Woche auf. Die anfangs zögerlichen, fast erzwungenen Gespräche, die mir große Mühe bereiteten, avancierten schließlich zu den zwei wichtigsten Stunden der Woche. Ich fieberte ihnen entgegen, legte mir vorher zurecht, was ich sagen wollte und was nicht, ließ kein Treffen ausfallen. Selbst mit Fieber kam ich in die Praxis.

Bei unseren weiteren Treffen versuchte ich zu erfassen, warum ich mich in dem ausbeuterischen Beziehungsgeflecht mit Ari verloren hatte. Zum ersten Mal gestand ich mir ein, dass er mich vor allem als Schriftsteller faszinierte. Ich hatte

Schriftsteller stets bewundert, und dass er sich sofort als solcher vorstellte, hatte mich in seinen Bann gezogen. Eigene Kreativität zu entfalten, traute ich mir nicht zu. Zu Beginn unserer Beziehung trat ich völlig zurück, damit er schreiben konnte. Ich wollte die Frau des gepeinigten Künstlers sein, ihn rundum versorgen wie die Schriftstellergattinnen, von denen ich in den Biographien berühmter Literaten las. Ich eiferte ihnen nach, wollte wie sie die Muse eines schreibenden Mannes sein, ihm Inspiration verleihen, in den Chroniken des Schriftstellers auftauchen, den die Welt sehr bald entdecken würde, einen Ehrenplatz in seiner Biographie einnehmen. An den Preis, den ich dafür zahlte, den die Frauen der berühmten Schriftsteller von einst bezahlt hatten, dachte ich gar nicht. Erst später, als ich auf Dr. Kaminskis Anleitung mein Leben mit Ari analysierte und erkannte, was meine Selbstverleugnung mit mir gemacht hatte, las ich erneut diese Biographien und dachte an die bedauernswerten Frauen, die ihr Leben neben ihren egozentrischen Ehemännern fristeten, während diese sie nach Strich und Faden mit ihren Geliebten betrogen, die nicht weniger berühmt wurden als sie, ihre rechtmäßigen Ehegattinnen.

Dabei begriff ich noch etwas über Ari und mich, über die Tiefe der Verletzung, die er mir zugefügt hatte: Der Moment, in dem ich entdeckte, dass nicht ich seine Muse war, sondern Sophie, die er erst kurz zuvor in Paris kennengelernt hatte, war der Wendepunkt, an dem etwas in meinem Innern zerriss und ich zusammenbrach.

»Ich denke, er hilft mir«, erklärte ich meinem Vater einmal nach meiner Rückkehr aus der Praxis, und er sagte: »Gott sei Dank, Bubale, endlich hast du wieder Farbe im Gesicht.«

Mein guter Vater wandte sich an Lily, die neben ihm stand, ihren ewigen spöttischen Zweifel im Gesicht: »Siehst du, dieser Doktor, den wir erst für einen Scharlatan hielten, leistet gute Arbeit mit Elija. Schau, endlich isst sie sogar wieder was.«

»Der Mensch kann nicht leben ohne zu essen«, erwiderte Lily skeptisch, als wäre ich nicht im Zimmer, »dachtest du denn, sie würde Hungers sterben? Gut, sie isst was. Jetzt will ich sie auch wieder lächeln sehen. Wenn das Lächeln zurückkehrt, weiß man, dass der Arzt Erfolg hat. Bis dahin müssen wir hoffen, dass sie nicht noch mal ausflippt und sich unter die Bettdecke verkriecht. Jetzt geht sie zu dem Doktor und fühlt sich wohl, aber wer verspricht dir, dass sie keine neuen irren Mätzchen abzieht wegen diesem Nichtsnutz? Wenn sie ihr Studium wieder aufnimmt, wenn sie einen neuen Freund findet, wenn sie Arbeit sucht, werde ich zur Ruhe kommen. Bis dahin kann ich nicht ruhig sein«, sagte sie und rauschte aus dem Zimmer. Diesmal konnte nicht mal ich ihr Antwort geben.

Lily

Wenn ein Kind stirbt, geht seine Seele auf ein neugeborenes über. Daran glaubte Lily mit aller Macht. Das musste sie auch, denn woher hätte sie sonst die Kraft nehmen sollen, das Töchterchen zu versorgen, das sie nach dem gestorbenen Söhnchen zur Welt gebracht hatte? Woher hatte sie die Energie, neun Monate Schwangerschaft zu ertragen, im August, dem heißesten Monat in Tel Aviv, schon einen runden Bauch mitzuschleppen? Woher nahm sie die Kraft, mit geschwollenen Fesseln und dicken Füßen, die nicht in die Pantoffeln passten, die staubigen, schattenlosen Straßen entlangzugehen, unter der grellen Sonne, die ihr die Augen blendete und erbarmungslos auf den Kopf knallte? Sie hasste die Sonne, hasste Tel Aviv im August und hasste Schwangerschaft. Am liebsten hätte sie den ganzen Tag bei geschlossenen Läden im Haus gesessen, hätte sich vor der Welt und den Sonnenstrahlen versteckt. Doch wenn sie sich im Haus einigelte, würde Schaul nicht durchhalten. Er war ohnehin schier verrückt geworden, als sie nach dem Tod des Kleinen so lange nicht aus dem Bett gekommen war. Schaul ging morgens zur Arbeit in seinen Juwelierladen, und sie blieb allein zu Hause und betete, Gott möge ihrem Schmerz ein Ende bereiten.

Jetzt wollte Lily nicht in jene schreckliche Zeit zurückverfallen, nicht erneut die mitleidigen Blicke der Nachbarinnen aushalten müssen. Sie würde nicht mehr zum Gesprächsstoff der Mütter in der Grünanlage werden, hatte sie beschlossen und sich daher gezwungen, auszugehen, zu Besorgungen, zum Einkaufen, zum Schaufensterbummel in der Dizengoff-Straße, Hauptsache, die Leute hörten auf, sie mitleidig anzusehen oder künstlich beflissen nach ihrem Befinden zu fragen. Sie wusste, dass jede dieser Frauen Gott von Herzen dankte, dass Lily und nicht sie selbst ihr Kind verloren hatte. Sie wusste, dass die Nachbarinnen ihre Kinder hastig ins Haus holten, wenn sie auf der Straße nahte, aus Furcht vor dem bösen Blick. Sie hatten recht: Ihr Neid brannte wie Feuer, wenn sie sah, dass die Kleinen, die zusammen mit ihrem Sohn geboren worden waren, nun wuchsen und gediehen, schon laufen lernten, die ersten Wörter sagten. Sie lebten, und nur ihr Baby war tot. Sie beneidete die Straßenkatzen, die zur selben Zeit wie ihr Söhnchen zur Welt gekommen waren und ihn überlebt hatten. Sie kannte sie alle, hatte sie als junge Kätzchen in Erinnerung, und nun waren sie schon starke, lebensfähige Straßenkatzen, und nur ihr Kind war nicht stark und lebensfähig gewesen.

Die Bischara hatte ihr gesagt, sie müsse schnell wieder schwanger werden, auf dass die Seele ihres Kindes in das Neugeborene wandere, damit ihr Kleiner, ihr Augapfel, in dem neuen Baby weiterlebe. »Das Kind ist gegangen, tot, *chalas, Allah jerchamo*, möge Gott sich seiner erbarmen«, hatte die Bischara gesagt, die arabische Hexe aus Jaffa. »Jetzt bete darum, dass es bei einer guten Mutter wie dir wiedergeboren wird und nicht bei einer anderen, *Allah justur*, möge Gott deine Schmach bedecken. Und damit es dir geboren wird, musst du jetzt schwanger werden! Es ist dringend, zwölf Monate höchstens kann die Seele warten. Sonst lacht eine andere Mutter, aber du weinst, und ich will, dass du das Lachen hast. Du und dein Mann. Man badet nicht zweimal im selben Fluss, *ja binti*, meine Tochter, der Mensch ändert sich und auch das Wasser, also geh schnell in dein Haus und tu das Nötige, damit ein Kind in deinen Bauch kommt.«

Lily wollte Schaul nicht erzählen, dass die Bischara ihr aufgetragen hatte, schwanger zu werden. Das war nicht das Einzige, wovon er nichts ahnte. Sie hatte ihm nie was von ihren Besuchen bei der arabischen Wahrsagerin in Jaffa gesagt. Andernfalls hätte er sie endgültig für verrückt erklärt.

Seit dem Tod des Kindes sprachen sie kaum noch miteinander. Nach der Trauerwoche blieben sie allein mit der sengenden Stille in der Wohnung. Zur Schiwa waren die wenigen Verwandten gekommen: Seine Eltern Sarina und Albert, sein jüngerer Bruder Schmulik, in Uniform mit den Rangabzeichen eines Oberfeldwebels, sein Onkel David mit seiner Chana und den Kindern, dazu ein paar Nachbarn, Schauls Jugendfreunde und einige treue Kundinnen, denen er goldene Ohrringe, Armreifen und Ketten angefertigt hatte.

Für Lily waren es die längsten Tage ihres Lebens, sieben Tage, in denen ihr das Herz zu zerspringen und der Kopf zu bersten drohte. Menschen kamen und gingen, wollten sie trösten, aber sie ließ es nicht zu, saß verkrampft auf der Matratze auf dem Wohnzimmerboden, taub für die Beileidsbekundungen, mit denen man sie überhäufte. Sie igelte sich in ihrem Unglück ein, nicht willens, es mit Fremden zu teilen. Am verhasstesten waren ihr Schauls Mutter und Vater, die zu ihrem Unmut von morgens bis abends bei ihnen saßen und manchmal sogar auf den Matratzen im Wohnzimmer übernachteten, ohne sie um Erlaubnis zu bitten, ohne Rücksicht auf ihre Bedürfnisse.

Von ihrer Seite kam kein Mensch. Sie hatte keinen einzigen Verwandten auf der Welt, den Schaul kannte oder von dem sie ihm erzählt hatte. Lily war eine einsame Frau, seit dem Tod ihres kleinen Sohnes noch mehr als zuvor.

Er versuchte, ihren Schmerz zu teilen, doch sie wies ihn stets ab, wollte sich in seinen Armen nicht trösten lassen, verschloss sich seinen Worten, mit denen er sich auch selbst Trost zusprechen wollte. Sie verschanzte sich in ihrer Trauer und gewährte ihm keinen Einlass. Nachts, wenn die Besucher gegangen waren, kehrte sie ihm im Bett den Rücken und weinte stundenlang ins Kissen. Ihr Schluchzen zerriss ihm das Herz, klang wie das Wimmern eines von der Mutter verlassenen Kätzchens. Doch jeder Versuch, sie anzufassen, ihr Kopf oder Rücken zu streicheln, stieß auf heftige Abwehr. Sie wollte sich von ihm weder berühren noch trösten lassen, wollte mit ihrem Kind sterben.

Lily war eine einsame Wölfin, sorgte immer für sich selbst. Wenn nicht sie, wer wohl dann? Die Nonnen im Kloster? Die kommandierten sie nur rum oder tadelten sie ohne jeden Anflug von Liebe und Zärtlichkeit. Alle außer Schwester Rose. Von Geburt an war Lily gewohnt, nicht zu weinen, um die Nonnen nicht zu ärgern, keine Fragen zu stellen, da sie ohnehin keine Antworten erhalten würde. Sie lernte, zu sehen, ohne gesehen zu werden, die kleinsten Einzelheiten zu erfassen, nahende Gefahr zu erkennen, den Geruch der Nonnen zu wittern, ehe sie noch auf der Bildfläche erschienen. Sie hatte ihr stilles Eckchen gefunden und gelernt, nicht aufzufallen, keine Aufmerksamkeit zu erregen, mit den Klostermauern zu verschmelzen, die hallenden Schritte der Nonnen oder das Schlüsselklirren am Gürtel der Äbtissin nicht zu fürchten. Seit Lily zurückdenken konnte, hatte sie sich auf keinen verlassen und auf keinen eingelassen, und jeder Annäherungsversuch prallte bei ihr an einer Mauer ab. Als Kind hatte sie nur das Nötigste geredet, ihre Aufgaben ohne Widerrede erledigt und sich beigebracht, allein zurechtzukommen.

Lily bat niemanden um Trost, aber als sie die Bischara kennenlernte, suchte sie dort Wärme und Verständnis. Die Bischara wurde wider Erwarten zu ihrer engsten Vertrauten, ersetzte ihr die Mutter, die sie nie gehabt hatte. Bei der Bischara und nur bei ihr wusste Lily, dass ihre Geheimnisse sicher waren und diese Frau sie niemals vor anderen bloßstellen würde. Am liebsten hätte sie sich in ihrem großen Schoß, zwischen den Falten ihrer Galabija verkrochen, hätte das Gesicht auf ihren großen Busen gelegt, sich in ihre Arme gekuschelt und darin geruht.

Schon seit Jahren besuchte sie die Bischara, bat sie, ihr aus dem Kaffeesatz zu lesen und Ratschläge fürs Leben zu erteilen – doch mit einer Einschränkung: »Wenn du im Kaffee etwas über meine Vergangenheit siehst, dann behalte es für dich, ich will nichts wissen, was vor meiner Geburt war.«

Die Bischara hatte daraufhin traurig den Kopf gewiegt, aber zumindest zu Beginn ihrer Bekanntschaft mit der blonden jungen Jüdin, die eines Tages im Schlepptau der jungen Bagdaderin gekommen war, ihren Wunsch erfüllt. Wenn sie im Kaffeesatz Dinge sah, die Licht in Lilys Vergangenheit hätten bringen können, hielt sie an sich. Bis sie nicht mehr konnte.

Lily war vierzehn Jahre alt, als sie die Bischara zum ersten Mal besuchte. Ihre Heimgenossin Naima hatte sie zu der arabischen Hexe mitgenommen. Naima war eine Neueinwanderin aus dem Irak, die mit der Jugend-Alija ins Land gekommen war und viel besser Arabisch sprach als Hebräisch. Sie war die einzige Schulkameradin, die Lily an sich heranließ, doch obwohl Lily nicht immer verstand, was die Bischara ihr sagte, wollte sie partout nicht, dass Naima in das enge Kämmerlein mitkam, wo die Araberin saß und Menschen empfing, die bei ihr Hilfe in der Not suchten.

»Warum soll ich nicht mit rein?«, hatte Naima kopfschüttelnd gefragt. »Was hast du denn groß zu verbergen? Du weißt doch sowieso nichts über dich, wo du geboren bist und wer dein Vater und deine Mutter sind, was sollst du dann noch für Geheimnisse haben?«

Lily kochte vor Wut. Woher nahm Naima sich die Frechheit heraus, über ihre Eltern zu reden? Sie selbst tat es nie. Sie wusste, dass die Heimkinder redeten. Jeder hatte seine eigene Geschichte, keiner war im Heim gelandet, weil er aus einem großartigen Zuhause stammte. Einige waren allein eingewandert, während die Eltern in ihren Herkunftsländern verblieben, andere hatten Vater oder Mutter oder beide verloren. Es gab auch Söhne und Töchter von Neueinwanderern, die sich mit dem Leben in Israel schwertaten und ihre Kinder aus seelischen oder materiellen Gründen nicht selbst aufziehen konnten. Wieder andere waren von ihren Eltern ins Heim geschickt oder von den Sozialämtern des Jischuw aus ihren Elternhäusern geholt worden. Aber nicht Lily. Sie war nirgends weggeholt, sondern als Zehnjährige in Jerusalem von der Straße aufgelesen worden, als hungrige und verwahrloste Streunerin mit ein paar Lumpen am Leib. Herzensgute Frauen vom Club Maskeret Mosche hatten sie auf der Jaffa-Straße gefunden, wo sie Mülleimer nach Essbarem durchwühlte, sich mit einem schimmligen Brotkanten, anderthalb faulen Tomaten oder was sie sonst in den Mund stecken konnte, begnügte. Die guten Frauen gingen jeden Nachmittag die Jerusalemer Straßen auf der Suche nach verlassenen Kindern ab, sammelten sie ein und brachten sie in das hübsche Steingebäude im Viertel Maskeret Mosche, an der Grenze zu Ohel Mosche, wo sie eine warme Mahlzeit bekamen und ein paar schöne Stunden fern der Straße verbrachten: Die Mädchen stickten und strickten, die Jungen spielten Ball auf dem Hof. Um achtzehn Uhr schloss das Clubhaus, die Kinder kehrten auf die Straße zurück und die Frauen in ihre sicheren, warmen und lichten Wohnungen, zu ihren

Männern und Kindern, die weit mehr Glück hatten als die Jerusalemer Straßenkinder.

Die Jerusalemer Waisenhäuser waren in den zwanziger Jahren bis auf den letzten Platz besetzt. Die große Epidemie, die während des Ersten Weltkriegs in der Stadt wütete, hatte Tausende von Menschen hinweggerafft und viele Waisenkinder hinterlassen, die kein Dach überm Kopf hatten und auf der Straße landeten. Bald wurden einige Kinder, mithilfe der Selbstverwaltungseinrichtungen des Jischuw, in eigens eingerichtete Heime überführt. Lily wusste nicht, wie viele Tage und Nächte sie nach ihrer Flucht aus dem Kloster durch die Straßen geirrt war, hungrig und zitternd vor Kälte. Das schwarze Klosterkleid war zu dünn, um sie gegen die nächtliche Kälte in Jerusalem zu schützen. Sie war erschöpft vom Schlafen auf Parkbänken oder unter den Verkaufsständen auf dem Machane-Jehuda-Markt. Jerusalem war ihr fremd, sie kannte seine Straßen, Gassen und Geschäfte nicht. Seit sie im Alter von einem Tag ins Kloster gebracht worden war, wie die Nonnen ihr erzählten, hatte sie seine Mauern nicht verlassen – bis dieses Zuhause sie zu erdrücken drohte.

Als kleines Mädchen lief Lily gern durch die langen Klostergänge, liebte die großen Bilder der christlichen Heiligen an den Wänden. Bei ihren Streifzügen kam sie fast überall im Kloster rum, aber ihr Lieblingsplatz war die kleine Kapelle, die viel bescheidener war als die große Kirche. Lily saß gern auf den Holzbänken vor dem Altar, liebte die Stille und den Weihrauchduft. Dies war der einzige Ort, wo sie mit sich allein sein konnte, wo ihr keines der anderen Mädchen zusetzte und keine nahenden Nonnenschritte sie nervös machten. Es war ein Ort der Ruhe und des Friedens. Sie saß stundenlang auf der vordersten Bank und blickte auf das Bild von Maria mit dem Jesuskind, hing mit den Augen an den gemalten

Augen der heiligen Mutter, die ihr gütig und fürsorglich aussahen, sie anzusprechen schienen, als sei das dort ein Mensch von Fleisch und Blut und kein Altarbild. Und manchmal meinte sie, die heilige Mutter lausche ihr nicht nur, sondern antworte auch, flüstere ihr mahnende und tröstende Worte zu, die ihr Festigkeit und Stärke verliehen. Die bescheidene Kapelle war der einzige Ort im ganzen Kloster, an dem sie sie selber war.

Je größer sie wurde, desto beklemmender empfand sie die hohen Decken, die Buntglasfenster und die Heiligenbilder an den mächtigen Wänden. Sie fühlte sich fremd an dem einzigen Ort, den sie kannte. Das Kloster und seine Geheimnisse wurden ihr zum goldenen Käfig. Die strikte Tagesordnung, die keinen Moment Privatsphäre gewährte, das strenge Verhalten der Nonnen, die niemals lächelten oder lachten, taten ihr geradezu körperlich weh. Sie war es leid, jahrelang tagein, tagaus dasselbe zu tun, fühlte sich eingesperrt. In den düsteren Klosterhallen sehnte sie sich nach der Sonne, die sie nur in der kurzen Zeit zu sehen bekam, die die Mädchen auf dem Hof verbringen durften. Mit zehn Jahren legte sie sich einen genauen Fluchtplan zurecht und türmte bei der ersten Gelegenheit, ohne einen Blick zurück.

Als die Frauen vom Club Maskeret Mosche sie mager, hungrig und verdreckt in den Abfallbergen auf dem Machane-Jehuda-Markt nach Essbarem wühlen fanden, luden sie sie ins Clubhaus ein, lockten mit einer warmen Mahlzeit. Aber Lily entschlüpfte ihnen flink wie eine Straßenkatze. Über eine Woche verging, bis die Frauen sie schließlich hereinlotsen konnten. Danach kam sie jeden Tag, ein stilles, ernstes Mädchen, das nichts sagte und sich nicht unter die anderen Kinder mischte, nur dasaß und gut stickte, ohne eine Silbe von sich zu geben. Vielleicht wegen ihrer auffallenden Schönheit erregte das merkwürdige Mädchen die Aufmerksamkeit von Frau Nachmias, einer der Aktivistinnen, die ihre Beziehungen nutzen wollte, um ihr ein Zuhause zu verschaffen. Aber Lily widersetzte sich. Frau Nachmias staunte über das flammende Feuer in den Augen des stillen Kindes, erklärte geduldig, dass ihr nichts anderes übrig bliebe, »entweder die Straße oder ein Platz zum Schlafen, ein Ort, an dem man sich um dich kümmert und mit allem versorgt.« Und so kam eines Tages eine dynamische, junge Frau in den Club und fuhr mit ihr und zwei weiteren Kindern per Bus nach Herzlia zu dem Kinderheim, das fortan ihr Zuhause wurde.

Wie im Kloster mischte sich Lily auch hier nicht unter die anderen Kinder. Sie konnte keine haarsträubenden Geschichten über Schiffe erzählen, die auf dem Weg nach Israel beinah untergegangen wären, sehnte sich nicht schmerzlich nach Mamas lieblich duftendem Essen, träumte nicht, dass Papa sie heimholte, hatte kein Heimweh nach ihrem alten Wohnviertel und den Kinderspielen in seinen Gassen. Sie hatte nie eine Puppe oder andere Spielsachen besessen, niemand hatte sie je geherzt und geküsst. Die Erziehung der Nonnen war streng gewesen, ohne jeden Raum für Vergnügen, das als Mutter aller Sünden galt. Ein Gutes hatten sie ihr jedoch mit auf den Weg gegeben: Sie plapperte Englisch wie eine gebürtige Engländerin. Englisch war die Umgangssprache im englischen Kloster, und erst, als sie mit jüdischen Mädchen die Klosterschule besuchte, lernte sie von ihnen Hebräisch, das sie bald einigermaßen beherrschte.

Lily war acht, als die junge Schwester Rose ins Kloster eintrat. Anders als die älteren Nonnen mit ihren strengen, harten Mienen hatte sie ein freundliches Gesicht und eine weiche Stimme. Sie führte die Aufsicht im Schlafsaal, an dessen Wänden die Betten der Mädchen aufgereiht standen. Bei ihrer abendlichen Runde vor dem Einschlafen passte sie auf, dass alle ihr Nachtgebet sprachen und sich bekreuzigten, ehe sie das Licht löschte. Im Gegensatz zu ihrer Vorgängerin, die über jede Kleinigkeit in Rage geraten war, brachte Rose unendliche Geduld auf. Gelegentlich strich sie einem Mädchen übers Haar und flüsterte sanft ein paar Segensworte. Nicht mal Lily konnte Schwester Roses Zauber widerstehen, wartete vielmehr jeden Abend ungeduldig, dass sie an die Reihe kam, die gute Schwester auch ihr die Decke zurechtzog und mit ihr betete, das Kreuz schlug, ihr schließlich die warme Hand auf den Kopf legte und ihr eine gute Nacht wünschte.

Schwester Rose gelang es als Einziger, Lilys Panzer zu durchdringen, und bald entstanden engere Beziehungen zwischen den beiden. Lily merkte, dass sie sich nach Rose sehnte, an sie dachte und ihre Nähe suchte. Auch die junge Schwester Rose fand in ihr eine Seelenverwandte, und Lily meinte, sie verweile an ihrem Bett länger als bei den anderen Mädchen.

Über ein Jahr lebte Schwester Rose nun schon im Kloster. Als Lily eines Tages wieder einmal auf der ersten Bank in der kleinen Kapelle saß und das Bild der Heiligen Jungfrau anblickte, trat Schwester Rose ein und setzte sich neben sie. Lily staunte, dass sie sie nicht hatte kommen hören, und da erst fiel ihr auf, dass Rose, im Gegensatz zum schweren Trott ihrer Mitschwestern, leichtfüßig und fast geräuschlos ging, über die Fliesen zu schweben schien. Lily freute sich über Roses Anwesenheit, spürte ihre Körperwärme, ihren angenehmen Duft. Während die älteren Nonnen meist säuerlichen Schweißgeruch verströmten, war Roses Duft so frisch und lebhaft wie sie selbst. Lange saßen sie schweigend nebeneinander.

»Schau, wie schön sie ist, die heilige Mutter«, flüsterte

Schwester Rose, »wie sie ihren Sohn, unseren Herrn, anschaut. Wie sehr sie ihn liebt, keine Liebe der Welt gleicht der Mutterliebe.«

»Weiß ich nicht«, sagte Lily, »ich hab nie eine Mutter gehabt.«

»Ja, hättest du nur eine«, flüsterte Rose, »es tut mir so leid für dich, dass deine Mutter …«

Lily sprang auf wie von der Tarantel gestochen. »Meine Mutter? Was wissen Sie über meine Mutter?«

Schwester Rose sah Lily erschrocken an. Trotz ihres zarten Alters kam die Kleine ihr jetzt gefährlich vor.

»Ich weiß nicht viel«, stammelte sie, »nur, was ich von den anderen Nonnen hörte.«

»Was haben Sie gehört?« Lilys grüne Augen funkelten sie an.

»Sie sagen, du seist am längsten im Kloster, seist beinah hier geboren.«

»Bin ich nicht hier geboren?«

»Nein.«

»Wo denn dann?«

»Ich weiß nicht alles, nur, was ich von Schwester Catherine gehört habe, du musst sie fragen. Möge Gott mir vergeben, ich hätte nicht reden dürfen, es tut mir leid, mein Kind«, sagte sie und wollte die Kapelle verlassen.

»Nein, gehen Sie nicht.« Lily trat ihr in den Weg. »Gehen Sie erst weg, wenn Sie mir erzählt haben, wo ich geboren bin und wer mich hier im Kloster gelassen hat.«

»Mein liebes Kind«, flüsterte Schwester Rose errötend, »lass mich bitte durch, du verleitest mich dazu, unrichtig zu handeln, ich habe ohnehin schon zu viel gesagt.«

»Was haben Sie gesagt?« Schwester Catherine betrat mit säuerlicher Miene die Kapelle und sah das kleine Mädchen an, das Schwester Rose den Weg vertrat.

»Ich bedauere, anscheinend habe ich Dinge gesagt, die ich

nicht hätte sagen dürfen.« Die junge Nonne bekreuzigte sich und hastete davon.

Lily blieb allein mit der strengen Schwester Catherine.

»Also Lily, was hat Schwester Rose dir gesagt?«

»Sie hat gesagt, dass ich Sie fragen muss wegen meiner Mutter.«

»Und warum sollte ich etwas über deine Mutter wissen?«

»Schwester Rose hat gesagt, Sie wüssten, wer mich im Kloster gelassen hat. Und Schwester Rose lügt nie.«

»Stimmt«, sagte Schwester Catherine, »Lügen ist eine Sünde.«

»Dann sagen Sie mir die Wahrheit!«, forderte Lily mit neuer Kraft.

Obwohl sie sie ihr Leben lang kannte, starrte Schwester Catherine Lily an, als sehe sie sie zum ersten Mal. Das schrumpelige, magere Baby, das im Kloster angekommen war, hatte sich in ein gesundes und bildhübsches Mädchen verwandelt. Schon seit Jahren hatte Schwester Catherine ihr keine besondere Beachtung mehr geschenkt, gewiss nicht mehr als den anderen Mädchen. Für sie gehörte Lily zum Kloster wie die Kapelle, die Kirche, die Küche, wie Refektorium und Schlafsaal. Sie war nur eines der dreißig Mädchen, die im Kloster lebten, Kinder, die man speisen, kleiden und in den Wegen des Herrn erziehen musste. Auch wenn Catherine gelegentlich an das Baby von damals dachte, verhärtete sie ihr Herz und untersagte sich überflüssige Gefühlsduselei. Jetzt stand sie vor dem Mädchen, das entschlossener denn je wirkte und sie aufforderte, ihr die Wahrheit zu sagen, die man ihr bisher vorenthalten hatte.

Die Nonne seufzte tief und sagte: »Es ist kein Geheimnis, und wir wollten es nie vor dir verbergen, hielten dich nur noch für zu jung. Wir wollten abwarten, bis du größer wirst, um es dir dann zu erzählen.«

»Wie alt bin ich?« Es war das erste Mal, dass Lily diese Frage laut stellte.

»Ah, rechnen wir mal nach. Wir haben dich am Weihnachtsabend vor neun Jahren am Klostertor gefunden. Du warst das Geschenk, das man uns auf die Schwelle gelegt hatte.«

»Dann bin ich neun Jahre alt?«

»Nächsten Weihnachten wirst du zehn. Du bist an einem besonders kalten Weihnachtsabend geboren. An dem Tag, als wir dich fanden, hat es in Jerusalem geschneit.«

Catherine erinnerte sich gut an jenen kalten Tag. Alle saßen schon zur Messe in der großen Kirche versammelt, doch sie war schnell noch einmal in den großen Saal gegangen, wo das Festessen stattfinden sollte, um sich zu überzeugen, dass das Kaminfeuer nicht erloschen war und dass die Kerzen brannten. Als sie den Flur am großen Saal entlangging, hörte sie die Torglocke läuten, einmal und noch mal und noch mal. Jemand zog unaufhörlich an der Glocke. »Moment, Moment, ich komme«, rief sie, aber das Läuten hörte nicht auf. Obwohl sie keinen Mantel trug, eilte sie zum Tor. Wer so pausenlos läutet, ist sicher in Not, schoss es ihr durch den Kopf. Als sie die kleine Pforte im großen Tor öffnete, verschlug es ihr den Atem. Auf der verschneiten Schwelle lag ein Neugeborenes, in eine Wolldecke gewickelt, und schlief den Schlaf der Gerechten, ein Lächeln im Gesichtchen, schien weder Kälte noch Schnee zu spüren.

»Und wer hat mich auf der Klosterschwelle abgelegt?«, weckte Lily die Nonne aus ihren Erinnerungen, »wer hat mich dort sterben lassen?«

Catherine zögerte, ob sie dem Mädchen alles erzählen sollte, was sie wusste, oder ob es besser war, sie in die Unterrichtsräume zurückzuschicken, mit dem Verweis, nicht so viele Fragen zu stellen. Im Stillen erkannte sie, dass das Kind ihr jetzt die Gelegenheit bot, das Geheimnis zu lüften. Jahrelang hatte sie es gehütet, das Mädchen mit unverdienter Härte behandelt, damit ihr bloß nicht weich ums Herz wurde und sie wieder mütterliche Gefühle für sie entwickelte, wie anfangs für das Baby. Über die Jahre hatte sie ihr Herz in Eisen verpackt, doch jetzt überfluteten sie die Erinnerungen an jene Nacht, in der sie die Kleine gefunden und gerettet hatte, und schlagartig erfasste sie, dass alle Härte vergebens gewesen war. Die schmerzliche Wahrheit durchdrang den eisernen Panzer, und ihr Gewissen, das ihr noch nie Ruhe gelassen hatte, forderte, dem Mädchen zu verraten, was sie wusste.

»Ich glaube nicht, dass die, die dich ausgesetzt hat, deinen Tod wollte«, sagte sie so sanft wie nie zuvor. »Sie wollte, dass du gerettet würdest, hat dir zwei Strampler übereinander angezogen, dich in Stoff gewickelt und in eine Wolldecke gesteckt.«

»Woher wollen Sie das wissen?« Lily hatte noch nie gewagt, Schwester Catherine oder den anderen Nonnen frech zu kommen, aber nicht der ungewöhnlich dreiste Ton des Mädchens überraschte Catherine, sondern ihr Blick – der Blick eines Wildtieres, das nichts mehr zu verlieren hat, schon in der Falle steckt.

»Ich war es, die dich gefunden hat«, sagte sie zu Lily, »ich habe dich am Klostertor hochgehoben.«

»Und haben Sie gesehen, wer mich ausgesetzt hat?«

»Als ich das Tor öffnete, war keiner mehr da, nur du, ein Baby in einer Wolldecke.«

»Und sonst nichts? Das war alles?«

»Da war noch etwas«, sagte Schwester Catherine, sorgfältig ihre Worte wählend, »aber ich bin nicht befugt, es dir zu sagen. Wenn du größer bist, werden wir es dir mitteilen.«

»Sagen Sie's mir jetzt!« Lily packte Schwester Catherine

am Zipfel ihres Habits, als wolle sie sie am Verlassen der Kapelle hindern. »Jetzt gleich!«

Erstaunt über die Erregung des Mädchens, setzte Catherine sich auf die harte Holzbank und sagte: »Unter der Wolldecke war ein Zettel an den Stoff geheftet, in den du gewickelt warst. Darauf stand in englischer Sprache: ›Gute Schwestern, bitte rettet meine Kleine, wie ihr mich gerettet habt. Ich kann sie nicht retten.‹ Unten auf dem Zettel war eine weiße Lilie gezeichnet, und daneben stand ›Lily‹. Das war der Name, den deine Mutter wohl für dich ausgesucht hatte. Wir wollten dir den Namen Elisabeth geben, nach der Mutter von Johannes dem Täufer, aber weil du den Namen Lily von deiner Mutter hattest, haben wir ihre Bitte erfüllt und dich Lily genannt.«

»Und als Sie mich fanden, was haben Sie da getan?«

»Ich habe dich von der Schwelle aufgehoben und schnell ins Haus getragen. Zum Glück hatte die Kälte dir nicht geschadet. Die Wärme deiner Mutter hat dich beschützt. Wahrscheinlich hatte sie dich erst ganz kurz, bevor ich das Tor öffnete, auf den Bürgersteig gelegt. Und seither bist du hier bei uns, eine Tochter Gottes, wie wir alle es sind.«

Lily war verblüfft über das Gehörte. Bisher hatte sie sich kaum je gefragt, wer sie war und wer sie geboren hatte. Sie hatte sich ganz selbstverständlich als Waise betrachtet, kannte es ja nicht anders, hatte nie ein anderes Zuhause gehabt, sich nie an einen anderen Ort oder einen anderen Menschen gebunden. Jesus und Maria waren ihre einzige Familie, und sogar Schwester Rose, die zärtlich mit ihr umging, war ihr nie verwandt vorgekommen. Doch jetzt erwachte ihre Wissbegier. »Wer war die Frau, die mich ausgesetzt hat?«, wollte sie von Schwester Catherine wissen.

Die Schwester schwieg einen Moment, ehe sie erwiderte: »Ich weiß es nicht, sie hat keine Spuren hinterlassen.«

»Aber was ist mit dem, was auf dem Zettel gestanden hat?«, beharrte Lily, spürte gefühlsmäßig, dass man ihr etwas verschwieg.

»Liebes Kind, hier sind viele Kinder durchgekommen, seit das Kloster gegründet wurde«, versuchte die Nonne sich um die Antwort zu drücken, aber Lilys durchdringender Blick besagte, dass sie sich nicht mit Ausflüchten zufriedengeben, sondern trotz ihres jungen Alters hartnäckig weiterfragen würde, und so fuhr Schwester Catherine fort: »Deine Mutter kann jedes Mädchen gewesen sein, das eine Weile bei uns gelebt hat, oder vielleicht hat sie gar nicht hier gewohnt, sondern nur gehört, dass wir obdachlosen Mädchen ein Dach über dem Kopf bieten.« Catherine hoffte, Lily würde sich mit dieser Antwort zufriedengeben, doch sie ließ nicht locker.

»Die Frau hat gebeten, mich zu retten, wie ihr sie gerettet habt, das heißt, sie hat mal im Kloster gelebt.«

»Das Einzige, was ich weiß, ist ihr Name«, sagte Schwester Catherine. »Sie hat mit ihrem Namen in hebräischen Buchstaben unterzeichnet: ›Rachel‹.«

»Rachel?«, wiederholte Lily gedehnt. Rachel hieß sie also. Wie zart klang der Name der Frau, die sie ausgesetzt hatte, ein Neugeborenes in einer kalten Schneenacht vorm Klostertor. Wie konnte eine Frau mit einem so weich klingenden Namen herzlos genug sein, ihr Töchterchen einfach zu verlassen.

»Und, haben Sie sie gekannt?«

»Nein.«

»Aber jemand muss sie doch gekannt haben.«

»Einige sagten, sie könnten sich an sie erinnern, aber ich nicht.«

»Wer, wer hatte sie in Erinnerung?«, hakte Lily nach. »Ich will wissen, wer sie war.«

Schwester Catherine stieß einen langen Seufzer aus, und nach einer Weile, die Lily endlos vorkam, sagte sie: »Wenn du groß bist, wird man es dir erzählen.«

»Aber ich bin schon groß«, brauste Lily auf, »Sie haben selbst gesagt, dass ich zehn Jahre alt bin.«

»Beinahe zehn. Und du bist wirklich reifer als die anderen Mädchen.« Catherine betrachtete Lily, die vor ihr stand. Vielleicht war sie nie ein Kind gewesen, war als Erwachsene zur Welt gekommen, so schien es ihr. »Du warst ein braves Baby, hast kaum je geschrien«, fuhr sie fort. »Die Äbtissin hat mir aufgetragen, dich in deiner ersten Woche im Kloster zu versorgen. Danach sollten sich alle Schwestern reihum die Pflege teilen.«

»Und das ist alles? Sie wissen nur, dass ich ein braves Baby war?«

Catherine starrte auf den Steinboden der Kapelle. Lilys durchdringendem Blick konnte sie nicht standhalten. Das Kind würde sich nicht mit einer Ausrede abspeisen lassen, und sie konnte es auch nicht wegschicken in den Schlafsaal oder zu einer der Aufgaben, die die Mädchen im Kloster zu erfüllen hatten. Lilys Blick vermochte Schwester Catherine am Platz festzunageln, das ließ sich nicht leugnen. Als sie das Baby vor dem Klostertor im Schnee gefunden hatte, war bei ihr ein ungekanntes Gefühl erwacht. Eine Woche lang hatte sie die Kleine gepflegt wie ein eigenes Kind: Hatte sie gefüttert, gewickelt, auf den Arm genommen, gewiegt, ihr zärtliche Worte ins Ohr geflüstert. Das Baby schlief bei ihr im Bett, und sie achtete sehr darauf, sich im Schlaf nicht umzudrehen, um den winzigen Körper nicht zu erdrücken. Eine liebevolle Bindung entstand. Als die Äbtissin erkannte, dass das Baby bei Schwester Catherine mütterliche Gefühle weckte, trennte sie die beiden, entband Catherine von der Babypflege und übertrug sie den übrigen Schwestern reihum.

Catherine wurde mit anderen Aufgaben betraut und bemühte sich notgedrungen, ihr Herz zu verhärten, ihre Gefühle zu unterdrücken und sich von dem Kind fernzuhalten.

Seither tat sie so, als hätte nicht sie das Kind in einer Wolldecke an einem verschneiten Weihnachtsabend gefunden, als hätte nicht sie es in den ersten Tagen im Kloster liebevoll und barmherzig gepflegt. Jetzt stand das Mädchen vor ihr, sah sie durchdringend an und forderte sie auf, ihr alles zu sagen, was sie über ihre leibliche Mutter wusste. Doch Catherine durfte die ausdrückliche Anweisung der Äbtissin nicht missachten, wonach Lily erst dann über ihre Vergangenheit aufgeklärt werden sollte, wenn sie zur Frau herangereift war. Sie atmete tief durch und sagte: »Das ist alles, was ich weiß.«

»Sie lügen!«, fauchte Lily, selbst verblüfft, dass sie eine Nonne so offen angriff.

Unter anderen Umständen hätte Schwester Catherine Lily streng bestraft für ihr freches Auftreten, hätte sie in ein Dachkämmerchen gesperrt, doch sie kam wieder nicht gegen das Mädchen an, das ihr tief in die Augen schaute und die Wahrheit zu erfahren verlangte. Also würde sie Lily noch ein Detail verraten und fertig: »Auf dem Zettel war noch eine Zeichnung«, sagte sie zögernd. Lily lauschte gespannt. »Ein Davidstern.«

Lily entspannte sich, doch ihr schwindelte der Kopf. Sie versuchte, ihre Gedanken zu ordnen und all die Einzelheiten zusammenzufügen, die sie eben aus Schwester Catherine herausgeholt hatte. Nicht die Nonnen hatten ihr ihren Namen gegeben, sondern ihre leibliche Mutter, die Frau, die sie geboren hatte. Die hatte ihr den Namen Lily gegeben. Diese Frau hatte ihr einen Zettel angeheftet, mit der Bitte, ihre Kleine zu retten, und einem Davidstern. Der Davidstern, hatte sie von den jüdischen Mädchen im Kloster gelernt, war den Juden heilig wie den Christen das Kreuz. Wenn ihre

Mutter eine Christin wäre, hätte sie ein Kreuz gemalt. Wenn sie einen Davidstern gezeichnet hatte, war sie dann Jüdin? Und bedeutete das, dass sie, Lily, auch Jüdin war wie einige Mädchen bei ihr im Schlafsaal? Eine Jüdin wie die Mädchen, die neben ihr im Betsaal beteten? Lily hatte sich immer für eine gebürtige Christin gehalten. Jetzt fiel ihr ein, was die jüdischen Mädchen taten. Sie kreuzten die Finger, um das christliche Gebet ungültig zu machen, und nachdem sie Jesus und der heiligen Maria auf Knien gedankt hatten, stiegen sie ins Bett, zogen sich die Decke übers Gesicht und wisperten etwas. Als eine der kleinen Jüdinnen einmal merkte, dass Lily ihr zuschaute, beschwor sie sie erschrocken, es ja nicht den Nonnen zu verraten. Lily versprach es, wollte aber wissen, welches Gebet sie gemurmelt hatte. »Höre Israel«, flüsterte das Mädchen, »das ist das Gebet der Juden, ich bin Jüdin. Obwohl man mich im Kloster als Christin erzieht, werde ich immer Jüdin bleiben.«

Lily flitzte so schnell aus der Kapelle, dass sie die verdatterte Schwester Catherine anrempelte, vorbei an den Mädchen, die im Garten arbeiteten, hinein ins Hauptgebäude, durch die langen Gänge, die breiten Treppen hoch zum zweiten Stock und geradewegs ins Zimmer der strengen Äbtissin, die hinter ihrem Schreibtisch saß.

Die Äbtissin sah von ihren Papieren auf und starrte verblüfft das Mädchen an, das unerlaubt und ohne anzuklopfen zur Tür hereinstürmte, verstand nicht, was in diese Lily gefahren war.

»Kann man dir irgendwie behilflich sein?«, fragte sie mit gekünstelter Höflichkeit.

»Bin ich Jüdin oder Christin?«, rief Lily atemlos.

»Was ist das denn für eine Frage?«, sagte die Äbtissin mit Blick auf Schwester Catherine, die schwer schnaufend kurz nach Lily hereingestürzt kam.

»Ich habe ihr von dem Zettel erzählt, Mutter, und von dem Davidstern«, antwortete die Nonne verdattert, »es tut mir leid, ich weiß selbst nicht, wie das Mädchen es aus mir herausgebracht hat.«

»Es ist kein Geheimnis«, sagte die Äbtissin mit ausdrucksloser Miene, und dann zu Lily: »Wir wollten dir nie etwas verheimlichen.«

»Ich will den Zettel haben.«

»Du wirst den Zettel erhalten«, erwiderte die Äbtissin ungerührt, »aber wir werden warten, bis du siebzehn Jahre alt bist.«

Doch Lily wartete nicht, bis sie siebzehn wurde. Von dem Tag, an dem sie erfuhr, dass ihre jüdische Mutter sie vor dem Kloster ausgesetzt hatte, fand ihre Seele keine Ruhe mehr. Sie begann an ihrem Glauben zu zweifeln, entfernte sich zusehends von dem Gekreuzigten und seiner Mutter, betete nicht mehr andächtig, sondern tat nur so, um die Nonnen nicht aufzubringen. Ihre ganze Welt geriet aus dem Lot, und das Kloster wurde ihr zu einem Gefängnis voller Lügen. Sie beschloss, bei der erstbesten Gelegenheit auszureißen, raus in die Welt da draußen, wo sie vielleicht mehr über ihr Judentum erfahren und womöglich sogar die Frau ausfindig machen konnte, die sie, warm verpackt, an einem kalten, verschneiten Weihnachtsabend vor dem Klostertor abgelegt hatte.

Lily fiel es von Anfang an schwer, sich im Kinderheim in Herzlia einzugewöhnen. Sie wahrte Distanz, schloss keine Freundschaften und machte nirgendwo richtig mit. Die anderen Kinder konnten dieses merkwürdige Mädchen nicht enträtseln, betitelten sie abfällig als »Goja«, und dieser Schimpfname blieb an ihr haften, denn sie brachte es trotz allem Bemühen nicht fertig, ihre christliche Erziehung gänzlich hinter sich zu lassen: Manchmal kniete sie vor dem Zubettgehen unwillkürlich zum Gebet nieder, sprang jedoch, sobald sie sich dessen bewusst wurde, hastig ins Bett, inständig hoffend, dass keine im Schlafsaal es mitbekommen hatte. Gelegentlich bekreuzigte sie sich aus alter Gewohnheit, ertappte sich jedoch mittendrin und legte hastig die Hand an die Hüfte. Doch die anderen Kinder sahen es und verspotteten sie, äfften ihre Kreuzzeichen und Kniefälle nach, begleitet von lächerlichen Gesten und Schimpfkanonaden, mit dem Ergebnis, dass sie sich noch fremder und einsamer fühlte.

Obwohl im Land geboren, konnte Lily auch nicht richtig Hebräisch. Sie war ja von englischen Schwestern erzogen worden und sprach Hebräisch so holperig und dürftig wie eine Neueinwanderin. Dieses bisschen hatte sie im Hebräischunterricht in der Schule und von den jüdischen Mädchen im Kloster gelernt sowie während der Zeit ihres Straßenlebens. Hebräisch war für sie höchstens eine Sprache zum Überleben, der sie nichts Schönes abgewinnen konnte.

In all ihren Heimjahren wurde sie niemals zu den Gruppenaktivitäten unter dem großen Eukalyptusbaum im Hof eingeladen und nicht an den Geheimtreffen derer beteiligt, die sich den jugendlichen Hilfstruppen der Hagana anschlossen. Mit der Zeit verhärtete sich der Schuppenpanzer, den sie sich zulegte. Sie wurde unsichtbar, ein komischer Vogel, stumm wie ein Maulwurf. Doch der offene Spott, den sie in den ersten Tagen einstecken musste, versiegte, als sich herumsprach, dass Lily kein frommes Lämmchen war, sondern auch austeilen konnte. Wenn eines der Kinder es wagte, sie anzugreifen oder in ihre Privatsphäre einzudringen, sprühte sie glühende Lava und drohte, alles zu verbrennen, was ihr in die Quere kam. Alle wussten, dass man mit Lily besser keinen Streit anfing, und gingen bald dazu über, sie nur hinter ihrem Rücken auszulachen, ansonsten aber in Ruhe zu lassen.

So hielten es alle außer Naima, die Neueinwanderin aus dem Irak. Sie war mit grauem Plisseerock, hochgeschlossener, weißer Bluse, Kniestrümpfen und blanken Lackschuhen im Heim angekommen. Ihre zwei strammen Zöpfe waren hinten mit einem rosa Band zusammengebunden, und auf der Nase trug sie eine runde Brille. Vom ersten Tag an war sie der Prügelknabe der anderen Mädchen: Sie zogen sie an den Zöpfen, machten sich lustig über ihre Klamotten, obwohl Golda von der Kleiderkammer ihr sofort die Heimkluft verpasste: blaue Shorts mit Gummizug an den Beinen und weißes Trägerhemd. Sie lachten über den Tonfall ihres holperigen Hebräisch, lachten, weil sie partout allein duschen wollte, um sich den anderen Mädchen nicht nackt zu zeigen, lachten, weil sie die Erzieherin Chedwa täglich fragte, wann denn ihr Papa und ihre Mama kämen, um sie heimzuholen, in »das schönste Haus in Bagdad«, wie sie unaufhörlich beteuerte.

Jeden Abend vor dem Einschlafen zog Naima den unter ihrem Bett verstauten Koffer ein Stück hervor und entnahm ihm ein Holzkästchen mit Bildern und Briefen ihrer Eltern aus der Zeit, bevor sie Naima nach Israel geschickt hatten. Sie küsste die Fotos, nahm ein Goldkettchen mit einem herzförmigen Anhänger in die Hand und betete, dass ihr Papa bald kommen möge. Dann legte sie Bilder und Anhänger ins Kästchen zurück und steckte dieses wieder in den Koffer. Danach schloss sie die Augen und ließ die Bagdader Straße und ihr Elternhaus im Geist Revue passieren, den großen Salon, dessen viele Fenster den schönen Garten ringsum ins Zimmer einließen, die prächtigen Teppiche auf dem Boden, den großen Bücherschrank, dem ihr Vater hin und wieder ein heiliges Buch entnahm, um ihr Geschichten aus der Bibel vorzulesen. Sie erinnerte sich an die niedrigen Schemel, auf denen sie gesessen hatten, den Teetisch, auf dem ihre Mutter duftenden Tee und Anisplätzchen servierte, und auch den großen Esstisch hatte sie genau in Erinnerung, an dem die ganze Familie Platz nahm. Naima roch förmlich das »Tebit«, die irakische Form des Schabbatessens, das auf dem Dochtbrenner langsam vor sich hin köchelte, meinte den Weizen und das Fleisch zu schmecken, und schon rannen ihr die Tränen die Wangen hinab, und ihr unterdrücktes Schluchzen störte die Stille des Schlafsaals.

Eines Abends lauerten ihr ein paar Mädchen von der anderen Seite des Schlafsaals auf. Kaum hatte Naima den Kopf aufs Kissen gelegt, eilten sie herbei. Ein Mädchen zerrte Naimas Koffer unter ihrem Bett hervor, zog triumphierend ein weißes Batistnachthemd mit Spitzenbesatz heraus, streifte es über ihren Pyjama und tanzte gackernd und Naimas Akzent nachäffend zwischen den Betten umher. Zwei andere nahmen das Geheimkästchen aus dem Koffer, holten die Fotos von Naimas Eltern heraus und küssten sie schmatzend. Naima war entsetzt über ihr hässliches Treiben, sah sie ihre kostbarsten Sachen mit ihren Pfoten entweihen und jagte den Diebinnen nach, um ihnen das Kästchen zu entreißen, doch die entwischten ihr lachend. Lily beobachtete das Treiben vom Bett aus und versuchte, gleichgültig zu bleiben. Es war ja kein seltenes Spektakel. Die Heimmädchen suchten sich immer ein Opfer zum Quälen aus, aber als das Kästchen zu Boden fiel und seinen Inhalt auskippte, konnte sie nicht mehr an sich halten. Sie hechtete aus dem Bett wie eine beutehungrige Leopardin und prügelte auf die, die das Kästchen fallengelassen hatte, ein.

»Du gemeines Gör!«, kreischte Lily. »Wofür hältst du dich denn, du fiese *Wuswusit*«, verfluchte sie die junge Aschkenasin mit dem Schimpfwort, das sie von den Mädchen im Kloster gelernt hatte, und zerrte sie an den Haaren.

»Und du bist eine gemeine Goja«, feuerte die Angegriffene

zurück und versuchte, sich Lilys Griff zu entwinden. Doch die ließ nicht locker, schlug nur wütender zu, bis das Geschrei die Nachtwache auf den Plan rief, die die Streithennen trennte.

»Was ist denn hier los?«, donnerte sie und befahl: »Ab in die Betten, allesamt! Auch du«, schrie sie Naima an, die auf dem kalten Fußboden hockte und die Bilder, Briefe und den Anhänger auflas und in das Kästchen zurücklegte. »Gib das her!«, kreischte die Aufseherin.

»Nein!«, rief Naima und packte das Kästchen fester.

»Gib das sofort her!«

»Nein, bitte nehmen Sie mir das nicht weg«, bettelte Naima nun und drückte das Kästchen ans Herz. »Bestrafen Sie mich, lassen Sie mich Tag und Nacht das Klo putzen, nur nehmen Sie mir das Kästchen nicht weg.«

Die Nachtwache ignorierte ihr Bitten und riss ihr den Schmuckkasten mit Gewalt aus den Händen.

»Geben Sie ihr das zurück«, fuhr Lily dazwischen und schnappte sich das Kästchen. »Das gehört Ihnen nicht, das gehört keinem außer Naima. Sie hat es von ihren Eltern bekommen, und es gehört ihr, keiner hat ein Recht, ihr das wegzunehmen! Auch Sie nicht!«

Die Nachtwache war sprachlos. Noch nie hatte es eines der Mädchen gewagt, ihr lauthals zu widersprechen. Die Mädchen verfolgten verblüfft das Schauspiel, und Naima blickte Lily dankbar an.

Als die Aufseherin sich wieder gefasst hatte, schickte sie Naima und die anderen Mädchen zurück in ihre Betten und befahl Lily, mit auf ihr Zimmer zu kommen.

»Ich behalte das Kästchen ein«, sagte sie dort zu Lily, »und morgen Vormittag, wenn die Direktorin da ist, werden wir sehen, wie wir mit dir und mit dem Problem, das du geschaffen hast, umgehen. Und jetzt ab in dein Bett.«

»Nicht ohne das Kästchen«, sagte Lily.

»Keine Widerrede, sonst muss ich dich bestrafen.«

»Was wollen Sie denn machen? Mich aus dem Heim werfen? Damit können Sie mir keine Angst einjagen, ich will ohnehin schon lange weg.«

»Lily, ich versteh nicht, du warst doch immer ein gehorsames Mädchen, warum benimmst du dich auf einmal so?« Die Nachtwache fixierte sichtlich erstaunt dieses Heimkind, das sonst kaum zwei zusammenhängende Wörter herausbrachte.

»Naima hat Heimweh, und das Kästchen ist für sie ihr Zuhause, und die Mädchen triezen sie dauernd, und bevor Sie reinkamen, haben sie ihr das Kästchen weggeschnappt und auf dem Boden ausgekippt. Und dann waren Sie da und sind, ohne die Situation zu erfassen, gleich wütend auf Naima und mich geworden und haben das Kästchen an sich genommen.«

Lily sprach unaufgeregt, in dem Gefühl, nichts zu verlieren zu haben, und die Aufseherin – überrascht von Lilys plötzlicher Wortgewalt – ließ sich erweichen.

»Liebe Lily, geh in den Schlafsaal und schick mir Naima.« Lily nickte und ging siegessicher.

»Ich hab's gewusst, solange du das Kästchen hütest, kann ihm nichts Schlimmes passieren«, erklärte ihr Naima am nächsten Tag und ergriff ihre Hände: »Du bist eine gute Freundin, ich bin dir was schuldig.«

»Du bist mir nichts schuldig!«, entgegnete Lily, die mit zärtlichen Worten nicht umgehen konnte, »ich dulde keine Ungerechtigkeit, das ist alles.« Damit entzog sie Naima ihre Hände, aber die neue Freundin blieb ungerührt. Sie schüttelte den Kopf und sagte: »Trotzdem, dank dir hab ich das Kästchen zurückgekriegt, und seit heute Morgen setzen mir auch die anderen Mädchen nicht mehr zu, weil sie Angst vor dir haben.«

»Da haben sie echt was zu fürchten, und sie sollten sich auch weiterhin vor mir in Acht nehmen.«

Fortan war es aus mit Lilys Einsamkeit. Naima folgte ihr auf Schritt und Tritt, hielt ihr einen Platz im Speisesaal frei, machte ihr das Bett, tat alles, was Lily ihr auftrug. Obwohl Lily nicht wirklich verrückt nach ihrer ständigen Begleiterin war, sie auch niemals als wahre Freundin betrachtete, wusste sie ihre Treue zu nutzen, und als Naima ihr eines Tages von der arabischen Bischara in Jaffa erzählte, die die Zukunft aus dem Kaffeesatz lesen könne, wollte Lily gern mitkommen.

Jahre vergingen. Lily hatte keine Ahnung, wo Naima lebte und was aus ihr geworden war. Ein Jahr, nachdem Naima sie bei der Wahrsagerin eingeführt hatte, waren Naimas Eltern eingewandert und hatten sie aus dem Heim in ihr neues Zuhause geholt. Lily würde niemals ihren nagenden Neid vergessen, als sie Zeugin des rührenden Wiedersehens zwischen Naima und ihren Eltern wurde. Sie würde nie vergessen, wie Naima dem eleganten Paar in die Arme fiel, und wie die beiden sie immer wieder auf Stirn, Wangen und Schädel küssten. Sie würde nie vergessen, wie glücklich die Augen ihrer Freundin strahlten, die sie sonst kein einziges Mal lachen gesehen hatte. Und ebenso unvergesslich war der Anblick des Autos, das vom Heimgelände auf die Zufahrtsstraße nach Hause entschwand, mit Naima darin.

Nach Hause. Was ein »Zuhause« genau bedeutete, wusste Lily nicht. Sie konnte es sich nur als einen warmen, wohligen und geschützten Ort vorstellen, erfüllt mit lieblichen Essensdüften aus der Küche, von ganz anderen Dingen als dem Brei oder der dünnen Gemüsesuppe, die in der Heimküche im großen Kessel kochte. All dieses Unbekannte hatte Naima nun erreicht. Lily spürte den Neid und beschloss augenblicklich, nicht mehr an Naima und ihr geborgenes neues Leben im Schoß der Familie zu denken. Es tat zu weh. Lily wurde wieder zur einsamen Wölfin. Von Naima blieb ihr nur die Bischara. Sie hatte Naima nie gefragt, wie sie als junge Neueinwanderin aus Bagdad die arabische Wahrsagerin in Jaffa ausfindig gemacht und den Weg zu ihr gefunden hatte, mit einmal Umsteigen und dann noch einem ordentlichen Fußweg auf der Strandpromenade und durch das Häusergewirr der Jaffaer Stadtteile Manschija und Dschebalija, bis sie erschöpft den Platz mit dem Uhrenturm erreichte, von dem es noch ein gutes Stück durch die verwinkelten Gassen zum Hof der Bischara weiterging. Sie hatte Naima nie gefragt, was sie zu der Wahrsagerin geführt und was diese ihr gesagt hatte, und als Naima es ihr erzählen wollte, wollte sie nicht hinhören, wollte es nicht wissen. Fragen ihrerseits hätten vermutlich Gegenfragen ausgelöst, und Lily wollte nicht ausgefragt werden, schon gar nicht über Dinge, bei denen sie keine Antwort wusste.

Lily suchte die Araberin weiter auf, als Naima das Heim bereits verlassen hatte und aus ihrem Leben verschwunden war. Die Bischara fragte nie nach Naima, und Lily fragte auch umgekehrt nicht, ob Naima noch zu ihr kam, nachdem ihre Eltern sie heimgeholt hatten.

Lily war froh, dass die Frau ihre Nase nicht in Dinge steckte, die sie nichts angingen, und suchte sie alle paar Monate auf. Manchmal standen die Menschen Schlange vor ihrer Haustür, füllten den vernachlässigten Hof mit den kleinen Pflastersteinen und der überrankten Mauer ringsum, und der vierschrötige Sohn sorgte als Ordner dafür, dass sich keiner vordrängelte.

Die Bischara war klein und schmal und um viele Jahre älter als Lily, die sie jedoch um einen Kopf überragte. Bei Lilys erstem Besuch hatte die Wahrsagerin ein besticktes Kleid nach Art der Fellachinnen und ein weißes Kopftuch mit bunten Troddeln getragen. Goldene Ohrringe zogen ihre großen Ohrläppchen nach unten. Lily hätte gern diese Ohrläppchen gepackt und sich daran festgehalten. Intensiver Kaffeeduft schlug ihr entgegen, als sie den Raum betrat, wo die Bischara auf einem Holzschemel saß. Die Frau begrüßte Lily mit einem Kopfnicken und setzte ihr unverzüglich eine Tasse bitteren schwarzen Kaffee vor. Als Lily ausgetrunken hatte, drehte die Bischara die Tasse um und sagte, »Frag«. Lange hielt sie sich an Lilys Bitte, ihr nichts aus ihrer Vergangenheit zu verraten, bis sie eines Tages beschloss, ihr Versprechen zu brechen: »Möge Allah mir helfen, *ja binti*«, sagte sie zu Lily, »Inschallah wirst du Glück haben im Leben, aber warum, *ja binti*, Geld für was ausgeben, was keinerlei Wert besitzt?« Lily blickte die Alte mit großen Augen an, wusste nicht, was sie meinte. »Was geschehen ist, lässt sich nicht rückgängig machen«, fuhr die Frau fort, »*illi faat, maat*, was war, ist gestorben, und du bezahlst für etwas, was du nicht getan hast und was weder du noch sonst wer ändern kann. Unmöglich, *ja binti*, das Rad zurückzudrehen, und du leidest viel. *Schufi fil findschan*, schau in die Tasse und sieh selbst. Jedes Mal, wenn du kommst, sehe ich das Gleiche.«

»Was siehst du?«

»*Bichhajaat chajaati, ja binti*, so wahr ich lebe, meine Tochter, ich sehe ein Meer, ein großes Meer, und jenseits des Meeres sehe ich eine Frau, und ihr Herz ist *aswad*, schwarz. Das sehe ich, und du sagst mir dauernd, *'uskuti*«, ›*sag mir nichts*‹, willst nichts wissen. Und warum nichts wissen, *ja binti*? Deine Seele verbrennt, und am Ende wirst du Kohle haben statt einer Seele.«

Lily schwieg, während die Frau weiter in die Tasse blickte, sie in alle Richtungen drehte und murmelte: »Schwarzes

Herz *aswad*, schwärzer als schwarz, *Allah justur*, möge Allah es abdecken.«

»Ist das schwarze Herz meines?«

»Nein, nicht deins, schwarzes Herz von der Frau, die sich weit hinter dem Meer von Jaffa befindet, hinter da, wo die Sonne untergeht.«

»Und warum ist ihr Herz schwarz?«

»Vor Kummer, *ja binti*, vor Kummer über die große Sünde, die sie begangen hat. Was sie getan hat, hat ihr das Herz schwarz gemacht.«

»Was hat sie getan?« Lily spürte ihre Nerven bis zum Reißen angespannt.

»Das sehe ich nicht, *Allah jisa'idni*, möge Allah mir beistehen, was sie getan hat, sieht man nicht *fil findschan*, nicht in der Tasse.«

»Aber was hat das mit mir zu tun?«

»Es ist dein *findschan*, also hat es was mit dir zu tun. Hör mir gut zu, *ja binti*, ich weiß nicht, wer die Frau ist, und warum ihr Herz schwarz ist, und warum sie weit übers Meer weggezogen ist, aber eines sage ich dir, es hat mit deinem Leben zu tun, mit deiner Vergangenheit, und der Mensch kann seiner Vergangenheit nicht entfliehen. Auch wenn er bis ans Ende der Welt flüchtet, geht die Vergangenheit überall mit hin.«

Lily schwieg, und die Bischara schwieg ebenso, bis sie unvermittelt sagte: »*Tajeb*, gut, die Zeit ist um«, und Lily mit Fragen zurückließ, die sie nicht zu stellen wagte. »*Ruchi fil bayit*, geh nach Hause und denke nach. *Jalla*, los«, trieb sie Lily an, die auf dem Schemel vor ihr sitzen blieb und das Gehörte zu verdauen suchte. »Geh, geh, es warten noch viele Leute draußen, und ich bin eine alte Frau, meine Augen sehen nicht mehr so gut. Geh heim und *Allah ma'ek*, Gott schütze dich.«

Der Gedanke an das große Meer und an die Frau dahinter, die Frau, deren Herz schwärzer als schwarz war wegen der Sünde, die sie begangen hatte, ließ Lily keine Ruhe. Zweifellos war das die Frau, die sie am Weihnachtsabend vor dem Kloster ausgesetzt hatte, das spürte sie, aber was hatte sie jenseits des Meeres zu suchen? Sie musste wissen, wer diese Frau war, musste herausfinden, wo über dem Meer sie sich aufhielt.

Und Lily, die einst rein gar nichts über ihre Vergangenheit hatte wissen wollen, nur über das künftige Geschehen, ging weiter zu der Bischara, um sie nach jener Frau auszufragen, aber die Bischara hatte keine Antworten für sie. Das einzige Bild, das immer wieder im Kaffeesatz auftauchte, war das von dem großen Meer und der Frau. Mit der Zeit hörte Lily auf zu fragen, aber die Frau mit dem schwarzen Herzen trat nun in ihren Träumen auf. Lily träumte immer wieder den gleichen Traum: Einem riesigen, marmorglatten Meer entstieg eine Frau in einem Gewand, das an ein Brautkleid erinnerte. Ihre Brüste waren groß, die Brustwarzen zeichneten sich unter dem durchsichtigen Kleiderstoff ab, und sie hielt etwas in den Händen. Im Traum schwebte die Frau auf sie zu, aber je näher sie kam, desto mehr schwand ihre Gestalt aus dem Traumbild, und Lily gelang es nie, ihre entrückenden Gesichtszüge zu erkennen. Doch je ferner das Gesicht desto näher reichten die Hände der Frau an Lilys träumende Augen, und in den Händen hielt sie ein winziges, splitternacktes Baby. Doch wenn Lily das Baby, das genau solche Augen und Grübchen hatte wie sie, fast berührte, ihm beinah schon das Gesichtchen streichelte, warf die Frau das Baby ins Meer, und sie und ihr weißes Kleid entschwanden und verschmolzen mit dem Horizont. Lily suchte die Bischara auf, damit sie ihr den Traum deutete, doch die alte Frau wiederholte nur: »*Allah jis'adek, ja binti*, hast du nicht verstanden? Das ist die Frau jenseits des Meeres, die dir im Traum erscheint, und das Baby in ihren Armen ist der Grund dafür, dass ihr Herz schwarz ist, *aswad*. Sie hat das Baby weggeworfen, *ja binti*, sie hat dich weggeworfen, das Baby bist du!« Und Lily, die der Bischara nie von den Umständen ihrer Geburt und den Auskünften der Nonnen erzählt hatte, bat die Wahrsagerin immer wieder um eine Traumdeutung, bis die Frau ärgerlich wurde und Lily einsah, dass sie ihn Traum sein lassen musste. Der Gedanke, dass die Bischara sie wegjagen könnte, war ihr unerträglich. Nur ihr allein unter all den Menschen, denen sie im Leben begegnet war, hatte sie ihr Herz geöffnet, vielleicht, weil die Beziehungen zwischen ihnen klar abgesteckt waren, ohne versteckte Bedingungen oder geheime Botschaften. Lily zahlte, und die Bischara las im Kaffeesatz. Lily erzählte ihr von ihren Problemen, erbat ihren Rat. Sie besuchte sie all die Jahre ihres Heimaufenthalts und auch später als junge Frau, die ihren Weg im Leben suchte.

Bevor sie Schaul kennenlernte, hatte die Bischara ihr prophezeit, sie werde einen jungen Mann treffen, der die Erde küssen würde, auf der ihre Füße standen. Als Schaul ihr dann einen Heiratsantrag machte, riet sie Lily, rasch zuzustimmen, denn solch einen Bräutigam fände sie im ganzen Land, ja auf der ganzen Welt, nicht noch einmal. »Er wird dir treu sein, wie noch kein Mann einer Frau treu gewesen ist, er wird dir alle Wünsche erfüllen, wird dich ernähren, dir den Mond vom Himmel runterholen, und das Wichtigste: Er wird dich mit all deinen Eigenheiten ertragen, und du, *Allah jis'adek*, wirst viele Eigenheiten haben, aber er wird dich nicht verlassen.« Lily brachte Einwände vor. Sollte sie wirklich den ersten Mann heiraten, dem sie begegnet war? Sie versuchte, ihre Argumente zu erklären, rechtfertigte sich vor der runzeligen Bischara: »Aber er ist nicht gerade der attraktivste Mann der Welt, arbeitet bloß im kleinen Juwelierladen seines Vaters.«

»Ein Mann muss nicht attraktiv sein, er muss Geld heimbringen. Schmuck ist gut. Gold kaufen die Leute immer, der Bräutigam kauft einen Ring, die Braut braucht Gold für ihre Mitgift. Goldschmied ist ein Beruf fürs Leben, ist Geld auf die flache Hand, verleiht Sicherheit. Das brauchst du, *ja binti*, ein ruhiges Leben, eine Familie.«

Und Lily heiratete Schaul, obwohl sie kein einziges Mal – weder vor der Hochzeit noch in der Hochzeitsnacht oder in den Jahren danach – Schmetterlinge im Bauch hatte. Doch das Versprechen der Bischara sollte sich bewahrheiten: Schaul war ein Mustergatte, der ihre vielen Eigenheiten und Macken akzeptierte. Sein Handwerk ernährte sie in Ehren, sie konnten sogar eine Wohnung mit Schlüsselgeld erwerben, in Tel Aviv am Ende der Dizengoff-Straße, nahe am Hafen, und relativ bequem leben. Sie hatten ja auch kaum etwas, wofür sie Geld verschwenden konnten, waren beide nie an Luxus gewöhnt gewesen.

Nur ein einziges Mal hörte Lily nicht auf die Bischara: Als sie einige Monate nach der Hochzeit zu ihr kam und ihr berichtete, sie versuche vergebens, schwanger zu werden.

»Nein!«, schrie die Araberin wie von der Tarantel gestochen. »Nicht jetzt! Jetzt ist ein Kind nicht gut. Warte ein Jahr nach der Hochzeit ab, jetzt ist keine gute Zeit für dich.« Doch alsbald stellte sich heraus, dass Lily schwanger war, und als sie die Bischara erneut aufsuchte, um etwas über das Kind in ihrem Schoß zu hören, welche Eigenschaften es wohl haben würde, wölbte ihr Bauch sich schon sichtlich, und die alte Hexe wollte sie nicht empfangen, hatte angeblich Kopfweh, Lily solle ein anderes Mal wiederkommen.

Warum hatte sie den Rat der Bischara nicht früher eingeholt? Warum hatte sie sie erst aufgesucht, als es zu spät war und das Kind schon in ihrem Schoß heranwuchs? Im Nachhinein war sie nun schlauer, aber damals, als die Wahrsagerin sie nicht empfangen wollte, hatte sie der Ablehnung keinerlei Bedeutung beigemessen, sich einfach nur über ihre Schwangerschaft gefreut. Bald würde sie Mutter werden, wäre nicht mehr allein auf Erden, wie sie es bisher ihr Leben lang gewesen war. Sie hätte eine Familie, würde noch weitere Kinder gebären. Ihr Kind würde Geschwister haben, anders als sie, die keinen Menschen auf der Welt hatte. Ihr Kind würde nicht im Kloster und nicht im Heim aufwachsen, sondern daheim mit Papa und Mama, die es liebten wie ihren Augapfel. O ja, sie liebte dieses Kind in ihrem Schoß, bevor es noch geboren war. Wie oft hatte sie ihren Bauch gestreichelt und mit ihm geredet, ihm die Sterne vom Himmel versprochen. Noch ehe ihr Sohn – blau wie das Meer und zum Himmel schreiend – aus ihr hervorschlüpfte, war sie schon unsterblich in ihn verliebt. Und wie hatte sie ihn gehegt und gepflegt, und wie viel Glück hatte er in ihr Leben gebracht, und was war sie stolz, wenn sie mit ihm im Kinderwagen spazieren ging, und Leute sie anhielten und staunten, wie hübsch er war. »Honigsüß«, sagte sie immer wieder zu Schaul, »reinster Honig, dieser Junge.« Und Schaul war im siebten Himmel. So glücklich hatte sie ihn noch nie gesehen, er ging sogar aufrechter. »Dein Glück macht mich glücklich«, sagte er, und sie wusste, sie hatte ihm das größte Geschenk gegeben, ein Meisterwerk. Und Lily, die in ihrer Hochzeitsnacht keine Schmetterlinge verspürt und auch danach nie Lust empfunden hatte, wenn ihr Mann ihren Körper berührte, sah, dass es trotzdem ein himmlischer Bund war, denn das Kind aus dieser Ehe war ein Kind des Lichts.

In seinen ersten Lebenstagen verfolgten Lily und Schaul die Entwicklung ihres Erstgeborenen mit Argusaugen, sahen voller Bewunderung, wie sich das schrumpelige Häuflein Mensch in ein süßes Baby verwandelte, betrachteten seine markanter werdenden Gesichtszüge, das winzige Näschen, die Wangengrübchen, die Augen, die langsam einen nussbraunen Ton annahmen – Schauls Augenfarbe –, die perfekten Finger und seine Füße, die Lily in selbstgestrickte Strümpfchen steckte, damit der Kleine sich nicht erkältete. Sogar sein Geschrei machte sie glücklich. Sie hatte noch nie ein hübscheres und fröhlicheres Baby gesehen und wusste, dass Ron, der an Sang und Klang erinnernde Name, den sie für ihn ausgesucht hatte, genau zu ihm passte, ungeachtet des erbitterten Krieges mit Schauls Mutter Sarina, die gebeten hatte, dem Kind den Namen ihres toten Bruders zu geben. Manchmal weckte Lily ihn aus dem Schlaf, um mit ihm zu spielen, und am liebsten mochte sie ihn stillen. Entgegen den klaren Anweisungen der Schwester im Mutter-Kind-Zentrum, die warnte, das Kind nehme zu schnell an Gewicht zu, ermunterte sie ihn, immer noch mehr zu saugen, mästete ihn geradezu.

Zum ersten Mal im Leben öffnete Lily ein Fenster zu ihren Mitmenschen. Sie unterhielt sich mit anderen Müttern im Park, tauschte Beobachtungen aus, fühlte sich als Glückskind wie die übrigen jungen Mütter. Erstmals im Leben war sie wie alle, nicht anders, nicht merkwürdig, nicht eine, zu der man Abstand hält, ihr lieber nicht nahekommt. Erstmals im Leben erlaubte sie sich den Gedanken, wie schade es doch war, dass sie keine Mama und keinen Papa hatte und ihr Kind daher keinen Opa und keine Oma haben würde. Die Großeltern aufseiten seines Vaters rechnete sie nicht mit, obwohl sie ihren Enkel einmal die Woche besuchen kamen. Wenn Sarina das Baby auf dem Arm hielt, stockte Lily immer der Atem, aus Angst, sie könnte es versehentlich fallenlassen. Sein alter Vater hob es nie aus seinem Bettchen, machte nur mutzi-mutzi-mutzi, was sie erst recht auf die Palme brachte. »Jerusalemer halt«, fauchte sie verächtlich, wenn sie gegangen waren, und begriff nicht, wieso ausgerechnet sie einen Jerusalemer hatte heiraten können. Sie hasste doch Jerusalem. Jerusalem war für sie die dunklen Jahre im Kloster mit einem Fleckchen Himmel in steinernen Mauern, war schlaflose Nächte auf der Straße unter der lähmenden Angst, von britischen Polizisten aufgegriffen zu werden, die als Herren des Landes in der Stadt patrouillierten. Schauls Eltern sprachen untereinander Ladino, das Altspanische der Juden, das sie weder verstand noch verstehen wollte. Schaul hatte ihr erzählt, dass sie aus Europa stammten, aber die einzigen Menschen europäischer Herkunft, die sie kannte, waren die Mädchen im Heim gewesen, die ohne ihre Eltern auf Schiffen ins Land gekommen waren, und die sprachen Jiddisch, waren die »stinkenden *Wuswusiot*«, wie sie sie gern betitelte, um die schmerzliche Reaktion der jungen Aschkenasinnen zu sehen. Aber die sefardischen Mädchen hatte sie auch nicht gemocht. Sie persönlich wusste nicht, ob sie Aschkenasin oder Sefardin war. Wie auch? Schließlich wusste kein Mensch, wer ihre Mutter und ihr Vater waren und woher sie stammten. Sie war ein Findelkind, und als solches hatten die Mädchen im Kloster sie hinter ihrem Rücken auch bezeichnet.

Sie hatte nie nach Schauls Herkunft gefragt, nie in seiner Familiengeschichte gestöbert. Würde sie sich nach seiner Herkunft erkundigen, müsste er sie auch nach ihrer fragen, und darauf hätte sie ja keine Antwort.

Mit Sicherheit wusste sie nur, dass sie Jüdin war. Sobald sie erfahren hatte, dass ihre leibliche Mutter wohl Jüdin war, hatte sie aus dem Kloster Reißaus genommen und mit einem

Schlag alles in ihrem früheren Leben Gekannte verworfen, vor allem die heilige Mutter, die ihr in jungen Jahren täglich Trost gespendet hatte. Mit Leichtigkeit hatte sie der barmherzigen Madonna den Rücken gekehrt. Zunächst war ihr zwar das Dankgebet, das »Ave Maria«, unwillkürlich noch auf die Lippen gekommen, doch auch das war bald vergessen, und Lily vertat sich nicht mehr. Sie, die sich die bissige Kritik der anderen Mädchen im Heim eingehandelt hatte, verfiel nicht mehr in die Gebräuche, die ihr im Kloster in Fleisch und Blut übergegangen waren. Sie kniete nicht mehr nieder zum Gebet, bekreuzigte sich nicht, und statt »*Jesus Christ*« auszurufen, gewöhnte sie sich daran, »Gott behüte« zu sagen. Doch als ihr Baby in Lebensgefahr schwebte, flehte sie den Gott der Juden und auch den Gott der Christen an, betete zu jedem, der ihr vielleicht helfen könnte, auch zu Jesus Christus und zu Maria, seiner heiligen Mutter.

Nach der Geburt ihres Sohnes wagte Lily, sich die bisher verdrängten Fragen zu stellen. Sie drückte Ron fest ans Herz, bedeckte ihn über und über mit Küsschen, sagte ihm liebevolle Worte, die ihr noch nie über die Lippen gekommen waren. Erst jetzt begriff sie, was ihre leibliche Mutter ihr vorenthalten hatte: ein Gefühl der Zugehörigkeit, der tiefen Bindung zwischen Mutter und Kind. Wenn er an ihrer Brust saugte, frage sie sich, welche Brust sie genährt hatte. Ob sie wohl noch an der Brust ihrer Mutter hatte trinken können, bevor diese sie wie ein ungewolltes Paket vor das Klostertor gelegt hatte? Wer war diese Frau mit dem Herzen aus Stein? Und wer war ihr Vater? Sie schaute in das Gesichtchen ihres geliebten Kindes und erkannte darin Schauls runde Augen. Die Grübchen, die kleine Stupsnase und den herzförmigen Mund hatte er von ihr. Wem hatte sie selbst bei ihrer Geburt ähnlich gesehen? Worin sah sie ihrer Mutter ähnlich? Worin ihrem Vater?

Ihr Leben lang war sie bemüht gewesen, sich von ihrer dunklen Vergangenheit abzunabeln, nicht daran zu denken, nichts zu erfahren. Auch, als die Bischara ihr von der Frau jenseits des Meeres mit dem schwarzen Herzen erzählte, hatte sie beschlossen, sich nie mehr damit zu befassen. Von Geburt an musste sie ums Überleben kämpfen und zwang sich daher zu vergessen – oder zumindest nicht an das zu denken, was Schwester Catherine und die Äbtissin ihr mitgeteilt hatten und was die Bischara im Kaffeesatz las. Als Schaul sie einmal nach ihrer Vergangenheit zu fragen wagte, sagte sie ausweichend, er solle ihr nicht zusetzen, und behauptete schlichtweg, keine Vergangenheit zu haben. Sie, Lily, war neu geboren worden, als man ihr bei der Aufnahme ins Heim den Nachnamen Israel verlieh. Sie war Lily Israel. Nicht Lily Cohen, nicht Lily Levi. Lily Israel hieß sie, und bei ihrer Eheschließung mit Schaul erhielt sie seinen Nachnamen Zoref, den dann auch ihr Sohn bekam.

Ja, jetzt hatte sie ein Kind. Und ihr Sohn hatte einen Papa und eine Mama, und Lily überlegte, ob es nicht Zeit wurde, allen Mut zusammenzunehmen und nach Jerusalem zu fahren, um die Äbtissin und Schwester Catherine erneut nach der Frau jenseits des Meeres zu fragen, ihrer leiblichen Mutter, zu der sie niemals Mama gesagt hatte. Vielleicht war es an der Zeit, bei den Nonnen den Zettel abzuholen, den die Frau ihr mitgegeben hatte, als sie sie verließ: Für das Kind, nicht für sie selbst, damit der Junge einmal wüsste, wer er war, seine Wurzeln von ihrer Seite kannte.

Oder vielleicht lieber nicht, vielleicht war es besser, die Vergangenheit zu begraben, statt den unerträglichen Schmerz anzurühren, der in ihrem Innern brannte, seit sie wusste, dass man sie in einer kalten Schneenacht vor dem Klostertor gefunden hatte. Lieber den Schmerz betäuben. Gerade jetzt, wo ihr Herz überglücklich war, sie sich zum ersten Mal im Leben nicht einsam fühlte, dank ihres Söhnchens, ihres Lebenselixiers, ihres Herzallerliebsten. Doch als die Tage vergingen und sie immer stärkere Bindungen zu dem süßen, glücksstrahlenden Baby entwickelte, meinte sie mehr und mehr, sie müsse zu seinem Wohl herausfinden, wer die Frau war, die sie zur Welt gebracht hatte.

Sobald der Winterregen aufhörte, würde sie mit dem Kind im Zug nach Jerusalem fahren und bei den Nonnen im Kloster die Herausgabe des Zettels verlangen, würde sie auffordern, ihr Gedächtnis anzustrengen und ihr weitere Einzelheiten über die Frau, die sie geboren hatte, mitzuteilen. Und vorerst würde sie das Kind zu der Bischara in Jaffa bringen, damit sie es segnete und ihr etwas über seinen Charakter und sein künftiges Schicksal erzählte, und bei dieser Gelegenheit würde sie sie auch noch mal nach ihrer leiblichen Mutter fragen.

Doch als sie bei der Bischara ankam und das Kind in seinen besten Sachen neugierig aus dem Wagen lugte, den Schauls Eltern gekauft hatten, wollte die Frau sie wieder nicht empfangen, schickte nur ihren bulligen Sohn raus, um ihr auszurichten, heute gebe es keine Besuche, seine Mutter sehe nichts im Kaffeesatz und nichts mit ihren inneren Augen. »Es ist kein guter Tag, ein Tag, an dem Gott ihr Augen und Herz verschlossen und dafür Kopfschmerzen geschickt hat.«

Aber Lily ließ nicht locker, Gott weiß, wie sehr sie beharrte. Sie wartete stundenlang vor dem Haus in Jaffa, ihren Sohn auf den Armen, stillte ihn in der prallen Sonne auf dem offenen Hof und wich nicht, bis die Bischara schließlich auf ihren alten Beinen herausgeschlurft kam.

»Mein Sohn hat dir doch gesagt, dass ich heute nichts sehe,

ja binti. Ist es nicht schade um dich und das Baby? Geht zurück in euer Haus.«

»Du musst nachsehen«, sagte Lily, ihr Söhnchen auf den Armen wiegend »ich geh nicht weg, bis du mir im Kaffeesatz liest.«

»*Ja binti,* heute gibt es keinen Kaffee, gibt nichts zu sehen, nichts zu hören, nichts zu riechen. Es ist ein verschlossener Tag, meine Seele ist verschlossen, *ja binti.* Geh nach Hause, zünde Kerzen an, bete zu Gott, dass er dir nur Gutes bescheren möge, geh dahin, wo ihr Juden hingeht, an die Klagemauer in Al-Quds, steck einen Zettel an Gott zwischen die Steine, dass er gut auf dein Kind und auf dein Haus und auf dein Leben aufpasst. *Jalla, Allah ma'ek,* geh in Frieden, mit Gottes Segen, und denk dran, man überquert nicht zweimal denselben Fluss, weil sich nämlich der Mensch ändert und das Wasser auch.« Und ehe Lily noch ein Wort herausbringen konnte, war die Araberin ins Haus verschwunden und hatte die Tür zugeknallt. Erst als Lily den Hof verlassen hatte und den Kinderwagen vorsichtig die holprige Straße entlangrollte, fiel ihr ein, dass die Frau kein einziges Mal nach dem Kind im Wagen geschaut hatte.

Daheim zündete sie auf Geheiß der Wahrsagerin Kerzen an und betete zu Gott um Schutz für ihr Kind und für sich und ihr Leben, doch einen Zettel in die Klagemauer stecken konnte sie nicht mehr.

Der Kleine krabbelte nun schon durchs ganze Haus, und sie musste alles vom Boden aufheben, denn es gab nichts, was er nicht angefasst oder gar in den Mund gesteckt hätte. Sein Lächeln ließ ihr Herz schmelzen, und sie vergaß, dass die Bischara ihr Baby kein einziges Mal angeschaut hatte. Auch ihre Warnung vor einer verfrühten Schwangerschaft war ihr völlig entfallen. Der Junge wuchs, sein Lachen erfüllte die Wohnung, und sie ließ ihn kaum los, sang ihm die wenigen Lieder vor, die sie kannte, Lieder, die ihr niemand vorgesungen hatte, schnalzte mit der Zunge, hielt ihm den Teddy hin und rollte ihm einen weichen Ball zu.

Sie hatte keinen Verkehr mit Schaul, weil das Baby bei ihnen im Bett schlief und sie daneben nicht mit ihrem Mann schlafen wollte, und wenn Schaul sie bat, das Kind in sein eigenes Bettchen zu legen, denn dafür sei es ja da, mit einem Himmel aus weißem Tüll zum Schutz gegen Fliegen und Mücken, sagte sie: »Nie und nimmer. Dieser Junge wird von meinem Bett nur ins Bett seiner Frau übersiedeln«, und Schaul lachte, obwohl er fürchtete, seine Frau könnte es ernst meinen. »Ich bin wie die Vögel«, erklärte sie, »ich möchte mein Junges unter den Fittichen haben.«

Und Schaul schwieg, in der Hoffnung, Lily würde, wenn das Kind erst mal größer wäre, ein wenig von ihm ablassen und auch ihrem Ehemann etwas von sich schenken.

Es war ein ganz gewöhnlicher Morgen, als Lily merkte, dass ihr Kind anders war als sonst. Der Kleine reagierte gleichgültig auf ihre liebevollen Worte, ihr Necken und Schnalzen, streckte ihr nicht die Ärmchen entgegen, damit sie ihn hochnahm, lachte und weinte nicht. Er starrte sie an, schien sie aber nicht zu erkennen. Sein Gesichtchen war bleich und sein Ausdruck entrückt. Zu Tode erschrocken wickelte sie das Kind in eine Decke und hastete mit ihm zur Poliklinik. Die Ärztin, Dr. Spitzer, diagnostizierte einen leichten Frühjahrsinfekt. Doch Lily beharrte: »Das ist kein Frühjahrsinfekt, Frau Doktor. Mein Kleiner erkennt mich nicht. Er hat was Ernsteres. Bitte überweisen Sie uns ins Krankenhaus.«

»Warten wir vierundzwanzig Stunden ab und entscheiden dann«, erwiderte die Ärztin und wandte sich ihren Papieren zu.

»Warten Sie mit Ihren eigenen Kindern vierundzwanzig Stunden«, fauchte Lily und eilte hinaus mit dem Baby, dessen Kopf nach hinten sackte, hielt ein Taxi an und beorderte den Fahrer, sie schnellstens zum Hadassa-Krankenhaus in der Balfour-Straße zu fahren. Im Krankenhaus nahm man ihr das Kind ab und bat sie, auf dem Gang zu warten. Sie wollte unbedingt bei ihm bleiben und sehen, was man mit ihm machte, doch die Schwester forderte sie entschieden auf, draußen zu warten, um die Ärzte nicht zu stören. Es war das erste Mal, dass man ihr das Kind wegnahm, aber sie hatte keine andere Wahl. Sie blieb vor der Tür, rang die Hände, tigerte immer wieder den langen weißen Krankenhausgang auf und ab, betete zu Gott, zu allen Gottheiten, zum Gott der Juden und auch zum Gott der Christen, flehte erstmals nach der Aufgabe ihres vorigen Glaubens die heilige Maria an, bat sie, ihr Kind zu retten, sprach das christliche Bittgebet, von dem sie schon gemeint hatte, es über die Jahre vergessen zu haben, repetierte seine Worte, bat um Vergebung: »Erbarme dich meiner, heilige Mutter, erbarme dich meines Kindes.« Sie kaute bis aufs Blut an den Nägeln, hielt sich den schmerzenden Bauch, lief zur Toilette, um sich wieder und wieder zu entleeren, doch gleich darauf tat ihr der Bauch erneut so weh, dass ihr angst und bange wurde. Nun erst fiel ihr ein, dass sie Schaul nichts gesagt hatte, sie musste ihn in der Apotheke neben dem Laden anrufen. Die Telefonmünze, die sie aus dem Portemonnaie fischte, wollte kaum in den Schlitz, ihre Finger irrten sich wieder und wieder in der Nummer. Bis der Apotheker abnahm und Schaul holte und sie ihn endlich sprechen konnte, hauchte sie schier ihre Seele aus.

»Das Kind ist in der Hadassa, komm schnell!«, rief sie, den Tränen nahe.

»Was ist denn passiert?«, fragte Schaul erschrocken.

»Frag nicht, schließ den Laden und komm schnell!«

Er rannte den ganzen Weg von seinem Geschäft in der King-George-Straße bis zum Hadassa-Krankenhaus in der Balfour und kam atemlos an. »Wo ist der Junge?«

»Drinnen bei den Ärzten. Sie untersuchen ihn.«

»Was sagen sie?«

»Sie sagen gar nichts, nur, dass ich sie nicht stören soll.«

Er ging zum Empfang und stellte sich vor. Die Schwester sagte, er solle sich in Geduld üben.

Erst nach einer langen Weile kamen die Ärzte aus dem Zimmer, ohne das Baby.

»Wo ist mein Kind?«, rief sie entsetzt, und Schaul fragte: »Wie geht es ihm?«

»Wir fürchten, es ist eine Meningitis«, antwortete einer der Ärzte mit starkem deutschem Akzent.

»Meningitis?«

»Wie sagt man Meningitis auf Hebräisch?«, fragte der Arzt seinen jüngeren Kollegen.

»Hirnhautentzündung«, antwortete der Jüngere und bat Schaul und Lily in sein Sprechzimmer.

»Setzen Sie sich bitte«, sagte der Arzt, und Lily meinte, im nächsten Moment das Bewusstsein zu verlieren. »Ihr Kind ist sehr krank, wir versuchen, es zu behandeln. Es ist eine infektiöse Erkrankung, die die weiche Hirnhaut angreift.«

»Aber wieso?«, fragte Lily. »Wie kann er schwer krank sein? Gestern war er noch kerngesund, fröhlich, aktiv. Wie kann so was passieren?«

»Die Entzündung wird ausgelöst durch Bakterien, einen Pilz oder ein Virus. Wenn es eine Virusinfektion ist, wird sie von allein abklingen, wenn Bakterien die Auslöser sind, werden wir ihm Penicillin geben und das Beste hoffen.«

»Kann man daran sterben?«, fragte Lily und glaubte kaum, dass ihr diese Worte über die Lippen kamen.

»Ich bin nicht Gott«, sagte der junge Arzt. »Wir tun unsere Arbeit, so gut wir können, und betet ihr, so innig ihr könnt.«

Zehn Tage lang schwebte das Kind zwischen Leben und Tod. Nichts wollte helfen, nicht die Bittgebete an Gott und an Maria, nicht Schauls und Lilys Gang zur Großen Synagoge in der Allenby-Straße, wo der Rabbiner dem Namen Ron den Zweitnamen Chaim, »Leben«, anfügte. Trotz der angespannten Lage zwischen Juden und Arabern und der Schüsse, die gelegentlich von der Hassan-Bek-Moschee auf dem Weg nach Jaffa fielen, ging Lily unter Lebensgefahr zur Bischara, doch die weigerte sich erneut, sie persönlich zu empfangen, übergab nur ihrem Sohn Amulette, die er ihr mit der grimmigen Bemerkung aushändigte: »Meine Mutter sagt, du sollst nicht wiederkommen, und ich sage es auch.«

Der Unabhängigkeitskrieg stand vor der Tür, man konnte an Hinterhalten am Castel auf der Straße nach Jerusalem oder durch arabische Heckenschützen in der Altstadt umkommen. Aber Lily interessiere das nicht. Sie bestand darauf, dass Schaul trotz aller Gefahren in die Heilige Stadt fuhr und einen Zettel in die Klagemauer steckte. Sie weinte in das Stückchen Papier, schrieb mit ihren Tränen eine Bitte an Gott, flehte wie nie zuvor, ihrem Kind Leben zu spenden.

Gott erhörte ihr Flehen nicht. Das Kind starb zehn Tage nach seiner Verbringung ins Krankenhaus. Lily wollte mit ihm sterben. Ihre Trauer war so schwer, dass Schaul fürchtete, auch sie zu verlieren, und keinen Moment von ihrer Seite wich. Kaum wieder zu Hause, verschwand sie im Schlafzimmer und wollte sich nicht trösten lassen.

Die Beerdigung fand in kleinem Rahmen statt: Schauls

Eltern eng nebeneinander, sein Bruder, der Sonderurlaub von der Hagana erhalten hatte, sein Onkel und seine Tante mit ihren Kindern und Nachbarn aus dem Haus, vorwiegend Männer. Die jungen Mütter, die kleine Kinder in Ron Chaims Alter hatten, blieben aus Angst vor dem bösen Blick zu Hause. Lily ließ sich von der Vertreterin der Beerdigungsgesellschaft keinen Riss in die Bluse machen, weigerte sich, mit den Gehilfen des Gottes zu kooperieren, der ihr ihr einziges Kind grausam entrissen hatte. Und als Schaul an Ron Chaims Grab in der Kinderabteilung des neuen Friedhofs in Kiriat Schaul, der so fern ihrer Wohnung in der Dizengoff-Straße lag, das Kaddisch sprach, verlor sie das Bewusstsein, und man musste sie mit Wasser überschütten, um sie wieder zu sich zu bringen.

Lily hasste die Riten der Trauerwoche. Sie mochte keine fremden Menschen im Haus, wusste nicht, warum sie ihre Gefühle mit ihnen teilen sollte. Sie konnte es nicht ausstehen, am Boden zu sitzen, ertrug kaum die Gebete, die die Seele bei ihrem Aufstieg geleiten sollten, und brachte es nicht fertig, den Kondolenzbesuchern die Hand zu geben, denn die würden ja, kaum wieder draußen, sie und ihre Trauer vergessen und in ihr normales Leben zurückkehren. Die wenigen Nachbarinnen, die anfangs kamen, um sie zu trösten, blieben weg, als Lily ihnen kalt ins Gesicht sagte: »Wie nur konnte die Sonne über euch aufgehen, wo sie für mich erloschen ist?« Sie senkten den Blick, schluckten ihren Ärger stumm hinunter und eilten zurück in ihr eigenes Leben, dankten Gott, dass er nicht ihr Kind genommen hatte. Auch die Katzenjungen auf dem Hof ärgerten Lily. Diese Kätzchen, die zwischen den Mülltonnen zur Welt gekommen und von ihren Müttern verlassen worden waren, sobald sie nicht mehr an ihren Zitzen tranken, lebten und gediehen, während ihr Baby, für das sie ihr Leben zu opfern bereit gewesen wäre, das sie gestillt und geherzt und geküsst und gewickelt und gepflegt und kaum je aus der Hand gelegt hatte, gestorben war.

Einen geschlagenen Monat schottete sie sich in der Wohnung ab, verwarf Schauls Bitte, die Babysachen aus dem Haus zu schaffen. Sie streichelte die weichen Kleidungsstücke, führte sie an die Nase, roch daran und weinte. Besonders seine ersten Schuhe brachen ihr das Herz. Er hatte schon angefangen, sich mit eigener Kraft in den Stand hochzuziehen und einen ersten Schritt zu wagen, und da hatte sie ihm winzige blaue Schühchen im Kinderschuhgeschäft Pil in der Nachlat-Benjamin Ecke Allenby-Straße gekauft, die er kaum noch hatte tragen können. Sie meinte, ihre Lebenskraft verrinnen zu spüren, als sie die Schuhe in die Hand nahm, beschnupperte und küsste. Der Schrei, der sich ihrer Brust entrang, drohte die Wände zu sprengen. Sie fiel zu Boden, schluchzte hemmungslos und schrie ihre Klage zum Himmel: »Warum? Gott, warum? Endlich hattest du Licht in mein elendes Leben gebracht, warum hast du es mir wieder genommen? Wofür bestrafst du mich? Für welche Sünden bezahle ich? Was war die Schuld meines Kindes, das noch kaum gelebt hatte, als du es nahmst? Wozu musste ich neun Monate Schwangerschaft und siebzehn Stunden Wehen durchleiden und dann noch eine Geburt, die mich beinah umgebracht hätte, mit schrecklichen Rissen und Nähten, die ich nur meinen ärgsten Feindinnen wünsche? Wozu all diese Qual, wenn du mir das Kind doch wegnehmen wolltest? Wenn du mich hörst, Gott, dann antworte mir: Wozu?«

Gott antwortete nicht, und der Himmel war nie so leer gewesen wie jetzt.

Da Lily keine Antwort beim Gott der Juden fand, beschloss sie, die Antwort beim Gott der Christen zu suchen. Trotz der schlimmen Zeiten und der Schüsse von der Hassan-Bek-

Moschee riskierte sie den Fußweg zur Kirche Sankt Peter im Herzen Jaffas, ja bewältigte ihn fast im Laufschritt. Die Kirche sah anders aus als die, die sie als Kind im Kloster gekannt hatte. Lily wusste, dass Jesus als Jude und seine Mutter Maria als Jüdin geboren und beide auch als solche gestorben waren, und dass sich das Christentum erst nach Jesu Tod vom Judentum gelöst hatte. Daher fragte sie sich, nicht zum ersten Mal, wie die Welt wohl aussehen würde, wenn Christentum und Judentum ein und dieselbe Religion geblieben wären.

Auf dem Weg zur Bischara war sie häufig an der Kirche vorbeigekommen, aber nie reingegangen. Diesmal lief sie entschlossener denn je, stieg mit letzter Kraft hinauf zu der schönen Kirche mit dem weithin sichtbaren Glockenturm auf der Anhöhe überm Meer. Das Portal stand offen, lud alle Mühseligen und Beladenen ein. Lily blieb vor der großen, kunstvoll geschnitzten Holztür stehen, holte tief Atem und betrat das Kirchenschiff. Der Weihrauchgeruch weckte vergessene Erinnerungen. Die Bilder an den Wänden, die hohe Decke, die Heiligenfiguren unterschieden sich kaum von denen, die sie aus ihrer Kindheit im Gedächtnis hatte. Sie ging schnurstracks zum Altar, fiel unwillkürlich auf die Knie und flehte wieder, wie einst als bezopftes kleines Mädchen im Kloster, die heilige Mutter Maria an, sich ihrer zu erbarmen, ihren Schmerz zu lindern. »Auch du, heilige Mutter, bist als Jüdin geboren«, flüsterte sie, »bitte sag du mir, warum mein Gott, der doch gut und barmherzig sein soll, mir das Kind genommen hat. Welche Sünde habe ich begangen?« Doch auch Maria schwieg, und auch in der Kirche fand sie keine Antwort.

Als sie sich nach langem Knien auf dem steinernen Boden mit steifen Gliedern aufrappelte, kehrte sie, entgegen dem im Kloster Gelernten, der heiligen Mutter den Rücken und hastete ins Freie.

Eine kühle Brise vom Meer belebte ihre Geister, und obwohl die Bischara sie das letzte Mal nicht empfangen wollte und der Sohn sie grob abgefertigt hatte, ging sie die paar Gassen von der Kirche auf dem Hügel zu ihrem Haus.

Wieder wollte der Sohn sie unter Drohungen wegjagen, aber nun war die Bischara bereit, sie zu empfangen. Als Lily ihr gegenüber Platz nahm, meinte sie, ihre Kräfte verrinnen zu fühlen. Sie saß stumm da, und diesmal ergriff die Bischara als Erste das Wort: »*Ja binti, ach ja binti, Allah jis'adek*, eine harte Lektion hat Gott dir erteilt. Aber jetzt *chalas*, fertig, jetzt kommt ein Neuanfang.« Lily fragte nicht einmal, wieso die arabische Hexe vom Tod ihres innig geliebten Babys wusste.

»Aber warum? Lies im Kaffee und sag es mir, warum hat der Herr der Welt mir mein Kind genommen?«

»Ach, *ja binti*, dazu brauche ich nicht im Kaffee zu lesen, ich sah es schon, als du mir sagtest, du wolltest ein Kind zur Welt bringen, hatte im Kaffee gelesen, dass es nicht gut ausgehen würde mit deinem ersten Kind, habe dich gewarnt, aber du hast nicht auf mich gehört.«

»Als ich damals wegging, war ich da schon schwanger mit dem Kind?«

»Noch nicht, die Sonne stand am Himmel, als du zu mir kamst, und das Kind ist beim Mondschein zu dir gekommen. Hättest du nur auf mich gehört … Aber du hast dir so sehr ein Kind gewünscht, dass du nichts gesehen und nichts gespürt hast, außer deinem Willen. Aber *chalas*, weinen wir jetzt nicht über das Gewesene, *jerchamu* über das Kind, möge Gott sich seiner erbarmen.«

»Konntest du denn nichts tun, um es zu retten?«, schluchzte Lily. »Du mit deinen Kräften konntest mein Kind nicht retten?«

»Zeit und Ort sind vorbestimmt, *ja binti*. Usra'in kommt jemandes Seele aus Jaffa holen, und man sagt dem Betreffenden: ›Usra'in sucht dich.‹ Da nimmt der Mensch ein Pferd, flieht nach Damaskus, geht auf den Markt in Damaskus, plötzlich sieht er Usra'in. ›*Ahalan wa-sahalan*‹, begrüßt ihn Usra'in, ›endlich begegnen wir uns. Ich wusste, dass ich dich in Damaskus treffen musste, begriff nicht, warum man mir sagte, du seist in Jaffa.‹ So ist das, *ja binti, maktub*, es steht geschrieben. Was immer der Mensch tut, er kann seinem Schicksal nicht entfliehen. Wie viele Segenssprüche ich auch über ihn gesprochen hätte, wie viele Fatima-Hände du ihm gegen den bösen Blick angehängt hättest – wenn Usra'in beschlossen hat, *hada hu*, das ist er, dann hilft rein gar nichts mehr. Tröste dich damit, dass während deines Weinens eine andere Frau lacht, weil nämlich die Seele deines Kindes in die Seele ihres Kindes fährt, sobald es geboren wird.«

»Ich will nicht, dass die Seele meines Kindes in die Seele des Kindes einer anderen Frau fährt, ich will die Seele meines Kindes in einem eigenen Kind.«

»Dann geh jetzt nach Hause und richte dein Heim her zu Ehren des Hausherrn, damit ein Kind in deinen Schoß kommt, noch heute Nacht und keinen Tag später! Inschallah wird die Seele deines Kindes, so sie noch nicht in ein anderes Kind gefahren ist, in dein Kind wandern lassen. *Jalla ruchi*, los, los, mach dich bereit für deinen Herrn. *Jalla, ja binti, Allah ma'ek*.«

Sie wusste sofort, dass sie den Rat der Bischara befolgen würde, und eilte nach Hause. Seit das Baby tot war, nannte sie es nicht mehr Ron, sondern nur noch Chaim, bei dem Namen, den der Rabbiner der Großen Synagoge in der Allenby-Straße ihm hinzugefügt hatte, und versuchte den fröhlichen Namen zu vergessen, den sie ihm bei seiner Geburt gegeben hatte.

Wieder zurück, ließ sie den Blick durch die Zimmer schweifen, als sehe sie sie zum ersten Mal. Seit der Erkrankung des Babys hatte sie den Haushalt vernachlässigt, und die Wohnung sah anders aus als in ihrer Erinnerung: matt und staubig. Energisch riss sie die Fenster auf. Die eindringende Meeresbrise kühlte ihren glühenden Körper ein wenig. Sie wischte den Boden und befreite die Möbel und die wenigen Bilder an den Wänden von der angesammelten Staubschicht. Nach dem Reinemachen hastete sie zum Blumenladen in der Ben-Jehuda-Straße, kaufte einen Strauß gelben Hahnenfuß und arrangierte ihn daheim in der Porzellanvase, die Schaul und sie zur Hochzeit geschenkt bekommen, aber noch nie benutzt hatten, weil sie niemals Blumen für zu Hause kaufte. Sie stellte die Vase auf den niedrigen Holztisch im Wohnzimmer. Dann machte sie sich selbst zurecht. Sie spülte ihren Körper gründlich ab, wie sie es von Schwester Rose im Kloster gelernt hatte, und wusch ihr helles Haar. In ihrer Kindheit war es sonnengelb gewesen, mit den Jahren und unter der starken Sonne jedoch noch heller ausgeblichen. Das Wasser rann ihr über den Rücken, und sie erinnerte sich, wie Schwester Rose ihr mit zarten Händen das Haar gekämmt und zu zwei dicken Zöpfen geflochten hatte. Nach ihrer Flucht aus dem Kloster hatte sie als Erstes ihre Zöpfe geöffnet und das Haar frei über die Schultern fallen lassen.

Im Heim hatte die Erzieherin Chedwa sie gezwungen, es wieder zu einem Zopf zu flechten, aber als ein Läusebefall um sich griff, musste sie, wie alle anderen, auf ihr langes Haar verzichten. Sie konnte noch so viel schreien und kicken und die Hände auf den Schädel drücken, ihr Haar wurde abgeschoren, und sie schwor sich, beim Nachwachsen keinen Menschen mehr ranzulassen. Aber die Läuse kehrten immer wieder, und alle Mädchen im Heim bekamen einen hässlichen Kurzhaarschnitt verpasst. Unter der strömenden Dusche im Badezimmer erinnerte sie sich, wie sie am Frisörtag stets zum Taubenschlag auf dem Dachboden geflohen war, Chedwa sie jedoch fast immer dort aufgespürt hatte. Auch wenn sie andere, vermeintlich todsichere Verstecke auftat, wurde sie erwischt und den Scheren des Frisörs ausgeliefert, der eigens ins Heim kam, um den Mädchen die Haare zu schneiden. Beim Haareschneiden schüttelte sie den Kopf, statt auf Bitten des Frisörs stillzusitzen, und als sie ihm einmal die Hand wegstieß, so dass er sie beinah mit der Schere verletzt hätte, versicherte er, den Kopf dieses Mädchens nicht mehr anzurühren. Die Heimleiterin wurde gerufen und schickte Lily umgehend auf ihr Zimmer, wo sie bis auf Weiteres zu bleiben hatte. Zeit für sich selbst war im Heim rar bemessen, und Lily freute sich, niemanden sonst im Zimmer vorzufinden. Fix schlüpfte sie mit den Schuhen ins Bett und zog die Decke über den Kopf, wie früher im Kloster.

Unter der Bettdecke fühlte Lily sich sicher. Nur hier konnte kein Mensch in ihre Privatsphäre eindringen. Hier träumte sie ihre Träume, schmiedete ihre Pläne, stellte die Fragen, auf die sie niemals Antwort erhielt. Unter der Decke erlaubte sie sich, an die Frau zu denken, die sie nie kennengelernt hatte, die Frau jenseits des Meeres, deren Herz schwärzer als schwarz war. Unter der Bettdecke las sie manchmal insgeheim Gedichte von Lea Goldberg, die sie in der Heimbibliothek entdeckt hatte. Sie wollte sich von keinem dabei erwischen lassen, dass sie Liebesgedichte wie »Rauchringe« las, wollte niemandem preisgeben, dass sich unter ihrem harten Panzer eine weiche Seele verbarg. Kein Mensch wusste, dass Lily wartete, bis die anderen Mädchen schliefen, um dann angestrengt mit der Taschenlampe unter der Decke zu lesen: »Gab es Qualen – segelten sie zu dir / mein weißes Segel zu deinem Dunkel / Lass mich gehen, lass mich gehen / zu knien am Strand der Vergebung.« Lily schloss die Augen, betete um Schlaf, aber ihr Gebet wurde abrupt unterbrochen. Die derbe Hand der Heimleiterin riss ihr die Bettdecke weg, und Lily setzte sich hastig auf.

»Du, man hat dich nicht zum Ausruhen aufs Zimmer geschickt. Geh sofort in die Küche! Brunia wird schon was mit dir anzufangen wissen«, schimpfte sie.

Brunia, die Köchin, war eine große, korpulente Frau, die Jiddisch mit hebräischen Brocken sprach und nicht verstand, warum im Land Israel nicht alle das Jiddische benutzten, das sie für die Sprache der Juden hielt, sondern dieses schwere und sonderbare Idiom, das der Sprache der Araber ähnelte.

Die Mädchen hatten nicht viel übrig für die meist missmutige, dicke Köchin, die den jeweiligen Küchendienst erbarmungslos rumkommandierte. Lily hegte keinerlei Gefühle für oder gegen sie. Wenn sie Küchendienst hatte, erfüllte sie ihre Aufgaben, ohne sich aufzuregen oder zu ärgern. Brunia war das stille und tüchtige Mädchen aufgefallen, das im Unterschied zu den anderen ihre Ruhe nicht störte, nicht frech aufbegehrte und ihre Aufträge noch dazu richtig erledigte, aber sie hatte längst gelernt, sich an keinen Menschen zu binden, und so ließ sie der Kleinen mit den hellen Augen und dem dicken Zopf nichts nach, obwohl sie ihr gut gefiel.

In der Küche führte Brunia sie zu einem großen Sack Kartoffeln, die sie schälen und vierteln sollte. Lily stellte sich ans Schneidebrett und legte los.

»Warum stehst du denn, setz dich, sonst kriegst du noch Krampfadern an den Beinen wie ich«, sagte die Köchin.

Lily zog sich gehorsam einen Stuhl heran und fuhr im Sitzen fort, die Kartoffeln zu schälen und exakt zu vierteln. Als Brunia prüfend nähertrat, sah sie, dass das Mädchen das

Messer führte, als hielte sie ein Skalpell in der Hand. Sie arbeiteten still, nur das Mädchen und die Köchin, nichts war zu hören als das Klappern der Pfannen und Töpfe und Brunias Schnaufen.

Lily wusste, dass es mit der Stille bald vorbei sein würde: Die Mädchen vom regulären Küchendienst würden anrücken und die Küche mit ihrem Reden und Lachen und Schwatzen erfüllen, und Lily freute sich über die Gnadenstunde, die ihr bis dahin vergönnt war, schälte Kartoffeln und klopfte sich im Geist noch mal auf die Schulter, weil sie der Schere des Frisörs entkommen war, ein pfiffiges Mädchen, das seinen Willen durchzusetzen und um sein Recht zu kämpfen wusste.

Brunia sang ein Lied, das Lily nicht kannte, aber mochte. Wohltuende Morgensonne schien durch das offene Fenster zum Hof herein, und der Kartoffelsack leerte sich zusehends.

»Gut, genug damit«, sagte Brunia auf einmal, »die Mädchen vom Küchendienst werden den Rest erledigen, komm du lieber her und hilf mir, die Suppe umrühren.«

Lily stellte sich an den großen Kessel, in dem Brunias Linsensuppe vor sich hin köchelte, und rümpfte die Nase über den aufsteigenden Geruch.

»Was denn, ist Brunias Suppe dir nicht gut genug?«

Lily gab keine Antwort.

»Sagst nix? Hat man dir Reißverschluss an Mund gemacht?«

Lily rührte weiter schweigend die Suppe, die sie nicht riechen mochte. Im Kloster hatte es morgens, mittags und abends Linsen gegeben, bis sie sie nicht mehr ausstehen konnte, doch sie riss sich zusammen und dachte an die Orangenhaine rings ums Heim, meinte, ihren süßen Duft zu schnuppern.

In die Stille drang plötzlich Brunias Frage: »Warum hast du denn Strafe gekriegt? Warst frech zu Chedwa?«

Lily überlegte, ob sie der Köchin antworten oder lieber weiter schweigen sollte, und hielt es schließlich für besser zu kooperieren. »Ich wollte mir die Haare nicht abschneiden lassen.«

»Warum nicht, bist etwa Simson, der Held, der sich nicht die Haare abschneidet, damit er Kraft hat?«

Lily fühlte sich tatsächlich wie Simson, der biblische Held, meinte, bei einem erneuten Haarschnitt ihre Stärke zu verlieren. Ihr dickes Haar war das Einzige, was sie an sich mochte und woran sie hing. Nein, sie würde niemand dran rühren lassen. Ein leichtes Lächeln trat auf ihre Lippen, als sie sich selbst als Simson, den starken Muskelhelden, vorstellte.

Brunia klatschte sichtlich zufrieden in die Hände und sagte: »Na, ich sehe, du hast nettes Lächeln, warum holst du das sonst nie raus?« Und Lily lächelte weiter, bis die Mädchen vom Küchendienst kamen und ihr Lächeln erstarrte.

Fortan bestand ein Geheimbund zwischen Lily und Köchin Brunia, die ihr ab zu ein Stück Kuchen oder eine Orange zusteckte.

Die Haare kürzte man ihr dennoch. Die Läuseepidemie war stärker als jedes rebellische Mädchen. Bis zum fünfzehnten Lebensjahr hatte Lily, wie die übrigen Heimmädchen, einen rappelkurzen Haarschnitt. Die Haarlänge bemaß sich nach dem Ausmaß des Läusebefalls. Setzte dieser eine Weile aus, durften die Mädchen das Haar ein Stück wachsen lassen, aber sobald sich auch nur eine einzige Laus auf einem Kopf fand, wurden sie alle erbarmungslos geschoren.

Als Lily in die Oberstufe kam, legte sich die Läuseplage, und die Mädchen konnten ihr Haar nach Herzenslust wachsen lassen. Lilys band es zu einem Pferdeschwanz zusammen. Und auch, als die Mode einen Kurzhaarschnitt im Stil der weiblichen Hollywoodstars vorschrieb, ließ sie es weiterwachsen.

Jetzt wusch sie sich das Haar daheim unter der Dusche, massierte lustvoll den Schädel, wobei der Grund für diese frühabendliche Körperwäsche fast in Vergessenheit geriet. Und erst, als der warme Wasserstrahl in einen kalten überging, stellte sie ihn rasch ab.

Bald würde Schaul aus dem Geschäft nach Hause kommen, und sie wollte bereit für ihn sein. Er würde ihr ein neues Kind in den Schoß setzen, und Lily wünschte sich vor allem, die Seele ihres Babys möge in das neue übergehen, denn nur dann würde ihr wundes Herz heilen, und sie könnte wieder aufatmen.

Schaul hatte einen frustrierenden Arbeitstag hinter sich. Kaum ein Kunde war im Laden gewesen, und auch daheim erwartete er keinen Trost. Er meinte, in die düstere, trübsinnige Wohnung zurückzukehren, wie jeden Tag, seit sie das Baby in Kiriat Schaul beerdigt hatten, aber zu seiner Verblüffung waren die Läden offen, und helles Tageslicht drang in die Zimmer, die so lange dunkel gewesen waren. Ein leichter Luftzug vom Meer wehte durch die Fenster herein, der Fußboden strahlte vor Sauberkeit, die Möbel waren entstaubt, und ein Hauch Frische hing in der Luft. Er sah die Vase voll gelbem Hahnenfuß auf dem Couchtisch im Wohnzimmer. Zum ersten Mal seit Langem atmete Schaul auf. Er hob die Augen gen Himmel und dankte Gott im Stillen. Und erst, nachdem er mit Gott gesprochen hatte, wandte er sich an Lily, die in der Küche hantierte: »Was kochst du uns heute?«, fragte er, als würde sie jeden Tag in der Küche stehen und kochen.

»Nichts Besonderes, Erbsensuppe mit Wurst.«

»Erbsensuppe mag ich gern.«

»Ich weiß, deshalb koche ich sie dir.«

Konnte es sein, dass Gott sein Gebet erhört hatte und Lily wieder die alte war? Schaul beschloss, keine Fragen zu stellen, dem Unermesslichen nicht nachzuforschen und nicht enträtseln zu wollen, wieso wieder die vitale Frau vor ihm stand, die sein Herz einst auf den ersten Blick erobert hatte. Er zog sich aus und ging unter die Dusche, ein altes Lied im Herzen, biss sich jedoch auf die Lippen, um nicht laut zu singen. Lieber nicht übertreiben, dachte er sich.

Als er aus der Dusche kam, stand Lily immer noch in der kleinen Küche, schnippelte frischen grünen Salat und schnitt Schwarzbrot auf. Der Tisch war für zwei gedeckt, wie in anderen, fröhlicheren Zeiten. Lily füllte die tiefen Teller. Sie aßen schweigend, genossen die heiße, sämige Suppe.

»Lecker«, sagte er, »schmeckt wirklich sehr gut.«

»Danke, das war alles, was Kalman in den Säcken hatte. Es gibt kaum noch was zu kaufen im Lebensmittelladen, gerade noch getrocknete Erbsen. Nicht mal Reis hatte er. Er sagte, der sei aus, und er wüsste nicht, wo und von wem er welchen herkriegen sollte.«

Schaul blickte sie an und wäre vor Glück beinah aufgesprungen, um sie zu küssen, wusste jedoch, dass er so tun musste, als ginge sie jeden Tag einkaufen und koche ein Abendessen, als wäre alles ganz normal.

»Die Lage ist bekackt«, erwiderte er, um Normalität bemüht. »Im Laden hat mir heute jemand erzählt, die verdammten Engländer hätten ihn eine halbe Stunde lang auf der Allenby-Straße aufgehalten und verhört, als wäre er ein Lechi-Führer, ein neuer Avraham Stern oder was, und deshalb sei er zu spät zur Arbeit gekommen.«

»Ausgelöscht sei ihr Name und Angedenken«, sagte Lily,

»aber wer weiß, was wird, wenn die Engländer weggehen? Wer weiß, was im Land sein wird, die Araber könnten uns noch alle abschlachten.«

»Schon jetzt ist es gefährlich in der Nähe von Jaffa. Du kannst nach Jaffa reingehen, weißt aber nicht, ob du wieder rauskommst«, sagte er, und Lily schluckte. Sie erzählte ihm nicht, dass sie erst vor Kurzem aus Jaffa zurückgekehrt war, ungeachtet der Gefahr, die aus allen Richtungen drohte.

Schaul sah nicht, dass eine Wolke über das Gesicht seiner Frau huschte, als er Jaffa erwähnte. Ihm schienen die drei Monate seit dem Tod des Babys wie weggeblasen, als hätte Lily nicht drei Monate schweigend im Schlafzimmer verbracht, als sei alles wie eh und je. Erst, als Lily aufstand, um den Tisch abzuräumen, spürte er einen stechenden Schmerz im Herzen, als hätte jemand ihm die Brust aufgerissen und ihm ein Messer geradewegs ins Herz gestoßen.

Er packte die Ecken des Tischs vor Schmerzen, und Tränen quollen ihm aus den Augen. Er versuchte, den Schmerz zu überwinden, aber vergeblich. Ein Wimmern entrang sich seiner Brust, und Lily, die in diesem Augenblick ins Zimmer zurückkam, sah ihn mit aufgerissenen Augen an. Sie hastete zu ihm und setzte sich auf seinen Schoß, drückte ihn ans Herz, küsste ihn mit weichen Lippen auf den Kopf und weinte. Zum ersten Mal weinten sie gemeinsam über ihr bitteres Schicksal, über ihr totes Kind und über ihr Leben, das so plötzlich einen Knacks bekommen hatte. Seine Tränen nässten ihren seidigen Morgenrock, ihr Schluchzen zerriss ihm das Herz, und erst, nachdem sie lange umschlungen gesessen hatten, stand Lily auf, nahm Schaul bei der Hand und zog ihn ins Schlafzimmer.

Dämmerung senkte sich über die Stadt Tel Aviv. Durchs Zimmerfenster schimmerte das Meer in Gold- und Rosatönen, ein leichter Abendwind wehte. Lily legte den Morgenrock ab und war nun nackt, und Schaul war hingerissen von ihrem attraktiven Körper im Abendschimmer. Er wiegte den Kopf, als könne er nicht glauben, dass diese Frau, diese bildschöne Frau, seine war.

»Worauf wartest du?«, fragte sie sanft und schlüpfte zwischen die Laken.

Er zögerte, und Lily legte ihm ihre langen Finger auf die Brust, beließ sie auf seinem Herzen, als wollte sie durch die Hautschicht dringen. Sie sahen einander in die Augen, und er hielt den Atem an, hob die Hand und streichelte ihr hübsches Gesicht. Seine Lippen küssten ihre, erst unendlich sanft, dann leidenschaftlich. Sie war so schön im blassen Abendschein. Schaul versank in ihr, verlor sich zwischen ihren Schenkeln, stieß mit Vehemenz, aber auch Sanftheit in sie ein, um ihre beiden Körper verschmelzen zu lassen, sog ihren Duft ein, als wünschte er, ihr guter, vertrauter, berauschender Duft möge den üblen Hauch vertreiben, der zwischen ihnen gestanden hatte. Schaul ächzte und seufzte, und Lily pumpte unter ihm, übernahm seinen Rhythmus, kratzte ihm mit den Fingernägeln den Rücken und stöhnte. Er saugte an ihren Brüsten, drückte ihren Bauch flach, holte mehr aus sich heraus, als er in sich zu haben geglaubt hatte. Er konnte nicht genug kriegen von ihrem Körper und sie nicht von seinem, und aller Schmerz und alles Gift und aller Hass und alle Ängste lösten sich in einem großen Schrei, und sie wurden eins.

Erschöpft lagen sie mit ausgestreckten Gliedern auf dem Bett. Lily konnte kaum glauben, was da geschehen war. Sie hatte doch einfach nur die Anweisung der Bischara befolgt, heimzugehen und mit ihrem Mann zu schlafen, damit er ein Baby in ihren Bauch säte, in das die Seele des Kindes Ron Chaim noch eindringen könnte, und nun hatte sie Liebe mit ihm gemacht wie nie zuvor. Nie hätte sie gedacht, dass ihr Goldschmied solch glühende Leidenschaft in sich stecken hatte. Dem vorigen Beischlaf war ihr geliebtes Baby entsprungen. Damals hatte sie lustlos hingenommen, dass Schaul plump und monoton auf ihr zugange war, hatte sein Gewicht ertragen, in der Hoffnung, er möge bald genug an ihr herumgefummelt haben und sie penetrieren, damit sie endlich duschen und schlafen könnte. Doch jetzt entzündete der Liebesakt etwas in ihr, was sie für abgestorben gehalten hatte, zeigte, dass sie noch nicht verdorrt war, dass die Leidenschaft nicht nur zwischen seinen Beinen brannte, sondern auch zwischen ihren, und dank dieser Entdeckung fühlte sie sich wieder lebendig.

Schaul Zoref lag glücklich im Bett, den Kopf seiner schönen Frau auf seiner Brust. Er konnte kaum glauben, dass er sie so stürmisch genommen hatte. Er war doch ein ruhiger Mann, Goldschmied und Sohn eines Goldschmieds, setzte die vielgerühmte Goldschmiededynastie seiner Familie fort, war ein gehorsamer Sohn seiner Mutter. Er wusste nicht, woher dieser Sturm rührte, der ihn hinweggefegt hatte, woher die Winde seine Segel blähten und ins Unendliche bliesen, woher ihm Flügel gewachsen waren, um ihn in schwindelnde Höhen der Lust und Leidenschaft zu tragen. Er wünschte, dieser Augenblick möge niemals enden, Lily und er müssten niemals mehr auf dem Boden der Lebenswirklichkeit landen.

Lily hob den Kopf und betrachtete staunend ihren Mann, als entdecke sie ihn zum ersten Mal, und er blickte sie an und wusste, dass er sie ewig lieben würde, egal was auch passierte. Er würde bei dieser Frau bleiben, auch wenn er dafür seine Mutter aufgeben müsste, auch wenn Lily schimpfen und fluchen würde, auch wenn sie sich wieder ins Bett verkriechen sollte. Auch wenn der Dämon sie nicht verließ, würde er bei ihr bleiben. Er liebte sie, wie er noch nie geliebt hatte, wie er nie eine andere Frau lieben würde. Für einen kurzen Moment war er erstmals im Leben rundum glücklich.

Es hatte geklappt. Die morgendlichen Brechanfälle, die bald einsetzten, ihre steifen Nippel, die Müdigkeit schon am frühen Abend – all das verkündete Lily, dass sie schwanger war. Sie ging nicht mal zum Labor in der Gordon-Straße, um einen Test machen zu lassen, wusste ohnehin, dass ein Kind in ihr heranwuchs. Sie hoffte inständig, es möge dem kleinen Ron Chaim ähnlich werden und dessen Seele erhalten, wollte dem Kind sogar den Namen seines toten Bruders geben, als sei dieser nie gestorben, einfach zweimal geboren worden. Vehement schlug sie Schauls Bitte aus, das Kinderbett gegen ein neues zu tauschen und die Kleidung des toten Babys aus dem Haus zu schaffen, wollte alles für das neue Baby behalten.

»Ihr holt euch das Unglück erneut ins Haus«, sagte Sarina besorgt zu ihrem Sohn, als sie erfuhr, dass Lily sogar die ersten Schuhe des Kleinen, die er kaum getragen hatte, dem neuen Baby geben wollte. »Ihr fordert das Schicksal heraus«, warnte sie, »ihr müsst das Kinderzimmer neu tünchen, müsst ein neues Bett und einen neuen Wagen kaufen, neue Bettwäsche und eine neue Decke, alles, alles neu, und sie darf dem lebenden Kind um Himmels Willen nicht die Schuhe des toten Kindes anziehen. Das wäre das Schlimmste. Du musst alles aus dem Haus schaffen, spendet es für gute Zwecke, für bedürftige Kinder, tut eine gute Tat! Ich schicke dir meine Nachbarin Alegra, damit sie euch mit Salbeiblättern und Weihrauch die Wohnung ausräuchert, sie vom bösen Blick befreit, und danach fangt von Neuem an.«

Als Schaul Lily davon berichtete, schrie sie wie irre. »Deine Mutter soll mir mal nicht sagen, was ich in meinem Haus zu tun habe! Diese Primitive will mir Hexen ins Haus schicken, soll sie doch persönlich kommen und ihren Firlefanz abziehen, ist ja selbst eine Hexe«, schimpfte sie, ohne zu bedenken, dass sie persönlich auf Anweisung der arabischen Hexe aus Jaffa Liebe mit ihrem Mann gemacht hatte. »Ist ja unerhört, dass deine Mutter sich in unser Leben einmischt und uns sagt, was wir bei uns mit unseren eigenen Dingen anfangen sollen!« Eine Ader auf ihrer Stirn pulsierte.

»Gut, beruhig dich, Lily, das ist nicht gut fürs Baby. Wir tun, was du möchtest. Du willst die Kleider und Spielsachen des Babys nicht aus dem Haus geben – dann lassen wir sie da. Du willst das Bett und den Wagen nicht austauschen – dann tun wir's nicht. Du willst, dass das Ungeborene später die Schuhe des Babys trägt, dann ziehen wir sie dem, der zu glücklicher Stunde zur Welt kommen wird, die Schuhe des Seligen an. Nur hör bitte auf zu schreien und zu toben, sonst verlierst du noch das Baby.«

So viel Liebe, so viel Mitgefühl brachte er für seine Frau auf. Manchmal schien sie ihm wie ein verletztes, rares Vögelchen, er hätte sie am liebsten in die hohle Hand genommen, ihr die lädierten Flügel gestreichelt und wieder eingerenkt. Und nun hatte sich ein Kind in ihr eingenistet, ein Kind, das vielleicht das tote Kind würde vergessen machen, und doch steckte sie noch voll Schmerz und Wut.

Neun Monate später kam Elija zur Welt. Auf Wunsch seiner Mutter nannte Schaul das Mädchen nach Elijahu, ihrem jüngeren Bruder, der im Holocaust umgekommen war. Schon als das Baby, blau und schrumpelig wie eine winzige Greisin, aus dem Mutterleib schlüpfte, hatte es eine schwere Bürde zu tragen. Die Kleine wusste nicht, dass sie ihrer Mutter das tote Baby zurückgeben sollte, hatte keine Ahnung, dass ihr Name für die tragische Geschichte der väterlichen

Familie stand, die fast vollständig in Treblinka ausgelöscht worden war.

Als man Lily das Neugeborene in den Arm legte, suchte sie hastig nach Zeichen, aber die Kleine hatte keinerlei Ähnlichkeit mit ihrem toten Bruder. Der Junge war schön wie ein Engel, mit klarem, glattem Gesichtchen, zur Welt gekommen, das Mädchen jedoch hässlich und runzlig. Der helle Haarflaum auf seinem Köpfchen hatte Lily gezeigt, dass er blond wie sie werden würde, doch der kahle Schädel des Mädchens ließ sie befürchten, dass sie Schauls schwarzes Haar geerbt hatte.

»Schau, was für eine Hübsche du uns gebracht hast«, schwärmte Schaul aufgeregt, als halte er zum ersten Mal im Leben ein Baby auf dem Arm. »schau, was für ein Bubale, was für ein Püppchen.«

Lily fand das Baby nicht hübsch und schon gar nicht puppenhaft, sie sah einen hässlichen Säugling mit dem Gesicht einer alten Frau auf ihrer Brust liegen. Sie wusste, dass die Kleine ihre Körperwärme spüren musste, sie sie wiegen und liebevoll ansprechen sollte, wie sie es bei Ron Chaim, ihrem toten Bruder, getan hatte. Aber die Worte wollten ihr nicht über die Lippen, sie empfand nichts für das Baby, weder Liebe noch Hass. Ihr Herz war leer, und sie wollte nur, dass man ihr das Kind abnahm und sie schlafen ließ. Danach hoffte sie, mit neuen Kräften aufzuwachen und sich mütterlich zu verhalten, denn das konnte sie doch bestens, das wusste sie aus Erfahrung, sie war ihrem toten Kind eine wunderbare Mutter gewesen, hatte gleich nach seiner Geburt gewusst, wie sie es ankleiden und herzen und stillen und beruhigen und wickeln sollte, ohne die Anweisungen der Schwester vom Mutter-Kind-Zentrum zu brauchen. Sie konnte diese Fähigkeit nicht einfach verloren haben, als man ihr Ron Chaim nahm, sie musste nur ein wenig schlafen, danach würde sie als Mutter aufwachen.

Auf dem Heimweg vom Krankenhaus trug nicht Lily das Baby. Schaul hatte es auf ihre Anweisung in Ron Chaims hellblaue Decke gewickelt und auf den Arm genommen. Lily fürchtete sich insgeheim zu Tode, die Kleine könnte ihr aus den Händen rutschen, sich den Schädel einschlagen und sterben wie ihr Bruder. In stillem Einverständnis übernahm Schaul die Säuglingspflege. Von Anfang an war klar, dass sie dieses Baby nicht stillen würde. Der Milchfluss, der beim ersten Säugling üppig sprudelte, war versiegt. Und obwohl ihre Brüste leer waren, schmerzten sie. Als sie Schauls inständiger Bitte nachgab, das Baby doch versuchsweise an die Brust zu legen, schrie die Kleine bitterlich, wurde wutrot im Gesicht. Das Kind schrie und schrie, und Lily meinte, verrückt zu werden. Sie wertete das als himmlische Strafe dafür, dass sie nicht gut genug auf ihr erstes Kind aufgepasst hatte. Nicht umsonst konnte sie keine Gefühle für das Mädchen aufbringen, nicht grundlos war ihr Milchquell versiegt.

Lily weigerte sich, das Kind zu wickeln, zu füttern oder hochzunehmen. Schaul musste seinen Vater notgedrungen allein im Laden lassen, riskierte den Verlust von Kunden, die zumeist nur noch ihm vertrauten, denn sein Vater war gealtert, hatte einen Teil seines Augenlichts verloren und konnte nicht mehr wie einst mit Gold und Silber zaubern. Aber Schaul blieb nichts anderes übrig. Er fürchtete, wenn er das Baby mit Lily alleinließe, könnte ihr oder dem Kind etwas zustoßen. Er gab Elija das Fläschchen, wechselte ihr die Windeln und nahm sie auf den Arm, wann immer sie in ihrem Bettchen weinte, flüsterte ihr liebevolle Worte zu, nannte sie zärtlich »meine Eljusch«.

Aber nach zwei Wochen musste er die Arbeit wieder aufnehmen. Sobald er die Tür hinter sich schloss und Lily mit dem Baby allein war, erstarrte sie wie gelähmt, hatte eine Mordsangst, ans Bettchen zu gehen, eine Bindung zu dem kleinen Wesen herzustellen, das so sehr auf sie angewiesen war, hatte Angst, die Kleine zu lieben, denn würde sie sie so lieben wie zuvor ihren Ron Chaim, könnte, Gott behüte, auch sie sterben und aus ihrem Leben verschwinden, genauso wie er.

Wie sehnte sie sich nach den süßen Vormittagen mit ihrem Erstgeborenen, nach seinem gewinnenden Lächeln, das ihr Herz mit überlebensgroßer Liebe erfüllte. Nein, das neue Baby konnte die Stelle ihres toten Sohnes nicht einnehmen. Die Bischara hatte sich geirrt, als sie sagte, seine Seele würde auf das neue Baby übergehen. Die Kleine hatte rein gar nichts von ihm. Wüsste sie, in welches Kind seine Seele gewandert war, würde sie es seiner Mutter wegschnappen und ihr dafür ihr leibliches Kind dalassen. Sie waren durch eine Nabelschnur verbunden gewesen, aber das Mädchen war ihr fremd.

Lily raffte sich auf und trat ans Bettchen, schaute in das Gesicht des zwei Wochen alten Babys: Die Augen geschlossen, das Gesicht hell und rund, der Schädel kahl, die Nase knopfgroß und die Öhrchen angelegt. Die Kleine schlief im Bett des toten Babys, trug seine Sachen, lag unter seiner Decke, hatte aber nichts von ihm. Abgesehen von den Grübchen in den Wangen, die ihren eigenen ähnelten, fand Lily keinerlei Hinweis oder Zeichen. Über dem Bett hing eine Spieluhr. Sie zog sie auf, und eine traurige Weise floss zusammen mit ihren Tränen. Sie sehnte sich nach ihrem toten Kind, das sie mit dieser Melodie schlafen gelegt hatte, und wusste, dass die Kleine, die jetzt in seinem Bettchen lag, ihr totes Baby nicht vergessen machen, seinen Platz nicht ausfüllen, keinen Ersatz bieten könnte. Kraftlos legte sie sich vor dem Kinderbett auf den Boden, wo die Steinfliesen ihre innere Glut kühlten.

So fand Schaul Frau und Tochter, als er Stunden später von der Arbeit zurückkehrte: Das Baby schrie aus vollem Hals, das Gesichtchen knallrot und verzerrt, die Windel nass und die Fäustchen hilflos geballt, während die Mutter mit offenen Augen und teilnahmsloser Miene vor dem Bett auf dem Boden lag und nichts unternahm, um das Kind zu beruhigen.

Schaul eilte ans Bettchen und hob sein schreiendes Kind sanft heraus, ohne auf Lily zu achten. Seine Tochter auf dem Arm, nahm er mit der freien Hand die Kanne frische Milch, die der Milchmann morgens an die Tür gebracht hatte, aus dem Eisschrank, verdünnte sie mit Wasser und ließ sie auf dem Dochtbrenner dreimal aufkochen, füllte sie ins Fläschchen, kühlte sie unter fließendem Wasser und fütterte Elija, noch ehe er ihre Stoffwindel wechselte.

»Du bist nicht normal!«, ranzte er Lily an, die immer noch nicht aufstand. »Willst du das Kind umbringen? Hast du nicht genug mit einem toten Kind, willst du, dass sie auch noch stirbt?«

Lily hielt sich die Ohren zu. Soll er doch schweigen, endlich schweigen, dachte sie verzweifelt, sollen sie still sein, er und sein Baby, sollen schweigen, oder ich verstumme auf ewig.

»Ich nehme dir dein Theater nicht ab«, sagte Schaul mit einem Nachdruck, den er an sich nicht kannte. »Von mir aus kannst du von morgens bis abends auf dem Boden liegen, aber eines musst du wissen: Wenn du nicht augenblicklich aufstehst, nehme ich das Baby und verlasse das Haus, und du findest uns nirgends mehr! Ruf meinetwegen die britische Polizei und die israelische Polizei, selbst Interpol wird uns nicht finden, und du bleibst so allein wie damals,

als ich dich kennenlernte, mutterseelenallein auf der Welt, ohne einen einzigen Menschen, hörst du, ohne einen einzigen!«

Schaul wischte sich die Schweißperlen von der Stirn, die Kleine nuckelte gierig am Fläschchen. Er hob sie hoch, legte sie sich über die Schulter, tätschelte ihr den Rücken, bis das gewünschte Bäuerchen kam. »Na bravo, Bubale«, lobte er, »was für ein schönes Bäuerchen du gemacht hast. Jetzt wickele ich dich frisch, und dann gehen wir mit dem Kinderwagen spazieren und lassen deine Mama auf dem Boden liegen, damit sie sich überlegen kann, ob sie dort bleiben will oder vielleicht lieber aufstehen möchte, um sich fortan wie ein normaler Mensch zu benehmen und nicht wie eine Irre, die ins Irrenhaus gehört.«

Er wickelte seine Tochter, redete in Babysprache mit ihr. Tatsächlich hatte er nicht viel Übung mit Windeln, Lily hatte ihm nie erlaubt, den Seligen zu wickeln, ihn kaum an den Jungen rangelassen, der ganz und gar ihr Baby gewesen war. Und nun versorgte er Elija, ohne dass Lily eingriff oder sich auch nur vom Boden hochbequemte. Insgeheim gestand er sich ein, dass es ihm Freude machte, der Kleinen das Fläschchen zu geben, die Windeln zu wechseln und sie auf der Dizengoff-Straße spazieren zu fahren.

Er verließ die Wohnung, ohne sich nach Lily umzusehen. Sollte sie in ihrem eigenen Saft kochen, bis sie ihr verrücktes Verhalten einsah. Er hatte genug von ihren Seltsamkeiten. Wie lange konnte er noch mit einer Frau leben, von der er nicht ahnte, was sie dachte, was sie empfand? Ja schlimmer noch, er hatte keinen blassen Schimmer davon, wer sie überhaupt war.

Aber wie könnte er sie verlassen, wen versuchte er denn zu täuschen? Er liebte sie doch aus tiefster Seele, hing an ihr, war abhängig von ihren ständig wechselnden Macken und

Launen. Er konnte sich sein Leben nicht ohne sie vorstellen. Wie sollte er morgens aufstehen ohne sie an seiner Seite? Und wie sollte er heimkommen, erschöpft nach einem überlangen Arbeitstag, wenn sie nicht zu Hause war? Er hatte ihr gedroht, sie zu verlassen, aber Lily wusste doch so gut wie er, dass er nicht ohne sie sein konnte. Er war sehr geduldig gewesen nach dem Tod des Seligen. Er hatte sie gestützt und getröstet und in die Arme genommen, wann immer sie es zuließ, hatte seine eigene Trauer hintangestellt, weil er ihren und seinen Schmerz nicht gleichzeitig verarbeiten konnte. Nach der Trauerwoche war er zu allen auf Distanz gegangen: zu seinen Eltern, die ihn trösten wollten, zu seinem Bruder, seinen geliebten Cousins und Cousinen und zu seinen wenigen Freunden. Sie wollte niemanden im Haus haben, und er gehorchte, versagte ihnen mit einer Entschuldigung die Tür. In ihrem Beisein vergoss er keine Tränen, als sei es nur ihr Unglück, als hätte nur sie das Kind verloren und nicht sie beide.

In den dunklen Tagen nach dem Tod des Babys hatte er gefürchtet, wenn er seinen Schmerz zuließe, auch sie zu verlieren, hatte gefühlsmäßig erfasst, dass sie sterben würde, wenn er sie nicht unterstützte. Er hatte Angst, sie allein zu lassen, da sie sich etwas antun könnte, aber was blieb ihm anderes übrig? Er musste das Geld verdienen. Es waren harte Zeiten, Zeiten der Mangelwirtschaft. Die Menschen hatten kein Geld und daher kaum Lust auf Goldschmuck. Man musste mit aller Macht die wenigen verbliebenen Kunden halten, aber die kannten kein Nachsehen, wollten den Ring oder die Goldkette jetzt auf der Stelle haben, und wenn Schaul nicht pünktlich lieferte, warteten mindestens zehn andere Juweliere in der King-George- und der Allenby-Straße, die seine Kunden mit Kusshand übernehmen würden. Und wenn die erst mal zu einem anderen übergelaufen waren, würde das Geschäft seines Vaters in Vergessenheit geraten, und wovon sollten sie dann leben? Wie sollten sie im Lebensmittelladen bezahlen und wie das Darlehen bei der Bank abstottern, das sie aufgenommen hatten, um das Schlüsselgeld für die Wohnung aufzubringen?

So blieb denn alles beim Alten: Schloss Lily die Läden, damit das Tageslicht nicht in die Zimmer drang, ließ er sie zu, stand sie morgens nicht auf, brachte er ihr den Kaffee ans Bett, kam er abends von der Arbeit heim, kochte er das Abendessen und setzte sich mit ihr an den kleinen Küchentisch, wo sie schweigend aßen. Danach räumte er den Tisch ab, spülte das Geschirr und stellte es an seinen Platz. Wenn sie wieder ins Bett gehen wollte, verlor er kein Wort über den Staub, der sich auf den Regalen sammelte, über den dreckigen Fußboden oder den Haufen Schmutzwäsche im Strohkorb. Er wischte den Staub, putzte den Boden, wusch die Wäsche, hängte sie auf und legte sie, sobald sie trocken war, gefaltet in den Schrank. Er hatte nun zwei Vollzeitjobs: Einen als Goldschmied und einen als Hausmann.

Manchmal rieb er sich die Augen. Wie konnte es nur sein, dass er, Schaul Zoref, der teure Sohn seiner Mutter, ihr Herzallerliebster, der in seinem Elternhaus kein Glas in die Küche getragen hatte, von dem Moment, in dem er Lily Israel kennengelernt hatte, zu ihrem gehorsamen, dressierten Lakaien mutiert war? Wann hatte sie angefangen, ihn zu dressieren? Seit wann hatte er sich in ihren Fußabtreter verwandelt, auf dem sie ständig herumtrampelte? »Schau dir an, was aus dir geworden ist, sagte seine Mutter bei einem seiner seltenen Besuche im Elternhaus, »ein Waschlappen bist du geworden, ein Wischtuch für den Boden. Wo ist der Mann, den ich großgezogen habe? Was ist mit dem Gebot, Vater und Mutter zu ehren? Wir sehen dich kaum, du kommst uns nur sporadisch besuchen, und wenn Euer Ehren sich schon mal bei uns blicken lässt, dann nur für eine Viertelstunde, und schon ist er wieder weg, ohne das *avas kon aruz*, die Bohnen in Tomatensoße mit Reis, auch nur angerührt zu haben, das er früher so gern gemocht hat und das ich deshalb extra für ihn gekocht hatte, ja, Euer Ehren hat noch nicht mal Zeit, das *sofrito* zu probieren, bei dem er sich früher immer die Finger geschleckt und Nachschlag verlangt hat. Kommt und geht wie der Wirbelwind.«

Seine Mutter hatte recht. Aus Angst vor Lily wurden seine Besuche im Elternhaus immer seltener, und wenn sie kommen wollten, wimmelte er sie mit Ausreden ab, die er selbst nicht glaubte. Schaul wusste nicht, wie er der harten Kritik begegnen sollte, die Lily an seinen Eltern und Verwandten übte. Seit seiner Kindheit war er ihnen so nahe gewesen, geborgen in ihren tröstenden Armen, aber Lily hielt ihn fern von allen, die er außer ihr kannte und liebte. Sie war nun seine ganze Welt, obwohl sie ihm kein einziges Mal das Gefühl vermittelte, ihre ganze Welt zu sein.

Mit dem Ableben des Babys hatte sich ihr Zuhause in ein Bollwerk des Schweigens und der erloschenen Blicke verwandelt, wo kein Mensch von draußen willkommen war, in eine Stätte der unterdrückten Tränen und der weißen, schlaflosen Nächte. Er hatte versucht, mit ihr zu reden, sie zu berühren, in die Arme zu nehmen, aber sie hatte ihm heftig schluchzend den Rücken gekehrt, sich nicht von ihm trösten lassen. Er verstand nicht, warum sie, seine Frau, nicht mit ihm redete. In den Monaten nach dem Tod des Kindes war sie in tiefe Trauer versunken, ohne ihn an ihren Gefühlen teilhaben zu lassen.

Eigentlich war es nie anders gewesen. Seit dem Tag, an dem er ihr zum ersten Mal begegnet war, hatte sie ihm mit keinem Wort gesagt, was sie empfand. Manchmal schien es ihm, als hinke Lily dem Leben hinterher, ließe sich tatenlos von den Ereignissen treiben, doch gelegentlich kämpfte sie, gerade umgekehrt, verbissen dagegen an. Vom ersten Augenblick an war es ihr gelungen, ihn zu verwirren, und auch im Verlauf der Jahre hatte er die innig geliebte Frau nicht kennengelernt, die jede Nacht neben ihm im Bett schlief. Er hatte sich seine Liebe nie erklären können. Lag es an ihrer betörenden Schönheit? Ihrem hellen Gesicht? Ihrem dicken, blonden Haar und ihren großen, grünen Augen? War es ihr üppiger weiblicher Körper mit den großen, strammen Brüsten? Oder hatte ihr distanziertes, geheimnisvolles und unzugängliches Wesen ihn in ihren Bann gezogen und sie sein Herz erobern lassen? Schon seit Langem schlief er Nacht für Nacht neben ihr ein und stand allmorgendlich neben ihr auf, und doch war es ihm noch nicht gelungen, das Geheimnis ihres Zaubers und ihre Macht über ihn zu entschlüsseln. Was, zum Teufel, hatte diese Lily an sich, das ihn anzog, wie die Motte zum Licht strebt, wobei er sich jedes Mal neu verbrannte?

Leichter zu erklären war das, was er nicht an ihr liebte: Ihre Distanz und Verschlossenheit, ihre beklemmende Stille und ihre Ausbrüche, die wie glühende Lava hervorschossen. Dann sprudelte sie nur so von Schimpfworten und Flüchen, oho, was konnte sie fluchen, wie eine Marktfrau auf dem Carmel-Markt, wie ein Schauermann im Jaffaer Hafen. Schon einige Male hätte sie sich beinah reingeritten mit ihrem großen Maul, das so gar nicht zu ihrer kultivierten Erscheinung passte. Ihn ängstigte ihre enorme Trauer über den Tod des Babys, ihr stummer Rückzug, ihre anhaltende Weigerung, das Haus zu verlassen. Aber er hatte sich auf die Lippen gebissen und sie auf ihre Weise trauern lassen, war beim Schlafengehen an den Bettrand gerückt, um keinen Körperkontakt zu riskieren, der sie hätte abstoßen oder ärgern können, war nach einer schlaflosen Nacht leise aufgestanden, um sie nicht zu wecken, hatte sich im Dunkeln gewaschen und angezogen, sich nicht rasiert, da er seit dem Tod des Babys zum Zeichen der Trauer den Bart wachsen ließ, hatte Kaffee für beide gekocht, ihre Tasse auf ihren Nachttisch gestellt, beim Weggehen leise die Tür geschlossen.

Aber all das hatte sich geändert, als Elija zur Welt kam. Schaul fühlte sich vom ersten Augenblick an seelenverwandt mit ihr. Sie war zweifellos Papas Kind, so wie das tote Baby ohne jeden Zweifel Mamas Kind gewesen war. Der Selige hatte ständig an ihrer Brust gehangen, und wenn er nicht an ihrer Brust hing, saß er auf ihrem Arm, immer nahe an ihrem Herzen, doch die Kleine – ihm war weh ums Herz allein schon bei dem Gedanken, dass sie in seiner Abwesenheit die meiste Zeit in ihrem Bettchen oder im Kinderwagen lag und Lily sie höchstens mal raushob, wenn sie sich die Lunge aus dem Hals schrie.

»Du verwöhnst das Mädchen«, warf sie ihm vor, »und wenn du dann bei der Arbeit bist, muss ich es ausbaden, dass sie dauernd auf den Arm will.«

Wie schnell hatte sie vergessen, dass sie den Seligen keine Sekunde hatte schreien lassen, ihn kaum je abgesetzt hatte. Schaul biss die Zähne zusammen und überhörte es.

»Lass sie doch schreien«, fauchte sie, »das stärkt die Lungen.«

»Ich will keine Opernsängerin aus ihr machen«, konnte er schließlich nicht länger schweigen, »ich will, dass sie glücklich ist, dass sie weiß, dass man sie auch dann liebt, wenn sie schreit.«

»Na, ich bitte dich, Schaul, was plusterst du dich so auf«, schnauzte sie, »geliebt, gelobt. Man könne ja meinen, nur du hättest sie lieb. Verwöhne sie nur weiter, dann ziehen wir hier schließlich ein Prinzesschen heran, und du wirst noch mal bereuen, dass du sie so verzogen hast.«

»Sie ist jetzt schon eine Prinzessin«, gab Schaul zurück und küsste das Kind auf die Stirn.

»Gut, mach nur so weiter, aber beklag dich hinterher nicht, wenn du eine freche, verzogene Göre kriegst, wie die Kinder deiner Cousine Rachel.«

Wieder gab er nicht Retour. Er hatte längst genug von ihren dummen Sprüchen über seine Verwandten, groß oder klein, die bei ihr nichts zu lachen hatten. Sie konnte sie allesamt nicht leiden, nicht seine Mutter Sarina, nicht seinen Bruder Schmulik, nicht seine Tante Chana mit Onkel Jizchak und nicht deren Kinder. Am wenigsten mochte sie seine Cousine Rachel, der er von Kindesbeinen an nahestand, und von der alle wussten, dass sie eine reine Seele mit goldenem Herzen war und keiner Fliege etwas zuleide tun konnte. Nur sein stiller, zurückhaltender Vater Albert kam relativ ungeschoren bei ihr weg. Wenigstens ihn verschonte sie mit den Höllennamen, die sie seiner Mutter, seinem Bruder und den übrigen Verwandten beilegte.

Er verstand es nicht. Bevor er sie seinen Eltern vorstellte, hatte er sich ein gänzlich anderes Bild ausgemalt. Lily, die Vollwaise, die keine Verwandten und Bekannten auf Erden hatte und nie im Schoß der Familie gelebt hatte, würde seinen Vater und seine Mutter sicher mit Freuden als Eltern akzeptieren, seinen Bruder zu ihrem Bruder machen, seine warmherzige weitere Familie anstelle ihrer fehlenden annehmen. Aber nichts dergleichen geschah.

Seine Mutter hatte hinter Lilys Rücken zwar das Gesicht verzogen, aber niemals in ihrer Gegenwart. Die wütenden Schimpfworte, mit denen Sarina Lily bedachte, hatte er allein eingesteckt. Na gut. Er hatte sich einen dicken Panzer zugelegt, an dem Wutausbrüche und Beleidigungen abprallten, aber Lily erriet das Geschehen hinter ihrem Rücken, und je unsicherer sie sich mit Schauls Eltern fühlte, desto mehr sollte er auf ihren Wunsch von ihnen abrücken. Und er rückte ab von seiner Familie, aber auch das reichte nicht, um Lily zu beruhigen oder gar glücklich zu machen.

Er kam nicht hinter ihre Gedankengänge, erriet nie, was sie ärgern oder freuen würde. Der stürmische Liebesakt neun Monate vor Elijas Geburt war spurlos in der Versenkung verschwunden und das Glücksgefühl schnell in Frust umgeschlagen, denn schon am nächsten Tag war Lily wieder unwirsch und abweisend gewesen, als wären sie nicht gemeinsam zu höchsten Höhen emporgeflogen, die sein Herz vor lauter Liebe zu seiner merkwürdigen Angetrauten zu sprengen drohte.

»Merkwürdig reicht noch nicht«, sagte ihm seine Mutter, nachdem er Lily zum ersten Mal nach Hause mitgebracht und seinen Eltern vorgestellt hatte, »sie ist die merkwürdigste aller Kreaturen«. Sie stemmte die Hände in die Hüften. »Wieso hast du dir unter allen Mädchen dieses Landes ausgerechnet die da ausgesucht, die dauernd mit Trauermiene rumläuft? Ist sie wenigstens eine von uns?«

»Ich weiß es nicht«, antwortete er, »habe sie nicht gefragt.«

»Dann frag gefälligst.« Sarina plusterte sich auf wie eine Henne. »Was heißt hier ›nicht gefragt‹, willst du denn nicht wissen, mit wem du da rumläufst?«

»Was macht das aus, Mama?«

»Es macht was aus. Ich will es wissen: Ist sie eine von uns? Eine Sefardin, eine Frankina? Ist sie eine Aschkenasin? Wo stammt sie her?«

»Sie ist im Land geboren, genau wie ich.«

»Gut, gut, plötzlich sind alle im Land geboren. Auch die, die nicht hier geboren sind, bezeichnen sich als Landeskinder. Sabre zu sein ist jetzt in Mode. Frag sie, woher ihre Eltern sind, ihre Angehörigen.«

»Meine Mutter hat mich gefragt, woher deine Eltern stammen«, sagte er verlegen zu Lily, als sie abends wie gewohnt zum Eisessen ins Whitman gingen.

Sie blickte auf ihre Schuhe. Diese Frage hatte sie befürchtet. Wegen dieser Frage hatte sie keine Freunde und Freundinnen. Sie wusste, dass sie irgendwann aufkommen würde und sie der Antwort nicht ausweichen könnte. Im Geist hatte sie sich schon x-mal ihre neue Biografie zurechtgelegt, mit Eltern in einem entlegenen Kibbuz, den sie mit Bedacht ausgesucht hatte: Chanita in Westgaliläa, an der Grenze zum Libanon. Die Geschichte seiner Gründung war eine der damaligen Heldengeschichten. In der Tageszeitung *Haaretz* hatte sie gelesen, wie die Kibbuzniks, darunter Leute von Jizchak Sadehs Elitetruppe, den Berg Chanita erklommen und dort über Nacht Turm und Palisade errichtet hatten. Das nötige Material hatten sie auf dem eigenen Rücken sowie mit Eseln und Kamelen transportiert. Und obwohl sie noch in derselben Nacht von Arabern der Gegend angegriffen wurden und zwanzig ihrer Leute verloren, hatten sie nicht aufgegeben, sondern auf dem Berg ausgehalten. Mit aller Macht wollte sie Lily aus Chanita sein und nicht Lily aus dem Kloster oder Lily aus dem Heim.

Doch mit der Geschichte von den Eltern in Chanita war es aus, als sie erfuhr, dass die ersten Bewohner des Kibbuz in ihrem Alter waren. Nächtelang zerbrach sie sich den Kopf auf der Suche nach einer anderen Biographie, die keine überflüssigen Fragen nach sich ziehen und sie nicht zu sehr in Lügen verstricken würde.

Schließlich entschied sie sich für Degania. Der Kibbuz am Kinneret war alt genug, und sie hoffte, Schaul oder seine neugierige Mutter würden dort keinen Menschen kennen. Doch als sie schon in Begriff stand, ihm ihre Lügengeschichte aufzutischen, hielt etwas sie davon ab. Die Bischara hatte ja im Kaffeesatz gelesen, dass Schaul der Mann für sie war, und dass sie ihn heiraten und eine Familie mit ihm gründen würde, und wenn sie ihm nun was von Eltern in Degania aufband, würde sie letzten Endes ein Treffen arrangieren müssen, und wo sollte sie wohl ein Ehepaar aus Degania hernehmen? Woher plötzlich Eltern zaubern? Oder vielleicht, überlegte sie hastig, sollte sie ihm erzählen, ihre Eltern seien in Europa geblieben, und sie sei mit der Jugend-Alija ins Land gekommen wie die Mädchen im Heim und wie ihre jungen Mitbewohnerinnen im Misrachi-Wohnheim? Aber wieso sollte sie nun auf einmal aus Europa stammen, wo sie ihm doch schon gesagt hatte, sie sei im Land geboren?

Ihr Gehirn arbeitete fieberhaft. Sie rührte das zerlaufende Eis nicht an, und Schaul fixierte sie unverwandt, wartete auf ihre Antwort, die nicht kommen wollte.

»Meine Eltern sind gestorben, reicht dir das?«, stieß sie hervor.

»Verzeihung, das hab ich nicht gewollt.« Er nahm sie in die Arme, bedauerte aufrichtig, ihre Gefühle verletzt zu haben, aber sie stieß ihn weg und sagte verärgert: »Umarm mich nicht unter Leuten. Ich finde es ekelhaft, wenn Paare auf der Straße turteln, als hätten sie kein Zuhause.«

Er fuhr zurück, sie warf den Pappbecher mit dem weichen Erdbeereis in den nächsten Abfalleimer, und sie gingen die King-George-Straße hinunter bis zum Mädchenwohnheim.

Mit einem Abschiedsgruß hastete sie zum Hauseingang. Der schlichte, blaue Glockenrock umspielte ihre Beine.

»Also morgen um dieselbe Zeit?«, rief er ihr zögernd nach. Sie nickte und verschwand hinter dem eisernen Tor.

Schaul war unschlüssig. Sein Herz gehörte dem bildhübschen Mädchen, das er seit einem Monat kannte und in das er mittlerweile bis über beide Ohren verliebt war, aber sie ließ ihn nicht an sich ran, und er, von Natur aus schüchtern, scheiterte an dem Panzer, den sie sich zugelegt hatte. Schaul atmete tief durch, ging zurück zur Allenby-Straße und hinunter zur Strandpromenade.

Die Promenade wimmelte von Menschen. In den Cafés saßen britische Soldaten mit schicken jungen Frauen, Liebespaare gingen untergehakt an dem Eisengeländer entlang, das die Promenade vom Strand trennte, und im Café Pilz spielte eine Tanzkapelle. Was hätte er dafür gegeben, um mit Lily zu tanzen, wie beneidete er die Paare, die umschlungen an ihm vorbeischwebten oder Arm in Arm die Tanzfläche verließen. Wie gern hätte er einen romantischen Spaziergang mit Lily unternommen, das Meeresrauschen mit seinem Herzklopfen wetteifern lassen.

Nur Geduld, sagte er sich, Lily ging ja nicht umsonst mit ihm aus, hatte kein Treffen abgelehnt. Bald würde sie weich werden, und vorerst würde er sie halt jeden Abend um sechs Uhr treffen, sie zu einer Pita mit Falafel auf dem Bezalel-Markt oder zum Eis bei Whitman einladen, wie sie es seit jeher taten. Nur Geduld, wer weiß, vielleicht wäre Lily schon nächste Woche bereit, ihn sogar ins Kino zu begleiten.

»*Wai de mi*, tot sind ihre Eltern, tot? Wie sind sie gestorben?«, ließ seine Mutter nicht locker.

»Das hat sie nicht erzählt, nur gesagt, dass sie gestorben sind.«

»Und das ist alles? Hast du denn nicht gefragt, wie und wann? Hast du die Stimme verloren? *A Dio santo*, hast irgendein junges Mädchen gesehen und bist stumm geworden?«

»Sie ist nicht irgendeine.«

»Wenn sie nicht irgendeine ist, warum erkundigst du dich dann nicht? Und wenn sie doch nur noch irgendeine ist, dann bring sie nicht nach Hause, ich habe keine Zeit, mich mit noch irgendeiner zu befassen.«

»Ich hab dir doch gesagt, Mama, sie ist nicht noch irgendeine«, brauste Schaul auf und erschrak vor sich selbst. Er war seiner Mutter gegenüber noch nie laut geworden, ihr nie respektlos begegnet.

»Du schreist mich an? Weißt du was, ich werde nicht mehr nach dem Mädchen fragen, und du bring sie bitte nicht nach Hause. Besser, ich weiß gar nichts von ihrer Existenz.«

»Was willst du von dem Jungen?«, warf sein Vater ein. »Er ist jung, er darf ausgehen, mit wem er will, bis er heiratet.«

»Jung? In seinem Alter warst du schon zweifacher Vater. Gott behüte, wenn das die Braut ist, die er uns bringt –«

»Das ist die Braut!« Schaul schlug mit der Faust auf den Tisch, konnte die Ablehnung und Verachtung nicht mehr ertragen, die seine Mutter gegen Lily äußerte, ohne sie je gesehen zu haben.

»Nur über meine Leiche!«, rief seine Mutter. »Such dir ein Mädchen von uns, und wenn nicht von uns, dann von denen, aber bitteschön ein Mädchen aus gutem Hause, mit Familie. Die da – wer weiß, wo sie geboren und aufgewachsen ist, nicht mal Eltern hat sie, Gott bewahre!«

»Sie ist nicht schuld daran, dass ihre Eltern gestorben sind.«

»Und sind wir etwa schuld? Du wirst ein Mädchen heiraten, das einen lebenden Vater und eine lebende Mutter hat, die wir treffen und kennenlernen können und die wie Familie für uns werden, und keine Straßenkatze, die du wer weiß wo aufgelesen hast.«

»Bisher habe ich ihr keinen Heiratsantrag gemacht, *madre kerida*«, tönte Schaul und wirkte plötzlich um einen Kopf größer, »aber noch heute werde ich es tun. Ich hatte vorgehabt, ein wenig abzuwarten, zu sehen, zu prüfen, langsam fortzuschreiten, aber dank dir, teure Mutter, dank dir werde ich sie bitten, meine Frau zu werden. Noch heute werde ich vor ihr auf die Knie fallen!«

»Untersteh dich!«, schrie Sarina und verpasste ihm eine Ohrfeige. »Dass du es nicht wagst, du widerspenstiger Sohn. Habe ich dich dafür großgezogen? Damit du uns ein Mädchen von der Straße in die Familie bringst? Schäm dich! Du kannst heiraten, wen du willst, aber deinen Vater und mich wirst du auf der Hochzeit nicht zu sehen bekommen und auch nicht deinen Bruder und deine Onkel und Tanten mit ihren Kindern. Wenn die Braut keine Eltern und keine Familie hat, hat eben auch der Bräutigam keine Eltern und Angehörigen und basta!«

Doch Schaul hörte ihre Worte nicht mehr, war aus dem Haus gelaufen und hatte die Tür zugeknallt. Er rannte bis zur HaJarkon-Straße, verlangsamte erst beim Hotel Käte Dan und bog ab zum Strand hinunter, wo er die Schuhe auszog und mit den Füßen im weichen Sand versank. Er holte tief Luft, um sein stürmisches Gemüt zu beruhigen, konnte kaum glauben, dass er mit seiner Mutter gestritten hatte. Seit wann bot er ihr derart die Stirn? Er liebte und achtete sie doch mehr als sein eigenes Leben, hatte niemals gewagt, ihr auch nur zu widersprechen, weder er noch sein Bruder. Das Gebot, Vater und Mutter zu ehren, war das wichtigste überhaupt, und sie hatten es nie übertreten. Die große Hochachtung, die er seiner Mutter entgegenbrachte, beruhte nicht nur auf Pflichtgefühl, sondern auf seiner Liebe und Verehrung für die Frau, die ihn geboren hatte, und nun stritt er mit ihr, flüchtete türenknallend aus dem Haus, und weswegen? Er kannte Lily doch kaum, war erst wenige Tage mit ihr ausgegangen, hatte sie noch gar nicht geküsst, nicht mal auf die Wangen, ihr noch nicht über das wunderschöne goldene Haar gestrichen. Nur einmal hatte er sie anzufassen gewagt, als sie ihm sagte, ihre Eltern seien gestorben, und auch da hatte sie ihn abgewehrt. Und schon verheiratete ihn seine Mutter, boykottierte die Hochzeit, die noch gar nicht stattfand und vielleicht nie stattfinden würde.

Schaul Zorefs Welt stand seit gut einem Monat auf dem Kopf. Zuvor war er ein stiller, zurückhaltender junger Mann gewesen, der die meiste Zeit als Goldschmiedelehrling seines Vaters in dessen Geschäft verbrachte. Sein Gesellschaftsleben hatte sich im Wesentlichen in der Familie abgespielt. Die Zorefs waren ein enger, warmherziger Clan, der letzte Rest einer altehrwürdigen Familie aus Bitola in Mazedonien, die fast gänzlich im Holocaust ausgelöscht worden war. Man wahrte sorgfältig die aus Mazedonien mitgebrachte Tradition, verbrachte die Freizeit im Familienkreis und ehrte die Toten.

Schaul hatte sich immer als normalen jungen Mann ohne große Träume betrachtet, anders als sein selbstbewusster Bruder Schmulik, der schon als halbes Kind den Jugendtruppen der Hagana beigetreten und ständig von seinen Kumpels umgeben gewesen war. Schaul hatte sich nie zur Hagana oder einer anderen Untergrundorganisation, die gegen die Briten agierte, hingezogen gefühlt, nie die Welt verändern wollen.

Der Unterschied zwischen den beiden Brüdern war augenfällig. Trotzdem war ihr Vater seit der Geburt seiner Söhne ganz selbstverständlich davon ausgegangen, dass sie beide die alte Goldschmiedetradition der Familie fortsetzen würden. Schmulik pfiff auf den väterlichen Willen, wie Cousine Rachel sagte, und engagierte sich, statt die Feinheiten des Handwerks zu erlernen und im Laden zu helfen, lieber bei der Hagana. Doch Schaul, der »brave Junge«, wagte keine Widerrede und ging jeden Mittag nach dem Unterricht am Gymnasium in den väterlichen Juwelierladen, der unter den Tel Aviver Damen bereits einen guten Ruf genoss. Dort saß er seinem Vater am Arbeitstisch in dem Kabuff im Hintergrund des kleinen Geschäftsraums gegenüber und bemühte sich mit unendlicher Geduld, ihm nachzueifern. Der Vater lehrte ihn, Gold und Silber zu verarbeiten, Edelsteine einzusetzen, die edlen Metalle von Schlacken zu befreien und zusammenzuschweißen. Doch Schaul konnte sich noch so anstrengen, an die Handwerkskunst seines Vaters Albert kam er nicht heran. Die goldenen Hände des Meisters schufen originelle Schmuckstücke, Schaul jedoch hatte zwei linke Hände. Das starke Feuer des Lötgeräts erschreckte ihn, seine plumpen Finger taten sich schwer mit dem Einsetzen von Edelsteinen, das Übung und Feingefühl erforderte. Nach langen Anstrengungen verwarf sein Vater den Gedanken, das Familienhandwerk an seinen Sohn weiterzugeben. »Kümmre du dich um die Kundschaft, ich kümmre mich ums Gold«, sagte er. Schweren Herzens gestand Albert seiner Frau Sarina, dass die glänzende Familientradition von den Söhnen nicht fortgeführt werden würde. »Wer weiß, vielleicht werden unsere Enkel mal Goldschmiede«, sagte er wehen Herzens. Doch Sarina wollte davon nichts hören: »Setz dich immer wieder mit ihm hin und lehre ihn, bis es ihm in Hirn und Hand übergeht. Gib nicht auf, er ist kein *troncho*, kein Dummkopf, dein Sohn, soll er sich gefälligst anstrengen und das Handwerk lernen.« Und Schaul drohte sie: »Wenn du nicht lernst, was dein Vater dich lehrt, dann gehst du auch nicht mehr aufs Gymnasium, hörst du? Du gehörst einer großartigen Goldschmiedefamilie an und wirst die Tradition nicht brechen.«

»*Madre kerida*, ich möchte kein Goldschmied werden«, erwiderte Schaul sanft.

»Was willst du denn dann werden, ein Parasit wie dein Bruder?«

»Pardon«, antwortete er höflich und geduldig, wie man es ihm beigebracht hatte, »Gott behüte. Schmuel ist kein Parasit, er tut etwas für das Volk Israel, aber ich, ich träume davon, ein Lehrer in Israel zu werden, ich möchte aufs Levinsky-Seminar gehen und lernen, die Kinder Israels zu unterrichten. Das ist mein Lebensziel.« Nachdem er seine tiefsten Gefühle offenbart hatte, versprach er, nach dem Unterricht seinem Vater weiterhin jeden Tag im Laden zu helfen. »Ich werde tags im Geschäft arbeiten und abends für den Lehrerberuf lernen.«

»Hast wohl alles schon vorgeplant, ha, du *rosch kalabassa*, Kürbiskopf, ohne um Erlaubnis zu bitten, ohne dich zu beraten«, zürnte sie wie nie zuvor. »Du wirst kein Lehrer! Du wirst Goldschmied. Das ist das Handwerk deines Vaters und deines Großvaters und deines Urgroßvaters. Und das wird auch dein Beruf!«

»Warum gerade ich?«, fragte Schaul. »Warum bestehst du bei Schmuel nicht darauf?«

»Weil du der Erstgeborene bist, der älteste Sohn setzt die Tradition fort.«

»Warum bestehst du nicht auf deinem Willen?«, fragte sein Bruder Schmulik, als Schaul seiner Mutter nachgab. »Warum bleibst du nicht stur? Wenn du davon träumst, Lehrer zu werden, warum ziehst du's dann nicht durch?«

»Wäre ich doch wie du und könnte Mutter die Stirn bieten«, antwortete Schaul, »aber du weißt, dass es aussichtslos ist. Mutter wird mir nie erlauben, meinen Traum zu verwirklichen. Wenigstens du erfüllst dir deine Träume.« Hätte er gewusst, dass Schmulik davon träumte, nach Amerika zu emigrieren und eine Autowerkstatt in Brooklyn zu betreiben, hätte er ihn vielleicht nicht so beneidet wie damals als junger Mann.

Nach und nach, mit Geduld und Ausdauer, erlernte er das Goldschmiedehandwerk, konnte alle Handgriffe ausführen, erreichte jedoch nie die Kunstfertigkeit seines Vaters, der selbst im Alter, als seine Augen nachließen und seine Finger an Beweglichkeit verloren, ein Meister seines Faches blieb.

Wer hätte da geglaubt, dass gerade er, der stille, zurückhaltende Junge, der seinen Traum für die Familie opferte, seine Mutter so aufbringen würde, dass sie ihm eine Ohrfeige verpasste, worauf er türenknallend aus dem Elternhaus fortrannte. Er war selbst überrascht über sein Verhalten, wusste jedoch, dass er nicht anders hätte handeln können.

Er würde niemals jenen Tag vergessen, an dem sein Leben eine andere Wendung nahm. Die Sonne war schon fast im Meer versunken, als er sein Tagewerk beendete, den Laden in der King-George-Straße abschloss und sich anschickte, den Heimweg in die Pines-Straße anzutreten, dann jedoch spontan einen kurzen Abstecher zu Jichias Falafel-Bude auf dem Bezalel-Markt einlegte. Er wusste, dass seine Eltern ihn zu Hause zum Abendessen erwarteten, konnte jedoch der Verlockung einer mit Falafel gefüllten Pita nicht widerstehen. Den ganzen Tag hatte er von einer halben Portion geträumt: drei herrlich zarte, grünliche Kugeln, die Jichia frisch aus dem siedenden Öl fischte, mit Tomaten- und Gurkenwürfelchen, etwas jemenitischer Würzsoße und Bockshornklee in eine halbe Pita füllte und mit einem ordentlichen Löffel Tahina übergoss. Er hatte sehnlich die Uhrzeiger verfolgt, die nervend langsam voranrückten, und als sie endlich die Zeit zum Heimgehen anzeigten, hatte er das Handwerkszeug weggepackt und die wertvollen Schmuckstücke aus dem Schaufenster in das verborgene Schließfach hinter dem Werkzeugschrank gebracht, immer die warnende Stimme seines Vaters im Ohr: »Gelegenheit macht Diebe, und wir wollen keine Diebe einladen. Prüf genauestens, ehe du den Laden abschließt, ob du wirklich alles Gold in den Safe getan hast.« Für seinen Vater waren alle Schmuckstücke Gold, auch die silbernen. Nachdem er sich zweimal vergewissert hatte, dass das Schloss richtig eingeschnappt war, lief er zum Bezalel-Markt jenseits der Straße.

Jichias Falafel-Bude hatte am meisten Zulauf. Kein Mensch konnte solche Falafel-Kugeln zaubern wie der alte Jemenite. Schaul stand ungeduldig in der wachsenden Schlange, und da erblickte er sie: Zuerst ihr goldenes Haar, das zu einem dicken Zopf im Nacken geflochten war, dann das geblümte Kleid, das ihre schmalen Hüften und gebräunten Arme betonte. Sein Blick wanderte hinunter zu den Beinen, und sein Herz setzte einen Schlag aus, als er ihre wohlgeformten Fesseln und makellosen Füße sah, die in roten Riemchensandalen steckten.

Was wäre, wenn sie den Kopf wenden würde und er sähe, dass das perfekte Mädchen da vor ihm in der Schlange eine Trauermiene im Gesicht hätte? Der Gedanke erheiterte ihn, und ein törichtes Lächeln trat auf seine Züge, und genau so sah Lily ihn zum ersten Mal: Ein idiotisch lächelnder Mann, der hinter ihr nach Falafel anstand. Während er gebannt war von ihrer betörenden Schönheit, widmete Lily ihm keinen Gedanken. Womöglich wäre ihre Begegnung hiermit zu Ende gewesen und er hätte sie nie wiedergesehen, doch als sie mit Zahlen an der Reihe war, fehlte ihr ein Groschen. Sie kramte im Geldbeutel, und Jichia begann, die Geduld zu verlieren, die er ohnehin nicht im Übermaß besaß: »*Jalla*, Mädchen, ich hab nicht den ganzen Tag Zeit, entweder zahlst du, oder der Nächste ist dran!«

»Falafel, heiße Falafel!«, schmetterte er. »Wer möchte eine halbe Portion, schon fix und fertig?«

»Ich«, rief Schaul, »und machen Sie mir bitte noch eine halbe.«

Er bezahlte die beiden halben Portionen und überreichte Lily ihre.

»Vielen Dank, junger Mann«, sagte sie, »aber ich brauche keine Almosen. Wenn Sie mich zum Misrachi-Wohnheim begleiten, gebe ich Ihnen den fehlenden Groschen gleich zurück.«

Schaul wollte den Groschen nicht haben, aber keineswegs die Gelegenheit verpassen, noch ein paar Minuten mit ihr zu verbringen. Den kurzen Weg vom Bezalel-Markt zum Wohnheim am Meir-Park legten sie schweigsam essend zurück, sie mit sichtlichem Genuss, er leicht verlegen.

Vor dem Wohnheim sagte sie: »Warten Sie bitte einen Moment, ich hole Ihnen sofort das Geld.«

Er wusste nicht, wo er den Verstand oder den Mut hernahm, zu sagen: »Wissen Sie was, statt mir Geld zurückzugeben, laden Sie mich morgen lieber zu Pita mit Falafel ein.«

»Gut«, meinte sie, »aber nicht zu Pita mit Falafel, sonst sehe ich am Ende genauso rund aus wie Falafel. Ich lade Sie auf ein Eis bei Whitman ein, das ist besser.«

»Sehr gern«, erwiderte er, konnte sein Glück kaum fassen. »Also morgen dann?«

»Ja, morgen. Warten Sie im Meir-Park auf mich, auf der ersten Bank am Eingang, um drei Uhr.«

Damit war sein Schicksal besiegelt. Die bildhübsche Lily war in sein Herz und in sein Leben eingetreten. Sie trafen sich auch am übernächsten Tag im Meir-Park an der ersten Bank am Eingang und danach täglich um sechs Uhr abends.

Bei ihren Treffen redeten sie wenig. Beide waren unsicher,

unterhielten sich leise und unverbindlich über Tagesereignisse oder das Wetter, aber die alte Abmachung blieb bestehen: Einen Tag lud er sie zu Pita und Falafel ein, einen sie ihn zum Eis. Eine Woche nach der ersten Begegnung sagte er: »Ich kann mich nicht länger von dir einladen lassen, man hat mich zum Gentleman erzogen. Von heute an lade ich dich zu beidem ein, zu Falafel und zu Eis.«

Sie nickte erleichtert. Sie hatte ohnehin nicht viel Geld. Nachdem sie aus dem Heim nach Tel Aviv übersiedelt war, konnte sie keine feste Arbeit finden. Zuerst hatte sie als Verkäuferin in einem Bekleidungsgeschäft in der Allenby-Straße gearbeitet, war jedoch bald entlassen worden, weil sie die Kundinnen angeblich nicht genug zum Kleiderkauf animierte. Notgedrungen meldete sie sich auf eine Anzeige am Schwarzen Brett des Wohnheims für eine Stelle als Hausmeisterin in der HaCarmel-Schule am Carmel-Markt, doch auch dort hielt sie sich nicht lange. Diesmal wurde sie nicht entlassen, sondern kündigte selbst. Sie mochte die Toiletten fremder Menschen nicht putzen, auch wenn es sich um Kinder handelte, und noch weniger gern putzte sie die Klassenräume, in denen es nach dem Unterricht aussah wie in Sodom und Gomorrha. Und bis sie eine neue Stelle fand, hatte sie kaum genug Geld für das Zimmer, das sie mit drei weiteren Mädchen teilte.

Wie hasste sie es, mit fremden Menschen in einem Raum zu hausen, immerzu mit Fremden. Ihr ganzes junges Leben lang hatte sie mit Mädchen zusammengewohnt, deren Freundschaft sie nicht suchte, die sie störten, sich in ihre Angelegenheiten einmischten, Fragen stellten, die sich nicht beantworten ließen, und ihre Privatsphäre beeinträchtigten.

Schaul war anders als alle ihre bisherigen Bekannten. Im Gegensatz zu ihren Zimmergenossinnen stellte er keine Fragen. Sie traf ihn gern allabendlich, war sogar bereit, mit ihm auf die Promenade hinunterzugehen. Er vertrieb ihre Einsamkeit, und bei ihm musste sie sich nicht anstrengen oder verstellen. An seiner Seite fühlte sie sich wohl.

Eine weitere Woche später durfte er sie vor dem Wohnheim abholen statt von der Bank im Meir-Park. Sie ignorierte die Fragen ihrer Zimmergenossinnen, überhörte bewusst deren ätzende Bemerkungen. Sollten sie doch sterben vor Neid, sollten sie explodieren, dachte sie. Sie hatte einen Freund, und die hatten keinen, sie hatte Erfolg, wo die anderen gescheitert waren. Sie lebte erst seit einigen Wochen in Tel Aviv und hatte sich schon einen Jungen geangelt, während einige der anderen bereits über ein Jahr in der Stadt wohnten und immer noch ledig waren. Sollten sie ruhig darüber lästern, wie sie sich kleidete und zurechtmachte für das Rendezvous mit Schaul, sollten sie nachäffen, wie sie auf ihren Absätzen trommelte, sollten sie übertrieben mit dem Po wackeln und lachen, so viel sie wollten, bis ihnen die Tränen aus den Augen schossen. Sie lachten und gingen allein schlafen, doch sie, Lily, würde bald zuletzt lachen. Die Bischara hatte ihr versichert, sie würde einen jungen Mann finden, der die Erde vor ihren Füßen küsste, und da hatte sie ihn gefunden, auch wenn er bisher weder die Erde noch sie selbst geküsst hatte. Sie hätte ihn ohnehin nicht rangelassen, und er hatte es gar nicht erst probiert.

Dämmerung senkte sich über die Strandpromenade, ein Sommerwind vom Meer kühlte ein wenig die drückende Julihitze. Das Wasser wimmelte von Badenden, und trotz der nahenden Dunkelheit genossen die Leute lieber Strand und Brise als in ihre von der Tageshitze glühenden Behausungen zurückzukehren.

Lily sog den Salzgeruch ein. Sie liebte das Meer und die Atmosphäre von Freiheit und Leichtigkeit, die vollen Cafés und das Menschengewimmel von Alt und Jung, Familien mit Kindern, Trupps junger Leute und Liebespaaren. Britische Soldaten und Offiziere in ihren adretten Uniformen flanierten auf der Promenade, und Araber aus Jaffa spazierten in langen Gewändern, Kufiya und Agal auf dem Kopf, mit ihren Frauen und Kindern im Schlepptau. Sie hörte gern das Sprachengewirr aus Hebräisch, Arabisch, Englisch, Jiddisch und Ladino, liebte die lauten Rufe des Eishändlers vom Strand herauf: »Eis am Stiel, Schoko-Banane!«, und die Rufe des Mais-Verkäufers, der vor einem großen Kessel mit kochendem Wasser stand, in dem saftige Maiskolben garten, und alle paar Minuten rief: »Heißer Mais, heißer Mais!«

Sie gingen am Eisengeländer entlang. Eine große, rote Sonne berührte das Meeresblau, streute ihre Strahlen in alle Richtungen aus, und Lily griff zögernd nach seinem Arm. Schaul stockte das Herz. Er konnte kaum glauben, dass sie bereit war, eingehakt mit ihm zu gehen, wie die Paare im Kino. Seine Seele hüpfte vor Glück, aber er ging weiter, als wäre es das Normalste der Welt, eine Selbstverständlichkeit, dass ein bezauberndes Mädchen neben ihm ging und sich bei ihm unterhakte.

Im Café Schnee des Libanon spielte eine Kapelle. Schaul lud Lily auf die Terrasse ein und bestellte für beide Espresso und Eis mit Sahne. Lily löffelte sinnlich die Schlagsahne von dem Eis, das in einem hohen Glas serviert wurde, und auf ihrer Oberlippe zeichnete sich eine Art Schnurrbart ab. Sein Herz flog ihr zu, aber er wagte nicht, ihr den Sahnerest abzutupfen, sondern deutete nur mit dem Finger auf seinen Mund, und Lily leckte sich die Oberlippe ab. Noch nie hatte er solche Gefühle für irgendeinen Menschen auf der Welt empfunden.

Er wollte ihr gern sagen, wie schön sie sei, und wie glücklich er sich schätze, dass sie im Schnee des Libanon Eis mit ihm aß, aber die Worte kamen ihm nicht über die Lippen.

»Sehr angenehm, ich heiße Lily«, sagte sie überraschend und lächelte.

»Weiß ich«, stammelte er.

Lily lachte glockenhell. Sein Leben lang würde Schaul sich nach diesem Lachen im Café Schnee des Libanon sehnen, einem heiteren, befreiten, ungehemmten Lachen. Wie sehr würde er sich später wünschen, Lily wieder so lachen zu hören wie damals, als sie ihn neckte, weil sie wie zwei Fremde dasaßen und kein Wort miteinander wechselten.

Sie trafen sich weiter jeden Abend, und einmal fasste er sogar den Mut, sie nach Hause mitzunehmen, damit seine Eltern, und speziell seine Mutter, sie kennenlernten. Lily saß in ihrem schlichten, blauen Kleid bei ihnen im Wohnzimmer, angespannt wie eine Sprungfeder, antwortete kaum auf Sarinas bohrende Fragen. Keine zwanzig Minuten nach ihrer Ankunft flüsterte Lily ihm ins Ohr: »Ich muss zurück in mein Zimmer.«

Sie gingen, und er fing noch den befremdeten Blick seiner Mutter auf, die ihm, als sie schon im Treppenhaus waren, nachrief: »Komm schnell zurück, wir warten mit dem Essen auf dich.« Da erst wurde ihm bewusst, dass seine Mutter Lily nicht zum Bleiben eingeladen hatte. Sie schwiegen den ganzen Weg bis zum Mädchenwohnheim und verabredeten sich beim Abschied für den nächsten Tag.

Einige Tage später lud er sie ins Esther-Kino am Dizengoff-Platz ein. Hätte jemand ihn hinterher gefragt, was sie gesehen hatten, hätte er keine einzige Filmszene schildern können. Er saß nervös und angespannt neben ihr, hätte sie am liebsten an sich gedrückt, ihr den Arm um die Schulter gelegt und den Kopf zugeneigt, wie die Liebespaare ringsum es taten. Von einem Kuss wagte er nicht mal zu träumen. Er fürchtete, wenn er dreist ihre Hand ergriffe oder ihre Schulter berührte, könnte sie aufspringen und aus dem Saal laufen, und er würde sie nie wiedersehen.

Zu seiner Verblüffung war es Lily, die ihre Hand in seine legte, und er kam vor Aufregung ins Schwitzen. Jetzt hatte er Angst, seine schweißige Hand könnte sie abstoßen, aber Lily hielt sie auch noch, als sie das Kino verließen. Sie umrundeten den Dizengoff-Platz, blieben kurz an dem hübschen Springbrunnen stehen und gingen dann die Straße hinauf, vorbei an den eng stehenden Häusern des Nordia-Viertels und weiter zur King-George-Straße, überquerten die Bograshov. Er wollte den süßen Moment verlängern, wünschte sich, der Weg möge niemals enden. Denn die ganze Zeit hatte Lily ihre Hand nicht aus seiner gezogen. Doch statt sich, wie immer, am Eingang zum Mädchenwohnheim von ihm zu verabschieden, führte sie ihn zum Meir-Park, und statt an der ersten Bank am Eingang haltzumachen, wo sie sich anfangs getroffen hatten, zog sie ihn tiefer in den Park hinein, wo die belebte Straße außer Sicht geriet. Und dort, auf einer Bank unter den Sykomoren, im Schutz der Dunkelheit, brachte sie ihren Mund an seinen und küsste ihn. Ihre Lippen waren so weich, und ihr helles Haar leuchtete im Dunkeln wie ein Strahlenkranz, doch Lily löste ihre Lippen schnell wieder und rückte ans Ende der Bank.

»Lily«, flüsterte er verwirrt.

»Willst du mich heiraten?« fragte sie überraschend.

Er glaubte, nicht richtig gehört zu haben. Er hatte davon geträumt, um ihre Hand anzuhalten, war jedoch sicher gewesen, dass er sich frühestens in einem Jahr trauen würde, diese Frage zu stellen, ihr einen Heiratsantrag zu machen, und nun machte sie ihm einen. Schaul konnte sein Glück kaum fassen, doch sie legte sein Schweigen falsch aus und ging zum Angriff über: »Nein, wenn du mich nicht heiraten willst, dann sag es! Ich habe keine Zeit zu vergeuden, ich geh nicht einfach so zum Zeitvertreib mit Jungs aus. Ich suche einen Mann zum Heiraten, also sag, ob ja oder nein, entscheide dich!«

»Lily …« Er rückte ran und schloss sie zum ersten Mal in die Arme. Ihr Körper versteifte sich unter seiner Berührung. »Meine liebe, geliebte Lily, natürlich will ich dich heiraten, ich dachte nur, es sei zu früh für einen Antrag, wir kennen uns doch kaum, ich dachte, du kommst noch ein paarmal zu mir nach Hause, damit du meine Eltern näher kennenlernst.«

»Was gibt's da zu warten«, gab sie zurück, mühsam ihren Ärger unterdrückend, »wir können uns nach der Hochzeit kennenlernen, haben das ganze Leben Zeit dazu. Und wenn du möchtest, dass ich deine Eltern besser kennenlerne, dann komm, lass uns gleich jetzt zu ihnen gehen!«

»Jetzt?«, fragte er erschrocken. Er brauchte Zeit, um seine Mutter zu beschwichtigen, musste sie überreden, ihren Widerstand aufzugeben. Ihre harten Worte dröhnten ihm noch in den Ohren: Ihre entschiedene Bemerkung, dass weder sie noch sein Vater oder ihr Bruder zu seiner Hochzeit kommen würden, hatte ihn verletzt, und die Wunde war noch nicht verheilt. Schaul kannte seine Mutter, sie hatte ein hitziges Gemüt, geriet schnell in Rage, aber Sarina liebte ihre Kinder mehr als sich selbst. Sie würde ihre Meinung ändern, würde das Gesagte bereuen und Lily schließlich akzeptieren, sie genauso liebgewinnen wie er. Aber dazu brauchte er Zeit. Wenn er Lily jetzt überraschend, ohne die nötige Vorbereitung mitbrächte, würde seine Mutter das als ungebührliche Provokation empfinden und noch wütender werden.

»Also, was sagst du? Machen wir uns jetzt auf?«, drängte sie.

»Jetzt ist es zu spät, meine Eltern sind nicht mehr jung, gehen früh ins Bett«, log er.

»Gut, dann eben morgen«, willigte Lily ein, »aber wir sind uns doch einig, dass wir heiraten, richtig?«

»Richtig«, antwortete er lachend. »Wir heiraten, aber erst mal müssen wir uns verloben.«

»Wozu verloben? Verlobung ist was für die Eltern, und ich habe keine.«

»Aber ich habe Eltern«, sagte er, »und die sind erzkonservativ, machen gern alles so, wie es sich gehört. Ich will dich heiraten, Lily, aber wir müssen es auf meine Weise tun.«

»Was bedeutet das? Die Hochzeit aufschieben bis nach der nächsten Sintflut?«

»Nein, Gott behüte, aber sie auch nicht beschleunigen, als wäre uns jemand auf den Fersen. Langsam nach und nach, alles zu seiner Zeit.«

Lily war unzufrieden, begriff jedoch, dass ihr nichts anderes übrig blieb. Sie musste seinen Weg mitgehen, nachgeben, das Tempo reduzieren. Und noch etwas erkannte sie: Wenn sie ihren zukünftigen Ehemann nicht verlieren wollte, musste sie Zuneigung zeigen. Sie rutschte wieder an ihn ran und schmiegte sich in seine Arme. Er streichelte ihren Goldschopf, und als er seine Lippen den ihren näherte, wich sie seinem Kuss nicht aus. Als er ihr jedoch die Zunge in den Mund schieben wollte, biss sie die Zähne zusammen, und Schaul war so aufgeregt über die Wende in ihrer Beziehung, dass er gar nicht merkte, wie steif und angespannt sie war, sondern nur sein unverhofftes Glück genoss. Er plante schon, wie er den Boden für Lilys nächsten Besuch in seinem Elternhaus bereiten würde, wie er das harte Herz seiner Mutter erweichen wollte, indem er gestand, gegen alle gängigen Regeln verstoßen zu haben, als er eine Heirat ins Auge fasste, ohne Vater und Mutter einzubeziehen.

Erst hinter dem Tor des Mädchenwohnheims atmete Lily auf. Sie hatte die Anweisungen der Bischara befolgt, war ein paarmal mit Schaul ausgegangen, ohne ihm zu erlauben, sie anzurühren. Nicht, dass er es versucht hätte, er war ja ein höflicher junger Mann, sensibel und schüchtern. Erst nachdem sie der Bischara erzählt hatte, dass Schaul nicht den ersten Schritt unternahm, hatte die Hexe aus Jaffa ihr geraten, die Initiative zu ergreifen. »Bei euch Juden wartet man nicht bis nach der Hochzeit. Wenn du nichts unternimmst, verlierst du deinen Bräutigam, wär das nicht schade, *charam*? Tu genau, was ich dir sage: Nimm deine Hand und leg sie so in seine Hand.« Sie machte es ihr vor. »Nicht zu nah, nur ganz leicht berühren, und dann sieh, was passiert, *ja binti*, schau, wie ihr vorankommt.«

»Und wenn er nicht weitermacht?«

»Dann mach du weiter.«

»Wohin weiter? Was tun?«

»*Ja rabi*«, klagte die Hexe, »muss ich dir alles erst genau erklären? Mach weiter.«

»Ihm einen Kuss geben?«

»*Hada hu*, das ist es, einen Kuss.«

»Und was, wenn er keinen Antrag macht?«

»Dann mach du ihn, du bist schon so weit gegangen, dann geh auch bis ans Ende, *Allah jis'adek*.«

Und genauso hatte sie gehandelt. Sie war Arm in Arm mit ihm auf der Promenade spazieren gegangen, und als sie sah, dass er nicht die Zügel in die Hand nahm, hatte sie ihm, wieder der Anweisung der Bischara folgend, auf der Parkbank einen Kuss gegeben. Doch auch da war er stumm geblieben, ohne Anzeichen, dass er ein Wort sagen wollte. Und dann erst hatte sie ihm den Antrag gemacht.

»Du musst ihn zu fassen kriegen, damit er dir nicht durch

die Lappen geht«, hatte die Bischara ihr aufgetragen, »denn heutzutage kommen auf jeden jungen Mann zehn Mädchen, die ihn fangen wollen, und die haben Papa und Mama und eine Mitgift, und was hast du, *ja binti*?«

»Keinen Heller auf dem Teller«, antwortete Lily.

»*Hada hu*, genau, du sagst es, nicht ich. Dann hör zu und mach *wachad la-wachad,* eins nach dem anderen, was ich dir sage: Erst hältst du seine Hand, dann gibst du ihm einen *busa,* von dem er nicht weiß, woher der ihm zufällt, und nach dem Kuss, wenn er die Sterne am Himmel sieht, überrumple ihn unvorbereitet und sag: Entweder heirate mich oder *ruch la-dschahanam*, fahr zur Hölle.«

»Und wenn er nein sagt?«

»Er wird nicht nein sagen. Schau hier im Kaffeesatz: Siehst du die Umrisse von zwei Menschen?«

»Ja, seh ich.«

»Siehst du das Herzzeichen zwischen den beiden Körpern der Menschen?«

»Ja.«

»Das heißt, dass sie zusammengehen werden und das Herz sie verbinden wird. *Hada hu*, der Kaffeesatz lügt nicht!«

»Aber ich fühle nichts im Herzen.«

»Fühlt sein Herz was?«

»Ich denke, schon.«

Die Bischara lehnte sich zurück und seufzte. »Das reicht. Wenn er was fühlt, wird er dich nie verlassen, auch wenn du ihm die Hölle auf Erden machst, und, Gott helfe ihm, wie du ihm die Hölle heiß machen wirst. Auch wenn er dich umbringen will, wird er erst sich selbst umbringen, aber dich wird er nicht verlassen. *Maskin*, der Ärmste, weiß nicht, was das Schicksal ihm beschert, aber was kann man machen, das ist das Schicksal, und das Schicksal kann man nicht ändern, auch wenn du deinem Schicksal bis Amerika entfliehst, wird das Schicksal dich und ihn verfolgen. Dann *jalla*, geh jetzt heim und tu alles, was ich dir sage. *Jalla, ruchi, ruchi*, los, los, hast mir heute schon alle Kräfte geraubt und keine für andere Menschen übrig gelassen.«

Elija

Das Klingeln des Weckers ließ mich hochschrecken.

»Unsere Zeit ist um«, sagte Dr. Kaminski, und ich setzte mich auf dem Sofa auf und strich mir die verknitterte Kleidung glatt. Es schien Stunden her zu sein, seit ich mich beim Doktor auf die Couch gelegt und zu reden begonnen hatte. Ich konnte mich nicht entsinnen, was ich gesagt, was ich ihm erzählt hatte. Kaminski hatte mich auf eine Reise durch meinen persönlichen Zeittunnel zwischen Paris und Tel Aviv mitgenommen, und ich wusste nicht, ob ich die Tour genossen hatte. Jedenfalls war ich erschöpft davon.

»Und was jetzt?«, fragte ich Kaminski und zog das Gummi um meinen Pferdeschwanz fest.

»Jetzt kommen die Hausaufgaben«, antwortete er, »jetzt müssen Sie mit Ihrer Mutter reden.«

»Worüber denn?«

»Über sie, über sich, über die Beziehungen zwischen Ihnen.«

»Keine Chance! Meine Mutter redet nicht, teilt nur Befehle aus.«

»Erweichen Sie sie, Sie werden schon einen Weg finden.«

»Ich weiß nicht, wie man mit ihr reden könnte. Meine Mutter und ich haben noch nie mehr als zwei, drei zusammenhängende Sätze gewechselt, und auch dann eher wütend. Wie soll ich sie jetzt dazu kriegen, sich hinzusetzen und mit mir zu reden?«

»Meine liebe Elija, unsere Zeit ist um, der nächste Patient wartet vor der Tür. Ihre Hausaufgaben bestehen darin, sich mit Ihrer Mutter zusammenzusetzen und zu reden. Ich bin sicher, Sie finden einen Weg. Viel Glück.«

Kaminski kam hinter seinem Schreibtisch hervor auf mich zu, schob mich förmlich zur Tür hinaus. Dieser dicke Hund, dachte ich wütend, jede Minute klingelt bei ihm das Geld im Kasten, er wird keinen Groschen verlieren, um mir noch einen Moment mehr Zeit zu geben. Bei Verlassen der Praxis wusste ich nicht, ob ich Dr. Kaminski hasste oder liebte. Wenn er mich dazu brachte, Dinge anzusprechen, über die ich niemals mit jemandem geredet hatte, meinte ich, mich von innen mit einem Besen auszukehren. Aber er zögerte auch nicht, mir Hausaufgaben aufzuhalsen, die mich überforderten. Wie sollte ich jetzt nach all den Jahren bei meiner Mutter ankommen und ihr sagen: »Schalom, Mama, hast du Lust zu reden?« Lily würde mich mit diesem Blick anschauen, der besagt: »Von Geburt an steckst du mir wie ein Dorn im Hintern.« Diesen Satz hatte sie mir in meiner Kindheit so oft an den Kopf geworfen.

Es gab nichts, was Lily mir nicht vorgeworfen hatte. Sogar das Datum meiner Geburt war ein persönlicher Affront gewesen. Aus ihrer Sicht hatte ich beschlossen, ausgerechnet an dem Tag das Licht der Welt zu erblicken, an dem die provisorische Regierung des neugegründeten Staates erstmals eine Volkszählung durchführte. An diesem 8. November 1948, als die gesamte Bevölkerung von fünf Uhr nachmittags bis Mitternacht im Haus zu bleiben hatte, setzten bei Lily die Wehen ein. Die Volkszähler waren schon bei uns gewesen, hatten die Personalien meiner Eltern aufgenommen und ihnen je eine persönliche Nummer für den Personalausweis zugeteilt, damit sie an den Wahlen im folgenden Januar teilnehmen konnten. Wegen der Wehen schrie meine Mutter vor Schmerzen, aber vergeblich, denn kein Mensch war draußen auf der Straße. Keiner im Haus hatte einen Telefonanschluss. Der einzige Apparat stand in der Apotheke in der HaSchela-Straße, neben der Eisfabrik, doch auch die war wegen der Ausgangssperre zu. Trotz des Verbots ging mein Vater hinunter zur Dizengoff, auf der Suche nach einem Fahrzeug, das meine Mutter in die Hadassa-Geburtsklinik in der Grusenberg-Straße bringen könnte, bevor das Fruchtwasser abging. Zum Glück kam ein Jeep der Bürgerwehr vorbei, und mein Vater überredete die Soldaten, meine Mutter in die Klinik zu fahren.

Wie oft hatte meine Mutter mir gesagt: »Ein Glück, dass es eine von Juden verhängte Ausgangssperre war. Wenn das ein paar Monate früher, noch bei den Engländern, geschehen wäre, hätte ich keine Chance gehabt, ins Krankenhaus zu kommen, denn sobald dein Vater rausgetreten wäre, hätten die Engländer ihn festgenommen und eingelocht. Du bist zur Welt gekommen, als es dir passte, ob nun Ausgangssperre oder nicht, du wolltest raus und fertig. Von Geburt an hast du dich nie um meine Gefühle geschert. So bist du bis heute, nimmst niemals Rücksicht. Du bringst deinen Müll mit, lässt ihn bei uns und ziehst weiter, und wir verbleiben mit dem Gestank.«

Und diese unmögliche Mutter soll ich jetzt zum Sprechen bringen, fordert Kaminski. Obwohl wir uns schon bei kleinen Alltagsdingen anschreien wie zwei Schwerhörige, sollen wir uns nun zusammensetzen und reden. Gegen Lily ankämpfen hat keinen Sinn, so viel habe ich längst gelernt. Auch wenn ich früher mal aufbegehrte, mich versteifte, holte mein Vater mich hastig wieder von dem Baum herunter, auf den ich geklettert war, sagte mir unermüdlich, man müsse Rücksicht auf Lily nehmen, weil sie ein hartes Leben gehabt habe, und ich gab immer nach. Zumindest, bis ich Ari kennenlernte.

Immer war ich Papas Tochter. Er war es, der mich in den Kindergarten des Verbands arbeitender Mütter brachte und wieder dort abholte. Nur durch Beziehungen hatte er mich da überhaupt anmelden können, denn meine Mutter hatte seit meiner Geburt ja keinen einzigen Tag gearbeitet. Mein Vater ging allein zu Elternabenden, er kostümierte mich zu Purim als Königin Esther, und wenn ich mal mit Blessuren nach Hause kam, weil man mich beleidigt oder ausgeschlossen hatte, war er es, der mich tröstete und meine Schmerzen linderte. Wo war meine Mutter bei all dem? Abgeschottet in ihrem Zimmer oder draußen auf der Straße, weiß Gott wo. Hätte Lily mir nicht immer wieder erzählt, wie sie fünfzehn Stunden Wehen und höllischen Schmerz durchgestanden habe, bis ich, die Prinzessin, sich ans Licht der Welt bequemte, hätte ich bezweifelt, dass ich überhaupt ihrem Schoß entstammte.

»Verzeihung«, hörte ich, als ich mit einem jungen Mann zusammenprallte, der im Laufschritt auf Dr. Kaminskis Praxis zustürmte.

»Schauen Sie doch, wo Sie hingehen, Sie hätten mich ja beinahe umgerannt«, sagte ich.

»Tut mir leid«, rief er und wandte das Gesicht, und ich erblickte blaue Augen, ein gebräuntes Gesicht und von Sonne und Wasser gebleichtes Haar fast bis auf die Schultern. Ich war verblüfft: Das war der Ruderer vom Sheraton-Strand. Viel Zeit war seit jenem Vorfall vergangen, ich hatte kaum mehr an ihn gedacht, und nun stand er plötzlich vor mir, war in Eile und würde im nächsten Moment vielleicht zum zweiten Mal aus meinem Leben verschwinden.

»Hey«, rief ich, »bist du nicht der mit dem Brandungsboot vom Sheraton-Strand?«

Er blieb stehen, warf mir einen flüchtigen Blick zu und sagte: »In Klamotten hab ich dich nicht erkannt.«

Ich ignorierte seinen zynischen Unterton und sagte: »Du hast mich doch zu Kaminski geschickt.«

»Zugegeben. Ich freu mich, dass du meinem Rat gefolgt bist.«

»Gehst du zu ihm?«

»Ich bin schon spät dran. Schönen Tag noch«, erwiderte er hastig und verschwand durch die gläserne Haustür.

Überrascht stellte ich fest, dass ich enttäuscht war. Irgendwas an ihm gefiel mir, war mir sympathisch: Vielleicht seine großen, hellen Augen, oder dass er nicht viel Trara um unser Wiedertreffen gemacht hatte, noch dazu vor der Praxis von Dr. Kaminski, den ich auf seine Empfehlung hin aufsuchte. Zu meiner Verblüffung erregte mich die kurze Begegnung mit dem gut aussehenden Ruderer vom Sheraton-Strand. Seit Ari hatte ich an keinen Mann einen Gedanken verloren, und nun war ich auf einmal neugierig, was der Ruderer wohl bei Kaminski suchte. Wollte auch er ein gebrochenes Herz flicken? Hatte auch er ein geschlagenes Jahr im Bett verbracht? Hatte auch er versucht, seinem Leben ein Ende zu setzen?

Ich lehnte mich an die Einfriedung des Grundstücks und zündete mir eine Zigarette an. Diesmal hatte ich es nicht eilig heimzukommen, zumal ich den Waffenstillstand mit Lily nicht brechen wollte. Jahrelang hatten wir nebeneinanderher gelebt, und ich hatte mein Bestes getan, um sie nicht zu ärgern. Nur wenn sie mich mit dem Rücken an die Wand drängte, mir keine andere Wahl ließ, explodierte ich – und sie knapp zwei Minuten später ihrerseits. Mein armer Vater, dachte ich, den letzten Sonnenstrahl im Gesicht. Was hat er unter uns zu leiden, laviert ständig zwischen uns beiden, versucht vergeblich, versöhnend zu wirken. Und ich habe nie begriffen, warum er Lily nicht zurechtweist, warum er ihr nicht entgegentritt, ihr die Meinung sagt. Ari hätte mich nie im Leben so mit ihm reden lassen, wie Lily es mit Schaul tut. Er hätte mich im hohen Bogen rausgeschmissen. Aber das hat er ja ohnehin gemacht, dachte ich auf einmal wutglühend, er hat mich verlassen, obwohl ich ihn nicht grob angeranzt habe, nur immer seine unterwürfige Sklavin war und ihm jeden Wunsch erfüllte. Soll er zum Teufel gehen, Ari, mitsamt seiner Französin. Was gehört Ari hier überhaupt her? Ich zog ein letztes Mal an der Zigarette und trat sie mit der Sandale aus. Ich muss mit meiner Mutter reden, denn das hat Kaminski mir aufgegeben. Der Doktor hat gesagt, die Therapie würde nur anschlagen, wenn ich kooperierte.

»Schalom, Papa«, rief ich an der Tür.

»Schalom, Bubale.« Mein Vater saß in seinem Lieblingssessel im Wohnzimmer, vor sich auf dem Tisch ein Glas Tee, in dem eine Scheibe Zitrone schwamm, und in den Händen das Abendblatt, in das er vertieft war.

»Warum liest du im Dunkeln?«, fragte ich und schaltete die Lampe an.

»Es ist noch nicht richtig dunkel«, antwortete er, »schade um den Strom. Weißt du, wie viel Strom kostet?«

»Und weißt du, wie viel eine Lesebrille kostet?«

»Gut«, lachte er, »deine Mutter ist nicht zu Hause, dann kann man Licht anschalten. Aber o weh, wenn sie heimkommt und uns bei künstlichem Licht erwischt, solange es draußen noch etwas hell ist.«

»Wo ist sie überhaupt?«

»Auf Tour.«

»Hast du dich mal gefragt, wo sie rumläuft, wenn sie nicht zu Hause ist, Papa?«

»Vielleicht ist sie zum Schaufenstergucken in der Dizengoff-Straße, vielleicht sitzt sie im Café Stern.«

»Mit wem soll sie denn im Café Stern sitzen, sie hat ja keine einzige Freundin.«

»Deine Mutter ist was Besonderes«, erwiderte er, ohne von der Zeitung aufzusehen, »deine Mutter braucht keine Freundin. Sie kann gut allein sein, und wenn sie ins Café gehen will, dann tut sie's. Sie braucht keine Gesellschaft. Sogar ins Kino geht sie alleine, so ist das.«

»›So ist das‹ ist deine Standardantwort, Papa, alles, was mit Mama zu tun hat, läuft bei dir unter ›so ist das‹.«

Mein Vater war drauf und dran, seine berühmte Geduld zu verlieren: »Du störst mich beim Zeitunglesen, Elija.«

»Soll ich dir Kaffee machen«, fragte ich, als ich einsah, dass ich über meine Mutter keinerlei Erklärung von ihm hören würde und gewiss kein böses Wort.

»Gern.«

»Zwei Teelöffel Zucker und heiße Milch?«

»Alle Achtung, schön, dass du das in Erinnerung hast.« Und mir fiel ein, wie ich ihm schon als Kind den Kaffee so gekocht hatte, wie er ihn mochte, und wie stolz ich gewesen war, wenn ich ihm das Glas brachte, er einen Schluck nahm und mich lobte, sein Mädchen.

Ich stellte ihm den Kaffee auf den Tisch und daneben ein Porzellantellerchen mit einem Stück von dem Hefekuchen, den er immer in der Konditorei Mein Kuchen, neben seinem Laden in der King-George-Straße kaufte.

»Iss du den Kuchen«, sagte er, »ich warte aufs Abendessen, wenn Mama zurückkommt.«

»Ich bin nicht hungrig.«

»Warum isst du denn nichts, Bubale? Schau, wie dünn du bist, es ist nicht hübsch für eine Frau, so mager zu sein. Ein bisschen Fleisch auf den Rippen würde dir nicht schaden.«

»Mir ist jetzt egal, ob es schön oder unschön ist, dünn zu sein.«

»Elija, noch ein wenig Geduld, und du vergisst den fiesen Kerl, wirst mit Gottes Hilfe einen neuen Mann kennenlernen und den Einen finden, der wirklich zu dir passt, den Einen, der dich ehrlich schätzt und liebt, dich auf Händen trägt und wie eine Königin behandelt.«

»Wie du Mama?«

»Genau, für mich ist deine Mutter eine Königin.«

»Klar doch, Königin Esther.«

»Was soll an Königin Esther schlecht sein? Sie hat das Volk Israel gerettet.«

»Mama ist nur damit beschäftigt, sich selbst zu retten.«

Mein Vater wurde kurz nachdenklich, seine heitere Miene verschwand, und er antwortete in ernstem Ton: »Deine Mutter musste sich selber retten, weil niemand sonst sie gerettet hätte.«

»Wovor musste sie denn schon gerettet werden?«

»Ach«, seufzte er und sah mich mit seinen gütigen Augen an, »es gibt Dinge im Leben deiner Mutter, von denen selbst ich keine Ahnung habe. Aus ihr kriegt man nichts raus, sie behält alles für sich und redet nicht. Vielleicht hat ihr früheres Leben, bevor wir uns kannten, sie so werden lassen.«

»Worin unterschied sich ihr Leben denn von dem anderer Leute?« Mir riss langsam der Geduldsfaden.

»Hast du dich nie gefragt, wieso sie außer dir und mir keinen Menschen auf der Welt hat? Wieso du von ihrer Seite keine Großeltern hast, keine Onkel, Tanten, Cousins und Cousinen? Wieso Mama keine Familie hat?«

»Als ich klein war, hat sie mir gesagt, sie seien gestorben.«

»Und hast du dich nie gefragt, wie und wann sie gestorben sind?«

»Ein kleines Kind stellt keine Fragen, von denen es ahnt, dass sie nicht beantwortet werden. Außerdem gab es in der Nachbarschaft haufenweise Kinder, deren Großeltern im

Holocaust gestorben waren. Es war nicht so seltsam, dass Mama keine Eltern hatte.«

»Mamas Eltern sind nicht im Holocaust umgekommen«, sagte er nach längerem Schweigen.

»Wie sind sie denn dann gestorben?«

»Ich weiß nicht mal, ob sie gestorben sind. Auch Lily weiß nicht, ob sie leben oder tot sind. Sie weiß gar nichts über sie, hat ihre Eltern nie gekannt, Mama ist als Waise geboren.«

Ich verstand nicht, was er meinte.

»Sie hat weder ihre Mutter noch ihren Vater je zu Gesicht bekommen.«

»Wer hat sie denn dann aufgezogen?« Zum ersten Mal im Leben wurde ich neugierig auf die Vergangenheit meiner Mutter, die mir immer versiegelt gewesen war.

»Die Nonnen im Kloster. Vor Jahren hat sie mir erzählt, sie sei im Kloster aufgewachsen, hat mich aber beschworen, es keinem Menschen zu verraten. Glaub mir, ich habe keine Ahnung, welcher Teufel mich geritten hat, dass ich es dir jetzt weitersage. Wenn sie es erfährt, wird sie sehr böse sein. Elija, bitte versprich mir: Wenn sie es dir nicht selbst erzählt, dann sag ihr niemals, dass du davon weißt.«

»Papa, was macht es jetzt aus, ob sie es mir erzählt oder ich ihr? Was für ein Kloster? Wo? Wie ist sie im Kloster gelandet?« Ich rückte meinen Stuhl an seinen Sessel heran und blickte ihm tief in die Augen, ließ ihn nicht ausweichen.

»Das englische Kloster in Jerusalem. Jemand hat sie als Säugling in eine Decke gewickelt vor dem Klostertor abgelegt. Sie wurde von den Nonnen erzogen und ist mit zehn Jahren dort ausgerissen und auf der Straße gelandet, hat von Abfall gelebt, bis gute Frauen kamen und sie in den Club der verlassenen Kinder Jerusalems mitnahmen, und von da haben sie sie nach Herzlia ins Heim geschickt. Dort war sie bis zum Schulabschluss, und danach ist sie nach Tel Aviv gezogen, ins Misrachi-Mädchenwohnheim. Einige Wochen später habe ich sie dann kennengelernt.«

»Und warum hast du mir das nie erzählt?«, fragte ich, völlig überrumpelt.

»Es ist ihr Geheimnis, nicht meines, und Mama hat mir das Versprechen abgenommen, es nicht weiterzuerzählen. Sie hätte es selbst mir ja beinahe vorenthalten.«

»So oft war ich wütend auf Mama, so oft konnte ich ihr seltsames Verhalten nicht verstehen, und du hast mir immer gesagt, man müsste ihr nachgeben, ohne je zu erklären, warum.«

»Sie meinte, du müsstest nicht wissen, dass es solche Fälle auf der Welt gibt.«

»Aber das sind nicht ›solche Fälle‹, das ist ihr Fall, und der beeinträchtigt auch mein ganzes Leben. Sicher kommt sie mir wegen der Umstände ihrer Geburt und Kindheit nicht näher. Deshalb bin ich wie die Tapete an der Wand für sie.«

»Elija! Was redest du! Deine Mutter liebt dich von ganzem Herzen, sie ist fast eingegangen vor Sorge in der schweren Zeit, die du durchgemacht hast.«

»Klar, und sie hält mir immer noch geflissentlich Tag für Tag vor, dass ich selbst schuld an dem Ganzen bin, weil ich Ari gegen ihren erbitterten Widerstand geheiratet habe.«

»Sie hat auf Anhieb erkannt, dass Ari nichts für dich ist, hat mir gesagt, sie würde ihr Leben hingeben, damit du diesen Nichtsnutz, wie sie ihn nennt, nicht heiratest. Es hat ihr wehgetan, dass du nicht auf sie hören wolltest und sie leider recht behalten hat. Sie liebt dich, deine Mama, liebt dich mehr als sich selbst, kann ihre Liebe bloß nicht richtig zeigen. Auch mir nicht, und doch weiß ich, dass sie mich liebt.«

»Und was, wenn sie eines Tages nicht heimkehrt von all ihren Streifzügen, und was, wenn sie uns eines Tages verlässt?«

»Das wird sie nie tun. Du und ich, wir sind die Familie, die sie nie gehabt hat, wir sind ihr Leben.«

»Na, und was für eins.« Mein Vater sah mich schmerzlich an, und ich bereute augenblicklich meinen bitteren Ton, hatte ihm nicht wehtun wollen. »Weißt du, Papa«, sagte ich weicher, »ich wünschte, ich könnte sie so verstehen wie du. Sie tut doch alles, was sie kann, um möglichst wenig mit uns zusammen zu sein, vor allem mit mir.«

»Elija, deine Mutter hat ein gutes Herz. Geduld, mehr verlange ich nicht von dir, nur Geduld.«

»So wie sie die mit mir hat?«

»Mehr. All der Kummer und Schmerz, den du wegen diesem fiesen Kerl, den du geheiratet hast, durchstehen musstest, ist rein gar nichts gegen den Kummer und Schmerz, den deine Mutter durchgemacht hast, und sie ist eine starke Frau, eisern! Hätte sie sonst das überlebt, was ihr beschert war? Und du, du bist die Tochter deiner Mutter, du hast dich aus eigener Kraft aus deiner schlimmen Lage befreit, und diese Eigenschaft, eine starke Frau zu sein, hast du von deiner Mutter geerbt.«

»Ich eine starke Frau? Ich bin ein Waschlappen, ein Putztuch für den Boden.«

»Gott behüte, Bubale, was redest du denn? Schau, wie du dich anstrengst, schau, wie du dich selbst in die Hand nimmst, und übrigens, wie war's beim Doktor?«

»Er hat mir Hausaufgaben gegeben.«

»Was denn, hat der Doktor eine Schule aufgemacht?« Mein Vater lächelte.

»Ich soll mit Mama reden.«

»Worüber?«

»Über sie, über mich, über uns.«

Eine dicke Wolke schien das Gesicht meines Vaters zu bedecken. Er driftete ab, und ich meinte, er würde wieder in sich versinken und von mir abrücken, als versuche er, eine überschwere Last zu schultern.

»Was ist, Papa?«, fragte ich. »Wohin bist du entschwunden?«

Er holte tief Luft. »Ich bin nicht sicher, ob das eine gute Idee ist. Man sollte keine schlafenden Geister wecken«, sagte er in ruhigem Ton und sah mich an – nicht wie ein Vater seine Tochter, sondern wie ein Gleichgesinnter, der meine Kooperation suchte. »Eure Beziehungen sind jetzt weder heiß noch kalt. Seit deiner Krise ist deine Mutter weicher geworden, ist nicht mehr dauernd wütend, hat eine Sanftheit, die ich seit dem Tod des Seligen nicht mehr an ihr gesehen habe. Warum dann stören? Warum jetzt Gespräche führen, um alle möglichen Dinge aufzuwühlen, die lieber in der Versenkung bleiben sollten? Nein, ich halte das nicht für eine gute Idee«, schloss er.

»Meinst du, ich habe Lust, mit ihr zu reden? Aber Kaminski sagt, solange meine Mutter und ich kein Gespräch geführt hätten, könnten wir mit der Therapie nicht vorankommen.«

»Worüber willst du mit ihr reden?«

»Zum Beispiel über das tote Baby.« Mein Vater wurde immer blasser, aber ich fuhr fort: »Ihr habt mir nie erzählt, was ihm passiert ist. Ohne das Foto hätte ich gar nichts von seiner Existenz gewusst.«

»Der Kleine ist gestorben, als er noch kein Jahr alt war«, flüsterte er, »aber deine Mutter vergisst ihn nicht, und er sitzt ihr wie eine offene, blutende Wunde im Herzen.«

»Ihr habt mit mir nie über ihn gesprochen. Was dachtet ihr denn? Dass ich in einem Haus mit solch einem großen Geheimnis normal aufwachsen könnte?«

»Es war nie ein Geheimnis. Du hast ja sein Bild gesehen, und wir haben dir durchaus erzählt, dass du einen Bruder hattest, der vor dir geboren wurde und mit knapp einem Jahr gestorben ist.«

»Aber ihr habt mir nicht erzählt, dass er wie eine Wunde im Herzen ist, nicht gesagt, dass die Wunde nicht verheilt, sondern weiterhin blutet. Denkst du denn, das hätte meine Entwicklung nicht mitbestimmt?«

»Es ist nicht Schwarz und Weiß, Elija. Wir haben alles getan, damit der Tod des Seligen dich nicht bedrückt. Deshalb haben wir nach seinem Tod nicht mehr über ihn geredet: nicht miteinander, nicht mit der Familie, nicht mit den Nachbarn.«

Ich war aufgewühlt. Wir hatten noch nie so offen über meinen ungekannten Bruder gesprochen. Der Schmerz vieler Jahre durchflutete mich. »Das Kinderbild, das immer im Wohnzimmer auf der Anrichte stand, war ja unübersehbar. Ich konnte noch so angestrengt weggucken, es half nichts. Egal aus welcher Ecke: Dieses Baby hat mich angeschaut, als wäre es die Mona Lisa.«

Ich brauchte das Bild nicht vor Augen zu haben, um jede Einzelheit des Babygesichtchens im Geiste vor mir zu sehen. Ich hasste das Foto meines toten Bruders. Das zahnlose Lächeln des toten Babys hatte etwas Lebendiges an sich, das ich nicht verarbeiten konnte. Manchmal, wenn Lily nicht im Raum war, drehte ich es mit dem Gesicht zur Wand, um seinem blauen Blick zu entgehen, seinem Lächeln mit den Grübchen, wie die bei Lily und mir. Ich schämte mich, einen toten Bruder zu haben, und wenn man mich nach dem Baby auf dem Foto fragte, erzählte ich, er sei ein Sohn meines Onkels in Amerika. Das funktionierte, bis zu dem Tag, als ich der Lüge überführt wurde.

Lily mochte keine fremden Menschen im Haus haben und schon gar keine fremden Kinder. Freunde einladen konnte ich nur, wenn meine Mutter zu ihren Streifzügen aufbrach.

Meist kam sie erst wieder, wenn mein Vater schon aus dem Geschäft zurück war und sogar Zeit gehabt hatte, sich zu waschen und Abendessen zu machen. Manchmal nutzte ich Lilys Abwesenheit tatsächlich, um Nachbarskinder mitzubringen. Einmal saßen wir, meine Freundinnen und ich, auf dem Wohnzimmerboden, um Wahrheit oder Pflicht zu spielen. Wir drehten die Flasche und sie hielt bei einem Mädchen, das nicht in unserem Haus wohnte und zum ersten Mal bei mir war. »Wahrheit oder Pflicht?«, fragte sie mich, und ich, die nicht die Bluse ausziehen oder Idit auf den Mund küssen wollte, antwortete »Wahrheit.«

»Sag, wer das Baby auf dem Foto ist«, forderte sie. Ich blieb, ohne mit der Wimper zu zucken, bei meiner Legende und sagte: »Das ist mein Cousin aus Amerika.«

Leider begnügte sich das fremde Mädchen nicht mit meiner Antwort, sondern fragte weiter: »Wo wohnt er in Amerika?«

»In Hollywood, wo all die Schauspieler wohnen.«

»Du Lügnerin!« Idit, die unangefochtene Klassenkönigin, sprang auf, nahm das Foto in die Hand und sagte: »Das ist kein Cousin aus Amerika und kein Cousin aus Hollywood, das ist euer Baby, das gestorben ist.«

Ich verstummte einen Moment, als Idit die Spielregeln brach, fing mich aber sofort wieder und feuerte zurück: »Selber Lügnerin! Das ist sehr wohl mein Cousin aus Amerika, und bald kommt er auf Besuch nach Israel, und du wirst ihn mit eigenen Augen sehen.«

»Schummel nicht!«, beharrte Idit. »Meine Mama hat mir erzählt, dass deine Eltern vor deiner Geburt ein Baby hatten, das gestorben ist.«

»Deine Mama ist eine Schwindlerin!«

»Selbst eine Schwindlerin und Tochter einer Schwindlerin!«, schrie Idit. Kommt, Mädels, bei dieser Lügnerin haben wir nichts verloren, auf, gehen wir.«

Die Mädchen standen nacheinander vom Boden auf, zogen sorgfältig den Gummizug an den Beinen ihrer Shorts zurecht und blickten sich nicht nach mir um. Alle folgten Idit zur Tür, und die Letzte knallte sie hinter sich zu. Erst viel später dämmerte mir, dass das Ganze ein abgekartetes Spiel gewesen war: Idit hatte die anderen angestiftet, Wahrheit oder Pflicht bei mir zu spielen, und dem Mädchen, das nicht in unserem Gebäude wohnte, aufgetragen, mich nach dem Foto des toten Babys zu fragen. Sie hatte von vornherein geplant, mich bei einer Lüge zu ertappen, um mich mit einem Bann zu belegen, mich von einer beliebten Schülerin in eine geächtete zu verwandeln. Aber damals wusste ich das alles noch nicht. Mit meinen zehn Jahren spürte ich, wie mir das Blut zu Kopfe stieg. Ich hatte genug von dem toten Baby, über das ich nicht sprechen durfte, genug vom Lügen und genug davon, mir seinetwegen Probleme einzuhandeln. Jetzt schimpften sie mich auch noch eine Lügnerin! Ich schnappte mir das Kinderbild von der Anrichte und versteckte es in meinem Zimmer unter der Matratze. Dann stieg ich voll angezogen ins Bett, zog mir die Decke über den Kopf und tat, als wäre ich nicht da.

Der Bann, den Idit über mich verhängt hatte, war brutal. Mit einem Schlag war ich eine Ausgestoßene, eine Witzfigur. In den Schulpausen spielten die anderen Kinder nicht mit mir, hielten sich sogar demonstrativ von mir fern, und bei jeder Gelegenheit sangen sie ihr eigens verfasstes Spottlied: »Elija, Chalia, Müll von Dschabalija«, denn jeder wusste, dass Chalia im Arabischen Hure oder Schlampe bedeutete und in Dschabalija im Gazastreifen ein großes palästinensisches Flüchtlingslager lag. Wann immer ich dieses böse Lied hörte, krümmte ich mich vor Scham und wollte sterben.

Ich war in meine bitteren Erinnerungen versunken, als die Tür aufging und Lily leise hereinschlüpfte. Sie legte, wie gewohnt, ihre Handtasche auf das Tischchen am Eingang, zog den Mantel aus und hängte ihn an die Garderobe, streifte die Schuhe ab und tappte barfuß ins Wohnzimmer.

»Was habt ihr denn, sitzt beide mit Trauermiene da?«, fragte sie, und ich sah das Gesicht meines Vaters aufleuchten: »Du kommst genau zur richtigen Zeit, Elija hat mir gerade Kaffee gekocht, komm, setz dich zu uns. Elija, mach auch Mama einen Kaffee.«

»Mokka«, sagte Lily, »zwei Zucker und etwas Milch.«

Ich ging in die Küche. Auch wenn sie mich um etwas bat, hörte es sich an wie ein Befehl. Wie sollte ich sie dazu bringen, mit mir zu reden? Mein Vater hatte ja ohnehin gesagt, es sei kein guter Zeitpunkt für ein Gespräch mit ihr, als gäbe es jemals einen guten Zeitpunkt.

Ich hielt das Gesicht über den heißen Wasserdampf aus dem siedenden Kessel. Es war ein angenehmes Gefühl, die Dampfwolken schienen mein Gesicht zu streicheln. Wenn doch nur alles einfach wäre, wie gern würde ich meiner Mutter häufig Kaffee machen, damit wir uns dabei zum Reden zusammensetzen könnten. Aber bei meiner Mutter war nichts einfach. Jetzt vermieden wir jede Reibung, aber eine Bemerkung würde genügen, um das Feuer erneut zu entfachen. Als Kind war ich bei jedem aufziehenden Koller meiner Mutter in mein Zimmer verschwunden und hatte mich unterm Bett oder im Schrank verkrochen. Wenn sie dann anfing, zu schreien und zu fluchen, schleuderte sie alles, was ihr in die Hände kam, zu Boden: Teller, Gläser, Bücher, und mein Vater unternahm nichts, um den Irrsinn zu stoppen, flüsterte nur zaghaft und kaum hörbar: »Genug, Lily, es reicht, Lily. Die Nachbarn werden es hören.« Ich wusste, dass meine Mutter fluchen konnte wie ein Matrose, wusste aber nichts über ihre Lebensumstände.

Ich goss das heiße Wasser auf das Kaffeepulver in der Tasse, bis sie zu Dreiviertel voll war, wie meine Mutter es mochte, rührte Zucker und Milch hinein und ging zum Wohnzimmer. Einen Moment blieb ich am Eingang stehen und betrachtete meine Eltern zu zweit: Schaul tunkte den Kuchen in seinen Kaffee, und Lily saß neben ihm. Beide waren still, redeten nicht. Er hielt ihr das Kuchenstück hin, sie beugte sich über seine ausgestreckte Hand und biss in den Kuchen, und er nahm eine Serviette und wischte ihr die Krümel von den Lippen. Ich war gefesselt von ihren harmonischen Gesten. Wieso war mir nie aufgefallen, dass meine Eltern, trotz aller Probleme, trotz ihrer Verschiedenheit, so gut zueinanderpassten. Wie sehr sie, trotz allem, zusammen waren.

Schaul

Die Sorgen füllten ihm immer noch Kopf und Herz. Elija suchte zwar regelmäßig Dr. Kaminski auf, aber Schaul fürchtete, jede Kleinigkeit könnte einen Rückfall auslösen. Und wenn es Elija besser ging, könnte Lily womöglich wieder Streit mit ihr anfangen und sich in ihr Leben einmischen, wie vor dem Zusammenbruch des Kindes. Die Angst lähmte ihn schier. »Warum, Herr der Welt, hast du mir die beiden auf die Schultern geladen?«, fragte er zum wer-weiß-wievielten Mal seinen Gott, an dessen Existenz er zuletzt zweifelte.

Wie sehnte er sich nach dem gemächlichen Leben im Haus seiner Kindheit, nach der geordneten Welt, wo der Vater für das Einkommen sorgte und die Mutter für die Kinder, die wiederum ihre Eltern ehrten und ihnen nicht zu widersprechen wagten. Wie sehnte er sich nach der Welt, in der ein Wort des Vaters unverrückbar und ein Wort der Mutter heilig war, wo eine Frau es nicht wagte, ihren Mann wie ein lästiges fünftes Rad am Wagen zu behandeln, wie Lily es mit ihm machte.

Was tat er nicht alles, um sie zufriedenzustellen, seine ganze Welt hatte er für sie umgekrempelt. Manchmal hatte er Lust, aus der Tür zu gehen und nicht wiederzukommen, ein anderes Leben zu beginnen, das Leben, das er sich als junger Mann erträumt hatte, bevor er Lily kennenlernte. Bevor sein Leben in die Brüche ging, weil er sich unsterblich in seine merkwürdige Frau verliebte, bevor er sich in ihre Marionette verwandelt hatte, vor den diversen Katastrophen, die sie beide heimgesucht hatten. Was würde er nicht alles tun, um wieder der Mann zu sein, der er vor Lily gewesen war, bevor sein Leben eine gänzlich andere Richtung genommen hatte.

Er würde niemals die ersten Tage ihrer Bekanntschaft vergessen. Sie wollte sich um drei Uhr nachmittags mit ihm treffen, ohne ihn zu fragen, ob es ihm passte, und er hatte nicht zu sagen gewagt, dass er um diese Uhrzeit eigentlich nach dem Mittagessen ruhte und danach mit seinem Vater zurück in den Laden ging. Er würde nie vergessen, wie er sich die ganze Nacht schlaflos im Bett gewälzt und den Kopf darüber zerbrochen hatte, wie er es pünktlich zum Rendezvous schaffen könnte, welche plausible Ausrede er seinem Vater auftischen sollte, um vor ihm aus dem Haus zu gehen, aber nach ihm im Geschäft einzutreffen. Schließlich log er, er müsse Dr. Freimann in der Poliklinik aufsuchen. »*Leshos*, nein doch, o weh, o weh«, jammerte seine Mutter, »bist du krank, Gott behüte?«

»Ich fühle mich etwas unwohl«, antwortete er und konnte nicht glauben, dass er seine Eltern unverfroren anlog, »ich spüre eine Angina im Anzug.«

Sie glaubten ihm. Warum sollten sie auch Verdacht schöpfen, wo er sie bisher doch noch nie angelogen hatte. An jenem Tag traf er Lily um drei Uhr nachmittags, und sein Vater ging allein in den Laden. Zum Glück verabschiedete Lily sich nach dem Eis im Whitman unter irgendeinem Vorwand, und so war er rechtzeitig um vier Uhr im Geschäft. Am nächsten Tag sagte er, der Arzt habe ihn um dieselbe Uhrzeit zu einer weiteren Untersuchung einbestellt. Und wie am Vortag glaubten sie ihm, gewiss taten sie das, warum sollten sie ihren gehorsamen, wohlerzogenen Mustersohn verdächtigen? Doch er konnte nicht ewig weiterlügen. Daher sagte er Lily wahrheitsgemäß, dass er als Goldschmied im Geschäft seines Vaters arbeite und sie lieber nach dem Ladenschluss um achtzehn Uhr treffen würde. Zu seiner Überraschung stimmte sie sofort zu, und so waren sie fortan jeden Abend zwischen sechs und sieben Uhr zusammen. Gleich danach lief er los, um rechtzeitig zum Abendessen zu Hause zu sein. Seine Eltern wussten nicht, wie er die Stunde nach Geschäftsschluss verlebte, ahnten nichts von Lily, bis er sie einmal mitbrachte. Und da begannen die Probleme mit den beiden Frauen, die bis zum heutigen Tag andauerten: Lily spricht nicht mit seiner Mutter, seine Mutter spricht nicht mit Lily, sein Vater und er werden zwischen den beiden aufgerieben.

So ging das schon jahrelang, Lily hatte es sogar geschafft, Elija ihren Großeltern zu entfremden, hatte ihm verboten, sie zu ihnen mitzunehmen. Er sieht seine Eltern selber kaum, und das gerade jetzt, wo sie alt sind und mehr denn je auf ihn angewiesen. Er hat ihnen nicht mal von den Problemen mit Elija erzählt, nicht gesagt, dass der fiese Kerl sie verlassen hat, dass sie schier verrückt geworden ist und er beinah mit. So ist das: Wegen des Hausfriedens hat er auf seine Eltern verzichtet, ja, sogar auf sich selbst.

Lily

Als Lily nach Hause kam und das Foto des Babys nicht auf der Anrichte sah, kreischte sie und beschuldigte Schaul, das Bild aus dem Haus geschafft zu haben. Sie stellte die ganze Wohnung auf den Kopf, und der verstörte Schaul half mit, zu suchen. Sie rückten die schwere Anrichte von der Wand, hoben die Teppiche an, suchten unter dem Sofa, in der Küche, im Bad und im Schlafzimmer – überall, außer in Elijas Zimmer. »Ich muss mit der Bischara sprechen«, murmelte Lily, »ich muss verstehen, warum das Kind vom Himmel herabgestiegen ist und sein Porträt weggenommen hat.«

»Wer ist das, die Bischara?«, fragte Schaul verblüfft. »Wovon redest du, wie soll das Kind wohl vom Himmel herabsteigen, Lily, du hast den Verstand verloren!«

»Ich soll den Verstand verloren haben? Dann erklär du mir, wie das Bild verschwunden ist. Wer hat es weggenommen? Der Teufel? Ich muss augenblicklich zur Bischara laufen und sie fragen.«

Schaul war entsetzt über das fremde Feuer, das in ihr loderte. »Lily, um diese Uhrzeit gehst du nirgends hin.« Er wollte sie aufhalten, aber sie stieß ihn gewaltsam beiseite und stürmte – ohne Mantel, trotz der trüben Witterung draußen – die Treppe hinunter. Er rannte ihr nach, vergaß, dass er Elija allein zu Hause ließ. Lily rannte wie irrsinnig die Dizengoff-Straße hinauf, hielt an der Haltestelle kurz Ausschau nach einem Bus, mit Schaul auf den Fersen.

»Lily«, schrie er, »Lily, warte!«, doch sie rannte einfach weiter. Wenn kein Bus fuhr, dann eben zu Fuß nach Jaffa. Sie war in Panik, sah in dem Verschwinden des Bildes ein schlechtes Omen. Nur eines verstand sie nicht: Womit sie gesündigt hatte, dass ihr Sohn von droben heruntergekommen war, um das Bild zu holen. Vielleicht war er eifersüchtig, weil sie ein neues Kind an seiner Stelle hatte? Aber warum sollte er gerade jetzt eifersüchtig werden? Es waren doch zehn Jahre seit Elijas Geburt vergangen, wieso dann jetzt erst?

Wie im Nebel gefangen, merkte sie nicht mal, dass Schaul ihr nachlief. Sie überquerte den Nordau-Boulevard zur Ha-Jarkon-Straße und stürmte weiter, als renne sie um ihr Leben. Schaul holte sie mit Mühe ein. Auf Höhe des muslimischen Friedhofs packte er sie an der Schulter und flehte: »Lily, halt, was ist denn in dich gefahren?«

Sie entwand sich seinem Griff und rannte weiter. »Halt einen Moment«, bat er atemlos, und sie rief über die Schulter: »Geh heim, Schaul. Lauf mir nicht hinterher.«

»Aber wo rennst du denn hin?«

»Ich renne, um unser Leben zu retten. Das Bild ist nicht umsonst verschwunden, etwas Schlimmes braut sich über uns zusammen, das spüre ich. Unser Kind ist wütend auf uns, wütend auf mich, ich muss erfahren, warum.«

Schaul versuchte, der verschlungenen Logik seiner Frau zu folgen. Er wusste, dass ihre Trauer über den Tod des Kindes mit den Jahren nicht vergangen war, konnte aber nicht glauben, dass das Fehlen seines Bildes sie derart aus dem Lot brachte. »Lily«, begann er von Neuem, »ich bitte dich, wie willst du denn wissen, warum das Kind wütend ist, wer soll dir das sagen?«

»Die arabische Hexe aus Jaffa wird es mir sagen, sie wird es schon wissen.«

»Lily, wovon redest du? Bitte warte, ich krieg keine Luft mehr. Es ist spät abends, gefährlich auf der Promenade, gefährlich jetzt in Jaffa, es gibt auch Huren und Zuhälter und Gott weiß wen noch auf der Straße. Warte, Lily!«

»Nichts ist gefährlicher als das Verschwinden des Bildes, keine Hure und kein Zuhälter können uns so schaden wie der Umstand, dass das Foto verschwunden ist.«

»Halt!«, befahl er ihr auf einmal. »Halt an oder ich schlage dich!«

Schaul, ihr sensibler Mann, drohte ihr Schläge an, Schaul, der keiner Fliege etwas zuleide tun konnte. Vor lauter Verblüffung blieb sie keuchend stehen. Schaul stand vor ihr, ebenfalls schwer atmend, mit gerötetem Gesicht und krummem Rücken. Mit letzter Kraft packte er sie an den Schultern und sagte: »Wenn du mir jetzt nicht erklärst, wo du hinrennst und wer die arabische Hexe ist, die dir Antworten geben soll, dann halte ich dich derart fest, dass du keinen Mucks mehr machen kannst, verstehst du mich?«

Sie gab nach, ihre Schultern sackten herunter, und sie brach in Tränen aus. »Schaul, ich habe Angst«, schluchzte sie, »Angst um unser Leben. Verlass dich auf mich, ich weiß, was ich tue. Lass mich zur Bischara gehen, sie wird alles regeln. Lauf nach Hause zu Elija, sie ist sicher zu Tode erschrocken, lass mich los. Ich verspreche dir, in ein paar Stunden zurück zu sein.«

Bis jetzt hatte er überhaupt nicht bedacht, dass Elija allein zu Hause war. Nach kurzem Überlegen sagte er: »Elija wird zurechtkommen, es ist nicht das erste Mal, dass wir sie alleinlassen. Ich geh nicht ohne dich nach Hause, ich gehe mit dir zur Bschara oder Schmara oder wie sie heißt.«

»Nein!«, schrie sie. »Ich muss allein zu ihr.«

»Entweder gehe ich mit, oder du gehst gar nicht!« Schaul war entschlossener denn je.

»Gut«, sagte sie, »unter der Bedingung, dass du dort draußen wartest und ich allein zu ihr reingehe.«

»Ich verspreche gar nichts. Wir entscheiden vor Ort. Jetzt suchen wir erst mal ein Taxi. Wenn wir zu Fuß gehen, sind wir erst morgen da.«

Sie gingen zurück zur Ben-Jehuda-Straße, und Schaul winkte ein Taxi heran. Lily sagte dem Fahrer, er solle sie am Uhrenturm in Jaffa absetzen. Die Fahrt verlief schweigend. Vom Uhrenturm führte Lily ihn selbstsicher durch die verwinkelten Gassen nahe des berüchtigten »Großen Gelände«.

»Großer Gott, Lily!«, rief Schaul ehrlich erschrocken. Über das Große Gelände hatte er in der Zeitung gelesen, und nun wollte Lily es einfach durchqueren. Er legte Protest ein: »Es ist gefährlich im Großen Gelände, die Gegend wimmelt von Prostituierten und Verbrechern.«

»Du brauchst keine Angst zu haben«, beschwichtigte sie, »geh so, als ob du hier wohnen würdest, als ob du hier immer unterwegs wärst.«

»Ich setze keinen Fuß ins Große Gelände und du auch nicht«, beharrte er.

»Gut«, lenkte sie ein und führte ihn den langen Weg durch die Jefet-Straße Richtung Adschami bis zu dem Haus in der Nähe des Meeres.

»Warte hier«, sagte sie.

»Ich geh mit rein.«

»Auf keinen Fall, du wartest hier.«

Er begriff, dass nichts zu machen war. Lily war störrisch wie ein Esel und würde ihn nicht mit reinnehmen. »Gut«, sagte er, »ich werde hier warten.«

Sie klopfte an die Tür des grüngestrichenen Hauses.

Ein junger Mann öffnete ihr. Schaul konnte das Zwiegespräch der beiden nicht verstehen, sah jedoch, dass Lily wieder in helle Aufregung geriet. Dann blickte der Mann in seine Richtung.

Die Tür schloss sich, und Lily taumelte auf Schaul zu, die Augen tränenüberströmt. Sie schmiegte sich in seine ausgestreckten Arme und weinte bitterlich. »Jetzt werde ich niemals erfahren, wohin das Bild verschwunden ist, jetzt kann man nur abwarten, bis das Unheil eintritt.«

»Welches Unheil, wovon redest du? Was hat der Mann dir an der Tür gesagt?«

»Er hat gesagt, dass seine Mutter gestorben ist! *Allah jerchama*, sie ist im Schlaf gestorben wie eine Gerechte, vor zehn Tagen, und ich habe es nicht gewusst. Vor einem Monat war ich das letzte Mal bei ihr, und da war sie noch kerngesund.«

»Was heißt, du warst vor einem Monat bei ihr, wer war sie für dich? Eine Verwandte?«

»Gott behüte, Schaul! Wieso eine Verwandte? Sie war eine Araberin.«

»Sei mir nicht böse, Lily, aber du weißt doch selbst nicht, wer dich am Kloster ausgesetzt hat.«

»Schaul! Meine Mutter war Jüdin.«

»Wer sagt dir das, Lily?«

»Schwester Catherine im Kloster hat es mir gesagt. Kurz bevor ich dort abgehauen bin, hat sie mir erzählt, auf dem Zettel, den man mir angeheftet hatte, sei ein Davidstern gezeichnet gewesen.«

»Du hast mir nie erzählt, dass man einen Zettel gefunden hat.«

»Ich hab dir viele Dinge nicht erzählt. Man hat einen Zettel gefunden, einen Zettel mit der Bitte, mich zu retten, wie man sie gerettet habe, die Frau, die mich am kältesten Tag in Jerusalem am Klostertor abgegeben hat.«

»So hat es dagestanden: dich zu retten, wie man sie gerettet hat? Dann haben wir ja einen ersten Anhaltspunkt. Das heißt, sie war ebenfalls im Kloster.«

»Anscheinend. So habe ich auch meinen Namen bekommen. Auf dem Zettel stand, ich hieße Lily. Die Frau hat mir meinen Namen gegeben und einen Davidstern dazu gemalt. Jahrelang haben die Nonnen das geheim gehalten, und ich wusste von nichts, bis Schwester Catherine es mir erzählt hat. Und da habe ich begriffen, dass meine Mutter Jüdin war und auch ich Jüdin bin.«

»Wenn diese verstorbene Araberin also keine Verwandte von dir war, wer war sie dann für dich? Und wieso habe ich bis heute nichts von ihr gehört?«

»Sie war keine Angehörige, nicht blutsverwandt, aber alles für mich: Mutter und Großmutter und Freundin. Sie hat mir alles gesagt, verstehst du? Hat mir gesagt, sie sehe bei mir im Kaffeesatz ein großes Meer und jenseits des Meeres eine Frau mit einem schwarzen Herzen. Sie hat gesagt, das sei die Frau, die mich geboren hat, und ihr Herz sei schwarz wegen der Sünde, die sie begangen hatte. Vermutlich, weil sie mich bei den Nonnen abgeworfen hat. Alles hat sie mir gesagt, sogar, dass ich dich heiraten sollte.«

»Mich heiraten?«

»Ich war schon als Heimkind zum ersten Mal bei ihr und danach, wann immer ich Rat brauchte. Sie hat im Kaffeesatz gelesen, Schaul. Wenn ich rechtzeitig gewusst hätte, was sie wusste, wäre der kleine Chaim vielleicht gar nicht geboren worden, und wenn er nicht geboren worden wäre, wäre er auch nicht gestorben, nicht von mir gegangen und hätte mir kein Loch im Herzen zurückgelassen. Aber ich wollte so gern ein Kind, dass ich nicht auf sie gehört habe. Sie wusste mehr über mich als ich selbst. Jahrelang wollte ich nichts über meine Vergangenheit von ihr hören, sicher nicht über die Frau, die mich geboren und dann wie einen Welpen vor dem Klostertor ausgesetzt hat.«

»Wolltest du es denn nicht wissen? Hat es dich nicht interessiert, wer dich zur Welt gebracht hat?« Schaul sah seine Frau fragend an, konnte kaum glauben, dass sie dieses Gespräch auf einem fremden Grundstück in einer schummrigen Gasse mitten in Jaffa führten. Aber Lily redete, und er hörte zu.

»Ich wollte vergessen, wollte ein neues Leben, aber als mir mein neues Leben beim Tod des Babys genommen wurde, bin ich zu ihr gegangen und hab sie gefragt, warum all das geschehen war. Sie hat mir nur gesagt, ich sollte nach Hause gehen und mit dir sein, damit mir ein neues Baby in den Schoß käme und die Seele des toten Kindes in das neue hineinfahre. Und ich hab getan, was sie gesagt hat, aber die Seele des Babys habe ich verloren. Sie ist nicht in Elija gefahren, sondern wohl in ein anderes Baby, das einer anderen Frau geboren wurde.« Ihre Schultern zuckten, sie erstickte schier unter dem jähen Tränenausbruch, und Schaul fand, sie sehe plötzlich aus wie ein verlorenes, kleines Mädchen. Lily wimmerte stockend weiter: »Ich bin zu der Bischara gegangen und habe sie gefragt, warum Elija nichts von dem Baby hat. Warum Gott mich zweimal straft. Und sie hat geantwortet, man könne kein neues Leben geben, ohne etwas über das alte zu wissen. Solange ich nichts über mein Vorleben, vor meiner Geburt, wüsste, würde mir nichts im Leben gelingen. Ich habe eingewandt, mein Vorleben sei ein Hundeleben gewesen, denn sonst hätte man mich nicht am Kloster abgegeben. Und sie hat erwidert: ›*Ja binti*, ehe du nicht weißt, wer dich abgegeben hat und warum, wirst du immer eine verlassene Hündin sein.‹ An dem Tag habe ich ihr erstmals erlaubt, mir zu sagen, was sie im Kaffee über meine Vergangenheit sieht, und sie hat mir, wie immer, den bitteren Kaffee, den sie kochte, vorgesetzt. Als ich ausgetrunken hatte, habe ich die Tasse umgedreht, ein paar Minuten gewartet, die mir wie eine Ewigkeit vorkamen, und dann hat sie sie erneut umgedreht, hat die Zeichen im Kaffeesatz auf dem weißen Porzellan betrachtet und gesagt: ›Ich sehe eine sehr junge Frau, fast noch ein Kind, *maskina*, die Ärmste. Sie hat keinen Menschen, ist mutterseelenallein auf der Welt. Hat keinen Mann, keinen Vater, keine Mutter. Ich sehe bei ihr ein Baby, und sie gibt es her, um es zu retten, und auch, um sich selbst zu retten.‹

Ich hab gefragt: ›Wovor wollte sie sich retten?‹ Und die Bischara hat mit einem tiefen Seufzer geantwortet: ›*Ja binti*, welche Frau bringt ein Kind allein zur Welt? Welche Frau hat keinen Vater für ihr Kind?‹

›*Ja* Bischara, wo ist diese Frau jetzt?‹, habe ich nachgehakt. Darauf zeigte sie mir im Kaffeesatz ein großes Meer und über dem Meer ein anderes Land und sagte: ›*Chajati*, die Frau hat das große Meer überquert und ist in ein anderes Land gegangen.‹ Und außer dem, was die Schwester Catherine mir im Kloster gesagt hat, ist das alles, was ich über meine leibliche Mutter weiß.«

Schaul war fassungslos. Ihm zitterten die Knie, und er setzte sich auf das kalte, schmutzige Pflaster der Gasse. So viele Jahre lebte er schon mit Lily zusammen, ohne etwas von der Bischara geahnt zu haben. Lily hatte ihm nie von ihren Besuchen bei der arabischen Hexe erzählt. Wie konnte sie ihn auf Anweisung der Bischara geheiratet haben? Woher wusste die Bischara von seiner Existenz? Und von der Nacht, in der sie Elija gemacht hatten? Er erinnerte sich an die Blumen, die blitzsaubere Wohnung, die stürmische Liebesnacht, die sich seither nicht wiederholt hatte – alles auf Geheiß der Bischara? Hatte die Frau, die leidenschaftlich mit ihm schlief, schlichtweg auf Anweisung gehandelt? Er war verwirrt von dem, was er da hörte, und von den Fragen, die ihm im Kopf schwirrten, aber Lily, die in seinen Armen zusammengesunken war, ging es schlimmer als ihm. Er drückte sie ans Herz, küsste sie auf den Kopf und spürte, wie sie sich in seinen Armen langsam beruhigte.

»Sie wollte dir ein besseres Leben schenken als sie es hatte.« Er küsste Lily auf die Stirn.

»Danke«, flüsterte sie, »danke, dass du bei mir bist, ich habe keinen Menschen auf der Welt außer dir.«

Schaul drückte sie noch fester an sich und flüsterte ihr ins Ohr: »Danke dir, danke, dass du meine Frau und Elijas Mutter bist. Ich liebe dich mehr als mein Leben, wir sind eine Familie, du, ich und Elija, und ich werde uns immer beschützen, mit allen Kräften, das verspreche ich dir.«

Es war spät nachts, als sie in ihre Wohnung am Ende der Dizengoff-Straße zurückkamen. Die Lampen im Haus brannten, und diesmal sagte Lily kein Wort über die himmelschreiende Stromverschwendung. Die Wohnungstür war nicht abgeschlossen. Sie betraten das Wohnzimmer. Auf der Anrichte, genau an Ort und Stelle, stand das Foto des kleinen Chaim. Lily eilte zu dem Bild, drückte es an die Brust und überschüttete es mit Küssen. »Danke, Gott. Danke, mein Kind, dass du das Bild nicht für lange weggenommen hast.«

»Lily«, Schaul versuchte so sanft wie möglich zu sein, »nicht Gott und nicht Baby Chaim haben das Bild weggenommen oder zurückgestellt.«

»Wer hat es denn dann genommen und zurückgestellt?«

»Ich hab's weggenommen!« Elija stand, gewaschen und in einem sauberen Pyjama, am Eingang zum Wohnzimmer und blickte Lily herausfordernd ins Gesicht.

»Du?« Lily konnte es kaum glauben.

»Ich hab's genommen und versteckt. Und auch wieder hingestellt.«

»Warum?«, fragte Lily. »Warum tust du so was?«

»Wegen diesem Bild haben sie mich als Lügnerin beschimpft. Die Mädchen haben gefragt, wer das Baby ist, und ich habe mich geschämt zu sagen, dass es ein totes Baby ist.«

»Aber meine Süße«, sagte Schaul sanft, bemüht, die Tochter genauso zu beschwichtigen wie die Mutter, »viele Kinder haben Fotos von verstorbenen Menschen im Haus.«

»Ja«, schluchzte Elija nun schon, »aber keiner sonst hat ein Foto von einem toten Baby, deshalb hab ich ihnen gesagt, es sei mein Cousin aus Amerika, bis Idit gesagt hat, ich sei eine Lügnerin, denn ihre Mama hat ihr erzählt, das sei euer Baby, das gestorben ist, bevor ich geboren wurde. Alle Mädchen haben es gehört, und morgen werden mich alle eine Lügnerin nennen und mich boykottieren.«

»Sollen sie zum Teufel gehen«, bemerkte Lily und reckte das Kinn, »seit wann schert uns, was andere sagen. Nur plappern können sie, den ganzen Tag papperlapapp, über das Leben anderer Leute. Bloß tratschen können sie in diesem Haus. Hörst du, Elija, ich will nicht, dass hier Kinder reinkommen.«

»Klar willst du das nicht«, konterte Elija lauter und nunmehr mit fester Stimme. »Du kannst den ganzen Tag dasitzen und das Foto von deinem toten Baby anschauen, aber mich, die lebt, guckst du nie an. Wegen dir habe ich keine Freunde, wegen dir beschimpfen sie mich als Lügnerin. Und ich kann keine Kinder zu mir einladen, weil du Gäste hasst. Ich hasse, hasse dich, du bist eine schlechte Mama!« Und plötzlich ballte Elija die kleinen Fäuste und stürzte sich auf ihre Mutter.

Lily schreckte zurück.

»Stopp!« Schauls Schrei fuhr beiden in Mark und Bein. »Genug damit!« Er packte Elijas Hand: »Geh sofort in dein Zimmer.«

»Ich geh nicht in mein Zimmer!«, schrie sie. »Ich geh nirgends hin, ehe ihr nicht das Foto von eurem toten Baby wegnehmt! Sonst hau ich das Glas kaputt und reiß das Bild in Fetzen!«

Lily erbleichte. Sie und Schaul erschraken über Elijas Ausbruch. Erst zehn Jahre alt, und was für ein Redeschwall. Wortlos nahm Lily das Foto von der Anrichte und brachte es ins Schlafzimmer. Fortan stand es auf ihrem Nachttisch, und es war wieder Ruhe, zumindest bis zum nächsten Mal.

Mit einmal Umsteigen fuhr Lily nach Kiriat Schaul. Im Offiziersviertel Zahala musste sie aussteigen und von dort den ungepflasterten Weg zum Friedhof gehen. Die Füße taten ihr weh, sie hatte Durst, und die Augustsonne brannte ihr erbarmungslos auf den Kopf. Sie setzte sich kurz zum Ausruhen an den Wegrand. Die Häuser des Saloniker-Viertels Tel Baruch, neben dem der Friedhof lag, erschienen ihr ferner denn je. Angst überkam sie. Das Wohnviertel war von Orangenhainen umgeben, und wer weiß, welcher Dämon zwischen den Bäumen hervorpreschen konnte, um sie anzufallen. Obwohl noch nicht ganz wieder erholt, sprang sie auf und setzte ihren Weg zum Friedhof fort. Seit ihr Baby vor zwei Jahren gestorben war, war sie kein einziges Mal hier gewesen, konnte den Schmerz nicht ertragen, der ihr Zwerchfell packte und ihr aufs Herz drückte. Es war ihr Kind, das da für immer in der Erde unter der steinernen Grabplatte lag.

Das große Friedhofstor mit dem Schild »Zentralfriedhof« stand weit offen. Geh jetzt einer den Bereich für Kinder suchen, es gab ja so viele Gräber hier, wie sollte sie da ihr Kind finden. Als ihr Sohn starb, war auf dem in der Innenstadt gelegenen Trumpeldor-Friedhof kein Platz mehr gewesen, und so hatten sie ihn notgedrungen auf dem neuen Friedhof in Kiriat Schaul beerdigt. Der Umstand, dass der Friedhof so abgelegen war, für sie irgendwo im Nirgendwo lag, hatte sie erschreckt, Schaul jedoch eher gefallen. Besser so, dachte er im Stillen, wir haben das Kind begraben, und nun muss das Leben weitergehen. Je ferner er ist, desto besser für Lily. Auf dem Trumpeldor-Friedhof hätte sie mehr Zeit zugebracht als im Haus. Er wusste nicht, dass Lily während seiner Arbeit im Juweliergeschäft stundenlang am Fenster saß und nach Osten, in die ungefähre Richtung des Friedhofs starrte, mit sich haderte, weil sie ihr Kind nicht besuchte. So klein und so allein. Schaul wusste nicht, dass sie jedes Mal, wenn sie in den Bus steigen wollte, weiche Knie bekam und vor Schmerz gelähmt war. Bis sie jetzt endlich allen Mut zusammengenommen und sich auf den Weg gemacht hatte.

Sie passierte den erst kürzlich errichteten Gedenkstein für die Holocaustopfer, die kein Grab gefunden hatten, am Eingang und betrat den Pfad, den sie für den Hauptweg hielt, zwischen frischgepflanzten jungen Zypressen. Wie sollte sie sich bei all diesen Wegen und Bäumen zurechtfinden?

Unweit war eine stille Beerdigung im Gange. An der Spitze schritten Vertreter der Beerdigungsgesellschaft, dahinter vier Männer, die die mit Leichentüchern abgedeckte Bahre trugen, und wiederum dahinter ging langsam eine Greisin, gestützt von zwei jung wirkenden Männern. Ihnen folgten Frauen mit Kopftüchern, und den Schluss bildete eine Gruppe von Männern und Frauen. So soll eine Beerdigung sein, dachte Lily bei sich, so muss man dem Toten das letzte Geleit geben, und der Verstorbene war bestimmt betagt, in gesegnetem Alter gestorben. Wie gern wäre sie auf Friedhöfe gegangen, wo nur Menschen lagen, die nach einem langen Leben an Altersschwäche gestorben waren, und nicht Kleinkinder, die ihr Leben kaum begonnen hatten.

Der Trauerzug kam ihr entgegen, und sie suchte hastig das Weite. Wie anders war diese ruhig und langsam ablaufende

Beerdigung als die des Babys Ron Chaim damals. Sie hatte nicht viel davon in Erinnerung, denn während des ganzen traurigen Zuges war sie benebelt gewesen und hatte vor Tränen kaum aus den Augen gesehen. Wie ein zartes Vögelchen hatte der Leichnam ihres Sohnes auf der übergroßen Bahre gelegen, von Kopf bis Fuß mit Leichentüchern bedeckt, so klein und winzig, dass sie fürchtete, er würde hin und her rollen, ja womöglich runterfallen, während die vier Männer die Bahre trugen. Wer die Männer waren, wusste sie nicht mehr, aber Schaul gehörte nicht dazu. Schaul hatte sie gestützt, damit sie nicht zusammenbrach. Als sie den Mann von der Beerdigungsgesellschaft den Namen Gottes murmeln hörte, hatte sie losgeschrien. Daran erinnerte sie sich, an ihren Aufschrei: »Es gibt keinen Gott! Wenn Gott mir mein Kind genommen hat, ein kleines Kind, das keinem etwas zuleide tat, das gar nicht erst sündigen konnte, dann gibt es ihn nicht.« Keiner hatte ihr Schweigen befohlen, auch nicht die frommen Männer der Chewra Kadischa.

Aber wo zum Teufel war das Grab des Kindes? So viele Namen, so viele Leben lagen hier in der Erde begraben. Lähmende Angst ergriff sie. Was, wenn sie bis zum Einbruch der Nacht auf dem Friedhof herumliefe und das Tor verschlossen würde und sie allein drinbliebe?

Sie ging den Hauptweg weiter. Wie nur sollte sie das Grab des Kindes zwischen so vielen Gräbern finden? Kinder beerdigte man ja nicht in großen Gräbern, sie musste die Abteilung mit ganz kleinen suchen, dort würde ihr Kind sein. Doch so viel sie auch umherlief, sie fand es nicht, und die Sonne wendete sich schon gen Westen. Sie sollte besser den Heimweg antreten. Doch ihre Füße wollten sie nicht zum Ausgang tragen. Nun bin ich schon hergekommen und soll nicht das Grab meines Sohnes küssen? Soll ihm nicht zeigen, dass seine Mama hier bei ihm ist und ihn nicht vergessen hat? Sie irrte weiter über die Friedhofspfade. »Mein Junge«, redete sie ihn tonlos an, »nun bin ich endlich zu dir gekommen, willst du mir dann nicht den Weg weisen, mir nicht zeigen, wo du bist? Gib mir ein Zeichen, dass du mich hörst, mein liebes Seelchen, gib mir ein Zeichen.«

Plötzlich sah sie einen wunderhübschen Schmetterling, einen leuchtend gelben Zitronenfalter. »Ich wusste es, hab's gewusst, dass du mich hörst, mein hübsches Kind, du bist es, du, mein lieber Junge, dein Leben war ja so kurz wie die Ewigkeit eines Schmetterlings.« Ihr wurde warm ums Herz, ihr Kind war gekommen, um ihre Ängste zu beschwichtigen, ihr den Weg zu weisen. Ruhe und Gelassenheit stellten sich ein. Der Schmetterling verschwand und kehrte wieder, schwirrte weg und zeigte sich erneut, als leite er sie zu ihrem Ziel. Sie befand sich nun auf dem Weg zum angrenzenden Militärfriedhof. Noch sah sie zwar nichts von einer Kinderabteilung, aber die lähmende Angst war spurlos verflogen. Lily ging in dem Wissen, dass sie sich zwischen den Gräbern nicht verirren würde, in der Gewissheit, dass der Schmetterling sie zum Grab ihres Sohnes führte.

Der Weg schien kein Ende zu nehmen. Dann sah sie zwei Arbeiter, die unter einem Baum am Wegrand saßen und ihr Brot aßen. Die beiden haben sich ja einen tollen Ort für ihr Picknick ausgesucht, dachte sie, freute sich aber doch, sie zu sehen.

»Verzeihung, vielleicht wisst ihr, wo hier die Kinderabteilung ist?«, fragte sie.

»Noch hundert Meter, gehen Sie den Weg weiter, und dann rechts unter den Zypressen, da liegen die Kinder«, antwortete der eine.

Sie nickte zum Dank.

»Gott behüte«, murmelte der eine Arbeiter, als sie sich entfernte, »Gott behüte.«

Und tatsächlich erkannte sie zur Rechten die Kinderabteilung. Drei Reihen kleiner Gräber, umstanden von Zypressen. Auf einigen lag eine Steinplatte, die den Namen des Kindes, die Namen der Eltern und das Todesdatum verzeichnete. Auf anderen steckte nur ein Holzschild in der Erde, zum Zeichen, dass hier ein Kind begraben lag, ohne Namen, ohne Datum, ohne Hinweis auf die Eltern, als gehörten diese Kinder keinem Menschen.

Das Grab ihres Sohnes erkannte sie sofort. Der schlichte Stein trug die Inschrift:

Hier ruht
unser liebes Kindchen
Ron Chaim
Sohn von Schaul und Lily Zoref
1946–1947
Ein Jahr alt bei seinem Tod.

Ron. Wie lange hatte sie ihn nicht mehr bei dem Namen genannt, den sie ihm bei seiner Geburt gegeben hatten. Seit seinem Tod nannte sie ihn ja nur noch Chaim, bei seinem zweiten Namen, den ihm der Rabbiner in der Großen Synagoge gegeben hatte, als das Kind im Krankenhaus lag und sie ihn mit der inständigen Bitte angegangen waren, zu Gott zu beten, dass er das Kind rette. Mit Freuden hatte sie den Namen Chaim akzeptiert, in der Hoffnung, er möge ihm tatsächlich Leben spenden. Aber der Beiname hatte nichts geholfen, und der schöne erste Name des Kindes, den sie wegen seines fröhlichen Klangs nach Spiel und Gesang ausgesucht hatte, war fast in Vergessenheit geraten. Wenn es nach Schauls Mutter gegangen wäre, hätten sie dem Kind den Namen eines ihrer im Holocaust ermordeten Verwandten geben sollen. Und was sie bei dem toten Baby nicht geschafft hatte, war ihr bei Elija gelungen, denn bei deren Geburt war sie, Lily, zu schwach gewesen, um sich zu wehren, und eigentlich war es ihr auch egal gewesen, welchen Namen man dem Baby gab. Schließlich hatte der Name Ron, auf dem sie bei ihrem ersten Kind beharrt hatte, kaum ein Jahr überlebt.

Sie kniete am Grab nieder und fuhr mit den Fingern die Buchstaben nach, wischte den Staub ab, der sich mit der Zeit gesammelt hatte. »Ron«, flüsterte sie, »Ronny, wie konnte ich dich so lange alleinlassen da unter der Erde, wieso bin ich nicht zu dir gekommen? Aber ich habe dich nicht vergessen, das weißt du doch. Ehe ich abends die Augen schließe, schaue ich dich an und küsse dich, und wenn ich sie morgens wieder aufschlage, betrachte und küsse ich dich erneut, wie man eine Mesusa am Türpfosten küsst. Du bist immer bei mir, überall, in jedem Augenblick, mein Kind, aber hierher konnte ich nicht kommen. Ich konnte nicht glauben, dass dein süßes Lächeln unter der Steinplatte erstorben ist. Verzeih mir, Kind, verzeih mir, dass ich dich nicht besuchen konnte. Allein der Gedanke, dass du hier liegst, bricht mir das Herz, aber ich versichere dir, mein kleiner Ronny, dass du auch im gebrochenen Herzen immer bei mir bist.«

Sie atmete tief und lauschte der Stille. Außer Blätterrauschen war nichts zu hören. Nicht mal die Vögel zwitscherten auf dem Friedhof.

Lily erhob sich und ging zum nahen Wasserhahn, neben dem eine leere Konservendose stand. Sie füllte die Dose mit Wasser und trug sie zum Grab, nahm den Schal von den Schultern, befeuchtete ihn und putzte damit den verstaubten Stein auf dem Grab von Ron Chaim, Sohn von Lily und Schaul Zoref. Behutsam wischte sie über die Platte, widmete sich jedem Buchstaben, wischte und scheuerte, bis der Stein weiß glänzte. »Fertig«, sagte sie, »jetzt bist du schön sauber, bis der Wind neuen Staub heranweht, und dann kommt der Regen und wäscht dich wieder.«

Sie presste die Lippen auf den kühlen Stein, küsste ihn lange zum Abschied von ihrem toten Sohn. Danach stand sie auf und ging die Nachbargräber ab: Josef und Sarale, Mosche und Sevulun, Amihud und Schoschana, Namen von Kindern, denen es nicht vergönnt gewesen war, erwachsene Menschen zu werden. Sie waren Babys geblieben, ewige Kinder.

Sie trat den langen Weg zum Ausgang an. Die Dämmerung hielt Einzug auf dem Friedhof. Das grelle Tel Aviver Sonnenlicht wurde wohltuend sanft. Plötzlich sah sie erneut den gelben Zitronenfalter, der sie auf dem Hinweg begleitet hatte. Sie lächelte ihm zu. Erst beim Verlassen des Friedhofstors kam ihr in den Sinn, dass sie die ganze Zeit dort drinnen und am Grab ihres Sohnes keine einzige Träne vergossen hatte.

Elija

Einen schönen guten Morgen wünsche ich«, begrüßte mich Dr. Kaminski fröhlicher als sonst.

In der Woche seit unserem letzten Treffen hatte ich meine Mutter stumm beschattet, ihre Rückzüge, ihre Schweigsamkeit registriert. Ich zählte die Stunden von ihrem Weggang bis zur Rückkehr am späten Nachmittag oder frühen Abend. Einmal hätte sich beinah eine Gelegenheit für ein Gespräch ergeben. Mein Vater war noch nicht von der Arbeit zurück, und ich war allein mit ihr im Haus.

Lily saß wieder mal am Fenster und sah hinaus.

»Warum schaust du nie aufs Meer?«, fragte ich. »Was interessiert dich so am Jarkon?«

»Ich schaue nicht auf den Jarkon«, antwortete sie, ohne den Kopf zu wenden.

»Wo schaust du denn dann hin?«

»Einfach so, auf nichts Besonderes.«

»Du sitzt stundenlang da und schaust einfach so nach Osten, während überm Meer ein herrlicher Sonnenuntergang zu sehen ist?«

»So tut es mir wohl«, sagte sie.

Danach suchte ich keine weitere Gelegenheit mehr für ein Gespräch. Jeder Vorstoß meinerseits prallte bei meiner Mutter auf eine Mauer. Lily wollte mit mir nicht mal übers Wetter reden. Wie sollte sie da bereit sein, über sich oder über unsere Beziehungen zu sprechen? Kaminski würde mich gewiss erneut zu dieser Aussprache auffordern. Ich erwog Dutzende Ausflüchte und beschloss schließlich, die Wahrheit zu sagen.

»Also, wie ist das Gespräch mit Ihrer Mutter verlaufen?«, fragte er selbstgefällig, als kenne er die Antwort bereits.

»Hat nicht stattgefunden.«

»Erklären Sie, begründen Sie, führen Sie es im Einzelnen aus«, erwiderte Kaminski wie aus der Pistole geschossen, als spiele er ein Spiel mit mir.

»Mein Vater.«

»Ja?«

»Mein Vater hat gesagt, es sei kein guter Zeitpunkt, um meiner Mutter Fragen zu stellen, weil sie in labiler Verfassung ist.«

»Was meint er damit?«

»Verstehen Sie, Doktor, meine Mutter ist immer in labiler Verfassung. Sie war nicht zu Hause, als mein Vater mit mir redete. Sie ist überhaupt nie daheim. Ich habe keinen blassen Schimmer, wo sie sich herumtreibt, und ehrlich gesagt, ist es mir auch egal.«

»Ist es außergewöhnlich, dass sie außer Haus ist?«

»Nein, das ist ein Dauerzustand. Sie kommt immer erst abends, wenn mein Vater schon das Essen gemacht hat.«

»Und wie verläuft das Abendessen?«

»Schweigsam.«

»War das immer so bei euch zu Hause?«

»Es gab Zeiten, als sie den Mund nicht zugekriegt hat. Da hat sie sich über alles beschwert, über jede Kleinigkeit aufgeregt, ist über meine Großeltern hergezogen, über meinen Onkel und meine Tante in Amerika, über alle Welt.«

»Und warum, meinen Sie, schweigt Ihre Mutter jetzt?«

»Sie ist seltsam, meine Mutter, unvorhersehbar in ihren Reaktionen. Merkwürdiger als alle anderen Mütter.«

»Was an Ihnen hat Ihre Mutter an geärgert?« Der Doktor räkelte sich auf seinem Stuhl wie ein Kind, das eine Geschichte erzählt bekommen möchte, und stopfte seine Pfeife. Erstickend süßlicher Rauch waberte durch den Raum. Statt ihn zu bitten, das Fenster aufzumachen, legte ich los.

»Dass ich mit Ari ausging, dass ich Ari heiratete, dass ich ihr keine Enkel bescherte, dass ich angeblich wie ein Hippie aussah und wie ein Hillbilly lebte, dass Ari kein regelmäßiges Einkommen hatte und ich notfalls von meinem Vater Geld annahm, das sie fürs Alter sparten. Sie hat Ari als ›Nichtsnutz‹ bezeichnet und dauernd wiederholt, dass er, auch wenn er in der Zeitung stünde, noch kein guter Ehemann wäre, denn wie könnte er ein guter Ehemann sein, wenn er am Monatsende keinen Gehaltszettel bekäme. Meine Mutter hat alles gesagt und getan, um mir beizubringen, dass ich einen schlechten Handel eingegangen bin. Ari war in ihren Augen ein nichtswürdiger Unmensch, doch was tat meine teure Mutter, als ihr Traum in Erfüllung ging, Ari mich zum Teufel jagte und wir uns trennten? Sie beschuldigte mich, ihn schlecht behandelt zu haben, sonst hätte er mich ja nicht verlassen. Ari verliebt sich in eine andere Frau, und meine Mutter gibt mir die Schuld an der Trennung.«

»Was hat sie Ihnen vorgeworfen?«

»Sie hat gesagt, ich wüsste nicht, wie man einen Mann bei der Stange hält, denn sonst hätte die Französin ihn mir nicht weggeschnappt. Aber im selben Atemzug meinte sie, ich müsste der Französin, für die er mich verlassen hat, einen Blumenstrauß schicken, weil ich durch sie diesen Nichtsnutz losgeworden bin.«

»Ich gewinne nun gerade den Eindruck, dass Sie ihr sehr am Herzen liegen«, bemerkte der Doktor in nachdenklichem Ton.

»Genau das macht mich ja verrückt. Nachdem sie mich mit Feuer und Schwefel bespien hat, ist sie plötzlich sanft und mitfühlend geworden, hat mich mit einer Fürsorge überschüttet, mit der sie sonst immer gegeizt hat.«

»Vielleicht konnten Sie all das Gute, mit dem Ihre Mutter Sie überhäufte, einfach nicht annehmen?«

Ich verstummte, aber der Doktor fuhr fort: »Und je weicher sie wurde, umso mehr haben Sie sich deshalb verhärtet?«

Tatsächlich: Als es mir im Krankenhaus, nach meinem Selbstmordversuch, immer schlechter ging, war sie an meiner Seite. Als sie mich auf die Wange küssen wollte, drehte ich das Gesicht weg, aber sie gab nicht auf, küsste mich auf die andere. Erstmals im Leben sah ich Tränen in den Augen meiner Mutter, und nicht wegen ihres toten Kindes, sondern wegen mir, ihrem lebenden Kind, auch wenn ich kein Kind mehr war. Sonderbar, gerade in jenem schrecklichen Jahr hatte ich für Momente das Gefühl, mich in einem endlosen Tunnel zu verlieren, doch meine Mutter reichte mir die Hand und zog mich raus. Statt dem Doktor das alles zu erzählen, schwieg ich, und er stopfte emsig seine Pfeife und redete beharrlich weiter: »Das Gespräch mit Ihrer Mutter muss stattfinden. Sie glauben, Ihrem Vater näherzustehen, aber die tiefe und wichtige Bindung ist die zu Ihrer Mutter, und solange Sie das Dickicht nicht durchbrechen, werden Sie nicht weiterkommen. Wenn Sie das Rätsel des Lebens Ihrer Mutter nicht verstehen, werden Sie das Rätsel Ihres eigenen Lebens nicht durchschauen, und deshalb bitte ich Sie: Fassen Sie Mut und reden Sie mit ihr, sonst konsultieren Sie mich vergebens.«

Die Sanduhr auf dem Tisch sagte mir, dass die Zeit um war.

Auf dem Weg zur Straße stand ich plötzlich wieder vor meinem Retter, dem Ruderer vom Sheraton-Strand.

»Zum zweiten Mal – da ist ein Eis fällig«, sagte er lächelnd.

Ich lächelte zurück und dachte, das könne kein Zufall sein. »Verfolgst du mich?«, fragte ich.

»Vielleicht bist du es, die mich verfolgt …«

»Nein. Im Ernst …«

»Im Ernst. Ich denke, ich bin nach dir bei Dr. Kaminski dran. Normalerweise achtet er darauf, dass die Patienten einander nicht begegnen, aber diesmal bin ich ein paar Minuten zu früh.«

»Und letztes Mal?«

»Da war ich ein paar Minuten zu spät.«

Gut, ich verstehe die Berechnung nicht, wann ist das Eis dran?«

»Sag du.«

»Wer lädt ein?«

»Du wohl, scheint mir.«

»Dann bestimme ich, wo.«

»Klar.«

»Montana.«

»Nein …«

»Das ist für mich am nächsten von zu Hause. Da kann ich abhauen, wenn du mich langweilst«, sagte ich lachend.

»Also Montana. Genau in einer Stunde und fünf Minuten.«

»Du hast keine Chance, in fünf Minuten von hier im Montana zu sein.«

»Lass es drauf ankommen. Ich habe eine Vespa, erinnerst du dich?«, sagte er und verschwand durch die Glastür.

Ich hatte die flotte Unterhaltung mit ihm kaum ausgekostet, als mir schlagartig bewusst wurde, dass ich ein Rendezvous in einer Stunde und fünf Minuten vereinbart hatte – und was sollte ich bis dahin machen? Nach Hause gehen? Mich umziehen? Mir die Haare waschen? Aber er sollte ja nicht denken, ich hätte mich für ihn angestrengt. Und wozu überhaupt anstrengen, er hatte mich ja an einem meiner schlimmsten Tiefpunkte gesehen. Großer Gott, er hatte mich nackt gesehen, zitternd vor Kälte und völlig neben der Spur. Ich begriff nicht, wieso ich mich nun mit ihm verabredet hatte, was sollte ich mit meinen Händen und Füßen anfangen, wenn ich ihm im Montana gegenübersaß. Hatte längst vergessen, wie man leicht und locker mit einem Mann redete. Es war so lange her, dass mich jemand umworben hatte … Und wer sagte denn überhaupt, dass er mich umwarb? Vielleicht war er einfach nett zu mir, weil er mich aus dem Meer gerettet hatte. Nein, ich würde nicht ins Montana gehen, entschied ich, hatte dort nichts mit einem fremden Mann zu suchen, den ich kaum kannte. Ich würde nach Hause gehen, in mein Zimmer, und die Tür hinter mir zumachen. Ich hatte doch ein anderes Ziel: Ich musste mit Lily reden, eine Mission, die einer Everest-Besteigung gleichkam. Ich würde mich durch bloßes Eis-Essen mit irgendeinem Typen nicht von meinem Ziel abbringen lassen. Ich hatte jetzt keine Zeit, mich mit den schicksalhaften Fragen »Wie sehe ich aus« und »Was soll ich anziehen« zu befassen. Ich wollte mir nicht den Kopf darüber zerbrechen, wie sich mein Erröten kaschieren ließe, wenn ich mich zu dem jungen Mann setzte.

Doch nein, ich würde nicht nach Hause gehen, dachte ich auf einmal, mit einem Mut, den ich mir gar nicht mehr zugetraut hatte. Ich würde mich mit ihm treffen, egal was passiert. Ich spazierte die Gordon-Straße zum Meer hinunter, dann weiter am Strand entlang zum Gordon-Bad. An Wochenenden besuchten meine Klassenkameraden gern dieses Meerwasser-Schwimmbad und kamen begeistert zurück. Ich bat meinen Vater, mich auch dort hinzulassen, wie all die Kinder, die ich kannte, aber Lily fuhr dazwischen: »Du gehst in kein Schwimmbad, dein Vater hat keine Bank ausgeraubt.

Badet im Meer, das ist gratis.« So wurde der Gordon-Strand zu meinem zweiten Zuhause. Ich kletterte über die Sandsteinfelsen hinauf zum Keren-Kajemet-Boulevard, der nun Ben-Gurion-Boulevard hieß, nach dem berühmten »Alten«, der ein Jahr zuvor gestorben war. Dabei passierte ich die Villa, die einst gegenüber von seinem Haus stand und mich zu allerlei Träumen und Kindheitsfantasien anregte. Ich erfand mir ein ganzes Leben in dieser schönen Villa, die Lichtjahre entfernt war von meinem Zuhause, malte mir ein fröhliches und glückliches Leben darin aus, inmitten von Freunden und Familie und ohne Lilys Geschrei, das rasch in beklemmendes Schweigen umschlug. Nun hatte die Villa, wie Ben Gurion, das Zeitliche gesegnet, war einem vierstöckigen Wohnhaus gewichen. Ich überquerte die Ben-Jehuda-Straße und ging den Boulevard weiter bis zu »Paulas Lebensmittelladen«, dem bescheidenen Geschäft Ecke Graetz-Straße, wo Paula Ben Gurion, die Gattin des Ministerpräsidenten, einst eigenhändig einzukaufen pflegte.

Ich stieg die drei Stufen zum Laden hinauf und bat den Inhaber, mir ein Käsebrötchen mit Oliven zu machen. Damit setzte ich mich auf eine Bank und kaute langsam. Wenn ich eines von Lily gelernt hatte, dann, dass man eine wichtige Verabredung nicht auf leeren Magen wahrnimmt. Schon als ich nach Abschluss der achtjährigen Grundschule für das städtische Gymnasium 5, Ecke Ben-Jehuda-Straße, nahe unserer Wohnung, angemeldet werden und dazu mit meinem Vater beim Direktor vorsprechen sollte, hatte Lily mich gezwungen, vorher richtig zu frühstücken, obwohl mir vor lauter Aufregung der Magen grummelte. So war es auch, als wir Aris Eltern kennenlernen sollten. Lily zwang meinen Vater und mich, uns hinzusetzen und etwas zu essen, und all meine Proteste, dass Aris Mutter uns bestimmt etwas anbieten würde, stießen auf taube Ohren. Lily schnippelte sorgfältig einen Salat, als hätte sie alle Zeit der Welt, und wiederholte unweigerlich ihren Satz, dass man zu einem wichtigen Treffen nicht mit leerem Magen ginge, wir also lieber daheim essen sollten statt dort über das Essen herzufallen, als hätten wir keine Lebensmittel im Haus. Meine Mutter überwachte mich wie eine Polizistin, damit ich etwas zu mir nahm. Und als ich jetzt in das belegte Brötchen biss, hatte ich wieder das gleiche Gefühl. Mein Magen rumorte vor Aufregung, und ich brachte kaum einen Bissen runter. Schließlich zerkrümelte ich den Rest des Brötchens und streute die Brösel für die Vögel aus, die von den Baumkronen anschwirrten und sich freudig auf die Beute stürzten.

Ich blieb noch einen Moment auf der Bank sitzen, und da schoss es mir schlagartig durch den Kopf: Genau hier hatte die Geschichte angefangen, die mein Leben zerstörte. Genau hier bei dem Lebensmittelladen an der Ecke, wo es vom Keren-Kajemet-Boulevard zur Ranak-Straße abging, hatte es mit Ari angefangen.

Damals stand ich am Fenster meines Jugendzimmers und blickte hinaus auf einen Sturm. Von Weitem sah ich die Boote auf dem Meer schaukeln. Der starke Wind riss die Asbestabdeckungen vom Taucherclub am Hafen und schleuderte sie zu Boden, wie ein ungestümes Kind, das mit seinen Spielsachen um sich schmeißt. Die Straßen waren fast menschenleer, und die wenigen Passanten, die in den Sturm geraten waren, suchten vergeblich Unterstand in Ladeneingängen, winkten verzweifelt nach einem Taxi, das nicht näherkam.

»Schon seit dreißig Jahren hat es keinen solchen Winter in Tel Aviv gegeben«, hieß es im Radio. Mich fesselten Naturereignisse. Blitze mit darauffolgendem Donner freuten mich wie ein Kind, das sich Zauberkunststücke im Lunapark ansieht. Ich war überglücklich, liebte die Jahreszeitenwechsel, den stürmischen Winter nach dem feuchtheißen Sommer mit seinen Hitzewellen, und am liebsten mochte ich den Geruch der Luft nach dem Regen, als hätte Gott die Stadt sauber gespült und ihr einen neuen Anfang beschert.

Mein Vater war im Laden, und meine Mutter hatte selbst an einem solchen Tag, an dem man keinen Hund vor die Tür jagte, das Haus verlassen, wer weiß, wohin. Ich genoss die Ruhe. Anders als in meiner Kindheit, als die Stille nach dem Weggang der Eltern mir Angst eingejagt hatte, lernte ich sie als Erwachsene schätzen und sehnte mich sogar danach. Nur in diesen Stunden konnte ich aufatmen, erlöst von der Anspannung, die Lily unweigerlich verbreitete.

Ein Drang, den ich nicht näher hinterfragte, trieb mich hinaus auf die stürmische und regnerische Straße. Ich zog hohe Stiefel an, schlüpfte in meine Jacke, stopfte meine Locken unter eine Mütze, schnappte mir den Regenschirm aus dem Schirmständer neben der Tür und verließ die Wohnung. Der scharfe Wind wehte mich fast wieder zurück ins Haus, der markerschütternde Lärm der Brandung schien näher denn je zu sein. Ich sog die kühle, saubere Luft ein und ging los. Die Windböen trafen mich im Rücken und schoben mich förmlich die Straße hinauf. Die sonst immer weit offenen Ladentüren waren geschlossen, und die Verkäufer saßen gelangweilt hinter der Theke, wohl wissend, dass an einem solchen Tag kaum einer verrückt genug sein würde, das Haus zu verlassen. Die Cafés waren leer, bei den meisten standen die Stühle draußen umgedreht auf den Tischen. Nur vorm Künstlercafé Kassit waren sie aufgestellt wie immer. Ich setzte mich an einen Tisch unter der Markise und guckte in die verregnete Welt. Plötzlich sah ich ihn tänzerisch die Straße überqueren, ungeachtet des Regens und der hupenden Autos. Er steuerte das Café an und setzte sich, ohne um Erlaubnis zu fragen, auf den Stuhl neben mir. Marcel, der alte Kellner, kam heraus und fragte mit seinem französischen Akzent: »Was für den Herrn?« Der Herr bestellte einen kleinen Mokka und ein Glas Wasser, zog eine Zigarette aus der Nelson-Schachtel, die er auf unserem runden Tischchen abgelegt hatte, zündete sie mit einem goldglitzernden Ronson-Feuerzeug an, sog den Zigarettenrauch langsam ein und blies Rauchringe in die kalte Luft, wie ich aus dem Augenwinkel beobachtete. Ich stellte mir vor, die Rauchkringel würden in der Luft gefrieren, starrte jedoch stur weiter auf das Schild der Discount Bank gegenüber. Der Mokka mit dem Glas Wasser für den Herrn kam und dazu unverlangt eine heiße Schokolade für mich. Der Kellner strich mir über den Kopf und sagte: »Warum sitzt du draußen im Regen, Liebes?« Ich lächelte ihn an, und er ging seufzend wieder ins Innere.

Zum ersten Mal war ich mit anderen Literaturstudenten ins Café Kassit gekommen, um neugierig und bewundernd zu Alterman und Schlonsky, Chalfi und Avot Yeshurun hinüberzulinsen, den umschwärmten Dichtern, die dort Stammgäste waren. Später gewöhnte ich mich daran, auch allein im Kassit zu sitzen, mal mit einem Gedichtband, mal einfach so, wie jetzt, in Gedanken vertieft.

Seit ich im Jahr zuvor ein häufiger Gast geworden war, behandelte der alte französische Kellner mich wie ein guter Opa und verwöhnte mich entsprechend. Ich wusste nicht, womit ich Marcels Zuneigung gewonnen hatte, adoptierte ihn aber mit Freuden als Großvater. Ich war zwanzig Jahre alt, und obwohl mein Elternhaus ganz in der Nähe war, fühlte ich mich einsam, kam gern mal zu heißer Schokolade und Käsetoast und ließ mir von Marcel den Kopf tätscheln.

Der junge Mann neben mir trank seinen Kaffee langsam. Ich wagte einen verstohlenen Seitenblick. Er hatte ein hübsches Profil. Das dunkle Lockenhaar fiel ihm bis auf die Schultern, seine gerade Nase passte zu dem markanten, ausdrucksvollen Gesicht, die Augen versteckte er hinter einer dunklen John-Lennon-Brille mit runden Gläsern, und ein Dreitagebart zierte sein Gesicht. Er war schlank, trug Jeans, die in Cowboystiefel steckten, und eine schwarze Lederjacke. Die Mokkatasse, die er mit zwei Fingern hielt, drohte ihm jeden Augenblick aus der Hand zu fallen. In seinem Mundwinkel hing die Nelson, an der er hin und wieder genüsslich sog.

Obwohl wir gemeinsam am Tisch saßen, wechselten wir kein Wort miteinander. Während ich gelegentlich zu ihm hinüberschielte, blickte er unverwandt auf die Straße, ohne den Kopf nach rechts oder links zu wenden.

Ich war mir meines fremden Tischnachbars sehr bewusst. Mein Herz klopfte, und die Erkenntnis, dass ich ihn attraktiv fand, trieb mir die Röte ins Gesicht. Ich hatte ihn noch nie gesehen und verstand nicht, wieso er mich so erregte. Schon begann ich zu träumen beziehungsweise zu fantasieren. Er nimmt mich in die Arme, hält mich fest, zerrt mich in sein Bett, reißt mir die Kleider vom Leib und … Die Tasse fiel mir aus der Hand und ergoss sich über seine Jeans. Mit gestammelten Entschuldigungen nahm ich eine Serviette, um die Schokoflecke von seiner Hose zu wischen, und berührte ihn dabei im Schritt. Er starrte mich verblüfft an, setzte die Brille ab und sagte mit ruhiger, fester Stimme: »Was tust du da?«

Meine Hand blieb in der Luft hängen. Ich starrte ihn mit aufgerissenen Augen an. Mein Gott, dachte ich, er hat die blauesten Augen, die ich je gesehen habe. Mir stockte der Atem. Er stand auf, ließ ein paar Münzen auf dem Tisch und ging. Er hat einen knackigen, kleinen Arsch in den Jeans, fuhr es mir – kaum zu glauben – durch den Sinn, aber seine kurzen, dünnen Beine sahen wie zwei Röhren aus. Er entschwand Richtung Keren-Kajemet-Boulevard. Und ich sprang völlig unbedacht und ohne die Schokolade zu bezahlen auf und lief ihm nach. Es regnete immer noch, aber mir war es egal. Ecke Gordon-Straße holte ich ihn ein. Er wartete an der Ampel auf Grün, versuchte sich überhaupt nicht gegen den Regen zu schützen. Ich blieb ein paar Schritte hinter ihm stehen. Er bemerkte mich nicht. Als die Ampel umsprang, überquerte er die Straße, und ich folgte ihm. Er ging tänzelnden Schritts und blickte kein einziges Mal nach rechts oder links, lief einfach geradeaus und ich ihm nach, als wären wir allein auf der Welt, nur er und ich und der Regen. Als er am Kiosk anhielt, um eine Schachtel Nelson zu kaufen, schaute ich mir vermeintlich das Schaufenster einer neuen Boutique an, aus der Musik kam. Die Tür war wegen des Regens geschlossen, aber die Lautsprecher waren an: *»She's got it, Yeah baby she's got it, well, I'm your Venus, I'm your fire«*, sang die Band Shocking Blue den Hit der Saison. Er schob die Nelson-Schachtel in die Gesäßtasche seiner Jeans und tänzelte weiter. Mein Napoleon Bonaparte, dachte ich lächelnd. Auf dem Keren-Kajemet-Boulevard schwenkte er nach links, Richtung Meer, und ich ihm nach. An Paulas Lebensmittelladen bog er ab Richtung Ranak-Straße, und als er an den Stufen, die zur Ben-Jehuda-Straße führten, angelangt war, ging er zu einem Haus, drehte sich am Eingang abrupt um und fragte: »Was willst du?«

Die Worte blieben mir im Halse stecken. Ich war ihm nachgelaufen wie eine rollige Katze. Der Duft seines Rasierwassers drang mir in die Nase, ich witterte den Geruch seines Schweißes und seiner Lenden, himmelte ihn sprachlos an.

Er tat einen Schritt auf mich zu. Flüchte, rief ich mir tonlos zu, hau ab! Was tust du? Aber die Füße gehorchten mir nicht. Sie klebten auf dem Asphaltweg vor dem Eingang fest, und er sah mich an, ließ die Schultern hängen und betrat das Haus. Ich folgte ihm, hörte seine Schritte auf der Treppe, das Rasseln der Schlüssel, das Aufgehen und Zuschlagen einer Tür. Ich stieg hinauf bis zu einer braunen Tür. Unter dem Spion hing ein weißer Zettel mit einem einzigen Wort: »Ari«.

Wie gebannt starrte ich auf die Lettern seines Namens, murmelte ihn mir vor, »Ari«, spürte seinen Inhaber jenseits der Tür, seine Augen, die mich durch den Spion entkleideten. Ich drückte die Lippen auf den Spion, küsste seine Augen durchs Guckloch, und plötzlich ging die Tür auf, und ich verlor den Halt und stürzte auf ihn zu.

Er fing mich mit festem Griff auf, hielt mich in seinen starken Armen.

»Wer bist du? Was willst du?« In seinen Augen sah ich Neugier und Verwunderung und vielleicht, ganz vielleicht, auch ein klein wenig Belustigung über die nasse junge Frau, die ihm nachgelaufen war.

Ich gab keine Antwort.

»Hast du die Sprache verloren?«

Eigentlich wollte ich antworten, ich wüsste selbst nicht, was ich wollte, wer ich sei, wie ich hieße und warum ich ihm nachgelaufen sei. All das wollte ich herausschreien, aber stattdessen sagte ich nur: »Ari.«

Er blickte mich verblüfft an. »Kennen wir uns?«

Und wieder sagte ich nur: »Ari.«

»Komm rein«, sagte er und schloss die Tür hinter mir. Er führte mich in ein kleines, ungelüftetes Zimmer, dominiert von einem großen, ungemachten Bett – eine Waffelpikeedecke, ein Laken, das wohl mal weiß gewesen war, und zwei bunt bezogene Kissen, die nicht zusammenpassten. Auf einem niedrigen Tisch mit zerknitterter, grüner Samtdecke standen schmutzige Kaffeetassen. Überall sah man randvolle Aschenbecher. Auf dem abgewetzten, weinroten Sofa lag aufgeschlagen *Der Steppenwolf* von Hermann Hesse. Der Schreibtisch, der wie der in meinem alten Kinderzimmer mit einem vollgestopften Bücherregal verbunden war, beherbergte einen wirren Stapel Papier neben einer Schreibmaschine Marke Hermes Baby. Von der Decke baumelte eine nackte Birne und beleuchtete die Schäbigkeit des Raums.

»Setz dich«, sagte er, und ich setzte mich aufs Bett, als gebe es keinen anderen Platz für mich auf der Welt. Er legte *»If I ever leave you babe«* der Band *Blood, Sweat & Tears* auf und setzte sich in einigem Abstand auf das weinrote Sofa. Dann legte er sich die Plattenhülle auf die Knie, öffnete die quadratische Holzschachtel, die auf dem Tisch stand, und nahm einen braunen Klumpen Haschisch heraus.

Von der Bettkante aus beobachtete ich gebannt seine flinken Finger, die meisterhaft einen Joint drehten. Er schmolz das Haschisch überm Feuerzeug, mischte die Krümel mit Tabak aus der Nelson, leckte mit seiner langen Zunge am Papier, klebte es zu und zog mit den Zähnen am Filter.

Ari entzündete den Joint und sog den Rauch ein, als täte er seinen letzten Atemzug, legte seine Lippen an das Ende des Filters und saugte. Ich wippte bei jeder seiner Bewegungen mit dem Kopf auf und ab. Er reichte mir den Joint, aber ich wusste nicht, wie ich ihn halten sollte, hatte im Leben noch kein Haschisch geraucht. Schließlich hielt ich ihn wie eine Zigarette. Ich nahm einen Zug, der Rauch versengte mir die Kehle, und prompt fing ich an zu husten, erstickte schier. Er setzte sich neben mich und nahm mir den Joint aus der Hand, hielt ihn für mich. Wortlos bedeutete er mir, den Kopf zu neigen und zu saugen. Ich fühlte mich von seiner Nähe und dem Haschisch schwindlig. Immer wieder neigte ich meinen Kopf zwischen seine Hände, sog ein und blies aus. Nun zog er an dem Joint, bis wir unseren Rhythmus gefunden hatten und abwechselnd sogen, einmal er, einmal ich. Schwindlig sank ich aufs Bett, die Füße noch am Boden. Er lehnte sich zurück, neigte ein wenig den Kopf zu einem letzten Zug. »Das ist Knaster«, sagte er und drückte den Rest im Aschenbecher aus.

Ich schloss die Augen, wünschte, er möge zu mir kommen, mich nehmen, spürte ein wohliges Kribbeln zwischen den Beinen. Meine Brustwarzen wurden steif, spannten den Blusenstoff. Mein Mund war trocken, ich befeuchtete die Lippen, leckte sie langsam mit der Zunge wie die verführerische Frau, die ich nicht war. Ich wollte ihn so sehr wie noch nie einen Mann zuvor, begehrte ihn derart, dass sich warmes Nass zwischen meinen Schenkeln ausbreitete. Immer noch mit geschlossenen Augen stellte ich mir vor, wie er mich anschaute, wie er erkannte, was ich wollte. Ich wollte, dass er mich anfasste. Mein Herz pochte, ich wusste überhaupt nicht, wer er war, wusste aber, dass er im nächsten Moment in mir sein würde, zwischen meinen Schenkeln, in meinem Mund. Ich spürte ihn so nah, holte noch einmal tief Luft, bereit für ihn, und dann hörte ich seine Stimme: »Geh jetzt nach Hause.«

Ich schlug die Augen auf. Er saß mit dem Rücken zu mir am Schreibtisch, über seine Papiere gebeugt.

»Geh nach Hause«, wiederholte er.

Ich schwieg.

»Verstehst du kein Hebräisch?«, fragte er, immer noch, ohne mir das Gesicht zuzuwenden. »Ich will allein sein.«

Ich rappelte mich mühsam auf, zog meine nasse Kleidung zurecht, sagte ihm nicht, dass ich nicht gehen wollte, dass ich bereit war, für immer und ewig dazubleiben. Ich versuchte, meinen feuchten Slip, die schmerzenden Brustwarzen zu ignorieren. Mit einem Rest Selbstachtung strich ich mir das Haar glatt, eine Geste noch aus der Kindheit, und ging zur Tür. Erst, als ich schon die Klinke in der Hand hielt und mich fragte, ob ich ihn je wiedersehen würde, drehte er sich um, musterte mich mit seinen blauen Augen und fragte: »Wie heißt du eigentlich?«

»Elija«, wollte ich sagen, brachte es aber nicht heraus, flüsterte stattdessen »Lily« und schloss die Tür hinter mir.

Ein mächtiger Wasserschwall schwappte über mich. »Idiot«, blaffte ich unwillkürlich. Der Himmel war wolkenlos, aber der Autofahrer hatte einen geplatzten Schlauch überfahren. Nachdem er mich nassgespritzt hatte, steckte er den Kopf aus dem Wagenfenster und rief: »Hey Süße, tut mir leid.«

»Nenn deine Mama Süße«, rief ich zurück und zeigte ihm den Mittelfinger. Der Fahrer trat aufs Gaspedal und düste davon.

Mein weißes Top und die Jeans waren klatschnass, ebenso die Bank, auf der ich saß. Ich setzte mich auf die Bank gegenüber. Diese Straßenecke ist meine Unglücksecke, schloss ich, denn auch damals, an dem Tag, als ich Ari begegnete, war ich bis auf die Knochen durchnässt gewesen, aber nicht wegen eines blöden Fahrers, der in einer stinkenden Pfütze bremste, sondern weil der Regen damals nicht aufhören wollte. »Lily«, erinnerte ich mich und errötete verspätet. Was zum Teufel hatte mich damals veranlasst zu sagen, ich hieße Lily? Jahre später würde Ari mir sagen: »Du warst immer schon bescheuert, warum sonst hättest du dir von allen Namen der Welt ausgerechnet den deiner Mutter ausgesucht?« Das war, als er mich noch liebte und ich mich in seinem Schoß vergrub: »Ich wollte, dass du mich niemals findest.«

»Und deshalb hast du mich durch ganz Tel Aviv verfolgt?«

»Ich wollte dich finden, statt mich von dir finden zu lassen«, antwortete ich wohlig, und er umarmte mich, drückte mich auf unser Bett und sagte: »Was für ein Glück, Lily, dass du mich gefunden hast.«

»Hör auf«, lachte ich, »das ist ja krank. Du bist ganz in mir und nennst mich Lily? Das ist Inzest.«

»Lily«, er drang mächtig in mich ein, »das hast du dir selbst eingebrockt.«

Damals wusste ich noch nicht, wie gern Ari mit mir spielte, uns beide bis zum Geht-nicht-mehr trieb, wusste nicht, wie sehr ihn Katz-und-Maus-Spiele erregten, wie sehr die banale Wirklichkeit ihn langweilte, so dass er sie nach seinem Belieben ummodeln musste. Damals ahnte ich nicht, dass er mich nur rausgeschmissen hatte, weil er wusste, dass ich wiederkommen würde, begriff nicht, dass ich in eines seiner ewigen Machtspiele getappt war, mit denen er mich unterwerfen wollte. Schon als ich die Tür hinter mir zumachte, war ihm ja klar, dass ich zurückkehren würde.

An jenem stürmischen Regentag schaffte ich es mit Müh und Not nach Hause, eine Viertelstunde zu Fuß von Aris Wohnung. Ich kann mich kaum noch erinnern, wie ich die sechzig Stufen zur elterlichen Wohnung im dritten Stock bewältigte, woher ich die Kraft nahm, die Tür aufzumachen und das Getuschel aus dem Schlafzimmer zu ignorieren. Durchweicht vom Dauerregen, kroch ich ins Bett und zog mir erleichtert die dicke Decke über den Kopf, rollte mich wie ein Embryo darunter zusammen und hoffte inständig, dass meine Mutter nicht reinkommen und Fragen stellen würde. Die Tür blieb zu. Mein Körper glühte noch. Ich biss in den Deckenzipfel und flüsterte: »Ari, Ari, Ari.«

Als ich morgens aufwachte, steckte ich in den Kleidern vom Vortag und hatte einen fauligen Geschmack im Mund, »Friedhofsgeschmack«, wie Ari mir eine Woche später sagte, als er mitten in der Nacht aufwachte und sich noch eine Zigarette anzündete. Ich blickte in mein Spiegelbild. Die Wimperntusche war zu schwarzen Kringeln und Schlieren unter den Augen verlaufen, und mein Haar war zerzaust. Im Badezimmer hing wie immer ekelhafter Abwassergeruch. Doch ich konnte mich noch so oft beklagen, Lily blieb ungerührt: »Sag danke, dass wir überhaupt ein Badezimmer haben. Weißt du, wie viele Menschen hierzulande sich im Bottich waschen?« Ich verstand nicht, wie Lily, die sich sonst über jeden Kleinkram aufregte, den üblen Geruch so gleichgültig hinnehmen konnte.

Mein Vater, der auch unter dem Gestank litt, suchte eine Lösung, doch die Klempner, die er reihenweise bestellte, kamen dem Problem nicht bei, bis der letzte erklärte, es bliebe nichts anderes übrig, als die ganze Installation zu erneuern, denn die stamme von Anno Dazumal. Meine Mutter fauchte, die Rohre auswechseln käme gar nicht infrage, denn das koste so viel wie ein Umzug. Toll, dachte ich, toll, wenn wir umziehen würden. Seit meiner Geburt wohnten wir in einer jener Altbauwohnungen, die noch mit Schlüsselgeld erworben worden waren und wegen ihrer Nähe zum Meer ständig renoviert werden mussten. Alles leckte und knarrte, doch Lily, die jede Ausgabe als Katastrophe, die uns bettelarm machen würde, betrachtete, wollte nichts von Handwerkern wissen, und mein Vater hatte zwei linke Hände, mit denen er höchstens kaputte Verschlüsse an Schmuckstücken reparieren konnte. So meinte wenigstens Lily, doch ich wusste, dass Vaters Hände auch dazu taugten, mich zu trösten, wenn ich traurig war, oder mir ein aufgeschürftes Knie zu verbinden. Aber bei Reparaturen im Haus versagte er, die Wohnung hielt er nicht in Schuss. Die Wände blätterten schon bald nach dem Tünchen wieder ab, Waschbecken und Toilette verstopften regelmäßig, und der Boiler funktionierte natürlich nur, wenn er angeheizt wurde, was Lily möglichst selten tat, um keinen Strom zu verschwenden. Wenn ich von einem langen Tag an der Uni heimkam, war oft kein warmes Wasser da. Lily fand, ich duschte zu oft, jeden Tag duschen sei Wasserverschwendung, und so schaltete ich den Boiler an und sie ihn wieder aus, bis ich kapitulierte, denn Lily gab niemals nach.

Jetzt hoffte ich, dass mein Vater vor seinem Weggang den Boiler angeschaltet und mir warmes Wasser übrig gelassen hatte und dass meine Mutter, die die Vormittage gern damit verbrachte, im Schlafzimmer aus dem Fenster zum Jarkon zu starren, noch nicht herausgekommen war. Es hätte mir jetzt gerade noch gefehlt, ihr und ihrem furchterregenden Blick zu begegnen, und erst recht wollte ich nicht, dass sie mit Fragen anfing.

Mein erster Wunsch ging in Erfüllung: Heißes Wasser war da. Ich stand lange unter der Dusche. Aber mein zweiter Wunsch blieb unerhört, denn meine Mutter kam aus dem Schlafzimmer, hämmerte mit den Fäusten gegen die Tür und schrie: »Elija, komm sofort aus dem Bad, wie lange willst du denn duschen? Man könnte die gesamte Wüste zum Blühen bringen mit dem Wasser, das du verschwendest.«

Ich ignorierte sie. Ich brauchte eine ordentliche Dusche, um mir die Demütigung des Rausschmisses aus seiner Wohnung vom Leib zu waschen, rubbelte fest, um mir eine neue, dickere Haut zuzulegen. Aber meine Mutter ließ nicht locker: »Mach auf, oder ich schlag die Tür ein!«

Ich stellte das Wasser ab, und lähmende Stille trat ein. Ich hörte den Regen nun den zweiten Tag unaufhörlich auf Baumkronen und Bürgersteig niederprasseln. Der kaputte Fensterladen in der Küche schlug heftig im Wind. Ich rieb mich mit einem Handtuch ab, das schon bessere Tage gekannt hatte, und schlüpfte in mein Zimmer. Der Gedanke, mit meiner Mutter allein zu sein, wenn sie auf Hochtouren war und wie ein Soldat im Flur patrouillierte, war unerträglich.

Ich wollte mich nur rasch ankleiden und aus dem Haus laufen.

Ich zog eine braune Cordhose und einen großen, schwarzen Pullover an, schlüpfte in den Schaffellmantel, den ich auf dem Flohmarkt in Jaffa gekauft hatte, und ging ohne Frühstück oder auch nur einen Kaffee und ohne meiner Mutter auf Wiedersehen zu sagen, in den Regen hinaus.

Die Kälte drang mir sogar durch den Fellmantel in die Knochen. Ich bohrte die Hände in die Taschen und ging die Dizengoff-Straße entlang. Am Keren-Kajemet-Boulevard angekommen, sah ich ihn. Er bog gerade ab, in Jeans und schwarzer Lederjacke, und ich ging ihm wieder nach, schritt schneller aus, aber auf einen akzeptablen Abstand bedacht. Der Regen fiel unablässig, mein Haar war klatschnass, denn den Schirm hatte ich am Vortag im Kassit stehen gelassen. Aris eine Hand steckte in der Jackentasche, in der anderen hielt er eine Zigarette, die er schließlich auf den Bürgersteig schnippte und mit der Schuhspitze austrat, um sich sofort eine neue anzuzünden. Ich folgte ihm blindlings, da meine Füße mir nicht gehorchten und wie selbsttätig liefen. Ich meinte, keine Kontrolle über mein Tun zu haben, ihm notgedrungen folgen zu müssen. Der Regen war viel leichter als am Vortag, man sah mehr Menschen auf der Straße, und einige Ladentüren standen offen. Autos und Busse sprühten Wasser in alle Richtungen, und Ari tänzelte mit seinem Napoleon-Bonaparte-Gang, als ginge ihn das Getümmel ringsum nichts an, berühre ihn gar nicht. Ich versuchte verzweifelt, sein Tempo zu halten. An der Gordon-Straße wartete er nicht auf Grün, sondern überquerte die Fahrbahn, und ich hastete ihm nach. Ein Auto bremste reifenquietschend, und ich fiel zu Boden. Der Fahrer stieg aus und rannte zu mir. Ari drehte sich um, und ich sah die Überraschung in seinen Augen: »Bist du okay?«, fragte er.

Ich nickte.

Der erschrockene Fahrer sagte: »Ich weiß nicht, was passiert ist. Ich hatte Grün, und plötzlich ist die mir vors Auto gelaufen. Ein Wunder, das reinste Wunder, dass ich sie nicht totgefahren habe.«

»Es ist nichts weiter, sie hat sich bloß erschrocken«, sagte Ari ungerührt. »Alles okay, Lily?«

Lily, wieso denn Lily?, dachte ich, und dann kam es mir wieder. Ich nickte, unfähig, ein Wort herauszubringen.

Er half mir auf die Beine.

»Sie ist okay«, sagte er zu dem Fahrer, und mich fragte er: »Kannst du gehen?«

»Ja«, hauchte ich.

»Sie sollten sie lieber ins Krankenhaus bringen, manchmal gibt es eine innere Verletzung, die man von außen nicht sieht«, sagte eine Frau, ohne zu wissen, wie recht sie hatte. Auch ich ahnte damals nicht, wie tief die innere Verletzung ausfallen würde. Wie hätte ich wissen sollen, dass mein Leben in diesem Moment in Begriff stand, sich um hundertachtzig Grad zu wenden.

Paris

Die Pendeluhr an der Wand des Cafés schlug Mitternacht. Der Aschenbecher auf meinem Tisch quoll über. Ich bat um die Rechnung und hinterließ ein großzügiges Trinkgeld, zog die zwei Pullover übereinander, aus denen ich mich beim Betreten des Cafés geschält hatte, nahm meinen Wollmantel, wickelte den Schal um den Hals, setzte die Mütze auf und trat hinaus auf die gleichzeitig vertraute und fremde Straße. Ich war nicht mehr die Elija von früher, auch wenn ich nicht genau wusste, wer dann, ging durch dieselben Straßen, atmete die gleiche Luft.

Die Gassen des Quartier Latin waren menschenleer. Der Regen hatte die Passanten in die Jazzkeller und Cafés getrieben. Ich sog den guten Regenduft in vollen Zügen ein und hüpfte in jäher Freude wie ein kleines Mädchen durch die Pfützen. Der heftige Wind vom frühen Abend hatte meinen billigen Schirm erledigt. Der prasselnde Regen war zu einem feinen Nieseln verebbt, das mir sanft übers Gesicht rann, ich leckte die Tropfen auf, die mir von der Nase fielen.

Trompetentöne aus dem Jazzkeller gegenüber zerrissen die Stille. *La vie en rose* erklang in einem Sound, der an Louis Armstrong erinnerte. Ich hielt kurz inne und lauschte der Trompete. Ein großer und breiter schwarzer Mann stand am Eingang, rieb sich die Hände gegen die bittere Kälte.

»Möchten Sie eintreten, Mademoiselle?«, fragte er über die schmale Fahrbahn hinweg.

»*Non, merci*«, antwortete ich lächelnd, ging jedoch nicht weiter. Der schwarze Mann sagte noch etwas auf Französisch, als würde ich jedes Wort verstehen, und seiner Körpersprache entnahm ich, dass er mich ermunterte, die Straße zu überqueren und in den Jazzkeller runterzugehen. Warum nicht, dachte ich, das wäre noch ein Punkt auf der Liste der Dinge, die ich nun zum ersten Mal tue: Allein ins Ausland fliegen, ohne dass mich dort jemand erwartet, allein im Hotel übernachten, allein in einem fremden Café sitzen und mitten in der Nacht allein einen Jazzkeller besuchen.

Während ich noch überlegte, machte der Türsteher einen Schritt zur Seite, um ein Paar durchzulassen, das die Treppe vom Keller heraufkam. Von jenseits der schmalen Gasse konnte ich die beiden, die in die eisige Kälte hinaustraten, deutlich sehen. Ihn erkannte ich sofort. Es war Ari in seiner abgeschabten, schwarzen Lederjacke, den Schal, den ich ihm im Winter in Grau- und Grüntönen gestrickt hatte, um den Hals geschlungen und die Hand auf den Rücken einer jungen Frau gelegt. Das war nicht Sophie, für die er mich verlassen hatte. Die Frau, die sich jetzt an Aris Hüfte schmiegte, war größer als er und trug das dunkle Haar kurz im Garçon-Schnitt.

Ich sah Ari und seine Begleiterin die Straße hinuntergehen, ohne dass sie mich bemerkten. Bildete ich mir alles nur ein? Nein, das war zweifellos Ari, sein kurzer Rumpf, der gesenkte Kopf, der tänzelnde Gang. Seine großen Hände gestikulierten ausholend beim Sprechen, seine Locken wehten im Wind und entblößten seinen Nacken, diese Locken, die ich einst geliebt hatte.

Wie konnte es sein, dass ich von allen Pariser Nachtlokalen ausgerechnet vor diesem Jazzkeller gelandet war? Wie konnte es sein, dass er gerade jetzt den Keller verließ? Wie konnte es sein, dass ich ihm ungeplant, unbeabsichtigt, ohne ihm aufzulauern, in dieser Nacht in Paris begegnete? Als spielten wir beide eine Szene in einem Hollywoodstreifen der fünfziger Jahre nach. Ich drückte mich in eine dunkle Ecke und beobachtete ihn. Da er sich nicht umwandte, konnte ich seine Augen nicht sehen, aber es war zweifellos Ari.

Und obwohl ich nicht flüchtete und ihm auch nicht nachlief, fiel weder der Himmel herunter noch tat sich die Erde auf, um uns beide zu verschlingen. Ich sah Ari zum ersten Mal wieder nach einer schlimmen Zeit, die ich teils mit Schweigen und teils mit Schreien, teils mit Schlafen und teils mit Selbstmordgedanken verbracht hatte, und ich empfand nichts.

Der Türsteher bat mich erneut in den Keller, aber ich machte auf dem Absatz kehrt und steuerte mein Hotel in der Rue Jacob an, in Aris Nachbarschaft. Der Zimmerpreis überstieg mein Budget bei Weitem, aber ich zahlte ihn, um möglichst nahe bei Ari zu sein. Wenn ich schon nicht in seiner Wohnung übernachten konnte, hätte ich sie wenigstens von meinem Zimmerfenster im Blick. Das war gerechtfertigt: Dr. Kaminski hatte mir aufgetragen, in meine Vergangenheit einzutauchen, den Ort der Verletzung aufzusuchen. Und so schritt ich denn meine Via Dolorosa ab, hielt bei jeder Station, das Kreuz meines Lebens auf den schmalen Schultern tragend.

Als ich in meinem Hotelzimmer aufwachte, schielte ich zur Uhr auf dem Nachttisch. Es war ein Uhr mittags. Ich hatte zwölf Stunden geschlafen.

Heute durfte ich keine Zeit mehr verlieren, wusste ich, heute musste ich die Aufgabe zu Ende bringen, zu deren Erfüllung ich nach Paris gereist war, die schwerste aller Aufgaben, die Kaminski mir aufgetragen hatte. Heute musste ich mich mit Ari auseinandersetzen.

Kaminski hatte mir erklärt, ich müsste nach Paris fahren und Punkt für Punkt durchgehen, was zwischen Ari und mir geschehen war, und ich hatte ihn für verrückt gehalten. Doch er beharrte, ich müsste die Straßen ablaufen, die wir gegangen waren, möglichst die Menschen von damals wiedertreffen und natürlich in dem Café sitzen, in dem Ari mich aus seinem Leben geworfen hatte. Auf keinen Fall dürfte ich zurückkehren, ohne Ari getroffen und zur Rede gestellt zu haben. Aber ich hatte den Doktor zum Teufel gejagt. Alles, sagte ich, bin ich bereit zu tun, aber Ari kann ich nicht gegenübertreten. Denn sobald ich Ari Auge in Auge gegenüberstände, würde ich jemanden umbringen, entweder ihn oder mich.

»Sie werden niemanden umbringen«, erwiderte Kaminski seelenruhig, ungerührt von meiner Gemütsaufwallung, die mich veranlasste, in seinem Zimmer auf und ab zu gehen wie ein Löwe im Käfig und ihn wütend anzufunkeln. »Nur den Schmerz, der Sie nicht loslässt, werden sie töten.«

»Das stehe ich nicht durch, es tut zu sehr weh!«

»Sie sind viel stärker als Sie meinen. Fahren Sie nach Paris, Elija, und kommen Sie als neue Frau zurück.«

Und nun stand ich im Bad des Hotelzimmers und betrachtete mein Konterfei in dem Vergrößerungsspiegel, der auf der Marmorplatte stand. Es war, als würde ich mich zum ersten Mal selbst entdecken. Ich sah neue Falten um die Mundwinkel und winzige Fältchen auf der Stirn, die ich von früher nicht in Erinnerung hatte. Aber sie störten mich genauso wenig wie mein nunmehr reifes Aussehen. Das sind Spuren, die die Zeit verursacht hat, sagte ich mir, die verlorene Zeit, als ich mich nicht angesehen, nicht wahrgenommen habe, nur körperlos in der Welt herumlief, wie ein Geist.

Und plötzlich, als hätte jemand einen Lappen genommen und den Dunst von der unsichtbaren Brille gewischt, die ich bisher getragen hatte, sah ich alles klar und scharf – vor allem mich selbst, mit all den Schlägen, die ich eingesteckt hatte. Nun wusste ich, ich würde nicht ins Café zurückkehren und Aris Freunde nicht mehr suchen. Ich würde nicht unter seinem Fenster stehen, um zu sehen, ob dort Licht brannte, nicht mehr den Telefonhörer abheben und seine Nummer wählen, kein Treffen mit ihm vereinbaren, mich nicht persönlich mit ihm auseinandersetzen und ihm auch nicht ins Gesicht spucken, wie in einem der vielen Wiedersehensszenarien im Geist geplant.

Dr. Kaminski hatte recht mit seinem Spruch, ich würde mich wie neu fühlen, nachdem ich Ari gesehen hätte, aber in einem irrte er: Ich brauchte Ari nicht Auge in Auge gegenüberzutreten, um zu verstehen, warum ich mich beinah umgebracht hatte. Es ging nicht um Ari, sondern um mich. Ari interessierte nicht, Ari war Ari und aus meinem Leben verschwunden wie er hineingekommen war. Ich brauchte die Scherben meines von Ari zerstörten Lebens nicht mehr einzusammeln, sie waren zu Staub zerfallen. Meine Mutter hatte recht. Ich musste Ari danke sagen, dass er mich von seiner Bürde befreit hatte, musste seiner ersten französischen Geliebten Blumen schicken, vielleicht auch der neuen.

Ich atmete tief durch. Nachdem ich ihn zufällig kurz gesehen hatte, danach eingeschlafen und wieder aufgestanden war, ohne zusammenzubrechen, wusste ich: Seine Zeit war vorbei.

Ich fühlte mich leicht wie eine Feder, als sei mir schlagartig eine schwere Last von den Schultern genommen worden. Ich löste den Blick vom Vergrößerungsspiegel und verließ das Badezimmer. Dann zerrte ich den Koffer unter dem Bett hervor und stopfte meine Kleider und Sachen hinein.

Erst vierundzwanzig Stunden waren seit meiner Ankunft in Paris vergangen. Ich hatte zwar mit Geld, das mein Vater eigentlich nicht übrighatte, drei Hotelübernachtungen im Voraus bezahlt, wollte aber keine Minute länger in Paris bleiben. Die Aufgabe war erledigt, das wusste ich, und jetzt fuhr ich nach Hause.

Erst als das Fahrwerk in den Bauch des Flugzeugs eingefahren war und Paris unter mir entschwand, atmete ich erleichtert auf. Ich schloss die Augen und machte es mir auf meinem Sitz bequem, legte den Kopf an die Kopfstütze, und zum ersten Mal seit langer Zeit tat mir das Herz nicht weh.

Auch wenn der Doktor fehlgegangen war in seiner Annahme, ich müsste mich mit Ari auseinandersetzen, um einen Neuanfang zu ermöglichen, irrte er nicht hinsichtlich einer anderen Aufgabe, die er mir gestellt, aber für die mir bisher noch der Mut gefehlt hatte: mit Lily reden.

Ich heftete den Blick ans Fenster, schwebte über den Wolken und begriff zum ersten Mal, was Kaminski mir so lange zu erklären versucht hatte: Wenn es mir gelänge, die eisernen Wände zu durchbrechen, in denen Lily sich verschanzte, wenn ich es schaffte, sie zu erreichen, könnte ich vielleicht das Rätsel ihres Lebens lösen, und wenn ich das fertigbrächte, würde ich vielleicht auch mein eigenes Leben verstehen.

Ich holte tief Atem, schloss die Augen und schlief den Schlaf der Gerechten, bis die Maschine in Tel Aviv ausrollte.

Schaul

»Wie soll das ausgehen?«, ereiferte sich Lily. »Deine Tochter spielt mit uns wie mit einem Kreisel. Jeden Morgen wacht sie mit einer neuen Schnapsidee auf, und du bezahlst für all den Irrsinn. Mal heiratet sie, mal lässt sie sich scheiden, mal fährt sie nach Paris, mal kommt sie zurück, und dann dreht sie durch und macht uns verrückt, versucht sich umzubringen und uns gleich mit. Danach läuft sie zu Kaminski, der, wenn du mich fragst, mehr Gauner als Psychiater ist. Für das Geld, das er für eine Stunde nimmt, kann man sich eine Woche lang im Erholungsheim ausruhen. Er setzt ihr Flausen in den Kopf, und sie fliegt heute nach Paris, kommt morgen zurück. Wie soll das alles enden, sag mir, was soll werden? Wenn das so weitergeht, wirst du mich auch noch zu Kaminski schicken müssen.«

»Warum ärgern, Lily.« Schaul stand vom Sofa auf und gab seiner Frau, die die ganze Rede an der Wohnungstür geschwungen hatte, einen Kuss auf die Wange. Er nahm ihr die schwere Tasche ab, stellte sie neben seine braune Ledermappe, half ihr aus dem Mantel und hängte ihn neben seinen. »Du regst dich über Mond und Sterne auf, Lily, schade um deine Nerven. Siehst du denn nicht, dass das Kind mit einem Lächeln im Gesicht aus Paris zurückgekehrt ist? Dann hat es sich vielleicht doch gelohnt, das Geld bei Kaminski und bei El Al zu investieren. Weißt du noch, wie sie das letzte

Mal wiedergekommen ist? Wie ein Gespenst hat sie ausgesehen, halb tot. Und schau sie dir jetzt an, sie hat wieder Farbe auf den Wangen, und heute hat sie mir sogar gesagt, sie würde nicht mehr zu Kaminski gehen. Was regst du dich dann also auf?«

Lily setzte sich aufs Sofa, aber ihre Wut wollte nicht weichen. Sie fragte Schaul nicht, wie sein Tag verlaufen war, und erfuhr daher nicht, wie wenige Kunden den Laden betreten hatten und wie sehr er seinen Vater vermisste, der aus Altersgründen seit einiger Zeit nicht mehr ins Geschäft kam. Sie fragte nichts, und er schüttete ihr nicht sein Herz aus. Auch die Geldsorgen ersparte er ihr.

»Du bist wie ein Kinderdrachen, Schaul, ein Drachen, der fliegt, wohin der Wind ihn treibt. Ein Glück, dass du mich hast, um dich in die Realität zurückzuholen. Meinst du denn, du würdest ihr helfen? Du schadest ihr. Das Leben ist hart, und du tust alles, um es ihr zu erleichtern. Du kehrst ihr die Sorgen unter den Teppich, glättest Ecken und Kanten für sie. Aber du wirst nicht ihr ganzes Leben für sie da sein, wirst eines Tages gehen, und was dann? Wie soll sie mit dem Leben zurechtkommen, unsere Herzallerliebste, wenn Papa nicht für sie da ist, um sie zu beschützen?«

»Aber meine liebe Lily, siehst du denn nicht, dass es Elija besser geht? Warum bist du nicht froh wie ich?«

»Wenn du dich nicht zu sehr freust, bist du hinterher auch nicht zu sehr enttäuscht«, gab sie unwirsch zurück, »und jetzt genug damit, ich hab schon Kopfweh von dem Ganzen, hol mir bitte ein Glas Wasser.«

Schaul holte ihr ein Glas Wasser. Was sollte er sonst tun? Wie lange konnte er noch an sich halten, ohne zu explodieren? Wie wurde er zwischen den beiden Frauen seines Lebens zerrissen, auf der einen Seite die stürmische Lily, auf der anderen die wütende Elija. Elija war gewissermaßen mit einer weißen Fahne aus Paris zurückgekehrt, bereit zum Frieden, aber an einem Frontalangriff abgeprallt, der sie zurück in ihr Zimmer, ja schlimmer noch, aus dem Haus trieb. Stundenlang streunte sie wer weiß wo herum, den ganzen Tag auf der Straße, nur um Lily nicht zu begegnen.

Bei ihrer Heimkehr aus Paris hatten Schaul und Lily in der Ankunftshalle des Flughafens auf sie gewartet. Er musterte die ankommenden Passagiere, auf der Suche nach den vertrauten, geliebten Zügen seiner Tochter, renkte sich schier den Hals aus, um sie durch die Glastüren kommen zu sehen. Sogar Lily schien aufgeregt zu sein. Endlich kam Elija, klein und schmal, in Jeans und einem übergroßen Mantel. »Elikusch!«, rief er und wedelte vehement mit der Hand, bis sie ihn bemerkte. Besorgt schaute er, ob sich ihre Züge verändert hatten, doch sie lächelte übers ganze Gesicht. »Sie ist okay«, sagte er zu Lily, »dem Kind geht es gut.«

»Gott sei Dank«, murmelte Lily, »mir ist ja schier das Herz verrutscht, bis sie da rauskam.«

Sobald Elija ihre Eltern erblickte, rannte sie auf sie zu, flog ihnen schier entgegen, umarmte ihren Vater, wie sie es seit Kindertagen nicht mehr getan hatte. Sein Herz gehörte ihr, und er drückte sie an sich, als wäre sie wieder das kleine Mädchen, das sich so freute, wenn er von der Arbeit heimkam. Sobald sie ihn damals die Treppe hinaufsteigen hörte, hatte sie die Tür aufgemacht, ehe er es selbst tun konnte, sich an sein Bein geschmiegt, und er hatte sie auf den Arm gehoben, auf Wangen und Haar geküsst und ihren kindlich süßen Duft eingesogen. Und jetzt umarmte ihn seine Tochter, als sei sie nicht zur Frau gereift, und er flüsterte: »Mein Kind, wie gut, dass du wieder zu Hause bist.«

Als Elija dann auch ihre Mutter umarmen wollte, merkte Schaul, wie Lilys Körper sich versteifte, und Zorn kochte in ihm hoch, doch er schluckte ihn wortlos runter. Er würde sich diesen glücklichsten Tag der letzten zwei Jahre durch nichts verleiden lassen. Das Kind war mit einem Lächeln im Gesicht heimgekehrt, und das war das Wichtigste. Seit Elijas Nachricht, sie würde einen Tag nach ihrer Abreise zurückfliegen, war er nicht mehr zur Ruhe gekommen. Er verstand nicht, warum sie die Rückkehr nach Tel Aviv vorverlegt hatte. Sie hatte nichts erklärt, nur Flugnummer und Landezeit angegeben und gebeten, sie abzuholen. Hauptsache, sie lief nicht allein in einer fremden Stadt herum, hatte er gedacht. Lily hingegen hatte die Umbuchung nicht einfach so hingenommen, sondern ihn pausenlos mit Fragen geplagt: »Warum kommt sie vorzeitig zurück? Was hat er ihr jetzt wieder angetan, dieser Nichtsnutz? Wer weiß, ob das überflüssige Zusammentreffen, dass der Gauner-Doktor ihr aufgezwungen hat, sie nicht wieder dazu veranlasst, sich die Pulsadern aufzuschlitzen.«

»Lass es gut sein, Lily«, bat er, »sei froh, dass sie heimkehrt statt noch zwei Tage in der Stadt zu verbringen, wo sie niemanden kennt außer Ari.«

»Soll Gott ihn nehmen«, sagte Lily, »soll Gott ihm all das heimzahlen, was er ihr und uns angetan hat.«

Im Flughafenbus zur El-Al-Station in der Arlosoroff-Straße hätte er liebend gern neben Elija gesessen, setzte sich aber neben Lily, damit sie nicht etwa dachte, er vernachlässige sie. Elija, auf dem Sitz vor ihnen, drehte sich um und lächelte. Ihr Lächeln, das sich so grundlegend von den gezwungen lächelnden Grimassen des letzten Jahres unterschied, wärmte ihm das Herz. Sie sah anders aus. Vielleicht, geb's Gott, sogar fröhlich. Und wenn es Elija gut ging, ging es auch ihm gut.

Als sie ihm zwei Wochen zuvor mitgeteilt hatte, dass sie auf Kaminskis Anordnung nach Paris fliegen werde, um sich mit Ari auseinanderzusetzen, hatte Schaul es in den Knochen gespürt, dass diese Begegnung zu riskant sein könnte. Ja, er hatte Einspruch erhoben, aber der Kampf war von Vornherein verloren gewesen, denn er konnte seiner Tochter ja nie etwas abschlagen. Er hatte Elija gebeten, kein Wort über die Bezahlung des Flugtickets zu sagen. So war es stets abgemacht zwischen ihnen: Er gab das Geld, und Lily erfuhr nichts davon. So ersparten sich beide ihre zornigen Blicke und ihre harten Worte, die mehr schmerzten als Schläge. Aber es war sinnlos, etwas vor Lily verbergen zu wollen, ihre Falkenaugen sahen einfach alles.

»Hat deine Tochter eine Bank ausgeraubt, dass sie das Geld hat, noch mal nach Paris zu fliegen?«

»Sie hat ihr eigenes Geld …«, versuchte er auszuweichen.

»Auch wenn du es mir bei Elijas Leben schwörst, glaube ich nicht, dass ihr Nichtsnutz ihr das Geld geschickt hat, also erzähl mir bitte keine Märchen. Gibst du ihr wieder was von unseren Alterserspanissen?« Lily kochte vor Wut. Sie drohte ihm, ihn zu verlassen, ihn samt Elija aus dem Haus zu werfen, und wollte bis zu Elijas Rückkehr aus Paris in deren Zimmer schlafen. Aber die Sache war nicht mehr rückgängig zu machen, Elija hatte das Geld bereits. Beim Abschied auf dem Flughafen hatte er sie beschworen, sofort zurückzufliegen, falls Ari, Gott behüte, ihr wieder schaden wollte. »Und wenn es am selben Tag ist – schnapp dir das erstbeste Flugzeug und komm zurück, koste es, was es wolle. Hauptsache, dir passiert nichts.«

Und nun wirkte sie froh und gelassen. Sie erzählte ihm, sie habe Ari zufällig gesehen, ohne von ihm gesehen zu werden, als er aus einem Jazzkeller im Quartier Latin kam, Arm in Arm mit einer Frau, die einen Kopf größer war als er, und es habe ihr rein gar nichts ausgemacht. Sie habe beschlossen, sich von ihm scheiden zu lassen, und nein, es tue ihr nicht weh. Im Gegenteil, es befreie sie, entließe sie in die Freiheit.

Als er mit dem Glas Wasser für Lily aus der Küche zurückkam, hatte sie den Fernseher angeschaltet und schien den ganzen Streit vergessen zu haben. Er setzte sich neben sie und legte ihr den Arm um die Schulter.

Er war müde von einem weiteren Arbeitstag, an dem er sich vergebens bemüht hatte, aufgebrachte Kunden zu vertrösten, deren Reparaturaufträge er nicht rechtzeitig erledigt hatte, ein Tag, an dem er ohne großen Erfolg versuchte, Gold- und Silberschmuck zu verkaufen. Die Stimmung nach dem Jom-Kippur-Krieg unterschied sich erheblich von der beispiellosen Euphorie nach dem Sechstagekrieg. Damals war alle Bescheidenheit verflogen, waren Neureiche emporgekommen, hatten Tiefbauunternehmen ein Vermögen beim Bau der Bar-Lev-Linie am Ostufer des Suezkanals gemacht. Es war die Geburtsstunde der High Society, der Kultur des guten Lebens, des demonstrativen Hedonismus gewesen.

Auch das kleine Juweliergeschäft hatte von dem Aufschwung profitiert. Auf einmal herrschte Wohlstand, war Geld da. Immer mehr Frauen kauften Goldschmuck mit Edelsteinen, so dass sein Vater und er die Nachfrage kaum bewältigen konnten. Leider hatte auch er sich von dem Konsumfieber anstecken lassen, hatte seinen ersten Simca gekauft und sich zum ersten und letzten Mal erlaubt, mit Lily im Carlton Hotel in Naharia Urlaub zu machen. Ja er hatte den Wohlstand so genossen, sich so über den vollen Laden gefreut, dass er, gegen den Widerstand seines Vaters, sogar Ratenzahlung akzeptiert hatte. Doch die Euphorie währte nicht lange, schlug nur zu bald in finanzielle Sorgen um. Mit der verschlechterten Lage wuchsen die Schulden der Kunden, und sein Vater warnte, das könne nicht gut ausgehen, Bargeld sei am besten. Damit sollte er recht behalten, sie konnten nicht alle Schulden eintreiben. Manche Kunden verschwanden einfach mitsamt den Schmuckstücken und hinterließen nichts als ihre Namen neben den Schuldenbeträgen, in seiner akkuraten Handschrift im schwarzen Kontobuch verzeichnet. Die Ehrlicheren brachten den Schmuck zurück und baten um Verzeihung, dass sie die Raten nicht mehr abstottern konnten. Hatte er eine Wahl? Er nahm die Schmuckstücke zurück und schluckte die Verluste. Er konnte den Laden nur mühsam halten und dachte schon daran, ihn aufzugeben. Nach dem Jom-Kippur-Krieg leckte nicht nur er seine Wunden, das ganze Land tat es. Es herrschte eine Atmosphäre, als sei der Staat Israel dem Untergang geweiht, quasi der dritte Tempel zerstört worden. »Wer als Letzter den Flughafen Lod verlässt, soll bitte das Licht ausmachen«, stand an die Hauswände geschmiert. Wer kaufte schon Schmuck, wenn die Lage schlimm war? Die Kunden blieben wieder weg. Wie ersehnte er den Augenblick, an dem der trostlose Arbeitstag zu Ende war und er die Ladentür abschließen und nach Hause gehen konnte, um dort seine Gabardinehose und das weiße Hemd mit den weiten Ärmeln, die seine wenig muskulösen Arme verbargen, auszuziehen und in seine Pyjamahose zu schlüpfen.

Er war müde, machte sich Sorgen um den Lebensunterhalt, um Elija, um Lily. Wenn er Mut hätte, würde er sie beide verlassen, in ein Flugzeug steigen und zu seinem Bruder nach Amerika flüchten, möglichst weit weg von seinem elenden Leben, seinen Sorgen.

Elija

Es gibt Tage, da wird die Welt kristallklar. Dann ist das Meer tiefblau, und die Sonne wirft ihre goldenen Strahlen darauf. Ich saß im Sand am Sheraton-Strand und genoss die süße Stille, dankte im Herzen für das sanfte Wellenrauschen, für den Geruch nach Salz und Algen in der Luft. Nach dem großen Sturm war Ruhe eingekehrt, und ich hatte das Gefühl, wieder am sicheren Ufer gelandet zu sein, daheim.

Sogar Dr. Kaminskis Motivationsgespräche hatten mich nicht von meiner Entscheidung abgebracht. Er rügte mich wie eine alte Henne ihre Küken, als ich ihm erzählte, dass ich Ari in Paris am Ausgang eines Jazzkellers gesehen hatte, ohne ihn zur Rede zu stellen oder zu verfolgen, als er mit seinem neuen Mädchen die Straße zur Seine hinunterging.

»Sie sind meinen Anweisungen nicht gefolgt«, tadelte er mich von seinem Sessel aus, »Sie hatten ausdrückliche Instruktionen. Ich habe Ihnen gesagt, Sie sollten Schritt für Schritt der Frage nachgehen, was Ihren Nervenzusammenbruch ausgelöst und Sie beinah in den Suizid getrieben hat. Es ist verantwortungslos, die Geschichte mit Ari einfach unter den Teppich zu kehren.«

»Ich kehre sie nicht unter den Teppich«, erwiderte ich ruhig, »vom Wind verwehten Staub kann man nicht unter den Teppich kehren.«

»Elija, Sie suchen Ausflüchte. Sie sind feige, oder die Reise nach Paris hat Sie in Euphorie versetzt. Ich meine wirklich, dass Sie einen schweren Fehler begehen.«

»Ich habe die Ängste in die Seine geworfen in der Nacht, als ich Ari mit seiner neuen Freundin gesehen hatte.«

»Sie reden Unsinn!« Kaminski sprang aus seinem Sessel auf. »Es kann nicht sein, dass Sie durch ein Wunder geheilt worden sind, man darf eine Therapie nicht abbrechen, bevor sie abgeschlossen ist. Sie schaden sich selbst. Ich bin verantwortlich für Sie, ich darf es nicht zulassen.«

»Wollen Sie mich nach Paris zurückschicken?«

»Das würde ich tun, wenn es nicht so teuer wäre«, antwortete er tiefernst, ungeachtet meines zynischen Tonfalls. »Vorerst empfehle ich, dass wir uns weiterhin treffen. Mit der Zeit werde ich sehen, wie ich mit Ihrer Therapie fortschreite.«

Ich stand auf und sagte ihm trocken, dass ich gleich nach meiner Rückkehr aus Paris die Urkunden für meine Scheidung von Ari unterschrieben hatte. Dann war ich weg, ohne seine verblüffte Miene abzuwarten.

Die Luft war klar, als ich den Weg zum Meer einschlug. Die Sonne neigte sich schon gen Westen, groß wie ein prächtiger, goldener Feuerball. Ich setzte mich an den Strand, sah direkt Richtung Sonne und wusste so sicher, wie die Sonne im Meer unterging und die Erde sich um ihre Achse drehte, dass Dr. Kaminski mich nicht wiedersehen würde. Denn beim Unterschreiben der Scheidungsurkunden war mir klar geworden, dass ich mich auch von dem Doktor und seiner Herrschaft über mein Leben gelöst hatte. Was er mir bereits gegeben hatte, hatte ich angenommen. Den Rest brauchte ich nicht. Ich wusste genau, was ich tun musste. Ich würde mir Zeit nehmen, um die Leichtigkeit auszukosten, die mich erfüllte, das Glücksgefühl, das zum ersten Mal in meinem Leben von keinem außer mir abhing. Nicht Ari hatte mich in diese Hochstimmung versetzt, sondern ich selbst, ich war meines eigenen Glückes Schmied. Ich saß am Meer und erkannte, ich musste die Augen auftun und all das Gute ringsum sehen, all das Schöne, das ich in den Jahren verpasst hatte, als ich Aris kleine, abhängige Frau gewesen war, den Jahren, als ich mit geschlossenen Augen lebte. Ich gelobte mir, so oft wie möglich an mein geliebtes Meer zurückzukehren, mich immer mit Liebe zu umgeben. Ich spürte die Liebe ringsum wie sanfte Wellenschläge: Das Meer liebt mich, und mein Vater liebt mich, und meine Mutter – gut, ich würde meiner Mutter beibringen, mich zu lieben, aber erst mal musste ich mir selber beibringen, meine Mutter zu lieben, auch wenn Lily meine Liebe abweisen würde, wie sie meine Umarmung auf dem Flughafen abgewehrt hatte, auch wenn Lily sich bei jeder Annäherung in einen Igel verwandeln und die Stacheln ausfahren sollte. Mir war so klar wie der Umstand, dass die Sonne jetzt im Meer versank und die Erde sich um die Sonne drehte: Um mich selbst zu lieben, musste ich erst mal meine Mutter lieben, die einzige unmögliche Mutter die ich hatte, Lily.

Eldad

Seit ein paar Tagen beobachtete er sie von dem Bademeisterhäuschen am Strand, das im Winter unbesetzt war.

Er hatte gesehen, wie sie sich in den Sand setzte und die Schuhe auszog. Bei jedem Wetter, auch wenn die Kälte einem in die Knochen drang, legte sie Schuhe und Strümpfe ab und bohrte die Füße knöcheltief in den Sand.

Er sah sie von hinten, ihr üppiges rotbraunes Haar bedeckte ihre Schultern, und sie trug immer dieselbe rote Jacke und dieselben gebleichten Jeans, an den Füßen sandfarbene Palladium-Schuhe und um den Hals einen türkisfarbenen Schal. Ihr Rucksack sah voll und schwer aus, als wäre sie jeden Augenblick bereit, in einen Zug oder Flieger zu steigen.

Sie schaute Richtung Sonne und löste den Blick nicht vom Horizont, der sich beim Sonnenuntergang mit betörenden Schattierungen von Schwarz, Rosa und Gold färbte. Und wenn das letzte Licht im Dunkel der Nacht verlosch und der Strand sich leerte, es dort keine umherstreifenden Kinder mehr gab und keine Obdachlosen, die einen Augenblick jener Ruhe suchten, die das Meer allen Menschen schenkt, Reichen wie Armen, Alten wie Jungen, dann erst zog sie Socken und Schuhe wieder an und erhob sich, gewandt wie eine Tänzerin, aus dem Sand.

Ein paarmal schon hatte er sie fragen wollen, warum sie nicht zu dem Rendezvous im Montana gekommen war, warum sie ihn mit zwei tropfenden Eiswaffeln hatte warten lassen wie einen Depp. Er hatte sie mit einem Eis überraschen wollen, weil er das romantisch fand. Aber als es geschmolzen war, hatte er eingesehen, dass sie nicht mehr kommen würde.

Seine Enttäuschung hatte ihn selbst überrascht. Schon seit längerer Zeit war sein Herz gefühllos, schon lange hatte keine Frau ihm mehr wirklich gefallen. Er bemühte sich nicht, fühlte sich zu keiner hingezogen, ging mit keiner aus. Wenn der Drang ihn überkam, ging er ins Sissi in der Jirmijahu-Straße. Das Lokal war immer voll, und man brauchte sich nicht groß anzustrengen, um eines der Mädchen an der Bar abzuschleppen.

Meist begnügte er sich mit flüchtigem Sex im Hinterhof des Pubs oder in einem Boot am Ufer des nahen Jarkon. In seltenen Fällen folgte er der Einladung eines Mädchens nach Hause. Wenn sie fertig waren, stieg er aus dem Bett und ging heim. Nie übernachtete er bei einer Frau, nie schlief er zweimal mit derselben, und kaum je erinnerte er sich an das Gesicht der jeweiligen Sexpartnerin.

Mit ihr war das anders. Als er sie vom Brandungsboot an Land gesetzt und danach für den Bruchteil einer Sekunde nackt gesehen hatte, zitternd vor Kälte und wassertriefend, und sie ihn mit ihren durchdringenden Augen anblickte, da war etwas in ihm aufgeflammt, was er für tot und erloschen gehalten hatte. Er hatte zwar rasch den Blick abgewandt, aber ihr Bild war ihm im Kopf geblieben, und zum ersten Mal seit Langem hatte er etwas empfunden.

Damals war Eldad schnell vom Strand verschwunden, erschrocken über seine jäh erwachte Vitalität, hatte sich nicht gestattet, sie kennenzulernen, sich gar nicht auszudenken gewagt, dass diese seltsame Begegnung vielleicht nicht einmalig bleiben, sondern eine Fortsetzung finden könnte. Schon lange hatte er gedacht, in seinem Herzen sei kein Raum für noch jemanden, aber in den Tagen nach jenem merkwürdigen Treffen am Strand war sie ihm nicht aus dem Sinn gegangen. Doch wo sollte er wohl anfangen, sie zu suchen, er wusste ja nicht mal, wie sie hieß und wo sie wohnte. Wie sollte man sie in Tel Aviv finden, vor allem jetzt im Winter, wo kaum einer an den Strand kam.

Um sie sich aus dem Kopf zu schlagen, ging er ins Sissi. Ilan, der Wirt, und er kannten sich von Kindheit an, waren beide in den Straßen am Nordende der King-George-Straße aufgewachsen: Schlomo-HaMelech und Frischmann. Gemeinsam hatten sie nacheinander Dvoras Kindergarten in der Zamenhof-Straße, die HaCarmel-Schule in der HaNeviim und schließlich das Städtische Gymnasium 1 besucht, hatten gemeinsam draußen herumgesessen, Schlagball und Fußball gespielt und für Ofer Eshed, den Basketballstar vom Hapoel Tel Aviv geschwärmt. Sie waren auf denselben Partys gewesen, mit denselben Mädchen ausgegangen, hatten amerikanische Hamburger bei Abie Nathan am Kiosk des California gegessen und den Sommer am Sheraton-Strand verbracht, mehr auf dem Brandungsboot als an Land. Sie waren vom Pe'er-Kino zu den sieben Mühlen und zurück auf dem Jarkon gerudert, hatten splitternackt unter der gischtenden Kühlwasserkaskade des Stromwerks Reading gesessen und Eis im Montana gegessen.

Sie verlebten eine wunderbare Tel Aviver Jugend, frei, jung, gut aussehend und sorglos. Ihr Leben war schön, ihre Jugend stürmisch. Sie wurden gemeinsam zum Wehrdienst einberufen und gemeinsam in die Fallschirmjägereinheit der Nachal geschickt, erhielten gemeinsam das Fallschirmspringerabzeichen und das rote Barett. Gemeinsam planten sie eine große Europatour nach der Wehrentlassung: In Amsterdam würden sie einen alten VW-Bus kaufen, ihn mit psychedelischen Farben anmalen und von dort aus Europa bereisen. Dann wollten sie nach England übersetzen, London, Schottland, vielleicht auch Irland abgrasen, den Ärmelkanal zurück von Dover nach Calais überqueren und die Reise in Paris beenden. Nächtelang saßen sie über Landkarten, freuten sich wie Kinder auf diese Reise, nach der sie ihr wahres Leben beginnen und sich eine Zukunft aufbauen würden. Ilan wollte Ingenieur werden wie sein Vater, Eldad Architektur studieren. Sie würden sich eine Studentenwohnung beim Technion auf dem Hadar teilen und Haifa aufreißen wie zuvor Tel Aviv.

Doch dann kam der Jom-Kippur-Krieg und mischte die Karten neu, veränderte das Leben und warf alle Pläne über den Haufen. Nichts mehr war wie zuvor. Aus Ilan würde kein Ingenieur und aus Eldad kein Architekt mehr werden. Ilan war im Krieg schwer verwundet worden und hatte sein linkes Auge verloren. Nach knapp einem Jahr im Krankenhaus fand er, das Leben sei zu kurz, um den honorigen väterlichen Beruf zu erlernen. Stattdessen eröffnete er den Pub in der Jirmijahu-Straße und nannte ihn »Sissi«, nach dem Spitznamen ihres verehrten Bataillonskommandanten Jossi, der in jenem verfluchten Gefecht in jenem verfluchten Krieg gefallen war.

Eldad war noch gut davongekommen: Äußerlich wirkte er heil und gesund. Seine Freunde waren gefallen wie die Fliegen, aber ihm war kein Haar gekrümmt worden. Doch seine Seele hatte gelitten. Auch jetzt, anderthalb Jahre später, fand er nicht zu sich, wusste nicht, was er mit seinem Leben anfangen sollte.

Als Ilan nach vielen Monaten im Krankenhaus, mit einer schwarzen Klappe über dem linken Auge, entlassen wurde, bezogen sie eine gemeinsame Wohnung in der HaJarkon-Straße. Ilan hatte bei seinen Eltern Geld für die Eröffnung des Sissi lockergemacht. Sie waren zwar nicht gerade glücklich darüber, dass er nun ins Nachtleben einsteigen wollte, statt ein Technikstudium in Haifa aufzunehmen, trösteten sich aber damit, dass ihr Sohn, der nur durch ein Wunder überlebt hatte, nun sein Leben in die Hand nehmen wollte.

Der Krieg hatte Eldad verändert. Der charismatische, hinreißende junge Mann, der stets im Mittelpunkt gestanden hatte, war nun verschlossen, in sich gekehrt und schweigsam. Eldad, der ausgezeichnete Sportsmann, der überall mitmachte, sich leicht verliebte und schnell geliebt wurde, allen immer einen Schritt voraus war, die verrücktesten Ideen für die irrsten Späße hatte und mit seinem schallenden Lachen alle ansteckte, wirkte erloschen. Sein langer Körper war gebeugt, eingefallen. Sogar seine bildschönen, blauen Augen, in denen immer ein schelmischer Funken blitzte, waren verblasst, und sein ansteckendes Lachen war verstummt. Ilan hatte Eldad seit dem Krieg kein einziges Mal lachen gehört.

Als Eldads Eltern ihn drängten, sich, wie vor dem Krieg geplant, am Technion einzuschreiben, erklärte er, ohne Ilan ginge er nicht nach Haifa. Der Gedanke, Tel Aviv zu verlassen und allein an einem fremden Ort zu leben, erschreckte ihn. Er fühlte sich nur sicher in seiner vertrauten Umgebung bei seinem besten Freund. Ilans Angebot, als Partner in seinen Pub einzusteigen, lehnte er ab. »Ich habe kein Geld, und von meinen Eltern nehme ich nichts an, denn die sind echt enttäuscht darüber, dass ich nicht Architektur studiere.«

»Ich habe dich nicht um Geld gebeten.«

»Wie soll ich denn Partner sein, wenn ich kein Geld investiere.«

»Investier Arbeit, und sobald wir Gewinn einfahren, zahlst du mir das Geld zurück.«

»Auf gar keinen Fall!«

»Dann arbeite halt als Barmann im Pub.«

»Ich halte es keine paar Stunden in einem geschlossenen Raum aus. Ich brauche das Meer, die offene Weite.«

Ilan war besorgt. »Komm wenigstens jeden Abend in den Pub. Du ziehst die Mädchen magnetisch an, und das ist wichtig für die Stimmung«, sagte er, obwohl er wusste, dass Eldad derzeit alles andere war als ein Magnet. Wenn er schweigend am Tresen hockte und Trübsal blies, wirkte er wahrlich nicht anziehend.

Eldad fand nicht aus seinem Tief heraus. Trotz Ilan fühlte er sich einsam. Die meisten Nächte verbrachte er allein in der gemeinsamen Wohnung, drehte Joints, rauchte, hörte Musik, floh den Schlaf, um nicht entsetzt von den Kriegsszenen hochzufahren, die ihn im Traum verfolgten. Er hielt sich möglichst wach, bis Ilan gegen vier Uhr morgens aus dem Pub heimkam, schlief erst ein, wenn er die Tür ins Schloss fallen hörte.

Er musste Arbeit finden. Wie lange konnte er sich noch von seinen Eltern aushalten lassen? Wie lange konnte er es noch mit seinem Stolz vereinbaren, auf Ilans Kosten im Pub zu trinken? Und doch brachte er es nicht über sich, auch nur ein einziges Vorstellungsgespräch zu führen. Nur am Meer kam er zur Ruhe. Ilan drängte ihn, Bademeister zu werden. »Mach einen Kurs als Lebensretter«, riet er ihm, »du bist topfit, ein klasse Ruderer auf dem Brandungsboot, hast eine Superlunge, warum also nicht?« Aber Eldad wusste, dass dieser Beruf ein Maß an Verantwortung verlangte, das seine Kräfte überstieg. Er begnügte sich damit, im unbemannten Bademeisterhäuschen zu sitzen, täglich im Brandungsboot am Sheraton-Strand zu rudern und seine wöchentliche Therapiesitzung bei Dr. Kaminski zu absolvieren. Die meisten Tage fühlte er sich wie ein Toter, der in einem Leben geisterte, das nicht seines war. Und dann war, unversehens, ein Lichtstrahl in dieses Dunkel gedrungen, in Gestalt der jungen Frau, die er vor dem Ertrinken gerettet hatte. Da war er aus sich herausgekommen, hatte eine Geistesgegenwart und einen Mut bewiesen, die er längst verloren zu haben glaubte, und sie hatte ihm auch noch gut gefallen, sehr gut sogar.

»Wieso hast du sie ziehen lassen?«, fragte Ilan, als er die Geschichte hörte, und klopfte ihm auf die sonnengebräunte Schulter, heilfroh, dass sein Freund endlich Interesse an einem Mädchen zeigte.

»Ehrlich gesagt, bin ich vor ihr geflohen«, gestand Eldad, »damit wir um Himmels Willen nicht in die Situation gerieten, Telefonnummern austauschen zu müssen. Wie ein Hase bin ich getürmt. Hab mich kaum von ihr verabschiedet.«

»Warum warst du denn so ein Hasenfuß?«

»Weiß nicht.«

»Habt ihr nicht miteinander geredet?«

»Ich habe mich lächerlich gemacht. Ich dachte, sie wollte sich umbringen.«

»Woher weißt du, dass nicht?«

»Sie hat es verneint, aber ich spürte, dass sie genauso Hilfe brauchte wie ich. Also habe ich ihr geraten, mit Kaminski zu reden, hab ihr den Zeitungsartikel über ihn gegeben.«

»Und sie hat ihn genommen?« Ilan blickte seinen Freund an. Mit seinem einzigen Auge sah er mehr als die meisten Menschen mit zwei gesunden.

»Hat sie.«

»Und weißt du, ob sie hingegangen ist?«

»Wie soll ich das wissen?«

»Ist doch kein Problem. Frag Kaminski, ob eine junge Frau auf deine Empfehlung bei ihm gelandet ist.«

Doch ehe er noch den Mut dazu aufbrachte, war er Elija über den Weg gelaufen, war leicht verspätet zu seiner wöchentlichen Sitzung mit dem Psychiater erschienen, als sie gerade aus der Praxis kam.

Selbst damals, als die Gelegenheit ihm vom Himmel in den Schoß fiel, war er schnell verschwunden, unter dem Vorwand, spät dran zu sein. Aber danach hatte er eine zweite – angeblich zufällige – Begegnung arrangiert und nun den Mut aufgebracht, sich im Montana mit ihr zu verabreden.

An jenem Tag war er bei der Therapiesitzung unkonzentriert gewesen, hatte bloß dauernd die Sanduhr angestarrt, hatte hastig bezahlt, als das letzte Körnchen durchrutschte, und war mit so flüchtigem Abschied davongestürmt, dass Kaminski sich verwundert fragte, was mit seinem Patienten los sein mochte, der es sonst doch nie eilig hatte.

Eldad startete die Vespa, sauste die Ben-Jehuda-Straße hinunter, verfluchte die Ampeln auf dem Weg, schaffte es pünktlich ins Montana, konnte sogar noch das Eis bestellen – aber sie kam nicht. Die Enttäuschung erwischte ihn unvorbereitet. Es war eine latente Regung, und Eldad bedauerte, dass sie zum Leben erwacht war.

Und nun beschattete er sie schon einige Tage von dem auf Stelzen stehenden Bademeisterhäuschen, das außerhalb der Badesaison unbesetzt war. Er sah, ohne gesehen zu werden, wie ein Voyeur, der in ihre Privatsphäre einbrach, wagte ihr aber immer noch nicht nahezukommen, aus Angst, erneut abgewiesen zu werden. Die Sonne ging unter, und Elija stand auf, kam auf das Holzhäuschen zu. Aber seine Beine waren wie festgenagelt, unfähig, einfach zu ihr runterzusteigen. Nun war sie schon am Häuschen vorbei, würde gleich in der Habakuk-Straße verschwinden. Was war er bloß für ein Dussel, hatte wieder eine Gesprächsmöglichkeit verpasst.

Elija

Es war schon dunkel, als ich vom Meer nach Hause ging, und vor der Dunkelheit fürchtete ich mich. In meiner fernen Kindheit sang mein Vater mir abends am Bett mit seiner tiefen Stimme »Nacht für Nacht« vor. Danach gab er mir einen Kuss auf die Stirn, flüsterte »gute Nacht« und löschte das Licht, ließ mich im Dunkeln allein mit den drei Reitern des Liedes, die zu mir unterwegs waren, wobei der erste durchs Schwert fiel, der zweite zur Beute wurde und der verbliebene dritte meinen Namen nicht erinnerte. Das war das Wiegenlied, mit dem mein guter Vater mich in den Schlaf sang, das einzige Lied, das er kannte. Er kam gar nicht auf die Idee, dass ich bei diesen schrecklichen Zeilen in panische Angst geraten könnte, wie er auch nicht begriff, dass sie nicht für Kinder gedacht waren. Das Lied und das Dunkel im Zimmer lähmten mich vor Angst, und ich rief erneut nach meinem Vater, der mich doch sicher nicht angsterstarrt im Dunkeln lassen würde, aber Lily blockierte meine Zimmertür mit ihrem Körper, und falls ich dann noch weiterweinte, kam sie herein und drohte: »Wenn du noch einmal nach Papa rufst, schläfst du diese Nacht auf dem Klo.« Sobald sie weg war, dachte ich mir: Hoffentlich kommt Mama nie mehr heim und Papa gehört mir allein. Ich wusste, das waren verbotene Gedanken, und wenn Gott sie hörte, würde er mich sicher schrecklich strafen. Mein Vater sagte immer, das wichtigste der zehn Gebote sei »du sollst deinen Vater und deine Mutter ehren.« Aber ich war nicht Herr über meine Gedanken, genauso wenig, wie ich meine Angst vor der Dunkelheit kontrollieren konnte.

Als ich außer Atem zu Hause ankam, fand ich meinen Vater trübsinnig vor. In seiner karierten Pyjamahose und seinem schäbigen Morgenrock wanderte er ruhelos von Zimmer zu Zimmer.

»Hast du Mama gesehen?«, fragte er, ohne guten Abend zu sagen.

»Heute Morgen habe ich sie gesehen, ist was passiert?«

»Sie ist noch nicht zurück. Kommt sonst nie so spät.«

»Aber zum Schluss kommt sie doch immer. Genieß die Ruhe, wie oft hast du schon Gelegenheit, allein zu sein, ohne dass sie dir auf der Pelle sitzt?«

»Ich bin nicht gern allein, und deine Mutter sitzt mir nicht auf der Pelle, sie sitzt an meiner Seite, und ich bin gern mit ihr zusammen.«

»Verzeihung, Papa, ich wollte dich nicht ärgern, aber es ist schon sehr seltsam, dass weder Mann noch Tochter wissen, wohin sie jeden Nachmittag verschwindet.«

»Wer sagt dir, dass ich es nicht weiß?«

»Wenn du's weißt, warum bist du dann besorgt?«

»Gerade weil ich es vielleicht weiß, bin ich in Sorge.«

»Genug, Papa, wieso spielst du jetzt diesen Songwriter Shmuel Rosen? Gibst mir Rätsel auf? Entweder erzählst du mir, wohin sie verschwindet, oder nicht.«

»Wenn Mama es dir erzählen will, soll sie's tun, ich spreche nicht in ihrem Namen.«

»Früher hast du mir mal gesagt, sie säße in der Dizengoff im Café. Aber wir wissen doch beide, dass sie etwa so oft ins Café geht wie sie Opa und Oma besucht.«

Ich weiß nicht, warum mir jetzt meine Großeltern einfielen. Früher hatte ich sie regelmäßig mit meinem Vater besucht, hatte auf Omas Schoß gesessen und Kekse gegessen, die sie extra für mich gebacken hatte. Aber eines Tages war es vorbei mit diesen Treffen.

»Warum besuchen wir sie eigentlich nicht mehr, so wie früher?«, fragte ich ihn nun unvermittelt.

Mein Vater seufzte. »Wir sind nicht mehr hingegangen, weil ich keinen Weltkrieg mit deiner Mutter will. Aber du bist schon ein großes Mädchen, kannst sie ohne mich besuchen, nur sieh zu, dass Mama es nicht mitkriegt.«

»Schon wieder Geheimnisse, schon wieder Lügen. Ich will nicht mehr lügen, um Mama zu schonen«, beharrte ich.

Er tat mir von Herzen leid, sah so traurig und verloren aus in seiner Pyjamahose und dem alten Morgenrock. Seine Augen schweiften unablässig zur Tür, hofften inständig, Ihre königliche Hoheit Lily Zoref möge endlich hereinschreiten, um Herzklopfen und Atemnot zu beenden.

»Wohin verschwindet sie denn dann jeden Nachmittag bis zum Abend?«, versuchte ich, ein Gespräch anzuknüpfen, ärgerte ihn jedoch nur.

»Lass, Bubale, mir ist nicht gut, quäl mich nicht mit deinen Fragen. Mach mir lieber eine Tasse Kaffee aus heißer Milch. Ich glaube, meine Temperatur ist erhöht.«

Ich kochte die Milch dreimal auf, wie mein Vater es mochte, gab einen Teelöffel Pulverkaffee und zwei Teelöffel Zucker hinein und rührte um. Doch noch ehe ich den Kaffee in sein Lieblingsglas gießen konnte, hörte ich die Tür aufgehen und meinen Vater sagen: »Oh, Lily, Gott sei Dank, ich war schon sehr in Sorge,«

»Was gibt's da besorgt zu sein, ist doch erst kurz nach sechs.«

»Aber es ist schon dunkel draußen.«

»Ich komme immer im Dunkeln zurück, mach kein Drama draus, dass ich mich fünf Minuten verspätet habe. Und warum bist du so blass?«

»Mir ist nicht so gut. Ich habe den Laden früher zugemacht. Heute kommt sowieso kein Hund. Deshalb war ich früher daheim. Hatte so sehr gehofft, du wärst schon da.«

»Hast du eine Tablette genommen?«

»Ja, Aspirin, aber es hilft nicht. Der Hals tut mir weh.«

»Gut, ich mach dir Goggelmoggel. Nur lass mich erst meine Klamotten ausziehen.«

Ich ging mit dem Glas Kaffee ins Zimmer. »Bitteschön, Papa«, sagte ich, ohne Lily zu beachten, »hier ist dein Kaffee.«

»Nix mit Kaffee«, bestimmte Lily, »ein Kranker trinkt keinen Kaffee, ich mach ihm Goggelmoggel!«

»Mach ihm, was du willst«, sagte ich eiskalt, »aber er möchte Kaffee.«

»Nicht alle Wünsche gehen in Erfüllung! Trink den Kaffee selbst. Er wird Goggelmoggel trinken.«

Ich nahm das Glas Kaffee wieder mit in die Küche und stellte es auf die Arbeitsfläche. Goggelmoggel, alles kurierte sie mit Goggelmoggel. Als ich klein war, zwang sie mich, dieses schreckliche Zuckerei zu trinken, und es war ihr egal, dass ich es gleich wieder ausspuckte. Wie es ihr jetzt schnurz ist, dass mein Vater Kaffee mit aufgekochter Milch haben möchte. Soll er wollen, was er will, wenn sie will, dass er Goggelmoggel trinkt, dann tut er das, und wie immer blickte mein Vater meine Mutter mit Kalbsaugen an und gab nach.

Es wurde Nacht, aber ich fand keinen Schlaf. Die Wand zum Elternschlafzimmer war zu dünn, und das Getuschel von dort wollte ich für kein Geld der Welt hören. Ich stieg wieder in meine Jeans, streifte einen Pullover über, ohne erst einen BH drunterzuziehen, schlüpfte in meine Jacke und verließ leise die Wohnung, schloss die Tür sanft hinter mir.

Ich beschloss, das Straßendreieck Dizengoff, Ussischkin, Jirmijahu abzulaufen. Vielleicht würde mich der Spaziergang schläfrig machen. In der Sporthalle des Hapoel in der Ussischkin-Straße waren die Lampen schon ausgeschaltet, und am Ufer des Jarkon saßen Liebespaare. Weiter den kurzen Weg zur Jirmijahu-Straße. Die Terrasse des Café Baba an der Ecke war voll besetzt. Ich wechselte die Straßenseite, ging schnell, in der Hoffnung, dass mich dort keiner erkannt hatte. Ari war gern ins Baba gegangen, manchmal auch mit mir, und es konnte gut sein, dass da Bekannte von ihm saßen. Schnell ging ich Richtung Dizengoff weiter. Aus einem Pub drang die Stimme von Grace Slick, der Sängerin der Band Jefferson Airplane, die ich sehr mochte: *»Don't you want somebody to love«*. Ich blieb kurz stehen, um zuzuhören, und da sah ich ihn. Das war der Ruderer vom Meer, mein Lebensretter. Er wartete in einer Menschenschlange auf Einlass ins Lokal. Ich hoffte, er würde mich nicht erkennen. Wie sollte ich ihm wohl erklären, dass ich nicht ins Montana gekommen war? Aber er sah mich, kam auf mich zu, und ich lächelte verlegen.

»Du schuldest mir noch ein Eis«, sagte er, und ich sah, wie blau seine Augen waren.

Ich stand weiter wie angewurzelt da, lächelte dümmlich, und keine der Ausreden, die mir einfielen, wollte mir über die Lippen kommen.

»Also?«, fragte er.

»Also was?«

»Also was ist mit dem Eis?«

»Ich bin mehr für Bier«, antwortete ich mit einem Mut, der mich selbst überraschte, und machte eine Kopfbewegung in Richtung Pub, aus dem die Musik von Jefferson Airplane kam.

»Dann man los«, sagte er, und wir stiegen die fünf Stufen hinauf und traten ein. Ich schreckte zusammen. Schon lange war ich nicht mehr an einem Ort mit so vielen Menschen gewesen, die alle rauchten und auf einmal redeten, so dass die Musik im Lärm schier unterging.

»Möchtest du an der Bar sitzen, oder sollen wir uns einen Tisch suchen?«

Ich zögerte kurz und sagte dann, »an der Bar.« Ein Tisch nur für ihn und mich wäre peinlich gewesen. An der Bar saßen noch andere, nicht nur wir zwei.

Wir schwangen uns auf die hohen Stühle am Ende des Tresens. Der Barmann, ein gut aussehender Typ mit schwarzer Augenklappe, schenkte mir ein breites Lächeln. Mein Gott, dieser Scheißkrieg hat uns zu viele Mosche Dayans, zu viele Einäugige beschert, dachte ich.

»Und was für dich, Hübsche?«, fragte Mosche Dayan.

»Ein Bier.« Ich mochte kein Bier, wusste aber nicht, was sonst bestellen. Ich hatte mir nie was aus Alkohol gemacht, vielleicht, weil Ari ihm so zugetan war, aber nichts abkonnte, schon nach ein paar Drinks aggressiv und ekelhaft wurde.

»Ein Goldstar für die Hübsche«, sagte der einäugige Barmann und stellte mir eine Flasche hin, ohne ein Glas dazu. »Lechaim!«

Ich setzte die Flasche an wie eine routinierte Biertrinkerin. Es schmeckte mir nicht, aber ich trank trotzdem.

Der Ruderer neben mir trank auch Bier. Er sagte kein Wort mehr über das ausgefallene Rendezvous im Montana, aber ich spürte, dass es wie ein Elefant zwischen uns saß, und brach das Schweigen: »Tut mir leid, dass ich nicht ins Montana gekommen bin.«

»Dein Verlust, ich habe mit dem Eis in der Hand auf dich gewartet«, gab er zurück.

»Ich weiß nicht, was ich sagen soll …«

»Vielleicht sagst du, warum du nicht gekommen bist.«

»Es tut mir leid.«

»Und du hast nicht daran gedacht, dein Verhalten zu erklären?«

»Ich dachte nicht, dass wir uns wiedertreffen würden.«

»Wolltest du kein Wiedersehen?«

»Ich wollte und wollte auch wieder nicht ... Das ist kompliziert.«

»Deswegen gehen wir zu Kaminski«, sagte er und hob seine Flasche: »Lechaim!«

»Ich geh nicht mehr hin. Es hat mir gereicht.«

»Möchtest du darüber reden?«

»Das ist eine lange Geschichte, und wir kennen uns nicht genug.«

»Dann lernen wir uns doch kennen«, erwiderte er lächelnd, und mir fiel auf, dass seine Augen nicht mitlächelten.

Jeder hat seine Geschichte. Nicht umsonst ging er zu Kaminski. Zu meiner Überraschung wollte ich wissen, was ihm zu schaffen machte. Ich war neugierig auf ihn. Er gefiel mir, es knisterte zwischen uns, obwohl wir einander kaum kannten. Wir schwiegen eine Weile, hoben ab und zu die Bierflasche und prosteten uns verlegen lächelnd zu.

»Was macht denn unsere Hübsche?« Der einäugige Barmann stellte mir eine neue Bierflasche hin.

»Ich hab die noch nicht aus«, sagte ich ausweichend.

»Macht nichts, nimm eine neue, geht aufs Haus.«

»Wieso aufs Haus?«, lachte ich. »Ich bin zum ersten Mal hier.«

»Genau deshalb. Wir wollen, dass du wiederkommst. Außerdem ist eine Freundin von Eldad auch meine Freundin.«

Eldad hieß er also, registrierte ich, passte zu ihm, der

Name. Ich lächelte verlegen und spürte, dass ich bis zu den Haarwurzeln errötete.

»Weißt du, wie lange dieser Junge dich schon sucht? Er hat ganz Tel Aviv nach dir umgekrempelt.

»Echt?« Ich sah den Ruderer an.

Er nickte. Anders als der geschwätzige und flirtlustige Barmann machte Eldad nicht viele Worte, würde sich, auf leichte Ermunterung von mir, aber vielleicht öffnen, dachte ich.

Ich trank die erste Bierflasche aus. Mir drehte sich der Kopf, und ich blickte Eldad ohne Scham an. Dann setzte ich die zweite Flasche an.

»Hat er dich denn leicht freigegeben?«, hörte ich Eldads Stimme durch den Lärm und die Musik im vollen Pub.

»Wer?«

»Kaminski. Er gibt einen nicht so leicht frei, glaubt an eine lebenslange Therapie, wie an eine katholische Hochzeit.«

»Wieso freigeben?«, lachte ich. »Er hat mich angeschrien, ich beginge einen Fehler. Er ist sicher, dass ich auf allen vieren wieder bei ihm ankomme, aber aus meiner Sicht hat er seine Aufgabe erfüllt.«

»Gehst du zu jemand anderem?«

»Nein.«

»Wer therapiert dich denn dann?«

»Ich therapiere mich selbst. Er hat das seine getan, und ich habe genug von ihm. Und du? Machst du noch weiter?«

»Ja«, sagte er kommentarlos. Ich drang nicht weiter in ihn.

Ich merkte, dass der einäugige Barmann den Blick nicht von uns wandte. Das war mir zu viel. Nachdem sich so lange niemand mehr um mich bemüht hatte, bekundeten nun gleich zwei junge Männer Interesse an mir.

Ich rutschte unruhig auf dem Barstuhl herum, und Eldad fragte: »Bist du okay?«

»Ja, ist mir nur unangenehm, dass der Barmann mich dauernd anstarrt.«

»Ach der?«, lachte er. »Keine Sorge, er starrt nicht dich an, sondern mich.«

»Verzeihung«, stammelte ich, »ich hatte nicht gedacht, dass er …«

»Nein, nein«, Eldad lachte verhalten, nicht frei heraus, »nichts dergleichen. Er ist ein Freund von mir, wir wohnen zusammen. Wie du sicher mitgekriegt hast, hatte ich ihm erzählt, dass du mir abhandengekommen warst, und jetzt freut er sich, dass ich dich wiedergefunden habe.«

»Wem hast du das noch alles erzählt? Der ganzen Stadt?«

»Falls du's noch nicht bemerkt haben solltest: Ich bin wirklich keiner, der mit der ganzen Stadt eins ist, ich bin gerade mal einig mit mir.«

Ich konnte den Blick nicht von ihm abwenden, er hatte etwas Fesselndes an sich. Aber im nächsten Moment erschrak ich. Nein, ich würde mich nicht noch einmal mit einem Menschen einlassen, der mir das Leben schwer machte.

»Gut«, ich stand auf, »ich muss gehen.«

»Warte«, sagte er, »ich komm mit.«

»Nicht nötig, ich wohne in der Nähe.«

»Ich begleite dich«, beharrte er. Ich zuckte mit den Achseln und verließ das Lokal, ohne dem Barmann auf Wiedersehen zu sagen. Wir gingen schweigend nebeneinander.

»Du hättest den Pub nicht wegen mir verlassen müssen«, sagte ich schließlich.

Er starrte zu Boden und schwieg.

»Willst du vielleicht an den Strand gehen?«, fragte ich spontan, zu meinem eigenen Erstaunen.

»Jetzt?«, fragte er zurück.

»Ja, warum nicht?«

Das Meer war stürmisch, die Wellen brachen krachend am Strand. Wir fanden Windschutz unter dem Bademeisterhäuschen.

»Wir sind an den Tatort zurückgekehrt«, sagte ich, und Eldad stimmte zu.

Ich wurde knallrot im Gesicht, als mir einfiel, dass er mich nur wenige Minuten nach unserer ersten Begegnung nackt gesehen hatte.

»Kommst du oft hierher?«, fragte ich zur Ablenkung.

»Jeden Tag, Sommer wie Winter.«

»Ich auch, Sommer wie Winter, aber lieber im Winter, wenn der Strand menschenleer ist.«

»Ich weiß«, sagte er, »ich sehe dich.«

»Echt?« Ich sah ihn an. »Warum hast du mir dann nie guten Tag gesagt?«

»Ehrlich gesagt, hatte ich Angst, wieder enttäuscht zu werden.«

»Es tut mir leid«, sagte ich, »ursprünglich hatte ich vor, ins Montana zu kommen, aber die Dinge sind so gelaufen, dass es nicht ging.«

»Schwamm drüber«, sagte er, »vielleicht erzählst du mir irgendwann mal, was gelaufen ist und warum.«

Wir saßen nebeneinander im Sand, Schulter an Schulter, lauschten den Wellen, kamen uns zögernd näher, schwiegen. Wir waren uns so nahe, dass ich seinen Herzschlag hörte. Ich legte den Kopf an seine Schulter, und er legte den Arm um mich, und so saßen wir lange, ohne ein Wort zu wechseln, ließen nur unsere Körper sprechen.

Ich hatte nicht gedacht, dass mir das noch widerfahren würde, dass ich mir sehnlich wünschte, ein anderer als Ari möge mich in die Arme schließen und auf den Mund küssen. Und da nahm er mein Gesicht in beide Hände und küsste mich. Ich gab mich seinem Kuss hin, berauscht von dem alt-neuen Gefühl, das mich erfüllte, jenem längst vergessenen Verlangen, und er war zärtlich, so ungeheuer zärtlich. Ich nahm seine Hand und führte sie an mir hinunter, versank in die neue Lust, die meinen Körper durchfuhr, als seine kräftigen Hände mich umfassten und zu ihm anhoben. Er küsste mich auf beide Augen, auf Mund und Hals, und dann wanderten seine Lippen hinab zu meinen Brüsten, und ich glaubte, ohnmächtig zu werden, wenn er weitermachte, wollte aber keineswegs, dass er aufhörte, wollte, dass er weiter und weitermachte. Die Lust schüttelte mich mit Macht, der Nektar meiner Liebe lud ihn ein, tief und tiefer in mich einzudringen, und ich geriet außer Atem, mein Körper ließ ihn nach Belieben machen, und ich machte mit seinem Körper, was mir beliebte, und wir beide berauschten uns an der unglaublichen Leidenschaft, an der Lust, die Gott uns schenkte, und wurden eins.

Als ich die Augen aufschlug, sah ich ihn nahe vor mir, seine Augen schauten mir tief in die Augen, tränennass, und ich konnte es nicht glauben. Eldad, dieser großartige Mann, der meinen Körper zum Leben erweckt hatte, vergoss Tränen. Ich küsste sie weg, und er flüsterte in mein Haar, »danke.«

Elija und Eldad

Es gibt Oktobertage, an denen die Temperaturen absacken, südöstliche Winde wehen und trübes Wetter den kommenden Winter ankündigen. Aber der frühe Oktober 1975 ließ nicht auf sein Ende schließen. Das Wetter war herrlich, das Meer spiegelglatt, der Strand menschenleer, und Elija saß allein im Sand und sah Eldad bei seinen Kunststücken auf dem Brandungsboot zu. Manchmal ruderte er an Land, nahm sie an Bord, ruderte ein paar hundert Meter mit ihr hinaus ins Meer, legte die Ruder nieder und ließ das Brandungsboot auf den Wellen schaukeln. Dann saßen sie einander gegenüber, schauten sich in die Augen, und er zog sie an sich. So verbrachten sie Stunden, bis der Wellengang zunahm und sie an Land ruderten.

Sie konnten nicht voneinander lassen, verbrachten ihre gesamte Freizeit gemeinsam, und Elija wurde ein häufiger Gast bei Eldad und Ilan in der HaJarkon-Straße. Ihre Eltern waren mit sich beschäftigt: Der Vater sorgte sich um den Lebensunterhalt. Die schwere Wirtschaftskrise nach dem Jom-Kippur-Krieg, mit galoppierender Inflation und hoher Steuerbelastung, hielt die Leute vom Juwelierladen fern. Die Kundschaft schrumpfte zusehends. Sogar Reparaturen wurden selten. Die meisten Menschen konnten es sich in diesen schweren Zeiten nicht erlauben, Schmuckstücke aufarbeiten zu lassen, und Schaul kam kaum über die

Runden. Er drehte und wendete sich wie ein Akrobat, tat alles, damit Lily den Ernst der Lage nicht entdeckte und nicht ausflippte. Zum Glück hatte sie sich noch nie fürs Geschäftliche interessiert und stellte keine Fragen. Ihr genügte es, dass er die Rechnungen bezahlte und Essen auf den Tisch brachte. Wenn sie etwas für sich selbst erbat, sagte er niemals nein, aber Gott sei Dank wollte sie nie mehr als dringend nötig war. Man konnte sonst was über Lily sagen, aber verschwenderisch war sie nicht. Ab und zu schenkte er ihr ein goldenes Schmuckstück. Stundenlang saß er dann in seinem Kabuff, emsig bemüht, sich selbst zu übertreffen und ein besonderes Armband, eine Kette mit Herzanhänger und einmal auch einen Ring mit einem roten Stein für sie anzufertigen. Aber leider trug Lily nie das Armband am schlanken Arm oder den roten Ring am Finger, und er sah auch niemals den Anhänger an ihrem Hals. »Warum trägst du das Herzchen nicht?«, wagte er sie schließlich zu fragen.

»Juwelen passen nicht zu mir«, antwortete sie, »ein wertvolles Schmuckstück an mir ist wie ein goldener Nasenring an einem Schwein, schade ums Gold, schade um deine Arbeit, schade ums Geld. Nimm die Sachen lieber wieder mit und verkauf sie im Laden. Aber das tat Schaul nicht. Er verwahrte sie in einem roten Samtkästchen im Safe. Wenn Elija mal groß war, würde er ihr den Schmuck geben, beschloss er. Anders als Lily, würde sie die Stücke schätzen und lieben, genau wie das goldene Halskettchen mit ihrem Namen, das er ihr zur Bat Mizwa geschenkt hatte und das sie seither trug, ohne es je abzunehmen.

Elija war froh, dass ihre Eltern sich um ihre eigenen Angelegenheiten kümmerten und die Zügel schleifen ließen. Selbst Lily gab sich damit zufrieden, dass ihre Tochter wieder einen Funken Leben in den Augen und rosige Farbe im Gesicht hatte, und stellte keine Fragen.

»Besser so«, sagte Lily zu Schaul, »wenn wir fragen, gibt sie ja ohnehin keine Antwort oder erzählt uns irgendein Märchen. Solange sie sich nicht unter die Bettdecke verkriecht und brüllt wie ein Löwe im Zoo, lassen wir sie lieber machen.«

»Aber interessierst du dich denn nicht für den Grund ihres plötzlichen Stimmungswandels?«, staunte Schaul.

»So ist sie halt, mal so, mal so. Mal oben, mal unten. Jetzt ist sie oben, also freuen wir uns drüber, und falls sie wieder absackt, packen wir die Sache an.«

Schaul seufzte und tat, wie immer, was Lily wollte. Hauptsache, der Haussegen war gewahrt. Und wenn jetzt Waffenstillstand zwischen den beiden herrschte und seine Tochter wieder lächelte, war es ja gut. Ein bisschen Ruhe hatte auch er verdient.

In ihrem ständigen Bemühen, keine Fragen zu stellen, merkten sie gar nicht, dass ihre Tochter bei Nacht für Stunden aus dem Haus verschwand und erst gegen Morgen wiederkam.

Die Tage wurden immer kälter, und ich kam jeden Abend zum Abendessen nach Hause. Erst wenn meine Eltern in ihr Zimmer gegangen waren, das Licht gelöscht hatten und das Schnarchen meines Vaters durch die Wand zu hören war, ging ich los, um mich mit Eldad zu treffen. Meist blieben wir bei ihm, manchmal gingen wir ins Sissi. Mit der Zeit lernte ich Ilan schätzen, und mir gefiel auch die Männerfreundschaft der beiden. Klar, ich konnte mich nicht dazwischendrängen, wusste aber auch, dass Ilan nicht zwischen Eldad und mir stehen konnte. So war ich klug genug, ihre Freundschaft zu akzeptieren, ihr ihren Raum zu lassen, ohne meinen eigenen Raum zu verkleinern.

Von Tag zu Tag verliebte ich mich inniger in Eldad, und diese Liebe war so anders als die zu Ari. Eldad liebte ich zärtlich, voll wachsender Zuneigung, Nähe und Verbundenheit. Es war keine stürmische Leidenschaft und kein brennendes Verlangen, keine manische, unkontrollierbare Besessenheit und keine völlige Selbstaufgabe und Unterwerfung. Es war eine ruhige Liebe, die still und langsam in mein Herz eindrang. Oft merkte ich, dass ich ihn anschaute, an ihn dachte, mich um ihn sorgte, spürte, wenn ihn etwas bedrückte oder schmerzte. Und doch fand ich noch nicht den Zugang zu ihm. Ich wartete den richtigen Zeitpunkt ab, wusste, dass er kommen würde. Eldad war kein flüchtiger Passant in meinem Leben, Eldad war zum Bleiben gekommen, und ich wartete geduldig.

Wochen vergingen, wir trafen uns täglich, hatten aber noch keine ganze Nacht gemeinsam verbracht. Wenn wir uns geliebt hatten, schlief ich in seinen Armen ein, und er weckte mich sanft und sagte, es sei Zeit, nach Hause zu gehen.

»Ich möchte bei dir bleiben«, flüsterte ich ihm eines Nachts zu, »ich möchte bei dir schlafen und morgens bei dir aufwachen. Mir ist kalt«, fügte ich hinzu, kuschelte mich in seine Arme, schmiegte mich an seinen Leib, »mir ist kalt, und ich möchte hierbleiben bei dir, hier an meiner Lieblingsstelle, in der Mulde zwischen deiner Brust und deiner Schulter, wo ich hingehöre.«

»Geh nach Hause, Liebste«, bat er, »geh, damit du keine Probleme mit deinen Eltern kriegst.«

»Ich bin kein kleines Kind mehr, war schon mal verheiratet, ich muss meinen Eltern nicht erklären, warum ich nachts nicht heimkomme.«

»Warum verheimlichst du ihnen dann, dass du dich mit mir triffst?«

»Mir ist lieber, meine Mutter weiß nichts von uns, damit sie uns nichts kaputtmacht. Seit ich mir die Pulsadern aufgeschlitzt habe, hütet sie mich wie eine Löwin.«

»Ich würde deine Mutter gern kennenlernen«, sagte er unerwartet.

»Lieber nicht.« Ich umarmte ihn und bedeckte seinen Mund mit Küssen.

Unser Leben ging über in segensreiche Routine, begleitet von freudigen Erregungen. Wer hätte geglaubt, dass mein Leben mal so eine glückliche Wendung nehmen würde. Jeden Morgen gingen wir gemeinsam ans Meer. Eldad surfte, und ich legte mich in den warmen Sand, überließ meinen Körper den Sonnenstrahlen. Danach aßen wir Steak in Pita im Karussell, dem Steakhaus der Piloten in der Dizengoff-Straße, oder düsten auf seiner Vespa zu ihm in die HaJarkon-Straße, und er kochte uns etwas. Danach hörten wir den ganzen Nachmittag Musik und machten Liebe. Eldad gibt mir meine verlorenen Jahre zurück, dachte ich, die Jahre meiner Selbstaufgabe bei Ari, dessen Gestalt immer ferner rückte, fast schon vergessen war.

Ich erzählte Eldad, wie ich Ari im Regen bis zu seiner Wohnungstür nachgelaufen war, ohne ihn überhaupt zu kennen, wie fremd und deplatziert ich mir auf meiner eigenen Hochzeit vorgekommen war, wie ich mich in seine verschmähte und abhängige Sklavin verwandelt hatte und dann total durchgedreht war, als er mich in einem Pariser Café verließ.

Ich erzählte ihm von der Zeit, als ich nicht aus dem Bett gekommen war, und von damals, als ich mir die Pulsadern aufgeschnitten hatte, worauf meine Mutter mir mit ihren Fingern das Blut abdrückte und mir so das Leben rettete. Gemeinsam erinnerten wir uns an jenen Tag am Meer, als er mich vor dem Ertrinken bewahrt hatte. Wenn ich sprach, hielt er mich in den Armen, küsste mir die unaufhörlich rinnenden Tränen weg und sagte nichts. Danach packte er mich ins Bett, deckte mich zu, strich mir übers Haar und wich nicht von meiner Seite, bis ich eingeschlafen war.

Mitten in der Nacht wachte ich auf. Seine starken Arme umschlangen meinen Leib. Ich drehte mich zu ihm um. Seine Augen waren geschlossen, doch als ich sie küsste, schlug er sie auf und sah mich an.

»Schläfst du nicht?«, fragte ich.

Er schüttelte verneinend den Kopf.

»Warum?«

»Ich kann nicht einschlafen, ich finde nachts keinen Schlaf.«

»Jede Nacht?«

»Fast jede. Seit du bei mir bist, kann ich ein paar Stunden schlafen, aber niemals die ganze Nacht durch.«

»Gehst du deswegen zu Kaminski?«

»Deswegen und wegen noch ein paar anderen Dingen.«

»Hat er dir denn keine Tabletten gegeben, die dir in den Schlaf helfen?«

»Hat er. Anfangs habe ich sie genommen, aber die Kombination aus Tabletten, Alkohol und Haschisch war tödlich. Ich wurde unkontrolliert, erkannte mich selbst nicht wieder, und wer mich kannte, konnte kaum glauben, dass ich so ein abstoßender und aggressiver Kerl geworden war. Ein Glück, dass ich Ilan habe. Er hat mich immer wieder gerettet. Meine Eltern waren ratlos. Sie wussten nicht, wie sie mit mir umgehen sollten, hatten Angst vor mir. Jede Kleinigkeit nervte mich. Wenn mein Vater etwas sagte, was mir nicht gefiel, tobte ich. Einmal habe ich sogar einen Stuhl nach ihm geworfen. Ich wurde gemeingefährlich, für mich selbst und für meine Umgebung. Als meine Mutter mich einmal beruhigen wollte, habe ich sie so hart weggestoßen, dass sie taumelte und sich beinahe den Schädel eingeschlagen hätte. Daraufhin habe ich die Tabletten weggeworfen. Wie Kaminski auch dir gesagt hat, ist es riskant, abrupt aufzuhören, aber ich war wild entschlossen. War total erschrocken darüber, dass ich die Hand gegen meine Mutter erhoben, einen Stuhl auf meinen Vater geworfen hatte, jeden bedrohte, der mir in die Quere kam. Dem wollte ich ein Ende setzen.«

»Warum hast du nicht mit Alkohol und Drogen aufgehört?«

»Weil ich den Schmerz nicht überwinden konnte. Den konnten nur Alkohol und Haschisch lindern.«

»Erzähl mir«, flüsterte ich.

Er reagierte nicht.

»Bitte erzähl mir.«

»Versprichst du mir, dass du mich hinterher nicht hasst?«

»Ich werde dich nie im Leben hassen.«

»Dass du mich nicht verlässt nach dem, was ich dir erzähle?«

»Nie im Leben verlass ich dich.«

Er schaute mich an, als sehe er mich zum ersten Mal. »Wirklich?«

Ich sah ihm direkt in die Augen und wusste, dass ich ihn auch dann nicht verlassen würde, wenn er mir das Allerschlimmste erzählen sollte. Ich näherte meine Lippen seinem Mund und hauchte: »Erzähl mir bitte.«

Und er lag neben mir und erzählte.

»Nach zwei Wochen nacheinander im Bunker war ich endlich mit Heimaturlaub dran, aber bei meinem Pech fiel er auf Jom Kippur. Was für ein Scheiß, was für eine Verschwendung, Freitag und Samstag ohne Partys, ohne Strand, ohne

Kino, ohne Musik. Einen Tag vor Jom-Kippur-Abend sollte ein Bus die Soldaten abholen, die nach Hause fuhren, doch der Bus ließ auf sich warten, und wir wussten nicht, warum, verloren langsam die Geduld. Und dann begann die Gerüchteküche zu kochen, und es hieß, es herrsche Alarmbereitschaft, und alle Urlaube seien gestrichen. Die Zeit verging, und keiner erklärte irgendwas, bis sich das Gerücht am nächsten Morgen bewahrheitete: Nix mit Heimfahrt, keiner steigt in einen Bus.

Am Nachmittag versammelten wir uns alle im Speisesaal zur Mahlzeit vor Fastenbeginn. Sissi, unser Bataillonsführer, kam von einer Lagebesprechung und teilte uns offiziell mit: ›Es herrscht Alarmbereitschaft.‹

Fast alle Kameraden fasteten, auch ich, obwohl ich das im Leben noch nicht getan hatte. Ich weiß nicht, was an jenem Jom Kippur in mich gefahren war. Die Nacht überstand ich mit Mühe, der Magen knurrte, ich starb schier vor Hunger.

Am Morgen ging ich in den Waschraum zum Rasieren und Zähneputzen, und da warnte ein Kamerad: ›Wenn du dir die Zähne putzt und dich rasierst, ist das, als hättest du nicht gefastet‹, und ich sagte mir, aha, wenn das so ist, mach ich mir jetzt einen Kaffee.

Doch ehe ich dazu kam, verkündete der Bataillonsrabbiner, das Fastengebot sei aufgehoben und alle hätten auf Befehl zu essen. Die frommen Kameraden beteten noch, in ihre Gebetsschals gehüllt, und Sissi bat sie, ihren Gottesdienst abzukürzen. Kaum war er fertig mit seinem Satz, setzte irrer Lärm aus allen Richtungen ein. Die Syrer schossen auf der ganzen Linie, die syrische Luftwaffe griff Kommandostellen und Gerät an, Minuten später war die Hölle los, Tohuwabohu, Granaten flogen in alle Richtungen, die Syrer trafen präzise, das reinste Chaos.

Das war meine Feuertaufe. Ich wusste nicht, was tun,

ringsum fielen die Kameraden der Reihe nach um. Verwundete schrien um Hilfe, Granaten pfiffen, und ich bekam Todesangst. Ein paar Meter weiter lag ein Soldat mit Bauchwunde, rief um Hilfe, aber ich war wie gelähmt, konnte mich nicht regen. Nach der ersten Salve, die vielleicht eine halbe Stunde dauerte, sich aber wie ein ganzes Leben anfühlte, trat eine Feuerpause ein. Zwei Soldaten kamen im Laufschritt mit dem Sanitäter, um den Verwundeten zu bergen, aber es war nichts mehr zu machen. Wäre ich losgerannt, um einen Sanitäter zu suchen, als der Mann um Hilfe schrie, wäre er ihnen vielleicht nicht unter den Händen gestorben.

Dann plötzlich neuer Granatenbeschuss, noch heftiger als der erste. Die Granaten zischten mir um die Ohren, ich fürchtete, taub zu werden. Am Himmel kreisten Bomber, eine Maschine wurde getroffen und explodierte genau über meinem Kopf in einer Feuergarbe. Zu Tode erschrocken suchte ich Deckung. Ich dachte gar nicht daran, das Feuer zu erwidern, dachte nicht ans Kämpfen, wollte bloß am Leben bleiben. Man durfte den Kopf nicht heben, wer ihn hob, bekam was ab, und ringsum wurden alle getroffen, Soldaten wie Panzerwagen waren bald nicht mehr einsatzfähig. Fünf Stunden lang blieben wir pausenlos unter Beschuss, fünf Stunden unter irrem Feuer, und von Weitem sah ich die syrischen Panzer auf uns zurollen.

Ich war hysterisch, schrie wie ein Irrer, aber keiner hörte mich. Ich meinte, dies seien die letzten Minuten meines Lebens, und fing an, mich selbst zu bemitleiden: So jung und schon tot. Was wird aus meinem Vater und meiner Mutter, wenn ich sterbe? Ich habe doch noch nichts im Leben unternommen, weder den Eiffelturm in Paris noch das Colosseum in Rom gesehen, was ist mit Ilans und meinem Traum, in die weite Welt zu reisen, am Technion zu studieren, zusammenzuwohnen? Ich bin noch ein Kind, ich will leben! Ich erinnere mich, dass ich ›Holt mich hier raus, holt mich hier raus‹ geschrien habe, es aber keiner hörte. Und in all dem Tumult und der Angst sehe ich eine Kolonne Panzerwagen und Laster mit syrischen Soldaten anrollen. Ich bin allein, wie zum Teufel soll ich die Kolonne aufhalten? Aus, keine Chance, ich bin tot. Tot! Und dann höre ich Ilan rufen: ›Was stehst du denn da wie ein Schmock, schieß, nun schieß doch!‹ Erst da erwachte ich aus der Erstarrung und habe angefangen, in alle Richtungen zu schießen, völlig außer mir, ohne den Finger vom Abzug zu nehmen. Die Feuersalve war unfassbar. So sieht die Hölle aus, sagte ich mir. Und vor mir versuchten syrische Soldaten, in den Bunker einzudringen. Sissi, unser Befehlshaber, fuhr mit dem Panzerwagen los, um sie aufzuhalten, aber der Wagen bekam kurz darauf einen Treffer aus nächster Nähe ab und ging in Flammen auf. Das Feuer brannte lichterloh. Ilan rief mir zu, er liefe hin, Sissi zu bergen und noch einen Soldaten, der schon vorher etwas abgekriegt hatte, der eine am Kopf, der andere an der Brust. Und ich stehe da wie ein Golem und tue gar nichts. Ilan bekam einen Schuss voll ins Gesicht, und statt zu ihm zu laufen, schrie ich bloß ›Sani, Sani‹, ohne aus meinem Unterstand rauszukommen. Ich bin nicht zu dem verwundeten Ilan gerannt, hatte Todesangst. Die Kugeln pfiffen mir um die Ohren, ich hörte jeden Einschlag, fühlte mich wie eine Ente auf dem Schießstand und schoss wieder wie irre, bis mir die Munition ausging. Ringsum ist die Hölle los, Kugeln pfeifen, Granaten schlagen ein, Soldaten sterben, Schmerzensschreie, und ich schieße vor lauter Panik ohne Munition. Ich sprang in den Schützengraben. Das ist das Ende, sagte ich mir. Plötzlich hörte ich eine Explosion, die mir fast das Trommelfell zerriss. Ich wurde zu Boden geschleudert, prallte hart mit dem Gesicht auf. Ringsum waren alle verwundet oder tot, und ich war ganz voll mit Blut. Ich tastete mir den Leib ab und begriff, dass das Blut nicht von mir stammte, sondern von all den Getroffenen auf mich gespritzt war. Ich war nicht verwundet, nicht mal angekratzt und gewiss nicht tot.

Totenstille trat ein. Ich dachte an meine Eltern, an die Kumpels von den Pfadfindern, an die Kibbuz-Siedlungsgruppe, an Ilan, von dem ich nicht wusste, ob er lebendig oder tot war, an unsere Träume, die an den Basaltfelsen der Golanhöhen zerschellt waren. Ich hatte schrecklichen Durst, wollte pinkeln, hatte jedoch Angst, mich aufzurichten, einen Mucks zu machen, und pisste mir in die Hosen. Nach einer Ewigkeit rief jemand: ›Ist hier einer am Leben?‹

Ich kroch raus. Die Soldaten, die uns holen gekommen waren, starrten mich an wie einen Geist. Alle um mich her waren tot oder verwundet, nur ich war unversehrt.

Körperlich hatte ich nichts abgekriegt, aber seelisch. Der Krieg war aus, Sissi war tot und hatte seine schwangere Frau hinterlassen, Ilan hatte ein Auge verloren, und mir fehlte nichts, kein Auge, kein Arm, kein Bein, alles heil! Aber in mir drinnen war alles kaputt, zerbrochen, und keiner außer mir wusste, was da vor sich ging, keiner verstand, warum ich nicht glücklich war, am Leben geblieben zu sein, sondern mit Arschgesicht und hängendem Kopf rumlief. Keiner außer Ilan. Er wusste als einziger auch ohne Worte, dass ich mich schämte. Mich schämte, weil ich ein Feigling gewesen war, weil ich den Verwundeten, der um Hilfe schrie, nicht gerettet hatte, weil ich nicht losgerannt war, um Sissi aus dem angeschossenen Panzerwagen zu bergen, dass ich mich schämte, mir neben der Leiche eines gefallenen Soldaten in die Hose gepinkelt zu haben, und vor allem, weil ich ihm, Ilan, bei seiner Gesichtsverletzung nicht geholfen hatte, dass ich in den Bunker geflüchtet war, statt zu ihm zu laufen. Er verstand das wortlos, ohne dass ich etwas sagte. Als er im Krankenhaus lag, saß ich fast rund um die Uhr an seinem Bett. Seine

Mutter nannte mich einen Zaddik, einen Gerechten, aber ich kam mir vor wie ein hasenherziger Verbrecher, einer, der Lähmungsanfälle kriegt, nur an sich selber denkt und nicht an seine Gefährten. Einer, dessen Gehirn Schaden genommen hat. Ilan hat Kaminski für mich ausfindig gemacht. Er, der ein Auge verloren hatte, fand die seelischen Kräfte, sich um mich zu kümmern, mich zu dem Doktor zu schicken. Zuerst wollte ich nicht, habe zu Ilan gesagt, ich sei kein Psycho, nur ein Feigling. Doch er beharrte: ›Kein Mensch behauptet, du wärst ein Psycho, aber dieser Arzt weiß, was er mit Leuten wir dir machen muss, er behandelt Soldaten mit Kriegstrauma.‹ Darauf ich: ›Ich bin nicht traumatisiert, ich bin bloß ein Hasenfuß.‹ Und er: »Okay, du bist ein Hasenfuß. Geh hin, sprich mit ihm, finde heraus, warum du ein Hasenfuß geworden bist.‹ Ich wollte immer noch nicht, bis Ilan zu mir sagte: ›Entweder gehst du zu Kaminski oder ich sorge dafür, dass du in die Klapsmühle kommst. Dort werden sie schon die passende Pille finden, die dir das Gehirn wieder zurechtrückt.‹ So ging ich zu Kaminski. Zweimal die Woche saß ich bei ihm wie ein Zombie, wollte nicht kooperieren. Letzten Endes hat er mich erreicht, hauptsächlich über das Meer. Es war seine Idee, einen Teil der Therapiestunden ans Meer zu verlegen, und tatsächlich waren unsere Treffen am Strand die besten. Plötzlich hatte ich einen Grund, morgens aufzustehen. Ich hatte das Brandungsboot, hatte das Meer, hatte den Strand und hatte Ilan, der mich an die Hand nahm wie ein kleines Kind.

Und noch immer kann ich nicht begreifen, was mit mir los war. Warum ich Todesangst bekam, statt meinen Kameraden zu helfen, warum ich gelähmt war, warum ich ein Feigling bin.«

»Du bist kein Feigling«, flüsterte ich, an ihn geschmiegt. »Du bist verwundet. Wir sind beide verwundet, müssen einander heilen.« Ich drückte ihn an mich. »Ich liebe dich«, sagte ich ihm zum ersten Mal. »Ich liebe dich wie mein Leben.« Und er kam in mich, umhüllte mich ganz und gar. Seine Arme, seine Zunge, sein Herz waren überall an mir und ich überall an ihm. »Meine Liebe«, flüsterte er mir zu, »meine Liebste.«

Mir war klar, dass ich Eldad nicht nach Hause bringen durfte, aber er beharrte darauf. Er hatte mich bereits seinen Eltern vorgestellt, die nett und freundlich waren, mir aber doch distanziert vorkamen. Auch wenn sie gemerkt hatten, dass ich gut für Eldad war, zeigten sie sich nicht begeistert über seine neue Freundin. Warum sollten sie auch, wenn er ihnen hartnäckig aufband, wir seien uns bei Dr. Kaminski begegnet.

»Du hättest ihnen das nicht erzählen sollen«, sagte ich.

»Sollte ich ihnen lieber erzählen, dass ich dich vor dem Ertrinken im Meer gerettet habe?«, lachte er.

»Du hättest sagen können, dass wir uns bei Ilan im Pub getroffen haben.«

»Ich kann nicht so gut lügen, erst recht nicht meinen Eltern gegenüber.«

»Das ist eine Notlüge.«

»Du wirst die Mutter meiner Kinder sein, also sollten sie lieber wissen, wo wir uns kennengelernt haben, obwohl auch das halb gelogen ist.«

»Ich werde die Mutter deiner Kinder?« Ich sah ihn überrascht an.

Seine Augen blitzten, und sein Mund lächelte. »Hattest du das noch nicht begriffen?«

»Dann liebst du mich.«

Er zog mich an sich, sog meinen Duft ein und sagte: »Mehr als mein Leben.«

»Was mehr als dein Leben?«, fragte ich. Eldad geizte mit Gefühlsbekundungen.

»Ich liebe dich.« Er gab mir einen langen Kuss und fügte hinzu: »Und weil ich der Vater deiner Kinder sein werde, meine ich, es wird Zeit, dass ich deine Eltern kennenlerne.«

»Warum einen so schönen Augenblick kaputtmachen?«, wich ich aus.

»Also ehrlich, Elija, wie lange glaubst du, mich noch verstecken zu können?«

»Ich mach dich mit meinem Vater bekannt. Wir besuchen ihn im Laden.«

»Ich möchte vor allem deine Mutter kennenlernen.«

»Du hast keine Ahnung, auf welches Minenfeld du dich begibst.«

»Elija, Liebling, du hast gesagt, dass wir einander heilen müssen. Du behandelst meine Wunden, salbst sie mit Liebe, und ich spüre, wie sie mit deiner Hilfe verschorfen. Lass mich auch deine Wunden heilen. Du hast mir selbst erzählt, Kaminski sei der Meinung, du könntest dich nur dann selbst heilen, wenn du die Beziehungen zu deiner Mutter in Ordnung bringst. Du hältst den Schlüssel in der Hand, Elija, musst nur noch die Tür aufschließen. Lass mich die Tür gemeinsam mit dir durchschreiten, ich möchte für dich da sein, um dich in den Arm zu nehmen, wenn es dir wehtut, dich auffangen, wenn du fällst. Ich habe keine Angst vor deiner Mutter.«

»Weil du sie nicht kennst«, sagte ich lächelnd.

Und eines Abends nahm ich ihn mit zu meinen Eltern. Lily war noch nicht von ihren Streifzügen zurück, und mein Vater saß wie gewohnt in Pyjamahose und Morgenrock auf dem Wohnzimmersofa, trank Kaffee mit Milch und las die Zeitung. Er war derart verdattert, mich mit einem jungen

Mann hereinkommen zu sehen, dass er etwas Kaffee auf seinen Morgenrock verschüttete.

»Darf ich vorstellen, Papa, das ist mein Freund, Eldad Arbel«, sagte ich verlegen.

»Sehr angenehm«, erwiderte er und erhob sich.

Seiner Miene entnahm ich, dass Eldad ihm gefiel. Später verriet er mir, am besten gefallen habe ihm, wie Eldad und ich einander ansahen.

»Was machen Sie denn so im Leben?«, fragte mein Vater.

»Er bereitet sich aufs Studium vor«, antwortete ich hastig an Eldads Stelle, »er will Architektur am Technion studieren.«

»Schön, sehr schön. Und womit verdient man sein Geld bis dahin?«

»Er trainiert, um als Lebensretter am Meer zu arbeiten, er ist ein ausgezeichneter Ruderer auf dem Brandungsboot.«

»Brandungsboot«, wiederholte mein Vater versonnen, »Brandungsboot ist gut. Ich geh mal Abendessen machen, bevor Mama zurückkommt.«

»Was sollen denn diese Lügen über das Architekturstudium am Technion?«, fragte Eldad, als mein Vater in der Küche verschwunden war.

»Das ist keine Lüge, allenfalls eine halbe, genauso wie deinen Eltern zu sagen, wir hätten uns bei Kaminski kennengelernt. Außerdem wirst du wirklich am Technion studieren, wirst die Pläne umsetzen, die du vor dem Krieg hattest, wirst Architekt werden, in die Welt reisen, mit mir Kinder bekommen. Ich lüge meinen Vater nie an.«

Er drückte mich lachend ans Herz: »Du hast ja mein ganzes Leben durchgeplant.«

»Für uns habe ich durchgeplant«, ich gab ihm einen Kuss, »alles von Anfang bis Ende.«

In diesem Moment kam meine Mutter herein und traute

ihren Augen nicht: Ihre Tochter küsst einen fremden Mann im Wohnzimmer.

»Guten Abend allerseits«, sagte sie mürrisch.

»Guten Abend, Mama«, erwiderte ich. »Darf ich vorstellen, das ist Eldad, mein Freund.«

»Ich wusste gar nicht, dass du einen Freund hast.« Sie drückte flüchtig Eldads ausgestreckte Hand. »Seit wann hast du einen Freund?«

»Schon seit drei Monaten.«

»Drei Monate lang versteckst du ihn vor uns?«

»Ich habe ihn nicht versteckt, dachte einfach, es sei noch zu früh, ihn mitzubringen.«

»Und warum meinst du, dass es jetzt nicht zu früh ist, ihn mitzubringen?«, fragte sie, Eldads Anwesenheit ignorierend.

»Weil es jetzt ernst ist zwischen uns, und ich wollte, dass ihr die Liebe meines Lebens kennenlernt.«

Lily musterte Eldad von oben bis unten. »Also jetzt ist er die Liebe deines Lebens. Verstehen Sie, junger Mann, meine Tochter wechselt alle paar Jahre die Liebe ihres Lebens, sie weiß nicht, dass eine Frau sich nur einmal im Leben verliebt.« Damit verließ sie den Raum.

»Siehst du, ich hab dir ja gesagt, dass sie boshaft ist und uns nur alles kaputtmacht.« Ich sank kraftlos auf Sofa.

»Sie wird nichts kaputtmachen«, sagte Eldad, »wir kriegen sie weich.«

Während des ganzen Abendessens fixierte Lily Eldad mit Blicken, und erst als wir fertig waren und Eldad aufstand, um mir beim Abräumen zu helfen, fragte sie: »Na denn, junger Mann, was arbeiten Sie?«

»Er arbeitet nicht, okay?«, fuhr ich dazwischen, »Er ist arbeitslos, passt dir das?«

»Elija, lass gut sein«, bat Eldad sanft, aber mit Nachdruck. »Ich befinde mich im Moment in einem Zwischenstadium«, wandte er sich an Lily, »ich wurde nach dem Krieg aus dem Wehrdienst entlassen und brauchte Zeit, um mich wieder zu fangen. Seit ich Elija getroffen habe, hat sich mein Zustand sehr gebessert, und nun plane ich meine Zukunft. Ich denke darüber nach, Architektur am Technion zu studieren.«

»Aber wovon leben Sie denn?«

»Im Moment verdiene ich kein eigenes Geld. Meine Eltern unterstützen mich, bis ich zurechtkomme.«

Die Mahlzeit war beendet, und ich sagte Eldad auf Wiedersehen. Diese Nacht blieb ich zu Hause und hörte durch die Wand zum Schlafzimmer meine Eltern reden. Lily bemühte sich nicht einmal, die Stimme zu senken, als sie klagte: »Dann ist er auch so plemplem wie sie, war im Krieg und braucht ›Zeit, um sich zu fangen.‹ Gott behüte, wo gabelt sie bloß ihre Kerle auf!«

»Bitte, hör auf, Lily«, redete mein Vater ihr gut zu, »warum suchst du einen Floh im Stroh? Er ist ein guter Junge. Wer weiß, was er im Krieg durchgemacht hat? Wer weiß, was ihm auf der Seele lastet? Er hat doch vor, am Technion zu studieren.«

»Und unterdessen leben sie beide, er und sie, auf Kosten ihrer Eltern, wirklich ein Traumpaar.«

»Es geht uns nichts an, wie er lebt.«

»Aber es geht uns an, wie sie lebt. Es wird Zeit, dass sie was arbeitet und uns nicht länger auf der Tasche liegt. Wie lange sollen wir sie noch durchfüttern? Und wer soll sich um uns kümmern, wenn wir mal alt sind und unsere Ersparnisse aufgebraucht haben? Sie gewiss nicht.«

Mein Vater versuchte das Gespräch in normale Bahnen zurückzulenken. »Lily, das wird sich alles regeln. Schau dir doch Elija an, endlich verstehen wir, warum das Mädchen wieder Farbe im Gesicht hat.«

Ich hörte ihn Lily versichern, Eldad sei ein Goldjunge, ein

Junge aus gutem Haus, ein Held, der im Jom-Kippur-Krieg auf den Golanhöhen gekämpft habe. Ich spürte, wie er sich für mich freute und gegen Lilys Gift ankämpfte.

»Na, und wenn er im Krieg gekämpft hat«, kühlte Lily seine Begeisterung ab, »man könnte ja meinen, außer dem Nichtsnutz, der sich ins Ausland abgesetzt hat, haben alle im Krieg gekämpft. Was soll daran besonders sein?« Und auf Vaters Schweigen fuhr sie fort: »Außerdem hat er keinen Beruf, und ein Mann, der nicht jeden Monat Geld zum Leben heimbringt …«

»Ich weiß, ich weiß«, fiel er ihr überraschend ins Wort, »ein Mann, der kein Geld nach Hause bringt, ist kein richtiger Mann.«

Lily

An manchen Tagen empfand Lily ihre Umwelt als glasklar. Sie ging gemächlich, scheinbar ohne Eile, lauschte auf die Stille, gelegentlich unterbrochen durch Vogelzwitschern, betrachtete das Laub der Bäume, schnupperte die herrlich frische Luft, erfüllt vom süßen Duft der Orangenhaine, vermischt mit dem herben Aroma des wilden Syrischen Majorans, der zwischen den Stämmen wuchs.

Kaum auszudenken, dass sie all diese Schönheit und Duftfülle, den Geruch des Lebens, nun gerade auf einem ultimativen Todesacker wahrnimmt, in der Kinderabteilung des Friedhofs in Kiriat Schaul, dem einzigen Ort auf der Welt, wo sie ruhig atmet und zur Ruhe kommt, dem einzigen Ort auf der Welt, wo sie sein möchte, und wenn der Horizont sich golden färbt, kann sie hier sogar das Meer riechen.

Nur hier, in der Kinderabteilung, am Grab ihres Babys, entspannt sie sich. Kein Mensch stört ihre Ruhe, wie auch keiner die Ruhe der toten Kinder stört. Gelegentlich zerreißen Schmerzensschreie die Friedhofsstille, aber selbst die bringen sie nicht aus dem Gleichgewicht. Die Schreie, wie auch die Beerdigungen, sind weit weg, in anderen Abteilungen. Früher hat sie einige traurige, herzzerreißende Kinderbegräbnisse gesehen, sah, wie neue kleine Gräber ausgehoben und später mit einer Steinplatte abgedeckt wurden, sah die Seelenkerze in dem Glasbehälter brennen, den verzweifelte Eltern auf dem Grab ihres Kindes angebracht hatten, sah die Engelsfigur auf dem Grab eines kleinen Mädchens. Aber mit den Jahren füllte sich die Kinderabteilung bis auf den letzten Platz, und fortan beerdigte man nur noch auf einem neu angelegten Feld. Gott macht keinen Unterschied zwischen einem Erwachsenen und einem Kind, diese wie jene sterben weiterhin. Wie viel Ungerechtigkeit gibt es doch auf der Welt, dachte Lily. Der eine fängt gerade erst an zu leben, und schon stirbt er, und ein alter Mensch, der kaum mehr Kraft hat für dieses Leben, nur noch sterben möchte, lebt weiter. Ein Kranker, der sich nichts sehnlicher wünscht, als zu überleben, siecht dahin und stirbt, und ein Gesunder will sterben, schneidet sich die Pulsadern auf, versucht sich im Meer zu ertränken, wird aber gerettet und lebt. Und ihr gelingt es bis heute nicht, Gottes Entscheidungen zu verstehen: Warum dem einen nur so kurze Zeit auf Erden beschieden ist und ein anderer ein langes Leben erhält. Kraft welcher göttlichen Logik eine Frau neun Monate lang ein Kind im Schoß trägt, sich ein Jahr lang an ihm freuen darf und es dann grausam entrissen bekommt.

Die Bischara hatte ihr gesagt, Gott nehme nur dem etwas weg, der große Seelenkräfte habe, um den Schmerz zu ertragen. »Tröste dich damit, dass Gott dich für stark hält«, hatte sie ihr geraten. Aber sie tröstete sich nicht, weder damals noch heute. Nach dem Tod der Bischara hatte sie alle möglichen Leute aufgesucht, die ihr vielleicht erklären könnten, warum ihr Kind gestorben war, warum Gott es ihr so früh genommen hatte. Sie lief zu Frauen, die aus dem Kaffeesatz oder aus Karten lasen, und zu Personen, die den Geist der Toten durch Gläserrücken oder Kerzenanzünden heraufbeschworen. Ihnen allen zahlte sie Geld, das sie eigentlich nicht übrighatte, doch niemand gab ihr eine Antwort. Nachdem eine Frau, die mit den Toten redete, ihr gesagt hatte: »Nur Menschen, die etwas Schreckliches in jener Welt begangen haben, werden in dieser Welt schrecklich bestraft«, war sie nirgends mehr hingegangen.

Sie ist es müde, nach einer Antwort zu suchen. Seit dem Tod des Babys, der so viele Jahre her ist, dass sie sie gar nicht mehr zählt, ist sie eine heimlich trauernde Mutter. Sie traut sich keinem zu gestehen, dass sie jeden Tag mit einmal Umsteigen hierherfährt, ans Grab ihres Kindes.

Schaul will lieber vergessen, nicht darüber sprechen, nicht Kaddisch sagen, nicht das Grab besuchen, sich nicht erinnern und keine Gedenkfeiern abhalten. Und wenn sie am Todestag des Kindes eine Kerze vor seinem Foto auf ihrem Nachtschrank anzündet, verliert er kein Wort darüber.

Seit der Beerdigung des Babys ist Schaul nie mehr auf dem Friedhof gewesen, und Elija – was weiß sie schon. Sie hat keinerlei Bezug zu ihrem toten Bruder. Nach dem Skandal damals mit dem versteckten Foto hat sie kein einziges Mal mehr nach ihm gefragt. Sie benimmt sich wie ein Einzelkind, als wäre kein anderes Kind vor ihr auf dieser Welt gewesen. Wieso hat Gott sie, Lily, zweifach bestraft, ihr das innig geliebtes Baby genommen und stattdessen eine Tochter gegeben, die ihr das Leben vergällt, ja überhaupt das Kind einer anderen Frau zu sein scheint, das zufällig in ihrem Schoß gelandet ist. Durch Zufall hat sie das Kind neun Monate lang ausgetragen, es durch Zufall in einer Geburt, so schwer wie die Durchquerung des Schilfmeers, zur Welt gebracht, durch Zufall ist es in ihrem Haus aufgewachsen, durch Zufall hat es sie anfangs Mama genannt. Was hat sie bloß verbrochen, um diese Strafe zu verdienen. Sie atmete tief durch. Die Gedanken an Elija verwirrten sie. Als Elija mit ihrem Irrsinn anfing, das ganze Jahr nicht aus dem Bett kam, sich umzubringen versuchte, in die Irrenanstalt wollte, hatte sie sich gedacht: Großer Gott, das ist ja schlimmer als der Tod des Babys Chaim. Das Baby ist tot und Schluss, aber Elija ist eine laufende Tragödie, zerstört ihr Leben und das Leben der Eltern, jeden Tag, den sie lebt. Gott behüte, was schwirrte ihr da im Kopf herum. Wie konnte eine Mutter solche Gedanken über ihre Tochter hegen, Gott hatte sie in ihrem Leben bestraft und würde sie auch noch in ihrem Tod strafen.

Aber gerade damals, als Elija sich beinah das Leben genommen hätte, hatte sie sich ihr nahe gefühlt. Als Elija schwach war und fast ihr ganzes Lebensblut verströmte, hatte sie das Leben mit ihren Fingern festgehalten, hatte die Schlagadern abgedrückt und gebetet, der Blutstrom möge versiegen und sie nicht alle beide umbringen. Zum ersten Mal hatte sie gespürt, dass dieses Kind ihr eigenes war und dass sie alles tun würde, um es zu retten. Doch sobald Elijas Zustand sich besserte, hatten sie sich wieder mit messerscharfen Worten angegriffen. Lily wusste, dass sie vor Schreck über die plötzliche Nähe als Erste attackiert hatte, um Elija wieder wegzustoßen, zurück auf den sicheren Platz, wo Wut und Fremdheit und verletzende Worte regieren, wo es weder Zärtlichkeit noch Mitgefühl gibt. Sie wusste, sie durfte sich nie mehr an einen Menschen binden, und sei es ihre Tochter, ihr eigen Fleisch und Blut. Denn noch einen Tritt des Schicksals würde sie nicht überleben.

Dämmerung begann sich über den Friedhof zu senken. Lily stand auf und nahm Abschied von ihrem toten Baby, fuhr mit den Fingern die Buchstaben seines Namens nach, küsste den Grabstein und hastete zum Ausgang. Aber das Tor war verschlossen. Was sollte sie bloß machen. Bald würde sich hier ägyptische Finsternis ausbreiten, und sie wäre allein auf dem Friedhof. Sie musste rauskommen. »Hallo, ist hier jemand?«, rief sie. Vielleicht war ja noch wer von der Beerdigungsgesellschaft da, der sie hören und das Tor aufschließen würde. Doch kein Mensch antwortete ihr. Nun rannte sie in wildem Lauf den Hauptweg entlang. Gleich würde sie den Soldatenfriedhof erreichen, der an die Kinderabteilung grenzte. Noch nie war sie schneller gerannt, als liefe sie um ihr Leben. Gott, es war noch nicht dunkel, aber sie war allein auf dem Friedhof. Und das machte ihr Angst, Todesangst. Als sie atemlos am Verbindungstor zwischen den beiden Friedhöfen, dem militärischen und dem zivilen, ankam, atmete sie erleichtert auf. Auf dem Militärfriedhof waren noch Leute. Seit dem Jom-Kippur-Krieg waren dort viele Gräber hinzugekommen. »Jugendstadt« nannte man den Soldatenfriedhof jetzt schmerzerfüllt. So viele junge Menschen waren in diesem Krieg gefallen, und nun waren ihre Eltern an ihre Gräber umgezogen, wuschen die Grabplatte, schufen ringsum eine Art Gärtchen, legten die Schulterklappen und Einheitsabzeichen ihres Kindes aufs Grab, so wie sie selbst Baby Chaims Spielsachen immer noch in einer Schrankschublade aufbewahrte, da sie sich auch nach all den Jahren nicht davon trennen konnte. Lily beobachtete die Eltern, die sich über die Gräber ihrer Kinder beugten, und fühlte sich auf einmal nicht mehr so einsam in ihrer Trauer, empfand sich diesen hinterbliebenen Eltern in einer Schicksalsgemeinschaft verbunden.

Es dämmerte, und Lily strebte gemäßigten Schritts dem Ausgang zu. Nichts brannte in ihrem Innern, Ruhe überkam sie. Sie hielt nur inne, um sich, wie üblich, die Hände unter dem Wasserhahn am Tor zu waschen. »Wann wird das Tor abgeschlossen?«, erkundigte sie sich bei einer Frau, die neben ihr stand. »Niemals«, lautete die Antwort, »das Tor ist immer offen.«

Mitte September. Fast ein Jahr war vergangen, seit Elija den jungen Mann kennengelernt hatte. Hatte Lily ihn anfangs ignoriert, lernte sie ihn mit der Zeit zu schätzen. Eldad war gut für Elija. Sie hatte endlich das Haus verlassen und war zu ihm gezogen, in die Wohnung, die er mit seinem einäugigen Freund bewohnte, in der HaJarkon-Straße. Lily war nur einmal dort gewesen. Er, Elijas Junge, hatte sie eingeladen, nicht etwa ihre liebe Tochter. Schön war sie, die Wohnung. Sobald man die Tür aufmachte, schien das Meer förmlich hereinzuströmen und sie in blaues Licht zu tauchen. Zwei alte Sessel und ein kleiner Tisch standen auf dem Balkon, und der Junge hatte ihr eine Tasse starken, süßen Mokka gekocht, wie sie ihn mochte, hatte sich benommen, als wäre er ein Gentleman aus England, hatte ihr den Sessel zurechtgerückt, ihr die Jacke abgenommen.

Und Elija, auch die hatte sich verändert. Strahlte eine Sanftheit aus, die sie zuvor nicht an sich gehabt hatte. Sie dachte sogar daran, ihr Literaturstudium wieder aufzunehmen, und kellnerte nun in dem Pub des Einäugigen. Und ihr Freund, Eldad, der arbeitete auch, brachte Kindern am Sheraton-Strand bei, das Brandungsboot zu rudern. Das war zwar keine richtige Arbeit, aber auch nur vorübergehend, bis zu seinem Architekturstudium, hatte er ihr versichert. Wer weiß, vielleicht würde noch was aus ihm werden.

Auch sie selbst war dieser Tage etwas versonnen. Vielleicht war es das Wetter, vielleicht Elijas besserer Zustand. Zwei Jahre ihres Lebens hatte dieses Mädchen ihr geraubt, zwei Jahre, vielleicht mehr, wenn man die Jahre mitrechnete, in denen sie mit dem Nichtsnutz zusammen gewesen war.

Als Elijas Herz in Stücke brach, hatte sie sie nicht bemitleiden können. Wenn jemand Mitleid verdiente, dann ja wohl sie selbst, denn anders als Elija hatte sie sich nie schlaflos im Bett gewälzt wegen eines Mannes, der ihr das Herz gebrochen hatte. Nichts Aufregendes passierte in ihrem Leben, jeden Tag dieselbe Routine, und es gab nichts Neues unter der Sonne. Wie gern wäre sie so ein verliebtes Küken wie Elija, würde sich in ein großes Abenteuer stürzen, unbedacht, ungeplant, kopflos, ohne zu wissen, wie es enden würde, von nichts anderem bewegt als von diesem Kribbeln im Leib, das vom Bauch zur Brust anstieg, sie förmlich in die Zange nahm und dann abrupt losließ, ihr die Röte ins Gesicht trieb, als wäre sie eine reife Tomate, die zu lange auf dem Feld geblieben war, damit endlich der Eine käme, nach dem sie so sehr verlangte, der sie pflücken und verschlingen würde, mit all ihren üppigen Säften.

Er gefiel ihr, dieser Einäugige, Eldads Freund. Wäre sie doch bloß zwanzig Jahre jünger, dann würde sie sich mit ihm in dieses Abenteuer stürzen, das ihre Nächte mit Verlangen nach dem Unmöglichen füllte. Und wie eine ängstliche Jungfrau, die in ihr Hochzeitsbett steigt, erschrak Lily plötzlich über die Gedanken in ihrem Hirn.

Es ist ja nicht so, dass ich Schaul nicht lieben würde, erklärte sie sich selbst. Er ist ein guter Mann, mein Schild und Retter. Wo wäre ich ohne ihn gelandet. Aber man muss doch zugeben, dass er ein normaler Mann ist, langweilig sogar, ohne Feuer und Leidenschaft. Sie kann sich kaum noch erinnern, wann sie das letzte Mal miteinander geschlafen haben, und selbst da war die Sache verkehrt herum gelaufen, denn Schaul hatte nicht sie umworben und verführt, sondern sie hatte ihn im Bett angemacht und die Beine gespreizt, und er war aufgeregt gewesen wie ein kleiner Junge, und als er endlich so weit war, war es vorbei, ehe es richtig angefangen hatte. Sie hatte kaum »Glas Champagner« sagen können, da sackte er schon über ihr zusammen, und zwei Minuten später schnarchte er, und sie blieb auf halber Strecke liegen, drohte zu platzen. Also steckte sie die Finger in ihren

Körpersaft, der noch mit seinem vermischt war, und befriedigte sich selbst, bis ihr Leib hochschnellte und sie sich auf die Lippen beißen musste, um nicht zu schreien, ihn nicht aufzuwecken, aber Schaul hatte ungerührt auf der Seite gelegen und geschnarcht, ohne zu wissen, dass seine Frau ihr Verlangen eigenhändig stillte, dass sie bebend neben ihm lag, nachdem sie Liebe mit sich selbst gemacht hatte.

Das genügte ihr nicht mehr, sie wollte Berührung von Leib zu Leib, Hautkontakt. Sie wollte in den Armen eines echten Mannes hinweggetragen werden, wollte das Feuer, das sie in Elijas Augen erkannte, ein Feuer, das in ihren eigenen Augen nie geleuchtet hatte, wollte das Feuer, das sie in Eldads Augen sah, wenn er Elija anschaute. Noch nie hatte sie selbst diese Flamme gespürt, die zwischen Elija und Eldad loderte, die heimlichen Blicke, die sie wechselten, um sich danach in eine Ecke des Hauses zu verziehen, einander mit Augen, Händen, Lippen zu verschlingen. Verdammt! Sie beneidete ihre eigene Tochter.

Lily findet nachts keinen Schlaf. Sie beißt ins Kissen, wälzt sich im Bett, streift die Decke weg und zieht sie wieder hoch, steht auf und legt sich erneut hin. Sie ist und bleibt verrückt. Eine Mutter ist nicht eifersüchtig auf ihre Tochter. Oder war das immer schon so zwischen ihr und Elija? Hat sie sie um Schauls Liebe beneidet, dann um die Liebe des Nichtsnutzes und jetzt um Eldads Liebe? Und plötzlich steht es ihr glasklar vor Augen, wieso hat sie das nicht eher gesehen: Es ist nur, weil sie einander so ähnlich sind, Elija und sie. Alles, was sie an Elija nicht mag, mag sie an sich selbst nicht, und statt wütend auf sich selbst zu sein, ist sie wütend auf Elija. Alles, was sie an Elija aufregt, hasst sie an sich selbst. Man muss es zugeben, Elija und sie gleichen einander wie ein Ei dem anderen, obwohl Elija ganz die Tochter ihres Vaters ist.

Auch Fremde erkennen, dass Elija ihrer Mutter wie aus dem Gesicht geschnitten ist: Die gleichen grünen Augen, die gleichen hohen Wangenknochen und die gleichen vollen Lippen. Sogar die Grübchen haben sie gemeinsam. Nur das goldene Haar hat Elija nicht geerbt. Sie kam mit braunem Haar zur Welt, in das sich mit den Jahren ein paar rote Strähnen mischten. Das goldene Haar hatte Baby Chaim geerbt, und wie liebte sie damals sein Blondhaar, das ihrem glich.

Stimmt, sie sind sich ähnlicher, als sie zugeben mögen, aber Elija hat alles bekommen, was ihr, Lily, versagt geblieben ist: Zwei Männer unsterblich zu lieben und von ihnen geliebt zu werden, und all das innerhalb von fünf Jahren. Dabei hat sie, Lily, in ihrem ganzen Leben noch kein einziges Mal leidenschaftlich geliebt. Nie hat ihr einer das Herz gebrochen – oder es höherschlagen lassen, bis sie dem Einäugigen begegnete. Als er sie mit seinem verbliebenen Auge ansah, schien ihr, er schaue sie an, wie ein Mann eine Frau anschaut.

Es hatte sie unvorbereitet erwischt. Sie wusste nicht, wohin mit ihrer Schmach, als sie spürte, dass sie sich zu ihm hingezogen fühlte wie eine Motte zum Licht, und ahnte, dass sie dem nicht nachgeben durfte. Wenn sie näher heranging, würde sie sich selbst verbrennen und ihr Zuhause und ihr Leben gleich mit. Aber sie suchte das Feuer, und zu allem Unglück wusste sie, wo es zu finden war.

Sie muss ihn wiedersehen. Ihr Leib schmerzt vor Verlangen nach ihm, stürzt sie ins Verderben. Wenn Elija jetzt in ihren Schädel dringen und sehen könnte, was darin vorging, wenn Elija ihr ins Herz schauen und spüren könnte, was sie empfand – o welche Schande. Sie könnte ja seine Mutter sein. Aber der Typ erscheint ihr im Traum. Sie fantasiert, dass er sie packt und in höchste Höhen befördert. Sie will seinen starken Körper weichklopfen, will mit den Fingernägeln über seinen muskulösen Rücken fahren, ihn kratzen, ihm die Haut aufreißen, das Darunter freilegen, will in ihm sein. Sie ist eine sündige Frau, und die Fantasien erfüllen ihre Tage und Nächte. Selbst wenn sie Baby Chaim besucht, denkt sie an Ilan. Das ist eine Sünde, sagt sie sich. Ich besudele das heilige Grab des Babys, wenn mir der Kopf schwirrt vor Gedanken an einen Mann, der nicht sein Vater ist. Es ist eine Sünde, denn hätte der Kleine überlebt, wäre er jetzt im Alter des Einäugigen.

Und ohne die Folgen zu bedenken, ging sie Elija im Pub besuchen. Natürlich würde Ihr kein Mensch abnehmen, dass sie sich für das Wohlergehen ihrer Tochter interessierte, sich nach ihr sehnte. Die Lüge war ja mehr als durchsichtig. Und doch ging sie hin.

Als sie am frühen Abend dort ankam, hatte Elija nicht mal Zeit, sich über ihren seltsamen Besuch im Sissi zu wundern. Sie lief mit Tabletts voller Bierflaschen zwischen den Tischen umher, nahm Bestellungen auf und servierte Getränke. »Mama, was machst du denn hier?«, fragte sie, ohne jedoch die Antwort abzuwarten, denn sie musste die lauten jungen Leute im Lokal eilig mit Bier versorgen. Die Musik war ohrenbetäubend, was Lily jedoch zu ihrer eigenen Überraschung nicht störte. Ihr Körper mochte gealtert sein, aber ihr Herz war noch jung. Nun plötzlich gefielen ihr die Gitarrenklänge, die sie normalerweise verrückt machten. Der Qualm drang ihr in die Augen, aber statt sich daran zu stören, wollte sie selbst eine Zigarette, sie, Lily Zoref, die im Leben noch nicht geraucht hatte. Und nun saß sie an der Bar neben Eldad, der kein Wort über ihr unerhörtes Auftauchen im Pub sagte, und bat ihn um eine Zigarette. Sie sog den Rauch in die Lungen ein und begann laut zu husten, erstickte schier. Eldad holte ihr ein Glas Wasser, und der Einäugige zwinkerte ihr zu und stellte unaufgefordert einen Drink in einem hohen Glas vor sie hin.

»Was ist das?«, fragte sie.

»Whisky mit Cola.«

Lily verzog das Gesicht, und er lachte. »Möchten Sie was Härteres?«

»Was Härteres? Sie trank ja nicht mal Kidduschwein. Sie nahm einen Schluck von dem Drink, der ihr überraschend gut schmeckte und leicht die Kehle hinunterlief. Der Einäugige bewegte die Lippen und sagte: »Lechaim.« Sie trank das Glas schnell aus und bestellte noch eines.

»Mama, du trinkst?« Elija taucht plötzlich neben ihr auf, überhäuft sie mit Fragen: »Was machst du denn hier? Ist Papa was passiert?«

»Warum sollte Papa was passiert sein? Du kommst nicht auf Besuch, also bin ich hergekommen.«

»Ich komm nicht auf Besuch?«, erwidert Elija, indem sie die Flaschen und Gläser aufs Tablett lädt, die der Einäugige ihr anliefert, »erst gestern waren wir bei euch, nicht wahr, Eldad?«

Eldad nickt, mischt sich aber nicht in das Gespräch zwischen Mutter und Tochter ein, und Elija eilt mit ihrem vollen Tablett an die Tische.

»Wieso fallen ihr die Biere nicht vom Tablett?«, will Lily von Eldad wissen.

»Am Anfang sind sie ihr runtergefallen«, sagt er lächelnd, »aber sie lernt schnell, Ihre Tochter.«

»Ja«, fällt der Einäugige ein, »toll begabt, ähnelt sicher ihrer Mutter.«

»Von wegen ihrer Mutter ähnlich, sie ist ganz die Tochter ihres Vaters, die da.«

»Vielleicht Vaters Tochter, aber schön wie ihre Mutter.« Er lächelt sie an, lehnt sich vor zu ihr, ganz nah, nimmt ihr Glas und füllt es zum dritten Mal.

Scheint es ihr nur so, oder flirtet er mir ihr? Ihr schwindelt der Kopf von den Drinks, er fixiert sie schamlos mit Blicken. Um Himmels Willen, was soll Eldad denken? Was die anderen jungen Leute an der Bar? Eine abgetakelte Alte wie sie macht sich vor Elijas Freund und an ihrem Arbeitsplatz lächerlich. Sie ist betrunken, so viel ist klar, und sie ist unfähig, diesen irren Tanz zu stoppen, der zwischen ihr und dem Einäugigen abläuft. Er zwinkert ihr zu, und sie lässt die Augen nicht von ihm. Er lächelt sie an, und ihr weicht das Lächeln nicht von den Lippen. Er macht Komplimente, und sie kichert wie eine Sechzehnjährige. Oder bildet sie sich das alles nur ein, und sie blamiert sich wie eine jener dummen Gänse, die sich übertrieben rausputzen, zu sehr ins Zeug legen?

Was hat sie sich denn gedacht? Dass sie sich an die Bar setzt und er ihr wie eine reife Frucht vor die Füße fällt? Was hatte sie bloß im Sinn, als sie den ganzen Schrank ausräumte, aber doch nichts zum Anziehen fand, schließlich ihre normalen Klamotten durch goldene Ohrringe und eine rote Perlenkette ergänzte, in der Hoffnung, sie würden ihre tristen Sachen ein wenig aufpeppen. Was hat sie sich dabei gedacht, als sie dreimal roten Lippenstift auftrug und ihn sich immer wieder von den rissig gewordenen Lippen wischte? Was zum Teufel war ihr durch den Kopf gegangen, als sie Schaul aufband, sie habe einen Termin beim Arzt und sei schon spät dran? »Wieso denn ein Arzttermin um diese Uhrzeit?«, hatte er nachgefragt. »Das ist ein Frauenarzt«, log sie, »er empfängt privat.« »Warum musst du zum Frauenarzt gehen, ist was passiert?«, hakte er besorgt nach. »Warum sollte es? Man muss hingehen, bevor was passiert, muss sich untersuchen lassen, das ist Frauenkram, von dem du nichts verstehst«, hatte sie ihm an den Kopf geworfen, war schon an der Tür gewesen, ehe er etwas antworten konnte, hatte gerade noch seinen verblüfften Blick aufgefangen. Er hatte sich längst daran gewöhnt, dass sie jeden Nachmittag für Stunden verschwand und erst heimkam, wenn er schon von der Arbeit zurück war, aber dass sie um acht Uhr abends das Haus verließ? Das war noch nie vorgekommen.

Sie muss zu ihm zurück, zu Schaul, in ihren sicheren Hafen. Was hat sie sich denn bloß gedacht, dass sie hier an der Bar sitzen und einen Zaubertrank trinken würde, der sie fünfundzwanzig Jahre jünger machte, und dann würden der Einäugige und sie glücklich und zufrieden sein bis an ihr Lebensende? Gott behüte, sie ist nicht normal, total neben der Spur.

Ihr schwindelt, der Magen dreht sich ihr um, das Abendessen, das sie mit Schaul gegessen hat, kriecht ihr die Speiseröhre hoch. Was für eine Schande, sie muss zurück zu Schaul, zu ihrem Mann, der sie so nimmt, wie sie ist, mit all ihren Macken, sie muss zurück in die sicheren vier Wände ihrer Wohnung, muss …

»Frau Zoref«, Eldad fasst sie am Arm und hält sie fest, »Sie sind total betrunken.«

Unbarmherzige Sonnenstrahlen fielen durchs offene Fenster und blendeten ihr die Augen. Sie hatte wieder mal vergessen, die Läden zuzumachen, und nun weckte die Sonne sie früher als gewollt. Sie legte die Hand über die Augen und drehte sich auf den Bauch, um dem grellen Licht zu entkommen, aber vergebens. Nun wollte sie aufstehen, aber der Körper gehorchte ihr nicht, die Glieder waren schwer, und Kopfschmerzen hämmerten ihr erbarmungslos im Schädel.

Ihre Seite des Bettes war zerwühlt, das Bettzeug zerknittert und schweißnass. Schauls Seite war ordentlich gemacht wie immer: Kissen, Decke, Laken makellos wie zum Appell in der Kaserne. Sie setzte die Füße auf den kühlen Boden, aber ihr Körper klappte zusammen. Sie versuchte sich wieder aufzusetzen, sackte jedoch erneut nach hinten. Die Kopfschmerzen nahmen zu, ihr Körper verströmte säuerlichen Schweißgeruch, ihr Atem stank nach Alkohol. Mit letzten Kräften riss sie sich zusammen, tappte zum Fenster und schloss endlich den Laden. Dann schaffte sie es in die Küche, füllte ein Glas mit Leitungswasser und befeuchtete ihren trockenen Mund. Sie schlich ins Bad, warf einen Blick in den Spiegel und erschrak: Ihr Haar war zerzaust, das Gesicht faltig wie das einer alten Frau, die Wimperntusche hatte schwarze Schlieren auf ihrem Gesicht hinterlassen, roter Lippenstift war in den Rissen und an den Rändern des Mundes angetrocknet. Sie wusch sich hastig die Make-up-Reste vom Gesicht, rubbelte heftig, als wolle sie die Falten glätten, und da fiel ihr alles wieder ein: Was war gestern bloß mit ihr los gewesen, dass sie in den Pub gelaufen war und an der Bar gesessen hatte wie eine erbärmliche Frau, die einen Kerl für die Nacht sucht? Wer weiß, was sie gesagt und getan hatte nach dem zweiten Glas Whisky von dem Einäugigen? Großer Gott, wie viel Schande hatte sie über sich gebracht? Hatte sie denn jede Selbstachtung verloren? Und der Einäugige, hatte er ihre Trunkenheit ausgenutzt, um sie der Lächerlichkeit preiszugeben? Oder hatte sie sich selbst lächerlich gemacht? Sie erinnerte sich, dass er ihr einen Whisky und noch einen und noch einen eingeschenkt hatte, mit einem bedeutungsvollen kleinen Lächeln im Gesicht. Geflirtet hatte er mit ihr, sie verführt – oder hatte sie ihn bedeutungsvoll angelächelt, mit ihm geflirtet und ihn verführt? Was zum Teufel hatte sie sich dabei gedacht? Dass er sie aus ihrem langweiligen Leben erretten würde, aus der ewigen Routine, die sie umzubringen drohte?

Sie wusste nicht mehr, wie sie nach Hause gekommen war und die Tür aufgekriegt hatte. Und wer hatte sie entkleidet, ihr das Nachthemd übergezogen und sie ins Bett gebracht? Hatte sie sich selbst ausgezogen, oder hatte Schaul es getan? Und was hatte er dazu gesagt, dass sie so spät und stockbesoffen nach Hause kam? So viele Fragen und keine einzige Antwort. Trommeln schlugen in ihrem Kopf, und sie hatte einen säuerlich-metallischen Körpergeruch, als hätte man geschmolzenes Kupfer mit Zitronensaft versetzt und ihr damit die Haut eingerieben.

Sie hielt sich am Waschbecken fest, um nicht das Gleichgewicht zu verlieren. Gott helfe ihr, sie hat sich lächerlich gemacht. Im Pub haben sie sich sicher schlappgelacht über diese pathetische Frau, die da angelaufen kam, um junge Männer aufzugabeln, lieber Himmel, sie ist wirklich ausgeflippt. Sie muss sich reinigen, muss im Badezimmer unter dem warmen Wasserstrahl stehen und ihren Körper abreiben, bis neue Haut anstelle der welken nachwächst, neue, frische Haut, die nichts von der gestrigen Nacht in Erinnerung hat. Und sie schrubbte mit der Bürste den Bauch, den Schritt, rieb heftig, bis die Haut rot wurde, schier vom Leib herunterriss. Wie eine Irre stand sie unter dem heißen Wasserstrom, rubbelte mit dem Lifaschwamm, damit nichts mehr sie an ihre Schmach erinnerte.

Sie duschte so lange, bis das Warmwasser aufgebraucht war und das nachlaufende Kaltwasser sie aus ihrer Selbstpeinigung weckte und wieder zu Verstand brachte. Als sie das Badezimmer verließ, zeigte die große Uhr in der Küche ein Uhr mittags. Sie hatte den halben Tag verschlafen, und bald würde Schaul zur Mittagspause aus dem Laden heimkommen. Das letzte, was sie wollte, war ihm zu begegnen. Wenn sie jetzt nicht schnell machte, würde sie sich bei ihrem Baby verspäten. Sie musste den Bus erwischen, in einen anderen umsteigen und schließlich noch eine halbe Stunde zu Fuß gehen. Gerade heute, noch dringender als sonst, musste sie mit ihm sprechen, musste dort sein an dem Ort, der nicht nur dem toten Baby Ruhe brachte, sondern auch seiner lebenden Mutter, musste sehen, wie zum Teufel sie nun weitermachen sollte.

Es war schon spät, als sie endlich in Kiriat Schaul ankam. Kurzatmig hastete sie zum Grab und legte das Gesicht auf den kühlen Stein. »Schalom, mein Kind«, flüsterte sie, »verzeih, dass ich spät dran bin, ich hoffe, ich habe dir keine Sorgen bereitet, Mama ist da, jetzt ist alles in Ordnung.« Die Berührung mit dem Stein tat ihr gut und kühlte ihren stürmischen Geist. Sie küsste die Steinplatte und fing an zu weinen, unfähig, die Tränen zurückzuhalten. »Warum weinst du?«, hörte sie die süße Stimme ihres Babys aus ihrem Innern aufklingen. »Worüber weinst du, Mama?«

»Über dich weine ich«, antwortete sie ihm, »und auch über mich, über deine Schwester und deinen Vater und über all das, was wir hätten haben können, wenn du nicht gestorben wärst. Alles ist kaputtgegangen am Tag deines Todes. Nur schlechte Dinge sind uns seither geschehen, und die Sehnsucht nach dir und nach dem, was wir hätten haben können, wenn du nicht gestorben wärst, tut so weh.«

»Aber Mama«, hörte sie die Stimme ihres Babys klar und deutlich, »ich war nur ein Jahr dein, und Elija ist es dein Leben lang. Warum, Mama, warum lässt du Elija nicht deine Sehnsucht stillen?«

»Ich bin eine schlechte Mutter, mein Kind, habe ein kaputtes Herz. Die ganze Liebe, die ich in mir hatte, habe ich dir geschenkt, und danach hatte ich keine Liebe mehr übrig, weder für Elija noch für deinen Vater. Und jetzt gebe ich mich nicht mehr mit seiner stillen und sicheren Liebe zufrieden, sondern suche ein Abenteuer, das mich weiß Gott in

Teufels Küche bringen wird. Ich kann es nicht beherrschen, Kind. Deine Mama verliert den Kopf wegen eines jungen Mannes, der ihr Sohn sein könnte. Mein Kind, sag mir, was tun, wie mich verhalten.«

»Mama«, flüsterte das Kind, und seine Stimme war die Stimme des Windes, »folge deinem Herzen, hör nicht drauf, was andere sagen, tu nicht nur das, was erlaubt ist, und denk nicht daran, was verboten ist«, entstieg die Stimme ihrem Herzen, »Mama, erlaube dir, verrückt zu spielen.«

Sie küsste wie immer die Lettern seines Namens und richtete sich auf. Seine Worte dröhnten ihr im Kopf. Es war nicht das erste Mal, dass ihr totes Baby aus ihrem Innern sprach. Sie stellte Fragen, und das Baby gab ihr Antworten, und sie dachte, sie habe wohl die Fähigkeit der Bischara, mit den Toten zu reden. Doch während die Bischara mit allen Toten gesprochen hatte, sprach sie nur mit ihrem Baby, denn könnte sie mit allen Toten reden, hätte sie es gewiss mit ihrer leiblichen Mutter getan, die vermutlich längst das Zeitliche gesegnet hatte, hätte sie gefragt, warum zum Teufel sie sie, ihre Tochter, verlassen hatte.

Neuerdings dachte sie oft an die Frau, die ihre Mutter war. Früher hatte sie ihr Herz gegen jedwede Gefühle für diese Person abgeschottet, doch nun stellte sie Fragen, auf die es keine Antworten gab. Wer sollte ihr denn wohl sagen, wer ihre Eltern gewesen waren? Sie lief wie eine Irre in der Stadt herum, folgte fremden Frauen, auf der Suche nach Gesichtszügen, die ihren eigenen ähnlich sahen. Allein bei dem Gedanken an den Vorfall im Modegeschäft Ivanir in der Dizengoff-Straße glühten ihre Wangen vor Scham. Im Laden hatte eine blonde Frau mit Haarknoten im Nacken gestanden – die gleiche schlanke Figur wie sie selbst, die gleichen großen Brüste, die sie an sich selbst so hasste. Sie erkannte an ihr etwas Eigenes. Lily starrte die Frau schamlos an, aber die unterhielt sich mit der Verkäuferin und achtete nicht auf sie. Als sie den Laden verließ, folgte Lily ihr von der Dizengoff- bis zur Pinsker-Straße, ohne den Blick von ihrem Rücken zu wenden. Und als sie schließlich in einem Haus verschwand, blieb Lily wie eine Idiotin davor stehen, versuchte sich auszumalen, in welche Wohnung sie wohl gegangen war und wie diese von innen aussehen mochte. Erst nach einer ganzen Weile hatte sie sich zum Gehen aufgerafft. Später tadelte sie sich selbst: Was zum Teufel hatte sie denn gedacht, dass es ihre verlorene Schwester sei, die sie zu ihrer nie gekannten Mutter führen würde?

Es war schon Nacht, als sie heimkehrte. Das dunkle Treppenhaus jagte ihr Angst ein. Sie schaltete das Licht an und stieg schnell die sechzig Stufen zu ihrer Wohnung im dritten Stock hinauf. Vor der Tür blieb sie kurz stehen, um wieder zu Atem zu kommen, und öffnete dann. Schaul erwartete sie wie immer in seiner Schlafanzughose. In der Essecke war der Abendbrottisch gedeckt. Die Teller standen einander gegenüber, flankiert von Messer und Gabel. Salz- und Pfefferstreuer prangten in der Mitte, umringt von der Schüssel Salat, dem Quarkbecher und dem Brotkorb mit Weißbrotscheiben. Alles war bereit für sie wie jeden Abend ihrer siebenundzwanzig Ehejahre. Aber diesmal wirkte der sorgfältig gedeckte Tisch nicht beruhigend auf sie, sondern machte sie wütend. Was würde denn passieren, wenn ihr teurer Ehegatte ihr ein einziges Mal Hühnerleber mit Püree kochen würde, oder vielleicht Rindergulasch mit weißem Reis? Was wäre, wenn sie statt des Kaffees mit Milch mal ein Glas Wein tränken? Würde die Erdkugel aus den Angeln springen? Und was, wenn er sie, statt in der uralten Pyjamahose, die man schon im Archäologischen Museum ausstellen könnte, einmal in Bügelfaltenhose und weißem Hemd empfinge? Und statt daheim zu Abend zu essen, könnte er sie vielleicht einmal ins Lokal einladen? Wie oft war sie am noblen Casba in der Jirmijahu-Straße vorbeigekommen und hatte die eleganten Damen beneidet, die in Begleitung gepflegter Herren aus Luxuslimousinen stiegen und Arm in Arm das teure Restaurant betraten. Wann würde es ihr einmal im Leben vergönnt sein, in einem erstklassigen Restaurant zu speisen? Wann könnte sie einmal im Leben aus der Routine ausbrechen und verrücktspielen?

Sie zog rasch die Jacke aus, danach auch das Übrige bis aufs Unterkleid. Nein, heute würde sie nicht den abgeschabten Morgenrock anziehen, den sie sonst im Haus trug, sondern nun gerade das rote Kleid, das sie gestern im Modegeschäft Madim in der Allenby-Straße gefunden hatte. Ja, einfach so hatte sie Lust gehabt, sich etwas Neues zu kaufen, in dem sie sich schön und begehrenswert vorkam, ein Kleid, in dem der Einäugige sie für eine sinnliche Frau halten würde. Sie hatte das teure Geschäft betreten und ein blutrotes Minikleid erworben, das sie sich eindeutig nicht leisten konnte. Ein Kleid, dessen Ausschnitt einen Fingerbreit verbarg und zwei Fingerbreit offenbarte, der Rock zwar nicht so kurz, dass er kaum die Oberschenkel bedeckte, wie bei Elija, aber doch kniefrei, ein Kleid, wie sie es noch nie zu tragen gewagt hatte. Ja, sie hat jetzt Lust, das rote Kleid anzuziehen, hat Lust, ihre bloßen Arme zu zeigen, roten Lippenstift aufzulegen, Absatzschuhe anzuziehen, die sie nicht hat, aber haben wird. Sie wird auch rote Stöckelschuhe kaufen, denn das will sie, verrücktspielen.

Das enganliegende Kleid betonte ihre Reize. Sie strich darüber, um den Stoff zu glätten, griff in den Büstenhalter und richtete ihre Brüste auf. Dann zog sie mit dem roten Lippenstift aus dem Kaufhaus Hamaschbir LeZarchan präzise die Lippen nach und rieb sich mit der Fingerspitze etwas davon auf die Wangen. So ging sie in die Küche, wo Schaul geduldig wartete, bis sie endlich zum Abendessen erschien. Er starrte sie verblüfft an, mit aufgerissenen Augen, begriff nicht, was in seine Ehefrau gefahren war, sagte aber nichts.

Sie setzte sich ihm gegenüber und sah ihn herausfordernd an. Er machte sich an sein mittlerweile abgekühltes Spiegelei, tauchte das weiche Innere seiner Brotscheibe ins Eigelb, ohne zu ihr aufzublicken.

»Na, willst du mich nicht zu meinem neuen Kleid beglückwünschen?«, fragte sie in einschmeichelndem Ton.

»Glückwunsch«, murmelte er.

»Findest du es nicht besser als die Lumpen, die ich sonst immer trage?«

»Besser.«

»Und macht es dir nichts aus, dass ich fast das ganze Geld, das du diesen Monat verdient hast, für dieses Kleid ausgegeben habe?«

Schaul hätte sich um ein Haar verschluckt. Er konnte nie gut mit unerwarteten Situationen umgehen, und seine liebe Ehefrau bescherte ihm solche, leider Gottes, in Hülle und Fülle. In der letzten Zeit war endlich ein wenig Ruhe von Elijas Seite eingekehrt, und er hatte gedacht, das Leben würde jetzt in ruhigeren Bahnen verlaufen, aber gerade, als er meinte, alles ginge nun seinen Gang, setzte Lily ihm wieder zu. Als sie am Abend zuvor nicht heimkam, war er wahrlich in Panik geraten. Tausend Gedanken waren ihm in den Sinn gekommen, er hatte sogar ein Taxi zum Friedhof genommen. Über hundert Pfund hatte er dem Fahrer bezahlt, nur um zu entdecken, dass das Tor fest verrammelt war, und selbst wenn, Gott behüte, der schrecklichste seiner Gedanken sich bewahrheitet haben sollte, wäre er nicht in den Friedhof reingekommen. Tief besorgt musste Schaul unverrichteter Dinge wieder heimfahren. Drei Stunden war es her, dass er das Haus auf der Suche nach ihr verlassen hatte, und Lily war immer noch nicht zurück. Ruhelos streifte er durch die Wohnung, voller Angst über das Schlimmstmögliche. So viele Jahre war er mit dieser Frau verheiratet, und doch war und blieb sie unvorhersehbar. Er kannte sie immer noch nicht richtig, konnte ihrem Gedankengang fast nie bis ans Ende folgen.

Nach Mitternacht war sie heimgekommen, begleitet von Elijas Freund Eldad. Lily konnte sich kaum auf den Beinen halten, und wenn Eldad sie nicht gestützt hätte, wäre sie zu Boden gesackt wie eine Lumpenpuppe.

»Sie muss ins Bett«, hatte Eldad gesagt. Schaul hatte sie ihm erschrocken abgenommen, ihr das Nachthemd übergezogen und sie ins Bett gebracht. Erst als sie schlief, hatte er das Licht ausgemacht und war ins Wohnzimmer gegangen.

»Es tut mir leid«, sagte Eldad, »sie hat zu viel getrunken.«

»Getrunken? Wo?«, fragte Schaul.

»Im Sissi, dem Pub von Ilan, meinem Freund.«

»Was wollte sie denn da?«

»Sie wollte Elija bei der Arbeit besuchen, und Ilan hat ihr was zu trinken gegeben. Er hatte keine Ahnung, dass sie nichts abkann.«

»Sie wollte Elija dort besuchen?«

»Das hat sie gesagt.«

Schaul verstummte. Auch wenn er kaum glaubte, dass Lily nach Elija hatte sehen wollen, hielt er es für unangemessen, Eldad ins Vertrauen zu ziehen, schließlich gehörte er noch nicht zur Familie.

»Ich gehe jetzt«, sagte Eldad, »es tut mir leid. Ilan wollte sie nicht betrunken machen.«

»Gehen Sie nur, gehen Sie«, sagte Schaul. »Vielen Dank, dass Sie sie nach Hause gebracht haben.«

Die ganze Nacht hatte er kein Auge zugetan, hatte neben Lily im Bett gelegen, ohne den Blick von ihr zu lösen, so sehr sorgte er sich um sie. Sie wälzte sich unruhig in ihrem trunkenen Schlaf und lallte Unverständliches. Ihr Atem stank nach Alkohol. Er hatte sie noch nie betrunken gesehen, sich auch gewiss noch nie an ihrem Körpergeruch oder Atemhauch gestört, aber jetzt wurde ihm schier übel davon. Als er beinah eingeschlafen war, sprang Lily auf und rannte zur Toilette, um sich zu übergeben. Er hastete ihr nach, hielt ihr den Kopf und wusch ihr das Gesicht. Danach wollte er ihr das Nachthemd wechseln, aber sie wehrte sich heftig, und er gab auf. Er wischte das Erbrochene vom Toilettenboden, wollte sich den Gestank nach Kotze und Alkohol, der auf ihn übergegangen war, vom Leib spülen, aber das Warmwasser war abgekühlt, und so wusch er sich nur Hände und Gesicht.

Schaul war zutiefst verunsichert. Er spürte, dass hier etwas ablief, was über seinen Verstand ging. Lily war in den Pub gegangen, ohne ihn zu informieren, und stockbesoffen zurückgekehrt. Ein Glück, dass Elijas Junge da gewesen war, um sie heimzubringen, ein Glück, dass sie nicht volltrunken durch die Straßen getorkelt war.

Nach der schlaflos verbrachten Nacht war er morgens aufgestanden, hatte wie immer seine Seite des Betts gemacht und einen Blick auf Lily geworfen. Der verschmierte Lippenstift verlieh ihr das Aussehen eines traurigen Clowns. Er wollte ihn abwischen, die Falten zwischen ihren Augen glätten, wagte es aber nicht, sie anzufassen, und verließ leise das Zimmer. Er zog sich im Wohnzimmer an, legte den Pyjama zusammengefaltet aufs Sofa und eilte, ohne seinen Morgenkaffee zu trinken, aus dem Haus. Anders als sonst schloss er die Wohnungstür ab, damit, Gott behüte, nicht jemand von den Nachbarn hereinschaute und Lily in ihrer Schande sah.

Als er aus dem Geschäft heimkam, war sie nicht mehr zu Hause. Wohl wieder auf dem Friedhof. Schon seit Jahren wusste er, dass sie zum Friedhof fuhr. Er hatte lange gebraucht, um herauszufinden, wohin sie jeden Tag von mittags bis abends verschwand. Anfangs dachte er, sie liefe die Cafés und Geschäfte in der Dizengoff-Straße ab. Jahre später meinte er, Lily gehe, wie Elija, ans Meer, um Ruhe zu finden. Aber auf seine Frage sagte sie: »Ich bin in Jerusalem geboren, wir Jerusalemer können nicht schwimmen und mögen das Meer nicht.« Wenn er traurig war, wälzte er den Verdacht, sie könnte ihn, Gott behüte, mit einem namenlosen Liebhaber betrügen.

»Wo gehst du hin, Lily?«, fragte er sie, als er seine Ängste nicht mehr aushielt. »Wo bist du jeden Nachmittag?«

»Einfach spazieren«, antwortete sie unbestimmt.

»Wo gehst du spazieren, Lily?«

»An allen möglichen Orten.«

»Lily, an welchen Orten?«, drang er in sie.

»Was willst du von mir?«, funkelte sie ihn an. »Willst du mich im Haus einsperren?«

»Gott behüte, Lily. Ich hindere dich nicht daran auszugehen, möchte nur gern wissen, wohin. Du bist meine Frau, und ich mache mir Sorgen um dich.«

»Sei unbesorgt, ich komme schließlich jeden Tag wieder heim, oder? Was gibt es dann zu sorgen?«

»Vielleicht fährst du wieder nach Jaffa? Hast dir eine neue verrückte Alte gesucht, die für dich im Kaffeesatz liest?«

»Nenn die Bischara nicht verrückt«, fauchte sie, »die Bischara war eine gute Frau. Sie hat mich so oft gerettet.«

»Wovor hat sie dich gerettet, Lily?« Schaul war wirklich schwer von Verstand.

»Vor mir, vor mir selbst hat sie mich gerettet, ihr Andenken sei gesegnet.«

»Also ist es das, hast du eine neue Bischara gefunden?«

»Es gibt keine andere Bischara und wird keine geben«, klagte Lily, »so eine wie sie finde ich nicht wieder, nicht in Jaffa, nicht in Tel Aviv und nirgendwo sonst auf der Welt. Nirgends werde ich eine Bischara finden, die mir mein Leben voraussagt, mich in meinem schrecklichen Leben berät.«

Schaul ignorierte die letzten Worte. »Wo gehst du dann hin, wenn nicht nach Jaffa?«, fragte er nun schon flehend.

»Ich gehe an den Ort, wo ich am besten aufgehoben bin.«

»Besser als in deinem Zuhause?«

»Dort bin ich zu Hause, dort ist meine Seele.«

»Wovon redest du? Wo ist ›dort‹?«

»Dort ist mein Sohn«, sagte sie mit brechender Stimme.

»Dein Sohn?«, fragte er. »Du hast keinen Sohn, Lily, du hast eine Tochter.«

»Ich habe einen Sohn, wie kannst du vergessen, dass ich einen Sohn habe, der auch deiner ist.«

Er blickte die aufgewühlte Lily verwundert an, und da erst begriff er: Sie fuhr zum Friedhof. Dahin ging sie Tag für Tag, zu dem toten Baby. Er nahm sie in die Arme, und sie ließ es zu. »Gut, Lily, gut«, flüsterte er in ihr Haar, »alles ist in Ordnung, meine Liebste. Geh dorthin, wo deine Seele sich befindet, alles gut, Lily, alles ist gut.«

Danach hatten sie kein Wort mehr darüber verloren. Schaul beruhigte sich, wusste jetzt wenigstens, wohin sie verschwand, wusste, dass das tote Kind sie stundenlang vereinnahmte, und gegen das tote Kind – das hatte er längst eingesehen – war nicht anzukommen. Lily liebte es mehr als ihn und ihre lebende Tochter, und er hatte damit umzugehen gelernt, wie auch mit ihren täglichen Friedhofsbesuchen.

Aber wie sollte er mit einer Lily umgehen, die in einen

Pub lief und total betrunken nach Hause kam? Mit einer Frau, die plötzlich ein tief ausgeschnittenes, rotes Kleid anzog, Arme und Beine entblößte, als sei sie eine von der Straße? Nicht mal am Tag ihrer Hochzeit hatte sie sich die Lippen angemalt, und nun schminkte sie sie rot. Es war wohl besser zu schweigen, den Kopf einzuziehen und abzuwarten, bis Lilys neuer Irrsinn vorüberginge, wieder Ruhe einkehrte.

»Ich habe dich gefragt, ob es dir gar nichts ausmacht, dass ich fast das ganze Geld, das du diesen Monat verdient hast, für dieses Kleid ausgegeben habe.«

»Wenn dir das Kleid gefällt, soll es gut sein«, murmelte er.

»Interessiert es dich denn nicht, warum ich gestern betrunken nach Hause gekommen bin?«, stichelte sie. »Interessiert es dich nicht, warum ich plötzlich ein rotes Kleid angezogen und mir die Lippen rot geschminkt habe?«

»Was willst du, Lily?«

»Ich will, dass du Fragen stellst und mir hier nicht gegenübersitzt wie ein Schlemihl in deiner Pyjamahose und tust, als wäre alles so wie immer, als wäre nichts los.«

»Was ist denn los, Lily?«

»Ich will dir sagen, was los ist«, blaffte sie und baute sich vor ihm auf: »Mir langt's! Das ist los. Ich habe es satt, jeden Tag heimzukommen zu dir in deiner Pyjamahose, zu Spiegelei und fein geschnippeltem Salat. Ich habe es satt, vor der Glotze zu sitzen und bei Programmschluss mit dem Bibelvers des Tages ins Bett zu gehen, habe es satt, vorzeitig zu altern. Verstehst du, Schaul, mir langt's! Es langweilt mich, jeden Tag haargenau dasselbe zu tun. Ich habe genug davon, im Haus zu versauern, während andere Leute auf der Dizengoff-Straße flanieren, im Café Reval sitzen, ins Kino, ins Theater, in Restaurants, auf Reisen gehen, während ich hier bei dir festhänge, mit deiner Pyjamahose und deinem beschissenen Abendessen. Mir langt's!« Sie hämmerte mit den Fäusten auf den Tisch, dass das Geschirr schepperte.

Schaul packte den Tisch mit beiden Händen, sprang auf und sagte in ruhigem, aber eiskaltem Ton: »Du weißt, wo die Tür ist, Lily. Wenn du genug hast, dann geh durch diese Tür und komm nicht wieder. Geh dir anderswo Abenteuer suchen. Sauf wie eine Pennerin von der Straße, zieh dich an wie eine Nutte, setz dich ins Café, geh in Restaurants, geh in die Habima, ins Cameri, ins Ohel-Theater, geh zum Teufel, aber geh, verlass das Haus!«

Lilys stürmische Erregung erstarb schlagartig. Sie starrte Schaul mit aufgerissenen Augen an, fassungslos. Noch nie hatte sie Schaul so entschieden gesehen, noch nie hatte er es gewagt, ihr gegenüber laut zu werden, und gewiss hatte sie ihn nie fluchen gehört. Großer Gott, er warf sie aus dem Haus.

»Meinetwegen schlaf auf dem Friedhof, bei deinem toten Kind!«, rief er und haute auf den Tisch.

Für einen Moment wurde Lily unsicher. Seit dem Tod des Babys hatte Schaul nicht von ihm gesprochen, es mit keinem Wort erwähnt, und nun war er entschlossener denn je und jagte sie aus dem Haus. Sie machte auf dem Absatz kehrt und ging wortlos zur Tür. »Du wirst den Tag noch bereuen, an dem du mir die Tür gewiesen hast, wirst mich noch auf den Knien anflehen zurückzukehren«, sagte sie und knallte die Tür hinter sich zu.

Ihr war klar, dass es jetzt nur einen Ort für sie gab. Sie würde an der Bar sitzen und warten, bis der Einäugige seine Arbeit beendete, und dann mit ihm auf sein Zimmer gehen, damit er endlich die reife Tomate pflückte und sie seinen süßen Leib zu kosten bekäme. Danach erst wäre sie wirklich frei. Sie stand am Bordsteinrand vor dem Pub und wartete, dass die Schlange vor dem Eingang kürzer würde, aber sie wurde nur immer länger, und Lily begriff, dass sie sich mit anstellen musste, um überhaupt reinzukommen.

Ihr war kalt. Beim Verlassen der Wohnung hatte sie nicht daran gedacht, einen Pullover oder ein Jackett überzuziehen. Hatte gerade noch ihre Handtasche geschnappt. War weggelaufen, wie sie war, nur mit dem roten Kleid am Leib.

Plötzlich sah sie ihn.

»Eldad«, rief sie.

Er drehte sich um und war verblüfft, sie in dieser ungewohnten Aufmachung zu sehen. »Frau Zoref, sind Sie heute wieder da?«

»Ich will in den Pub, können Sie mir helfen, die Schlange zu umgehen?«

»Frau Zoref«, stammelte er, »ich weiß gar nicht, was ich sagen soll. Weiß Herr Zoref, dass Sie hier sind?«

»Genug mit ›Frau Zoref‹. Ich heiße Lily, und es geht Herrn Zoref nichts an, wo ich bin. Kannst du mich in den Pub reinschleusen oder nicht?«

»Frau Zoref, Lily«, versuchte er von Neuem, »willst du dich wieder betrinken? Das passt nicht so ganz für eine ältere Frau wie dich.«

»Junger Mann, kümmere du dich mal nicht um meine Ehrbarkeit. Bist du bereit, mich reinzulassen? Wenn ja, gut, wenn nein, dann eben nicht. Bloß steh hier nicht rum und versuch mich zu erziehen. Ich könnte deine Mutter sein.«

Eldad war verlegen. Er wollte Elijas Mutter nicht kränken, wusste jedoch, dass Elija sie nicht wieder im Pub sehen wollte. Der Abend zuvor hatte ihr gereicht. Sie hatte endlos über die Schande geklagt, die ihre Mutter ihr gemacht hatte, und Ilan hatte nur noch Öl ins Feuer gegossen, indem er die besoffene Lily nachäffte.

»Komm«, sagte Eldad und nahm Lilys Arm, »ich schleuse dich durch die Küche rein.«

Sie gingen über den Hinterhof. Ein paarmal hatte er seinen Samen und seine Seele für schnellen Sex an diesem schmutzigen, stinkigen Ort hingegeben, bevor er seiner Liebsten begegnet war. Und nun überquerte er ihn mit ihrer Mutter.

Drinnen schlug Lily der üble Geruch versengten Fetts in die Nase, und der Lärm war unerträglich. Stimmengewirr, Gelächter und dröhnende Musik aus den Lautsprechern hämmerten ihr an die Schläfen. Ihr blieb kurz die Luft weg. Wenn hier, Gott behüte, ein Feuer ausbräche, gäbe es keinen Fluchtweg in diesem Gedränge, Menschen würden in der Falle stecken, schoss es ihr durch den Kopf.

»Hier, setz dich dahin«, sagte Eldad und führte sie zu einem hohen Stuhl am Ende der Bar.

Er wechselte Blicke mit Ilan, der ihm mit seinem einzigen Auge zuzwinkerte. Eldad fuhr sich mit der Hand über die Kehle, um ihm ohne Worte zu sagen: »Nimm dich in Acht vor mir.«

»Guten Abend, Königinmutter«, sagte Ilan ungerührt.

Lily errötete. Dann hatte sie also doch nicht alles erfunden.

»Was trinken wir denn heute, schöne Frau?«

»Dasselbe wie gestern, bitte.«

»Schon auf dem Feuer«, erwiderte Ilan und lächelte ihr vielsagend zu.

»Sag mal, bist du verrückt?« Eldad ging hinter den Tresen. »Willst du, dass sie sich wieder betrinkt? Willst du mir Probleme mit Elija machen?«

»Wer will sie denn betrunken machen? Ein Gast kommt in den Pub, will sich abregen, was trinken, wie sollte ich da nein sagen?«

»Ilan, ich scherze nicht, ich bring sie nicht noch einmal sinnlos besoffen nach Hause, verstehst du? Ich will keinen Ärger, weder mit Elija noch mit ihrem Vater.«

»Keine Sorge, Junge, ich geb ihr Coca-Cola und sag ihr, es sei Whisky. Sie kann's eh nicht unterscheiden.«

Elija

Ich glaubte, nicht richtig zu sehen. In dem Getümmel an der Bar und dem schummrigen Licht erkannte ich sie und traute meinen Augen nicht. Meine Mutter, Lily Zoref höchstpersönlich, in einem billigen roten Fummel und nicht wie sonst in einem ihrer konservativen Blumenkleider, die sie älter machten als sie war.

»Mama, als was hast du dich denn verkleidet?«

»Ich habe mich nicht verkleidet, hatte bloß keine Lust mehr, Lumpen zu tragen. Ich hatte Lust, was Jugendliches anzuziehen. Bin ja noch nicht alt.«

»Aber was machst du heute Abend schon wieder hier?«

»Darf ich den Arbeitsplatz meiner Tochter nicht aufsuchen?«

»Du musst sie hier rauslotsen«, flüsterte Eldad mir zu.

Ich drückte ihm das Tablett in die Hände: »Übernimm du die Runde.«

»Mama, jetzt mal im Ernst, warum bist du nicht zu Hause?«, fragte ich leise.

»Dein Vater hat mich aus dem Haus geworfen.«

»Was hat mein Vater?«

»Du hat schon richtig gehört. Er hat gesagt, ich sollte zur Tür rausgehen und nicht wiederkommen.«

»Was für ein Unsinn. Papa würde dich niemals aus dem Haus werfen, selbst wenn du es anzünden würdest. Papa kann ohne dich nicht atmen.«

»Wenn du's nicht glaubst, geh heim und frag ihn.«

»Mama, was hast du getan?«

»Ich habe gar nichts getan, ihm nur gesagt, dass ich's leid bin, jeden Tag zu seinem Pyjama und seinem Spiegelei mit Salat und seinen Fernsehnachrichten heimzukommen.«

»Du bist total verrückt geworden.«

»Warum, weil ich leben möchte?«

»Was heißt leben? In einem Pub junger Leute rumhocken, die deine Kinder sein könnten? Geh zur Volkstanzgruppe mit Menschen deines Alters, da kannst du leben.«

»Tanz du Volkstänze, ich geh hin, wo ich will.«

»Mama, du gehst jetzt mit mir nach Hause!«

»Ich bleib hier«, und zu Ilan gewandt: »Du kannst mir noch ein bisschen mehr davon einschenken, und tu bitte auch Whisky rein wie gestern, nicht schummeln.«

»Schon unterwegs«, lachte Ilan. »Deine Mutter ist echt eine scharfe Biene«, sagte er zu mir, »wenn die zwanzig Jahre jünger wäre …«

Ich blickte meine Mutter an und las ihre Miene. Auch im schummrigen Licht sah ich ihre Augen in den Höhlen erstarren und ihr Gesicht rot anlaufen. Jetzt erst kapierte ich, dass sie seinetwegen herkam. Was hatte sie sich bloß gedacht: Dass sie ihm gefallen, dass er eine junge Frau in ihr sehen würde?

Endlich begriff sie, dass Ilan sie als Witz betrachtete, als schlechten Witz. Sie leerte hastig ihr Glas und stürmte im Laufschritt aus dem Lokal.

»Du Hurensohn«, zischte ich Ilan zu.

»Was hab ich denn schon gesagt?«

»Du blöder Hurensohn!«

Ich hastete ihr nach, holte sie mit Mühe Ecke Dizengoff-Straße ein. »Mama, warte. Mama, bitte warte.«

»Lass«, schüttelte sie mich ab, »lass mich in Ruhe, und geh zurück zu deinem Freund und zu diesem dummen Mosche

Dayan, dem seine Mutter nicht beigebracht hat, sich wie ein Gentleman zu benehmen.«

»Was wolltest du denn, Mama? Du kommst den zweiten Abend in den Pub, trinkst wie eine Säuferin, ziehst dich an wie eine billige Frau, was hast du gewollt?«

»Ich bin deine Mutter. Wie kannst du es wagen, mich billig zu nennen?«

»Schau dir doch an, wie du angezogen bist, was soll dieses Kleid, wo hast du das gekauft, in der HaJarkon-Straße, wo die Nutten sich einkleiden?«

Lily wankte ein paar Schritte weiter und sank auf eine Bank. Plötzlich hatten sich die Rollen verkehrt. Es kam mir vor, als wäre sie ein kleines Kind und ich ihre tadelnde Mutter. Sie barg das Gesicht in den Händen und sah auf einmal so verloren aus. Alles war sonderbar. Seit wann führten wir überhaupt Dialoge? Seit wann sagte ich meiner Mutter, was ich dachte?

»Mama, du gehst jetzt nach Hause, und ich geh zurück in den Pub. Ich habe Schicht.«

»Ich geh nicht nach Hause«, sagte sie.

»Wohin denn dann?«

»Ich weiß es nicht, aber zu deinem Vater geh ich nicht zurück.«

»Red keinen Unsinn, er wird sicher verrückt vor Sorge, und ich muss wieder an die Arbeit. Eldad hat zwei linke Hände, hat sicher schon die Hälfte der Gläser auf dem Tablett kaputtgeschmissen.«

»Ich geh nicht nach Hause. Und geh du, wohin du willst.«

Ich war ratlos, konnte Lily nicht wie ein gescholtenes Kind auf der Bank sitzen lassen.

»Dann halt zu uns. Da kannst du heute Nacht schlafen, und morgen sehen wir weiter.«

»Ich geh nicht zu euch. Ich will morgen früh nicht die Visage von Mosche Dayan sehen.«

»Keine Sorge, du wirst ihn nicht zu sehen bekommen. Er übernachtet bei seiner Freundin. Du kannst in seinem Zimmer schlafen.«

»Ich geh nicht in sein Bett.«

»Gut, dann schlafen Eldad und ich in seinem Zimmer, und du schläfst in unserem. Los, gehen wir. Ilan wird mich morgen sowieso entlassen, was macht es dann noch.«

Wir gingen nebeneinander die HaJarkon-Straße hinauf, meine Mutter und ich. Ich warf einen Blick auf die Frau an meiner Seite, die nicht mehr jung, aber auch nicht alt war, weder groß noch klein, an deren Gesicht der Zahn der Zeit genagt, es aber immer noch schön belassen hatte, und fragte mich, wer zum Teufel diese Frau war, die da neben mir ging, wie viele Überraschungen sie noch für mich bereithielt. Wer war diese Frau, die mir das Leben geschenkt hatte, und wie konnte es sein, dass ich sie zwar von Geburt an kannte, aber immer noch nicht richtig?

Sie schlang die Arme um den Leib, zitterte in der Brise vom Meer.

»Es tut mir leid«, sagte sie unvermittelt.

Ich meinte, nicht richtig gehört zu haben. Aber sie fuhr fort: »Es tut mir leid, dass du meinetwegen von der Arbeit weglaufen musstest.«

»Nicht weiter schlimm, der Zigarettenqualm ist ohnehin nicht gut für den Teint«, erwiderte ich und lächelte sie an. Überraschend lächelte sie zurück.

Bei uns angekommen, sagte Lily, ihr gefiele die Wohnung, sie sei von Meeresgeruch durchweht, und ich dachte, dass wir also wenigstens eines gemeinsam hatten, da wir beide die Seeluft liebten.

»Hier, nimm«, warf ich ihr einen Pyjama zu, »zieh endlich dieses schreckliche Kleid aus, das dir nicht steht.«

»Warum nicht? Schau, wie gut es passt.«

»Vielleicht passt es zu deiner Figur, aber es passt nicht so gut zu deinem Gesicht. Von hinten siehst du aus wie ein junges Mädchen, doch wenn du dich umdrehst, ist es beängstigend. Du hast eine jugendliche Figur und das Gesicht einer älteren Frau.«

»Jetzt beleidigst auch du mich noch.«

»Es war ein Kompliment. Wenn ich mal so alt bin wie du jetzt, hätte ich auch gern noch so eine Figur.«

»Wirst du haben. Wirst sehen. Wir haben gute Gene in der Familie«, sagte sie und fügte leise, wie zu sich selbst, hinzu, »obwohl ich nichts über meine Gene weiß.«

Ich kniff mich. Messianische Zeiten waren angebrochen, Lily und ich unterhielten uns zwanglos. Plötzlich begriff ich: Hier kam die Gelegenheit, die vielleicht nicht wiederkehren würde, die Gelegenheit für das Gespräch, das ich so gern mit meiner Mutter führen wollte.

Lily

Lily hatte Mühe, ein Auge zuzutun. So viel war in den letzten vierundzwanzig Stunden geschehen. Großer Gott, was hatte sie in dieser Zeit nicht alles zum ersten Mal im Leben getan? Gedanken, Unternehmungen, Reden: Sie war für einen jungen Mann entflammt, der im Alter ihres Sohnes hätte sein können, wenn der am Leben geblieben wäre. Sie hatte ein gewagtes rotes Kleid angezogen, roten Lippenstift aufgetragen und sich sinnlos betrunken. Ihr Ehemann hatte sie aus dem Haus geworfen. Der junge Kerl, von dem sie hoffte, er würde sie wie eine Jungfrau vernaschen, hatte sie in tiefster Seele beleidigt. Und wer hatte sie dann von der Straße aufgesammelt? Ausgerechnet ihre Tochter, von der sie das im Traum nicht erwartet hätte. Und nun schlief sie zum ersten Mal seit ihrer Hochzeit in einem fremden Haus und einem fremden Bett. Großer Gott! Sie tat das, was ihr Baby ihr zu tun geraten hatte: Sie spielte verrückt.

Als sie aufwachte, stand die Sonne hoch am Himmel, und sie begriff, dass sie wieder bis mittags geschlafen hatte. Das glänzende Sonnenlicht und das schimmernde Meer, das durch Elijas und Eldads Fenster zu sehen war, begeisterten sie. Sie stand auf, trat ans Fenster und blickte aufs Meer, das ihr plötzlich so schön, so blau und so tief vorkam. Kein Wunder, dass Elija es so sehr liebte. Die Strandpromenade wimmelte von Menschen, das Klacken der Bälle gegen die Strandtennisschläger drang ihr an die Ohren und auch der vertraute Ruf der Eisverkäufer: »Eis am Stiel, Schoko-Banane!« Die Liegestühle standen in Reihen, belegt mit sonnengebräunten Männern und Frauen. Kinder bauten Sandburgen, Leute schwammen, und die Stimme des Bademeisters warnte hin und wieder vor irgendwas. Sie konnte die Augen nicht von dem Anblick lösen. Pulsierendes Leben: Menschen leben, gehen an den Strand, spielen Strandtennis, essen Eis, schwimmen, reden, lachen, und nur sie hängt in ihrem langweiligen, kleinen Leben fest. Wie war sie zu dieser grauen, verbitterten und wütenden Frau geworden? Auch von ihren Fenstern aus sah man doch das Meer, aber sie hatte es nie angeschaut, und als Elija sie fragte, warum sie nie nach Westen aufs Meer blickte, sondern immer nur nach Osten zum Jarkon, hatte sie ihr nicht verraten, dass sie dahin schaute, wo ihr Baby lag, und darauf wartete, zu ihm zu gehen.

Sie holte rief Luft und wandte sich vom Fenster ab. Ihr rotes Kleid lag auf dem Stuhl. Was um Himmels Willen war ihr durch den Kopf gegangen, als sie dieses schreckliche Kleid gekauft hatte? Wie hatte sie sich damit aus dem Haus trauen können, und wie sollte sie darin ihr Kind besuchen? Chaim hatte ihr gesagt, sie solle verrücktspielen, aber nicht gesagt, sie solle sich kleiden wie eine Prostituierte.

Die Tür des Zimmers, in dem Elija und Eldad nächtigten, war zu. Sicher schliefen sie noch. Wie hatte sie es gehasst, wenn Elija bis mittags pennte, und jetzt wachte sie selbst nicht vor zwei Uhr auf. Sie wusch sich das Gesicht mit kaltem Wasser, drückte Zahnpasta auf den Zeigefinger und putzte sich damit die Zähne. Dabei musste sie lachen und überlegte, dass sie das sonst nie tat. Warum lachte sie denn nie? Warum war sie immer wütend, verbittert, mürrisch? Sie betrachtete sich im Spiegel über dem Waschbecken. Ihre Haut strahlte, glänzte. Sie blickte scharf in die blauen Augen, die ihr entgegensahen. Ihr Haar war mit den Jahren nachgedunkelt, hatte nur noch wenig von dem goldenen Kranz, der einst ihr Gesicht umrahmte. Sie fuhr sich mit der Hand durchs Haar, das Gold war weg, aber trotz ihres Alters zeigten sich noch keine grauen Strähnen. Ihre Lippen waren voll, genau wie Elijas. Elija sah ihr so ähnlich. Wieso hatte sie das bisher nicht gesehen. Wer hätte geglaubt, dass Elija ihr eine helfende Hand reichen würde. Wer weiß, wie diese Nacht ohne Elija ausgegangen wäre, wer weiß, wo sie gestrandet wäre. Heim zu Schaul wäre sie nicht gegangen, selbst wenn sie auf einer Straßenbank hätte nächtigen müssen. Gott segne Elija. Wer hätte das geglaubt, von allen Menschen auf der Welt gerade sie.

Es war schon spät, sie musste zu ihrem Kind, musste ihm erzählen, dass sie seinem Rat gefolgt war: Dass sie verrücktgespielt hatte und gerade daraus ein Funke entsprungen war, der vielleicht ein großes Licht zwischen Elija und ihr entzünden würde. Musste ihm erzählen, dass sein Papa sie aus dem Haus gejagt hatte und sie sich federleicht fühlte.

Elija

Ich verließ mein Elternhaus am Ende der Dizengoff und nahm den 4er Bus bis zur Mendele-Mocher-Sefarim-Straße. Als ich dort die Ben-Jehuda überquerte, sah ich Lily zügig ausschreiten, in einem Kleid, das sie wohl aus meinem Schrank geholt hatte. Sie wirkte plötzlich zehn Jahre jünger. Ihr sonst immer gebeugter, schmaler Rücken hielt sich kerzengerade, und sie ging leichtfüßig wie eine Gazelle – so schnell, dass ich rennen musste, um sie einzuholen. Meine Eltern spielten eindeutig verrückt: Meine Mutter verkleidete sich als ein junges Mädchen, und mein Vater versank in eine Depression, gegen die ich schwer ankam. Als er mir am Vortag die Tür aufgemacht hatte, sah er über Nacht um Jahre gealtert aus. »Sei unbesorgt«, sagte ich sofort, »Mama ist bei uns.«

»Gottlob.« Er setzte sich und nahm den Kopf in beide Hände, wie ein Spiegelbild seiner Frau, als ich sie von der Straßenbank auflas.

»Papa, was ist los? Lily sagt, du hättest sie aus dem Haus gejagt.«

»Oj, Bubale. Ich weiß nicht, was sie hat, sie ist nicht die Frau, die ich kenne. Sie ist wie ausgewechselt, setzt sich Ideen in den Kopf.«

»Was für Ideen?«

»Sie hat das Leben mit mir satt. Ist ihr zu langweilig. Sie will in Pubs gehen, hält sich für ein junges Mädchen. Ich mache mir Sorgen um sie. Immer habe ich ihre Verrücktheiten akzeptiert, habe alles eingesteckt. Aber jetzt hat sie sich eine neue Idee in den Kopf gesetzt, und mit der weiß ich nicht umzugehen.«

»Papa, du bist der beste Ehemann, den eine Frau sich wünschen kann«, sagte ich und streichelte ihm die Wange, »sie ist einfach etwas neben der Spur.«

»Und wie, sag mir, Kind, wie soll ich sie wieder auf die Spur hieven? Mein Leben lang ziehe ich den Kopf ein und schlucke alles. Aber diesmal konnte ich nicht mehr. Sie hat mich verletzt, hat mich hier getroffen.« Er legte die Hand aufs Herz.

»Papa«, erwiderte ich erschrocken, »du darfst es dir nicht zu Herzen nehmen, musst auf deine Gesundheit achten. Statt ihr zu zürnen, zürnst du dir selbst. Was bist du denn schuld?«

»Nun ist er eingetreten, der Moment, den ich am meisten gefürchtet habe. Deine Mutter begnügt sich nicht mehr mit meiner Liebe, sie sucht das stürmische Leben. Sie will ausgehen, genießen, die Welt erobern.«

»Hat sie dir das gesagt?«

»Sie musste es gar nicht erst sagen. Mein Leben lang spüre ich, dass ich nicht gut genug für sie bin. Von dem Tag, als ich sie von Jichias Falafel-Stand auf dem Bezalel-Markt zum Misrachi-Mädchenwohnheim in der King-George-Straße begleiten durfte, von dem Tag, an dem sie bereit war, mit mir ins Mograbi-Kino und zur Eisdiele Whitman zu gehen, lebe ich in Angst, dass ich ihr nicht genüge, dass sie mich demnächst verlässt, und nun ist es eingetreten.«

»Sie sagt, du hättest sie rausgeworfen.«

»Ich habe ihr gesagt, sie wüsste, wo die Tür ist, aber kaum war sie draußen, habe ich es schon bereut, und seither warte ich darauf, dass sie zurückkommt. Ich kann ohne sie nicht leben, Elija, ich bin nichts ohne deine Mutter.«

Er schluchzte lange, den Kopf auf den Arm gelegt, die Schultern bebend. Ich wusste nicht, wie ich seinen Kummer und Schmerz lindern sollte. Ich legte ihm die Hand auf die Schulter. »Ist ja gut, Papa, hör auf, sie wird zurückkommen. Jetzt ist sie bei Eldad und mir, und morgen werde ich ihr sagen, dass sie nicht bei uns bleiben kann. Ihr wird nichts anderes übrig bleiben als nach Hause zu gehen.«

»Nein!«, schrie er. »Wirf sie nicht raus! Ich will gar nicht dran denken, wo sie hingehen könnte.« Und wimmernd fügte er hinzu: »Gott behüte, Elija, bloß nicht dorthin.«

»Wo ist ›dorthin‹, Papa? Sie hat doch keinen auf der Welt außer uns. Sie hat keine Familie, hat nicht mal eine Freundin, niemanden.«

»Ach, mein Kind, all die Jahre bemühe ich mich, für uns drei zu sorgen, die Familie zusammenzuhalten. Aber ich bin gescheitert, Kind, habe versagt.«

Er brach mir schier das Herz. »Papa, als ich klein war und Mama wieder mal einen Wutanfall bekam, hast du mir gesagt, wenn eine große Welle anrollt, muss man den Kopf einziehen und warten, bis sie vorüber ist.«

»Diese Welle wird nicht vorübergehen«, sagte er verzweifelt, »diese Welle wird uns alle mitreißen.«

Ich fürchtete, sein Herz würde dem Schmerz nicht standhalten. Es war ein herzzerreißender Schmerz. Mein Vater schien vor meinen Augen zu schrumpfen.

»Ich bleibe heute Nacht bei dir, und morgen bringe ich dir Mama zurück nach Hause«, versicherte ich ihm. Er nickte und ging ins Schlafzimmer.

Ich wusste, er würde weder Schlaf noch Ruhe finden, bis Lily zurück war. Auch ich konnte in meinem Jugendzimmer nicht einschlafen, lag nicht gern wieder in dem Bett, in dem ich das schlimmste Jahr meines Lebens verbracht hatte. Ich wollte zu Eldad, wollte, dass er mich in die Arme nahm, mich wiegte wie ein Baby und mir versprach, dass alles gut werden würde. Ich streifte durch die Wohnung, kaute an den Fingernägeln, bis die Müdigkeit mich überwältigte und ich in mein Zimmer und ins Bett zurückkehrte. Hinter der gemeinsamen Wand hörte ich meinen Vater weinen. Ich wusste nicht, wie ich ihm helfen sollte, diesem feinfühligen Mann, der mir so sehr am Herzen lag. Eine Welle des Mitleids überflutete mich, und zum ersten Mal empfand ich Mitleid nicht nur mit meinem Vater, sondern auch mit Lily, die ihm so viel Schmerz bereitete, wenn auch wohl irgendwie getrieben.

Zwei bedauernswerte Menschen sind sie, meine Eltern, einfach elend. All die Jahre ihres Zusammenlebens tut meine Mutter meinem Vater weh, und trotzdem kann er nicht atmen ohne sie. Und ich, wie kann ich meine Mutter dazu bringen, meinen Vater zu lieben? Selbst mich, ihr eigen Fleisch und Blut, hat sie ja nicht lieben können, meine Mutter, Lily, »die merkwürdigste aller Kreaturen«, wie meine Großmutter sie nannte. Meine gute Großmutter. Wie viele Jahre habe ich meine Oma nicht besucht! Wie hat die merkwürdigste aller Kreaturen es geschafft, uns unserer einzigen Familie zu entfremden? Was hat sie sich denn gedacht: Wenn sie keine Familie hat, brauchen auch mein Vater und ich keine? Plötzlich erkannte ich: Es hängt von mir ab. Ich muss die Sache in die Hand nehmen, die Verbindung zu meinen Großeltern und zu meinem einzigen Onkel und seinen Kindern wieder aufnehmen. Ich muss die Einsamkeit meines Vaters durchbrechen, ihn wieder mit seiner Familie vereinen und auch selbst mitmachen. Ich beneidete Eldad doch so sehr um seine verzweigte Familie und das liebevolle Netzwerk seiner Verwandten, während ich nur meinen Vater hatte. Und der verwandelte sich gerade von dem Fels in der

Brandung, auf den ich immer baute, in ein schwankendes Schilfrohr.

Als ich aufwachte, war mein Vater schon weg. Ob mit heilem oder gebrochenem Herzen – er würde keinen Arbeitstag ausfallen lassen. Sein Bett war gemacht, das Abendbrotgeschirr stand gespült auf dem Abtropfbrett, und am Kühlschrank klebte ein Zettel:

Mein Kind,
ich bin im Laden.
Pass auf Mama auf.
In Liebe,
Papa

Ich fuhr mit den Fingern über den Zettel, tränenerstickt. Ich würde sein Leid beenden, würde Lily zur Heimkehr zwingen, und wenn ich sie an den Haaren durch die Straßen schleifen müsste.

Lily stand an der Bushaltestelle auf der anderen Seite der Ben-Jehuda-Straße. Hatte sie sich in der Richtung geirrt – nach Süden statt nach Hause? Ich hastete über die belebte Fahrbahn, ungeachtet der hupenden Autos, doch zu spät. Ein 4er hielt, und Lily stieg eilig ein. Ich rief ihren Namen, aber sie hörte mich nicht.

Ich gab es auf, irgendwas kapieren zu wollen, und ging heim zu Eldad. »Ich hab Sehnsucht nach dir gehabt«, sagte er und schloss mich in die Arme.

»Was habe ich für eine Nacht hinter mir«, erzählte ich. »Mein Vater ist am Boden zerstört, hat angeblich sein Leben lang geahnt, dass Lily ihn verlassen würde. Ich weiß nicht, was ich machen soll. Ich kann meine Mutter ja nicht zwingen, zu ihm zurückzukehren.« Nur Eldad konnte ich meine Ohnmacht eingestehen.

»Wo ist sie denn jetzt?«

»Weiß der Teufel. Ich habe sie an der Haltestelle des Viererbusses gesehen, war sicher, sie würde nach Hause fahren. Aber sie ist in Gegenrichtung eingestiegen.«

»Komm«, er nahm mich sanft am Arm, »lass uns die Strecke des Vierers abfahren.«

Ich rief mir die Linienführung Richtung Süden in Erinnerung: Ben Jehuda, Allenby, Magen-David-Platz, Endstation Busbahnhof. »O nein! Von da kann sie ja überall hinfahren, wie sollen wir sie da finden? Was soll ich meinem Vater bloß sagen?«

»Du bist total aufgeregt, so kann man nicht logisch denken«, sagte Eldad. »Ich schlage vor, du wartest im Haus auf sie, und ich steig in den Vierer. Zum Schluss werden wir sie finden. Sie ist ja kein kleines Kind, das verlorengeht.«

Ich umarmte ihn, tankte Kraft. »Was für ein Glück«, flüsterte ich, »was für ein Glück, dass ich dich habe.«

Wir verabschiedeten uns mit einem langen Kuss, aber ich fand keine Ruhe. Spontan entschied ich mich für einen langen Strandspaziergang, um einen klaren Kopf zu bekommen. Ich ging die Frischmann-Straße zum Meer hinunter, das funkelnd vor mir auftauchte, dann vorbei am Dan-Hotel, in dessen Disko wir gern Shake tanzten, weiter zur Terrasse von Frederikes Pub, wo sich abends jene Leute tummelten, die das Wochenmagazin *Haolam haseh* als High Society bezeichnete: Eine bunte Mischung aus Bohemiens, Schauspielerinnen, Politikern und Geschäftsleuten. Danach kam der London-Park, von dem man munkelte, dort träfen sich Männer, und dann ging ich weiter die Promenade entlang. Ein rostiges Eisengeländer trennte sie vom Strand. Zur Linken zogen sich die brüchigen Häuser der HaJarkon-Straße hin. Die meisten waren mit dem Rücken zum Meer erbaut, mit den Balkons zur Straße. Wie kann man so nahe am Meer wohnen und sich das Rauschen der Wellen, ihre wechselnden

Schattierungen, die herrlichen Sonnenuntergänge, die Himmel und Meer in atemberaubende Farben tauchen, vorenthalten. Ich erinnerte mich an meine Kindheit, als ich samstags morgens mit meinem Vater zu meinen Großeltern ins Viertel Newe Zedek gegangen war, dabei ein Stück die Promenade entlang.

Mein Vater hatte mir erzählt, dass die Gründer von Tel Aviv das Leben an der Küste nicht recht zu schätzen wussten und ihre Häuser daher mit dem Rücken zum Meer bauten. Sie dachten, das Meer tauge nur zu Fischerei und Seefahrt. Sogar der erste Bürgermeister, Meir Dizengoff, habe gesagt, das Meer sei nur dazu gut, die Pferde darin zu waschen.

Ich ging gern an Vaters Hand, nur wir zwei, ohne Lily, der ich nicht verraten durfte, dass wir Opa und Oma besuchten. Ich verstand nicht, warum, fragte aber nicht nach, war ja so froh, meinen Papa ganz für mich zu haben, und sei es auch nur für wenige Stunden. Ich hütete das Geheimnis mit aller Macht, bis Lily eines Tages die rote Schokoladentafel mit der Kuh drauf fand, die Oma mir geschenkt hatte. Fortan war es aus mit den Besuchen und auch mit den Spaziergängen am Meer. Aber bis dahin wartete ich die ganze Woche ungeduldig auf den Samstag. Ich steckte meine kleine Hand in Papas große und lauschte den Geschichten über Tel Aviv. Mein Vater war ein allwissender Erzähler. Keine meiner Fragen blieb unbeantwortet, und worauf ich auch deutete – er wusste etwas darüber zu sagen.

Am liebsten mochte ich seine Kindheitsgeschichten. Jeden Sommertag, wenn sein Vater und sein Onkel bei der Arbeit waren, nahmen seine Mutter und seine Tante ihn, seinen Bruder Schmulik und alle Cousins mit an den Strand, an die frische Luft, denn im Haus glühten die Mauern vor Hitze. Mutter und Tante packten je einen großen Korb mit guten Dingen, darunter dick mit Lauchbratlingen, Tomatenscheiben und sauren Gurken belegte Brote. Die große Wassermelone trug er selbst auf dem Kopf zum Strand, und dort schnitten sie sie auf und aßen sie mit Safed-Käse. An dieser Stelle seiner Erzählung spürte ich richtiggehend den Geschmack auf der Zunge. Sie blieben bis zum Sonnenuntergang am Strand, kamen erst heim, wenn es schon fast dunkel war, und bald darauf sanken sie erschöpft ins Bett und schliefen sofort ein. Ich blickte meinen Vater sehnsüchtig an, beneidete ihn um seine großartige Kindheit im Schoß der Familie, umringt von Onkel und Tanten, Cousins und Cousinen, so anders als meine einsame Kindheit, und stellte mir vor, auch ich ginge mit meiner Oma und mit Vaters Tante und Cousins an den Strand, auch ich würde das fürstliche Mahl genießen, das die Großmutter und die Tante an den Strand mitnahmen, und auch ich würde mit den Cousins meines Vaters spielen und wäre ein glückliches Kind, ein normales Mädchen.

Mein Vater hielt das Meer für ein Gottesgeschenk und übertrug diese Liebe auch auf mich. Was für ein Glück, dass ich am Meer aufgewachsen bin und dass Eldads Balkon Meerblick hat. Mit dem Rücken zum Meer könnte ich nicht leben. Ich ging weiter die heruntergekommene Promenade entlang, stellte mir die vielen Cafés vor, die es, laut meinem Vater, einst vor meiner Geburt hier gegeben hatte, die Kellner, die die Gäste in Frack und Fliege bedienten, ihnen so galant wie in ihren europäischen Herkunftsländern Eiskaffee mit Sahnehäubchen und einer Kirsche obendrauf servierten. Ich sah es vor meinem inneren Auge »Five o'Clock« werden, Zeit für den Tanztee, wenn die Kapelle einsetzte und die Gäste zur Tanzfläche strebten.

Jetzt gab es an der vergammelten Promenade nur Spielclubs und schummrige Bars, Jahre der Finsternis entfernt von ihrer Glanzzeit mit den eleganten Cafés. Am Opernhaus wollte ich kehrtmachen, zurück zur Wohnung, um dort auf Eldad und Lily zu warten, aber irgendwas hielt mich davon ab. Fast widerwillig ging ich weiter nach Süden, vorbei an den Resten des Viertels Manschija, spürte einen Stich im Herzen angesichts der zerstörten Häuser dieses früheren arabischen Vororts von Jaffa, der nun nichts war als Ruinen und Schutthaufen am Meer. In Gedanken versunken, war ich auf einmal schon am Schabasi-Viertel, gefolgt vom angrenzenden Newe Zedek, wo meine Großeltern wohnten. Ergriffen überquerte ich die Straße dorthin. Wie viele Jahre war ich nicht hier gewesen, am Sehnsuchtsort meiner Kindheit, dessen Häuser nun baufällig waren. Newe Zedek, die »Oase der Gerechtigkeit«, der erste jüdische Vorort von Jaffa, diese wunderhübsche Gegend, wo einst Schriftsteller, Dichter und Maler wohnten, war jetzt zu einem Armenviertel mit hoher Kriminalitätsrate verkommen. Hier hatte ich begierig den Kindheitserzählungen meines Vaters gelauscht, wobei er auf alte Häuser deutete und erklärte: »Hier hat der große Schriftsteller Samuel Josef Agnon gewohnt, dort der Schriftsteller Josef Chaim Brenner, da die Schriftstellerin Dvorah Baron. Und hier war mein Kindergarten, ›Gan HaSchachar‹, und hier die religiöse Schule, ›Tachkemoni‹, auf die ich gegangen bin.«

Eine Welle der Sehnsucht nach meinen Großeltern überkam mich. Zum letzten Mal hatte ich sie flüchtig auf meiner verfluchten Hochzeit gesehen. Jetzt schämte ich mich, wie hartherzig und respektlos ich damals mit ihnen umgegangen war. Wie zwei Fremde hatte ich sie behandelt, nicht wie Opa und Oma. Spontan entschied ich mich, sie zu besuchen. Vor so vielen Jahre waren meine Großeltern aus meinem Leben gelöscht worden. Nun wollte ich diese lange Zeit zu überbrücken suchen und mich für mein unverzeihliches

Verhalten auf der Hochzeit entschuldigen, wollte bei ihnen anklopfen und um Verzeihung bitten.

Doch ich wusste nicht, wie sie mich empfangen würden, nachdem ich seit meiner Kindheit nicht mehr bei ihnen gewesen war. Was, wenn sie mich gar nicht sehen wollten? Und was, wenn sie mir mein schändliches Benehmen auf der Hochzeit nicht verziehen? Würden sie mir vergeben, dass ich auch als Erwachsene, als ich schon »ein großer Esel« war, wie meine Mutter mich oft nannte, nicht bei ihnen aufgetaucht war? Nicht mal zu meiner Hochzeit hatte ich sie persönlich eingeladen, sondern meinen Vater hingeschickt. Selbst meinen Bräutigam, dessen Namen ich nicht mehr aussprechen wollte, hatte ich ihnen vorher nicht vorgestellt. Sie sahen ihn zum ersten Mal, als er neben mir unter dem schadhaften Hochzeitsbaldachin stand. Wie sollte ich ihnen da jetzt unter die Augen treten? Was sollte ich ihnen über all die Jahre sagen, in denen ich keinerlei Kontakt gepflegt hatte, welche Geschichte erzählen?

In der Pines-Straße fand ich mit Leichtigkeit das großelterliche Domizil. Auch nach all den Jahren sah die Straße fast unverändert aus. Das schlichte Haus stand hart am Bürgersteig. Die hölzernen Klappläden, die durch Häkchen in Menschengestalt, die die aschkenasischen Anwohner »kleine Menschalach« nannten, an der Wand festgehalten wurden, hatten schon bessere Zeiten gesehen und waren im Lauf der Jahre verwittert. Auch die Mauern hatten unter den Meereswinden gelitten. Und doch kam mir alles so vor wie früher. Ich stieg auf die einzige Stufe, holte tief Luft und klopfte mit pochendem Herzen und zittriger Hand an die alte Tür, an der ein Messingschild mit dem Familiennamen »Zoref« unter dem Spion angebracht war.

Meine Großmutter öffnete die Tür und sah mich überrascht an. Im ersten Moment erkannte sie mich nicht, aber langsam dämmerte ihr, dass die junge Frau da auf der Schwelle keine andere war als ihre Enkelin Elija.

»Die Auferstehung der Toten! Wie lange, *kerida*, haben wir dein hübsches Gesicht nicht gesehen. Komm, komm herein«, drängte sie herzlich, »womit haben wir das verdient, dass unsere Enkelin uns endlich durch ihren Besuch beehrt?«

Ich trat zögernd ein. Wieso war ich bei der Suche nach der verschwundenen Lily bei meinen Großeltern gelandet? Doch meine Bedenken verflogen, als ich das gütige Gesicht meiner Großmutter aufleuchten sah. Ihre Wärme brachte mein Herz zum Schmelzen. »*Sanos ki stas*, Elija, gesund sollst du sein«, sagte sie in ihrem mit Ladino gewürzten Hebräisch, das ich so gern hörte, »kein Tag vergeht, ohne dass dein Opa und ich an dich denken. Wie viele Tränen haben wir über deinen Vater und dich vergossen, mögen unsere Sünden uns vergeben werden. Wie geht es dir, *kerida*, und wie deinem Mann? Erst gestern habe ich zu deinem Opa gesagt, wer weiß, vielleicht hat unsere Enkelin, gesund soll sie sein, uns schon ein Großenkelkind geschenkt, ohne dass wir davon wissen? Wie sollten wir es erfahren, wenn dein Vater uns nichts erzählt?«

Mir blieb schier die Luft weg, als mir nun aufging, dass meine Großmutter keine Ahnung von dem Geschehen seit meiner traurigen Hochzeit hatte. Sie wusste nicht, dass Ari mich wegen der Französin verlassen und ich beinahe den Verstand verloren hatte, dass ich mittels eines Bevollmächtigten geschieden worden war, und gewiss wusste sie nichts von Eldad, der mein gebrochenes Herz heilte.

»Ich bin nicht mehr verheiratet, Oma«, sagte ich verschämt, »ich bin geschieden.«

Sie musterte mich stumm. Man sah ihr an, dass sie die Nachricht nur langsam verdaute, doch dann fasste sie sich wieder: »Du brauchst dich nicht zu schämen, *kerida*, ich habe dem Jungen gleich angesehen, dass er nichts für dich ist! Weil auf dem Rabbinat heiraten entweder arme Leute, die das Geld für einen Festsaal nicht aufbringen können, oder, behüte, solche, die was zu verbergen haben«, sagte sie und legte sich die Hände auf den Bauch. *Wai de mi*, was für eine Hochzeit hat er dir ausgerichtet. Eine Schande und keine Hochzeit. Hoffentlich hat er dir nicht das Herz gebrochen, der *bastardo*.«

»Doch, hat er, Oma, er hat es gebrochen, aber ich konnte es wieder flicken. Ich habe einen neuen Freund, den ich sehr liebe, und wenn du ihn kennenlernst, wirst du ihn sicher auch liebgewinnen.«

»*Gracias a Dio*«, seufzte meine Großmutter, »Gott sei Dank. Was bin ich froh, dass du uns besuchst, hab schon keine Tränen mehr übrig, *kerida*. Wie kann es sein, dass eine Mutter ihren Sohn nicht zu sehen bekommt? Wie kann es angehen, dass eine Großmutter ihre Enkelin nicht sieht? Mögen uns unsere Sünden vergeben werden, *mi alma*. Wir haben keine so große Familie, dass wir es uns erlauben könnten, nicht zusammenzukommen.«

Das Hebräisch-Ladino-Gemisch meiner Großmutter faszinierte mich genauso wie früher. Ich hatte vergessen, wie gern ich ihr holpriges Hebräisch hörte, hatte sogar die spaniolischen Liebesbezeugungen vergessen, mit denen sie mich überhäufte: *Kerida*, meine Liebe, nannte sie mich und *mi alma*, meine Seele.

Mit erstickter Stimme sagte ich: »Schade, Oma, schade, dass ihr den Kontakt zu uns abgebrochen habt.«

»Wir haben ihn abgebrochen? Gott bewahre. Opa Albert und ich wollen dich und deinen Vater für unser Leben gern wiedersehen. Denkst du denn, wir fühlen uns wohl in dieser Einsamkeit? Zwei alte Leute sitzen an Schabbat und Feiertagen alleine wie jene bedauernswerten Menschen, die keine Kinder, keine Enkel haben. Wir sitzen da und schweigen aus Furcht, wenn wir redeten, könnte es noch mehr wehtun. Bei uns hat man die Alten immer geehrt. Meine Mutter, sie ruhe in Frieden, hat oft gesagt: ›Ein Haus ohne Alte ist wie ein Haus ohne Wasser, ohne Luft.‹ Aber jetzt genug, *gracias a Dio*, Gott sei Dank, Hauptsache, du bist da«, fuhr sie fort, als warte sie schon seit Jahren darauf, all das auszusprechen, was nun ungebremst aus ihr hervorsprudelte, wollte sich endlich den Schmerz vom Herzen reden, in der Annahme, er würde vergehen, sobald sie laut davon sprach.

Ich fürchtete, wenn meine Großmutter so weiterredete, würden mir unaufhaltsam die Tränen kommen. Deshalb stand ich auf, umarmte ihren weichen Leib und küsste sie auf die welken, runzligen Wangen.

»*Basta, kerida*, genug mit den Tränen«, bestimmte meine Großmutter, »wir müssen froh sein und dem *senyor del mundo* danken, der uns Wunder in dieser Welt vollbringt. Denn was jetzt geschieht, Elija, ist doch ein Wunder! Ein Wunder, dass du gekommen bist, um deine alten Großeltern zu besuchen.«

»Aber was war denn passiert?«, fragte ich, »warum sind wir irgendwann weggeblieben? Als ich ein Kind war, haben wir euch doch jeden Schabbat besucht.«

Sehnsüchtig wartete ich damals auf diese Besuche und auf die Tafel Milchschokolade, Marke Elite mit der Kuh drauf, die immer für mich bereitlag. Normalerweise aß ich die ganze Tafel auf einmal – bis auf jenes eine Mal, als ich mir ein paar Riegel für später aufsparte. Was hatte Lily für einen Skandal gemacht, als sie in mein Zimmer kam und mich den Rest der Schokolade essen sah. Wütend steckte sie mir die Finger in den Mund, holte die Schokolade heraus und warf sie in den Müll. Dann schrie sie meinen Vater an, weil er mich nicht nur hinter ihrem Rücken zu seinen Eltern mitnehme, sondern seine Mutter mir auch noch die Zähne verderbe. Damals musste es passiert sein, da musste Lily weitere Besuche untersagt haben, denn nach diesem Vorfall waren wir nicht mehr hingegangen. Vielleicht hatte ich immer schon gewusst, dass meine Großeltern mich keinesfalls verstoßen, sondern dass Lily einen Keil zwischen uns getrieben hatte. Zuerst lag ich meinem Vater noch in den Ohren, die Besuche doch wieder aufzunehmen, aber er schwieg nur. Zur Entschädigung ging er mit mir in den Zoo im Hadassa-Park und einmal sogar in den Lunapark in der Jerusalemallee in Jaffa, und ich beruhigte mich. Papa wusste immer, wie er mich entschädigen konnte, aber ich wusste damals nicht, dass die Entschädigung ihm im Herzen wehtat.

»Ach … mögen uns unsere Sünden vergeben werden«, seufzte meine Großmutter und weckte mich aus meinen Erinnerungen, »ich bin nie mit deiner Mutter zurechtgekommen und sie nicht mit mir. Gleich an dem Tag, als dein Vater sie, woher auch immer, mitbrachte, hat sie mir nicht gefallen. Aber er hat sich auf sie versteift, und so musste ich sie notgedrungen akzeptieren. Danach kam das Baby selig zur Welt, und als es starb – so merkwürdig deine Mutter vorher schon war, jetzt wurde sie total verrückt. Und dann kamst du. Was warst du für eine *bonyika*, eine *buba*, ein hübsches Püppchen. Vom ersten Augenblick an war ich in dich verliebt, wollte jeden Tag zu euch kommen, aber deine Mutter war nicht geneigt, uns in eurem Haus zu empfangen, wollte nicht, dass wir unsere Enkeltochter zu sehen bekamen. Und dein Vater, der ein großes Herz, aber, möge Gott mir verzeihen, nur geringen Verstand hat, war nicht bereit, dich ohne ihre Zustimmung zu uns zu bringen. Ich habe ihn angefleht, mich so nach dir gesehnt, wollte dein süßes Gesichtchen sehen und habe ihn angebettelt, bis er aus Mitleid eingewilligt hat: Er gab deiner Mutter ›ein paar Stunden Ruhe‹ und schmuggelte dich wie ein Dieb hinter ihrem Rücken zu uns.

So ging das eine Weile. Aber als sie entdeckte, dass er uns ohne ihr Wissen besuchte, hat sie ihn ausgesperrt, hat die Tür abgeschlossen und gedroht, weder er noch wir würden dich zu sehen bekommen. Da habe ich ihm gesagt: ›*Ijo kerido*, mein lieber Sohn, tu lieber, was sie will, aber lass sie bloß nicht allein mit der Kleinen, damit sie, Gott behüte, nicht was anstellt.‹ Ich fürchtete, sie könnte dich vernachlässigen, kam ja kaum mit sich selbst zurecht, diese merkwürdigste aller Kreaturen, die mein Sohn auf der Straße aufgelesen hat.«

»Papa hat Mama beim Falafel-Stand auf dem Bezalel-Markt kennengelernt.«

»Na, ist das nicht auf der Straße? Eines Tages kam er mit ihr an, und ich fragte: Wer ist die Familie? Wer sind die Eltern? Wo ist sie her? Keine Antwort, *nada*, nix. Mein Sohn und sie blieben stumm. Und danach ist sie nicht mehr gekommen. Schaul sagte, sie sei gekränkt. Wenn du wüsstest, was für ein gutes Kind dein Vater gewesen ist, bevor er sie kennenlernte, ein Goldstück, wie hat er uns geehrt. Ich war sicher, er würde ein gutes Mädchen heiraten, eine von uns, nicht diese Merkwürdige, die er uns angeschleppt hat. Das ist alles, so war es, vom ersten Augenblick an gingen die Probleme los. Sie hat ihn verhext, deine Mutter.«

Ich wollte meiner Großmutter sagen, es sei doch nichts dabei, dass mein Vater meine Mutter an einem Falafel-Stand oder auf der Straße kennengelernt hatte, denn ich war Eldad ja auch am Meer begegnet. Junge Menschen treffen sich an allen möglichen Orten. Ich wollte meiner Großmutter sagen, es sei ja kein Wunder, dass Lily nichts mit ihr zu tun haben wollte, wenn sie ihr von Anfang an unwirsch begegnet war und sie als merkwürdig bezeichnet hatte, aber ich biss mir auf die Lippen und schwieg. Schließlich wollte ich die verlorene Zeit sühnen und meine Großeltern um Verzeihung bitten und nicht mit ihr debattieren oder sie gar verärgern und einen Streit anfangen. Und doch tat es mir im Herzen leid um Lily. Ich sah sie nicht als die allmächtige Mutter vor mir, sondern als unsicheres junges Mädchen, ohne ein Zuhause und ohne Familie: Da betritt sie zum ersten Mal das Haus ihres Freundes, und seine Mutter empfängt sie mit böser Miene und bedrängt sie mit Fragen, versucht gar nicht zu verbergen, dass sie ein ungebetener Gast bei ihr ist und vor allem nicht gut genug für ihren Sohn. Ich empfand Mitleid mit Lily, spürte ihre Verletzlichkeit und staunte, dass ich erstmals im Leben mit ihr fühlte, sie tatsächlich spüren konnte.

Plötzlich sprang ich erschrocken auf. Ich saß gemütlich bei meiner Oma, während meine Mutter verschwunden war. Wieso hatte ich es gewagt, meine Suche nach ihr zu unterbrechen, wie war mein Herz auf Abwege geraten, statt sich um sie zu sorgen. Ich musste zurück in die Wohnung, vielleicht hatte Eldad Lily gefunden? Ich hätte am Telefon bleiben müssen. Ich musste mich von Oma verabschieden, ihr versprechen wiederzukommen, und nach Hause laufen.

Meine Großmutter, die meinen Stimmungswandel nicht bemerkt hatte, umsorgte mich weiter: »Setz dich, setz dich doch, meine Liebe, warum bist du denn aufgestanden, probiere was von den berühmten *burekitas* deiner Oma, sicher hast du schon vergessen, wie sie schmecken. Komm her, iss, *kerida*, warum bist du so spindeldürr. Was denn, gibt man dir nichts zu essen?«

»Oma«, versuchte ich ein Wort einzuschieben, »ich muss gehen.«

»Gehen? Du bist doch gerade erst gekommen! Ich habe noch kaum deinen Duft schnuppern können, und du ahnst ja gar nicht, wie verrückt dein Opa und ich danach waren, dich zu sehen«, sagte sie, ohne meine Ungeduld zu spüren.

»Da, schau das Foto auf dem Büffet: Wer ist das kleine Mädchen mit den Locken und der Schleife im Haar? Als dein Vater merkte, wie weh es mir tut, dass ich meine Enkelin nicht zu sehen kriege, hat er mir dein Foto geschenkt. Unter Tränen hat er es mir übergeben und um Verzeihung gebeten, dass er dich nicht zu uns bringt. ›Bald‹, hat er gesagt, ›bald wird Lily sich abregen und unsere Besuche wieder erlauben, man muss die Zeit das ihre tun lassen‹, hat er gesagt. Aber die Zeit verging, und wir sahen dich nicht, und ich hab Opa Albert getröstet und gesagt: Macht nichts, bald ist Elija groß und wird uns ohne ihren Vater und ohne mütterliche Erlaubnis besuchen. Aber du kamst nicht. Sei mir gesund, du bist nicht mehr von den Launen deiner Mutter abhängig, und doch bist du weggeblieben. Ist das schön, so mit Opa und Oma umzuspringen, deinen einzigen Großeltern auf der Welt?«

Tränen standen mir in den Augen. Ich konnte nicht erklären, warum ich all die Jahre nicht dorthin gegangen war, wo man mich immer mit offenen Armen und warmem Herzen empfangen hatte. Wie konnte ich auf die Orangen verzichten, die meine Großmutter mir an einem sonnigen Wintertag schälte und Schnitz für Schnitz reichte, oder auf die Marmelade, die sie aus den Schalen kochte. Ich schmeckte förmlich das Graubrot, bestrichen mit Butter vom Schwarzmarkt und mit Omas Orangenmarmelade oder mit Safed-Käse, den sie in Herrn Eliesers Lebensmittelladen gegenüber der Alliance-Schule kaufte. Ich schmeckte die Süße der Wassermelone, deren schwarze Kerne sie abspülte, bevor wir sie zum Trocknen einzeln auf ein Handtuch in dem kleinen Hof auslegten. Bei meinem nächsten Besuch, die Woche drauf, fand ich sie frisch geröstet in einem Schraubglas. Oma knackte die harte Schale mit den Zähnen und gab mir den weichen Kern zu essen. Ich erinnerte mich, wie sie mit mir an der Hand hinausging auf die schmale Straße, wo die Nachbarinnen zusammenstanden oder auf niedrigen Holzschemeln saßen und sie ihnen stolz ihre hübsche Enkelin vorführte.

Durch die offenen Fenster sog ich den Salzgeruch des Meeres ein, und alles kam mir mit Macht wieder in den Sinn: Wie gern war ich in das Haus in der Pines-Straße gekommen, wie gern hatte ich mit den Nachbarskindern Verstecken zwischen den großen Wäschestücken gespielt, die an Leinen von Fenster zu Fenster entlang der schmalen Straße hingen.

Ich sah mich im Wohnzimmer meiner Großeltern um, betrachtete die massiven, braunen Möbel, das Sofa mit den locker verteilten Kissen, die meine Großmutter eigenhändig bestickt hatte, den großen Gobelin, ebenfalls von ihr gefertigt. Auf der langen Anrichte standen Familienfotos: Mein Bild in der Mitte, das nächste zeigte meinen Vater als kleinen Jungen im Matrosenanzug neben seiner Mutter stehen, die meinen Onkel als Baby auf dem Arm hielt, ein drittes meinen Onkel Schmulik mit seiner amerikanischen Familie. Ein Foto von Lily sah ich nirgends. Wehen Herzens erfasste ich, dass ich die meisten Abgebildeten nicht kannte, nie zu Gesicht bekommen hatte. Es gab dort Fotos von Alten und Jungen, Familienfotos eines ganzen Clans, und ich wollte jetzt unbedingt mehr erfahren. Es war doch meine einzige Familie. Stimmt, meine Mutter hatte keine Angehörigen und keine Wurzeln, aber ich hatte beides und kannte nichts davon.

»Opa Albert und Oma Sarina sind vor meiner Geburt aus Jugoslawien eingewandert«, hatte mein Vater mir einmal erzählt, danach aber nie mehr von den Wurzeln seiner Familie gesprochen, und ich hatte nicht nachgefragt. Aber jetzt wollte ich mehr wissen. Ich umarmte meine Großmutter, drückte ihre weichen Brüste platt, sog ihren Duft nach Seife und Lavendel ein. Meine Großmutter wiegte mich hin und her wie ein Baby: »*Ija mia*, mein Kind«, murmelte sie in mein Haar, »ich hab mich ja so nach dir gesehnt.«

»Ich mich auch nach dir, Oma Sarina«, flüsterte ich, »ich auch, aber ich werde daheim erwartet.« Ich war unschlüssig, ob ich ihr erzählen sollte, was Lily durchmachte, was mein Vater und was ich selbst. Schließlich entschied ich mich dagegen, meine Großmutter hielt Lily ja ohnehin schon für die merkwürdigste aller Kreaturen. Ich stand erneut auf und sagte: »Ich muss jetzt los, Oma, aber ich verspreche dir wiederzukommen.« Doch sie ließ nicht von mir ab: »Willst du nicht wenigstens lange genug bleiben, um Opa Albert guten Tag zu sagen?«

Ich umarmte meine Großmutter noch einmal, die einen Kopf kleiner war als ich, fühlte mich so wohl, als sei ich heimgekommen, dorthin, wo ich hingehörte. Zum ersten Mal im Leben verstand ich: So fühlt sich Familie an.

Ich wollte das Haus in der Pines-Straße nicht verlassen, sondern noch lange, lange dableiben, wollte mich in das herrliche Zugehörigkeitsgefühl kuscheln, das mich wie eine weiche Decke einhüllte. Doch ich konnte nicht bleiben, der Gedanke an meine verschollene Mutter ließ mir keine Ruhe.

»Oma«, sagte ich voll Liebe und Respekt, »ich muss gehen, mein Freund erwartet mich zu Hause.« Ich überlegte erneut, ob ich ihr sagen sollte, warum genau ich mich aus ihrer Umarmung lösen musste, doch schon sprudelte es aus ihr hervor: »Du gehst nirgendwo hin, *kerida*. Opa kommt jeden Augenblick aus der Synagoge, und dann essen wir zu Abend. Und endlich, endlich sind wir dabei nicht allein, zwei einsame alte Leute am Esstisch, werktags wie an Schabbat und Feiertagen. Dein Onkel in Amerika bequemt sich alle paar Jahre mal her, und seine Kinder haben wir noch nie gesehen. Gut, was soll er machen, er wohnt in Amerika, und das ist weit weg, aber dein Vater wohnt in der Dizengoff-Straße und kommt nicht vorbei. *Heide, kerida*, genug damit, dass du gehen musst, komm hilf mir den Tisch decken. Dein Opa ist gealtert und kann mir nicht mehr zur Hand gehen, verbringt den ganzen Tag entweder in der Poliklinik oder mit seinen Freunden. Das ist ein Trupp dummer Alter, die stundenlang rumsitzen und quatschen und Erinnerungen an Manastir aufwärmen, *tronchos de Manastir*, die nicht mehr viel taugen.«

»Manastir?«, staunte ich über den fremden Namen.

»Ach, *kerida*, Manastir ist der Name unserer Stadt, von dort sind wir in Erez Israel eingewandert. Eine schöne Stadt, Manastir, eine kleine und gute Gemeinde, wo man sich kannte, weil wir alle im Judenviertel wohnten, einer neben dem anderen. Und was für ein Leben hatten wir dort, und was für eine Synagoge. Ein Palast war das, keine Synagoge, diese Schönheit, diese Pracht, und der Thoravorhang vor dem Thoraschrein, einen solchen Vorhang hast du dein Lebtag nicht gesehen. Meine Mutter erzählte immer, alle Frauen von Manastir hätten ihn mit Goldfäden bestickt, jede reihum, von Haus zu Haus sei er gewandert, bis alle mit Sticken fertig waren. Und danach hat man ihn vor den Thoraschrein der Synagoge ›Kahal Aragon‹ gehängt. ›Gemeinde Aragon‹ hieß sie, weil unsere Vorfahren nach der Vertreibung aus Spanien aus der dortigen Region Aragon nach Manastir gekommen waren. Und es gab dort ein Lehrhaus und eine Schule und einen Friedhof, den wir ›Haus des Lebens für die Gemeinde Manastir‹ nannten. Was für ein Friedhof! Alle Grabsteine aus Marmor, und auf jedem Stein ein Davidstern oben, damit man um Himmels Willen nicht dachte, unter dem Marmor könnte ein Goj begraben liegen.«

Fasziniert lauschte ich ihrer Geschichten aus Manastir,

und als sie zum Luftholen innehielt, sagte ich wieder: »Oma, ich muss jetzt wirklich los«, aber es war zwecklos.

»Wo du nun endlich mal da bist, gehst du nicht, bevor du Opa Albert die Hand geküsst hast. Das wenigstens hat er verdient«, sagte sie.

Gut, ich würde bleiben, bis mein Großvater kam, würde ihm die Hand küssen und dann auf Wiedersehen sagen und nach Hause laufen, wo Lily hoffentlich wieder heil eingetroffen war. Und bis dahin würde ich meiner Großmutter zuhören, um nachzuholen, was mir all die Jahre entgangen war, um die Blutsbande zu stärken, die mich mit diesem Haus und dieser emsigen alten Frau verknüpften, die unaufhörlich schwatzte, keinen Augenblick schwieg.

»Wo liegt das, Manastir?«, fragte ich, »ich habe noch nie von dieser Stadt gehört.«

»Das schöne Manastir, heute heißt es Bitola, ist eine Kleinstadt in Mazedonien, in Jugoslawien. Früher herrschten in Mazedonien die Türken, ausgelöscht sei ihr Name, Bösewichte und Söhne von Bösewichten, und heute herrschen dort die Kommunisten, ausgelöscht seien ihr Name und Angedenken, die sind noch schlimmer als die Türken.«

»Dann sind wir Jugoslawen?«, fragte ich.

»Nein, *kerida*, wir sind und bleiben Manastiros, und unsere Sprache ist Ladino, Spaniolisch, nicht wie die Sprachen, die sonst in Jugoslawien gesprochen werden.«

Meine Großmutter genoss es sichtlich, ihr geographisches Wissen auszubreiten, schwelgte in Erinnerungen an ihre Geburtsstadt, und ich lauschte wie gebannt.

»Das Haus meiner Mutter und meines Vaters, seligen Angedenkens, stand in der Hauptstraße des Judenviertels, ein großes Haus mit einem *kortijo*, einem Innenhof mit blühenden Kübelpflanzen. Neben uns war eine Talmud-Thora-Schule für kleine Kinder. Die Wohnung von Albert, deinem

Opa, lag in derselben Straße, über dem Laden seines Vaters, der ein berühmter Goldschmied war. Sogar die Gojim, ausgelöscht sei ihr Name, kamen zu ihm, um Gold zu kaufen. Von klein auf ging dein Großvater in das Geschäft seines Vaters und lernte bei ihm, mit Gold zu arbeiten, bis er es besser konnte als er. Der Laden lief gut, hat, Gott sei Dank, schönen Gewinn abgeworfen.

Auch meiner Familie fehlte es, Gottlob, an nichts. Mein Vater, Schmuel Nachmias, war Apotheker. Unsere Apotheke stand neben dem Juweliergeschäft der Familie Zoref. Nicht nur die Juden, auch die Gojim haben bei uns nach Heilmitteln Schlange gestanden, weil mein Vater ein Fachmann war. Alle erwiesen ihm Ehre und nannten ihn Doktor. Tatsächlich hat er oft selbst die richtige Arznei zu geben gewusst, je nachdem, was der Kunde gesagt hat, wo's ihm wehtut, hat ihm so den Arztbesuch erspart, der viel Geld kostete. Mein Vater selig war ein Zaddik. Jeden Freitag in der Synagoge hat er auch denen Heilmittel gegeben, die kein Geld zum Bezahlen hatten, deshalb hat man die Synagoge scherzhaft Apotheke genannt. Und nicht nur ein Gerechter war er, sondern auch ein großer Weiser. Leute haben ihn aufgesucht, um Rat einzuholen, sind hungrig reingegangen und gesättigt wieder rausgekommen, obwohl sie nichts gegessen hatten, so viel Weisheit hat er ihnen mit auf den Weg gegeben.

Die Zorefs und die Nachmias' waren Nachbarn, aber wie eine Familie. Und schon, als Albert und ich noch *chikitikos*, kleine Kinder, waren, war zwischen den Familien vereinbart, dass wir einmal heiraten würden. Und als es so weit war, hat man uns eine große Hochzeit in der Synagoge ausgerichtet, und nach der Trauung gab es ein fürstliches Essen, und alle aßen und tranken und feierten bis zum Morgengrauen. Ach, was hatten wir für eine Hochzeit, in ganz Manastir redete man davon.

So war das, Opa und ich stammten beide aus guten Familien. Verstehst du jetzt, *kerida*, dass ich Wert darauf legte, dass auch meine Söhne Bräute aus guten Familien heirateten? Aber was kann man machen, der Mensch denkt und Gott lenkt. Meine Söhne, möge Gott mir beistehen, haben mir eine Braut von der Straße und eine aus Amerika gebracht, die eine ist ungut und die andere schlecht.«

Die letzten Worte meiner Großmutter gellten mir in den Ohren. Ich hörte es nicht gern, wenn sie meine Mutter als Frau von der Straße bezeichnete. Jetzt war ich froh, ihr nichts von Lilys Verschwinden erzählt zu haben. Sie meinte ja ohnehin schon, Lily sei das Schlimmste, was ihrem Sohn widerfahren war. Wer weiß, was sie erst von ihr denken würde, wenn ich ihr von ihrem Verschwinden erzählte? Und ich wollte doch Frieden in meiner zerrissenen Familie schaffen, damit die Wogen sich glätteten und die Streitigkeiten beigelegt wurden. Doch sobald meine Großmutter Lily mit Schimpfnamen belegte, brannte es mir auf der Haut.

»Komm, Oma, komm, ich helfe dir den Tisch decken«, sagte ich, um das Thema zu wechseln.

»Danke, *mi alma*. Hier, stell die Teller auf den Tisch. Die sind von meinem Hochzeitsservice. Meine Mutter hat sie mir als Mitgift gegeben. Ich habe davon geträumt, dieses Service einmal meiner Tochter zu schenken, wenn ich eine bekommen würde. Aber was kann man machen, Gott hat mir nur Söhne gegeben, und da habe ich mir gesagt, ›macht nichts, dann schenke ich es Schauls Braut, wenn er mal heiratet‹, aber deiner Mutter wollte ich es nicht geben. Sie hat mir keinen Respekt gezollt und hätte das Service meiner Mutter nicht geachtet.«

Wie schade um die sinnlos vergeudeten Jahre, dachte ich. Dieses Service könnte jetzt in meinem Elternhaus auf dem Tisch stehen, wir könnten feiertags gemeinsam mit Opa und

Oma von diesen hübschen Tellern essen und die Tradition aus dem fernen Manastir fortsetzen. Ich stellte mir meinen Urgroßvater Zoref am Arbeitstisch in seinem Geschäft dort vor, auf dem einen Auge ein Monokel, um die Gravuren auf dem goldenen Armband zu vergrößern, an denen er gerade arbeitete. Urgroßvater Nachmias sah ich im weißen Kittel und mit dicker Brille auf der Nase hinter der Theke seiner Apotheke stehen, im Rücken einen Glasschrank voller Fläschchen mit den Heilmitteln und Tinkturen, die er für seine Kunden mischte. Ich stellte mir die Häuser vor, in denen meine Großeltern geboren waren, die Gobelins, die zum Schmuck an den Wänden hingen, die Vitrine mit dem prächtigen Porzellanservice, die Kommoden, auf denen Familienfotos standen, die geblümten, weichen Sofas, die Bücherschränke voll heiliger Schriften, die großen Esstische, an denen die Familie sich zur Mahlzeit versammelte. Ich malte mir die gepflasterten Innenhöfe aus, den Brunnen in der Mitte und ringsum die vielfarbig blühenden Topfpflanzen – alles an einem fernen Ort, in einem fernen Land, in einer fernen Stadt, von der ich zuvor noch nie gehört hatte. Ein ganzes Leben verflocht sich mit meinem Leben, dank des wunderhübschen Services, dessen Teller ich jetzt in den Händen hielt.

Wir deckten stumm den Tisch. Ich stellte die zarten Porzellanteller mit Goldrand vorsichtig hin. Sobald ich Eldad heiratete, würde ich mir dieses Service von meiner Großmutter zur Hochzeit wünschen, würde es sorgfältig hüten und später meiner Tochter übergeben. So würde das Service aus Manastir wie ein roter Faden in unserer Familie sein und uns immer daran erinnern, wo wir herkamen und wo wir hingingen. Ich wollte meine Großmutter gern an meinen Gedanken beteiligen, zögerte jedoch. Vielleicht war es zu früh dafür. Ich musste ihr erst Zeit lassen, sich an meine Anwesenheit zu gewöhnen. Schließlich hatte ich sie völlig überrumpelt, und die alte Frau war noch dabei, meinen Besuch zu verdauen. Lieber langsam nach und nach, dachte ich, in ihrem Tempo.

»Mögen wir gesund sein, messianische Zeiten«, murmelte sie, »früher mal habe ich den Tisch für zwanzig Personen gedeckt. Du weißt, was wir für eine Familie haben, und du, mögen uns unsere Sünden vergeben werden, kennst niemanden davon. Nicht deinen Onkel Schmuel und nicht seine Frau, der deine Mutter den Titel ›Ihre Majestät‹ verpasst hat, und nicht deine Cousins, nicht Isak, und auch nicht den Bruder deines Großvaters, und seine Frau Chana samt ihren sechs Kindern, deren Ehepartnern und den Enkeln. Früher haben wir am Freitagabend Kiddusch gemacht und alle gemeinsam gespeist, und am Schabbat-Mittag habe ich einen großen Topf Makkaroni-Chamin auf den Tisch gestellt. Wir haben die Feiertage begangen, mal bei uns, mal bei Isak und Chana, eine große Familie am Tisch. Das war ein halber Trost für die große Familie, die wir in Manastir zurückgelassen haben, so groß, dass wir am Sederabend die Türen zwischen den Räumen ausheben und die Tische aneinanderstellen mussten, damit alle daran Platz hatten. Aber seitdem dein Vater nicht mehr kommt und Schmuel nach Amerika gefahren ist, haben wir aufgehört mit den Essenseinladungen. Ich schäme mich, dass unsere Kinder uns alleingelassen haben, und wenn ich nicht einlade, werde ich auch nicht eingeladen. So ist das. Man kann schon sagen: Deine Mutter hat unsere Familie zerlegt.« Meine Großmutter hielt inne und seufzte, wischte sich die Tränen aus den Augen.

»Erzähl mir noch mehr über das Leben in Manastir, Oma«, bat ich, ignorierte ihr hartes Urteil über Lily, »erzähl mir, ich möchte alles wissen.«

»Ei, *kerida*, wo anfangen. Ich war siebzehn Jahre alt, als mein Schwiegervater Schaul, er ruhe in Frieden, mich von meinem Vater Schmuel, Gott räche sein Blut, erbeten hat. Darauf haben wir Verlobung gefeiert, und einen Monat später folgte die Hochzeit.«

»So schnell? Ihr wart doch noch Kinder!«

»Und was für Kinder. Ich war zwar eine Braut, hing aber den ganzen Tag am Schürzenzipfel meiner Mutter, ließ ihre Hand nicht los, und sie sagte: ›Genug, Sarina, du bist schon eine Braut, geh zu deinem Bräutigam.‹ Ehrlich gesagt, *kerida*, ist am Anfang rein gar nichts zwischen deinem Großvater und mir gelaufen. Ich wollte bei meiner Mutter und meinen Schwestern sein und er bei seinen Geschwistern. Sein bester Freund war sein großer Bruder Isak, der dem zionistischen Jugendbund Blau-Weiß angehörte und ins Land Israel auswanderte, wo er in den Zitrushainen von Petach Tikwa gearbeitet hat. Später ist er nach Tel Aviv gezogen, hat angefangen, alle möglichen »foile Stick«, faule Sachen, zu machen, wie die Aschkenasi sagen, ist Vorarbeiter geworden und dann weiter aufgestiegen. Er hat geheiratet und Söhne bekommen, hat deinem Großvater geschrieben und ihn bestürmt, ins Land Israel auszuwandern. In seinen Briefen schilderte er Tel Aviv als schöne und weiße Stadt, die reinste Riviera, und versprach, er würde uns helfen, im Land Fuß zu fassen. Dein Großvater war begeistert und wollte unbedingt, dass wir losfahren. Ich kriegte Angst, als er anfing, von Alija zu reden. Hatte Angst, meine Familie zu verlassen, meine Mutter, meine Schwestern, meinen kleinen Bruder Elijahu, der mein Liebling war. ›Nur über meine Leiche fahren wir nach Erez Israel. Ich rühr mich nicht von meiner Mama und von meinen Schwestern weg.‹ Ich liebte das Leben im schönen Manastir, obwohl die Gojim, ausgelöscht sei ihr Name und ihr Angedenken, uns nicht besonders liebten.

Wie viele Tränen habe ich vergossen, *kerida*, was hab ich geweint, aber es half alles nichts. Sogar meine Mutter hat mir gesagt, da sei nichts zu machen, eine Frau müsse ihrem Mann nachgehen. Also bin ich gegangen. Habe geweint und mich aufgemacht, hatte ich denn eine Wahl? Und auf der ganzen Schiffspassage hat sich mir der Magen umgestülpt. Ich dachte, ich wäre seekrank, wusste nicht, dass ich mit deinem Papa im Bauch war, woher hätte ich es auch wissen sollen? Was wusste ich vom Leben? Eine *troncha kalabassa* war ich, dumm wie ein Kürbiskopf, ein junges Mädchen ohne Mutter, die ihr was erklärte, ohne meine Schwestern, die mich unterstützen und in den Arm hätten nehmen können. *Wai de mi*, was hab ich geheult! Das Meer habe ich mit meinen Tränen gefüllt, die ganze Fahrt vom Hafen von Saloniki bis zum Hafen von Jaffa habe ich unaufhörlich geweint.

In Jaffa hat Isak uns mit seinem Automobil abgeholt und in sein Haus hier, in der Pines-Straße gebracht. Was soll ich dir sagen, *kerida*, wie er uns Tel Aviv geschildert hatte und wie die Stadt aussah, war wie Tag und Nacht, Himmel und Erde. Eine weiße Stadt hatte er gesagt, Riviera, aber sie war weder noch. Der ganze Weg von Jaffa nichts als Sand und Meer, Kamele und Araber – und Fliegen, wie viele Fliegen. Ein Glück, dass ich den Fächer aus Manastir dabeihatte, sonst wäre ich verrückt geworden. Aber ich habe mich trotzdem gleich in Tel Aviv verliebt, dank dem Meer. Manchmal dachte ich, die Menschen in Tel Aviv lebten am Meer und nicht in Häusern. Zu allen Tageszeiten, von morgens früh bis abends spät waren die Menschen am und im Meer. Die Hitzewellen waren damals schlimmer als heute, und ich mit Kind im Bauch schwitzte wie ein Pferd und war schwer wie ein Bär, und um mich ein bisschen abzukühlen, sind wir ans Meer gegangen, und ich mit Bauch und allem, bin ins Wasser rein und nur dort zu Atem gekommen.«

»Auch ich liebe das Meer«, sagte ich, »ich gehe jeden Tag an den Strand.«

»Oj, *kerida,* als ihr nicht mehr gekommen seid, du und dein Vater, sind Opa und ich jeden Tag an den Strand gegangen, und nur im Meer hat unser Herz Ruhe gefunden. Nichts geht über das Meer. Schon von dem Tag, als wir in Jaffa von Bord gingen, habe ich das Meer geliebt, aber Baden im Meer ist kein Broterwerb. Opa musste arbeiten, bald würde das Kind da sein. Er hatte seinen Beruf, war Goldschmied, aber wir hatten kein Geld, um ein eigenes Geschäft aufzumachen, und so viel er auch bei den Juwelieren in der Herzl- und in der Allenby-Straße Arbeit suchte, er fand nichts. Die Menschen hatten kaum Geld für Lebensmittel, wie sollten sie dann Geld für Schmuck aufbringen? Die etablierten Goldschmiede hatten selbst kaum was zu tun. Es blieb keine andere Wahl, Isak hat ihm Arbeit bei sich auf dem Bau verschafft, denn Isak hat Häuser in Tel Aviv gebaut, aber dein Großvater war Goldschmied, Bauen war nichts für seine feinen Hände, und es ging über seine Kräfte, Steine auf dem Rücken zu schleppen wie ein Kamel den Kies. Außerdem wurde es Zeit, bei Isak und seiner Frau Chana auszuziehen, wo wir schon viel zu lange wohnten, und dein Opa hat gesagt, wenn wir uns nicht, Gott behüte, mit der Familie überwerfen wollten, sollten wir lieber unsere Sachen packen, ehe es zu Streitigkeiten käme.

Gut, wo sollten wir hin, wo ich mit Kind im Schoß war und Opa ohne Arbeit? Schließlich fand Isak einen Manastiro mit Juwelierladen, der bereit war, deinen Großvater einzustellen. Bloß war der Laden in Jerusalem.

Was hab ich geweint. Ich wollte nicht noch einmal die Stadt wechseln, und obwohl meine Schwägerin Chana und ich manchmal wie Katz und Maus waren, wollte ich doch nicht die Frau verlassen, die meine einzige Freundin im Land war. Es waren schwere Zeiten, die Araber in Jaffa schossen von der Hassan-Bek-Moschee auf Juden, und alle paar Tage hörte man von noch jemandem, der ermordet worden war. Und in all dem nehmen wir die Koffer und fahren wieder weg, diesmal nach Jerusalem. Wir kamen am Vorabend von Jom Kippur dort an, bereiteten uns schon auf das Fasten vor – und da, ein Mordsaufruhr. Die Araber demonstrierten, weil die Rabbiner für diesen Jom Kippur an der Klagemauer erstmals eine Trennwand zwischen Männern und Frauen aufstellen wollten. Die Araber dachten, die Juden beabsichtigen den Ort, der auch ihnen heilig ist, unter ihre Kontrolle zu bringen, und ihr Mufti, Hadsch Amin al-Husseini, ausgelöscht seien sein Name und Angedenken, hatte ihnen versprochen, dass jedem, der einen Juden tötet, ein Platz im Paradies sicher sei, und so sind die Schurken unter lauten Schreien ›udrub, idbach al-jahud!‹ – Auf, metzelt die Juden! – vom Damaskus-Tor losgezogen und haben im Bucharenviertel einen Juden umgebracht, sind von da weiter in die Prophetenstraße und zum Viertel der Georgier, haben Häuser und die Synagoge in Brand gesteckt, und sind, der Teufel soll sie holen, nach Mea Schearim weitergelaufen, und wenn nicht ein Jude namens Aharon Fischer dem Scheißkerl an der Spitze der Araber mit der Pistole in den Kopf geschossen hätte, weiß Gott, welches Unheil dann noch geschehen wäre. Ein Glück, dass sie erschrocken geflüchtet sind. Und ich dachte, Gott sei Dank, es ist vorbei. Aber es war nicht vorbei. Es ging am nächsten Tag weiter, in Hebron. Araber überfielen Juden und schlachteten sie ab wie man Schafe schlachtet. Metzelten Kinder vor den Augen ihrer Mütter, Väter und Mütter vor den Augen ihrer Kinder, schnitten Männern Körperteile ab, vergewaltigten Frauen, brannten Häuser nieder. Die perfiden Engländer griffen nicht ein, um das Massaker zu beenden. Was für eine Katastrophe, Gott behüte. Sogar im Ausland haben die Zeitungen über das Geschehen in Hebron berichtet.

Die Angst fuhr mir ins Herz, ich fürchtete, sie würde auch ins Herz des Kindes im Bauch gelangen. Ich zitterte vor Angst und war so allein, hatte keine Mutter bei mir, keine Familie, und mein Mann arbeitete von Sonnenaufgang bis zum Geht-nicht-mehr im Juwelierladen. Verstehst du, *kerida*, wie elend ich war? Ein Glück, dass ich gute Nachbarinnen hatte, die mir halfen. Stundenlang habe ich bei ihnen gesessen, bis dein Großvater heimkam. Was hatte ich für Angst, dass mir das Fruchtwasser abginge, während ich allein zu Hause war.«

»Und war Opa bei dir, als es losging?« Ich lauschte ihren Worten wie einem Thriller, bei dem alles wahr ist.

»Gottlob, es geschah bei Nacht, als wir schliefen. Mir ging das Wasser ab, und Opa Albert hat mich in die Geburtsklinik Misgav Ladach gebracht, und dort wurde dein Vater, gesund soll er sein, geboren und erhielt den Namen Schaul, nach dem Vater von Opa Albert. Und ein Jahr später kam Schmuel zur Welt, der den Namen meines Vaters bekam, und das noch bevor wir ahnten, dass wir unsere Väter im Leben nicht wiedersehen würden. Und danach war Schluss. Mein Schoß blieb verschlossen. Gott wollte mir nicht mehr als zwei Kinder schenken. Es wäre schön, wenn ich fünf oder sechs Kinder hätte wie meine Nachbarinnen, dann wäre ich jetzt, wo Schmuel in Amerika ist und dein Vater lieber zu seiner Frau hält als zu seiner Mutter, nicht so einsam, mögen mir meine Sünden vergeben werden.«

Ich legte meine Hand auf ihre. »Du wirst nicht mehr allein sein, Oma. Das verspreche ich dir, ich bin jetzt immer für dich da.«

»Mit Gottes Hilfe«, flüsterte meine Großmutter, »seit wir unsere Familien verloren haben, habe ich Angst zu träumen. Und was hatte ich vorher nicht alles geträumt, *kerida*. Als wir ins Land Israel kamen, träumte ich von Manastir, von meinem Vater und meiner Mutter, von meinen Schwestern und von meinem kleinen Bruder Elijahu, er ruhe in Frieden. Ich habe zu Gott gebetet, dass er sie nach Erez Israel bringt, oder mich zurück nach Manastir. Ich stellte mir vor, ich würde neben meiner Mutter wohnen und sie würde mir mit dem Kind helfen, sah meine Schwestern vor mir, die geheiratet hatten, ohne dass ich auf ihren Hochzeiten war. Ich sehnte mich nach dem kleinen Elijahu, dessen Bar-Mizwa ich verpasst hatte. Und auch dein Großvater sehnte sich nach seiner Familie. Wir lagen oft so nebeneinander im Bett und träumten laut von der Zeit, wenn unsere Familien ins Land Israel kommen würden und wir wieder eine große und glückliche Familie wären, und dass unsere Kinder dann Großeltern und Onkel und Tanten und Cousins und Cousinen hätten. Oh, was haben wir uns gesehnt, was haben wir geträumt, was haben wir gehofft! Aber dann kam die große Katastrophe. Bis heute kann ich nicht darüber sprechen, ohne dass es mir die Kehle zuschnürt. Verzeih, *kerida mia*, egal, wie viele Jahre es her ist, ich habe mich immer noch nicht mit der Katastrophe abgefunden. Wer hatte das geahnt, großer Gott, wer hatte geahnt, dass so eine Katastrophe geschehen würde.«

»Welche Katastrophe?«, fragte ich verwirrt.

»Die Schoa, *kerida*, die Deutschen, ausgelöscht seien ihr Name und Angedenken, und die Gojim, die mit ihnen kooperierten und sogar noch schlimmer waren.«

Ich war total geschockt. hatte nicht geahnt, dass Verwandte von mir im Holocaust umgekommen waren.

»Das wusste ich nicht, Oma Sarina«, sagte ich leise, »hätte niemals gedacht, dass …«

»Woher solltest du es auch wissen, *kerida*, dein Vater hat uns aus eurem Leben gestrichen, wie solltest du es dann erfahren? Wer hätte es dir erzählen sollen? Alle Mitglieder der

Familie Zoref außer Onkel Isak und Opa Albert, und alle Mitglieder der Familie Nachmias außer mir, Sarina, sind in den Gaskammern erstickt. Keine Spur ist von der Familie übrig geblieben. Kaum waren die Deutschen in Mazedonien einmarschiert, versammelten sie die Juden in der Hauptstadt Skopje, ließen sie am Ufer des Vardar, unweit der großen Brücke, antreten, brachten sie weiter in die Tabakfabrik, und von dort schickten sie alle in Zügen nach Treblinka. Keiner hat überlebt.

Und das Schlimmste: Ich hatte so schöne Erinnerungen an das Ufer des Vardar. Als ich klein war, sind wir mit der ganzen Familie nach Skopje gefahren und haben am Fluss gepicknickt, nahe der großen Brücke, genau dort, wo sie alle Juden zusammengetrieben haben. Ach, was für eine Welt, wie die Schönheit sich in Grauen verwandelt hat. Wie viel Böses gab es damals auf der Welt.«

Ich saß auf der Stuhlkante, die Augen tränenüberströmt. »Und woher wusstet ihr vom Schicksal der Familien? Wie habt ihr erfahren, dass sie in der Schoa umgekommen sind?«

»Nach dem Krieg beteten und hofften wir, dass jemand durchgekommen war. Überlebende trafen nun auf illegalen Einwandererschiffen ein, und wir suchten unter ihnen Bewohner von Manastir. Wir haben die halbe Welt auf den Kopf gestellt, haben gefragt, gesucht, uns an den Verwandtensuchdienst im Radio gewandt, haben das Programm jeden Tag gehört, in der Hoffnung, jemand würde uns suchen, jemand würde hören, dass wir ihn suchen. Aber *nada*, keiner von den unsrigen war am Leben geblieben, es gibt kaum noch Menschen auf der Welt, die Ladino sprechen.«

»Oma, wie habt ihr nach all dem weitergelebt?«

»Es hat lange gedauert, bis wir wieder gelebt haben, *kerida*, bis wir erfassten, dass nur Isak und unsere kleine Familie übrig geblieben sind. Als deine Mutter mit dem Baby selig schwanger war, haben wir deinen Papa gebeten, dem Kind, das zu glücklicher Stunde geboren werden würde, den Namen eines unserer Angehörigen zu geben, aber deine Mutter sagte, sie allein würde den Namen des Babys bestimmen, und hat den Jungen Ron genannt.«

»Aber er hat Chaim geheißen«, widersprach ich.

»Später. Bevor er starb, hat sie ihm den Namen Chaim dazugegeben. Sie hoffte, der neue Name würde ihm vielleicht Leben spenden, aber der Name half nichts, und auch Gott hat nicht geholfen, sondern der arme Kleine ist gestorben, als er noch nicht mal ein Jahr alt war. Was war ich wütend auf deine Mutter. Möge Gott mir verzeihen, sogar gehasst habe ich sie dafür, dass sie nicht bereit war, ihm den Namen eines Angehörigen zu geben, der in Treblinka umgekommen war. Als das Kind starb, hat es mir jedoch im Herzen leid um sie getan. Aber wir sind gläubige Menschen. Gott hat gegeben, Gott hat genommen, gepriesen sei sein heiliger Name. Deine Mutter aber, die hat Gott nicht verziehen. Hat ihn die ganze Zeit verflucht, hat dauernd getrauert und geweint. Sogar als sie schwanger war mit dir, sogar als du zur Welt kamst, hat sie die Trauer nicht hinter sich gelassen. Und als ich wieder gebeten habe, das Baby, das geboren werden würde, nach meinem kleinen Bruder Elijahu zu benennen, war ihr alles egal, und du hast deinen Namen ohne einen Weltkrieg bekommen.«

»Ich weiß«, sagte ich, »ich wusste immer, dass mein Name von einem verstorbenen Onkel meines Vaters stammt. Aber ich habe nicht geahnt, dass er in der Schoa umgekommen war, wusste nicht, dass er als Kind gestorben ist.«

»Ein Jahr nach seiner Bar-Mizwa«, flüsterte meine Großmutter.

Jahrelang hatte ich unter dem Namen Elija gelitten. Kein anderes Mädchen hieß Elija. Kinder setzten mir zu, nannten mich Elijahu der Prophet. Immer wieder kam ich weinend nach Hause und bat meinen Vater, den Namen ändern zu lassen, in Ilana, in Ofra, Hauptsache, ich hätte einen normalen Namen wie alle anderen. Mit der Zeit lernte ich ihn jedoch zu lieben, genoss es, dass er nur mir gehörte und ich keine andere Elija kannte, fand ihn nun speziell auf mich zugeschnitten.

»Weißt du, Oma«, sagte ich, »über die Jahre hat es mir immer furchtbar wehgetan wegen der Schoa, aber ich habe den Schmerz niemals so tief empfunden. Erst jetzt begreife ich, wie persönlich er ist, dass jedes Mal, wenn man meinen Namen nannte, auch der Name des kleinen Elijahu mitschwang. Ich bin ja nach einem Kind benannt, das in der Schoa ermordet wurde, sein Blut fließt mit in meinen Adern.«

»*Dios mio*, Elija«, meine Großmutter küsste mich auf den Kopf. »Was machst du mit mir, *ija*, man kann mein Taschentuch schon auswringen vor lauter Tränen. Wie lange habe ich nicht mehr so geweint, wie lange habe ich nicht mehr über meine Familie gesprochen, die in der Schoa umgekommen ist, wie lange habe ich dich nicht umarmt, *kerida mia*. Aber Schluss jetzt, genug geweint! Wir müssen fröhlich sein, heute ist ein Tag der Wunder, müssen eine Flasche Wein aufmachen, wie wir es in Manastir bei freudigen Anlässen getan haben. Wir Manastiros feiern gern und trinken gern Wein. Komm, *kerida*, komm, lass uns die Tränen trocknen und Wein trinken, noch ehe Opa Albert da ist.«

Genau in diesem Moment betrat Opa das Haus und sah genauso aus, wie ich ihn in Erinnerung hatte, klein und freundlich. Meine Großmutter klopfte sich auf die Schenkel und rief: »Oh, herzlich willkommen, endlich bist du da. Schau, Albert, die Auferstehung der Toten, schau, was der Wind uns zugeweht hat.«

Ich rannte zu ihm, und er breitete die Arme aus, als hätten wir uns nie getrennt. »Willkommen, herzlich willkommen«, murmelte er, »was haben deine Oma und ich uns nach dir gesehnt.«

»Ich hab's ihr erzählt«, sagte Oma Sarina, »aber genug damit, sie hat schon um Verzeihung gebeten, wir haben ihr verziehen, und jetzt wollen wir uns zu Tisch setzen.«

»Verzeihung wofür?«, fragte mein guter Großvater, »es ist nicht ihre Schuld, dass wir sie so lange nicht gesehen haben, es ist unsere Schuld, dass wir nicht drauf beharrt haben. Wir müssen dich um Verzeihung bitten, Elija, nicht umgekehrt.«

»Ich muss euch um Verzeihung bitten, Opa Albert, Verzeihung dafür, dass ich euch die ganze Zeit nicht besucht habe, auch als ich nicht mehr auf meine Mutter hören musste.«

»Elija«, erwiderte er mit weicher Stimme, »nicht nur deine Mutter ist schuld daran, dass wir uns nicht gesehen haben, es lag auch an uns, jeder Stock hat zwei Enden.«

»Was redest du denn, Albert«, fuhr meine Großmutter dazwischen, »dein Verstand altert vor dir: Wollten wir etwa nicht, dass sie uns besuchte? Wie oft haben wir unter Tränen gebetet, sie und ihr Vater möchten kommen.«

»Gut, gut, genug damit, Sarina, Hauptsache, sie ist da, kommt, lasst uns essen. Du hast dich doch sicher nach dem *sofrito* deiner Oma gesehnt, Elija. Sie hat viele Eigenschaften, deine Oma, gute und weniger gute, aber das Beste an ihr ist, dass sie *sofrito* zubereiten kann wie sonst keine. Auch wenn sie gealtert ist, kochen kann sie noch. Deine Oma ist die Königin der Küche.«

Seine Worte erweichten meine Großmutter, die sich sichtlich ärgerte, dass er die Schuld an der Funkstille auch ihnen anlastete. Wir setzten uns und aßen schweigend das *sofrito*, das in der Mitte des Tisches stand. Ich hatte längt vergessen, wie dieses Gericht schmeckte – das Huhn so zart, dass es einem im Munde zerging, und dazu das herrliche Aroma der in seinem Saft gegarten Kartoffeln.

»Wie geht es deinem Vater?«, fragte mein Großvater plötzlich, und da erst fiel mir auf, dass meine Großmutter sich kein einziges Mal nach ihm erkundigt hatte.

»Insgesamt gut«, antwortete ich und überlegte, ob ich meinem Großvater von dem Geschehen erzählen sollte.

»Na, Gottlob, Hauptsache insgesamt gut.«

»Ja«, sagte ich, doch dann sprudelte es unaufhaltsam aus mir hervor: »Aber jetzt macht er sich große Sorgen.«

»Ist was passiert?«, fragte mein Großvater ehrlich alarmiert.

»Es ist wegen Mama, sie macht eine Krise durch, und er weiß nicht, wie er damit umgehen soll.«

»Schon wieder eine Krise«, schnaubte meine Großmutter, »ihr ganzes Leben lang von einer Krise zur anderen.«

»Ruhe, Sarina«, dröhnte mein Großvater. »Was ist mit Mama?«, fragte er mitfühlend.

»Ich versteh es nicht, und Papa versteht es auch nicht«, sagte ich, unschlüssig, ob ich ihnen die Geheimnisse meiner Familie offenbaren sollte. Aber die beiden gehörten ja auch zu meiner Familie. Und vielleicht wussten gerade sie etwas über Lily, was mein Vater und ich nicht wussten.

»Sie will ausziehen«, sagte ich.

»Gelobt sei Gott! Jetzt fällt's ihr ein, nachdem sie uns die Familie zerrüttet hat«, platzte meine Großmutter heraus.

»Sarina!« Großvater schlug mit der Faust auf den Tisch, dass die Gläser klirrten.

»Was wisst ihr über Mama aus der Zeit vor meiner Geburt, vor der Hochzeit mit Papa?«, fragte ich.

»Wir wissen gar nichts, Elija«, antwortete mein Großvater, »dein Vater hat mit uns nie über sie gesprochen. Er wusste, dass Oma diese Verbindung nicht guthieß, und hat deshalb nie über Lily geredet.«

»Ich habe versucht, was rauszukriegen«, fiel meine Großmutter ein, »habe gefragt, woher sie sei, aus welcher Familie, aber sie hat geschwiegen. Es gab keinen von ihrer Seite, bei dem wir, wie üblich, um ihre Hand hätten anhalten können, keinen einzigen. Dann hat dein Vater erzählt, sie hätte keine Familie, hätte keinen Menschen auf dieser Welt, nur ihn. Auf meine Frage, wo sie aufgewachsen sei, hat er gesagt, in einem Heim der Jugend-Alija. Und wie war sie in das Heim gelangt? Dort wird man nicht geboren, dahin kommen größere Kinder, ab sechs Jahren. Wo war sie bis dahin? Wir wussten nur, dass sie im Mädchenwohnheim Misrachi in der King-George-Straße wohnte, das war alles.«

»Auch du, *kerida*, auch du weißt nichts über sie?«, fragte Opa sanft.

»Ich weiß, dass man sie als Baby im Kloster abgegeben hat, das hat Papa mir erzählt. Die Nonnen haben sie großgezogen, bis sie entdeckt hat, dass sie Jüdin ist, und da ist sie aus dem Kloster geflohen.«

»*Adio santo*«, rief meine Großmutter entsetzt, »sie ist bei den Nonnen im Kloster groß geworden? Das hat er uns nie erzählt.«

»Warum sollte er das erzählen?«, konterte mein Großvater. »Du hast sie aus dem Mädchenwohnheim Misrachi nicht akzeptiert, wie hoch standen dann die Chancen, dass du sie aus dem Kloster akzeptieren würdest?« Und zu mir gewandt, ungeachtet der Grimassen, die seine Frau ihm schnitt: »Und wie war das Leben bei euch zu Hause?«

»Mein Vater küsst den Boden, auf den sie tritt, und mit mir ist sie nie zurechtgekommen.«

»Was Wunder«, sagte meine Großmutter, »sie kommt mit keinem zurecht, warum sollte sie da mit ihrer Tochter zurechtkommen, ihrem eigen Fleisch und Blut?«

»Basta, Sarina!«, donnerte mein Großvater. »Wir sitzen

schon im Zug, und du willst dauernd zurück zum Bahnhof. Aus damit. Was war, ist gewesen. Jetzt ist unsere Enkelin bei uns, Gottlob, jetzt ist alles in Ordnung und wird noch besser werden, und fortan sagst du kein Wort mehr über deine Schwiegertochter, hörst du? Kein einziges Wort, hast genug Schaden angerichtet.« Meine Großmutter sackte förmlich in sich zusammen. Wir aßen stumm weiter, und als wir fertig waren, half ich beim Abräumen und spülte das Geschirr.

»Es ist schon spät, ich muss gehen«, sagte ich, »ich mache mir Sorgen um Papa und auch um Mama.«

»Geh, *kerida*«, sagte meine Großmutter, »geh, aber vergiss nicht wiederzukommen.«

»Ich komme wieder«, versprach ich, »aber bitte, Oma, sei Mama nicht länger böse. Es ist alles so lange her, und es wird Zeit, Frieden zu schließen.«

»Ich verspreche es, *kerida*, ich verspreche, dass wir neu anfangen, ein neues Kapitel beginnen.«

»Danke, Oma, von nun an werden wir eine Familie wie jede andere. Ihr werdet an Schabbat- und Feiertagsabenden nicht mehr allein am Tisch sitzen.«

»Messianische Zeiten«, murmelte meine Großmutter, »kannst du's glauben, Albert, glaubst du an Wunder? Heute ist uns ein Wunder geschehen, behalte diesen Tag in Erinnerung, Albert, heute haben wir unsere Enkelin zurückbekommen.«

Ich umarmte meine Großmutter und küsste sie auf ihre welken Wangen. Dann ging ich zu meinem Großvater und küsste ihm die Hand. Er legte mir die andere Hand auf den Kopf, hob die Augen zum Himmel und sagte den Segensspruch: »Gelobt seist du, Ewiger, unser Gott, König der Welt, der uns Leben und Erhaltung gegeben und uns diese Zeit hat erreichen lassen.«

Im Elternhaus fand ich meinen Vater wie einen Löwen im Käfig im Wohnzimmer auf und ab gehen, noch in Arbeitskleidung, nicht wie sonst in der Pyjamahose auf dem Sofa. »Wo warst du?«, fuhr er mich an, ganz gegen seine Art. »Erst verschwindet deine Mutter und dann du. Was wollt ihr beiden, mich verrückt machen?«

»Ist Mama nicht zurück?«, fragte ich verdattert.

»Nein, ist sie nicht, und du bist weggeblieben. Also habe ich den Laden mitten am Tag verlassen. Ich werde noch verrückt! Ich hatte dich gebeten, auf sie aufzupassen, wo warst du?«

»Zuletzt gesehen habe ich sie im 4er Richtung Busbahnhof.«

»Großer Gott, Elija, und du hast sie nicht aufgehalten?«

»Hab's nicht geschafft. Sie ist in den Bus gestiegen, und ich habe ihn knapp verpasst.«

»Oh nein«, rief er angstvoll, »vom Busbahnhof kann sie überallhin gefahren sein. Wie sollen wir sie jetzt finden?«

»Eldad ist ihr nachgefahren, um sie zu suchen. Hast du nichts von ihm gehört?«, fragte ich.

Mein Vater war außer sich. Ich sah ihm tief in die Augen. »Papa, denk ganz intensiv nach, wo könnte sie hingefahren sein?«

»Es gibt einen Ort«, sagte er, »aber dahin fährt man nicht über den Busbahnhof, man nimmt den Bus bis Zahala und geht von da zu Fuß.«

»Zu Fuß wohin?«

»Zum Friedhof in Kiriat Schaul. Sie geht jeden Tag dorthin, Elija. Jeden Nachmittag bis zum Abend. Um ihr totes Kind zu besuchen.«

»Woher weißt du das?«, fragte ich verblüfft.

»Bald dreißig Jahre lang geht sie täglich zum Friedhof, seit das Baby gestorben ist.«

»Und du gehst nicht mit?«

»Gott hat gegeben, Gott hat genommen. Er hat das Baby genommen und uns dich gegeben, und seit du geboren bist, bin ich lieber bei dir, meiner lebenden Tochter, als bei dem toten Sohn. Aber deine Mutter hat bis heute nicht aufgehört, ihr totes Kind zu besuchen.«

»Hast du nie versucht, sie davon abzuhalten?«

»Und wenn ja, hätte es was genützt? Deine Mutter ist stur wie ein Esel, und wenn sie sich etwas in den Kopf gesetzt hat, kann selbst ein Gerichtsurteil nichts ausrichten.«

»Papa, das ist doch geisteskrank! Das Kind ist mit knapp einem Jahr gestorben, und sie läuft jeden Tag ans Grab. Mich hast du zum Psychiater geschickt, wieso nicht sie?«

»Nun mal langsam, Elija, wieso denn Psychiater? Hat deine Mutter etwa versucht, sich umzubringen? Sie geht nur jeden Tag eine Kerze auf dem Grab ihres Kindes anzünden. Da gibt es Schlimmeres.«

»Etwa, dass wir keinen Kontakt zu Opa Albert und Oma Sarina haben?«

»Wie kommst du denn jetzt plötzlich auf die beiden?«, fragte er.

»Ich war heute bei ihnen. Hab sie besucht.«

Er schwieg einen Moment, als versuchte er, das Gesagte zu verdauen. Dann blickte er mich an, und ich sah Tränen in seinen Augen. »Und wie geht es meinen guten, alten Eltern?«

»Sie haben Sehnsucht, Papa. Wie Mama nicht aufhört, sich nach ihrem toten Kind zu sehnen, sehnen sie sich unaufhörlich nach ihrem lebenden Sohn, der nicht weit von ihnen wohnt, in derselben Stadt, aber für sie wie tot ist.«

»Oh, Elija«, flüsterte er fast unhörbar, »es vergeht kein Tag, an dem ich nicht an sie denke, kein Tag, an dem ich nicht gern in das alte Viertel gehen würde, um sie zu besuchen.«

»Warum dann nicht? Warum bist du nicht mehr hingegangen? Warum hast du mich nicht mehr zu ihnen gebracht?«

»Weil deine Mutter es so wollte. Sie hat mich vor die Wahl gestellt, entweder die oder sie, und ich habe mich für sie entschieden.«

»Oma Sarina sagt, Mama hätte die Familie zerrüttet. Die Aufforderung, dich zwischen deinen Eltern und ihr zu entscheiden, sei grausam. Mama habe dich von ihnen ferngehalten und damit auch mich von Opa und Oma. Das hat Oma gesagt. Aber Opa meinte, auch sie seien schuld daran, nicht nur Mama.«

»Er hat recht, mein Kind. Als ich Lily kennenlernte, hatte sie keinen Menschen auf Erden. Ich habe sie nach Hause mitgenommen und gehofft, wir würden ihr die Familie ersetzen, die sie nicht hatte. Aber meine Mutter hat von Anfang an unfreundlich und abweisend reagiert, hat sie wie eine Geheimdienstbeamtin verhört, als hätte Lily was verbrochen. Ist es da ein Wunder, dass sie nicht zu ihnen gehen wollte? Auch als wir geheiratet hatten und das erste Kind geboren war, sind wir meinen Eltern nicht nähergekommen, sondern deine Mutter ist noch weiter abgerückt. Sie hat eine Mordswut entwickelt und verlangt, dass wir die Beziehungen zu ihnen abbrechen. Und ich wusste, wenn ich nicht einwilligte, würde ich sie verlieren. Und verlieren wollte ich sie damals so wenig wie heute. Wo zum Teufel steckt sie, ich krieg noch einen Herzschlag wegen ihr.« Er wischte sich mit einem großen Taschentuch das Gesicht ab, wirkte wie ein gebrochener Mann.

»Ich werde sie finden, Papa. Ich dachte, sie sei daheim. Bin gar nicht auf die Idee gekommen, sie könnte nicht zurück sein. Sie ist sicher im Pub oder bei mir.«

»Im Pub? Was sind das denn für neue Sitten? Was hat

Mama in Kneipen zu suchen? Ich versteh gar nichts mehr. Nicht ihr Verhalten, nicht ihre Aufmachung und nicht die Orte, an denen sie plötzlich verkehrt. Eine Frau, die nach acht Uhr abends nie allein das Haus verlassen hat, läuft auf einmal in einen Pub junger Leute? Die Welt ist verrückt geworden und deine Mutter ebenso. Ich komm mitsuchen.«

»Nein, Papa.« Er tat mir unendlich leid. Seine vertraute Welt glitt ihm aus den Händen, und er wirkte wie ein verirrtes Kind, das die helfende Hand eines Erwachsenen sucht. Ich würde ihm die Hand reichen, würde ihm sein vertrautes Leben wiederbringen, würde ihm meine Mutter zurückholen, und wenn ich sie im ganzen Land suchen musste. »Falls Mama zurückkommt, ist es besser, du bist da«, sagte ich. »Unterdessen werde ich sie suchen. Aber ehe ich weggehe, Papa, es gibt da noch etwas, was ich mir von dir wünsche.«

»Alles, was du möchtest, mein Kind«, sagte er, »alles.«

»Wenn Mama wieder daheim ist und sich alles eingerenkt hat, gehen wir alle zusammen zu Opa und Oma, werden wieder eine Familie.«

Er schloss mich in die Arme, und unsere Tränen flossen ineinander. »Ich verspreche es«, flüsterte er, »nichts auf der Welt täte ich lieber als das.«

Ich hastete zum Sissi. Die Hände in den Hosentaschen vergraben, ließ ich den leichten Wind mit meinen Haaren spielen, versuchte, die Gedanken loszuwerden, die mir unaufhörlich durch den Kopf gingen: Was, wenn ich Lily nicht finde, was, wenn sie aus unserem Leben verschwände, wie ich es mir als Kind so sehr gewünscht hatte, was wäre dann mit meinem Vater? Was wäre mit mir? Wie sollte ich ohne Lily leben?

Ein Elvis-Presley-Song schallte aus den Lautsprechern, was mich überraschte, denn im Sissi legte man Elvis sonst nicht auf. *»Are you lonesome tonight?«* sang er mit seiner samtig-tiefen Stimme, und ich verzog das Gesicht. Als Kind gehörte ich zu den Fans von Cliff Richard und dachte, nur Halbstarke schwärmten für Elvis. Was war ich damals doch für ein braves Unschuldslamm, was für eine liebe Kleine. Ich warf einen Blick auf die Bar. Meine Mutter saß nicht dort, und auch Eldad war nicht zu sehen. Ilan füllte Gläser und stellte Bierflaschen auf die Tabletts.

»Ich verkünde hiermit einen nationalen Trauertag im Sissi«, rief Ilan und schwenkte sein Bier: »Auf das Leben des Kings!«

»Was ist passiert?«, fragte ich.

»Der King ist tot!«, rief Ilan, »möge seine Seele eingebunden sein im Bund des Lebens, zusammen mit den Seelen von Jimi Hendrix, Janis Joplin und Jim Morrison.« Damit hielt er mir eine Flasche Bier hin. »Geht aufs Haus«, sagte er zwinkernd.

Nach dem ersten Schluck Bier wurde ich noch trübsinniger. Hendrix, Joplin und Morrison waren noch vor ihrem dreißigsten Lebensjahr gestorben. Kein Zweifel, 1970 und 1971 waren beschissene Jahre. Aber 1973 hatte sie noch übertroffen, das Jahr, das den Jom-Kippur-Krieg brachte und den Militärfriedhof in Kiriat Schaul auf Kosten der Äcker von Ramat Hascharon erweiterte, der Krieg, der Tausende Menschen auf ewig jung beließ. Ilan hatte er um ein Auge und Eldad um sich selbst gebracht, ihn in unerträgliche Seelenqualen und schreckliche Alpträume gestürzt, in denen er Nacht für Nacht schweißüberströmt und entgeistert aus dem Schlaf hochfuhr. Ich lag neben ihm in diesen Nächten, wach, angespannt, wagte nicht einzuschlafen, wollte für ihn da sein, wenn er entsetzt und verstört aus einem weiteren Horrortraum aufwachte. Dann umarmte ich ihn, strich ihm über das verschwitzte Gesicht, küsste seine Tränen weg, flüsterte ihm tröstende Worte zu, wiegte ihn wie ein Baby, legte sein Gesicht auf meine Brüste, auf meine Schultern, auf jede Stelle, an der er Trost an meinem Körper fand, und so, nach und nach und mit unendlicher Liebe, heilte ich seine Schmerzen, verjagte seine Ängste. Und ich wusste, indem ich ihn kurierte, kurierte ich auch mich selbst. Er beförderte das Gute in mir zutage, ein ungeahntes Mitgefühl, so viel Liebe und Empathie, dass mir zuweilen schier das Herz platzen wollte.

»Die Soldaten, die mit dir im Krieg gekämpft haben, liegen zum Teil auf Militärfriedhöfen«, sagte ich ihm einmal an einem sonnigen Wintertag, als wir auf dem Balkon zum Meer saßen und unseren Morgenkaffee tranken. »In deinen Alpträumen redest du mit ihnen, aber Ilan ist hier neben dir, im selben Haus, du musst mit ihm sprechen. Er war mit dir dort. Sprich mit ihm, als würdest du mit allen Soldaten reden, die in dem Gefecht auf den Golanhöhen dabei waren und die du enttäuscht zu haben glaubst. Bitte ihn um Verzeihung, als würdest du jeden von ihnen um Verzeihung bitten. Und vor allem musst du dir selbst verzeihen. Du bist nicht schuld an dem, was dort geschehen ist, du warst ein Kind. Es ist in Ordnung, dass du Angst hattest, du darfst Angst haben. Nur wer weiß, dass er nichts zu verlieren hat, hat keine. Weißt du, wie kaputt jemand sein muss, um den Tod nicht zu fürchten?«

Eldad legte mir die Hände um den Leib und sagte: »Lange Therapiestunden bei Kaminski haben mir nicht gegeben, was du mir gibst. Kilometerlange Gespräche mit unserem Doktor haben mir gebracht, was du mir mit einigen Sätzen bringst. Ich liebe dich, wie ich im Leben noch niemanden geliebt habe. Ich will jeden Tag mit dir zusammen sein, jeden Tag meines Lebens. Ich will mit dir an all die Orte reisen, wo wir noch nie gewesen sind, will auf allen Partys mit dir tanzen, alle Aufführungen mit dir besuchen, will jede Nacht meines Lebens mit dir zusammen einschlafen, wie ich es jetzt tue, umschlungen, und jeden Morgen aufwachen, wie ich jetzt mit dir aufwache, umschlungen. Du bist der Anker meines schlingernden Schiffs, mit dir bin ich ans sichere Ufer gelangt, da möchte ich jetzt und für immer vor Anker gehen.«

Ich schaute ihm tief in die Augen und flüsterte: »Ich liebe dich mehr als mein eigenes Leben, du bist das Geschenk, dass das Meer mir gebracht hat.«

»Ist alles in Ordnung mit deiner Mutter?«, weckte Ilan mich aus meinen Grübeleien und gab mir noch ein Bier.

»Meinst du, alles könnte in Ordnung sein, wenn sie hier Abend für Abend angelaufen kommt, im roten Kleid an der Bar hockt und dich anmacht, als wäre sie ein Mädchen von zwanzig Jahren?«

»Ich bitte dich, Elija, sie hat mich nicht angemacht. Sie ist einfach hergekommen, um mal auszugehen, sich jung zu fühlen. Was soll daran schlimm sein? Was hast du denn gedacht, dass sie mit dem Freund des Freundes ihrer Tochter anbändelt?«

»So viele seltsame Dinge sind in den letzten Tagen mit meiner Mutter passiert, dass ich gar nicht mehr zum Denken komme, und nun ist sie auch noch verschwunden.«

»Wohin denn schon? Hey, wir sind in Israel, nicht in Amerika. Wie weit kann sie denn kommen?«

»Keine Ahnung. Als ich sie zum letzten Mal gesehen habe, ist sie in den 4er gestiegen, Richtung Busbahnhof.«

»Dann hatte sie halt was zu erledigen, ist sicher schon zu Hause.«

»Nein, ist sie nicht, und ich weiß nicht mehr, was ich denken soll. Ich bin mittlerweile mehr ihre Mutter als ihre Tochter.«

»Hi«, sagte Eldad, der in diesem Augenblick den Pub betrat, und küsste mich auf den Mund.

»Wo warst du?«, flüsterte ich ihm ins Ohr, küsste ihn, schmiegte mich an ihn.

»Ich bin die Straßen abgelaufen, auf der Suche nach deiner Mutter, hoffte, ihr vielleicht zu begegnen, aber nichts dergleichen. Ich habe Dizengoff, Ben-Jehuda, Ibn Gabirol abgegrast, bin im Busbahnhof rumgelaufen, alles nichts.«

»Wir müssen zur Polizei gehen«, meinte ich spontan.

»Polizei? Ich glaube nicht, dass sie uns ernst nehmen würden, Elija. Sie ist um zwölf Uhr mittags verschwunden, das ist noch keine vierundzwanzig Stunden her.«

»Was sollen wir denn sonst tun? Hier rumsitzen und Elvis beweinen, während meine Mutter verschwunden ist?«

»Komm«, sagte Eldad und ergriff meine Hand, »komm, wir gehen zu deinem Vater, er wird sicher schon ganz verrückt. Wir warten bei ihm auf Lily. Letzten Endes wird sie nach Hause kommen. Wo soll sie denn sonst hin?«

Auf dem Weg zu meinem Elternhaus berichtete ich ihm von meiner berührenden Begegnung mit den Großeltern, erzählte ihm die Geschichte meiner Familie, die ich erst wenige Stunden zuvor erfahren hatte, und kam dann wieder auf Lily zu sprechen.

»Wir finden sie«, versicherte er, »wir werden sie finden, und nachdem wir sie gefunden haben, wird sich alles zum Besseren wenden. Du hast heute etwas sehr Mutiges getan, meine Hübsche. Du hast heute eine Mizwa gemacht, eine gute Tat, hast deine Großeltern um Verzeihung gebeten und den Kontakt wieder angeknüpft, einen Moment bevor es zu spät gewesen wäre. Aber jetzt stehst du vor der allerschwierigsten Aufgabe: Jetzt musst du mit deiner Mutter sprechen.«

»Ich mache mir Sorgen um sie, Eldad. Ich spüre tief im Innern, dass ihr etwas Ungutes geschieht, etwas, was ihre vertraute Welt durcheinanderbringt. Ich meine …, ich weiß, was sie sucht.«

»Was sucht sie, Liebste?«

»Meine Mutter sucht, was ihr längst abhandengekommen ist: ihre Wurzeln, ihre Vergangenheit. Ich muss sie finden und ihren steinigen Weg mitgehen, damit sie nicht allein ist. Ich will wissen, wer meine Mutter ist, wer die wahre Lily ist, denn die Frau, die ich kenne, lebt von Geburt an mit einem Stachelpanzer, um nicht erneut verletzt zu werden. Kein Kind der Welt kann ja unversehrt die schlimme Nachricht überstehen, als Säugling an einem eisigen Schneetag vor einem Klostertor ausgesetzt worden zu sein.«

Lily

Das große Gebäude flößte ihr Angst ein. Sie hatte schon vergessen, wie hoch die Hofmauern waren, erinnerte sich jedoch gut an das stets verschlossene Tor und auch an die Stufen, die zum Eingang führten, und an die Zypressen rings um den großen, gepflegten Garten mit der Weinlaube in der Mitte und den Gemüsebeeten für den Eigenbedarf des Klosters. Sie sah sich als kleines Mädchen im blauen Klosterkleid auf dem Erdboden knien und mit ihren Fingern Mulden in die lockere Erde graben, um Tomaten- und Paprikasamen einzustreuen. Sie erinnerte sich an die gepflasterten Wege zu verschwiegenen Ecken, wohin sie sich gern vor der dräuenden Stille der Klostermauern flüchtete und vor dem tuschelnden Gewimmel der Mädchen, die aus Angst vor den Nonnen nicht laut zu werden wagten, so dass es sich in Lilys Ohren wie ein Bienenschwarm anhörte. Sie erinnerte sich an die große Eingangshalle, an die bemalten Bodenfliesen und die hohe Kuppeldecke und an das Bild vom Jesuskind in den Armen seiner Mutter, das den größten Teil der Stirnwand einnahm. Wie oft hatte sie ergriffen vor dem Bild der barmherzigen Mutter mit ihrem Söhnchen gestanden. Und sie erinnerte sich gut an den Schmerz im Unterleib, der sie damals wie heute befiel, weil ihre leibliche Mutter sie nie mit diesem gütigen und liebevollen Blick bedacht hatte, den Maria, die heilige Mutter, ihrem kleinen Sohn schenkte. Sie erinnerte sich an die mit rotem Samt bezogenen Sofas und Sessel, auf denen man nicht sitzen und an den schwarzen Flügel, auf dem man nicht spielen durfte. Einmal hatte sie den Deckel angehoben und ihre kleinen Finger auf die Tasten gedrückt, fasziniert von der Klangfülle, die sie erzeugte, ohne jedoch die Nonne zu bemerken, die von hinten ankam und ihr den Deckel auf die Finger knallte, so dass sie bluteten. Ungeachtet ihres lauten Schmerzgeheuls, zerrte die Nonne sie am Ohrläppchen fort und sperrte sie in eine Dachkammer. Nur spärliches Licht fiel durch die Luke, und ein winziges Stückchen Himmel war zu sehen. Stunden verbrachte sie in der kalten, beängstigenden Kammer, ein kleines Mädchen von fünf oder sechs Jahren, und alles nur, weil sie einmal Klavierspielen wollte. Sie erinnerte sich an den Weihrauchduft in der Kirche, an den säuerlich dumpfen Geruch der Nonnen, an den Moder, der den Klostermauern entströmte, an das Läuten der Glocken, die zum Gebet riefen, an das Rauschen des Windes in den Bäumen und an die Nonnen, die wie Gespenster durchs Kloster huschten.

Jetzt stand sie vor dem großen Gebäude, gelähmt vor Grauen, als sei sie immer noch jenes kleine Mädchen, das vor so vielen Jahren daraus entflohen war.

Das Kloster war in einem alten Gebäude aus dem 19. Jahrhundert untergebracht und bevölkert von strengen anglikanischen Nonnen, die nach Jerusalem entsandt worden waren, um durch Armenhilfe in der Heiligen Stadt das Christentum zu verbreiten. Den Großteil ihrer Zeit widmeten sie den verlassenen Kindern, die durch die schmutzigen Straßen streunten, obdachlosen, hungernden, zerlumpten Waisen, die sich aus Mülltonnen ernährten, Straßenkämpfe ausfochten, klauten, Prostitution betrieben. Einige boten ihre kleinen Schwestern an, verkauften deren Körper für ein paar Münzen an türkische Soldaten. Die Nonnen lasen die Kinder von der Straße auf und gaben ihnen ein Zuhause. So war es zu Türkenzeiten gewesen. Zur Zeit des britischen Mandats nahm man auch solche Kinder in die hohen Klostermauern auf, die aus finanziellen oder anderen Gründen nicht in ihrem Elternhaus aufwachsen konnten, sowie verkrüppelte, blinde, taube oder chronisch kranke Kinder. Sie wohnten in dem Trakt, der als Krankenhaus diente, zusammen mit alleinstehenden alten Menschen. Und Lily hatte trotz ihres zarten Alters nie verstanden, wie die Nonnen, die Tag für Tag, Stunde für Stunde barmherzige Taten verrichteten, sich solch eine Elefantenhaut und so ein steinernes Herz zulegen konnten.

Jetzt fragte sie sich, ob in diesen Mauern immer noch Mädchen wie sie einst lebten, die bei den Nonnen ihrem Schicksal überlassen worden waren. Sie erinnerte sich gut an die Vollwaisen, die mit ihr im Kloster gewesen waren. Andere entstammten armen Familien, die ihre Kinder nicht ernähren konnten, arabische und jüdische Mädchen, die alle im großen Schlafsaal schliefen. An den Wänden aufgereiht standen schmale Eisenbetten, deren dünne Strohmatratzen nach Pisse stanken und deren spitze Halme gern wie Nadeln durch den groben Stoff in die Haut stachen, erinnerte sich an die durchgelegenen Bettgestelle, die bei jeder Regung quietschten und sie damit häufig weckten. Sie erinnerte sich an die große Küche, wo die spartanischen Klostermahlzeiten gekocht wurden, roch förmlich noch den Brei im großen Kessel und die nach Kochwäsche stinkende Suppe, die ihr immer den Magen umdrehte. Doch vor allem erinnerte sie sich an den Tag, an dem sie beschlossen hatte, den beklemmenden Mauern zu entfliehen und frei zu sein.

Es war kalt in Jerusalem. Immer war es kalt in dieser Stadt. Sie zog die Strickjacke enger um den Leib, hob die Augen und blickte auf das große Tor, unschlüssig, ob sie die Glockenschnur ziehen und das Kloster betreten sollte, das einst ihr Zuhause gewesen war, von ihrer Geburt bis zu dem Tag, als sie erfuhr, dass ihre leibliche Mutter Jüdin war.

Sie erinnerte sich an die kleine Kapelle, die ihr einst als Zuflucht vor den prüfenden Augen der Nonnen diente, wenn sie in unruhigen Momenten inneren Frieden suchte. Sie musste dann mit sich allein sein und zu Atem kommen, ohne dass jemand ihre Abwesenheit bemerkte. Die Kapelle stand hinten im Garten und war meist leer – bis zu dem schicksalhaften Tag, an dem sie Schwester Rose traf. Sie hörte im Geist die tuschelnde Stimme der Schwester, die ihr erzählte, dass man sie an einem kalten, verschneiten Weihnachtsabend am Klostertor abgelegt hatte, meinte jetzt noch zu spüren, wie wild ihr Herz damals gepocht hatte. Danach fiel ihr die strenge Schwester Catherine wieder ein. Die hatte ihr von dem Zettel berichtet, der an ihrer Kleidung gesteckt hatte. Darauf hatte jemand mit deutlichen, geraden Strichen einen Davidstern gezeichnet, was die Äbtissin darauf schließen ließ, dass die leibliche Mutter wohl Jüdin war. Merkwürdig, wie eine jahrelange strengchristliche Erziehung, Jahre der Gebete zu Jesus, dem Gekreuzigten, und zu seiner heiligen Mutter Maria, wie weggeblasen gewesen waren, als auch sie erfasste, dass sie als Jüdin zur Welt gekommen war. Seltsam, dass das kleine Mädchen von damals mit einem Mal begriffen hatte, warum die Klostermauern sie bedrängten. Obwohl sie bis dahin nichts außer dem Kloster kannte, war sie sich darin immer fremd und nicht zugehörig vorgekommen. Und fortan hatte sie keinen Seelenfrieden mehr gefunden und ihre Flucht geplant. Hungrig und verlottert, in dem schäbigen Lumpen, der vom blauen Kleid der Mission übrig geblieben war, hatte sie sich von Essensresten in den Mülltonnen des Machane-Jehuda-Marktes ernährt und war auf den Straßen herumgelungert, bis Frauen vom Club Maskeret Mosche sie ins Heim der Jugend-Alija in Herzlia brachten.

Und jetzt, so viele Jahre später, steht sie wieder vor dem Tor des Gebäudes, dem sie entflohen ist und wo das Geheimnis ihres Lebens verborgen liegt. Denn wenn sie wüsste, wer ihre Mutter war, wird sie vielleicht auch erfahren, wer sie selber ist. Schließlich kennt sie sich ja selbst nicht wieder, als sei eine andere Frau in ihren Leib gefahren und stelle jetzt ihre Welt auf den Kopf, störe ihren täglichen Lebensablauf, der sie bisher vor dem Irrsinn bewahrt hat. Sie zieht die Glockenschnur – und macht einen Satz zurück: Es ist das gleiche laute Läuten, das sie aus der Kindheit in Erinnerung hat, jener Glockenklang, bei dem sie oft aus dem Bett gesprungen und ans Fenster gerannt war, um zu sehen, wer da ans Klostertor klopfte, wer aus der Außenwelt jenseits der Mauern ankam, jener Welt, die sie bis zu ihrer Flucht nicht kannte.

Wie gebannt verharrte sie vor dem großen Tor. Es dauerte eine Weile, bis es aufging und eine alte Nonne sie neugierig anschaute: »Kann ich Ihnen behilflich sein?«, fragte sie auf Englisch, doch Lily klebte die Zunge am Gaumen, sie brachte kein Wort heraus. Die Schwester blickte sie an und fragte erneut: »Ja, meine Dame, was suchen Sie?«

Lily blickte der Nonne ins Gesicht. Die Haut war von Falten durchzogen, aber die großen, blauen Augen waren die von Schwester Rose. Großer Gott, sie lebte noch. Plötzlich bekam Lily Angst, fürchtete, Rose könnte sie am Rockzipfel packen und ins Kloster zerren, und sie wäre wieder in diesen Mauern gefangen, könnte nie mehr ins Freie gelangen, und ohne die Nonne ein zweites Mal anzublicken oder ihr Antwort zu geben, hastete sie, wie vom Teufel gejagt, die Gasse hinunter. An der nächsten großen Straße nahm sie atemlos den erstbesten Bus zum Busbahnhof, wo sie nach Tel Aviv umstieg.

Was war ihr bloß durch den Kopf gegangen, als sie, statt nach Kiriat Schaul zu ihrem Kind, zum Busbahnhof und nach Jerusalem gefahren war? Was hatte sie sich dabei gedacht? Dass man ihr im Kloster Antworten auf ihre Fragen geben würde? Ohne ihr Nachhaken damals hätten die Nonnen ihr ja nicht mal erzählt, dass sie Jüdin war, und nach ihrer Flucht hatten sie sie überhaupt nicht gesucht. Andernfalls hätten sie sie doch gefunden, ein obdachloses Mädchen, das durch die Jerusalemer Straßen streunte. Wie war sie plötzlich darauf gekommen, dass sie etwas über ihre leibliche Mutter wüssten? Und warum war sie ihr jetzt eingefallen, diese Frau, ihr Name und Angedenken seien ausgelöscht, die sie zum Schicksal eines Findelkinds verdammt hatte, zu einem haltlosen Leben ohne Wurzeln, ohne jeden Anhaltspunkt?

Die Bischara hatte ihr gesagt, wenn sie Schaul heiratete und eine Familie gründete, würde sie neue Wurzeln schlagen, aber was für eine Familie hat sie denn gegründet? Eine Familie mit einem toten Jungen und einem entfremdeten Mädchen. Mit einer Tochter, die sie nie geherzt und geküsst, nie mitfühlend in die Arme genommen, nie ihrer Liebe versichert hat. Im Gegenteil hat sie nur alles getan, um ihre Tochter abzuweisen, und erst jetzt, großer Gott, erst jetzt versteht sie, dass sie sie so sehr lieb hat, aber nicht weiß, wie sie es ihr sagen oder zeigen soll.

Elija. Das Herz ging ihr über bei dem Gedanken an sie. Ein Schauer durchfuhr sie, als sie die letzten Tage Revue passieren ließ. Trotz der getrübten Mutter-Tochter-Beziehung war Elija nicht von ihrer Seite gewichen, hatte sich vielmehr um sie gekümmert, sie bei sich aufgenommen, ihr ihr Bett überlassen. Wieso verdammte Elija sie nicht wegen ihres schändlichen Benehmens, wieso trug sie ihr ihr böses, abweisendes Verhalten nicht nach, die Seelenqualen, die sie ihr von Geburt an bereitet hatte? Elija, würde ihre Tochter ihr jemals verzeihen können? Und Schaul, was hatte ihr guter Mann verbrochen, dass sie ihn behandelte wie ein lästiges Anhängsel? Als sei sie seinetwegen unglücklich – dabei war er unglücklich wegen ihr. Schaul, der auf ihr Betreiben mit seinen Eltern gebrochen hatte, der auf Zehenspitzen tappte, um sie nicht aufzuregen. Ihr Gehirn lief heiß, die Gedanken schwirrten in tausend Richtungen, und sie geriet ganz außer Atem.

Am Tel Aviver Busbahnhof angekommen, stieg sie rasch aus und nahm ein Taxi, koste es, was es wolle, sie musste nach Kiriat Schaul zu ihrem Kind. Der Fahrer setzte sie vorm Friedhofstor ab. Den Weg zur Kinderabteilung legte sie im Laufschritt zurück. Baby Chaims Grab war als einziges Kindergrab von blühenden Blumentöpfen umstanden, die sie sorgfältig pflegte, und nur auf ihm brannte stets eine Seelenkerze in einem teuren Behälter, den sie eigens bestellt und vom Haushaltsgeld bezahlt hatte. Lily stürzte förmlich auf das Grab zu, sank mit dem ganzen Oberkörper darauf, küsste die Namenslettern ihres toten Babys. Nach und nach verebbte das Pochen und Hämmern in ihrem fiebernden Hirn, und sie beruhigte sich. Sie kam wieder zu Atem, das Herz schlug wieder normal. »Gott sei Dank«, murmelte sie, und ihre Lippen flatterten über den kühlen Stein, »Gott sei Dank, mein Kind, endlich bin ich bei dir.«

Sie schloss die Augen, wäre beinah eingeschlafen, und dann hörte sie die Stimme des Kindes aus ihrem Innern sprechen: »Geh nach Hause«, flüsterte ihr Kind, »geh zu Schaul, geh zu Elija.«

»Wie kann Schaul mir helfen? Wie kann Elija mir helfen? Ich bin doch mein Leben lang allein gewesen.«

»Du wolltest allein sein«, flüsterte das Baby, »du hast sie beide abgewiesen.«

»Ich wollte nicht allein sein. Ich wollte eine Familie anstelle der Familie, die ich nie gehabt habe.«

»Und hast eine Familie bekommen«, flüsterte das Baby.

»Ist das eine Familie, mein Kind? Es ist eine zerrüttete Familie. Gott hat nicht über meine Familie gewacht.«

»Gott hat dir eine Familie gegeben«, fuhr das Kind mit seiner herzzerreißenden, leisen Stimme fort. »Du hättest über sie wachen müssen, Gott musste es nicht an deiner Stelle tun.«

Sie lauschte der Stimme des Babys, die aus ihrer Seele sprach, und Tränen rannen ihr aus den Augen. Ihr totes Kind hatte recht. Gott hatte ihr ein Geschenk auf die Schwelle gelegt, und sie hatte nicht mal die Schleife geöffnet. Und was sollte sie jetzt machen? Wie sollte sie das Rad zurückdrehen? Sie musste Schaul und Elija um Verzeihung bitten. Sie musste ihren Schwiegereltern die Füße küssen und sie um Vergebung anflehen. Mit eigenen Händen hatte sie Gottes Geschenk kaputtgemacht, die Familie, die sie bekommen hatte. Mit eigenen Händen hatte sie Unheil über ihre Tochter gebracht. Wie, großer Gott, wie konnte sie das Zerbrochene kitten?

Elija

Was sich vor mir abspielte, war so seltsam. Seltsam und zu Herzen gehend: Meine Mutter legt sich auf die kleine Grabplatte, redet mit sich selbst und weint laut. Hinter einer Zypresse verborgen, beobachtete ich das Geschehen.

Ich wusste nicht, was mich erwarten würde, als ich beschloss, Lily auf dem Friedhof in Kiriat Schaul suchen zu gehen. »Geh nicht hin«, hatte mein Vater mich bestürmt, »das ist der einzige Ort auf der Welt, wo sie keinen dabeihaben will, auch mich nicht. Als ich herausbekam, dass sie dort hingeht, habe ich sie wiederholt gebeten, mich mitzunehmen, und immer lautete die entschiedene Antwort, ›nein‹. Ich bin ihr früher sogar heimlich gefolgt, bis ich einsah, dass es sinnlos ist. Falls sie mich gesehen haben sollte, hat sie sich blind und taub gestellt.« Eldad wollte mich begleiten, aber ich lehnte sein Angebot ab. Ich musste meine Mutter unter vier Augen treffen. Bevor ich das Haus verließ, bat mein Vater mich inständig, bald nach Hause zu kommen. »Lauf nicht zu lange in Kiriat Schaul herum, das ist kein Ort für junge Leute.« Dicke Wolken brauten sich zusammen, es begann zu regnen, aber ich wollte trotzdem zum Friedhof fahren.

Ich presste das Gesicht ans Busfenster, und die Scheibe beschlug von meinem Atem. Ich ließ meinen Gedanken freien Lauf in alle Richtungen, nur nicht in die eine beängstigende, bedrohliche. Draußen legte der Regen zu, aber als der Bus sein Ziel erreichte, klarte es auf, und ich atmete den Duft nach Regen von den nahen Feldern Ramat Hascharons ein. Was sollte ich meiner Mutter sagen, wenn ich sie sah? Mir schwindelte der Kopf vor Fragen, und plötzlich stoppte mich ein messerscharfer Gedanke: Was, wenn ich sie tot vorfinde? Was wird aus mir, wenn Lily nicht mehr ist? Die Vorstellung, sie könnte plötzlich aus meinem Leben verschwinden, jagte mir einen Schauer über den Rücken. Großer Gott, was wäre passiert, wenn mein Gebet einst erhört worden wäre und Lily das Zeitliche gesegnet hätte? Dann wäre ich eine Waise gewesen wie jene Mitschülerin, die nach dem Tod ihrer Mutter immer so elend aussah. »Ich bin ein Waisenkind« stand ihr ins Gesicht geschrieben.

Als Kind dachte ich, es bestände kein Unterschied zwischen uns, denn meine Mutter war ja so wenig präsent wie die tote Mutter des Waisenmädchens. Es war immer Papa, der mir bei den Schulaufgaben half, zu Elternabenden ging, morgens mit mir aufstand, wenn Mutter noch im Bett lag, mir Schulbrote machte, in Pergamentpapier einwickelte und in meinen Brotbeutel steckte. Meine Mutter erwartete mich nie mit einem warmen Mittagessen, wie es die Mütter meiner Freundinnen taten. Für mich stand ein Topf mit Essen im Kühlschrank. Und ich lernte, den Topf auf dem Gasherd aufzuwärmen, lernte mir selbst Salat zu schnippeln, mir die Schnitzel zu braten, die meine Mutter paniert und auf Küchenkrepp in den Kühlschrank gelegt hatte, aber nie hat sie mir selbst eines in die Pfanne getan. Soweit ich zurückdenken kann, war ich ein »Schlüsselkind«, hatte den Wohnungsschlüssel an einem Band um den Hals hängen, genau wie die Kinder arbeitender Mütter und wie die verwaiste Klassenkameradin. Aber meine Mutter war nicht tot und arbeitete auch nicht, meine Mutter ging auf ihre Streifzüge und kehrte erst zum Abendessen zurück. Ich wusste nie, wohin sie verschwand, und meist interessierte es mich auch nicht.

Doch in den letzten Tagen tat sich etwas zwischen Lily und mir. Zarte Gefühle schlichen sich in mein Herz, deren Bedeutung ich noch nicht durchschaute. Da war etwas, was zuvor entweder gar nicht vorhanden oder aber eingeschlafen war.

Die grauen Wolken verflogen, und der Himmel wurde klar und blau, aber die Luft blieb kühl. Ich zog die Jacke enger um den Leib und steckte die Hände in die Taschen. In der einen lag der Zettel mit der Nummer des Grabes, die mein Vater mir von dem Zettel abgeschrieben hatte, den er in der Hülle seines Personalausweises mit sich trug. Wie meine Mutter hatte auch er das tote Kind auf Schritt und Tritt dabei.

Ich passierte das große Eisentor. Der Friedhof war menschenleer, und ich ängstigte mich zu Tode. Ich war noch nie auf einem Friedhof gewesen. Auch als ehemalige Mitschüler von mir im Jom-Kippur-Krieg gefallen waren, war ich nicht zur Beerdigung gegangen, sondern hatte lieber nur einen Kondolenzbesuch in der Trauerwoche gemacht. Die Toten ängstigten mich, und ein Friedhof, auf dem außer mir keine lebende Seele war, versetzte mich in Angst und Schrecken.

Ich hastete den Weg im Laufschritt hinunter, erfasste mit den Augen die Nummern der Reihen und die Namen auf den Gräbern. Normalerweise belästigte ich Gott nicht, aber diesmal betete ich inbrünstig und aus wahrer, ehrlicher, geradezu lähmender Angst: »Lieber Gott, mach, dass ich meine Mutter finde, mach, dass dieser Alptraum endet.«

Und dann sah ich sie an einem der Gräber. Das war Lily, zweifellos. Ihr dickes Haar, das noch keine grauen Strähnen aufwies, wehte im Wind. Sie kniete an dem kleinen Grab, den Oberkörper vorgebeugt, das Gesicht auf die Marmorplatte gelegt.

Ich wusste nicht, ob ich mich ihr zeigen oder lieber verborgen bleiben sollte, doch ehe ich noch eine Entscheidung treffen konnte, öffnete der Himmel erneut seine Schleusen, und heftiger Regen prasselte auf die Erde. Ich wurde nass bis auf die Knochen. Jacke und Mütze schützten mich nicht gegen den Regen. Warum zum Teufel hatte ich nicht auf den Rat meines Vaters gehört und einen Schirm mitgenommen? Ehrlich gesagt, hasste ich Schirme eigentlich. Sie erinnerten mich immer daran, wie beängstigend ich jene alten Damen fand, die im Sommer mit breitkrempigen Hüten spazierten, die Hände auch in der schlimmsten Hitze in Handschuhen, um sie gegen die Strahlen der mediterranen Sonne zu schützen, und dabei einen Sonnenschirm hielten, als wollten sie es Mary Poppins nachtun und im nächsten Moment in den Himmel entfliegen.

Ich schmiegte mich an den Baumstamm und stieß mit dem Fuß an einen Eimer mit Bürste und Lappen darin. Was zum Teufel hatte ein Putzeimer auf dem Friedhof zu suchen. Meine Mutter lag noch immer auf der kleinen Grabplatte, ungeachtet des Starkregens, der vom Himmel strömte, als hätte Gott einen Wasserhahn geöffnet, um die Welt zu spülen. Jetzt war ich sicher, dass Lily den Verstand verloren hatte. Welcher normale Mensch legt sich so auf das Grab eines Kleinkinds, das vor der Sintflut gestorben ist, und achtet nicht auf die Regenflut, die ihm auf Kopf und Leib prasselt? Sie war verrückt geworden, meine Mutter, und wie sollte ich sie jetzt ansprechen. Wie konnte ich Lily aus dem Friedhof lotsen? Jetzt bedauerte ich, dass ich Eldad nicht mitgenommen hatte. Vielleicht hätte er Lily vom Grab gehoben und sie auf seinen starken Armen von diesem beängstigenden Ort weggetragen, an dem ich kaum Luft bekam.

»Genug! Genug! Genug!«, rief meine Mutter plötzlich, und ihr Schrei zerriss mir das Herz. Schreiend schlug sie den Kopf immer wieder auf die Marmorplatte.

»Mama, hör auf!« Ich rannte zu ihr, packte sie und konnte sie mit ungeahnter Kraft vom Grab hochzerren. »Stopp, Mama, beruhig dich«, rief ich, aber Lily schrie und weinte, versuchte, sich aus meinem Griff zu befreien.

»Genug! Genug! Genug! Ich kann nicht mehr. Ich bin allein! Allein! Allein!«

»Du bist nicht allein, Mama, ich bin da.«

»Nicht allein, ich bin nicht allein«, sprach Lily mir nach, als wiederhole sie ein Mantra. »Ich habe das Baby, ich bin nicht allein.«

»Mama, das Baby ist tot, aber ich bin hier, ich lebe.«

»Du lebst, aber ich bin tot. So tot wie das Baby Ron Chaim.«

Ich drückte sie ans Herz, hielt sie fest in den Armen. Bisher hatte ich sie noch nie umarmt, meine eigene Mutter. Ihr Kopf reichte mir bis zur Schulter, ich staunte, wie klein sie war – wie ein Kind, schoss es mir durch den Kopf, wie ein verschrecktes Vögelchen. Sie war jetzt so anders, als ich sie bisher gesehen hatte. Lily war mir immer vorgekommen wie ein beutegieriger Geier, der nur auf eine Gelegenheit lauerte, herabzustürzen und mit dem Schnabel zu hacken, und nun hatte sich dieser Raubvogel in eine Bachstelze mit gebrochenem Flügel verwandelt. Sie tat mir unendlich leid.

»Mama, du blutest ja«, rief ich plötzlich. Vor lauter Panik hatte ich zuerst gar nicht gesehen, dass von Lilys Stirn Blut auf meine Kleidung rann. Sie musste sich verletzt haben, als sie mit dem Kopf auf den Grabstein schlug. Rasch nahm ich mein Halstuch ab und stoppte den Blutstrom. Der verwischte Lippenstift, die in schwarzen Schlieren herablaufende Wimperntusche und das Blut ließen sie aussehen wie eine Irre. Ich war zu Tode erschrocken und meinte, diesen furchtbaren Anblick niemals vergessen zu können.

Der Regen hörte so abrupt auf wie er angefangen hatte, der Himmel riss auf, und die Luft wurde klar und rein. Mit dem Regen versiegten auch die Tränen meiner Mutter. Die Stirnwunde hörte auf zu bluten. Totenstille herrschte in der Kinderabteilung des Friedhofs. Man hörte nichts weiter als Lilys Schniefen und den Wind in den Wipfeln.

»Mama, komm, lass uns gehen, es hat aufgehört zu regnen, komm mit. Papa wartet zu Hause, er wird sicher schon verrückt vor Sorge«, sagte ich.

Lily befreite sich aus meinen Armen und ging wortlos zu der Zypresse, nahm den Lappen aus dem Eimer dort, wrang ihn aus und begann still, die weiße Grabplatte abzuwischen. Jetzt erst wandte ich mich dem Grab meines toten Bruders zu, den ich nie kennengelernt hatte. Ich starrte auf die Buchstaben seines Namens, seine Geburts- und Todesdaten. Nur ein einziges Jahr, ein Jahr, das das Leben meiner Mutter zerstört hatte – und auch Vaters und meines. Ein Jahr eines menschlichen Wesens, das auf Besuch gekommen und wieder gegangen war, dabei jedoch so viel Schmerz und Leid hinterlassen hatte. Die Ewigkeit eines Schmetterlings. Ich trat näher und strich mit den Fingern über die Buchstaben seines Namens, dieses »Seligen«, wie mein Vater ihn nannte, wenn er selten einmal von ihm sprach. Lily fuhr weiter mit dem feuchten Lappen über den Grabstein.

Ich störte sie nicht, sah mich bloß staunend um. So viele kleine Gräber mit kleinen Grabsteinen unter den Zypressen, umwuchert von Gräsern, so malerisch und so schrecklich. Alte Grabsteine mit verwitterten Namen und reihenweise Gräber ohne Namen und Steine. Nur ein Holzschild oder ein verrostetes Stück Eisen markierten die Grabstätten namenloser toter Kinder, die keiner besuchte und beweinte. Zum ersten Mal spürte ich die Intensität des mütterlichen Schmerzes. Sie hatte ihren Sohn neun Monate im Schoß getragen, ihn unter Schmerzen geboren, danach gestillt, an die Brust gedrückt, liebgewonnen, verwöhnt, seine Entwicklungsphasen bewundert, und dann, nach einem Jahr des Glücks, war er ihr genommen worden, hatte ein schwarzes Loch hinterlassen, das nicht mal ich, ihr zweites Kind, zu füllen vermochte.

Ich ging leise zu Lily, die emsig und sorgfältig putzte, und flüsterte: »Mama.«

Lily wandte sich um und blickte mich an, als sehe sie mich zum ersten Mal. »Elija«, fragte sie sanft, »was machst du denn hier?«

»Ich wollte dich suchen.«

»Mich suchen?«

»Ich hätte beinah die Hoffnung aufgegeben, dich zu finden. Papa hat mir gesagt, der einzige Ort, wo du dich vielleicht aufhalten könntest, sei hier, am Grab von …« Ich tat mich schwer, den Namen meines toten Bruders auszusprechen.

»Von Baby Ron Chaim«, ergänzte Lily an meiner Stelle.

»Ja«, flüsterte ich, »seins.«

Lily wischte die letzten Regentropfen vom Grab, fuhr mit dem Lappen in jede durch Verwitterung entstandene Ritze, putzte die Buchstaben seines Namens: »Ron«, flüsterte sie, »so habe ich ihn bei seiner Geburt genannt. Was für ein schöner Name, Ron, von *›rina‹* – Gesang, von Glück, der Name eines Kindes, das geboren wurde, um Freude zu schenken. Ein Jahr, Elija, ein einziges Jahr hat er mir Freude gebracht, gefolgt von jahrelangem Schmerz, der nicht weichen will, der mich hier packt«, sie legte die Hände auf die Brust, »und mich hier erstickt«, sie griff sich an den Hals. »Und er ist so stark, dieser Schmerz, so erstickend, dass ich mich nur hier von ihm erholen kann. Wenn ich das Gesicht auf die Marmorplatte lege, komme ich zu Atem. Nur hier kann ich Ich sein, ohne so zu tun, als sei alles in Ordnung, wo doch nichts in Ordnung ist. Hier sage ich die Wahrheit frei heraus, ohne Angst, meine Worte könnten brennen, hier schütte ich ihm mein Herz aus, berate mich mit ihm, stelle Fragen, erhalte Antworten.«

»Du berätst dich mit dem toten Baby?«, fragte ich ungläubig.

»Der Junge spricht mit mir, und ich höre ihn.«

»Wie soll er mit dir sprechen? Er ist mit einem Jahr gestorben, da konnte er noch gar nicht sprechen.«

»Es sind viele Jahre vergangen, Elija. Er ist herangereift, groß geworden, klüger als alle Menschen, die ich kenne, er rettet mich.«

»Er hat dich beinah dazu gebracht, dir was anzutun. Wieso rettet er dich? Wenn ich nicht da gewesen wäre, hättest du dir den Schädel eingeschlagen.«

Lily hielt einen Moment inne und musterte mich von Kopf bis Fuß. »Du verstehst nicht«, sagte sie, »er hat dich hergeschickt, um mich zu retten, Baby Ron Chaim hat dich entsandt, um meinen Wahn zu stoppen.«

»Papa hat mich geschickt, nicht das Baby, das gestorben ist, bevor ich geboren wurde. Papa sitzt jetzt zu Hause und wird verrückt vor Sorge, Papa, der nach deinem Verschwinden kein Auge zugetan hat, nichts gegessen oder getrunken hat, Papa, der dich zu verlieren fürchtet, Papa und nicht das Baby, dem du seine ewige Ruhe nicht lässt, weil du nicht den Mut aufbringst, dich mit seinem Tod abzufinden. Du klammerst dich an seinen Tod, um ein anormales Leben zu führen, läufst lieber auf den Friedhof als daheim bei deinem lebenden Mann und deiner lebenden Tochter zu sein.«

Lily strich mir über die Wange. »Mein Kind«, murmelte sie, »mein armes Kind.«

»Mama, es ist beängstigend hier. Bitte, ich fleh dich an. Bald wird es dunkel, lass uns gehen.«

»Komm«, sagte Lily, »komm, setz dich hier auf die Erde, neben mich, ich muss dir ein paar Dinge sagen, danach gehen wir.«

»Die Erde ist nass vom Regen, Mama. Sag mir die Dinge auf dem Heimweg, es dauert eine Weile, bis wir im Bus sitzen.«

»Nein!«, beharrte Lily. »Ich will dir hier die Dinge sagen, die ich seit vielen Jahren mit mir herumtrage. Du sollst von mir hören, warum ich dir nie eine gute Mutter war. Ich will, dass du dich hier neben mich setzt und mir zuhörst.«

Lily ließ sich auf die feuchte Erde nieder. Ich tat es ihr nach, wollte nur, dass sie mir sagte, was sie zu sagen hatte, und danach möglichst schnell weg vom Friedhof.

»Rück näher«, bat Lily, »ganz nah zu mir.«

Ich rückte heran, auf Tuchfühlung mit meiner Mutter. Überraschend ergriff sie meine Hände und legte sie auf ihren Schoß. Dann holte sie tief Luft, blickte zum Himmel, sichtlich bewegt, als hätte sie ihr Leben lang auf die Gelegenheit gewartet, mir ihr Herz auszuschütten, und begann zu sprechen.

»Von dem Tag, als ich aus dem Schoß der Frau kam, die mich wie einen Hund vor dem Klostertor in Jerusalem abgelegt hat, bin ich allein. Du und Papa leben zwar mit mir in einem Haus, aber ich fühle mich einsam auf dieser Welt. So ist das. Wenn ein Mensch ohne Mutter geboren wird, die ihn an ihrer Brust stillt, ihn in die Arme nimmt, wenn er weint, ihn zudeckt, wenn ihm kalt ist, ihn tröstet, wenn ihm was wehtut, wird sich immer allein vorkommen. Egal, wie viele Kinder ich zur Welt gebracht habe, und egal, wie sehr Papa mich liebt, ich bin einsam und allein.

Ich weiß nicht, wer die Frau ist, die mich geboren hat, wie sie hieß, wie alt sie bei meiner Geburt war, wer mein Vater ist, aber eines weiß ich mit Sicherheit: Ich war für sie ein lästiger Ballast, sonst hätte sie sich meiner nicht so einfach entledigt. Sie hat ihre Hand kein einziges Mal auf ihren Bauch gelegt, damit ich sie spürte und sie mich. Sie war sicher in Panik und hatte niemanden, mit dem sie ihre Angst und Sorge teilen konnte. Ich will mir gar nicht ausmalen, wie elend und verstoßen sie gewesen sein muss. Stell dir vor, heute, in den siebziger Jahren, unverheiratet schwanger zu sein, ist schlimm genug, wie viel schlimmer muss es erst bei meiner Geburt in den Dreißigern gewesen sein. Was muss diese Frau durchgemacht haben. Sicher hat man sie aus dem Haus gejagt, auf die Straße gesetzt. Wie viel Leid und Einsamkeit wird sie erlebt haben.«

Ich staunte, wie ruhig meine Mutter auf einmal war. Hier kam das Gespräch, zu dem Dr. Kaminski mir dringend geraten hatte. Dies war die Gelegenheit, ihr zu sagen, was ich auf dem Herzen hatte. Und ich würde sie nicht ungenutzt verstreichen lassen. Lily konnte sich im Nu wieder hinter ihren Betonmauern verschanzen. Ich atmete tief durch und sagte: »Hast du denn deine Hand auf den Bauch gelegt, als ich drin war? Damit ich dich spüre? Keinen einzigen Tag meines Lebens hatte ich das Gefühl, dir lieb und willkommen zu sein. Du bist genau wie deine Mutter.«

Lily schwieg lange, starrte unverwandt auf die regennasse Erde, ließ meine Hände jedoch nicht los. Schließlich sah sie auf, blickte tief in meine erwartungsvollen Augen und sagte leise: »Ich hatte Angst, etwas zu empfinden. Ich glaubte, wenn ich so täte, als hätte ich kein Kind im Schoß, würde die Schwangerschaft normal verlaufen, dem Baby würde nichts

Schlimmes passieren, und Gott würde mir nicht auch dieses nehmen. Aber du hast im Bauch getreten, und ich meinte, du wolltest mich damit wecken, mir sagen: ›Ich bin da, du kannst mich nicht ignorieren.‹ Und da habe ich aus der tiefen Finsternis, die mich seit dem Tod des Babys Ron Chaim umhüllte, zu Gott gebetet, er möge dich mit leiblicher und geistiger Gesundheit segnen, habe ihn angefleht, dass er dich beschützt, damit du, behüte, nicht auch noch stirbst wie dein Bruder.«

»Warum hatte ich denn dann immer das Gefühl, ich sei eine Strafe, die Gott dir auferlegt hat, und du wärst glücklicher, wenn ich nicht zur Welt gekommen wäre?«

Lily seufzte, und ich merkte, dass ich sie tief verletzt hatte. Sie drückte meine Hände fester, und Tränen standen ihr in den Augen: »Ich hatte gehofft, bei deiner Geburt würde die Seele meines Ron Chaim in dich fahren, hoffte, die Finsternis würde verschwinden und mein düsteres Herz sich mit Licht füllen. Aber Ron Chaims Seele ist nicht in dich gewandert. Du hattest deine eigene Seele, und ich fand zu meiner Schande keinen Platz im Herzen für die Freude, die du bei deiner Geburt mitbrachtest. Ich sah nicht dich, das Geschenk, das Gott mir in die Hände gelegt hatte, sondern beschloss, im Dunkeln zu verharren. Dein und auch mein Glück war dein Vater. Dein Vater, der dich für mich mitgeliebt hat.«

Sie schwieg einen Moment, als suche sie nach den passenden Worten.

»Schuld kann man nicht wiedergutmachen, meine Tochter. Schuld trägt man Zeit seines Lebens wie ein Kreuz auf dem Rücken, und ich lebe mit der Schuld, für immer und ewig. Das Unrecht, das ich dir und deinem Vater angetan habe, lässt sich nicht sühnen. Ich zahle tagtäglich für meine Sünden. Aber damit du dein Leben weiterleben kannst, damit du deine künftigen Kinder liebst, damit du glücklich und zufrieden bist und nicht wie ich mit Schuld und Schmerz und Reue lebst, Elija, sollst du wissen und in Erinnerung behalten, dass du nicht einsam und verlassen zur Welt gekommen bist. Du bist kein Findelkind wie ich eines war. Du hast einen Vater, der bereit ist, sein Leben für dich hinzugeben. Und auch ich, die Mutter, die dich angeblich nicht liebt, wäre bereit zu sterben, damit du lebst. Ich verlange nicht von dir, mir zu vergeben, aber eines sollst du verstehen: Es ist alles ein Trickspiel des Schicksals. Ich wurde von einer Frau geboren, die mich nicht haben wollte und aussetzte. Von Geburt an fühlte ich mich wie ein Menschenjunges, das um sein Leben kämpfen musste. Und dann drang ein Lichtstrahl in diese große Finsternis. Ich lernte deinen Vater kennen, gründete eine Familie, bekam ein Baby und verliebte mich zum ersten Mal im Leben, verliebte mich in den Kleinen. Er stammte von mir, und er erwiderte meine Liebe mit einem Lächeln, das nur mir galt. Als er seine Lippen an meine Brust legte und saugte, wurde er ich, und ich wurde er. Doch dann nahm Gott mir mein Kind, mein Glück, mein Leben, und ich fiel wieder in das schwarze Loch, in dem ich seit meiner Geburt gesteckt hatte. Aber diesmal war das Loch tiefer, der Abgrund schier unendlich.«

Ich war sprachlos. Zwar hatte mein Vater mir seit jeher gesagt, man müsse meiner Mutter verzeihen wegen dem, was sie durchgemacht hatte, aber ich ahnte nicht, wie hart und einsam ihr Leben verlaufen war.

»Mama«, fragte ich ruhig, »wenn du an diese Frau denkst, die dich am Kloster ausgesetzt hat, bist du dann wütend auf sie?«

»Früher mal war ich wütend«, antwortete sie, »furchtbar wütend. Wollte nichts über sie hören, wollte nicht an sie denken. Als ich im Heim in Herzlia war und die Mädchen dort über ihre Mütter redeten, war ich wütend, und wenn sie übers Wochenende nach Hause fuhren, ebenso. Wenn sie sich nach dem heimischen Essen sehnten, wurde ich wieder wütend, denn ich hatte nichts, wonach ich mich hätte sehnen können. Das einzige Essen, das ich kannte, war das im Kloster und später das im Heim, und was sollte daran wohl ersehnenswert sein? Die Kartoffeln? Die fade Linsensuppe, die in einem großen Kessel kochte und nach Kochwäsche roch und schmeckte?

Viele Jahre lang war ich wütend auf die, die mich geboren hatte, wollte nichts über sie wissen. Als ich früher zu der arabischen Bischara in Jaffa ging, die mir aus dem Kaffeesatz las, habe ich eine Bedingung gestellt: Du kannst mir alles sagen, aber nichts über meine Vergangenheit. Wenn du was siehst, behalte es bitte für dich.«

»Ich dachte, du hättest dich nur mit deinem toten Baby beraten.«

»Erst als die Bischara gestorben war, habe ich angefangen, mit dem Baby zu sprechen. Ich glaube, die Bischara, die in Jaffa aus dem Kaffeesatz las, hat mich unausgesprochen darauf hingelenkt. Nach dem Tod des Kleinen hat sie mich nach Hause geschickt, um mit deinem Vater zu schlafen, damit die Seele des toten Babys in das Neugeborene wandern sollte. Aber du, was kann man machen, wurdest als eigenes Wesen geboren. Der Junge war mein Kind, und du warst vom ersten Augenblick an das Kind deines Vaters. Nein, Elija, du warst nicht er.«

»Und du hast mich nicht geliebt, weil die Seele deines toten Babys nicht in meine Seele gewandert ist?«

»Ich habe dich geliebt, so wahr mir Gott helfe, sicher habe ich dich lieb gehabt, aber die Kräfte des Bösen haben sich meines Herzens bemächtigt, haben es verschlossen und den Schlüssel weggeworfen. Und erst, als du mir beinah in den Händen gestorben wärst, ist mir der Grund aufgegangen: All die Jahre fürchtete ich mich vor einer neuen emotionalen Bindung, weil ich meinte, dann würde noch ein Unglück geschehen. Verstehst du, Elija, ich hatte Angst, mich wieder als Mutter zu fühlen, fürchtete, wenn ich dich, behüte, liebte, wie ich das Baby Ron Chaim geliebt hatte, würde Gott mir wieder mein eigenes Kind wegnehmen. Ich hielt mich für verflucht, meinte, alles, was mir lieb und teuer war, würde Schaden nehmen, fürchtete, der Fluch, der auf mir lastete, würde auf dich übergehen wie er auf das Baby übergegangen war, und du würdest genauso sterben wie dein Bruder. Bei deinem Selbstmordversuch ist mir klar geworden: Wenn ich auch dich noch verliere, verliere ich mich selbst. Zum ersten Mal im Leben spürte ich die Frau, die mich geboren hat.« Sie legte die Hand aufs Herz: »Hier habe ich sie gespürt. Ich fühlte, dass sie in mir war, meinen Fingern die Kraft des biblischen Helden Simson verlieh, um den Blutstrom zu stoppen, der dir aus den Pulsadern schoss, die Kraft, stark zu sein. Denn wenn du gestorben wärst, wäre ich mitgestorben.«

»Mama«, flüsterte ich, »Mama, es tut mir so leid um dich und um deine Mutter. Kannst du jetzt verstehen, wie schwer es für eine Mutter ist, auf ihr Kind zu verzichten? Verstehst du, dass sie auf dich verzichtet hat, um dich zu retten?«

»Ja«, sagte Lily, »an dem Tag, an dem ich beinah dich verloren hätte, habe ich es verstanden.«

»Wieso nicht schon vorher, als dein Baby starb?«

»An dem Tag, als das Baby selig starb, hat es genauso geschüttet wie heute. Der Himmel weinte, und keine Menschenseele hörte mein Schluchzen, das sich in das Weinen des Himmels mischte. Ich war so jung, und der Schmerz war so stark, dass ich sonst nichts spürte. Ich dachte nicht an deinen Vater, der auch ein Kind verloren hatte, nicht an Opa Albert und Oma Sarina, die einen Enkel verloren, und gewiss nicht an den Schmerz der Frau, die mich geboren hatte. Ich hatte keinen Platz für andere im Herzen. Denn weißt du, Elija, es gibt keine härtere Strafe auf der Welt als den Verlust eines Kindes. Jemand, der ein Kind verliert, muss in einem früheren Leben wohl eine schreckliche Tat begangen haben, wenn Gott ihm in diesem Leben ein so furchtbares Los auferlegt.«

»Vielleicht hat Gott sein Handeln sühnen wollen, als er dir mich gab?«

»Ich habe das nicht als Sühne betrachtet, war zu tief in Selbstmitleid versunken.«

»Und ich? Warum hast du nie Mitleid mit mir gehabt? Warum hast du mich nie spüren lassen, dass ich ein geliebtes Kind bin? Nie warst du da für mich. Bist lieber zu dem toten Baby gefahren, als bei mir zu bleiben. Ihm hast du Liebe geschenkt, nicht mir.«

»Vergib mir«, bat Lily inständig, »tu es für dich, nicht für mich.«

»Bevor ich dir vergebe, Mama, muss ich die Wut rauslassen, die mich zu vergiften droht.«

Meine Mutter zitterte, packte meine Hand wie eine Ertrinkende das rettende Tau.

Einen Moment lang dachte ich daran, darauf zu verzichten, aber nein, ich musste die Dinge klar ansprechen: »Nur harte Worte hast du für mich gehabt, Mama, keine Zärtlichkeit, kein Mitgefühl, kein Herzen und Küssen, keinen Trost. Was du von deiner Mutter nicht bekamst, hast du auch mir vorenthalten. Warum, Mama? Weil ich dich enttäuscht habe, da ich nicht so perfekt war wie dein totes Baby? Weil seine Seele nicht in meinen Körper gewandert ist?«

»Du hast recht, Elija«, flüsterte Lily, »verzeih mir. Ich bitte dich aus tiefstem Herzen um Verzeihung.«

Meine Mama, meine Mutter mit dem steinernen Herz,

weinte bitterlich, weinte wie ein Kind. Lily schluchzte, barg das Gesicht in den Händen, zitterte am ganzen Leib, und ich drückte sie an mein Herz. Lily weinte und weinte, ihr Schluchzen zerriss die Friedhofsstille. Ich hielt sie fest, als fürchtete ich, sie würde sonst wieder so werden wie früher, und dieser Augenblick, der Moment, in dem ich mich zum ersten Mal im Leben als Tochter meiner Mutter fühlte, könnte spurlos vergehen.

Und so, einander weinend in den Armen liegend, in nie gekannter Nähe, fanden uns mein Vater Schaul und mein geliebter Eldad, die gekommen waren, um uns zu suchen.

Schaul

Nach der Rückkehr vom Friedhof störte keiner Lilys Ruhe. Drei Tage und Nächte lag sie im Bett, weigerte sich aufzustehen oder etwas zu essen. Schaul blickte sie hilflos an, doch Elija kümmerte sich um sie. Sie nötigte ihr Tee mit Milch auf, flößte ihr Flüssigkeit ein, wie man ein Baby füttert, zog ihr die Decke zurecht, schüttelte ihr Kopfkissen auf. Elija nahm Lilys Schweigen hin, aber Schaul war besorgt.

»Wir müssen sie zum Arzt bringen«, sagte er händeringend zu Elija. »Der Mensch kann doch nicht fast drei Tage nacheinander durchschlafen.«

»Sie ist total erschöpft, Papa. Sie hat schwere Stunden durchgemacht, muss sich ausruhen.«

Schaul registrierte verblüfft, wie zärtlich seine Tochter über Lily sprach. Wohin war die Wut verflogen? Wohin die Bissigkeit? Trotz seiner wachsenden Verwunderung wollte er lieber keine Fragen stellen. Es war nicht der richtige Moment dafür. Er würde warten, bis Lily wieder zu Kräften kam.

»Geh ins Geschäft, Papa«, sagte Elija, »ich bleibe hier bei Mama. Du vertraust mir doch, oder?«

»Wie soll ich arbeiten, wenn mein Herz hier ist, bei deiner Mutter?«

»Du kannst hier nichts tun, Papa. Sie schläft die ganze Zeit, und du kannst es dir nicht erlauben, den Laden geschlossen zu halten. Geh, und wenn, Gott behüte, was passieren sollte, rufe ich dich sofort an«, versicherte sie.

Nach kurzer Überlegung entschied Schaul, ihrem Rat zu folgen. Er kam ohnehin kaum über die Runden. Nicht genug mit der Konkurrenz der etablierten Goldschmiede, tauchten nun junge Juweliere auf wie Pilze nach dem Regen, Absolventen der Kunstakademie Bezalel oder der Berufsschulen. Plötzlich konnte jeder Goldschmied werden. Es war nicht mehr wie früher, als der Beruf in der Familie vom Vater auf den Sohn überging. Jetzt konnte auch einer, dessen Vater bei der Stadt arbeitete, Goldschmied werden. Und was für Schmuck sie entwarfen. Möge Gott ihm helfen, er verstand gar nichts mehr. Moderne Schmuckstücke, denen er persönlich nichts abgewinnen konnte, aber Tatsache – sie waren gefragt. Die neuen Juweliere waren jünger und dynamischer als er und hatten Erfolg. Und zugegeben, sie waren auch begabter als er, der das Handwerk nur mühsam erlernt hatte. Sie alle hatten es, wie ihm schien, auf seine Kundschaft abgesehen, wobei es kaum noch jemanden interessierte, dass er alteingesessen war, sein Geschäft in der King-George-Straße noch vor ihrer Geburt, unter dem britischen Mandat, gegründet hatte. Diese jungen Juweliere waren dreist und respektlos. Einer war doch tatsächlich angekommen und hatte, ohne mit der Wimper zu zucken, gefragt, ob er das Geschäft nicht verkaufen wolle. »Wieso verkaufen?«, hatte Schaul erstaunt zurückgefragt, worauf der Mann verächtlich antwortete: »Wird es nicht Zeit für die Rente?« Vor lauter Schock hatte er den Mund nicht aufbekommen und, statt den Dreckskerl wegzujagen, geschwiegen, als hätte er die Sprache verloren. Heutzutage gab es keine Scham mehr, keinen Respekt. Er hätte es nie gewagt, einem älteren, berufserfahreneren Kollegen so frech zu kommen. Jeden Tag betrat einer der jungen Leute den Laden, um bei ihm Gold oder Silber zu kaufen, und äußerte sich abfällig über die Schmuckstücke, die er verkaufte. Das seien Antiquitäten, erklärten er ihnen, Schmuck von früher. »Ja«, sagten sie, »aber nicht so viel wert wie früher, nichts Besonderes. Die gleichen Stücke findet man bei jedem Juwelier in der Allenby-Straße. Sie führen nichts Ausgefallenes, machen immer dasselbe, wir schaffen Kunst.«

Und offen gestanden musste er ihnen recht geben. Seine Schmuckstücke waren wirklich nichts Besonderes: Goldkettchen mit Davidstern oder Herz, schlichte Eheringe aus Gelbgold, Ohrringe mit Kristallen oder Rubinen. Gewiss, man fand sie bei jedem Juwelier, aber er übte sein Handwerk ehrlich aus, gab sich mit jedem Schmuckstück Mühe, und sie – warum mussten sie ihn kränken? Und danach wollten sie auch noch Rabatt auf das Gold haben. Schaul wusste, dass er keinen Schöpfergeist, keine künstlerische Begabung besaß. So sehr sein Vater Albert sich bemüht hatte, ihm Inspiration einzuhauchen: Sie war durch die Tür hereingekommen und durchs Fenster wieder hinausgeflogen. Die Begabung war nicht mit den Genen übergegangen, er war kein Künstler, nur einer, der sich redlich bemühte, ein ordentlicher Handwerker. Wenn er wenigstens noch ein geschickter Kaufmann wäre … Das Geschäft überlebte im Wesentlichen dank des guten Rufes, noch aus den Zeiten seines Vaters, und dank der alten Kundinnen, die über die Jahre allerdings wegstarben. Notgedrungen senkte er die Preise, musste fast ohne Gewinn verkaufen, nur um den Laden über Wasser zu halten. Und jetzt, angesichts der übermächtigen Konkurrenz, fürchtete er um seinen Lebensunterhalt wie ein Neuling, als wären seine jahrelange Erfahrung und das Vertrauen seiner treuen Kundinnen nicht mehr viel wert. Elija hatte recht, er sollte lieber in den Laden gehen.

Doch zuvor ging er ins Schlafzimmer, um sich von Lily zu verabschieden. Sie lag auf der Seite, mit dem Gesicht zum Fenster nach Westen. Der Laden war geschlossen, aber durch die Ritzen wehte eine leichte Morgenbrise vom Meer. Er trat ans Bett und küsste seine schöne und merkwürdige Frau, deren Geheimnisse er in all den Jahren nicht enträtselt hatte, auf die Stirn. Sie regte sich nicht. Ihre Augen blieben geschlossen. Auf Zehenspitzen verließ er den Raum.

Elija

Was sind wir uns ähnlich, dachte ich, als ich Lily pflegte. Auch ich habe mich ins Bett gelegt, als ich mit meinem gebrochenen Herzen nicht fertigwurde, und wollte nicht wieder aufstehen. Auch ich habe mich unter die Decke verkrochen, mich aus der Welt zurückgezogen, statt mich der Sache zu stellen.

Nach dem Schmerz, den Ari mir zugefügt hatte, war ich ein welkes Blatt im Wind, und mein geliebter Vater hatte mich behütet und beschützt. Und jetzt musste ich mich um ihn kümmern, ihn beruhigen. Auf einmal war ich die Verantwortliche im Haus.

Ich zog wieder in meinem Elternhaus ein. Ich hatte so lange gebraucht, um auszuziehen, und jetzt kam ich zum dritten Mal zurück, nicht mangels einer anderen Bleibe, sondern weil ich für meinen Vater da sein wollte, wie er für mich dagewesen war, und für Lily, der ich helfen musste, ihren Kummer zu bewältigen, ihre Wunden zu heilen. »Ich habe die Zügel in die Hand genommen«, versicherte ich meinem Vater, damit er wusste, dass ich mich voll um Lily kümmern würde. In meiner freien Zeit putzte und räumte und kochte ich nun in meinem Elternhaus, wie ich es nie zuvor getan hatte.

Über Nacht kam Eldad zu mir, und wir schliefen in meinem ehemaligen Kinderzimmer. Ich fand es großartig, dass er bereit war, sich mit mir auf das schmale Jugendbett zu legen, und mich darin unterstützte, wieder im Haus meiner Eltern zu wohnen, um ihnen beizustehen. Er lieh mir sein aufmerksames Ohr und seine starke Schulter zum Ausweinen, schloss mich in die Arme und drückte mich ans Herz, und ich wusste, ich habe einen Mann und ein Zuhause.

Am vierten Tag besserte sich Lilys Zustand. Sie blieb zwar noch im Bett, setzte sich aber wenigstens auf, schwach und blass ans Kopfkissen gelehnt. Ich ging zu ihr hinein und machte den Laden auf. »Schau, was für ein tolles Meer«, sagte ich, »vielleicht gehen wir am Sheraton-Strand spazieren, schnappen mal Luft.«

Lily erwiderte nichts, blickte aber aus dem Fenster, dorthin, wo der blaue Himmel das Blau des Meeres berührte.

»Vergibst du mir?«, fragte sie unvermittelt.

»Ich habe dir längst vergeben, Mama«, antwortete ich, »jetzt musst du dir nur noch selbst verzeihen.«

»Wie soll ich mir denn selbst verzeihen, wo ich deinem Vater und dir das Leben zerstört habe?«

»Was war, ist gewesen«, sagte ich, »was zwischen uns beiden und zwischen dir und Papa war, lässt sich nicht mehr ändern. Jetzt geht es darum, die Scherben zu kitten, damit wir eine Familie werden.«

»Oh, Elija, ich kann deinem Vater nicht mehr in die Augen sehen, nachdem ich durchgebrannt bin. Wie sollen wir wieder eine Familie werden, nach allem, was ich ihm angetan habe? Sogar von seinen Eltern habe ich ihn ferngehalten. Sie werden mir nie verzeihen.«

»Sie haben mir versprochen, dir zu verzeihen.«

»Meine Güte«, diesmal war Lily wirklich erschüttert, »wann, um Himmels Willen, hast du mit ihnen gesprochen?«

»Ich war bei ihnen in Newe Zedek und habe sie um Verzeihung gebeten für all die Jahre, die ich sie nicht besucht habe. Oma Sarina ist dir noch böse, das will ich nicht leugnen, aber Opa Albert hat Arme und Herz geöffnet, und danach ist auch sie weicher geworden. Papa vergibt dir von vornherein, egal was du tust. Und ich, ich möchte, dass wir Mutter und Tochter, Tochter und Mutter sind, dass wir vergessen, was all die Jahre zwischen uns war. Aber dafür musst du etwas tun, Mama, musst aufarbeiten, was dich an diesen Punkt gebracht hat.« Ich holte tief Luft und wartete auf die übliche Feuersalve. Aber diesmal stampfte sie nicht mit den Füßen, ihre Augen sprühten keine Feuerblitze, und sie beschimpfte mich auch nicht mit Worten, die sie später bereuen würde.

»Du hast keine andere Wahl, Mama. Gerade jetzt, wo du schwach bist, bereit, auf dein Leben zurückzuschauen, deine Fehler einzugestehen, hast du die Chance, deine Wunden zu heilen, dich von der Vergangenheit zu erholen.«

Lily schwieg versonnen, sah mich mit staunenden Augen an, als begreife sie zum ersten Mal die Veränderung, die ich durchgemacht hatte, meine neugewonnene Stärke.

»Wann bist du denn so weise geworden?«, fragte sie, und ich lächelte zum ersten Mal an jenem Tag. Und gleich darauf fragte sie weiter mit einem Ernst, in dem auch Angst mitschwang: »Glaubst du daran, Elija? Glaubst du, dass sich alte Wunden heilen lassen?«

»Ja, das glaube ich.«

»Es ist die Liebe, richtig?«, sagte sie sanft. »Deine Liebe zu Eldad und seine Liebe zu dir haben einen neuen Menschen aus dir gemacht, einen guten und starken Menschen.«

Ich lächelte erneut. »Ja, Mama. Eldad ist die Liebe meines Lebens, meine wahre Liebe. Er hat mich geheilt und ich ihn. Aber erst mal habe ich mir selbst geholfen: Als ich bereit war, mich selbst zu therapieren, hat sich etwas in mir verändert und ihm die Tür geöffnet. Das wäre nicht geschehen, wenn ich in meiner Wut, meiner Kränkung, meinem dummen Stolz verharrt wäre – oder noch schlimmer, in dem Gefühl, ein Opfer zu sein. Und nun, Mama, steh auf und geh unter die Dusche. Obwohl das Fenster zum Meer offensteht, riecht es hier im Zimmer.«

Zwei Wochen später zwängten wir uns alle vier in Vaters Simca und fuhren zu meinen Großeltern Zoref nach Newe Zedek. Mein Vater war aufgeregt wie ein kleiner Junge, freute sich überschwänglich auf das Wiedersehen mit seinen Eltern. »Gott segne dich, mein Kind, du machst deinen alten Papa glücklich. Ich habe gar nicht zu träumen gewagt, dass deine Mutter bereit sein würde, die Verbindung zu Opa und Oma wieder aufzunehmen«, sagte er und griff vom Fahrersitz nach hinten, um mir warm die Hand zu drücken. Lily war angespannt wie eine Sprungfeder. Sie saß aufrecht auf dem Beifahrersitz, starrte nach vorn und sagte kein Wort. Eldad und ich drängten uns auf der Rückbank, hielten Händchen und schwiegen die ganze Fahrt über.

Am Ziel angekommen, fiel mein Vater seinen Eltern in die Arme, und alle drei konnten ihre Tränen nicht zurückhalten. »*Dios mio*«, sagte meine Großmutter, »messianische Zeiten, messianische Zeiten. Ich dachte schon, ich würde sterben, ohne dass du das Kaddisch für mich sprichst. *Gracias a Dio*, kommt, kommt herein, auch du, Lily, herzlich willkommen«, ermunterte sie ihre Schwiegertochter, die zögernd auf der Schwelle verharrte, »komm, komm rein, warum stehst du denn draußen? Und du, Elija, möchtest du deine Großmutter nicht umarmen? Und wer ist das? Dein Bräutigam?« Sie deutete auf Eldad: »*Precioso*, was für ein hübscher Junge, willkommen, herzlich willkommen.« Vor lauter Aufregung bekam sie den Mund nicht wieder zu, und ich dankte ihr insgeheim für ihren Redestrom, der die Luft erfüllte und die knisternde Spannung linderte.

Wie eine emsige Ameise umsorgte uns Großmutter Sarina, lief sich die alten Füße ab zwischen der kleinen Küche und dem Esstisch, trug immer mehr Köstlichkeiten auf, die sie für den großen Anlass gekocht hatte, und verkündete jeweils den Namen: »*Bogachas*. Mit Spinat wegen der Kaschrut, denn normalerweise mache ich sie mit Käse, aber wir essen bald *sofrito*, wo Huhn drin ist, deshalb sind die *bogachas* diesmal nur mit Spinat, aber wenn ihr am Schabbat kommt, machen wir auch *bogachas* mit Käse, und hier bitte, greift zu, gesund sollt ihr sein. Iss, iss, Lily, du bist ja immer noch spindeldürr, und deine Tochter hat diese Magerkeit von dir geerbt. Ihr müsst ein paar Kilo zulegen. Es ist nicht schön für eine Frau, so dünn zu sein«, konnte sie sich einen Seitenhieb auf Lily nun doch nicht verkneifen.

Lily sagte während der ganzen Mahlzeit keine Silbe, wirkte wie gelähmt. Zu meiner Überraschung reagierte sie auch nicht auf die unvermeidlichen Sticheleien meiner Großmutter, die nicht immer an sich halten konnte. Offenbar schluckte Lily die Seitenhiebe als verdiente Strafe, weil sie die Familie zuvor zerrissen hatte.

Die gütigen Augen meines Großvaters leuchteten. Später erzählte er mir von seinen Gefühlen bei dieser Begegnung, als alle endlich an einem Tisch saßen und er wusste: Der Faden war wieder geknüpft, der Kreis geschlossen, und wie bei einer gelungenen Goldschmiedearbeit saß jeder Edelstein an seinem Platz. Großvater Albert Zoref redete nicht viel bei diesem Treffen. Er saß nur da und überdachte sein Leben, ließ Einzelheiten vor seinen Augen erstehen, um sie später mir, seiner Enkelin, zu erzählen.

In ihrer Wohnung hatten sie fast ihr ganzes Erwachsenenleben verbracht. Die Zeit in Jerusalem, wohin sie aus Erwerbsgründen übersiedelt waren, hatte ihnen nicht gutgetan. Sarina konnte sich nicht an die angespannte Lage in der

Stadt gewöhnen. Die häufigen Zusammenstöße zwischen Arabern und Juden ängstigten sie zu Tode. Sie fürchtete, ihrem kleinen Sohn Schaul könnte etwas zustoßen, fürchtete sich, wenn Albert später als sonst aus dem Juwelierladen in der Jaffa-Straße in ihr Viertel Mekor Baruch heimkehrte. Sie welkte dahin in Jerusalem und blühte jedes Mal auf, wenn sie zu Besuch nach Tel Aviv fuhren. Schließlich gab Großvater nach, und die Familie zog zurück in die weiße Stadt, in dieses kleine Haus mit den zwei Zimmern, das sein Bruder Isak für ihn gefunden hatte.

Wie freute Sarina sich, wieder in Tel Aviv zu sein. Sie küsste ihm die Füße für seine Geste, und auch er hatte sich von Anfang an, seit Verlassen des Schiffs in Jaffa, in der ersten hebräischen Stadt heimisch gefühlt.

Tel Aviv war damals eine hübsche, kleine Stadt, ein Sommerort mit vollen Stränden, wo Störche an der Wasserlinie entlangstolzierten. Bald schon kleidete er sich wie die Tel Aviver, in Bermuda-Shorts, die Hemdsärmel bis über die Ellenbogen aufgekrempelt, um den Körper in der drückenden Hitze zu kühlen. Er lernte, sich vor den Kamelen in Acht zu nehmen, die neben den Automobilen die Straßen bevölkerten, und den Befehlen des einsamen Polizisten zu gehorchen, der den Verkehr auf dem Magen-David-Platz regelte.

In den Nachmittagsstunden, wenn die Sonne sich neigte, ging ganz Tel Aviv hinaus ins Freie. Wie die Alteingesessenen zogen auch Albert und Sarina weiße Kleidung an, setzten breitkrempige Hüte auf, Sarina trug außerdem einen Sonnenschirm und Handschuhe zum Schutz ihrer Haut gegen die pralle Sonne. Den kleinen Schaul legte sie leichtbekleidet in den hölzernen, weißen Kinderwagen, und schon machten sie sich auf zur Promenade, wie viele andere Paare aus den strandnahen Stadtgebieten.

Mithilfe einer Anleihe von Isak und der Veräußerung einiger Schmuckstücke aus Sarinas Mitgift, die er weit unter Wert verkaufte, erwarb Albert mit Schlüsselgeld ein kleines Ladengeschäft in der King-George-Straße. Er war ein Meister seines Handwerks, machte sich schnell einen Namen und gewann einen treuen Kundenkreis. Das Gerücht von dem spaniolischen Goldschmied, der wunderschönen Schmuck anfertigte und keine überhöhten Preise verlangte, verbreitete sich schnell, und aus allen Teilen Tel Avivs kamen junge Leute, die Verlobungs- oder Eheringe brauchten. Betuchte Matronen, die in den schönen Häusern am Rothschild-Boulevard oder in den großen Häusern in Newe Zedek wohnten, bestellten bei ihm Perlenketten, Armbänder und Ringe. Er reüssierte so sehr, dass er sogar das kleine Haus, im dem sie wohnten, mit Schlüsselgeld kaufen und Isak seine Anleihe zurückzahlen konnte. Er fertigte seiner Frau kunstvolle Schmuckstücke, noch schöner als die, die sie von ihrer Mutter als Mitgift erhalten hatte.

Und Sarina war glücklich: Sie sang beim Wäscheaufhängen, sang beim Kochen, saß im Kreis der Nachbarinnen, die voller Lebensfreude Lieder auf Ladino sangen. Manchmal besuchten die beiden die »Oneg-Schabbat«-Veranstaltungen des beliebten und verehrten Nationaldichters Chaim Nachman Bialik, der die jüdische Kultur verkörperte. An sonnigen Wintertagen spazierten sie mit Schaul in seiner Kinderkarre auf der Herzl-Straße bis zum Herzlia-Gymnasium und zurück zur Jaffa-Straße, dann weiter über die Eisenbahnbrücke und vorbei an der Fabrik der Gebrüder Chlouche zu ihrem Haus in der Pines-Straße. Manchmal saßen sie mit Isak und Chana im Café Hagina neben der Hauptpost in der Allenby-Straße, liefen auf der Promenade und aßen Eis mit Sahne im Café Pilz. Es gab so viele Cafés in Tel Aviv, sie brauchten sich nur eines auszusuchen. Was für ein schönes Leben! Sarina ließ Albert sogar mit ihrer Sehnsucht nach

Manastir in Ruhe. Sie genossen finanzielle Sicherheit, hatten ihre Freude an dem kleinen Sohn, der ihnen viel Glück bescherte, und freuten sich auf das neue Kind, das Sarina im Schoß trug. Wie schön war das Leben, das sie sich in Palästina aufgebaut hatten. Bis die Katastrophen einsetzten.

Die Nachrichten vom Holocaust in Europa sickerten nach und nach durch, gefolgt von der schrecklichen Erkenntnis, dass kein einziger aus seiner und ihrer Familie überlebt hatte. Jeden Tag zeichnete sich das Ausmaß des Grauens deutlicher ab: Deportation, Vernichtungslager, Massenmord, Hungersnot, unmenschliches Leid und der Tod in den Gaskammern. Sarina und Albert betrachteten täglich unter Tränen die aus Manastir mitgebrachten Fotos ihrer Eltern und Geschwister. Auch er, der starke Mann, weinte. Als sie erkannten, dass ihre Familien ausgelöscht waren, bedauerten sie beide sehr, Sarinas Schmuck aus altem Familienbesitz verkauft zu haben. Sarina tröstete sich nicht mit den neuen Stücken, die er für sie anfertigte, und trug sie nie. Sie lagen nutzlos im Schmuckkasten im Schrank.

Unterdessen wuchsen die beiden Kinder heran, und die Eltern merkten, wie verschieden sie waren. Schaul, der ältere, war weich und gefügig, und das Wort seiner Eltern war ihm Befehl. Der temperamentvolle Schmuel hingegen meldete sich, zum Unmut seiner Mutter, schon mit knapp vierzehn Jahren zu Hilfsdiensten für die Befreiung der Heimat. Blutige Unruhen brachen im Land aus: Schüsse aus Jaffa, von der Hassan-Bek-Moschee und dem weit nach Tel Aviv hineinreichenden arabischen Wohnviertel Manschija, gefolgt vom Unabhängigkeitskrieg. Es schien keinen ruhigen Moment mehr in Palästina zu geben. Die Briten waren kaum weg, als die ägyptische Luftwaffe Tel Aviv bombardierte. Die Angriffe wiederholten sich monatelang, von Frühjahr bis

Sommer 1948. Über hundertfünfzig Menschen wurden getötet, und Sarina bat ihren Mann inständig, nicht ins Geschäft zu gehen. Schmuel war schon groß und aus dem Elternhaus ausgezogen. Er hatte bereits vor der Staatsgründung für das Volk Israel gekämpft, und als Ben Gurion die israelischen Streitkräfte aufstellte, kämpfte er im Negev mit der Kommandoeinheit »Simsons Füchse«. Schaul blieb, um im Geschäft mitzuarbeiten. Auch er hätte gern am Befreiungskrieg teilgenommen, wollte sich zur Volkswehr melden. Aber Sarina beschwor ihn panisch, nicht in den Krieg zu ziehen. Der arme Schaul musste sich nunmehr als Feigling, als Drückeberger beschimpfen lassen, fürchtete seine Mutter jedoch mehr als seine Verächter und rückte nicht ein.

Albert vergaß niemals den Tag, als ägyptische Spitfires am Himmel über den Vierteln Schabasi und Newe Zedek auftauchten. Die Bomber kamen vom Meer, und ahnungslose Anwohner, die auf die Dächer kletterten, um die vermeintliche Flugschau zu sehen, wurden tödlich getroffen. Albert rannte mit Sarina, Schaul und den Angehörigen seines Bruders in den Luftschutzraum der Alliance-Schule, tief besorgt über das Geschehen draußen und wegen Schmuel, von dem er nicht wusste, wo er steckte. Sie blieben im Schutzraum, bis die Flugzeuge vom Himmel verschwanden. Unvergesslich, wie das Viertel nach dem Bombenangriff aussah: überall zerstörte Häuser und versprengte Leichen. Achtzehn Menschen waren tot, zumeist Kinder und Jugendliche. Er kannte fast alle namentlich. Was für eine Katastrophe! Danach klebte die Stadtverwaltung Anschläge, die das Betreten des Strandes untersagten, damit die Menschen nicht ans Meer liefen, um die Flugzeuge der Ägypter zu sehen.

Und als der Krieg dann endlich zu Ende war, begannen die Notzeiten. Der junge Staat Israel war finanziell nicht in der Lage, mit den großen Einwanderungswellen fertigzuwerden, und Ben Gurion verfügte die Rationierung wichtiger Grundnahrungsmittelmittel. Jede Familie erhielt ein Heft mit Marken, die zum Einkauf bestimmter Mengen an Öl, Zucker, Margarine und so weiter berechtigten. Später wurden auch Marken für Kleidung, Schuhe und Haushaltsartikel ausgegeben. Ein halbes Ei pro Tag gab es für eine Familie. Zehn Jahre lang aßen sie kaum Eier: Albert, Sarina, Schmuel, der aus dem Krieg heimgekehrt, aber Berufssoldat geblieben war, und Schaul, der weiter im väterlichen Geschäft arbeitete. Isak, der Geld unter der Matratze versteckt hatte, konnte sich die hohen Schwarzmarktpreise erlauben und kaufte häufig auch etwas für die Familie seines Bruders. Albert hielt nur mit großer Mühe den Laden in der King-George-Straße. Ohne Isaks gelegentliche Zuschüsse wären sie bettelarm geworden.

Und als sei all das nicht genug gewesen, verliebte Schaul sich auch noch in ein Mädchen, das Sarina derart missfiel, dass sie einen eigenen Krieg gegen die junge Frau entfachte. Er hingegen mochte diese Lily: eine ruhige Person, die nur antwortete, wenn sie etwas gefragt wurde, so bildschön wie man es sonst nur im Kino sah, aber mit den traurigsten Augen, die er je gesehen hatte. Je mehr Sarina die Verbindung zwischen den beiden torpedierte, desto mehr versteifte sich Schaul. Jedes Treffen zwischen ihm und seiner Mutter artete in unerträglichen Streit aus. Der stille, gefügige, höfliche Sohn widerstand wie ein Löwe dem Gezänk seiner Mutter, und die, oho, hatte damals gekreischt und geschrien, bis ihr die Luft ausging. Sarina behauptete seit jeher, Lily habe ihnen die Familie zerrüttet, aber in Wahrheit war sie es, die ihre neue Schwiegertochter wie eine räudige Hündin behandelte. Letzten Endes hatte sie sie aus dem Haus gejagt und Schaul gleich mit. Zweifellos hatte ihr Verhalten ihren Jüngeren, Schmuel, motiviert, nach Amerika zu flüchten, um sich fern seiner Mutter eine Frau zu suchen. Und so hatten sie nicht nur ihre in Manastir zurückgebliebene Familie verloren, sondern auch ihre Familie in Erez Israel, waren einsam und allein in ihrem Schmerz.

Einiges davon erzählte mir mein guter Großvater in langen Gesprächen, nachdem sich die Beziehungen wieder normalisiert hatten, und den Rest schrieb er in seiner schönen, runden Handschrift in ein eng liniertes Heft, das er mir aushändigte, mit der dringenden Bitte, es nicht zu vergessen. Ich sollte daraus lernen zu verzeihen, Dinge geradezubiegen und zusammenzufügen, wie man ein wertvolles altes Schmuckstück reparierte: behutsam und sorgfältig, Glied für Glied, denn auch etwas scheinbar unrettbar Zerbrochenes sei ein Schatz, der eine liebende Hand brauchte.

»Und hiermit lege ich unsere Familiengeschichte in deine Hände, Elija, damit du sie kennst und verwahrst und an die nächste Generation weitergibst«, sagte mein Großvater. »Versprich mir, Elija, dass du sie deinen Kindern erzählen wirst, verbunden mit der dringenden Bitte, dass sie sie wiederum ihren Kindern weitererzählen, damit die Familie Zoref sich nie wieder trennt, sondern immer vereint bleibt, egal was geschehen mag.«

»Das verspreche ich dir, Opa«, sagte ich, nahm das Heft entgegen, drückte es an mein Herz und küsste ihm die Hand.

Das erste Zusammensein mit den Großeltern Zoref war zwar noch etwas angespannt und gezwungen verlaufen, aber die Zeit tat das ihre, von Treffen zu Treffen schmolz das Eis. Der seit Jahren nicht mehr geübte Brauch der feierlichen Schabbat-Abendessen wurde erneuert.

»Für mich erfüllt sich ein Kindheitstraum«, sagte ich zu Eldad, »freitags abends im größeren Familienkreis zu essen.«

»Du lässt alle unsere Träume wahrwerden, meine Prinzessin. Du erfüllst einen Traum deines Vaters, einen Traum deiner Mutter, einen Traum deiner Großeltern, und für mich bist du der Traum in Person.« Er hielt kurz inne, nahm mein Gesicht in beide Hände, blickte mir direkt in die Augen und sagte: »Ich liebe dich, Elija, ich liebe dich mehr als mein Leben.« Eldad sah mich mit strahlendem Gesicht an, und ich wusste, dass ich mich so auch in seinen Augen spiegelte, strahlend und glücklich wie nie zuvor.

Lily

Den ganzen Weg nach Jerusalem schwiegen sie. Lily saß zusammengesunken am Busfenster, den Kopf an die Scheibe gelehnt, die Augen geschlossen. Elija neben ihr trug eine dunkle Sonnenbrille und hatte Kopfschmerzen.

Elija hatte Lily gedrängt, das Jerusalemer Kloster aufzusuchen und sich ihrer Vergangenheit zu stellen, das Zerbrochene wieder zusammenzufügen, »behutsam Glied für Glied«, wie Opa Albert Zoref sagte, als sei die Vergangenheit ein wertvolles, aber beschädigtes Schmuckstück, das man reparieren konnte, um neu zu beginnen. Und Lily, die neuerdings gewissermaßen zum Kind geworden war, hatte eingewilligt. Sie fürchtete sich zwar vor dem, was aufgedeckt oder auch nicht aufgedeckt werden würde, wusste aber, dass sie diesmal keinen Rückzieher machen konnte.

Elija fragte sich zum hundertsten Mal, ob sie sich nicht zu viel Verantwortung aufhalste, denn wer weiß, was herauskam und wie Lily darauf reagieren würde. Auch Schaul hatte Bedenken geäußert. Das Leben verlief endlich wieder in normalen Bahnen, Lily ging sogar nicht mehr täglich auf den Friedhof, warum dann schlafende Geister wecken? Aber Elija hatte darauf beharrt: Lily würde sich selbst niemals verzeihen, solange sie ihre Vergangenheit nicht kannte. Mama müsse die Wahrheit erfahren, sonst würde die Wunde niemals heilen. Sie klammere sich ja deshalb an das tote Baby, weil sie nicht auf ihr Kind verzichten wolle, wie ihre eigene Mutter es mit ihr getan hatte.

Und Schaul gab nach: »Fahr mit deiner Mutter nach Jerusalem, pass auf sie auf und bring sie heil wieder heim.«

Nebeneinander im Bus, umgeben von Fremden, bedauerte Elija, Eldads Begleitung abgelehnt zu haben. Wäre er da, könnte sie jetzt den Kopf an seine Schulter legen, und er würde sie beruhigen und die hämmernden Gedanken verjagen.

Elija blickte Lily an: Wieder erinnerte ihre Mutter sie an eine Bachstelze mit gebrochenem Flügel. So klein und zerbrechlich. Die Fältchen um ihre geschlossenen Augen schienen sich vertieft zu haben. ihre Nase war so markant wie die einer griechischen Göttin, ihr dickes Haar wies erste Silberfäden auf. Ihre Mutter wirkte in den letzten Wochen um Jahre gealtert. Sie tat ihr von Herzen leid. Schulter an Schulter sitzend, nahm Elija Lilys kleine Hand mit den abgekauten Fingernägeln. Die Mutter öffnete die Augen und sah ihre Tochter fragend und leicht erschrocken an. Ich muss ein Fels für meine Mutter sein, schoss es Elija durch den Kopf, ein Block aus Granit.

»Es wird alles gut, Mama«, flüsterte Elija, »wir stehen das gemeinsam durch.«

»Hier ist es«, sagte Lily und hielt vor einem imposanten Steingebäude, verborgen hinter einer hohen Mauer und einem mächtigen Eisentor mit Glockenschnur daneben. Lily klingelte beherzt dreimal.

Das Tor ging auf, und eine korpulente, ältere Nonne stand vor ihnen. »Ja, meine Damen, wie kann ich Ihnen behilflich sein?«, fragte sie auf Englisch.

Lily verstummte, schreckte vor der Nonne zurück, statt auf sie zuzugehen. Elija bemerkte ihr Zögern und antwortete rasch an ihrer Stelle, ebenfalls auf Englisch: »Meine Mutter ist hier aufgewachsen und möchte den Ort ihrer Kindheit wiedersehen.«

Die Nonne sah Lily an und fragte: »Sind Sie die Mutter?«

Lily nickte, immer noch unfähig, ein Wort herauszubringen.

Die Nonne nahm sie schärfer in Augenschein, schien sie aber nicht zu erkennen.

»Dürfen wir reinkommen?«, fragte Elija.

»Bitte sehr, aber Sie dürfen nur den Garten und die Kirche besuchen, zu den Wohn- und Unterrichtsräumen haben Sie keinen Zutritt.«

»Völlig in Ordnung«, erwiderte Elija hastig und schob Lily in den Klosterbereich, als fürchte sie, die Schwester könnte ihnen das Tor vor der Nase zumachen, ehe sie drinnen wären.

»Halten Sie sich bitte nur im Garten auf«, sagte die Nonne, »und wenn Sie fertig sind, gehen Sie hinaus und schließen das Tor hinter sich.«

»Großer Gott«, sagte Lily, als die Nonne weg war, »ich hatte das Gebäude viel drohender und furchterregender in Erinnerung, mit endlos vielen Stufen, und dabei sind es nur zehn.«

Sie ging die Gartenpfade ab, gefolgt von Elija.

»Siehst du die Bank dort?« Lily deutete auf eine kleine, verzierte Steinbank. »Da habe ich mich hingesetzt, um Luft zu schnappen, wenn ich in den Klosterräumen zu ersticken glaubte, und hier«, sie führte Elija zu einer kleinen Kapelle am Rand des Gartens, »hier bin ich hingegangen, wenn ich allein sein wollte, weg von den anderen Mädchen, die mich alle nicht lieb hatten, weg von den Nonnen, die ich alle nicht lieb hatte.«

Die Tür war offen, und sie traten ein, eine junge Frau, die noch nie ein Kloster betreten hatte, und ihre Mutter, die hier aufgewachsen war. Lilys Augen schweiften umher, sichtlich bemüht, die Heiligenbilder an den Wänden in sich aufzunehmen.

»Wie gern habe ich hier im Dunkeln gesessen und den Weihrauch gerochen«, flüsterte Lily. »Wie viel Kraft haben mir Jesus und die heilige Mutter gegeben.«

»Hast du an sie geglaubt?«, fragte Elija überrascht.

»Sicher«, antwortete Lily, hörbar in Erinnerung schwelgend, »in diesem Glauben bin ich erzogen worden, soweit ich zurückdenken kann, und er hat mir Kraft gegeben. Ich habe mit Jesus mitgefühlt«, sie deutete auf das Altarbild des Jesuskinds in den Armen seiner Mutter, »hatte das Gefühl, so einsam zu sein wie er. Aber bei all seinen Leiden hatte er doch wenigstens eine Mutter, die ihn tröstete, und ich hatte keinen Menschen.«

»Wenn du so an Maria und Jesus geglaubt hast, warum bist du dann Jüdin geworden?«, flüsterte Elija.

»Ich bin nicht Jüdin geworden, ich bin als Jüdin geboren«, antwortete Lily.

»Woher weißt du das?«

»Die Nonnen haben es mir verraten. Die Frau, die mich auf der Schwelle ausgesetzt hat, hatte mir einen Zettel mit einem Davidstern angeheftet. Deshalb hegten die Schwestern keinen Zweifel daran, dass meine leibliche Mutter Jüdin war. Und als sie mir das erzählten, ist mir ein Schauer über den Rücken gelaufen. Wärme breitete sich in meinem Körper aus. In dem Moment spürte ich, dass ich nicht mehr dazugehörte, nicht zu Maria, nicht zu Jesus und nicht zum Kloster, und da bin ich weggelaufen.«

»Wo ist denn dieser Zettel, bei wem?«, fragte Elija aufgeregt.

»Wer weiß, es sind so viele Jahre vergangen, aber damals, als ich Kind war, hat die Äbtissin den Zettel verwahrt.«

»Hast du ihn nicht mitgenommen, als du abgehauen bist?«

»Wer hätte der Äbtissin wohl was wegnehmen können, ich hatte eine Mordsangst vor ihr.«

»Komm.« Elija stand auf, strich ihren Rock glatt, wirkte entschlossener denn je.

»Wohin?«, fragte Lily. Einen Augenblick hatte es den Anschein, als wolle sie sich damit begnügen, ein wenig in der Kapelle zu sitzen und dann nach Tel Aviv zurückzufahren, als sei das schon ein ausreichend großer Schritt gewesen.

»Komm mit zur Äbtissin«, beharrte Elija, »vielleicht hat man den Zettel aufgehoben, vielleicht kann sie uns weitere Auskünfte über deine Mutter geben.«

»Sie war nicht meine Mutter, sie hat mich nur zur Welt gebracht, und die Äbtissin ist sicher längst tot. Und falls sie noch lebt, erinnert sie sich gewiss weder an mich noch an den Zettel.«

»Das werden wir gleich erfahren.«

Sie verließen die Kapelle, und Elija hastete zum Hauptgebäude, fest entschlossen, endlich Lilys Geheimnis zu lüften.

»Was rennst du denn so?«, fragte Lily, die ihr langsamer folgte. »Meinst du, ich wäre in deinem Alter? Und wer wird uns zur Äbtissin vorlassen?«

»Weißt du noch, wo ihr Zimmer ist?«

»Wie könnte ich das vergessen? Wann immer ich in ihr Büro gerufen wurde, war es, um noch eine Strafe aufgebrummt zu kriegen.«

»Wo ist es?«

»Im zweiten Stock, am Ende des Gangs.«

Elija lief so schnell, dass Lily ganz außer Atem geriet. »Großer Gott«, schnaufte sie, »früher habe ich immer zwei Stufen auf einmal genommen, und jetzt sind meine Knie steif und die Muskeln wie eingerostet.«

»Keine Sorge, Mama, du bist noch jung, du nimmst die Treppen doch spielend«, spornte Elija sie an.

Am Eingang der dämmrigen Eingangshalle hielt Lily den Atem an. »Ich muss mich einen Augenblick setzen, bekomm ja gleich einen Herzschlag«, sagte sie.

»Mama, was hast du denn?«

»Ich kann diesen Geruch nicht ausstehen, krieg keine Luft, mir ist schwindlig.«

»Das ist nur die Aufregung, Mama. Du musst jetzt stark sein. Atme tief durch, und dann gehen wir weiter.«

»Ich warte hier auf dich«, sagte Lily, »geh du rauf, ich schaff's nicht.«

»Nein.« Elija kniete vor Lily nieder, die auf eine kleine Sitzbank gesackt war. »Was die Nonnen zu erzählen haben, musst du mit eigenen Ohren hören. Wir machen das gemeinsam. Steh auf, hol tief Luft, hab keine Angst, ich bin bei dir, du bist nicht allein.«

»Mein Gott«, murmelte Lily, »hier an diesem Ort war ich am einsamsten auf der Welt. Hier wurden die ersten Samen der Einsamkeit gesät, die mich mein Leben lang begleitet hat, und jetzt bin ich nicht allein. Meine Tochter, mein eigen Fleisch und Blut, ist hier bei mir.«

Elija ergriff ihre Hand.

Der Gang im zweiten Stock war dunkel und stickig, roch penetrant nach Weihrauch und Moder.

»Da ist das Zimmer«, sagte Lily.

»Bist du sicher?«

»So sicher, wie ich weiß, dass du jetzt meine Hand hältst.«

Elija klopfte an die Tür. Eine junge Nonne öffnete. »Ja bitte?«

»Wir möchten die Äbtissin sprechen«, sagte Elija.

»Die Äbtissin ist sehr beschäftigt. Wer sind Sie, bitte?«

»Mein Name ist Elija Zoref, und das ist meine Mutter, Lily Zoref. Meine Mutter ist im Kloster aufgewachsen und möchte der Äbtissin ein paar Fragen über ihre Vergangenheit stellen.«

»Ich bedaure sehr«, sagte die junge Nonne, »aber man muss vorher einen Termin vereinbaren, kann nicht einfach so unangemeldet hereinkommen.«

»Meine Mutter war schon einmal hier«, log Elija, »und wir gehen nicht weg, ohne die Äbtissin gesprochen zu haben.«

»Wiederholen Sie bitte den Namen Ihrer Mutter«, tönte es aus dem hinteren Teil des Raums.

»Lily«, antwortete Elija, »Lily Zoref.«

Eine alte Nonne mit pergamentener Haut erhob sich hinter einem imposanten, von einer Jugendstillampe erhellten Schreibtisch, kam am Gehstock auf die Besucherinnen zu und bedeutete der jungen Nonne, den Weg freizugeben.

Lily musterte die alte Frau aufmerksam. »Schwester Catherine, sind Sie's?«

»Ich und keine andere«, antwortete die Äbtissin, »kommen Sie bitte herein.«

Sie setzte sich hinter ihren Schreibtisch und bat Elija und Lily, gegenüber Platz zu nehmen. Schwester Catherine war eine hübsche, junge Frau, als Lily sie zuletzt gesehen hatte, und nun war sie eine strenge Alte, mit runzligem Gesicht und altersfleckigen Händen, auf denen sich bläuliche Adern wie Bachläufe schlängelten. Nur ihre Stimme war so energisch wie eh und je. Lily erinnerte sich noch genau an den Moment damals in der Kapelle, als Schwester Catherine ihr erzählte, wie sie sie in jener kalten Nacht gefunden hatte. Wie hatte sie sich vor ihr gefürchtet, und wie hatte sie sie gehasst, seit sie ihr das Geheimnis ihrer Geburt offenbart hatte.

»Wie geht es Ihnen, Lily?«, fragte die Äbtissin. »Es sind so viele Jahre vergangen.«

»Ihr habt mich hier ja nicht vermisst«, fuhr Lily die Stacheln aus.

»Gewiss haben wir Sie vermisst. Wir haben sogar die britische Polizei eingeschaltet, um Sie zu suchen, aber Sie waren verschwunden, wie vom Erdboden verschluckt.«

Lily blickte in das faltige Gesicht der Nonne, auf ihren altersschwachen Leib. Obwohl die Jahre ihr arg zugesetzt hatten, waren das immer noch dieselben stahlharten Augen, dieselbe Stimme, die sie damals als Kind vor Angst gelähmt hatte. Doch jetzt war sie kein Kind mehr und fürchtete sich weder vor Schwester Catherine noch vor einer anderen Nonne. Jetzt, wo ihre Tochter bei ihr war, würde sie ihr nicht erlauben, sie wie ein kleines Kind zu behandeln.

»Man sieht Ihnen die Jahre an, Sie haben sich sehr verändert«, sagte sie zu der Äbtissin.

»Auch Ihnen, mein Kind«, konterte die Äbtissin, »auch Ihnen sieht man die Jahre an. Aber was führt Sie hierher, Lily? Wollten Sie Ihrer Tochter zeigen, wo Sie aufgewachsen sind?«

»Nein«, antwortete Elija rasch an Lilys Stelle, und ihre junge Stimme klang glockenhell in den alten Mauern, »ich weiß, wo meine Mutter aufgewachsen ist. Wir möchten den Zettel sehen, den die Frau, die sie geboren hat, ihr mitgegeben hatte.«

Schwester Catherine blickte die beiden Frauen wortlos an.

»Da war ein Zettel«, ergänzte Lily, »Sie haben mir erzählt, dass ein Zettel an meine Kleidung geheftet war, als Sie mich am Klostertor fanden.«

»Der Zettel mit dem Davidstern«, betonte Elija.

Die Äbtissin schwieg eine Weile. Dann stand sie auf und trat an den geschnitzten Holzschrank an der Rückwand des Zimmers, öffnete die Glastüren und holte einen Schlüssel aus einer Schublade. »Kommen Sie bitte mit«, sagte sie und ging ihnen langsam, auf ihren Stock gestützt, durch einen langen, dämmrigen Gang voraus. »Warten Sie bitte hier«, bat sie, als sie das Ende des Gangs erreicht hatten.

»Meine Mutter hat genug Jahre gewartet. Wir gehen mit

Ihnen, egal wohin«, bestimmte Elija und nahm die stumme Lily fester an der Hand.

»Wenn Sie darauf bestehen«, willigte die Äbtissin ein.

Hinter einer Wendeltreppe befand sich eine Tür. Die alte Nonne nahm den Schlüssel und schloss auf. »Hier verwahren wir alte Dokumente«, erklärte sie.

Rings an den Wänden standen Schränke und Regale mit braunen Ordnern. Die Äbtissin öffnete einen Schrank mit Schubladen von oben bis unten, zog treffsicher eine davon auf, entnahm ihr eine schwarze Ledermappe und dieser wiederum einen vergilbten Umschlag, den sie Lily übergab. Dann setzte sie sich auf einen Stuhl, die Hand auf dem Stock ruhend. Lily und Elija blieben stehen.

»Beinah fünfzig Jahre warte ich schon darauf, dass Sie den Brief abholen«, flüsterte sie, »er ist von Ihrer Mutter, ein Jahr nach Ihrer Geburt geschrieben, aber seither ist keiner mehr eingetroffen.«

»Sie hat mir einen Brief geschrieben, und ihr habt ihn mir nicht ausgehändigt?«, fragte Lily, die das Wort »Mutter« nicht aussprechen konnte.

»Wir befanden, dass es zu Ihrem Wohl und um keine falschen Erwartungen bei Ihnen zu wecken, besser wäre, Ihnen den Brief erst bei Erreichen des siebzehnten Lebensjahrs zu übergeben, aber Sie sind längst vorher aus dem Kloster geflohen.«

Auf dem brüchigen Umschlag klebte eine englische Briefmarke, und auf der Rückseite stand auch ein englischer Absender.

»Deine Mutter hat nach deiner Geburt nicht mehr hier gelebt«, sagte Elija zu Lily.

»Ich weiß«, erwiderte sie mit schwacher Stimme, »sie lebte jenseits des Meeres«, und unvermittelt zu der greisen Äbtissin gewandt: »Nun seien Sie bitte so gut, mir auch den Zettel auszuhändigen, der an den Lumpen heftete, in die ich gewickelt war, als Sie mich fanden.«

Die Nonne entnahm der alten Ledermappe einen abgegriffenen Zettel und übergab ihn Lily mit den Worten: »Ich habe ihn aufbewahrt, habe darauf gewartet, dass Sie ihn abholen kommen.«

Lily nahm den Zettel und sah ihn sich an. Die Buchstaben waren fast verblasst, und von dem Davidstern waren nur gebrochene Linien übrig geblieben, aber sie konnte lesen, was ihre leibliche Mutter geschrieben hatte, ihre flehenden Worte an die Nonnen: »Gute Schwestern, bitte rettet meine Kleine, wie ihr mich gerettet habt. Ich kann sie nicht retten.«

»Da ist die weiße Lilie«, deutete Elija aufgeregt, »die Frau bittet hier, dich Lily zu nennen.«

»Ja, das war ihr Wunsch«, sagte die Äbtissin, »und wir haben ihn erfüllt.«

»Kannten Sie sie? Wussten die Schwestern, wer die Frau war, die mich hier ausgesetzt hat?« Lily blickte die Äbtissin misstrauisch an.

»Zunächst nicht. Obwohl sie schrieb, wir sollten Sie retten, wie wir sie selbst gerettet haben, hatten wir keinen Anhaltspunkt, wer sie war. Als der Brief kam, wussten wir es dann.«

»Wer war sie?« Elija war zu aufgeregt, um weiter an sich zu halten.

»Sie war eine junge Jüdin, die am Klostertor läutete. Das war nichts Ungewöhnliches. Die große Epidemie hatte in der Stadt gewütet. Die Menschen starben wie die Fliegen. Kinder wurden Waisen, ohne Eltern, ohne Zuhause, landeten auf der Straße und streunten hungrig und verlassen durch die Stadt. Mädchen mussten ihren Körper für einen Kanten Brot verkaufen. Daher hat niemand Fragen gestellt, als sie bei uns ankam. Wir haben sie aufgenommen, sie hat ein Jahr bei uns gelebt und ist dann, genau wie Sie, Lily, geflüchtet, verschwunden, und wir hörten nichts mehr von ihr. Bis der Brief kam.«

»Haben Sie sie gekannt?«, fragte Elija ergriffen.

»Das war vor meinem Eintritt ins Kloster, deshalb habe ich sie nicht gekannt, aber einige von uns erinnerten sich an sie. Erst als der Brief eintraf, erfuhr man, dass es sie nach ihrem nächtlichen Verschwinden aus dem Kloster nach England verschlagen hatte.«

»Gibt es im Kloster noch eine Schwester, die sich an sie erinnert und meiner Mutter von ihr erzählen könnte?«

»Nein, mein Kind, die Schwestern, die sie kannten, haben mittlerweile leider das Zeitliche gesegnet. Keine kann mehr über die Briefschreiberin berichten.«

Lily, die den Umschlag bisher mit bebender Hand umklammert hatte, öffnete ihn nun und zog das dünne Blatt Luftpostpapier heraus. Nur durch ein Wunder war es nicht zerfallen, nur durch ein Wunder war die Schrift nicht verblichen. Sie las:

Liebe Schwestern,

vor einem Jahr habe ich ein Baby bei euch in Obhut gegeben, eine Tochter, die ich in Sünde geboren hatte und nicht großziehen konnte. Ich habe sie bei euch gelassen, damit ihr sie aufzieht und mit allem versorgt, denn ich bin weder fähig noch wert, ihr eine Mutter zu sein. Ich habe für immer von ihr Abschied genommen, um sie nie wiederzusehen, um zu vergessen, dass ich eine Tochter habe, damit sie nicht weiß, dass sie eine Mutter hat. Ich habe sie wohlüberlegt bei euch gelassen, gütige Schwestern, habe zu ihrem eigenen Besten, aber auch zu meinem Wohl auf sie verzichtet. Ich wollte nicht weiterhin ein so elendes Leben führen und wusste, falls sie bei mir aufwachsen sollte, würde sie als Bastardin gelten und nicht das Leben erhalten, das sie verdiente.

Möge Gott sich meiner sündigen Seele erbarmen. Ich habe alles getan, um mir die Kleine aus dem Herz zu reißen und nie mehr an sie zu denken. Aber das Herz hat seine eigenen Wege, oft siegt das Herz über den Verstand, und auch mein Herz siegt über den gesunden Menschenverstand, und ich kann mein Baby nicht vergessen.

Aufgrund meiner Lebensumstände kann ich sie jedoch nicht zu mir nehmen, kann ihr nicht das liebevolle Zuhause bieten, das ihr als Menschentochter gebührt. Mir bleibt nichts anderes übrig, als euch, teure Schwestern, inständig zu bitten: Schützt sie an meiner Stelle, versorgt sie mit allem Nötigen, und wer weiß, vielleicht wird sie eines Tages Barmherzigkeit in ihrem Herzen finden und mir verzeihen.

Ihr werdet euch sicher an mich erinnern, ich bin Rachel, die ein Jahr bei euch war, das Jahr, das mich von der Straße gerettet hat.

Bitte erweist mir eine weitere Gnade und rettet auch meine Tochter.

»Großer Gott«, sagte Lily tränenerstickt, den Brief in der bebenden Hand, »und all die Jahre habe ich sie gehasst und wollte nichts von ihr hören.«

Elija umarmte ihre Mutter und versuchte dabei, die Absenderadresse auf der Rückseite des Umschlags zu entziffern. Als sie endlich einen Buchstaben an den anderen gefügt hatte, rief sie aufgeregt: »Schau, Mama, das ist ihre Anschrift.«

Lily fuhr mit zitterndem Finger Name und Adresse nach. »Die Bischara aus Jaffa hatte recht«, flüsterte sie, »die Bischara hat gesagt, sie befindet sich über dem großen Meer. Recht hatte sie, die Araberin, recht wie immer.«

In ihren Lehnstuhl versunken, beobachtete die Äbtissin Mutter und Tochter und wiegte den Kopf. Seit vielen Jahren betete sie jeden Tag zu ihrem Herrn Jesus und zur Heiligen Jungfrau, bereute ihre Sünde, Lily nicht mitgeteilt zu haben, wer ihre Mutter war. Seit Jahren bat sie die heilige Mutter inständig, das Wunder zu wirken, dass Lily ins Kloster käme, um den Brief ihrer Mutter abzuholen, und nun war ihr Gebet endlich erhört worden.

Sie erhob sich und sagte: »Ich danke Ihnen beiden, dass Sie gekommen sind und eine alte Nonne von ihrem Gelübde befreit haben.«

»Von welchem Gelübde?«, fragte Lily, immer noch unter Tränen.

»Nachdem ich Sie am Klostertor gefunden hatte, war die Äbtissin so gut, Sie in meiner Obhut zu belassen. Sie waren mein Baby. Ich habe Sie gefüttert, gebadet, gewickelt und rundum gepflegt. Habe Sie lieb gewonnen. Aber die Äbtissin sah ungern die mütterlichen Gefühle, die ich für Sie entwickelte. Sie entschied, Sie mir wegzunehmen und Ihre Pflege auf alle Schwestern zu verteilen. Ich sah wehmütig, wie Sie mir entfremdet wurden, und verschloss mein Herz. Ich bin eine alte Frau und werde bald vor Gott treten und für meine Sünden büßen müssen. Eine meiner größten Sünden ist die Strenge, mit der ich Sie als unschuldiges Kind behandelt habe. Ich gestehe, dass ich Ihnen Ihr junges Leben schwer gemacht habe. Als Sie dann verschwunden waren, gelobte ich, den Zettel und den Brief sorgfältig für Sie aufzubewahren, versprach hoch und heilig, dass ich die beiden Schriftstücke Zeit meines Lebens für Sie aufheben und wenn nötig meiner Amtsnachfolgerin übergeben würde. Heute haben Sie mir eine große Last von den Schultern genommen, jetzt wird mir vielleicht wenigstens eine meiner Sünden vergeben. Ich danke Ihnen, dass Sie heute mit Ihrer Tochter gekommen sind und das Ihnen Gebührende von mir verlangt haben. Aber da ist noch etwas. Wenn Sie so gut sein möchten«, sagte sie mit schwacher Stimme, »bitte kommen Sie noch einmal mit zurück in mein Büro.«

Die greise Äbtissin öffnete die Bürotür und bat die junge Nonne, sie alleinzulassen. »Noch etwas habe ich sorgfältig für Sie aufbewahrt«, sagte sie zu Lily, »niemand außer mir weiß davon, weder die vorige Äbtissin noch eine Schwester.« Sie hängte ein Bild von Jesus im Strahlenkranz von der Wand ab und legte einen verborgenen Safe dahinter frei. Ihm entnahm sie ein braunes Ledersäckchen und diesem wiederum ein Goldkettchen mit einem Davidstern und dem Wort »Zion« in hebräischen Lettern.

»Dieses Kettchen trugen Sie am Leib, als ich Sie fand«, sagte sie, »deshalb habe ich nie daran gezweifelt, dass Sie von einer jüdischen Mutter geboren wurden. Ich habe die Kette nicht der Äbtissin übergeben. Verstehen Sie, Lily, eigentlich wollte ich auch den Zettel vernichten, brachte es aber nicht übers Herz. Ich hoffte, über die Jahre würde der Davidstern am oberen Rand verblassen, zu gebrochenen Strichen zerfallen und die Tatsache, dass Sie von einer jüdischen Mutter stammten, würde in Vergessenheit geraten, aber ein goldener Davidstern konnte nicht zerfallen, und deshalb beschloss ich, ihn zu verstecken und niemandem etwas davon zu sagen. Verzeihen Sie mir, Lily, aber ich wollte Sie als Christenkind aufwachsen sehen, wünschte mir, Sie möchten Liebe zu Jesus und der heiligen Mutter im Herzen entwickeln. Ich bitte um Vergebung dafür, dass ich Ihnen einen so konkreten Beweis für Ihr Judentum vorenthalten habe. Hier ist das Kettchen.« Sie hielt es Lily hin.

Lily nahm es entgegen, und Tränen rannen ihr aus den Augen. »Die Frau, die mich geboren hat, hat mir doch etwas hinterlassen, hat mir ein Zeichen gegeben«, murmelte sie, am ganzen Leib zitternd, führte das Kettchen an die Lippen und küsste den Davidstern.

»Sie hat dir eine Identität gegeben, Mama«, sagte Elija, halb erstickt vor Aufregung. »Sie hat gedacht, wenn sie dir dieses Kettchen mitgibt, bist du doch nicht ohne Identität.«

»Nur hat Schwester Catherine entschieden, mir meine Identität nicht zu schenken«, wandte sich Lily vorwurfsvoll an die greise Nonne: »Sie haben für mich beschlossen, dass ich in Lüge als christliches Kind aufwachsen sollte.«

»Ich hatte gelobt, Ihnen die Kette zu gegebener Zeit zusammen mit dem Brief und dem Zettel auszuhändigen, ich wäre nie auf die Idee gekommen, zu behalten, was Ihnen gehört«, erwiderte die Äbtissin ungerührt. »Und jetzt gehen Sie bitte, werte Lily. Nehmen Sie Kette, Zettel und Brief und gehen Sie mit Ihrer Tochter in Frieden, erlauben Sie einer alten Nonne, ihren Mittagsschlaf zu halten. Ich darf mich ohnehin nicht zu sehr aufregen in meinem Alter.«

»Jahrelang habe ich die Frau gehasst, die mich geboren hat, aber Sie noch mehr«, sagte Lily zu Schwester Catherine. »Ich habe Sie gehasst, weil Sie mir nie die Mutter ersetzt haben, die ich nicht hatte, sondern immer hart mit mir umgegangen sind, immer mit strenger Miene. Nie haben Sie gelächelt, nie zärtliche Worte gefunden, mich nie in die Arme genommen. Aber jetzt haben Sie all Ihre Sünden gesühnt, Schwester Catherine, denn das gute Werk, das Sie heute an mir getan haben, ist größer als all Ihre Sünden mir gegenüber.« Sie drückte die faltige Hand der greisen Äbtissin.

»Komm, Elija«, sagte sie dann, »komm, wir suchen meine Mutter.«

Elija

Eldad und Schaul erwarteten uns nervös. Als wir, aufgeregt wie zwei kleine Mädchen, gegen Abend nach Tel Aviv zurückkehrten, erzählten wir ihnen von dem Treffen mit der Äbtissin und zeigten ihnen den Schatz, den sie Lily übergeben hatte: die Kette, den Zettel und den Brief, der vor knapp fünfzig Jahren im Kloster eingetroffen war und erst heute sein Ziel erreicht hatte.

»Den Brief hat die Frau geschickt, die Lily zur Welt gebracht hat«, erklärte ich aufgeregt, »sie heißt Rachel Townsend. Schaut her, auf dem Umschlag stehen Name und Adresse.

»Man muss ihr schreiben«, sagte mein Vater aufgeregt, »das werden wir umgehend tun, damit sie erfährt, dass der Brief erst jetzt bei ihrer Tochter gelandet ist.«

»Und wenn sie inzwischen gestorben ist?«, sprach Lily laut aus, was wir alle befürchteten, »und was, wenn jemand von ihrer Familie, der gar nichts von meiner Existenz ahnt, den Brief in die Hände bekommt? Das können wir nicht machen.«

»Wenn ihr erlaubt«, warf Eldad ein, der bisher geschwiegen hatte, »ich würde vorschlagen, auf der britischen Botschaft nachzufragen, ob eine Frau namens Rachel Townsend im britischen Einwohnerverzeichnis steht, und ja, auch, ob sie noch am Leben ist. Es ist immerhin ein halbes Jahrhundert vergangen.«

»Wir gehen morgen hin, gleich in der Früh, und lassen das klären«, sagte mein Vater.

»Ich finde heute Nacht bestimmt keinen Schlaf«, meinte Lily. Sie ließ das dünne Goldkettchen nicht aus der Hand, wollte sich gar nicht mehr davon trennen.

»Komm, ich leg's dir um«, sagte ich. »Die Kette ist nur das erste Glied auf dem Weg«, versicherte ich ihr. »Wir werden nicht ablassen, bis wir die Frau finden, die dir das Kettchen geschenkt hat – und das Leben.«

Lily strich mit den Fingern über den Davidstern und flüsterte: »Zum ersten Mal im Leben habe ich ein Zeichen von der, die mich geboren hat. Überall, wo ich war, im Kloster, im Kinderheim, im Mädchenwohnheim, hatten all die anderen Mädchen immer was von zu Hause, ein Foto, ein Andenken, ein Schmuckstück. Nur ich hatte nichts, rein gar nichts. Ich hatte nichts, was mir gehörte, und ich gehörte zu nichts und niemandem. Wer hätte geglaubt, dass auch ich einmal etwas haben würde, was mich mit meinen Wurzeln verbindet? Wer hätte geglaubt, dass ich mal etwas von der Frau haben würde, die mich geboren hat, noch dazu eine Kette mit Davidstern.«

Als wir dem britischen Konsul unser Anliegen erklärt hatten, mussten wir einige Formulare ausfüllen. »Die Antwort wird voraussichtlich frühestens in einem Monat eintreffen«, sagte der Beamte, sichtlich bemüht, unsere Aufregung abzukühlen.

»Mir fehlt die Geduld zum Warten«, sagte ich und tigerte ruhelos in meinem Elternhaus umher, war offensichtlich die Ungeduldigste in der Familie. »Ich meine, wir sollten nach England fliegen und einfach nach der Anschrift auf dem Umschlag suchen.« Hätte Eldad mich nicht zurückgehalten, wäre ich direkt zum Reisebüro gelaufen.

»Dieser Brief wurde vor fünfzig Jahren abgeschickt«, sagte er, »wenn Rachel Townsend noch am Leben ist, wohnt sie sicher nicht mehr an dieser Adresse.«

Mein Vater ging auf Zehenspitzen, bemüht, es allen recht zu machen, und Lily war in sich gekehrt, streichelte immer wieder den Davidstern.

Unterdessen hatte Lily sich für Eldad erwärmt, und er war stets willkommen im Haus. Ich wohnte wieder bei ihm in der HaJarkon-Straße, aber wir besuchten meine Eltern häufig. Er unterrichtete weiterhin Kinder auf dem Brandungsboot, und ich nahm eine Auszeit im Pub und saß stundenlang in der Unibibliothek. So, wie ich früher für das Literaturstudium gebüffelt hatte, wollte ich nun alles über die Stadt erfahren, in der die Frau namens Rachel Townsend lebte oder zumindest einst gelebt hatte: Lilys Mutter – und meine Großmutter.

Als ich eines Tages mit dem 25er Bus aus der Universität heimfuhr, fand ich auf dem Nebensitz eine liegen gelassene Tageszeitung. Ich blätterte sie durch, und da, im Feuilleton, blickte mir Aris Foto entgegen. Sein hübsches Gesicht, die bis auf die Schultern fallenden Locken, eine filterlose Nelson-Zigarette im Mundwinkel und ein halbes Lächeln in den Augen: Ari, wie er leibt und lebt. Neben seinem Konterfei prangte das Cover seines neuen Buchs, das endlich erschienen war. Neugierig las ich die Kritik, die verblüffend hart ausgefallen war, einer der schlimmsten Verrisse, die ich je gelesen hatte. Der Kritiker fand die Handlung abwegig, unglaubwürdig und vor allem langweilig. Noch schlimmer urteilte er über den Schriftsteller selbst. Nach Ansicht des Rezensenten hatte man Ari zu oft Gelegenheit gegeben, sein schriftstellerisches Talent unter Beweis zu stellen. Vielleicht sollte er endlich die Feder aus der Hand legen und sich einen anderen Beruf suchen. Zu meiner Überraschung empfand ich keinerlei Schadenfreude oder Befriedigung, hatte eher ein wenig Mitleid mit Ari. Der Ärmste, dachte ich, bei seinem Ego wird er sich in Tel Aviv kaum noch blicken lassen wollen. Doch damit lag ich falsch, denn im Weiteren hieß es, er habe Paris verlassen und lebe wieder in Israel. Als ich ein paar Tage später zufällig durch seine Straße kam, warf ich einen Blick auf seine Wohnung, die auch mal mein Zuhause gewesen war. Durch die Balkonfenster konnte ich ins Wohnzimmer sehen. Der Bastschirm, mit dem ich die nackte Birne versehen hatte, baumelte noch von der Decke, auch mein Lieblingsbild des israelischen Malers Ofer Lellouche, von dem ich einen Kunstdruck hatte rahmen lassen, hing noch an der Wand, die weißen Gardinen bauschten sich im Wind. Ich schaute hin und empfand nichts. In dieser Wohnung hatte ich mal gelebt, mit diesen sorgfältig ausgesuchten Dingen hatte ich die Junggesellenbude in ein Liebesnest verwandeln wollen, aber jetzt war mein Herz leer.

Ich eilte heim zu Eldad, umarmte ihn und sagte danke. »Danke wofür?«, fragte er überrascht, und ich antwortete: »Danke, danke, dass du zu meinem Leben gehörst und ich zu deinem, danke, dass wir zusammen sind.«

Genau dreißig Tage nach unserem ersten Besuch im britischen Konsulat traf die Antwort ein. Lily war sehr ruhig, als wir die HaJarkon-Straße hinaufgingen. Die pralle Sonne tat ihr nicht gut, Schweiß bildete sich auf ihrem Gesicht und unter den Armen. »Mama, du schwitzt wie ein Pferd«, sagte ich.

»Heiß«, schnaufte Lily, »August.«

»Geht es dir gut?«

»Ja, aber früher habe ich die HaJarkon-Straße im Laufschritt zurückgelegt, und heute schaffe ich sie gerade mal im normalen Gang.«

»Nehmen Sie bitte Platz«, sagte der britische Konsul höflich, als wir sein Büro betraten. Vor ihm auf dem Tisch lagen einige Aktenordner, in denen er gemächlich blätterte.

Lily sank auf einen Stuhl. Schaul, Eldad und ich setzten uns gespannt neben sie.

Der Konsul zog ein Papier aus einem Ordner, räusperte sich und sagte: »Frau Zoref, ich freue mich, Ihnen mitteilen zu können, dass Rachel Townsend, von der Sie sagen, sie sei Ihre Mutter, am Leben ist und in der Stadt Teignmouth in der Grafschaft Devon in England wohnt, und zwar unter dieser Adresse«, er reichte ihr das Papier.

Ich seufzte erleichtert auf, und Lily weinte vor Aufregung. »Sie ist am Leben«, murmelte sie, »die Frau, die mich geboren hat, lebt. Kannst du das glauben, Schaul, dass sie lebt? Sie lebt, lebt, lebt.«

Mein Vater legte ihr den Arm um die Schultern, nahm ihr das Papier ab und las den Text. »Sie ist verwitwet«, sagte er.

»Steht da, wie alt sie ist?«, fragte ich.

»Im November ist sie achtundsechzig Jahre alt geworden«, antwortete Schaul.

»Sie hat mich geboren, als sie noch so jung war, mit achtzehn Jahren.«

Lily nahm Schaul das Blatt wieder ab, las es mehrmals, versuchte gar nicht erst, ihre ungeheure Erregung zu verbergen, als seien die meisten Jahre von ihr abgefallen und sie wieder ein glückliches, kleines Mädchen.

»Ich möchte nach England fliegen, gleich jetzt«, sagte sie aufgeregt, als wir das Konsulat verließen, »ich will die Frau treffen, die mich geboren hat.«

»Du hast eine Mama«, sagte ich, »warum nennst du sie immer noch ›die Frau, die mich geboren hat‹?«

»Ich weiß es nicht«, erwiderte Lily nachdenklich, »ich habe noch nie im Leben Mama gesagt. Das will mir nicht über die Lippen.«

»Wie willst du sie denn dann anreden? Mit Mrs. Townsend?«

»Ich werde sie Mama nennen, aber nur unter einer Bedingung.«

»Und die wäre?«

»Dass du mich von jetzt an auch Mama nennst, und nicht mehr Lily.«

Seit wann nannte ich sie eigentlich Lily? In welchem Alter hatte ich angefangen, sie mit ihrem Vornamen anzureden und nicht mehr mit Mama? Solange ich zurückdenken konnte, war sie Lily, nicht Mama, egal ob ich sie anredete oder von ihr sprach. Aber jetzt war alles anders, jetzt war sie nicht mehr Lily, sondern meine Mama. Ich nahm ihre Hand, blickte ihr in die Augen und sagte: »Das verspreche ich dir, Mama.«

Die nächsten Wochen verliefen aufregend, geradezu stürmisch. Lily schwankte zwischen Euphorie und Sorge. »Und was, wenn sie uns nicht treffen will?«, fragte sie immer wieder. »Wenn sie meine Existenz verleugnet, mich ihrer Familie nicht vorstellen will, um ihr Leben nicht zu erschüttern?«

»Was könnte denn schlimmstenfalls passieren?«, fragte ich. »Wenn Sie dir nicht begegnen möchte, ist es wieder wie früher. Du hast vorher keine Mutter gehabt und hast auch hinterher keine. Aber wenn sie zustimmt, wird es dein Leben verändern. Ein Kreis schließt sich, du siehst sie von Angesicht zu Angesicht, kannst ihr all die Fragen stellen, die du dir seit jeher stellst, ohne Antworten darauf zu bekommen.«

»Ich habe nur eine Frage an sie«, sagte Lily leise: »Wie kann eine Mutter in dem Wissen leben, dass sie auf der Welt eine Tochter hat, die nichts von der Existenz ihrer Mutter ahnt.«

Wir beschlossen, zu viert zu fahren: Lily und Schaul, Eldad und ich. Und wir alle hatten Reisefieber. Schaul schrieb ein großes Schild für seine Ladentür, dass das Geschäft wegen einer Urlaubsreise geschlossen blieb. »Schreib nicht, ›wegen einer Auslandsreise‹«, warnte Lily, »damit keiner neidisch wird und die Reise wegen des bösen Blicks noch abgesagt werden muss.« Zum ersten Mal würde der kleine Laden in der King-George-Straße geschlossen sein. Seit Schauls Vater Albert das Geschäft eröffnet hatte, war es keinen Tag zu gewesen, außer an Schabbat und Feiertagen natürlich. Schaul fürchtete Kundenschwund und Gewinnausfall, zog Lily aber lieber nicht ins Vertrauen, um ihre Vorfreude nicht zu trüben. Sie war so aufgeregt, als hätte sie ein Geschenk erhalten, auf das sie ihr Leben lang gewartet hatte. Sie holte ihre gesamte Kleidung aus dem Schrank und packte den Koffer immer wieder um, stopfte ihn so voll, dass kein Platz mehr für Schauls Kleidung blieb, packte alles erneut aus und ein, machte den Koffer zu und wieder auf, überprüfte die Schlösser, damit er im Flugzeug um Himmels willen nicht aufsprang und seinen Inhalt ausschüttete.

»Wie sollen wir den Koffer bloß zum Flugzeug schaffen, Schaul, der ist ja schwerer als der Tisch im Wohnzimmer.«

»Dafür gibt es Gepäckwagen«, beruhigte er sie, »gleich, wenn wir aus dem Bus nach Lod steigen, nehmen wir so einen und hieven den Koffer drauf. Keine Sorge, Lily, es wird sich alles bestens regeln, ganz bestimmt.«

Beim Abendessen redeten wir immer wieder über die Reise nach England: Schaul und Eldad sollten die Organisation übernehmen, Eldad sich um alles kümmern, was mit Flügen und Zügen zu tun hatte. Mit seinem guten Orientierungssinn würde er uns bei der Suche nach Flugschaltern und Bahnsteigen Zeit sparen und unsere Nerven schonen. Auf Lilys ausdrücklichen Wunsch sollten nach unserer Ankunft in Teignmouth, dem Wohnort »der Frau jenseits des Meeres«, wie meine Mutter sie hartnäckig nannte, nur sie und ich zu ihr gehen, während Eldad und Schaul im Hotel warteten.

Als die Koffer gepackt waren, die Pässe in der eigens angeschafften Reisetasche lagen, die bei der Bank eingetauschten britischen Devisen in der Brieftasche steckten, die Reisekleidung fertig gebügelt war und man nach dem ganzen Trubel endlich wieder zu Atem kam, sagte Lily: »Ich muss vor der Abfahrt nur noch eines tun – zu meinem Kind nach Kiriat Schaul fahren und ihm erzählen, dass ich seine Großmutter gefunden habe.« Vater und ich wechselten Blicke. Keiner wagte auszusprechen, was er in diesem Moment empfand. In der letzten Zeit hatte Lily ihre täglichen Fahrten zum Friedhof eingestellt, und wir fürchteten den Augenblick, in dem sie sie wieder aufnehmen würde.

»Warum schaut ihr mich so an?«, fragte Lily. »Habt ihr gedacht, ich würde Baby Ron Chaim nicht mehr besuchen? Würde ihn auf dem Friedhof vergessen? Ich werde ihn nicht vergessen, und bitte vergesst ihr ihn auch nicht.«

Mein Vater sah sie an und sagte: »Einverstanden, Lily. Wenn wir die Beziehungen zu meinen Eltern wieder aufgenommen haben, die Tradition der Schabbat- und Feiertagsessen in der Familie, müssen wir noch eine weitere altehrwürdige jüdische Tradition erneuern, nämlich den Toten ehren, an seinem Todestag eine Gedenkfeier am Grab abhalten und das Kaddisch für ihn sprechen. Ich werde Kaddisch für ihn sagen, Lily«, versprach mein Vater und küsste sie auf beide Wangen, »wir werden ihn nicht vergessen.«

»Und du, Mama«, sagte ich, »kannst das Foto des Babys wieder ins Wohnzimmer stellen, ich schäme mich nicht mehr wegen meines Bruders, der vor meiner Geburt gestorben ist.«

Lily

Im kalten London landeten sie mitten im Vorweihnachtstrubel, der sie sprachlos machte. Die Stadt erstrahlte in unzähligen bunten Lichtern, die Straßen wimmelten von Menschen. Vor Geschäften, Büros, öffentlichen Gebäuden und Wohnhäusern standen geschmückte Weihnachtsbäume, auf dem Trafalgar Square sang ein Kinderchor mit glockenhellen Stimmen Weihnachtslieder. Lily und Elija freuten sich über die vielen Santa-Claus-Figuren und über die Lichterketten, die der grauen Stadt, die sie beide noch nie gesehen hatten, festlichen Glanz verliehen.

Doch trotz der Verlockung, eine neue, unbekannte Welt zu entdecken, war Lily ungeduldig, wollte möglichst bald nach Teignmouth weiterreisen. Eldad eilte zum Bahnhof, um die Fahrscheine zu kaufen, und am nächsten Tag fuhren sie in die Stadt mit dem seltsamen Namen, aufgeregt und besorgt über das, was sie dort erwarten mochte.

Gleich bei der Ankunft waren sie gebannt von der Postkartenschönheit der Stadt mit ihren kleinen Häusern und der langen Uferpromenade bis zur Flussmündung.

»Das Straßennetz hier ist unverändert seit dem 15. Jahrhundert, als Richard Löwenherz vom Hafen des River Dart zur Fahrt ins Heilige Land aufbrach«, las Schaul aus Lapids hebräischem Reiseführer vor, den er vor der Abreise in einer Buchhandlung in der Allenby-Straße gekauft hatte.

Die Dame am Informationsschalter des Bahnhofs empfahl eine Frühstückspension, und so gingen sie alle vier die steilen, engen Gassen zu der ruhigen Bucht hinunter bis zu einem kleinen, weißen Haus, an dem ein unauffälliges Schild mit der Aufschrift *Bed and Breakfast* hing. Sie nahmen zwei Zimmer mit Blick auf die Bucht. Doch noch ehe sie die Koffer auspacken konnten, erklärte Lily, sie sei bereit zum Aufbruch.

Laut der Adresse, die man ihnen gegeben hatte, lag das Haus in einer der Straßen zum Hafen. Boote ankerten in der Bucht, und die kleinen Häuser der Stadt erstreckten sich den Hang hinab. Auf der Anhöhe genossen sie kurz die schöne Aussicht, lauschten der Stille. Abgesehen vom Tuten der einlaufenden Schiffe und dem Zwitschern der Vögel war kein Laut zu hören, und Lily fragte sich unwillkürlich, wie ihr Leben wohl verlaufen wäre, wenn die Frau, die sie geboren hatte, sie nach England mitgenommen hätte und sie hier an diesem bezaubernden Ort am Meer aufgewachsen wäre, statt in dem dämmrigen, kalten Kloster.

Sie waren sehr still, als sie zu viert weitergingen, bis sie das dritte einer Reihe ähnlicher Häuser erreichten.

Entgegen Lilys Protest verlangte Elija hartnäckig, dass Schaul und Eldad mitkommen sollten zu der Frau, deren Blut in Lilys und Elijas Adern floss. Elija ängstigte sich vor der Größe des Ereignisses, vor der Reaktion der Frau, aber vor allem vor Lilys Verhalten. Sie fürchtete, Lilys leibliche Mutter könnte ihre Tochter erneut enttäuschen, indem sie ihnen die Tür vor der Nase zuknallte, und daraufhin könnte Lily wieder zum Grab des Babys laufen und in ihr dröhnendes Schweigen, ihre verhaltene Wut zurückverfallen. Dann wären alle Fortschritte der letzten Monate verloren, und sie würden sich erneut entfremden. Wer wusste schon, was sie jenseits der Tür erwartete?

Doch Lily beharrte: »Wir hatten ausgemacht, dass Schaul und Eldad uns bis vors Haus begleiten, aber nicht mit reingehen. Ich will, dass wir die Frau allein treffen, nur Elija und ich.«

So stiegen sie denn zu zweit die Stufen zu dem Haus hinunter, das inmitten eines kleinen, gepflegten Gartens stand.

»Bist du bereit?«, fragte Elija. Dann klopfte sie mit der einen Hand an die Tür und hielt mit anderen die Hand ihrer Mutter. Lilys Gesicht war hochrot vor Aufregung, der Mund vor Nervosität verkniffen.

Eine goldblonde Frau um die Vierzig öffnete und sagte: »Ja, bitte?«

Lilys Herz schlug schneller, und das Blut stieg ihr zu Kopf, aber sie brachte kein Wort heraus. Elija brauchte einen Moment, um sich zu fassen: »Wir suchen Rachel Townsend, wohnt sie unter dieser Adresse?«

»Und wer sucht sie bitte, wenn ich fragen darf?«

»Wir sind Verwandte«, erwiderte Elija. Lily war immer noch sprachlos.

»Verwandte?«, fragte die Frau perplex. »Mrs. Townsend hat mir gar nicht gesagt, dass sie Verwandtenbesuch erwartet. Aber gut«, sie blickte verwundert von einer zur anderen, »wenn Sie Verwandte sind, dann bitte, treten Sie ein.«

Ein langer Flur führte ins Wohnzimmer. Lily starrte vor sich hin, tappte wie eine Blinde, doch Elija ließ den Blick aufmerksam durch den Raum schweifen: Massive, dunkle Möbel, beleuchtet von Stehlampen mit Fransenschirmen, große Fenster mit schweren Vorhängen im selben Blumenmuster wie Sofa und Sessel, weit aufgezogen, so dass sie freie Sicht auf den gepflegten Garten draußen gewährten. An der Ostwand hing ein Landschaftsgemälde, im Kamin darunter brannte Feuer, und auf dem Kaminsims standen gerahmte Familienfotos. Lily blieb vor einem Bild stehen, meinte, ihr eigenes Gesicht darin zu erkennen. Das Foto war alt und verblasst, aber verblüffend ähnlich: Die gleichen runden Augen, die gleiche Stupsnase, die gleichen Grübchen, die die Frau auf dem Bild ihr vererbt hatte und sie wiederum ihrer Tochter Elija.

Sie gingen vorbei an dem Weihnachtsbaum am Fenster, geschmückt mit bunten Kerzen und birnenförmigen Kugeln, mit Blümchen und Herzen. Er war wunderhübsch, der Baum, für Lily schier atemberaubend.

Auf einem Sessel am Kamin saß eine grauhaarige Frau so kerzengerade, dass man sie, wenn das graue Haar und die faltige Haut nicht gewesen wären, glatt für eine junge Frau hätte halten können.

»Darling«, sagte die Goldblonde, »diese Damen möchten zu dir, sie sagen, sie seien Verwandte.«

Die Angesprochene ließ den Blick lange zwischen Lily und Elija hin und her schweifen. Elija meinte, von einer kalten Welle hinweggerissen zu werden. Trotz der starren Miene der Frau leuchtete ein Funken Neugier in ihren Augen.

»Nehmen Sie bitte Platz«, sagte sie und bat die junge Frau, die sie hereingeführt hatte, das Zimmer zu verlassen.

Lily und Elija setzten sich verlegen aufs Sofa.

»Nun?«, fragte die Frau nach einer ewig langen Weile. »Wie sind wir verwandt?«

Wortlos zog Lily das Goldkettchen mit dem Davidstern aus dem Lederbeutel und reichte es ihr.

Die Frau nahm es entgegen und wurde mit einem Schlag kalkweiß im Gesicht. Ihre Hände zitterten, und mit ihrer aufrechten Haltung war es vorbei. »Wo haben Sie das her …«, setzte sie an und verstummte wieder.

»Ich will nichts von Ihnen«, sagte Lily, »nur wissen, ob Sie die Frau sind, die mich mit dieser Kette um den Hals vor dem Klostertor in Jerusalem ausgesetzt hat.«

Die Frau blickte erst die Kette, dann Lily und wieder die Kette an, holte tief Luft und flüsterte kaum hörbar: »Die Dame, die Sie empfangen hat, ist die Schwester meines verstorbenen Mannes, er ruhe in Frieden. Weder Sie noch die übrigen Mitglieder meiner Familie wissen von meiner Vergangenheit und dem Land meiner Herkunft. Ich bitte Sie, lassen Sie mich erst mit ihnen reden, ehe ich mit Ihnen spreche. Ich kann sie nicht so überrumpeln, wie Sie mich überrumpelt haben.«

»Wir sind eigens aus Israel angereist, um Sie zu treffen«, sagte Elija entschieden.

»Sie sind aus Israel hergekommen, ohne mich vorher zu informieren. Ich bin eine alte Frau, und Sie können mir nicht einfach unangekündigt ins Haus schneien. Ich bitte Sie inständig, lassen Sie mich Ihren Besuch verdauen, lassen Sie mich meine Familie erst vorbereiten.«

»Dazu haben Sie Ihr ganzes Leben lang Zeit gehabt«, fauchte Elija mit funkelnden Augen.

»Senken Sie bitte die Stimme«, sagte die Frau, »Sie möchten sicher nicht, dass wir meine Schwägerin auf den Plan rufen. Dieses Gespräch muss, so es denn stattfindet, unter vier Augen erfolgen«, betonte sie mit einem Blick auf Lily, die sie nun erstmals einbezog. »Keiner meiner Angehörigen ahnt etwas von meiner Vergangenheit.«

»Keiner ahnt, dass Sie eine Tochter haben«, konterte Elija, die das hochmütige Benehmen der Alten kaum ertragen konnte.

»Richtig, und wenn Sie mir versprechen, dass das, was Sie und ich wissen, meinen Angehörigen nicht zu Ohren kommt, bevor ich es ihnen persönlich erzähle, werde ich Sie einen Tag nach Weihnachten empfangen, und dann können wir reden.«

»Ich habe mein ganzes Leben lang gewartet«, sagte Lily, »dann kann ich auch noch ein paar Tage länger warten.«

Die Frau senkte den Blick, offenbar unfähig, ihr ins Gesicht zu sehen, doch Lily fuhr leise, fast flüsternd fort: »Aber bevor ich gehe, bitte ich Sie, mir nur eine einzige Frage zu beantworten: Mein Leben lang wusste ich nichts über meine Herkunft und über die Frau, die mich geboren hat. Und gewiss wusste ich nicht, dass sie am Leben ist und in England wohnt. Aber seit ich es weiß, brenne ich darauf, zu erfahren, warum? Warum haben Sie mich nicht großgezogen? Warum haben Sie auf mich verzichtet?«

»Kommen Sie näher, nehmen Sie sich einen Stuhl und setzen sich hierher, mir gegenüber«, sagte die Frau, und Lily tat wie geheißen. Vom Sofa aus starrte Elija gebannt auf die beiden, die so ähnlich und doch so verschieden waren.

»Hören Sie mir bitte zu«, sagte die Frau, nur an Lily gewandt. »Ich verspreche, Ihnen all das zu erzählen, was ich mein Leben lang keiner Menschenseele anvertraut habe, außer meinem Mann, er ruhe in Frieden, und selbst er wusste nur wenig von dem, was ich Ihnen erzählen werde. Kein Angehöriger meines Mannes hat diese Dinge je aus meinem Mund erfahren.«

»Die Verwandten Ihres Mannes interessieren uns nicht«, fuhr Elija dreist dazwischen, »uns ist völlig egal, ob sie es hören oder nicht. Wir sind keine Familienangehörigen, aber leider Blutsverwandte. Also entweder packen Sie jetzt auf der Stelle aus, oder ich veranstalte ein solches Geschrei, dass Ihre Schwägerin von mir statt von Ihnen erfahren wird, dass sie eine Nichte hat.«

»Reg dich ab, Elija«, sagte Lily auf Hebräisch, »warum fährst du so aus der Haut? Die Frau spricht durchaus vernünftig. Ihre Familie ist nicht schuld an dem, was sie getan hat. Man muss ihnen nicht wie eine Bombe ins Haus platzen. Lass uns erst mal hören, was sie sich vorstellt, ehe du so explodierst.«

»Die alte Hexe wird uns rausschmeißen, ohne irgendwas zu sagen«, fauchte Elija, »wir müssen sie zum Reden bringen.«

»Die alte Hexe versteht Hebräisch«, sagte die Frau ruhig. »So sehr sich die alte Hexe auch bemüht hat, diese Sprache samt dem Land, wo man sie spricht, zu vergessen, hat sie sie doch nicht verlernt.«

Lily und Elija starrten sie verblüfft an. Sie hatten überhaupt nicht erwartet, dass die Frau Hebräisch sprechen könnte. Und nun wandte die sich tadelnd an Elija: »Wenn Sie Ruhe geben und nicht umherspringen wie ein Ziegenbock, können wir vielleicht wie kultivierte Menschen ein Treffen vereinbaren, bei dem ich ihr«, sie deutete auf Lily, »erzählen werde, warum ich sie als Baby vor dem Klostertor abgelegt habe. Nichts hat sich geändert bei euch in Palästina. Jetzt habt ihr längst einen eigenen Staat und seid doch grob und ungeduldig geblieben.«

»Ich brauche mir hier keine Beleidigungen anzuhören«, Elija sprang auf, »und gewiss nicht von Ihnen. Komm, Mama. Du hast die Frau gesehen, die dich geboren hat, das genügt.« Sie strebte schon zur Tür, aber Lily gebot ihr Einhalt.

»Ich bin nicht so weit gereist, um sie dann nicht anzuhören, Elija. Du kannst gehen, wenn du willst, aber wenn du bleibst, sitz gefälligst still und halt den Mund.«

Elija brachte der Grauhaarigen keinerlei Respekt entgegen, hatte die ganze Englandreise jedoch für Lily unternommen und beschloss daher, sich stumm anzuhören, was die Frau zu sagen hatte.

»Ist alles okay, Darling?« Die goldblonde Frau kam ins Zimmer und betrachtete neugierig die alte Frau und ihre beiden Gäste.

»Alles in bester Ordnung. Die beiden werten Damen sind gekommen, um mir fröhliche Weihnachten zu wünschen, und werden sich gleich wieder auf den Weg machen«, erklärte sie und stand auf.

»Also, meine Damen«, schloss Rachel Townsend mit perfekter britischer Höflichkeit, »Ihr Besuch war mir höchst angenehm, aber ich bin eine kranke Frau, bin ermüdet. Ich werde Sie gern in den nächsten Tagen empfangen. Bitte seien Sie so gut, mich am Tag nach Weihnachten zum Five o'Clock Tea erneut zu beehren. Und jetzt, Darling«, wandte sie sich an die Frau, die ihre Schwägerin war, »begleite die Damen bitte zur Tür.« Danach verließ sie majestätischen Schritts den Raum.

An der Haustür sagte die Goldblonde: »Ich weiß nicht, wer Sie sind und woher Sie kommen, aber wenn Sie Verwandte sind, ist es mir eine Freude, Sie kennenzulernen. Wir haben noch niemals Angehörige von Rachels Seite getroffen.«

Die darauffolgenden Tage vergingen in schier unerträglicher Anspannung. Lily war in sich gekehrt, ließ nichts von ihren Gefühlen durchblicken, und Schaul ging auf Zehenspitzen, bemüht, ja nichts zu sagen, was ihren Zorn wecken könnte.

Während Lily und Schaul auf ihrem Zimmer blieben, weil Lily es partout nicht verlassen wollte, durchstreiften Elija und Eldad das Städtchen Teignmouth. Sie machten lange Spaziergänge durch die schmalen mittelalterlichen Gassen mit den vielen historischen Häusern. Arm in Arm gingen sie hinunter zu dem hübschen Hafen an der Flussmündung, gesäumt von bewaldeten Hängen, bis zu dem Leuchtturm auf einer schmalen Landzunge. Sie besuchten die kleinen Antiquitätenläden, die antike Möbel, zarte Porzellantassen, romantische Kleider, Spitzendecken, Schmuck und silberne Teelöffel anboten. Wenn sie müde wurden, setzten sie sich in eine Teestube und bestellten Tee, zu dem ein Porzellantellerchen mit dünnen Keksen serviert wurde.

Doch sosehr Elija diese romantischen Spaziergänge genoss, bei denen sie Händchen hielten, sich häufig umarmten und in einem menschenleeren kleinen Fischerdorf, das in einem Sturm zerstört worden war, sich sogar einmal liebten, vergaß sie dabei keinen Augenblick den Grund ihres Aufenthalts an diesem fremden, kalten Ort, der so fern von allem Vertrauten lag. Sie wartete ungeduldig darauf, die Geschichte der Frau jenseits des Meeres zu hören, die jetzt, nach dem ersten Zusammentreffen, auch Gesicht und Stimme bekommen hatte.

Unterdessen saß Lily mit Schaul in ihrem Zimmer und starrte die meiste Zeit aus dem Fenster. Würde sie ihrem Herzen Vergebung für diese Frau abringen können? Würde sie deren – wie auch immer geartete – Motive verstehen? Es musste schon ein furchtbarer Grund vorliegen, wenn eine Mutter ihr Baby aussetzte. Sie, Lily, hatte ihren Kleinen doch kaum loslassen können, nachdem sie ihn zum ersten Mal im Arm gehalten hatte. Nicht einmal, als er aufgehört hatte zu atmen, nicht mal in seinem Grab konnte sie ihn aufgeben. Wie sollte sie dann dieser Frau verzeihen, die sie noch lebend abgegeben hatte?

Dann kam Heiligabend. Von ihrem Pensionszimmer hörte Lily die Klänge der Weihnachtsmesse aus der Kirche und fühlte sich magisch angezogen. All die Weihnachtsfeste, all die Messen, an denen sie als Kind im Kloster teilgenommen hatte, stiegen vor ihren Augen auf. Sie zog den Mantel an und verließ zum ersten Mal seit zwei Tagen das Zimmer, gefolgt von Schaul, der ihr, ohne Fragen zu stellen, nacheilte. Die Kirche auf der Anhöhe war beeindruckend. Im Vorraum und auf den Stufen standen Hunderte von Menschen, die drinnen keinen Platz mehr gefunden hatten. Lily lauschte ergriffen, gebannt von den himmlischen Stimmen der Chorsänger und der Gläubigen, von der herrlichen Orgelmusik, und Tränen rannen ihr aus den Augen. Wie seltsam, dachte sie: Hier stand sie am Heiligabend, in einer Kleinstadt im Südwesten Englands, so fern des Klosters in Jerusalem, inmitten von Fremden, die sie noch nie gesehen hatte und vermutlich auch nie wiedersehen würde, und fühlte sich zugehörig. Sie kannte die Texte, die Melodien. Das waren Kindheitserinnerungen, die sie tief in ihrer Vergangenheit begraben geglaubt hatte, und nun tauchten sie vor ihren Augen wieder auf. Erstmals im Leben begriff sie, dass man, um ein neues Leben aufzubauen, das alte Leben nicht zerstören musste, begriff, dass man Alt und Neu verbinden und von da weitermachen konnte. Egal, wie das Treffen mit der Frau, die sie geboren hatte, verlaufen würde – nichts könnte das Leben zerstören, das sie mit Schaul errichtet hatte, oder den mit Elija geschlossenen Frieden. Alles, was diese fremde Frau, deren Blut in ihren Adern floss, sagte, würde einen alten Kreis schließen und einen neuen Kreis beginnen lassen.

Um Punkt fünf Uhr nachmittags standen sie erneut vor der Haustür. Diesmal öffnete die Frau ihnen persönlich. Die Goldblonde tauchte nicht auf. Die Frau führte sie ins Wohnzimmer und kam ohne Höflichkeitsfloskeln oder Geplänkel zur Sache.

»Noch bevor ich das Goldkettchen sah, wusste ich, wer Sie sind«, wandte sie sich an Lily. »In Ihrem Alter habe ich genauso ausgesehen wie Sie, und so hatte ich auf den ersten Blick Gewissheit.«

Lily blickte der Frau forschend ins Gesicht. Sie sah die Grübchen, fast verdeckt unter den Wangenrunzeln, erkannte die Stupsnase und die kleinen Ohren, die Ohrläppchen etwas größer als ihre eigenen, und obwohl das Haar der Frau ergraut war, dachte sie, dass es einmal so dick und blond gewesen sein musste wie ihr eigenes.

»Auch ich wusste, dass Sie es sind, noch ehe wir auf Ihrer Schwelle standen«, sagte Lily.

»Auch Sie wussten es«, sagte die Frau leise, »mein Gebet ist erhört worden.«

»Ihr Gebet?«

»Seit Jahren bete ich, es möge ein Wunder geschehen, und Sie kämen mich suchen. Mein Geheimnis liegt in mir begraben, und ich wollte es niemals jemandem offenbaren – außer Ihnen. Jahrelang hat es mich belastet, auch das Leben mit meinem armen Mann, den ich nötigte, seine Familie anzulügen. Ich bin eine kranke Frau, nähere mich dem Ende. Ich danke Ihnen, dass Sie gekommen sind, mich von dem Geheimnis zu erlösen. Ich dachte schon, es würde mit mir begraben werden.«

»Ich bin gekommen, um mich zu erlösen, nicht Sie«, sagte Lily.

Die Holzscheite im Kamin verkohlten, und die Kälte von draußen drang in den Raum. Die Frau stand auf, legte Holz nach und stocherte mit einer Kohlenschaufel zur Belebung des Feuers. Dann deutete sie auf Wolldecken, die auf dem Sofa lagen, und sagte: »Legen Sie sich bitte Decken um.«

Lily tat es, aber Elija blieb reglos sitzen. Die Frau schüttelte sich ein paar Aschereste von den Händen und fuhr fort: »Die Verwandten meines Mannes glaubten, er hätte mich in Afrika, in Kenia kennengelernt, wo ich angeblich mit meiner Familie lebte, als er dort in der britischen Armee diente. Mein Mann erzählte ihnen, er habe mich in Nairobi geheiratet und von dort hierher in seinen Heimatort mitgebracht. Tatsächlich habe ich Stuart aber in Jerusalem kennengelernt. In der britischen Mandatszeit war er Polizeioffizier und ich ein jüdisches Mädchen, dem er das Leben gerettet hat.«

»Aber das Leben meiner Mutter hat er nicht gerettet«, warf Elija eiskalt ein.

»Mein gutes Kind«, sprach sie erstmals Elija direkt an, »ich verstehe Ihre Wut, aber bitte fassen Sie sich in Geduld und lassen Sie mich Ihrer Mutter und auch Ihnen meine Geschichte erzählen. Zollen sie mir ein klein wenig Respekt, und sei es nur, weil dasselbe Blut in unseren Adern fließt.«

»Elija, sitz still und lass sie erzählen«, sagte Lily auf Hebräisch. »Auch ich hätte einiges zu sagen und halte mich vorerst zurück.«

»Wo waren wir stehen geblieben?«, fragte die Frau. »Wenn man mich in meinen Gedanken unterbricht, erinnere ich mich nicht immer, was ich sagen wollte.«

»Sie hatten gesagt, Sie seien ein jüdisches Mädchen gewesen, und Ihr Mann habe Ihnen das Leben gerettet.«

»Ich war Jüdin«, fuhr die Frau fort, das Wort »Jüdin« fast verschluckend. »Schon seit vielen Jahren gehöre ich der anglikanischen Kirche an. So wollte es das Schicksal.«

Diesmal konnte Lily nicht an sich halten: »Keiner Ihrer Angehörigen weiß, dass Sie Jüdin sind?«

»Mein Mann wusste es, aber ich habe ihn gebeten, nie jemandem zu verraten, dass ich als Jüdin in Palästina geboren bin, schon gar nicht seinen Eltern, und er hütete mein Geheimnis. Seit unserer Abfahrt aus Palästina hat er mich mit keinem Wort an mein Herkunftsland erinnert, und ich ihn auch nicht.«

Die Frau setzte sich im Sessel zurecht, zog sich die Wolldecke enger um die Knie, nahm die Brille ab und legte sie gemächlich, als hätte sie alle Zeit der Welt, auf den Teetisch zu ihrer Rechten. Erst dann sprach sie weiter.

»Als mein Mann und ich von der Küste Palästinas ablegten, stand ich an Deck und sah die Küste langsam entschwinden. Schon damals beschloss ich, mein Geburtsland nie wiederzusehen. Ich habe mein voriges Leben dort zurückgelassen und ein neues Leben begonnen.«

»Sie haben dort eine Tochter zurückgelassen, nämlich mich«, sagte Lily ruhig.

»Auch Sie sollten ein neues, ehrbares Leben bekommen und nicht als illegitime Tochter einer unverheirateten Frau aufwachsen.«

»Ich hätte lieber als Bastardin mit meiner Mutter gelebt denn als namenloses Findelkind.«

Rachel Townsend seufzte versonnen und erwiderte nach einer gefühlten Ewigkeit: »Ich weiß, ich habe an Ihnen gesündigt, und das lässt sich nicht sühnen. Aber nicht, um Sie loszuwerden, sondern um Sie zu retten, habe ich Sie am Klostertor ausgesetzt, denn wer weiß, was aus Ihnen und mir geworden wäre, wenn Sie bei mir geblieben wären.« Tränen traten ihr in die Augen, aber sie fuhr in festem, sachlichem Ton fort: »Ich werde diesen Tag niemals vergessen. Ich habe Sie in mehrere Lagen Stoff und in eine warme Decke gewickelt und Sie nicht eher aus der Hand gelegt, bis ich das Schlüsselklimpern der nahenden Nonne hörte. Erst als das schwere Schloss aufsprang und das knarrende Tor sich zu öffnen begann, habe ich Sie sanft davor abgelegt und mich versteckt, um nicht gesehen zu werden. Als die Schwester Sie auf den Arm nahm, bin ich weggegangen.«

»Ohne einen Blick zurück«, sagte Lily.

»Hätte ich zurückgeblickt, hätte ich Sie wieder an mich genommen, und oje, was für ein Leben hätte Sie dann erwartet.«

»Mich oder Sie?«, beharrte Lily.

»Ein furchtbares Leben hätte uns beide erwartet. Hören Sie zu, dann werden Sie begreifen, wer die Frau ist, die Sie geboren hat, und warum sie Sie nicht bei sich behalten wollte.«

Rachel

Sie wusste nicht, wie lange sie wachgelegen und in den Raum gestarrt hatte, die Augen tränenverquollen, die Zähne klappernd von der eisigen Kälte, die sogar durch die dicken Mauern in die schmale Kammer drangen.

Am Abend hatte ihr Geliebter sie hergebracht in dieses Zimmer, wo seine Schwester, die ihr wildfremd war, mit ihrem Mann und zwei Kindern wohnte. Sie hatte gezittert wie ein Vögelchen vor Schreck, und die schmallippige Frau, die sie hasserfüllt anfunkelte, hatte ihr die Sache nicht gerade leichter gemacht. »Lass mich hier nicht allein, bleib bei mir«, hatte sie ihren Geliebten angefleht, doch der war auf die Knie gefallen, hatte ein mit rotem Samt gefüttertes Kästchen aus der Jackentasche gezogen und ihm eine dünne Goldkette mit einem Davidstern entnommen, in dessen Mitte das Wort »Zion« eingraviert war.

»Das ist deine Verlobungskette«, sagte er und küsste ihre Augen, »morgen bringe ich dir einen Ehering. Morgen führe ich dich unter unseren Hochzeitsbaldachin, und wir beginnen unser gemeinsames Leben als Mann und Frau.«

Einen Moment wich die Angst, und sie war glücklich. Ihr Gesicht errötete und ein Tränenschleier bedeckte ihre Augen. Ihre Verlobungskette. Sie würde kein weißes Kleid zur Hochzeit tragen, aber sie hätte eine goldene Kette mit einem Davidstern zur Verlobung. Und als er ihr das Kettchen um den Hals legte, tastete sie behutsam nach dem Anhänger, schmiegte sich an ihren Liebsten und flüsterte: »Komm schnell wieder, mein Herzallerliebster, ich kann nicht ohne dich sein.«

»Ich komme wieder«, versicherte er ihr, »nur noch diese eine Nacht, und ab morgen früh trennen wir uns niemals mehr.« Danach küsste er erneut ihre Augen, löste sich sanft von ihr und ging, und sie blieb ängstlich und verlegen bei seiner wütenden Schwester und ihrem noch wütenderen Ehemann. Wortlos warf die Schwester ihr einen Haufen Lumpen vor die Füße und bedeutete ihr, sich hinzulegen. Danach kehrte sie zurück auf ihre Lagerstätte, die sie mit Mann und Kindern teilte.

Rachel zerrte sich verzweifelt einen der Lumpen als Zudecke über den Leib, aber der dünne Stoff vermochte sie nicht zu wärmen. Sie versuchte sich zu beruhigen, den gleichmäßigen Atemzügen der Kinder zu lauschen, aber das Schnarchen des fremden Mannes, in dessen Behausung sie am Boden lag, schlug ihr in rhythmischen Wellen an die Ohren und ließ sie erschauern. Ihr Herz pochte wie wild, sie wusste nicht, ob vor Aufregung wegen der Hochzeit am nächsten Morgen oder aus Angst vor dem Kommenden. So hatte sie sich ihre Brautzeit nicht vorgestellt. Für ihre Mutter und ihren Vater war sie gestorben, und die Eltern des Bräutigams ächteten sie und würden der Hochzeit fernbleiben.

An dem Tag, als sie ihren Liebsten zum ersten Mal hinter der Ladentheke auf dem Machane-Jehuda-Markt stehen sah, hatte ihr Leben einen anderen Lauf genommen. Sie, ein streng erzogenes Mädchen aus dem ultraorthodoxen Viertel Mea Schearim, sie, der man eingebläut hatte, bei Ansprache nicht die Augen zu heben, nicht neugierig zu schauen und keine Fragen zu stellen, starrte ihn unverwandt an wie eine

Schlampe, tappte ihm blindlings nach, verfolgte ihn schamlos. Es war ein Zwang, stärker als sie. Sie mussten einander gehören, als Mann und Frau.

Sie war ein schwarzer Schwan. Weder ihr Vater noch ihre Mutter und gewiss nicht ihre Geschwister konnten sie verstehen. Die Eltern taten sich schwer, dieses Mädchen in ihrem Haus zu akzeptieren, das sich so anders entwickelte als die anderen Sprösslinge. Und da diese Tochter mit ihrer Andersartigkeit die traditionelle Welt auf den Kopf stellte, reagierten sie auf die einzig ihnen vertraute Weise: mit Schlägen. Sie war der Prügelknabe ihrer Eltern und Brüder und bekam mit der Zeit Übung darin, ihren Angriffen auszuweichen, den Ohrfeigen ihres Vaters und den Faustschlägen ihrer Mutter, die sie dazu noch auf Jiddisch anschrie: »Du vergiftest die Luft, die du atmest!«

Sie hatte sich eine Elefantenhaut zugelegt, und die Schläge schmerzten sie nicht so sehr wie jetzt die Erkenntnis, dass ihre Eltern nicht neben ihr unter der Chuppa stehen würden, sondern Schiwa nach ihr saßen. Obwohl sie angeblich schon mehr als genug Saures von ihr gegessen, ja keinen Augenblick Freude an ihr gehabt hatten, wie ihre Mutter unermüdlich wiederholte, konnten sie nun keineswegs akzeptieren, dass sie entgegen ihrem Machtwort einem jungen Sefarden aus dem Viertel Ohel Mosche verfallen war. Ihre Tochter hatte etwas Unerhörtes, streng Verbotenes getan und große Schande über die Familie gebracht, hatte über alle Stränge geschlagen und war daher aus dem Elternhaus verbannt worden. Für ihre Familie war sie gestorben, für ihren Geliebten jedoch Lebenselixier, wie er sagte. Auch seine Familie war gegen diese Hochzeit und unternahm alles, um sie zu verhindern. Doch wie sie hatte auch ihr Liebster das Ungeheuerliche getan und seinem Vater und seiner Mutter widersprochen. Und bei Anbruch des neuen Tages würde er sie zur Frau nehmen.

Er hatte ihr nicht gesagt, welcher Rabbiner sie in welcher Synagoge trauen würde, aber vieles andere wusste sie: Fremde Männer würden den Minjan um die Chuppa bilden, sie würde kein Brautkleid tragen, nicht von Mutter und Schwestern zur Mikwe begleitet werden, und ihr Vater würde nicht singend aus der Synagoge kommen, um dem Bräutigam Geleit zu geben. Sie würde heiraten wie jene einsamen Frauen, die ihre ganze Familie bei der großen Epidemie verloren hatten und nun verlassen und mittellos dastanden.

Ihr brach es das Herz. Ihr Vater hatte ihr zwar nie Zuneigung gezeigt, und für ihre Mutter war sie von Geburt an ein überflüssiges fünftes Rad am Wagen, eine weitere Bürde gewesen, aber es waren eben doch ihre leiblichen Eltern, ihr eigen Fleisch und Blut. Sie versuchte sich den Verlauf der Trauung vorzustellen, wie er ihr den Ring anstecken und wie er das Glas zertreten würde. »Wenn ich dich je vergesse, Jerusalem, dann soll mir die rechte Hand verdorren«, murmelte sie immer wieder und wippte mit dem Oberkörper auf dem kalten Fußboden, wie sie das Achtzehn-Gebet in der Frauenabteilung der Synagoge gebetet hatte. »Heilig, heilig, heilig«, wiederholte sie. Ihre Augen füllten sich mit Tränen, ihr wurde bang ums Herz, und alles verwirrte und vermischte sich, bis sie nicht mehr wusste, wer und wo sie war, und der Ewige, gelobt sei er, ihr Gebet um tiefen Schlaf erfüllte.

Sie erwachte von Schreien, deren Grund sie nicht verstand. »Schmeißt sie aus dem Haus! Verjagt diese *putana*, diese Hure, damit sie euer Haus nicht auch noch so besudelt wie unseres. Wie konnte dieser schlechte, widerspenstige Sohn sie euch ins Haus schleppen! Jagt sie auf die Straße, soll sie zurück in ihr Elternhaus gehen oder zum Teufel!« Im Nu erwachte das ganze Haus zu einem ohrenbetäubenden Tumult mit herzzerreißenden Schmerzensrufen und Kindergeschrei.

Sie kauerte sich auf dem Boden des kleinen Zimmers zusammen, um sich möglichst unsichtbar zu machen. Nun trat mit einem Mal Stille ein. Die Schwester ihres Liebsten verließ mit Mann und Kindern das Haus. Sie blieb allein und versuchte zu begreifen, wo sie war, was vor sich ging, und wo er steckte. Sie hoffte inständig, er möge bald kommen, um sie in die Arme zu schließen und ihr zu sagen, es sei alles in Ordnung, in ein paar Stunden würden sie Mann und Frau sein und ein eigenes Zuhause haben. Dann müsste sie nicht mehr in einem fremden Haus auf dem Fußboden schlafen und sich vor fremden Menschen fürchten.

»Steh auf, du *putana*. Steh auf, *ija de un* Bastard!« Die Schwester ihres Geliebten stand plötzlich über ihr und traktierte sie mit Faustschlägen und Fußtritten am ganzen Leib, »hau ab hier, *stick newejle*, du Stück Aas«, fluchte sie auch noch auf Jiddisch, damit Rachel ja jedes Wort verstand, »hau ab hier, *pritze*.«

Sie hielt sich den Bauch, um ihren Leib gegen die Schläge zu schützen. Die Schwester des Mannes, der sie noch heute zur Frau nehmen würde, bearbeitete sie mit Fäusten. Am ganzen Leib grün und blau geschlagen, wurde sie schließlich an den Haaren zur Tür geschleift und landete mit einem Schwung auf der Straße.

Dort waren Frauen aus der Nachbarschaft zusammengelaufen, und sie alle fielen nun über sie her, zogen sie an den Haaren, schlugen auf sie ein. Rachel versuchte, ihr Gesicht mit den Händen zu schützen, aber die Frauen schlugen schreiend weiter, überhäuften sie mit scheußlichen Schimpfworten auf Jiddisch und Spaniolisch, doch sie hörte nur ein einziges Wort, das schlimmste von allen: *pritze*, Hure.

Mit knapper Not entkam sie dem Rudel Wölfinnen, die sie lebendig zerreißen wollten, floh auf die offenen Felder am Rand des Viertels Scha'are Chessed. Endlich Stille, nur Vogelzwitschern und das Schreien eines fernen Esels. Sie streckte sich auf dem Boden aus, bekam wieder Luft und sog den süßen Duft der weichen Erde ein.

Als sie sich wieder gefangen hatte, versuchte sie zu rekapitulieren, wie ihre Welt eingestürzt, ihr bisheriges Leben innerhalb weniger Wochen praktisch ausgelöscht worden war. Sie hatte kein Zuhause, keine Familie mehr. Wildfremde Menschen schlugen auf sie ein und beschimpften sie als Hure. Sie eine Hure? Vor ihm war sie ja niemals mit einem Mann unter vier Augen zusammen gewesen. Und er, wo steckte er? Warum kam er nicht? Warum hatte er sie nicht vor seiner Schwester gerettet und vor den Frauen, die ihr Leben bedrohten? Er hatte doch versprochen, sie heute zur Frau zu nehmen. Sie bekam es mit der Angst zu tun. Was sollte sie machen? Wo sollte sie hingehen? Sie wollte aufstehen, aber der Morast zog sie nach unten. Hände, Gesicht, Kleidung waren schlammverschmiert, sogar ihr goldenes Haar hatte etwas abbekommen.

In ihr Elternhaus in Mea Schearim konnte sie nicht zurück. Vielleicht sollte sie ihren Geliebten suchen, der doch gewiss in ganz Jerusalem nach ihr schaute. Der Rabbiner und der Minjan waren zur Stelle, sie konnte den Herrn Rabbiner doch nicht warten lassen, und ihr Liebster war sicher schon halb verrückt vor Sorge.

Sie rappelte sich auf, versuchte, Gesicht und Kleidung vom Schlamm zu befreien, aber vergebens, er klebte ihr wie angegossen am Leib. Egal, sie würde sich vor der Hochzeit waschen, und dann käme ihr Liebster, sie zu erlösen. Er hatte versprochen, sie zu beschützen, ihr ein Haus zu bauen, Kinder mit ihr zu bekommen, ihr eine Familie zu geben anstelle derer, die sie ausgestoßen hatte, anstelle seiner Familie, die ihr lieber den Tod wünschte als sie als Schwiegertochter in die Arme zu schließen. Ihre Liebe würde siegen, hatte er ihr versichert.

Ja, sie konnte alles ertragen, den Schlamm, der an ihr haftete, die Kälte, die ihr in die Knochen drang, die lähmende Angst. Alles konnte sie ertragen, denn bald würde sie ihren Liebsten heiraten.

Plötzlich öffneten sich die Himmelsschleusen, und ein Platzregen prasselte auf die Erde nieder. Rachel stand auf offenem Feld, Schlamm rann ihr vom Kopf den Rücken hinab, die nasse Kleidung klebte ihr am Leib, und die Erde zog sie zu sich hinab. »Barmherziger und gnädiger Gott, langmütig, reich an Huld und Treue, errette mich«, betete sie. Nun zog sie Kleid und Schuhe aus, die langen, schwarzen Strümpfe und ihre Unterwäsche und stand splitternackt da, zitternd wie Espenlaub. Plötzlich fiel sie um, lag auf der nassen Erde, die Arme an den Körper gelegt, und betete, der Regen möge ihr den Schlamm abspülen, möge sie reinwaschen, damit sie sauber und rein, wie der Ewige sie erschaffen hatte, zu ihrer Hochzeit käme.

Ein arabischer Fellache fand sie ohnmächtig auf offenem Feld und brachte sie auf die Polizeistation in der Jaffa-Straße. Die Polizisten hüllten sie eilig in Wolldecken, um ihren unterkühlten Körper zu wärmen, und der britische Beamte machte ihr ein Glas Tee. »Trinken Sie langsam, nach und nach«, sagte er auf Englisch, das sie nicht verstand.

»Sie hat die Augen einer Irren«, sagte der jüdische Polizist, als Rachels Blick von einem zum anderen flatterte. Angst lähmte sie, und als man ihr Fragen zu stellen begann, verstand sie nichts und schwieg wie ein Fisch.

Das Kleid, das der jüdische Polizist ihr aus dem Schrank seiner Frau holte, reichte ihr bis zum Boden und war an den Ärmeln zu lang. Auch die Schuhe waren zu groß. Strümpfe hatte der Polizist ebenso wenig mitgebracht wie einen Mantel.

Zitternd vor Kälte kauerte sie sich auf die harte Holzbank, den Rücken an die Wand gelehnt, die Augen auf einen imaginären Punkt auf dem Boden gerichtet.

Eine Stunde verging und noch eine, die Zellentür öffnete sich nicht, und kein Polizist kümmerte sich um sie. Sie stand auf und tigerte auf und ab, von Wand zu Wand, fühlte sich eingesperrt. Schließlich riss sie, ohne nachzudenken, die Tür auf und stürmte davon. Der Wachhabende am Eingang der Polizeistation konnte sie nicht schnappen, und schon war sie über die Straße weg und verschwunden. Der Polizist alarmierte seine Kameraden, gemeinsam rannten sie ihr nach zum Machane-Jehuda-Markt und in die Gassen der Umgebung, aber sie war wie vom Erdboden verschluckt, nirgends aufzufinden. Schließlich traten sie den Rückweg an. »Ein schlimmer Fall von einem verlassenen Mädchen«, sagte der jüdische Polizist zu seinem englischen Kollegen, »Gott bewahre, es gibt viele Straßenkinder wie sie in Jerusalem.«

Rachel rannte aus Leibeskräften, warf die unpassenden Schuhe ab und staunte, wie leichtfüßig und schnell sie laufen konnte. Schon im Elternhaus war sie gerannt wie eine Gazelle, war ihrem großen Bruder entschlüpft, der ihr gürtelschwingend nachsetzte, sie zu schlagen drohte. Sie hatte auch deshalb schnell laufen gelernt, um den Kindern auf dem Hof zu entkommen, die sie an den Zöpfen zogen und »meschiggene Kopp«, verrückter Kopf, nannten. Ein Glück, dass der Ewige, gelobt sei er, sie mit flinken Beinen ausgestattet hatte. Sie rannte und rannte ohne anzuhalten, bis sie vor dem großen Kloster stand, mit dem ihre Mutter ihr so oft gedroht hatte. Wenn sie nicht brav würde, käme sie dorthin, müsse ihr Leben bei den Nonnen hinter hohen Klostermauern fristen und nach ihrem Tod in der Hölle schmoren.

Wieder und wieder hämmerte sie gegen das große Eisentor des Klosters, aber es tat sich nicht auf. Plötzlich entdeckte sie die Glockenschnur am Torpfosten und zog daran wie ein Ertrinkender am rettenden Tau.

»Ruhe, Ruhe, wozu der Lärm?«, schimpfte die Nonne, die schließlich das Tor öffnete, und Rachel fiel ihr in die Arme, erschöpft, hungrig, zitternd vor Kälte und Angst. Sie brauchte menschliche Wärme, und es war ihr egal, wer sie ihr spendete. Wenn sie schon nicht in den Armen ihrer strenggläubigen Mutter landen konnte, dann eben in denen einer vermaledeiten Nonne.

Ohne Fragen zu stellen, führte die Nonne sie in die große Eingangshalle des Klosters. Rachel schaute sich ängstlich um: Die Halle war düster, mit hoher Kuppeldecke, und an den Wänden hingen große Bilder von Männern und Frauen mit einem Kreuz um den Hals. Dort, wo sie herkam, war das Kreuz das ultimative Symbol der Unreinheit. Vielleicht hatte ihre Mutter recht, und sie befand sich jetzt in einem der Höllenkreise. Doch ihr war es egal, sie hatte mittlerweile eingesehen, dass sie keinen Bräutigam hatte und keine Hochzeit haben würde, kein Zuhause und rein gar nichts außerhalb dieser Klostermauern.

Wortlos führte die Nonne sie einen der breiten Klostergänge entlang zu einem großen Waschraum, bedeutete ihr, sich zu waschen, und ließ sie allein.

Rachel zog sich aus und stand nackt vor einem Eimer Wasser mit einer großen Schöpfkelle darin. Sie füllte die Kelle und spülte sich den Körper ab. Das Wasser war eiskalt, aber sie fühlte sich danach sauber und rein. Die Nonne kam zurück und legte frische Kleidung auf der Holzbank bereit: ein langärmeliges, braunes Kleid, weiße Unterwäsche und dicke Wollstrümpfe. Rachel zog sich langsam an, und als sie fertig war, kam die Nonne wieder und bedeutete ihr mitzukommen. Sie gingen die schummrigen Gänge entlang zu einem großen Saal, in dem reihenweise lange Tische, flankiert von Holzbänken, standen. Der Saal war leer. Die Nonne winkte sie an einen Tisch und stellte eine Messingschale mit dampfender Suppe vor sie hin. Rachel löffelte begierig, genoss das wohlig warme Gefühl im Bauch. Als sie fertig war, bedeutete die Nonne ihr wortlos, die leere Schale auf den Küchenhof zu tragen, sie mit Wasser und Seife zu spülen und an ihren Platz zu stellen. Wieder folgte sie der wortkargen Nonne, die sie nun die Treppen hoch zum obersten Stock führte, wo sie vor einer Tür stehen blieb und anklopfte. Eine Stimme bat auf Englisch herein.

Rachel stand überwältigt in dem großen, lichten Raum, in dessen Mitte ein mächtiger Schreibtisch stand. Dahinter saß eine alte Nonne mit einem großen Kreuz auf der Brust, die sie aufmerksam ansah. Rachel senkte den Blick und spähte hinter die Nonne. An der Wand hing ein Gemälde von Jesus am Kreuz, das Gesicht peinvoll gesenkt, Blut rann aus Händen, Brust und Bauch, ein Stück Stoff bedeckte seine Lenden. Der Anblick brannte ihr in Körper und Seele, sie wollte sich die Augen zuhalten, schluckte jedoch und atmete tief durch.

Die Nonne redete sie auf Englisch an. Auch wenn sie ihre Sprache verstanden hätte, wäre sie wohl stumm geblieben. Was hätte sie ihr denn sagen sollen: Dass ihr Vater und ihre Mutter sie aus dem Haus gejagt und Schiwa nach ihr gesessen hatten? Dass die Familie ihres Bräutigams sie verstoßen und er, der untreue Galan, sie am Tag ihrer Hochzeit sitzen gelassen hatte? Sollte sie ihr etwa erzählen, dass ein arabischer Fellache sie nackt auf offenem Feld aufgelesen und ihr das Leben gerettet hatte, indem er sie zur Polizeistation brachte, und dass sie den Polizisten dort, die ihr heißen Tee zu trinken gaben, wie eine Irre entflohen war? Vielleicht war sie wirklich wahnsinnig, wenn sie ausgerechnet an diesem unreinen Ort Zuflucht suchte, an dem ihre Eltern und Geschwister dreimal ausspuckten, wenn sie daran vorbeikamen, diesem Schreckensort, den ihre Mutter ihr immer wieder auf Lebenszeit angedroht hatte.

Was würde die Nonne sagen, wenn sie erführe, dass sie auf das Jesusbild hätte spucken mögen? Man hatte ihr doch von Geburt an beigebracht, der gekreuzigte Jesus sei vermaledeit, die zahlreichen Klöster und Kirchen verunreinigten den Boden Jerusalems, und ein Jude dürfe keinen Fuß hineinsetzen. Und nun stand sie hier vor seinem Bild, am unreinen Ort, und hoffte, diese vermaledeiten Menschen möchten ihr helfen.

Als die greise Nonne sah, dass keine Antwort kam, versuchte sie es auf Hebräisch: »Wie heißt du, Mädchen?«, fragte sie mit sanfter Stimme, und die Angesprochene senkte den Blick und antwortete kaum hörbar: »Rochel«. Obwohl erst ein Tag vergangen war, seitdem ihr Geliebter sie auf Nimmerwiedersehen verlassen hatte, schien es eine Ewigkeit her zu sein, dass jemand sie bei ihrem Namen genannt hatte.

Die Äbtissin stellte keine weiteren Fragen, sondern wies die Schwester an, sie mitzunehmen. Sie folgte der schweigsamen Nonne in den Wohntrakt und dort in ein Zimmer, wo ihre Begleiterin auf ein schmales, hartes Eisenbett deutete und den Raum verließ.

Wieder war sie allein an einem fremden, unheimlichen Ort. Sie zog die Schuhe aus, ging ins Bett, schlüpfte unter die raue, graue Wolldecke, schloss die Augen und schlief ein.

Als sie aufwachte, fühlte sie sich wieder bei Kräften. Sie schlug die Augen auf und versuchte sich an das Dunkel im Raum zu gewöhnen. Vor den großen Fenstern sah man den Halbmond durch die Wolken schimmern und darunter hohe Bäume, die den Himmel zu berühren schienen. Sie schaute sich um. In einigen Betten schliefen Frauen, hier und da hörte man ein Schnarchen oder Seufzen. An der Wand über ihrem Kopfende hing ein Kreuz. Sie schloss die Augen, wartete auf den Moment, in dem das Höllenfeuer auflodern und sie auf der Stelle verschlingen würde. Aber nichts geschah, kein Feuer entflammte, die Wände wankten nicht, und sie blieb am Leben. Langsam öffnete sie wieder die Augen, richtete sich in den Kniestand auf, das Gesicht dem Kruzifix zugewandt, und streckte die Hand danach aus, strich kreuz und quer darüber, spürte das glatte Holz, betastete den kupfernen Leib des Gekreuzigten, die seitlich abgespreizten Arme, den hängenden Kopf, und seltsamerweise fühlte sie sich erstmals seit ihrer Flucht aus dem Elternhaus ruhig und sicher.

Nach drei Monaten im Kloster war sie schon gewöhnt an die dicken Mauern, die langen Korridore, die Bleiglasfenster, fürchtete sich nicht mehr vor den christlichen Heiligen, die von den großen Gemälden in den Gängen auf sie herabblickten, verabscheute nicht mehr den Weihrauchgeruch in der Kirche und störte sich nicht an den Heiligenfiguren und den brennenden Kerzen.

Langsam fand sie Gefallen an dem dämmrigen Licht, das durch die Rundbögen ins Gotteshaus fiel. Die Stille und Heiligkeit des Raums beruhigten sie. Sie empfand weniger Misstrauen gegenüber Schwester Eugenie, der jungen Nonne, die ihre Erzieherin war, und senkte nicht mehr den Blick, wenn die Äbtissin mit ihr sprach. Zu ihrer Überraschung fühlte sie sich geborgen innerhalb der hohen Mauern, abgeschottet von der Außenwelt.

Die strikte Tagesordnung und Routine im Kloster ließ kaum Raum für Privatsphäre oder Gedanken. Stunde um Stunde, Aufgabe für Aufgabe jagten einander, und wenn sie nach dem Lichtlöschen endlich allein in ihrem Bett lag, war sie so müde, dass sie sofort in traumlosen Schlaf fiel. Mit ihrem Schweigen errichtete sie sich eine Schutzwand, und sogar Schwester Eugenie versuchte nicht mehr, ihr etwas über ihre Vergangenheit zu entlocken.

Der Tag der Schülerinnen im Kloster war voll durchgeplant. Sie standen um fünf Uhr morgens auf, wuschen sich mit eiskaltem Wasser, machten sorgfältig ihre Betten. Danach ging es zum Morgengebet in die Kirche und weiter in den Speisesaal. Jede bekam eine Messingschüssel mit Brei und eine Blechtasse heißen Tee. Nach dem Frühstück spülten sie ihr Geschirr und stellten es wieder an seinen Platz im Regal. Von den frühen Morgenstunden bis zum Nachmittag hielten sich die Schülerinnen in den Unterrichtsräumen auf. In jeder Klasse waren um die zwanzig Mädchen von zwölf bis achtzehn Jahren. Keine hatte so blondes Haar wie sie.

Der Tag begann immer mit Englischunterricht und einem Lied, das Schwester Eugenie ihnen beigebracht hatte: *»Jesus loves me, this I know, because the Bible told me so.«*

Zuerst verstand sie den Text nicht, mochte aber die Melodie. Als sie die Bedeutung der Worte lernte, sang sie sie inbrünstig. Sie hegte keinerlei Zweifel: Jesus liebte sie, schließlich war sie dank seiner gerettet worden.

Die Lehrer waren streng. Die Schülerinnen mussten aufrecht sitzen, und wenn eine nicht richtig schrieb, setzte es Schläge mit dem Lineal auf die Fingerspitzen. Rachel, die gar nicht schreiben konnte, bekam die meisten ab.

Hebräisch hatten sie bei Mr. Maimeran, einem streng blickenden sefardischen Juden, und Englisch bei Schwester Agnes. In den Hebräisch- wie in den Englischstunden kam Rachel sich vor wie von einem anderen Stern. Sie hatte nie eine Schule besucht, nie Lesen und Schreiben gelernt. Schwester

Agnes spürte ihre Not, trat zu ihr, legte ihr sanft die Hand auf den Kopf und flüsterte ihr ins Ohr: »Englisch ist gar nicht so schwer, ich bin sicher, bald wirst du die Sprache beherrschen.«

Sie mochte die Schwester auf Anhieb und auch die englische Sprache. Rachel wollte die Sprache der höflichen und freundlichen Menschen lernen, die sie in der letzten Zeit kennengelernt hatte: Die Sprache des gütigen Polizisten in der Polizeistation Machane-Jehuda, der ihren nackten Körper in eine Decke gehüllt und ihr heißen Tee gegeben hatte, die Sprache der Äbtissin, die ihr keine aufdringlichen Fragen stellte, der Schwester Eugenie, die mehr hauchte als redete, und der Schwester Agnes, die ihr so nett den Kopf tätschelte.

Sobald die Englischstunde vorbei war, kam Schwester Mary zum Religionsunterricht. In den ersten Wochen verschloss Rachel ihre Ohren vor den Geschichten über die heilige Mutter und ihren gekreuzigten Sohn, hielt den Atem an, als wäre sie gar nicht da, wenn Schwester Mary mit sanfter Stimme und in einem Englisch, das sogar sie verstand, von Maria und dem Jesuskind erzählte, schlang die Arme um den Leib, um die Gräuelworte nicht einzulassen und betete: »Herr der Welt, mach mich taub, damit ich nichts höre, erbarme dich meiner sündigen Seele, schütze mich vor den Worten der Schwester Mary, damit ich nicht im Höllenfeuer verbrenne.«

Doch mit der Zeit, als ihr kein Unheil geschah, merkte sie verblüfft, dass die Geschichten des Neuen Testaments ihr gefielen, besonders die von der Frau aus Nazareth, der ein Engel verkündete, sie trage den Sohn Gottes im Schoß.

All die Verbote, all der Hass auf Klöster, all die Angst und Abscheu vor dem Christentum und seinen Symbolen, die man ihr anerzogen hatte, verschwanden spurlos. Jetzt fürchtete sie sich nicht mehr vor Jesus und der heiligen Mutter, sondern schöpfte sogar Kraft aus ihnen, fühlte sich ihnen nahe: Auch Jesus war, wie sie, verraten und verfolgt worden. Auch er hatte um sein Leben fliehen müssen. Sie begann die Kapelle auch außerhalb der Gebetszeiten aufzusuchen, setzte sich auf eine der Holzbänke, richtete den Blick auf die heilige Maria, die ihren Sohn in den Armen hielt, und fühlte sich gestärkt.

Sechs Monate nach ihrem Eintreffen im Kloster tat sie sich immer noch schwer mit den hebräischen Buchstaben, aber das Englische meisterte sie, konnte es bald schon sprechen und sogar lesen und schreiben, sehr zur Freude von Schwester Agnes. Die Nonne mochte die schweigsame, blonde Schülerin, die sich kaum unter die anderen Mädchen mischte, sondern meist mit sich selbst beschäftigt war, nur redete, wenn sie angesprochen wurde, sich aus Zank und Streit heraushielt.

Zu den jungen Jüdinnen im Kloster zählte die blinde Simcha. Sie war älter als die anderen und lebte schon am längsten dort. Als Rachel eines Tages mal wieder allein auf der Holzbank in der Kapelle saß, hörte sie das Klackern des Blindenstocks, mit dessen Hilfe Simcha ihren Weg dorthin suchte. Ohne etwas von Rachels Anwesenheit zu ahnen, setzte Simcha sich auf eine Bank. Rachel fixierte die Blinde mit dem rabenschwarzen Haar und dem schneeweißen Teint.

Simcha spürte offenbar, dass jemand sie anstarrte, und fragte erschrocken: »Wer ist das? Ist da wer?«

»Ich bin's nur, Rachel.«

»Herr der Welt, sei mir gesund, du hast mir aber einen Schrecken eingejagt, beinah hätte ich meine Seele ausgehaucht.«

Lange saßen sie Seite an Seite ohne ein weiteres Wort zu wechseln. Als Simcha sich erhob, um die Kapelle zu verlassen, stand auch Rachel auf, hakte Simcha unter und half ihr beim Gehen.

Fortan trafen sie sich täglich in der Kapelle, saßen schweigend nebeneinander.

Eines Tages begann das blinde Mädchen zu erzählen. Geboren war sie im Viertel Sichron Tuvia als Tochter einer mittellosen Familie, die bei aller Armut warmherzig zusammenhielt. Doch dann starben ihre Eltern, erst der Vater, bald darauf auch die Mutter. Die Kinder blieben sich selbst überlassen und halfen einander.

»Ich war neun, vielleicht zehn, als ich plötzlich erkrankte«, erzählte Simcha. »Ich litt unter starken Kopfschmerzen, sah die Menschen irgendwie weit weg, selbst wenn sie neben mir standen. Von Tag zu Tag sah ich weniger. Zuerst habe ich meinen Schwestern und meinem Bruder nichts davon erzählt, dachte, wie es gekommen ist, geht es auch wieder weg, aber es ist nicht weggegangen. In dem Jahr, als ich gänzlich erblindete, haben alle meine Geschwister geheiratet, und ich blieb allein im Haus. Wäre ich nicht blind gewesen, hätte ich auch geheiratet, aber wer will schon eine Blinde zur Frau? Dann kam der Muchtar und verlangte unser Haus zurück. Meine Geschwister sind arm dran, hatten bei sich keinen Platz für mich, weder mein Bruder, der älteste von uns, noch eine meiner Schwestern. Deshalb haben sie mich zu den Nonnen ins Kloster gebracht und seither bin ich hier, schon zehn Jahre lang.«

Simchas Geschichte ging Rachel zu Herzen. Sie rückte näher und legte ihr tröstend die Hand auf die Schulter.

»Und warum bist du hier, Rachel«, fragte Simcha, »wer hat dich ins Kloster gebracht?«

Rachel schwieg. Sie wollte keinem ihre Geschichte verraten, fand das Geheimnis jedoch auch unerträglich belastend. Und auf die blinde Simcha war Verlass. Sie würde es nicht den anderen Mädchen sagen, die sie schikanierten und wegen ihrer Blindheit verlachten. Daher holte sie tief Luft und erzählte Simcha in ruhigem, unbeteiligtem Ton, wie ihr Bräutigam sie am Tag ihrer Hochzeit versetzt hatte statt sie zur Trauung abzuholen.

»Warum ist er nicht gekommen?«, fragte Simcha.

»Ja, wenn ich das nur wüsste, wenn er mir ein Zeichen gegeben hätte, aber er war verschwunden, wie vom Erdboden verschluckt, hatte mich nur mit dem Kleid, das ich am Leibe trug, zu seiner Schwester gebracht, die mich prompt vor die Tür setzte.«

»Warum hat er dich zu seiner Schwester gebracht und nicht zu dir nach Hause?«

»Ich habe kein Zuhause«, sagte Rachel, »mein Vater hat Schiwa nach mir gesessen, meine Mutter hat gesagt, ich sei nicht mehr ihre Tochter. Seitdem ich dem Mann nachgelaufen bin, bin ich allein auf der Welt.«

»Und wie war sein Name?«, fragte Simcha. »Wie hieß der Bräutigam?«

»Gabriel.«

»Gabriel Ermoza, der Sohn von Senyor Ermoza vom Machane-Jehuda-Markt?«

»Ja, der«, flüsterte Rachel und erzählte, wie sie ihn auf dem Markt gesehen hatte, wie sie sich ineinander verguckten, wie sie ihm blindlings nachgegangen und aus ihrem Elternhaus weggelaufen war, wie Gabriel sich seinen Eltern widersetzt und gemeinsam mit ihr beschlossen hatte, gegen den Willen ihrer Familien zu heiraten, und wie er sie dann am vereinbarten Hochzeitstag ihrem Schicksal überlassen hatte und spurlos verschwunden war.

»*Dio mio!*«, rief Simcha aufgeregt. »Du bist die Aschkenasin aus Mea Schearim, deretwegen Gabriel Ermoza den Kopf verloren hat!«

»Ja, die bin ich«, erwiderte sie, bemüht, ihre Gefühle nicht durchklingen zu lassen.

»Oh«, seufzte Simcha, »*miskenita*, du Ärmste, wie hat dein Junge dir das Herz gebrochen. Denkst du noch oft an ihn?«

»Seitdem er mich verlassen hat, erlaube ich mir kein Schmerzempfinden mehr.«

»Lass den Schmerz zu«, riet Simcha, »heul ihn raus. Ich habe auch viel geweint, nachdem meine Geschwister mich hergebracht hatten. Wein dich aus, hab keine Angst, ich bin da, ich verlass dich nicht.«

Doch keine Träne wollte fließen. Rachel saß stumm neben ihrer neuen Freundin, und die bestürmte sie erneut: »Lass die Tränen deine Augen ausspülen, dir wird viel leichter ums Herz, wenn du weinst und den Schmerz ausschwemmst.«

Rachel spürte die Tränen ihrem tiefsten Innern entspringen, aus dem Bauch in die Brust aufsteigen und ihr schließlich die Kehle zuschnüren, aber dort machten sie Halt, der Tränenstrom kam nicht weiter. Wie der Schmerz blieb auch das Weinen in ihr eingesperrt.

»Macht nichts«, sagte Simcha, als sie Rachels trockene Augen befühlte, »anscheinend ist es für dich noch nicht Zeit zu weinen. Aber keine Sorge, das kommt noch.«

Danach erhoben sich beide von der Kirchenbank und gingen wortlos in den Schlafsaal.

Als sie einige Tage später gemeinsam im Klostergarten spazieren gingen, sagte Simcha: »Ich weiß, warum er dich nicht abgeholt hat.«

Rachel blieb abrupt stehen.

»Gestern hat mich meine Schwester Lea besucht. ›Ermana‹ – so sagen wir auf Ladino für Schwester – hab ich angefangen, ›hast du von der Affäre mit Gabriel und der Aschkenasin gehört?‹ ›Klar hab ich das‹, hat sie gesagt, ›die Geschichte ist in ganz Jerusalem bekannt.‹ Und dann hat sie mir erzählt, in jener Nacht, als Gabriel dich bei seiner Schwester untergebracht hatte, ist sein Vater Rafael gestorben. Meine Schwester sagt, er sei gestorben, weil die Scham ihm das Herz gebrochen habe. Der Selige hat sich geschämt, weil sein Sohn ihn nicht achtete, sondern dich gegen seinen Willen heiraten wollte.‹

Rachel versuchte zu begreifen. Zum ersten Mal sprach jemand mit ihr über jene Nacht, erstmals erfuhr sie den Grund für das Schreien und Weinen bei Gabriels Schwester an jenem Morgen, als man sie auf die Straße jagte.

»Als der Alte tot war«, fuhr Simcha fort, »hat Senyora Ermoza ihren Sohn Gabriel gezwungen, am Totenbett seines Vaters zu geloben, dass er dich nicht heiratet, dich niemals wiedersieht. Sie hat ihn schwören lassen, dass du für ihn gestorben bist wie sein Vater gestorben ist. Verstehst du, Rachel, deshalb ist er nicht gekommen, er hatte seiner Mutter sein Wort gegeben, das er dann am Grab des Vaters erneuerte.«

Rachel schwieg.

»Tut mir leid«, sagte Simcha, »ich weiß, dass es wehtut, aber es ist besser, du erfährst die Wahrheit, damit du nicht stirbst, ohne zu wissen, warum er dich nicht abgeholt hat.«

Sie saßen noch lange auf der Gartenbank, eng nebeneinander, schweigend, jede in ihre Gedanken versunken. Und dann erklang wieder Rachels Stimme, fern und unbeteiligt: »Er hätte seiner Mutter nichts geloben sollen. Er hätte nicht auf mich verzichten dürfen, hätte mich abholen müssen. Er wusste, dass ich nirgendwo hingehen konnte, wusste, dass mein Vater Schiwa nach mir gesessen hatte, wusste, dass ich außer ihm keinen Menschen auf der Welt habe. Er hat mich meinem Schicksal überlassen. Von da an ist nicht nur sein

Vater gestorben, sondern auch Gabriel selbst. Er ist tot, ich habe ihn und seine Familie nie gekannt. Erwähne nie mehr seinen Namen, weder mir gegenüber noch bei jemand anderem. Wenn du meine Freundin bist, dann schwöre mir jetzt bei der heiligen Maria und Jesus, dem Gekreuzigten, dass du seinen Namen nie mehr aussprechen wirst.«

Simcha war entsetzt. »Um Himmels Willen, bei Jesus und Maria schwören? Ich liebe zwar die Ruhe der Kapelle, aber Jesus und Maria sind nicht der *senyor del mundo* für mich. Der Ewige, gelobt sei er, der Gott Abrahams, Isaaks und Jakobs, der Gott Israels ist mein Gott.«

»Dein Gott hat mich vergessen«, sagte Rachel leise, »wo war der Gott der Juden, als der Kerl mich über Nacht bei seiner Schwester ließ und dann nicht wiederkam? Wo war der Heilige, als sie mich auf die Straße jagte, ohne Essen, ohne Wasser, ohne einen Ort, mein Haupt zu betten?«

»Aber Rachel, dafür gibt es Synagogen, gibt es barmherzige Juden. Warum bist du nicht in die Synagoge gegangen? Warum bist du ins Kloster gekommen?«

»Ja«, platzte Rachel heraus, »warum haben deine Geschwister dich denn nicht in die Synagoge gebracht? Warum haben barmherzige Juden dich nicht gerettet, als sie dich im Kloster ablieferten?«

»Du und ich, das ist nicht ein und derselbe Fall«, versuchte Simcha, Rachel zu beschwichtigen, deren sonstige Ruhe und Zurückhaltung in einen jähen Sturm umgeschlagen waren, den Simcha nicht zu bändigen wusste. »Meine Schwestern sind arm dran, was sollten sie machen? Jede hat Mann und Kinder, wo soll da Platz für mich sein? Und mein Bruder hat gewusst, warum er mich nicht bei sich aufnimmt. Seine Frau, Gott bewahre, hätte mich verprügelt, mich totgeschlagen. ›Am besten hast du's hier im Kloster‹, haben sie gesagt. Meine Schwestern besuchen mich hier und weinen, denn mein Schicksal tut ihnen im Herzen weh. Was hat es dann für einen Sinn, wütend zu sein? Alles hat seinen Grund, und unter uns gesagt, Rachel, hast du auch keine blütenreine Weste. Seit wann verlässt ein jüdisches Mädchen denn sein Elternhaus wegen eines Jungen? Und dann noch bei euch Frommen? Danke dem Ewigen, dass sie dich nicht umgebracht haben. Du musst in dein Elternhaus zurückkehren, musst deinen Vater um Vergebung bitten, ihn anflehen, dass er dich wieder in seinem Haus aufnimmt. Übe Buße, faste, bete um die Vergebung deiner Sünden. Ich habe keine Wahl, ich habe kein Zuhause, aber du hast eines, hast Vater und Mutter. Türme hier, Rachel, flieh, bevor der Himmel dich für deine Gedanken bestraft.«

Wortlos stand Rachel auf und verließ die Kapelle, ohne Simcha mitzunehmen.

Fortan ging Rachel auf Abstand zu ihr. Jeder neue Annäherungsversuch Simchas prallte an einer Mauer ab.

Als ihr Geheimnis gelüftet war, schien der Schutzwall, den Rachel um sich errichtet hatte, zu bröckeln. Sie fühlte sich nicht mehr sicher in den Klostermauern, kapselte sich zusehends ab und hielt sich möglichst von Simcha fern, egal, wie weh sie ihr damit tat.

Genau ein Jahr, nachdem sie am Klostertor geklingelt hatte, packte sie ein paar Sachen in eine kleine Tasche und ging einfach so, ohne sich von jemandem zu verabschieden, durchs Tor hinaus, auf Nimmerwiedersehen.

In dem einen Jahr hatte sie genug Kräfte gesammelt, um es mit dem Leben außerhalb der Mauern aufzunehmen. Die Nonnen hatten ihr Sicherheit verliehen, sie Englisch und gute Sitten gelehrt. Und sie kämpfte nicht mehr gegen ihre innere Nähe zum Christentum an.

Kein Mensch versuchte, sie bei ihrem Weggang aufzuhalten. Die Schülerinnen saßen in den Klassenräumen, und die Nonnen gingen ihrem Tagewerk nach. Rachel machte sich unbemerkt davon. Falls man sie suchen sollte, dann erst nach einer ganzen Weile, wenn sie schon weit weg wäre. Sie drückte mit der Schulter das schwere Tor auf und trat hinaus.

Die ruhige Straße war menschenleer. Rauf käme sie zur Jaffa-Straße und von dort zum Machane-Jehuda-Markt, runter zur Strauss-Straße, Richtung Mea Schearim. Das waren die beiden letzten Orte auf Erden, wo sie landen wollte. Die ganze Zeit im Kloster hatte sie jeden Gedanken an ihre Familie vermieden. Sie hatte sie aus ihrem Leben gelöscht, weder Heimweh empfunden noch Interesse für das Wohl ihrer Angehörigen. Nur Gabriel konnte sie sich nicht aus dem Herzen reißen. Sie hatte sich zwar geschworen, nicht mehr an den Mann zu denken, der ihr Leben zerstört hatte, ihn zu vergessen, sein gewinnendes Lächeln, seine Grübchen, seine Augen, die sie anlachten, und seine Arme, die sie an sein Herz drückten, aber sie wurde die Gedanken nicht los, die sie nachts im Bett bestürmten und ihr den Schlaf raubten.

Sie schlug den Weg zur Stadtmitte ein. Vor dem Café Europa am Zionsplatz blieb sie stehen. Es war vollbesetzt. Juden, Araber und britische Soldaten saßen an runden Tischen, bedient von flinken Kellnern. Sie presste das Gesicht ans Fenster, sah elegante Damen neben den Soldaten sitzen, Tee aus feinen Gläsern trinken und gesittet Sahnetorte essen. Sie verfolgte, wie höfliche Briten den Damen aus den Mänteln halfen, sich vor ihnen verbeugten, ihnen den Stuhl zurückzogen, bevor sie sich setzten. Ihre guten Manieren gefielen ihr. Lange stand sie so da, die Nase an die Scheibe gedrückt, bis ein Kellner heraustrat und sie verscheuchte.

Sie wusste nicht, wo sie hingehen und wo sie die Nacht verbringen sollte, aber eines war glasklar: In ihr früheres Leben würde sie nicht zurückkehren. Sie würde nicht mehr Rochel aus Mea Schearim sein, auch nicht Rachel aus dem Kloster, und nie wieder würde ein Mann die Hand gegen sie erheben, wie einst ihr Bruder und ihr Vater, und kein Mann würde sie verlassen und ihr das Herz brechen, wie Gabriel. Sie fühlte sich stärker denn je. Sie hatte zwar weder Geld noch Gut, außer der dürftigen Kleidung am Leib und der paar Sachen in ihrer Tasche, wusste aber, sie würde es schaffen.

Den ganzen Tag streifte sie durch Jerusalems Straßen, schaute sich die Passanten und die Schaufenster an. Eigentlich sah sie die Stadt zum ersten Mal, dachte sie sich. Ihr Leben lang war sie in den engen, vollen Gassen von Mea Schearim oder im Machane-Jehuda-Markt herumgelaufen, und jetzt flanierte sie nach Belieben, und nicht mal der knurrende Magen verdarb ihr das Gefühl der Freiheit.

Auf der belebten Straße fuhren Automobile und Pferdewagen, gingen Menschen aller Religionen und Ethnien: Sorgfältig gekleidete Damen mit Hütchen, fromme Frauen in schlichter und züchtiger Kleidung von Kopf bis Fuß, Mütter mit Kinderwagen, Araber in Sherwal-Hosen, mit Kufiya und Agal auf dem Kopf, Araberinnen in weiten Gewändern, orthodoxe Juden mit breitkrempigen Hüten und englische Polizisten in ihren adretten Uniformen – ein buntes und lautes Durcheinander, das ihr Herz höherschlagen ließ. Sie mochte den Tumult und das Gedränge der Stadt. Nach dem Jahr in den stillen Klostermauern und den beklemmenden Jahren im Elternhaus konnte sie endlich aufatmen.

Sie wusste nicht, wo sie etwas zu essen herkriegen sollte, aber der Hunger störte sie nicht. Etwas in ihrem Innern sagte ihr, dass sich alles finden würde. Sie war kein verträumtes Kind mehr, nicht »*a meschiggene Kopp*«, wie ihr Vater sie nannte, nicht die »*zores*«, die »Nöte«, wie ihre leibliche Mutter sie in ihrer Verzweiflung betitelte. Sie war nicht mehr »*a stick newejle*«, ein Stück Aas, wie die Kinder in Mea Schearim ihr nachriefen, weil sie aus dem Rahmen fiel. Jetzt erfand sie sich neu, lernte, ausschließlich auf sich selbst und nicht auf andere zu bauen. In ihrem bisherigen Leben war Rachel keinem Menschen, ob Mann oder Frau, begegnet, der wirklich und wahrhaftig ihr Bestes wollte. Selbst die rettenden Nonnen hatten allein aus dem Wunsch gehandelt, sie zum Christentum zu bekehren. Das war ihr Ziel, deshalb waren sie nach Israel gekommen. Und Gabriel, der einzige Mensch, den sie an sich herangelassen hatte, hatte ihr das Herz gebrochen.

Es wurde Abend. Im Café Europa brannten die Lampen, und die Kapelle begann zu spielen. Rachel drückte sich wieder die Nase an der Scheibe platt. Abgesehen von den gedämpften Lichtern und der Tanzkapelle auf der runden Bühne hatte sich nichts geändert: Männer und Frauen saßen an Tischen, flinke Kellner machten die Runde. Doch nun drehten sich Frauen in hübschen Kleidern zum Takt der Musik in den Armen schmucker Männer in gebügelten britischen Uniformen. Der Anblick faszinierte sie.

»Hey Sie da«, eine Hand berührte sie an der Schulter, und sie machte vor Schreck einen Satz. »Entschuldigen Sie, mein Fräulein. Ich wollte Sie nicht erschrecken, nur zu einem Drink einladen.«

Vor ihr stand ein englischer Soldat, der sie unter seinem kleinen Schnurrbart anlächelte. Sie war hungrig und durstig und vor allem begierig, ins Café hineinzukommen, und so nickte sie zustimmend, ohne groß nachzudenken.

»Nach Ihnen«, sagte der Engländer und hielt ihr die Tür auf.

Die Orchestermusik drinnen gefiel ihr – noch nie hatte sie solche Rhythmen gehört, noch nie Männer und Frauen gemeinsam tanzen gesehen. Bei den Hochzeitsfeiern im Viertel ihrer Kindheit tanzten Männer mit Männern und Frauen mit Frauen, und für Ohrenschmaus sorgte eine Klezmer-Kapelle mit Geige und Trompete. Doch hier standen fünf Musiker, die jeder ein anderes Instrument spielten, und die Paare, die sich im Takt der Musik bewegten, kamen ihr vor wie Traumgestalten.

Neben den schönen und eleganten Frauen an den runden Tischen oder auf der Tanzfläche, wirkte Rachel ärmlich in ihrem schlichten Kleid und den derben Schuhen, aber etwas an ihrer schlanken Figur, an ihrem üppigen Blondhaar, das im Nacken zusammengefasst war, an der Art, wie sie sich bewegte, wirkte anziehend. Sie spürte die begehrlichen Blicke der Männer, und statt verlegen zu werden, genoss sie die Macht ihrer Ausstrahlung. Sie ging leichtfüßig zu dem Tisch, den der englische Soldat ansteuerte, und ließ sich den Stuhl unterschieben, als sei sie das seit jeher gewohnt und sitze nicht zum ersten Mal im Leben mit einem fremden Mann im Café.

»Was möchten Sie trinken, mein Fräulein?«, fragte der Engländer.

Sie nannte das einzige Getränk, dessen Namen sie kannte: Tee.

»Tee!«, lachte er. »Nein, meine Liebe, wir bestellen Ihnen lieber etwas, was wie Tee aussieht, aber viel besser schmeckt.«

Er orderte Brandy, und schon beim ersten Schluck spürte sie, wie das Getränk ihr den Gaumen wärmte, in der Kehle brannte und in den knurrenden Magen glitt. Der Geschmack gefiel ihr, und sie bat den Soldaten unverfroren, noch einen zu bestellen. Der Brandy stieg ihr ein wenig zu Kopf, ihre Lippen öffneten sich zu einem charmanten Lächeln, und der Soldat ließ keinen Blick von ihr.

»Wie heißen Sie, mein Fräulein?«

»Rachel.«

»Rejtschel«, wiederholte er in englischer Aussprache, »was für ein hübscher Name.«

Und in diesem Moment bestimmte der Soldat den Namen, der sie ihr Leben lang begleiten würde. Aus Rochel oder Rachel war Rejtschel geworden.

Sie tanzte in seinen Armen, erst zögernd, dann nach und nach den Rhythmus erfassend und in der Melodie versinkend, ließ ihn mit verblüffender Leichtigkeit führen, sie im Tanz drehen und wirbeln. Sie genoss jede Minute, und als sie an ihren Tisch zurückkehrten und er ihr einen weiteren Brandy bestellte, fasste sie Mut und sagte ihm, sie sei hungrig. Er orderte ein warmes Sandwich mit Käse und Tomate, das sie gierig verspeiste. Der Soldat blickte sie neugierig an: »Wann haben Sie denn das letzte Mal gegessen?«

»Es ist noch nicht lange her«, log sie, »ich esse einfach gern.«

»Sieht man Ihnen aber nicht an, Sie sind ja nur Haut und Knochen.«

Sie himmelte ihn mit ihren blauen Augen an und bat ihn um eine weitere Runde Brandy und Sandwich.

Als sie fertig war, wischte der Soldat ihr mit einer weißen Serviette behutsam die Krümel aus den Mundwinkeln und versuchte, sie zu küssen. Sie stieß ihn weg, und er versuchte es erneut. Diesmal wehrte sie sich etwas weniger, und er wertete das als Zeichen, half ihr auf die Beine und sagte: »Also, meine Liebe, es wird Zeit, die Nacht anderswo fortzusetzen.«

Er winkte dem Kellner, beglich die Rechnung, nahm ihren Arm, und sie verließen das Café Europa.

Sie war sich des Geschehens durchaus bewusst, hatte ihre Unbedarftheit verloren, als Gabriel sie einsam und allein auf der Welt ihrem Schicksal überlassen hatte und sie auf der Straße gelandet war. Sie musste überleben, und in ihrem Überlebenswillen wusste sie genau, was von ihr erwartet wurde. Sie hatte zwei Möglichkeiten: Entweder Reißaus nehmen und auf der Straße bleiben oder auf seine Stube mitgehen, ihn ranlassen und den Rest der Nacht in einem weichen Bett schlafen. Notgedrungen wählte sie die zweite Option. Herz und Seele waren vor dem Soldaten geschützt. Mit ihren übrigen Körperteilen würde sie schon zurechtkommen.

Der britische Soldat führte sie in ein billiges Hotel in der Umgebung des Zionsplatzes, bezahlte an der Rezeption, und sie stiegen die Treppen hinauf. Er schwankte, zog sich mühsam die Stufen hoch zum zweiten Stock. Auch die Zimmertür bekam er nicht gleich auf. Sie nahm ihm den schweren Schlüssel ab und steckte ihn ins Schlüsselloch.

Im Zimmer standen zwei Betten, getrennt durch einen Nachttisch. Der Soldat legte sich auf das eine Bett und zerrte Rachel an sich, sie schreckte zurück, versteifte sich unwillkürlich. Sie presste die Lippen zusammen und betete mit geschlossenen Augen: »Gott der Herr, König der Welt, bitte mach, dass ich nichts spüre, mach, dass das, was der Soldat mit mir tun will, schnell endet, verzeih mir, Herr der Welt, vergib mir meine Sünden, erbarme dich meiner.« Der Soldat, blind für die Vorgänge in ihrer Seele und ihre abwehrende Körpersprache, zog sie an sich und lallte: »Komm, liebe Kleine, mein süßes Kind, komm her zu Daddy, mach ihn glücklich.«

Seine schweißigen Hände an ihren Armen fühlten sich an wie eiserne Ketten. Sie versuchte loszukommen, aber der Soldat packte härter zu, zog ihren Leib an sich. Schließlich gab sie nach und legte sich neben ihn auf das schmale Bett.

»Nicht so, meine kleine Süße, komm, leg dich auf mich, hilf Daddy, dir dieses überflüssige Kleid auszuziehen.«

Doch er schaffte es nicht. »Hilf Daddy, gutes Kind«, lallte er weiter, während ihr Alkoholrausch spurlos verflogen war. Sie strebte zum Bettrand, aber er drückte sie grob auf die Matratze, schob ihr die Arme hoch, und sie fasste die Eisenstreben am Kopfende, klammerte sich derart daran fest, dass sie meinte, Blut zu vergießen. Schließlich konnte er ihr das Kleid über den Kopf ziehen. Sie blieb an das Bett genagelt, die Hände ans Kopfende geklammert, das Kleid überm Gesicht, zitternd wie ein Vögelchen, zu Tode erschrocken. Sie wusste, dass sie nackt war, ihre dünnen Beine und ihre Brüste entblößt lagen, die übergroße Unterhose jedoch noch ihre Scham bedeckte. Der Soldat lachte trunken: »Ziehen wir dir mal diese lächerliche Hose aus, meine Hübsche, und schauen nach, was du darunter versteckst.« Sie presste die Oberschenkel aneinander, und er zerrte vergeblich am Stoff.

»Hilf Daddy, meine Liebe. Daddy möchte so gern nachschauen, was sich unter deiner lächerlichen Unterhose versteckt«, wimmerte er. Sobald er auf ihr lag, hatte sie das Gefühl, ein eiserner Rollladen sei zwischen ihnen heruntergegangen, und fühlte sich geschützt. In ihren Körper würde er vielleicht eindringen können, aber niemals in ihre Seele.

Der Soldat war zu betrunken, um die Hose auszuziehen, rieb sich nur derb an ihrem Leib. Sie lag reglos da. Nach drei vergeblichen Versuchen sackte er auf ihr zusammen und schlief ein.

Er hatte eine Alkoholfahne. Halb erdrückt unter seinem massigen Leib, schob sie ihn von sich weg. Er war schwer wie ein Baumstamm, aber sie konnte sich unter ihm hervorwinden, zog sich das Kleid glatt, schlüpfte ins andere Bett, deckte sich zu, schloss die Augen und verfiel in tiefen Schlaf.

Als sie am Morgen aufwachte, war das zweite Bett leer. Sie setzte sich auf, prüfte, ob ihre Gliedmaßen heil waren und sie Kleid und Unterhose am Leib trug. Alles war in Ordnung. Sie fragte sich, wohin der Soldat verschwunden sein mochte, aber eigentlich kümmerte es sie nicht. Erinnerungen an die vergangene Nacht wallten in ihr auf: Der betrunkene Soldat, der ihr das Kleid bis über den Kopf hochgeschoben hatte, in dem Versuch, sich ihr aufzuzwingen, seine Alkoholfahne, ihre furchtbare Angst und ihr Flehen zu Gott, an den sie nicht mehr zu glauben gedacht hatte, der neue Name, den ihr der Soldat gegeben hatte: Rejtschel. Jetzt lief ihr ein Schauder über den Rücken. Der Gott, der sie verlassen hatte, hatte diesmal ihr Gebet erhört. Sie war gerettet worden, der Soldat hatte sich nicht an ihr vergehen können, aber was wäre beim nächsten Mal? Würde ihr das Glück hold bleiben? Und wenn ja, wie oft würde es gut gehen, bis ein Soldat es schließlich schaffte, und was wäre dann? Sie holte tief Luft, bemüht, das gute Gefühl wiederzugewinnen, das sie beim Erwachen aus traumlosem Schlaf empfunden hatte.

Ich muss die Angst ablegen, sagte sie sich. Ich habe selig in einem Bett, einem Zimmer geschlafen, die Nacht nicht auf der Straße verbracht. Jerusalem ist voll mit ekelhaften Obdachlosen, die nachts durch die Straßen ziehen und leichte Beute suchen. Sie sollte sich lieber einen Mann anlachen, der sie vernaschen durfte, statt dass sie anderen in die Falle ging. Sie musste sich schützen und durfte keinem vertrauen. Sie und nur sie allein würde künftig für sich sorgen und ihr Leben organisieren, sie würde die Jägerin sein, nicht die Gejagte.

Auf dem runden Tisch im Zimmer stand eine Kanne Wasser. Sie trank ein paar Schluck, wusch sich das Gesicht und öffnete das Fenster, ließ sich mit geschlossenen Augen von der schon hochstehenden Sonne das Gesicht bescheinen.

Lautes Klopfen an der Tür riss sie aus ihren Gedanken: »Hallo, hallo, aufmachen!«

Sie ging öffnen. Draußen stand der Rezeptionist. »Sie müssen jetzt gehen«, sagte er, »der Engländer hat nur für die Nacht bezahlt, nicht für den ganzen Tag.«

»Ich gehe gleich«, erwiderte sie.

»Wenn Sie in fünf Minuten nicht unten sind, komme ich wieder hoch«, warnte er.

Sie zog ihr Kleid zurecht, schaute in den gesprungenen Spiegel im Zimmer. Sie musste das einfache Klosterkleid ablegen, musste Geld verdienen, sich eines dieser hübschen, leichten Kleider kaufen, die die schönen Frauen im Café Europa trugen.

Schon an der Tür warf sie einen letzten Blick auf das schäbige Zimmer. Sie wusste, sie hatte nicht zum letzten Mal eine Nacht im muffigen Raum eines billigen Hotels verbracht. Plötzlich sah sie aus den Augenwinkeln einen Geldschein auf dem Nachttisch zwischen den beiden Betten liegen. Sie nahm ihn mit breitem Lächeln: zehn palästinensische Pfund.

Wer hätte geglaubt, dass Gott, welcher Gott auch immer, ihren Wunsch so schnell erfüllen würde. Sie begriff sehr wohl die Bedeutung des Lohns, den sie von dem Soldaten erhalten hatte. Gut, dass er großzügig genug gewesen war, sie für die Nacht zu bezahlen, obwohl er sie nicht hatte nehmen können. Sie wusste, von diesem Geld würde sie Essen und Kleidung kaufen, und eilte aus dem Hotel, ungeachtet des Rezeptionisten, der ihr »Engländerhure« nachzischte.

Rochel, nunmehr Rejtschel, saß an der Bar des Clubs London Bridge neben dem Edison-Kino, nippte an einem Glas Sherry und wiegte den Oberkörper im Rhythmus der Musik. Der Club war jetzt, am frühen Abend, noch recht leer. Die britischen Offiziere und Soldaten würden erst bei Einbruch der Dunkelheit eintreffen. Sie zog die Lippen nach, blickte in den kleinen Spiegel, den sie aus der Handtasche gezogen hatte. Ihre langen Haare waren jetzt zu einem lockigen Kurzhaarschnitt im Stil von Jean Harlow gekürzt, die blauen Augen stark geschminkt, und sie trug ein leichtes Kleid, das ihre schlanke Figur betonte. Die Juden mochten üppige Frauen, hatte sie gelernt, aber die Engländer liebten ihren Körper, der sie an die Frauen erinnerte, die sie daheim zurückgelassen hatten.

Sie zündete sich eine Zigarette an, wippte mit den Füßen in den hochhackigen Sandaletten. Der Club, in dem sie arbeitete, lag ganz in der Nähe ihres Elternhauses in Mea Schearim, nur wenige Minuten zu Fuß, aber sie war Lichtjahre entfernt davon.

Wie hatte sich ihr Leben verändert, seit sie das Klostertor mit dem Entschluss passiert hatte, um jeden Preis zu leben. Seit der Nacht mit dem englischen Soldaten in dem schäbigen Hotel hatte sie ihr Leben im Griff: Von dem Geldschein auf dem Nachttisch hatte sie sich eine Kleinigkeit zu Essen und ein schönes Kleid gekauft, in das sie am meisten investiert hatte. Das Kleid würde ihr im Folgenden so viel Nahrung einbringen, wie sie nur wollte. Sie war an den Schaufenstern der Jaffa-Straße entlangspaziert, bis sie ein geblümtes, durchgeknöpftes Kleid mit freizügigem Dekolleté erspähte. Sie betrat das Geschäft und probierte es an. Das Klosterkleid ließ sie in der Anprobe liegen und verließ den Laden im neuen Gewand. Noch am selben Abend ging sie erneut ins Café Europa. Der Soldat vom Vorabend war nirgends zu sehen, aber es gab andere, und kaum eine Minute nach ihrem Eintreten fand sich schon ein Offizier, der sie auf einen Drink einlud und ihr ein Abendessen spendierte. Sie tanzte in seinen Armen und folgte ihm in ein Hotelzimmer.

Der Offizier, bereits stockbesoffen, führte sie ins Hotel Palatine, entkleidete sie grob und stellte verblüfft fest, dass sie noch Jungfrau war. Von da an erwies er sich als Gentleman, und sie spürte nichts. Der eiserne Rollladen schützte sie wieder. Stumm lag sie unter seinem Gewicht, bis der Mann in trunkenen Schlaf verfiel. Dann schob sie ihn von sich, stand auf und wusch sich den Unterleib an dem kleinen Waschbecken im Zimmer. Sie fühlte sich nicht besudelt oder missbraucht, war nur müde und wollte schlafen. Rasch zog sie ihre Unterwäsche an, kroch im zweiten Bett unter die Decke und schlief ein.

Am Morgen weckte der britische Offizier sie mit einem Kuss und gab ihr einen Zwanzig-Pfund-Schein.

»Hoffe, ich habe Ihnen nicht zu weh getan, Darling«, sagte er, »ich bin wirklich nicht auf die Idee gekommen, dass es Ihr erstes Mal sein könnte.«

Nach diesem ersten Mal war es gar nicht mehr so schwer. Und sie hatte schon ihre Stammkunden, die im Café Europa auf sie warteten, um sie in ihr jeweils bevorzugtes Hotel mitzunehmen.

Mit der Zeit lernte sie andere junge Frauen kennen, die auch mit Engländern gingen. Eine von ihnen war Eva, eine Neueinwanderin aus Ungarn, die holpriges Hebräisch mit starkem ungarischem Akzent sprach. Die üppige Eva hatte sie überredet, vom Café Europa in den Club London Bridge zu wechseln.

»Hier schaut der Wirt nicht wie der Todesengel, wenn du mit einem Engländer mitgehst«, hatte sie gesagt.

Rachel und Eva mochten sich und fanden schnell eine gemeinsame Sprache. Beide hatten keine Familie, waren einsame Wölfinnen, die sich durchschlagen mussten. Als Eva ihr vorschlug, zu zweit ein Zimmer zu mieten, »weil, wenn wir einen Schlafplatz haben, brauchen wir nicht die ganze Nacht mit den Soldaten zu verbringen«, war Rachel, die schon etwas Geld zusammen hatte, sofort darauf eingegangen.

Sie mieteten ein kleines Zimmer im Viertel Nachlat Schiva, aber Nachbarn, die es nicht gern sahen, dass zwei hübsche, junge Jüdinnen in ihre Nähe gezogen waren, machten ihnen das Leben schwer. Als sie eines Nachts heimkehrten, hatte jemand »Englisches Hurenhaus« an ihre Tür geschmiert, eine

Woche später fanden sie eine tote Katze auf der Schwelle, und als sie im nahen Laden einkaufen wollten, jagte der Inhaber sie mit Schimpf und Schande weg: »Ich verkauf nicht an Engländerhuren.«

Eines Tages kam ein Mann, der sich als Ermittler vom »Komitee zum Schutz der Ehre jüdischer Töchter« vorstellte. »Die Nachbarn behaupten, ihr hättet hier ein Bordell aufgemacht.«

Sie stritten es vehement ab und sagten die Wahrheit. Kein Mann hatte je ihr Zimmer betreten, aber der Ermittler verfasste einen ausführlichen Bericht mit der Behauptung, die beiden führten in und außerhalb ihres Zimmers ein Lotterleben, und fast jede Nacht, besonders samstags und sonntags, wenn die englischen Soldaten abends Ausgang hatten, empfingen sie Herrenbesuch.

Die Hasskampagne gegen Rachel und Eva verschärfte sich. Vogelmist und menschliche Exkremente landeten auf ihrer Schwelle, die Stromzufuhr zur Wohnung wurde gekappt. Eines Tages fanden sie vor der Tür die Mütze eines australischen Soldaten, garniert mit einem Kondom. Kinder rannten ihnen mit wüsten Schimpfwörtern nach. Nachbarn liefen zur Polizei und beklagten sich über besoffene Soldaten, die angeblich vor ihrer Tür herumtorkelten und die Nachtruhe störten. Es waren Fehlanzeigen, aber die Polizei schickte fast täglich Beamte, um der Sache nachzugehen.

Eines Morgens erwachten sie von heftigem Hämmern an der Tür. Auf der Schwelle standen zwei Schlägertypen. Der eine packte Rachel, der andere schnitt ihr flugs mit seinem Rasiermesser ein Büschel Haare vom Kopf.

»Was tust du, du Irrer! Loslassen!«, kreischte Eva und versuchte, den Kerl wegzuzerren.

»Warte, warte nur, du *kurve* von Engländern, gleich kommst du dran«, rief er. Eva trat auf ihn ein, kratzte ihn im Gesicht.

Schreiend vor Schmerz, ließ er von Rachel ab und floh zusammen mit seinem Kumpan.

Eva verschloss schnell die Tür, doch aus sicherer Distanz schrien die Kerle weiter: »*Kurves!* Huren von Engländern! Nächstes Mal bleibt's nicht bei 'ner Glatze, nächstes Mal schlachten wir euch ab!«

Rachel sah in den Spiegel. Ein langer, hässlicher Streifen Glatze verlief über ihre Stirn. Auf diese Weise verpassten Mitglieder der Bande »Pinchas' Söhne« jüdischen Frauen, die mit britischen Soldaten gingen, ein Kainsmal.

»*Édes gyérmékém*, mein Liebes, meine Süße«, jammerte Eva, »was haben die Scheißkerle dir angetan, wie konnten sie dir deine schönen Haare abschneiden.«

»Hör auf zu heulen, keine Träne mehr!«, befahl Rachel. »Das Haar wächst wieder, und du vergisst, was hier war. Wir werden diesen Arschlöchern nicht geben, was sie wollen.«

Am nächsten Tag ließ das Komitee zum Schutz der Ehre jüdischer Töchter eine Liste junger Frauen, die mit Engländern gingen, drucken und klebte die Plakate an die Hauswände. Rachel und Eva führten die Liste an. Da das Komitee Rachels Nachnamen nicht kannte, hatte man ihr den Namen Cohen angehängt. Evas Name stand jedoch vollständig da: Eva Weiss. Sie war außer sich: »Woher sie wissen mein Name?«, fragte sie verwirrt, und Rachel wusste keine Antwort. Die Listen wurden zum Tagesgespräch im London Bridge. Alle Betroffenen waren entsetzt. Einige fürchteten um ihr Leben, andere sorgten sich um die Reaktion ihrer Familien, die keine Ahnung von ihrem Gewerbe hatten.

»Die Scheißkerle listen auch Namen anständiger Mädchen auf«, erklärte Rachel, die mit Kopftuch zur Arbeit erschienen war, »von guten jungen Frauen, die nichts weiter verbrochen haben als gesittet und respektabel mit Engländern auszugehen, als Partnerinnen oder als deren Ehefrauen.«

»Was macht den Unterschied?«, schnauzte Morris, der Clubbetreiber. »Eine, die mit einem Engländer geht, wird letztlich zur Hure, und eine, die einen Engländer heiratet, wird zudem noch zur Verräterin.« Rachel war entsetzt über seine Doppelmoral.

Als Rachel und Eva zusammenzogen, trafen sie die ungeschriebene Abmachung, am Ende der Nacht zu Hause zu sein. Falls die andere nicht eintreffen sollte, wäre das ein Grund zur Sorge. Zunächst lief alles glatt. Jede Nacht kamen sie nach beendeter Tätigkeit zurück.

Bis Eva eines Nachts nicht heimkehrte.

Rachel wartete lange auf sie, und als Eva auch am Morgen noch nicht zurück war, ging sie zur Polizeistation am Russenplatz. Der diensthabende Beamte sagte höflich, erst nach Ablauf von vierundzwanzig Stunden könne man eine Fahndung einleiten. Schweren Herzens ging sie direkt ins London Bridge. Ein paar Wochen zuvor hatte Morris ihr ein verlockendes Angebot gemacht: »Du brauchst nichts weiter zu tun, als an der Bar zu sitzen und die blöden Engländer zum Trinken zu animieren. Für jeden Drink eines Engländers bekommst du Geld. Das ist besser als mit den Scheißkerlen ins Bett zu steigen.«

Rachel war zur Animierdame avanciert. Sie saß stark geschminkt und in einem offenherzigen Kleid am Tresen und parlierte mit den britischen Soldaten und Offizieren. Die tranken Hochprozentiges, und sie trank Tee. Sie verdiente zwar viel weniger und musste sich viel mehr Mühe geben, nett zu sein, langweilte sich aber lieber zu Tode, indem sie sich den Nacken tätscheln ließ oder zärtlich eine Hand ergriff, als unter diesen schweren Brocken zu liegen, die sabberten und nach Schnaps stanken.

»Warum diese Trauermiene?«, fragte Morris, und Rachel

erzählte ihm, dass Eva in der Nacht zuvor nicht nach Hause gekommen war.

»Na, sicher hat sie einen Freier gefunden, ist bei ihm im Hotel geblieben. Mach dir keine Sorge um die feurige Ungarin, die kann sehr gut auf sich selbst aufpassen.«

»Wir haben eine Abmachung, dass wir jede Nacht heimkehren und nicht anderswo übernachten«, sagte Rachel.

»Abkommen hin oder her, die Ungarnschlampe war sicher auf der Pirsch bis zum Umfallen und wird bald wieder da sein«, sagte er abfällig.

Und kaum hatte er es ausgesprochen, kam Eva vollkommen nüchtern und sichtlich aufgekratzt herein. »Meine Maminka, wie geht's dir?«, begrüßte sie ihre Freundin.

»Wo warst du denn?«, fragte Rachel. »Ich bin beinah gestorben vor Sorge.«

»Ich, frag nicht«, sagte Eva fröhlich feixend, »ich geh ins Hotelzimmer mit dies Soldat und schlaf selig bis zum Morgen.«

»Aber wir hatten eine Abmachung«, sagte Rachel.

»Haben wir Abmachung, *apukám,* meine Süße, aber dies Soldat so gut wie Zucker.«

»Weißt du, dass ich zur Polizei gegangen bin?«, schimpfte Rachel. »Ich dachte, dir ist was passiert.«

»Oje, oje, *édes anyukám*, teure Mutter, warum hast du das gemacht? Nein, meine Maminka, musst nicht zur Polizei gehen, wenn Eva macht Liebe mit englisch Soldat *apukám* die ganze Nacht. Ich meine, Maminka, ich hab mein süß englisch Soldat gefunden.«

Rund einen Monat später wurde der englische Soldat nach Tel Aviv verlegt und nahm Eva mit. Rachel blieb allein in der Einzimmerwohnung in Nachlat Schiva zurück, und sie sahen sich nie wieder.

Rachel trank weiter mit englischen Soldaten im London Bridge. Sie meinte, jetzt, wo Eva ihren Soldaten gefunden hatte, sei der Tag nicht mehr fern, an dem auch sie ihren Soldaten fände, der sie aus dem London Bridge in ein neues Leben holen würde.

Morris lebte zwar von der Club-Szene, hasste aber wie alle erez-israelischen Juden die Briten. Doch er hatte eine Familie zu ernähren, und die Engländer waren nun mal seine Einkommensquelle, seine besten Gäste. Gute Trinker. Kein Jude konnte so trinken wie die Engländer, kein Jude würde so viel Geld für Spirituosen ausgeben.

Er vermischte Gefühle nicht mit Geschäften, aber in Rachels Fall verwischten sich die Grenzen. Sie gefiel ihm, und er verstand nicht, warum sie sich lieber mit Engländern abgab als mit Juden. Sie war zweifellos die Schönste, die er je im London Bridge gehabt hatte. Die meisten Mädchen bei ihm waren Neueinwanderinnen. Rachel hingegen musste im Land geboren sein, da war er sich sicher, obwohl sie ihm nie erzählt hatte, wo sie geboren war und wer ihre Eltern waren. Jerusalem war eine kleine Stadt, er hätte es herausfinden können, wollte sich aber lieber nicht in ihr Leben einmischen. Er konnte sie verlieren, wenn er sie zu sehr nervte. Das hatte sie ihm mehr als einmal unmissverständlich klargemacht.

Manchmal beobachtete er sie, während sie an der Bar mit den Engländern schäkerte, sich von ihnen streicheln, begrapschen, küssen ließ. Jeden Versuch, sie auf den Mund zu küssen, wehrte sie ab. Wenn sie lachte, blieben ihre Augen kalt, und beim Zuhören heuchelte sie nur Interesse. Es ging ihn nichts an. Solange die Gäste zufrieden waren, war er es auch, Hauptsache, der Alkohol floss in Strömen und die Kasse brummte. Rachel war zweifellos sein Star. Die Engländer wetteiferten um ihre Aufmerksamkeit, der Stuhl neben ihr blieb niemals leer. Sie waren bereit, jede Summe zu zahlen, um die weitere Nacht mit ihr zu verbringen, sogar einen ganzen Monatssold, aber sie wollte nicht.

Dieser neue Gelderwerb passte ihr. Keine muffigen Hotelzimmer mehr, kein Ekel, sie brauchte ihren Körper nicht mehr zu verkaufen. Nun ja, sie hatte es vorübergehend getan, aber nur, um zu überleben. Da war ihr nichts anderes übrig geblieben, doch jetzt, wo sie die Wahl hatte, würde sie es nicht mehr machen. Insgeheim dankte sie Morris wieder mal, dass er sie aus dieser Halbwelt herausgeholt hatte. Rachel trank langsam den Tee, den man ihr in ein Whiskyglas gegossen hatte, um die Soldaten zu täuschen, die betrunken genug waren, um zu glauben, dass auch sie angesäuselt war. Sie zog eine Zigarette aus dem kleinen Silberetui, das ihr einer ihrer Verehrer geschenkt hatte. Morris gab ihr Feuer. Bald würden die ersten Gäste eintreffen, aber noch hatte er Gelegenheit, ein Wort mit ihr zu wechseln.

»Schau, was hier in der Zeitung steht«, sagte er, »innerhalb einer Woche haben in der heiligen Stadt Jerusalem zehn junge Jüdinnen Engländer geheiratet.«

»Na und?«, gleichgültig stieß sie ein paar Rauchkringel aus.

»Na und?«, ereiferte sich Morris. »Das will ich dir sagen. Erst vor einer Woche habe ich von einer jungen Jüdin aus dem Bucharenviertel gehört. Die hatte einen Engländer geheiratet und ist dann an einer Krankheit gestorben, und die Beerdigungsgesellschaft hat sich geweigert, sie zu begraben, mit der Behauptung, sie sei Christin. Und da half alles nichts, nicht, dass ihr Vater den Muchtar mitbrachte, um zu bezeugen, dass sie Jüdin war, und nicht, dass ihre Mutter geweint und gebettelt hat. Man hat die Ärmste auf dem christlichen Friedhof in Bethlehem beigesetzt.«

»Nur weil die Beerdigungsgesellschaft die Toten nicht ehrt«, sagte Rachel.

»Du redest Unsinn«, brauste Morris auf. »Sind Mädchen,

die Engländer heiraten, etwa ehrbar? Weißt du, wie viele Mädchen den Gojim so nachgelaufen sind?«

»Was hast du denn gegen Gojim?«, fragte Rachel. »Schau dir die Engländer an, behandeln eine junge Dame zuvorkommender als jeder Jude, den ich kenne.«

»Halt, genug davon, bring mich nicht auf die Palme«, schnaubte Morris, »und geh mir bloß nicht auch noch mit einem Briten weg wie deine ungarische Freundin, die der Engländer weiß-Gott-wohin mitgenommen hat.«

»Er hat sie nach Tel Aviv mitgenommen«, sagte sie und blies Morris ihren Zigarettenrauch geradewegs ins Gesicht, »und er hat ihr ein neues Leben geschenkt, besser als das, das sie hier bei dir, im London Bridge, hatte.«

»Woher weißt du das? Vielleicht hat er sie dort in irgendeinem Loch sitzen lassen?«

»Keine Sorge, Morris, auch wenn er sie in irgendeinem Loch sitzen gelassen hat – jedes andere Loch ist besser als das hier.«

»Maschallah, was für ein derbes Maul du gekriegt hast. Du warst so still und höflich, als du hier angefangen hast. Pass bloß auf, dass du nicht auch noch einem Engländer nachrennst.«

»Und wenn doch?«

»Pfui«, er spuckte aus, »alles Schuld der Jewish Agency.«

»Die Jewish Agency soll schuld sein?«, lachte Rachel. »Du bist schuld! Du bezahlst junge Jüdinnen dafür, dass sie bei dir im Club sitzen und nett zu Engländern sind, damit die Engländer hier bei dir ihre Pfundscheine lassen, und wenn du auch noch Geld von den Mädchen, die mit den Engländern ins Bett gehen, nehmen könntest, würdest du es auf der Stelle tun, also schlag mal nicht so viel Lärm.«

»Halt den Mund und rede nicht über was, von dem du nichts verstehst«, sagte er. »Als die Engländer nach Palästina kamen und die Türken vertrieben, herrschte so ein Jubel im

Land, dass die Jewish Agency für Erez Israel fünftausend junge Jüdinnen, alle aus gutem Hause, ausgewählt hat, damit sie die englischen Soldaten in Clubs empfangen, die die Jewish Agency eigens dazu einrichtete. Alles, um den Engländern die Zeit zu vertreiben und sie in Israel-Freunde zu verwandeln, diese Schurken, soll ihr Haus in Trümmer fallen! Wen schert's, ob sie Israel lieben, diese Hurenhirten? Was hat man ihnen nicht alles geboten: englischsprachige Mädchen, gutes Essen, eine Bibliothek, Tanzpartys, Ausflüge, sogar Hebräisch hat man ihnen beigebracht. Was dachten die sich denn bei der Agency – wenn sie junge Mädchen und junge Männer zusammentun, würden die Mädchen letztlich nicht mit den Engländern gehen?«

»Sicher tun sie das«, sagte Rachel belustigt, »warum sollten sie nicht? Die Engländer reden schön, kaufen Geschenke, bringen Blumen mit.«

»Gut, gut, genug gequatscht, da kommen zwei Freier rein. Hör lieber auf, Unsinn zu reden, und sieh zu, dass sie möglichst viel trinken, die Hundesöhne.«

Der Abend zog sich länger hin als gedacht. Die beiden Freier erwiesen sich als ordentliche Trinker, besonders der mit den Schulterstücken eines Corporals, der Rachel pausenlos bedrängte, besoffen lachte, seine Pfoten hinsteckte, wo sie sie nicht haben wollte.

Morris ignorierte das Verhalten des grobschlächtigen Corporals. Was scherte es ihn. Je besoffener sie waren, desto mehr tranken sie, der Whisky floss in Strömen, und die Kasse klingelte. Auch Rachels wütende Blicke halfen nichts, bis sie schließlich – den übergriffigen englischen Soldaten anlächelnd – zischte: »Wenn du den Kerl nicht dazu bringst, mir seine dreckigen Pfoten vom Leib zu nehmen, schütte ich ihm das Glas ins Gesicht.«

»Dann schmeiß ich dich raus«, warnte Morris. »Es ist dein

Job, nett zu ihm zu sein, denn er soll möglichst viel trinken. Der ist nicht schlimmer als andere, was bist du auf einmal so zimperlich.«

Rachel lächelte zähneknirschend weiter. Der Corporal trank unverdrossen, und je mehr er soff, desto aggressiver wurde er. Er versuchte, sie mit Gewalt im Ausschnitt zu küssen, und als sie ihn wegstieß, grapschte er nach ihren Brüsten. Sie sprang auf und schüttete ihm, getreu der Ansage, den Inhalt ihres Glases ins Gesicht.

»Hey, hey, hey«, lachte der trunkene Corporal, »du möchtest spielen, Sweetheart, da bin ich mit von der Partie«, und schon schüttete er ihr sein Getränk ins Gesicht.

»Hör sofort auf!«, schrie Morris Rachel an, trat hinter dem Tresen hervor und ging zwischen die beiden: »Was machst du denn? Willst du hier ein Handgemenge anfangen, das mir die britische Polizei auf den Hals jagt?«

Er entschuldigte sich bei dem Corporal und schickte Rachel raus, um sich das Gesicht zu waschen.

»Sorry Sir, mein Mädchen hat zu viel getrunken. Tut mir leid, dass Ihnen ein Drink vergeudet wurde, hier haben Sie einen neuen«, sagte er in seinem holperigen Englisch und schenkte dem Engländer hastig nach, »*on the house*.«

Rachel ging zu der dreckigen Spüle voll schmutzigem Geschirr hinter der Bar, wusch sich Gesicht und Hände und wollte in den Clubraum zurückgehen. Sie würde sich durch diesen kleinen Zwischenfall nicht den Job verderben lassen. Sie würde sich bei dem Corporal entschuldigen, notfalls auch bei dem bigotten Morris, dem sein Verdienst wichtiger war als das Wohl seiner Mädchen, und dann weitermachen. Sie musste weitermachen, bis auch sie, wie Eva, eines Tages ihren Engländer fand, der sie aus Morris' stinkigem Club in ein neues Leben entführen würde.

Sie dachte oft an Eva und deren Glück. Wie hatte diese gewiefte Ungarin es geschafft, aus der erbärmlichen gemeinsamen Kammer in Nachlat Schiva und aus Morris' Club rauszukommen, sich einen Soldaten anzulachen, der sie aus Jerusalem wegholte. Was Eva wohl in Tel Aviv machte. Hatte ihr Soldat sie in einem eigenen Zimmer untergebracht? Sorgte er für ihren Unterhalt, so dass sie nicht mehr mit anderen Soldaten trinken musste? Hatte er sie womöglich sogar geheiratet? Das kam durchaus vor, wie man hörte. Manche Mädchen hatten englische Soldaten geheiratet, denen sie bei ihrer Arbeit in Clubs begegnet waren. Eva hat es verdient, dachte sie, wirklich verdient, diese süße Ungarin. Die hatte doch den Kontakt zu ihrer Familie in Europa verloren und war allein nach Israel eingewandert, wo sie seit ihrer Ausschiffung im Hafen von Jaffa ein hartes Leben fristen musste.

Wie Eva hatte auch Rachel jeden Kontakt zu ihren Angehörigen verloren, und dabei lebten sie nicht im fernen Europa jenseits des Meeres, sondern gleich hier die Straße runter, fünf Minuten Fußweg vom London Bridge. Fast in der Nachbarschaft von Morris' versifftem Club wohnte ihre Familie: Ihr Vater, ihre Mutter, ihr Bruder, ihre Schwestern, ihr eigen Fleisch und Blut, aber sie sehnte sich nicht nach ihnen.

Sie war ihnen eine Last gewesen, eine Strafe Gottes. Gewiss empfanden sie keine Sehnsucht nach ihr. Ihre Eltern machten sich wohl kaum Gedanken über sie und schon gar nicht ihr jähzorniger Bruder. Und der da, machte der sich Gedanken? Dachte er manchmal an das Mädchen, dem er das Herz gebrochen hatte? Fragte er sich, was aus ihr geworden war, nachdem er sie aus ihrer Familie und aus ihrem Leben gerissen und ihr stattdessen eine neue Familie und ein anderes Leben versprochen hatte? Draußen auf den Jerusalemer Straßen fragte sie sich zuweilen, was wäre, wenn sie ihm zufällig über den Weg liefe: Würde sie ihm um den Hals fallen oder ihn mit Fäusten bearbeiten? Würde sie ihm schimpfend und fluchend nachjagen oder die Flucht ergreifen, damit sich ihre Blicke nicht begegneten? Hing auch er dem Gedanken an eine Zufallsbegegnung auf offener Straße nach? Sobald die Erinnerung an ihn aufwallte, war es wie ein Messerstich mitten ins Herz.

Rachel trocknete sich die Hände rasch an dem dreckigen Handtuch neben der Spüle ab und ging zurück in den Clubraum.

Morris stand wie immer hinter dem Tresen und rieb Gläser trocken. Der zuvor gut besuchte Club hatte sich geleert. Die Mädchen saßen müßig herum. Nur noch zwei, drei britische Offiziere hielten die Stange. Rachel sah, dass auch der zudringliche Corporal verschwunden war.

»Ist er gegangen?«, fragte sie Morris.

»Ist er, und du solltest jetzt auch lieber gehen, hast mir genug Zirkus gemacht. Sieh dir an, wie mein Club jetzt ausschaut, nachdem du den armen Corporal mit Whisky begossen hast.«

»Arm? Er hat mir an die Brust gegrabscht, und du hast nicht mal eingegriffen.«

»Na und? Man könnte ja meinen, dir hätte noch nie jemand an die Brust gefasst, vergiss nicht, wo du warst und was du getan hast, bevor du hier ankamst.«

»Geh zum Teufel!«, fauchte Rachel und zog wütend ab. Dieses Arschloch, dachte sie bei sich, der verflucht die Engländer in jedem zweiten Satz, aber wenn ihm, behüte, ein Groschen entgeht, hat er schon Mitleid mit ihnen. »Arm« nennt er den Scheißkerl, soll er zum Teufel gehen, dieser Morris ist schlimmer als viele Engländer.

Eiskalter Jerusalemer Wind schlug ihr ins Gesicht. Sie zog den Schal enger um den Hals, rückte ihren Hut zurecht, bohrte die Hände in die Manteltaschen. Die schmale Gasse, die vom Edison-Kino, neben dem London Bridge, zur Strauss-Straße führte, war dunkel und menschenleer. Sie legte einen Gang zu. Die düsteren Wolken am Himmel schienen dem Platzen nahe zu sein. Gleich würde flutartiger Regen niederprasseln, und ihre Absatzschuhe taugten wirklich nicht zum Rennen. Sie musste sich beeilen. Bei Regen wollte sie wenigstens einen Teil des Weges unter den Arkaden des HaAmudim-Gebäudes zurücklegen.

Noch mit dem Nachhauseweg beschäftigt, wurde sie urplötzlich gepackt und in einen Hauseingang gezerrt. Sie wehrte sich, doch der Mann griff nur fester zu. Sie schrie und bearbeitete ihn mit den Fäusten, aber er war stärker. Mit der einen Hand, die in einem Lederhandschuh steckte, hielt er ihr den Mund zu, mit der anderen zog er sie tiefer in den Hausgang und versuchte ihr den Rock runterzureißen. Ihr Hut flog weg, und der Mann zerrte an ihren Haaren, als wollte er sie skalpieren. Sie fletschte die Zähne, um ihn kräftig in die Hand zu beißen, aber er drückte ihr den Mund nur noch fester zu, erstickte sie schier. Mit letzter Kraft trat sie ihn mit Füßen, warf sich hin und her, um aus seinem Zangengriff loszukommen. Er ächzte vor Schmerz, als ihr spitzer Absatz ihn im Schritt traf. Der Scheißkerl nahm ihr kurz die Hand vom Mund, so dass sie »Hilfe!« schreien konnte, doch schon packte er erneut zu und zischte auf Englisch: »Halt's Maul, du Scheißhure!« Ihre Strümpfe rissen vom Strumpfbandgürtel. Sie presste mit aller Kraft die Oberschenkel zusammen. Er nahm ihr die Hand vom Mund, um ihr mit beiden Händen die Beine zu spreizen. Sie schrie aus vollem Hals, aber kein Mensch kam ihr zu Hilfe, und schon hielt der Mann ihr erneut mit einer Hand den Mund zu und presste sie mit der anderen gegen die Wand, um sie zu vergewaltigen. Sie meinte zu sterben, kämpfte aber immer noch wie eine Bestie, schrie und tobte. Doch er war stärker, ließ die Hose runter und drang in sie ein. Ihr blieb die Luft weg, als hätte er ihr ein Messer in den Leib gerammt. Sie betete, jemand möge sie hören und ihr zu Hilfe eilen, aber kein Mensch hörte sie und kein Mensch kam. Sie versuchte, den besoffenen Engländer abzudrängen, doch er drückte sie nur noch fester gegen die Wand. Die spitzen Mauersteine schürften ihr den Rücken wund.

»Lass mich los, loslassen, *son of a bitch*«, beschimpfte sie ihn, doch er ignorierte ihre Schreie und drang nur noch tiefer in sie ein, tat mit ihr, was er wollte. Sie wusste nicht, was ihr mehr wehtat, die derbe Penetration oder der Schmerz der Demütigung, der Schmach, der Kapitulation. Sie spürte ihre Kräfte schwinden, wurde zur Lumpenpuppe in seinen groben Pranken. Aber etwas in ihr ließ sie nicht aufgeben. Sie kämpfte weiter gegen den Kerl, der sie so eisern festhielt, dass sie ihre Knochen knacken spürte. Und als sie es schlichtweg nicht mehr ertragen konnte, entrang sich ihr ein Schrei, der die düstere Wolkendecke am Himmel aufriss, und auf den Donnerschlag folgte ein Blitz, in dessen Schein sie das Gesicht des dreckigen Engländers erkannte, der sie misshandelt hatte. Es war der aufdringliche Corporal aus dem Club. Als er mit ihr fertig war, warf er sie auf den nassen Bürgersteig, machte die Hose zu, kehrte ihr den Rücken und entschwand die Gasse hinunter.

Es regnete so stark, als werfe Gott Steine vom Himmel herab. Wund und gedemütigt lag Rachel in einer Pfütze, die der Regen um sie bildete. Sie wusste nicht, wie lange sie so dalag, während ihre Tränen sich mit den Regentropfen mischten. Ihr Mund war verkniffen vom Schmerz der Erniedrigung, der Leib schmerzgekrümmt, und in ihrem Innern wallten Wellen des Ekels und der Übelkeit auf, bis sie sich die Seele aus dem Leib kotzte.

Mit letzter Kraft rappelte sie sich auf. Zitternd vor Kälte und nass bis auf die Knochen stützte sie sich an der Hauswand ab, versuchte den zerrissenen Rock, die offene Bluse und den Mantel gleichzeitig an den Leib zu drücken. Es regnete unaufhörlich. Rachel hielt sich mühsam senkrecht, suchte vergebens den Schuh, der ihr vom Fuß gefallen war, streifte auch den zweiten ab und tappte barfuß unter Schmerzen im strömenden Regen zur Strauss-Straße. Würde Eva sie doch in ihrem Zimmer erwarten. Die Freundin hätte sie beruhigt wie damals, als die Schlägertypen ihr das Haar geschoren hatten, hätte sie auf den Schoß genommen und wie ein Baby in den Schlaf gewiegt. Aber Eva wartete nicht daheim, niemand erwartete sie irgendwo, sie hatte keinen Menschen auf Erden.

Sie öffnete die Tür und hastete geradewegs zum Ausguss in der Küche, wusch sich mit dem kalten Wasser aus dem Tonkrug, ungeachtet der Kälte, die ihren Körper durchfuhr. Sie schrubbte mit dem Lifaschwamm, schälte sich schier die Haut vom Leib, rieb immer wieder die intime Stelle, die der Scheißkerl besudelt hatte. Die Tränen liefen ihr pausenlos, und sie zitterte am ganzen Leib vor Kälte, Schmach und Schmerz, ohne es aufhalten zu können.

Noch ganz nass tappte sie zu dem einzigen Sessel im Zimmer, kauerte sich darauf zusammen, zog eine Decke über den schmerzenden Leib, als wollte sie sich kleinmachen, verschwinden. Zusammengerollt wie ein Embryo, die Arme um die Brust geschlungen, saß sie reglos bis zum Morgengrauen. Bei Tagesanbruch atmete sie tief durch und schwor sich, niemals irgendwem, auch nicht sich selbst, zu erzählen, was geschehen war. Sie würde das Grauen auslöschen, als wäre es nie geschehen. Sie würde ihren Job im London Bridge weitermachen und lernen, den Mund zu halten, nicht zu streiten, nicht aufzubegehren, nicht frech zu werden und keine Probleme zu machen. Sie würde englische Soldaten dazu animieren, mehr und mehr Whisky zu trinken, zu Morris' vollster Zufriedenheit, würde sich auch dann nicht beklagen, wenn einer sie an Stellen betatschte, die er nicht berühren durfte, würde alles tun, um im London Bridge auszuhalten, bis sie ihren Soldaten fand, der sie in ein neues Leben entführen würde.

»Du siehst ja aus wie der Todesengel«, empfing Morris sie am Abend, »geh dir das Gesicht waschen und leg ein bisschen Rouge auf, damit du mir hier nicht die verdammten Engländer verschreckst.«

Folgsam ging sie zum Waschbecken hinter der Bar. Ein Blick in den Spiegel zeigte ihr, dass sie ihre Blässe mit allem Rouge der Welt nicht würde verdecken können.

Sie holte tief Luft, verrieb etwas Rouge auf den Wangen, um frischer auszusehen. Schwäche breitete sich in ihren Gliedern aus, aber sie warf vor dem Spiegel trotzig die Locken zurück, ging erhobenen Hauptes in den Clubraum und nahm ihren Stammplatz ein. Morris' Witze heiterten sie nicht auf, auch nicht sein unaufhörliches Gerede über »die Engländer, ausgelöscht sei ihr Name.«

Mit Ach und Krach hielt sie bis zum Schichtende durch. Zum Glück brummte der Laden an dem Abend, Morris hatte alle Hände voll zu tun und merkte nicht, dass es ihr kaum gelang, mit den englischen Soldaten zu flirten. Wäre es ein normaler Abend, hätte er sie schon gefeuert, dachte sie sich.

Der Brechreiz befiel sie regelmäßig in den frühen Morgenstunden. Da sie seit dem Vorfall kaum noch etwas aß, führte sie die Übelkeit darauf zurück. Sie versuchte zu essen, brachte aber nichts herunter. Das geht vorüber, dachte sie sich. Dass der Corporal sich seither nicht mehr im London Bridge blicken ließ, erleichterte sie. In den ersten Tagen hatte sie noch verstohlen zur Tür gelinst. Widerlich, der Gedanke, er könnte reinkommen und sich, behüte, neben sie an den Tresen setzen. Aber der Scheißkerl war spurlos verschwunden, wusste wohl, dass er lieber nicht an den Tatort zurückkehren sollte.

Doch die Anfälle hörten nicht etwa auf, sondern wurden schlimmer, nun musste sie sich tatsächlich übergeben. Sie verbrachte Stunden über dem Toilettenloch, kotzte sich die Seele aus dem Leib. Sie musste sich eine gefährliche, wenn nicht gar tödliche Krankheit eingefangen haben. Kein Mensch auf der Welt würde nach ihr suchen. Wenn sie nicht im London Bridge auftauchte, würde Morris kopfschüttelnd ein anderes Mädchen engagieren. Zu den übrigen Bardamen im Club wahrte sie Distanz. Jeder Versuch, ihr näherzukommen, wurde abgeschmettert. Als Eva mit dem Engländer wegging, hatte es ihr das Herz gebrochen. Sie brauchte kein weiteres Leid, suchte keine neue Freundin anstelle der verlorenen. Keine hatte den Schimmer einer Ahnung von ihrem Vorleben. Keine wusste, dass sie in einem strenggläubigen Haus in Mea Schearim aufgewachsen war, nur einen Katzensprung vom Club. Und ganz gewiss wussten sie nicht, wo sie wohnte, würden sie daher auch nicht suchen, wenn sie mir nichts, dir nichts von der Bildfläche verschwand. Nein, keiner würde sie suchen, keinen würde es kümmern, ob sie lebte oder starb. Ein paar Tage nach ihrem Ableben würde unerträglicher Gestank aus ihrem Zimmer dringen, und dann würde ein Nachbar die Tür aufbrechen und ihre verwesende Leiche finden. Die Beerdigungsgesellschaft würde ihr kein jüdisches Begräbnis gestatten, sondern sie wie einen Esel am Zaun verscharren und keiner, kein Mensch auf der ganzen Welt, würde das Kaddisch für sie sprechen oder Schiwa nach ihr sitzen.

Die Neue, die Morris eingestellt hatte, stand vor der Toilettentür, als Rachel herauskam. Mit einem Blick auf ihr kalkweißes Gesicht fragte sie: »Wie viele Monate hast du die Bescherung nicht mehr bekommen?«

»Bescherung?« Rachel blickte sie verwirrt an.

»Na, wie lange hast du kein Blut mehr gesehen?« Die Neue wurde ungeduldig.

Gott, dachte Rachel, wieso war ihr das entgangen?

»Wie lange?«, beharrte das Mädchen.

»Ich weiß nicht … schon lange nicht mehr.«

»Gut, herzlichen Glückwunsch, du erwartest ein Kind«, sagte die Neue.

»Ein Kind?«

»Überleg, wie viele Monate das schon so geht.«

Sie rechnete nach von dem Tag, als der englische Scheißkerl sie vergewaltigt hatte, und antwortete ruhig: »Drei Monate.«

Der Gedanke durchzuckte sie blitzartig: Großer Gott! Der Kerl hatte sie geschwängert. Was nun? Mit Babybauch konnte sie keine englischen Soldaten zum Trinken animieren. Morris würde sie im hohen Bogen rauswerfen. Wo sollte sie hin? Wovon leben? Wie die Miete bezahlen? Und was sollte sie mit dem Baby anfangen? Und wie damals, als Gabriel sie bei seiner Schwester im Stich gelassen hatte, statt sie abzuholen, wie damals, als ihr Leben sich umkrempelte und sie vor einem Scherbenhaufen stand, hatte sie das Gefühl, der eiserne Rollladen, der sie sonst immer schützte, sei herabgefallen und kaputtgegangen. Sie war verloren.

Die Neue blickte sie mitfühlend an: »Hat dein Kind einen Vater?«

Rachel schwieg.

»Verstehe«, sagte sie, offenbar erfahren, und schickte sich an, in den Club zurückzugehen.

»Moment …«, bat Rachel.

»Ja?«

»Bitte erzähle niemandem, dass ich ein Kind erwarte. Solange man es nicht sieht, will ich weiterarbeiten, muss es einfach.«

»Keine Sorge«, sagte die Neue, »dein Geheimnis liegt bei mir wie im Grab.«

Rachel arbeitete im Club, bis die Sache nicht mehr zu verbergen war.

»Maschallah«, sagte Morris, »du hast angefangen zu essen. Endlich hast du ein bisschen Fleisch auf den Rippen, endlich hat man was in der Hand.«

Zu Morris' Freude schwollen ihre Brüste an, sprengten schier ihr Kleid, aber sie wusste, in einem Tag, einer Woche, würde er ihr Geheimnis entdecken. Sie wollte gehen, bevor ihr Bauch auffiel, musste aber einen glaubhaften Grund für den Abgang aus dem Club finden, ohne Morris aufzubringen.

Die Neue hielt Wort, verriet ihr Geheimnis nicht, und Rachel meinte, ihr vertrauen zu können. Sie hieß Ivona, redete nicht viel und erzählte kaum was von sich, nur, dass sie eine Neueinwanderin war und ein Zimmer bei einer Familie im Bucharenviertel gemietet hatte.

»Ich könnte doch eigentlich zu dir ziehen«, schlug sie Rachel eines Tages sachlich vor. »Bei meiner Wirtsfamilie werde ich schief angesehen, und du wirst bald nicht mehr arbeiten können und Hilfe brauchen. Außerdem würde ich mich an der Miete beteiligen.«

Sie wurden Mitbewohnerinnen, und kurz darauf sagte Rachel zu Morris, sie müsse im Club aufhören, weil ihre Mutter im Sterben liege und sie sie pflegen müsse. »Wenn sie das Zeitliche gesegnet hat, komm ich zurück«, versicherte sie ihm.

»Mit Gottes Hilfe«, sagte Morris und ließ sie ziehen.

Die Wohngemeinschaft mit Ivona war unbequem. Sie lebten gemeinsam in einem Zimmer, jede auf ihrer Seite, aber es entstand keine Freundschaft wie mit Eva. Wie sehnte Rachel sich nach ihr, wie gern hätte sie sie jetzt dagehabt, aber sie hatte nicht einmal eine Adresse, um ihr einen Brief zu schicken.

Das wenige Geld, das sie gespart hatte, reichte kaum für den Lebensunterhalt. Sie versuchte möglichst wenig daran zu denken, was wäre, wenn ihr Leben einen anderen Verlauf genommen hätte, wenn ihr Vater und ihre Mutter den da, ihren einstigen Liebsten, ausgelöscht seien sein Name und Angedenken, akzeptiert hätten; wenn seine Eltern sie, Rachel, akzeptiert hätten; wenn er sie an jenem verfluchten Morgen abgeholt und zur Frau genommen hätte. Sie wollte ihm damals doch so sehnlich ein Kind schenken, aus Liebe geboren, nicht die Frucht einer Vergewaltigung.

Als es so weit war, brachte Ivona sie ins italienische Krankenhaus in der Prophetenstraße, wo sie ihre Tochter in einer kalten, windigen Winternacht zur Welt brachte.

Es war eine schwere Geburt. Rachel ächzte und schrie. Als man ihr die Kleine auf die Brust legte, durchfuhr ein scharfer Schmerz ihren Leib. Dieses Herzweh war noch schärfer als die Geburtswehen.

Am Weihnachtsabend des Jahres 1927 wurde Rachel mit dem Baby aus dem Krankenhaus entlassen. Sie wickelte es in eine Decke, nahm die Goldkette mit dem Davidstern vom Hals, die der da ihr geschenkt und die sie seither nie abgelegt hatte, auch nicht zu den Zeiten, als sie ihn hasste, und legte sie dem Baby um. Den Zettel hatte sie schon geschrieben: »Gute Schwestern, bitte rettet meine Kleine wie ihr mich gerettet habt. Ich kann sie nicht retten«, stand darauf. Oben hatte sie einen Davidstern gemalt und unten eine Lilie, eine weiße Lilie, ihre Lieblingsblume, die sie sich am Tag ihrer Hochzeit hatte ins Haar stecken wollen. Sie sah noch einmal nach, ob das Neugeborene auch warm verpackt war, und hastete zum Kloster.

Es war weit vom italienischen Krankenhaus zum Kloster. Sie drückte das Baby fest ans Herz und betete, dass es nicht aufwachen möge. Viel Schnee war in Jerusalem gefallen, sie lief mühsam hindurch. Ihr Körper war noch schwach von der Geburt, aber eine Macht, stärker als sie, trieb sie an. Das Baby war nicht schuld daran, dass es in Sünde geboren war und dass sie es nicht aufziehen konnte, sie musste es retten und danach auch sich selbst.

Als sie nach einer gefühlten Ewigkeit endlich am Klostertor ankam, brach das Baby in herzzerreißendes Weinen aus, als wisse es, dass es sich nicht länger zu beherrschen brauchte. Ohne groß nachzudenken, fand Rachel einen Unterstand unter dem schmalen Torbogen des Klosters und stillte es. Sie betrachtete die Kleine an ihrer Brust und meinte, sie sauge das Mark ihrer Seele, doch sofort verbannte sie jeden Gedanken aus dem Sinn und jedes Gefühl aus dem Herzen. Nein, sie würde keine Bindung zulassen, ihre Tochter nicht anschauen, durfte ihr Gesichtchen nicht in Erinnerung behalten. Wenn sie weiterleben wollte, musste sie die Kleine, die sie unter unerträglichen Qualen geboren hatte, vergessen. Sie durfte ihre Pfirsichhaut und ihre halbgeschlossenen Augen nicht anschauen. Durfte weder den goldenen Haarflaum auf ihrem Köpfchen noch die Grübchen auf ihren Bäckchen, genau wie ihre in klein, in Erinnerung behalten, musste das Baby aus ihrem Gedächtnis löschen, sonst könnte sie nicht weiterleben.

Als das Baby satt war, schlief es sofort ein. Rachel steckte die Decke wieder um den winzigen Körper fest, stand auf und betätigte einmal, zweimal, dreimal, viermal die Glockenschnur. Als nach dem vierten Mal nahende Schritte und Schlüsselrasseln zu hören waren, legte sie das Baby vor dem großen Tor ab und verbarg sich hinter einem Mauervorsprung. Das Tor öffnete sich. Erst als Rachel sah, dass die streng dreinblickende Nonne das Baby vom verschneiten Bürgersteig aufhob, es an sich drückte und das Tor hinter sich schloss, atmete sie wieder.

Sie kehrte in ihr Zimmer zurück, legte sich voll bekleidet ins Bett, zog die Decke über den Kopf und weinte bitterlich.

Der britische Offizier, der jetzt neben Rachel an der Bar saß, war ein formvollendeter Gentleman. Er gab ihr Feuer und lud sie zu einem Drink ein.

»Sehr angenehm«, er streckte ihr die Hand entgegen, »Major Stuart Townsend.«

»Ich bin Rachel«, erwiderte sie und sah seine gütigen Augen.

»Hat Rachel auch einen Familiennamen?«

»Nein. Bist du bereit, mir deinen zu leihen?«

»Mit dem größten Vergnügen«, lachte er.

»Dann also Rachel Townsend«, lachte sie mit, »sehr angenehm.«

An jenem Abend widmete sie ihm die meiste Aufmerksamkeit, bis Morris ihr ins Ohr flüsterte, es säßen auch noch andere Soldaten am Tresen.

»Was schert's dich, ob andere Soldaten da sind oder nicht, solange er trinkt und zahlt«, fauchte sie.

»Er kann nicht die ganze Bar leertrinken«, zischte Morris, »kümmre dich auch um die anderen.«

Sie erklärte dem Engländer, sie sei bei der Arbeit und müsse auch zu den anderen Soldaten nett sein, nicht nur zu ihm.

Er nickte verständnisvoll und gab den Platz neben ihr frei. »Nur vergiss auch mich nicht«, sagte er augenzwinkernd.

Sie arbeitete weiter, trank und schäkerte mit den Soldaten. Hin und wieder schielte sie zum anderen Ende des Tresens, wo Major Townsend alleine saß, ohne die Augen von ihr zu lassen oder auf das Flirten anderer Bardamen einzugehen, ein einsamer Trinker.

Sie beendete die Arbeit. Die Bar hatte sich geleert. Auch Major Townsend war nicht mehr zu sehen. Macht nichts, dachte sie, wenn es heute mit diesem Offizier nichts wird, kommt morgen ein anderer. Sie erhielt ihr Geld von Morris und ging.

»Darf ich Sie begleiten?«, sprach er sie von hinten an.

Rachel machte einen Satz vor Schreck. Der Offizier hatte an der Tür auf sie gewartet und bot ihr nun den Arm.

»Nein danke«, sagte sie, »ich gehe lieber allein.«

»Ich versichere Ihnen, dass es mir ausschließlich um Begleitung geht, ich habe keinerlei andere Erwartungen.«

»Gewiss, aber bei mir ist das Prinzip. Kein Gast begleitet mich nach Hause. Keiner meiner Nachbarn weiß, womit ich mein Geld verdiene, und ich will keinen Ärger.«

Sie schlug zügig den Weg zu ihrem neuen Zimmer ein, das sie vor Kurzem Ecke Queen-Mary-Straße gemietet hatte, nicht weit von dem im Bau befindlichen King David Hotel.

Der Offizier eilte ihr trotzdem nach, konnte jedoch nicht mit ihr Schritt halten. Sie rannte ihm schlichtweg davon. Enttäuscht stieg er in seinen Jeep und fuhr zu seiner Unterkunft im Allenby Camp.

An den folgenden Abenden kam er wieder und setzte sich ans Ende des Tresens, um sie nicht bei der Arbeit zu stören. Jede Nacht wartete er vor dem Club auf sie und bot ihr mit unendlicher Geduld seine Begleitung an.

Und eines Abends willigte sie ein. Fortan begleitete er sie jede Nacht auf dem Heimweg, verabschiedete sich aber immer schon etwas vor ihrem Domizil, und das letzte Stück ging sie alleine. Sie wollte keinen Streit mit ihren neuen Nachbarn.

Mit der Zeit verflogen ihre Bedenken, die Beziehung wurde enger, und er übernachtete mehrmals pro Woche in ihrem Zimmer. Jetzt fürchtete sie die Nachbarn nicht mehr. Er versprach sie zu beschützen, und sie fühlte sich sicher in seiner Gesellschaft. Er war ein hoher Offizier der britischen Mandatspolizei, und solange sie unter seinem Schutz stand, konnte keiner ihr etwas anhaben.

Nach einer gemeinsam verbrachten Nacht hatte er es morgens nicht, wie sonst, eilig mit dem Aufstehen, um zum Polizeihauptquartier aufzubrechen. »Heute habe ich eine Überraschung für dich«, sagte er.

»Ich mag keine Überraschungen«, erwiderte sie.

»Ich glaube, diese Überraschung wirst du mögen. Wann warst du zum letzten Mal weg von Jerusalem?«

Sie war tatsächlich überrascht und zögerte, ehe sie antwortete: »Ich bin noch nie aus Jerusalem rausgekommen.«

»Dann, meine Liebe, wird heute dein erstes Mal sein. Wir fahren nach Tel Aviv.«

Tel Aviv!, dachte sie aufgeregt. Eva war mit ihrem Soldaten nach Tel Aviv gegangen, und auch Ivona, ihre zweite Mitbewohnerin, war von Jerusalem nach Tel Aviv gezogen. Häufig hatten die englischen Soldaten im London Bridge ihr von der weißen Stadt am Meer erzählt, dem fröhlichen Ort voller Cafés, Nachtclubs, Restaurants und Tanzvergnügen.

Die Fahrt nach Tel Aviv konnte ein kritischer Punkt sein. Da war Umsicht geboten. Sie sollte keinen Freudentanz vollführen, sondern ihn glauben machen, das sei sehr schwierig für sie, sie würde ihren Job riskieren. Er müsste ihr eine ordentliche Gegenleistung versprechen. Und alles verlief plangemäß. Als sie ihm eindeutig erklärte, ohne Morris' Genehmigung werde sie Jerusalem nicht verlassen, schloss er sie in die Arme und sagte: »Meine hübsche Geliebte, ich bitte dich, lass Morris aus dem Spiel. Du wirst ohnehin nicht mehr für den Bastard arbeiten, von heute an sorge ich für dich, von heute an bist du in Stuart Townsends Händen. Pack ein paar Kleidungsstücke ein, wir kehren heute nicht nach Jerusalem zurück.«

»Ich kann nicht mitfahren«, sagte sie traurig, »ich muss zur Arbeit erscheinen. Morris würde das nicht gerne sehen.«

»Überlass es mir, mit diesem Bastard Morris einig zu werden. Ich werde ihm ein paar Scheine zustecken. Das wird er sehr gerne sehen.«

»Ich muss ihn informieren, ich könnte meine Arbeit verlieren.«

»Wenn wir schon davon reden, meine Liebe, deine Arbeit gefällt mir immer weniger.«

Sie schwieg. Diesen Satz hatte sie schon seit einiger Zeit zu hören gehofft, hatte sich längst gewünscht, dass er sie bat, im London Bridge aufzuhören, da er für sie sorgen wolle. Er war ihr Soldat, ihre Schiffskarte weg aus Palästina, und sie folgte präzise ihrem Plan. Zuerst spielte sie die Unerreichbare, dann vermittelte sie ihm das Gefühl, dass er sie auch dann nicht ganz besitzen würde, wenn er sie eroberte, und letztlich fiel er ihr wie eine reife Frucht in die Hände. Er verliebte sich zusehends in sie, und sie zog die Schlinge enger.

Sein Militärwagen parkte vor dem Haus. Wenn Blicke Feuer speien könnten, hätten die Blicke der Passanten und der Ladenbesitzer unterhalb ihrer Wohnung sie in ein Häufchen Asche verwandelt. Sie hatte sich nie an die hasserfüllten Blicke und die bösen Sätze gewöhnen können, die ihr ins Gesicht geschleudert oder nachgerufen wurden. In solchen Fällen ging ihr eiserner Rollladen runter und schützte ihre Seele. Sie würde die Worte, so brennend sie auch sein mochten, nicht an sich ranlassen, ihnen nicht erlauben, ihre Pläne zu hintertreiben. Sobald sie die Küste Palästinas für immer verließ, wäre sie nicht mehr der *meschiggene Kopp* aus Mea Schearim, nicht mehr die versetzte Geliebte des Scheißkerls vom Machane-Jehuda-Markt und nicht mehr die Engländerhure, sie wäre Mrs. Stuart Townsend, die Gattin des britischen Offiziers.

Die Fahrt zog sich in die Länge, aber Rachel genoss sie so sehr, dass sie nicht spürte, wie langsam die Zeit verrann. Stuart konzentrierte sich aufs Lenken, richtete die Augen auf die holperige Straße, die sich zwischen steilen Berghängen und grünen Feldern von Jerusalem nach Jaffa schlängelte. Gelegentlich begegnete ihnen ein Automobil mit Privatpersonen, aber die meisten Verkehrsteilnehmer waren britische Militärfahrzeuge. An der Barriere am Engpass Bab al-Wad salutierten die Soldaten Major Townsend und winkten ihn durch.

Rachel war in Hochstimmung. Die grünen Felder und die Schafherden an den Hängen des arabischen Dorfs Bayt Machsir schienen ihr wie aus einem Film. Und als sie schließlich in Jaffa ankamen, verschlug es ihr den Atem. Der Anblick des blauen Meeres bezauberte sie, sie konnte die Augen nicht davon lösen. Sie blickte zum Horizont, dachte sich, dass der Tag nicht mehr fern sei, an dem sie zu diesem Horizont aufbrechen würde, weit, weit weg von der Küste Palästinas.

Stuart fuhr am Meer entlang zum Hotel Käte Dan. Rachel konnte sich nicht sattsehen an der neuen Welt, die sich vor ihren Augen auftat: Das blaue Meer, der goldene Streifen Strand, die kleinen, weißen Häuser, so anders als die düsteren Steinbauten Jerusalems. Auf einer Landzunge, die ins Meer ragte, sah sie ein wunderhübsches Gebäude.

»Das ist das Casino«, erklärte Stuart, »einen Abend gehen wir dort tanzen.«

Die Menschen in Tel Aviv sahen so anders aus als die in Jerusalem. Frauen hatten breitkrempige Hüte auf dem Kopf und weiße Sonnenschirme in Händen, um sich gegen die pralle Sonne zu schützen. Männer trugen helle Anzüge und Strohhüte. Familien gingen auf der Promenade spazieren, Mütter schoben Kinderwagen – Rachel verdrängte den stechenden Schmerz beim Anblick der fröhlichen Babys.

Der Strand war voll mit Menschen. Halbnackte Frauen in einem Kleidungsstück, das ihr wie Unterwäsche aussah, und Männer in engen Badehosen, die betonten, was man sonst tief in der Hose zu verbergen pflegte, lagen auf Liegestühlen, die reihenweise am Strand aufgestellt waren. Einige spielten Ball, andere schwammen im Meer.

Im Hotelzimmer zog Rachel das geblümte Kleid an, das Arme und Beine entblößte, fasste ihr blondes Haar im Nacken zusammen, träufelte etwas Parfum auf die Handgelenke, hinter die Ohrläppchen und in den Ausschnitt und sah zufrieden in den Spiegel. Stuart stand hinter ihr, legte ihr eine Perlenkette um den langen Hals und küsste ihren Nacken. Sie drehte sich um und lächelte ihn an, beinahe glücklich.

Sie spazierten die Strandpromenade entlang, eine bildschöne, junge Frau und ein britischer Offizier in seiner adretten Uniform. Auch hier blieben ihnen hasserfüllte Blicke nicht erspart. Sie hakte Stuart fester unter, ging Arm in Arm mit ihm. Sie hatte sich nicht an die abfälligen Blicke gewöhnt, aber gelernt, sie zu übersehen und die harten Worte zu überhören, die man ihr an den Kopf warf. Sie holte tief Atem, sog die gute Seeluft ein, drückte den Rücken durch und ging erhobenen Hauptes neben ihrem Offizier. Doch als sie am Café San Remo vorbeikamen, meinte sie messerscharfe Blicke auf sich zu spüren. Sie wandte das Gesicht, und für einen Moment, den Bruchteil einer Sekunde, sah sie ihn. Er saß an einem der Tische, und für einen Moment verhakten sich ihre Blicke, und sie las die Verblüffung in seinen Augen. Kein Zweifel, das war Gabriel. Ihr wurde schwach, die Knie drohten ihr zu versagen. Sie hängte sich in Stuarts Arm. Er ging plaudernd weiter, ohne ihre stürmische Erregung zu bemerken.

»Lass uns ins Hotel zurückgehen«, bat sie. Sie meinte zu sterben, wenn sie in Gabriels Dunstkreis verbliebe.

»Liebling, meine Ärmste, geht es dir nicht gut?« Endlich merkte er, dass sie ihm nicht mehr zuhörte.

»Ja, ich hatte plötzlich einen Schwächeanfall.«

Sie kehrten ins Hotel zurück, aber sie meinte zu ersticken und brauchte Luft. Mein Gott, warum hast du mich auf diese Probe gestellt? Warum musste ich ihn sehen?

Sie ging ins Badezimmer und blickte in den Spiegel. Der Schock und das Grauen standen ihr ins Gesicht geschrieben. Sie wusch sich entschieden das Make-up vom Gesicht, trug es sofort neu auf, sah wieder in den Spiegel und sagte sich: »Ich lass mir von diesem Scheißkerl mein Leben nicht zum zweiten Mal kaputtmachen, ich werde dieses Zimmer mit einem strahlenden Lächeln im Gesicht verlassen und mit Stuart liebäugeln wie nie zuvor. Ich werde Gabriel nicht erlauben, mir zu zerstören, was ich mir im letzten Jahr mühsam aufgebaut habe. Er wird mir mein Schiffsticket für die Ausreise aus Palästina nicht nehmen.«

Tel Aviv war schön und gut, aber nicht das eigentliche Ziel. Sie wollte die Gestade dieses beklemmenden Landes verlassen, weit weg von der verfluchten Erde, auf der Gabriel wandelte, auf Nimmerwiedersehen. Der eiserne Rollladen rasselte wieder herunter und verschloss ihr Herz, schützte es. Sie löste das Haar, reckte den Hals und trat lächelnd hinaus zu Stuart, der auf dem Bett auf sie wartete.

Am Abend gingen sie ins Café Pilz. Rachel trug ihr bestes Kleid und legte noch mehr Rouge auf. Der Kellner geleitete sie zu ihrem Tisch auf der Terrasse. Eine kühle Brise wehte vom Meer, die Tische waren sorgfältig gedeckt mit weißen Tischtüchern, das Geschirr war aus gutem Porzellan, die Speisekarte vielfältig, die Bedienung hervorragend.

Die Kapelle spielte Tanzmusik, und von Zeit zu Zeit schritten Paare zur Tanzfläche und wirbelten los. Stuart forderte sie auf. Im Tanz drückte er sie an sich, und sie lehnte den Kopf an seine Schulter.

»Liebling, gefällt es dir?«, flüsterte er ihr ins Ohr.

»Ich bin im siebten Himmel«, antwortete sie.

»Das ist erst der Anfang, meine Liebe, wir werden uns noch ein verrücktes Leben machen, du und ich. Von jetzt an fahren wir bei jeder Gelegenheit nach Tel Aviv, das verspreche ich dir.«

Sie drückte ihre Lippen auf seine zu einem langen Kuss, bis der Tanz zu Ende war.

Beim nächsten Mal, dachte sie, würde sie fern der Küste Tel Avivs sein, fern von Palästina.

Zurück in Jerusalem teilte sie Morris mit, dass sie aufhören würde, bei ihm zu arbeiten.

Morris versuchte, sie zum Bleiben zu bewegen. »Dein Engländer wird heimkehren, und dann bleibst du allein wie eine Hündin«, warnte er. »Verlass dich nicht auf die perfiden Engländer. Der nutzt dich aus, solange er noch hier ist. Und was machst du danach, wenn er wieder nach England abdampft?«

»Ich geh mit.«

»*No chance*«, lachte Morris verächtlich, »kannst du komplett vergessen. Warum sollte er dich mitnehmen? Herrscht in England etwa Mädchenmangel? Meinst du, er heiratet eine wie dich? Der nimmt ein Mädchen aus gutem Hause. Du kennst die Hundesöhne nicht so, wie ich sie kenne. Seit

Jahren sehe ich sie nach Palästina kommen, gute Mädchen in Huren verwandeln und dann abhauen in ihr Land oder wohin das Militär sie sonst abkommandiert, und die Mädchen bleiben weinend zurück. Schade um dich, wenn du in Träumen lebst. Der Messias kommt eher auf seinem Esel angeritten, als dass der Engländer dich mit nach England nimmt.«

»Wenn Stuart aus Palästina abreist, reise ich mit ihm, ob dir das nun passt oder nicht«, sagte sie und verließ das London Bridge auf Nimmerwiedersehen.

Bald darauf wurde Major Townsend in das britische Militärcamp in Famagusta auf Zypern abkommandiert. Neben ihm an Bord des Schiffes, das vom Haifaer Hafen auslief, stand Mrs. Rachel Townsend, seine frisch Angetraute.

Als sie an Bord ging, hatte sie keinen Blick zurück geworfen. Sie wusste, sie legte für immer von der Küste Palästinas ab. Zurück ließ sie eine Familie, die nach ihr Schiwa gesessen hatte, obwohl sie noch lebte, den Mann, der ihr das Herz gebrochen hatte, die Baby-Tochter, die einer Vergewaltigung entsprungen war, das Kloster und ihre zweifelhafte Vergangenheit. Der eiserne Rollladen fuhr mit ihr ab, er würde ihr Herz und ihre Seele noch viele Jahre schützen, würde dafür sorgen, dass nichts sie angriff, nichts sie berührte, auch nicht die Liebe.

Als die Passagiere an Deck standen und Abschied von dem erst kürzlich erbauten neuen Haifaer Hafen und von dem entschwindenden Gebirgszug des Carmel nahmen, stand sie neben ihrem frischgebackenen Ehemann und empfand nichts.

Und in der Nacht, nach dem Liebesakt in den Armen ihres Mannes, beschwor sie ihn, Palästina nie mehr zu erwähnen, weder ihr gegenüber noch vor anderen. »Ich möchte, dass wir ein neues Kapitel anfangen«, sagte sie. »Von heute an sag bitte mit keinem Wort mehr, dass ich eine Jüdin aus Palästina bin, nicht mir, nicht dir, nicht deiner Familie und auch keinem anderen Menschen, dem wir im Leben begegnen.«

Er versprach es. Diese Regelung passte auch ihm. Er wollte genauso vergessen wie und womit sie ihr Geld verdient hatte, als er sie kennenlernte. Seine Angehörigen brauchten nichts über ihre Vergangenheit oder ihre Religion zu erfahren. Er würde schon einen Weg finden, sie ihnen vorzustellen.

Rachel schloss die Augen, ruhig und gelassen. Hier verließ sie für immer ihre Heimat, das Land, mit dem sie nur schlechte Erinnerungen verband.

Damals wusste sie nicht, dass sie zwar ihr früheres Leben hinter sich ließ, etwas sie jedoch jeden Tag ihres neuen Lebens begleiten würde: der Gedanke an das Schicksal der Kleinen, die sie an einem frostigen Winterabend auf der Schwelle des Klosters in Jerusalem zurückgelassen hatte.

Lily

Die aufgehende Sonne drang durch die schwarzen Wimpern der Nacht, und Lichtstrahlen durchzogen das Grau des Horizonts, als Rachel ihre Geschichte beendet hatte. Sie holte tief Luft und lehnte sich in ihrem Sessel zurück, die Augen geschlossen, der Mund verstummt. Die Falten um ihre Lippen schienen sich geglättet zu haben, und eine frische Röte lag auf ihren eingefallenen Wangen, die jetzt wie die Apfelbäckchen eines jungen Mädchens wirkten. Ihr schwerer Atem beruhigte sich, als sei ihr nun, da sie die Bürde ihres Lebens abgelegt hatte, leichter ums Herz.

Lily saß wie versteinert auf dem Sofa, die Augen wie im Gebet geschlossen. Elija legte ihr sanft die Hand auf die Schulter, spürte ihr starkes Herzklopfen.

»Komm!« Lily schlug jäh die Augen auf. »Wir gehen.«

Elija erhob sich.

»Dann war's das also?«, wandte Rachel Townsend sich an Lily. »Du bist extra aus Palästina angereist, um mich zu treffen, und jetzt, nachdem ich dir meine Geschichte erzählt habe, hast du nichts weiter zu sagen?«

Lily ignorierte ihre Worte und verließ ohne Abschied das Haus.

Erst, als sie die Stufen hinaufgestiegen waren und außer Atem die Anhöhe mit Meerblick erreichten, breitete Lily die

Arme aus, und ein mächtiger Schrei entrang sich ihrer Brust: »Warum?«

Rachel Townsend stand in ihrer Haustür und hörte ihn.

»Warum, Gott, warum?«, schrie Lily erneut und brach in Elijas Armen zusammen. »Wie konnte sie mich so am Kloster aussetzen, um wieder eine Engländerhure zu werden? Wie hat sie sich dann zur Lady gemausert, während ich als Findelkind lebte, ohne Mutter, ohne Zuhause …«

»Ich habe dich nicht verlassen, um eine Engländerhure zu werden.« Wie aus dem Nichts aufgetaucht, stand Rachel auf einmal neben ihnen auf der Anhöhe, und Elija fragte sich, wie die alte Frau mit ihrem Gehstock die Stufen so schnell hochgekommen war. »Du kannst mich hassen, das habe ich verdient, aber ich bereue nicht, dass ich dich im Kloster zurückgelassen habe. Du bist zu einer anständigen Frau herangewachsen, hast eine gute Familie, eine liebende Tochter. Bei mir wärst auch du eine Engländerhure geworden. Welche Zukunftsaussichten hättest du als Tochter von einer wie mir gehabt? In Jerusalem hätte man dir den Kopf geschoren und dich geächtet. Sie hätten dich verfolgt und misshandelt als Bastardin. Wie hätte dein Leben ausgesehen, wenn ich dich nicht im Kloster gelassen hätte?«

Lily sah sie mit schmerzerfüllten Augen an. Plötzlich war sie das kleine Mädchen im Kloster, einsam und verlassen, das auf ein Lebenszeichen von ihren Eltern wartete. »Warum hast du dich nicht für mein Schicksal interessiert? Warum hast du mir nur einen einzigen Brief geschrieben und dann keinen mehr?«

»Ich habe dir immer geschrieben, jeden Tag«, sagte Rachel und bedeutete ihnen mitzukommen, während sie vorsichtig die Stufen zu ihrem Haus hinunterging. Elija und Lily sahen einander unschlüssig an, folgten ihr jedoch. Sie betrat ihr Haus, die beiden im Schlepptau, aber statt ins Wohnzimmer führte sie sie in den hinteren Teil des Hauses, hielt ihnen die Tür zu ihrem Schlafzimmer auf. Die schweren Vorhänge vor den Fenstern waren aus demselben Stoff wie der Überwurf des Himmelbetts in der Zimmermitte. Rachel schaltete den Kronleuchter an der Decke ein und ging an eine geschnitzte Truhe, auf der Familienfotos standen: in der Mitte das in Silber gerahmte Bild eines gut aussehenden Mannes mit Oberlippenbart in der Uniform eines britischen Offiziers. Daneben reihten sich weitere Fotos des Mannes mit Rachel in jungen und älteren Jahren und Bilder von lächelnden Kindern in den Armen junger Menschen, wohl ihrer Eltern. Elija konnte die Augen nicht von den Fotos lösen. Ihr ganzes Leben lang hatte sie von einer großen Familie mit Onkeln, Tanten, Cousins und Cousinen geträumt, und als sie nun die Gesichter all dieser Verwandten entdeckte, war ihr Herz leer und sie empfand nichts als Wut im Bauch, die in die Brust aufwallte. Rachel öffnete eine Schublade und zog eine dicke, in Leder gebundene Mappe heraus. »Da«, sagte sie zu Lily, »das sind all die Briefe, die ich dir jeden Tag meines Lebens geschrieben habe. Insgeheim habe ich dir geschrieben, damit mein Mann es nicht lesen, nicht erfahren sollte. Hier, nimm, hier ist all mein Sehnen nach dir verzeichnet, hier steht mein Leben ohne dich beschrieben, hier ist meine Reue festgehalten, mein Bedauern, und hierein habe ich meine Tränen vergossen.«

Lily nahm das lederne Tagebuch entgegen und blätterte in den engbeschriebenen Seiten. »Für dich selbst hast du das geschrieben, nicht für mich«, sagte sie, »für dich, um dein Gewissen zu erleichtern. Hättest du mir Briefe geschrieben, sogar nur einen im Jahr, wäre nicht so viel Zeit in Schmerz und Einsamkeit vergangen. Ich brauche dein Tagebuch nicht. Ein Stapel vergilbter Seiten kann meine verbitterten Lebensjahre nicht aufwiegen. Komm, Elija, wir gehen, alles, was es zu sagen gab, ist gesagt, uns bleibt hier nichts mehr zu tun.«

»Willst du nicht lesen, was ich dir geschrieben habe?«, fragte Rachel schmerzerfüllt.

»Nein! Ich habe Antwort auf Fragen erhalten, die mich bewegten, habe die herzlose Frau gesehen, die mich bei den Nonnen abgegeben hat.«

Rachel versperrte Lily den Weg zur Tür. »Vielleicht irrst du dich«, sagte sie, »vielleicht hast du nicht alle Antworten erhalten, vielleicht stehen die Antworten hier, in diesem Heft, das du nicht lesen willst.«

Lilys Blick schweifte durch den Raum und blieb an den Familienfotos hängen. »Und was ist mit deinen Kindern?«, fragte sie, beinah schreiend. »Hast du ihnen erzählt, dass ihr Papa dich in einer verruchten Bar in Jerusalem kennengelernt hat? Hast du ihnen erzählt, dass du nicht die Prinzessin bist, die ihr Daddy aus Kenia mitgebracht hat, wie du es ihnen ihr Leben lang aufgebunden hast?«

Rachel holte tief Luft. Beklemmende Stille herrschte im Raum, als sie Elija und Lily den Rücken kehrte und mit dem Gesicht zum Fenster verharrte, das auf den Rosengarten blickte. Schließlich wandte sie sich wieder um und sagte mit leiser, fast tonloser Stimme: »Das ging gar nicht, ich habe keine Kinder.«

Lily und Elija wechselten einen verblüfften Blick. Rachel setzte sich schwerfällig auf den einzigen Sessel im Zimmer, das Stehen bereitete ihr sichtlich Mühe. Sie legte beide Hände auf die Knie und fuhr fort: »Nachdem ich dich geboren hatte, blieb mein Schoß verschlossen, und ich konnte keine weiteren Kinder zur Welt bringen. Stuart, mein Mann, begriff nicht, wieso zwei gesunde, junge Menschen keine Leibesfrucht zustande bringen, aber ich wusste es: Das war meine Strafe. Gott strafte mich, weil ich ein Neugeborenes in einem

Jerusalemer Kloster zurückgelassen hatte. Ich hatte Gottes Probe nicht bestanden, in seinen Augen war ich der Mutterschaft nicht würdig.

Jahrelang habe ich mich damit gequält, dass es mir verwehrt war, meine Sünde wiedergutzumachen und ein Kind zu gebären, das in einem anständigen Haus mit Vater und Mutter aufwachsen würde, ein Kind, dem ich all die Liebe und Fürsorge schenken könnte, die ich dir vorenthalten habe. Mit der Zeit lernte ich, mit der Strafe zu leben, die Gott mir auferlegt hatte. Aber unbewältigt blieb das, was ich keinem je erzählt habe: Ich habe eine Tochter auf der Welt und weiß nicht, ob sie lebendig oder tot ist. Ich habe eine Tochter auf der Welt, und sie weiß nichts von meiner Existenz und von meinem Leiden und Sehnen und vor allem nichts von meiner Reue.

Mein Leben an der Seite meines Mannes Stuart war gut, wir umsorgten einander. Über die Jahre fanden wir uns damit ab, dass wir keine Kinder haben würden, ignorierten das Mitleid unserer engeren und weiteren Umgebung, die uns als bedauernswertes, kinderloses Paar betrachtete, und genossen unsere Zweisamkeit. Wir hatten Stuarts nette Verwandte: seine Eltern, die mich liebevoll aufnahmen, ohne Fragen zu stellen, seinen Bruder mit Frau und Kindern und den weiteren Kreis der Familie, die seit Generationen hier heimisch ist. Über die Jahre sind viele von ihnen verstorben, und neben Stuart und mir verblieben nur sein Bruder mit Frau und Kindern. Stuart ist vor zehn Jahren gestorben, und seither lebe ich allein in diesem großen Haus auf der Anhöhe am Meer. Divina, meine Schwägerin, die jünger, aber ebenfalls verwitwet ist, kommt zweimal die Woche und kümmert sich um alles Nötige. Ihre Kinder und Enkel besuchen mich an Weihnachten und Ostern, und ihre Fotos stehen dort auf der Kommode, aber die übrige Zeit bin ich einsam, quäle mich mit dem Gedanken, dass ich eine Tochter auf der Welt habe, ohne zu wissen, was aus ihr geworden ist.«

Lily blieb stumm, und Rachel fuhr fort: »Du denkst, du hast nun alle Antworten erhalten, Lily, aber da täuschst du dich, dies war erst ein kleiner Teil. Wenn du das Tagebuch aufschlägst, wirst du von meiner Sehnsucht nach dir lesen, von meiner Sorge, gesammelt in meinem täglichen Bittgebet: ›Gütiger Gott, bitte schütze meine Tochter, segne sie mit einem guten und glücklichen Leben, halte sie gesund an Körper und Seele.‹ Nur für dich habe ich gebetet. Für mich wagte ich gar nicht zu beten, auch nicht um die Erfüllung meines innigsten Wunsches: Dich zu treffen, bevor ich sterbe. Wenn ich nachts im Bett ins Kissen weinte und mit mir selber sprach, sagte ich mir, ich werde Lily wohl erst in jener Welt treffen, in dieser Welt wird es nicht mehr geschehen.«

»Auch in der nächsten Welt hättet ihr euch nicht getroffen«, bemerkte Elija eisig, »meine Mutter landet im Himmel und du in der Hölle.«

»Wieso hast du nicht nach mir gesucht?«, fragte Lily, ohne auf Elijas Einwurf zu achten. »Israel ist doch ein kleines Land. Wieso bist du nicht an Bord eines Schiffes gegangen, um mich zu suchen – spätestens, als du wusstest, dass du keine Kinder mehr bekommen würdest und ich dein einziges Kind auf der Welt bleiben würde?«

»Was hätte ich da wohl meinem Mann sagen sollen? Ich konnte unser Leben nicht aus den Angeln heben. Sobald wir uns damit abgefunden hatten, dass wir kinderlos bleiben würden, haben wir uns an das Leben zu zweit gewöhnt. Jeder leichte Luftzug hätte unser Schiff ins Schlingern bringen und das gemeinsam Aufgebaute zerstören können, und ich fürchtete, wenn das geschähe, würde ich wieder auf der Straße landen. Du musst eines wissen, Lily: Wenn du einmal auf der Straße gelebt hast, kannst du im Buckingham

Palast wohnen – die Angst vor dem Leben auf der Straße wird dich niemals verlassen, sie steckt hier drinnen«, sie legte sich die Hand aufs Herz. »Sie ist immer da, lauert dir auf, verleidet dir deine Tage und Nächte.«

»Du brauchst mir nichts von dieser Angst zu erzählen«, sagte Lily, »auch mir lauert sie auf, deinetwegen. Aber warum hast du deinem Mann nicht erzählt, dass du eine Tochter hast? Wenn er dich so liebte, wie du es sagst, hätte er die Welt auf den Kopf gestellt, um dir bei der Suche zu helfen.«

»Seit wir englischen Boden betraten, hat mein Mann nie mehr von meinem Vorleben gesprochen, es mit keinem Wort erwähnt, weder mir gegenüber noch anderen. Er vergaß, wo er mich kennengelernt hatte, und nahm die für uns beide erfundene Lebensgeschichte langsam für bare Münze. Wenn ich ihm erzählt hätte, dass ein englischer Soldat mich vergewaltigt und geschwängert hatte und dass ich das Baby am Kloster abgelegt hatte, wäre er umgekippt. Er wusste genug hässliche Fakten über meine Vergangenheit, deshalb habe ich aus Rücksicht geschwiegen, aber du musst alle Einzelheiten erfahren, denn es ist deine Lebensgeschichte. Du bist die Tochter einer elenden Mutter, die ihren Körper verkaufen musste, um zu überleben. Du stammst von einer jungen Mutter, die ein besoffener Engländer in einer Nacht missbrauchte, als sogar Gott weinte, weil er ihr das antat. Mein Mann hatte nichts zu schaffen mit diesem Kapitel meines Lebens, mein Mann hat mich in eine ehrbare Frau verwandelt, hat mir eine Familie gegeben, mich aus der Hölle ans sichere Ufer gebracht. Ich habe mir diesen Verlauf nicht ausgesucht«, fuhr Rachel fort. »Das Schicksal hat dich dazu auserkoren, einer sündigen Frau geboren zu werden, und meinen Mann dazu, mich von der Straße weg zu ehelichen. Es ist nicht deine Schuld, aber auch nicht seine, und deswegen habe ich mich entschieden, ihn nicht zu schockieren, sondern ihm deine Existenz zu verheimlichen. Es brauchte ja viel Mut und große Liebe, um eine Frau wie mich zu heiraten und sie in sein englisches Elternhaus einzuführen. Es brauchte große Entschlossenheit und eiserne Charakterstärke, um all die Jahre kein einziges Mal verlauten zu lassen, dass ich nicht die russische Christin war, für die sie mich hielten, sondern eine durchgebrannte Tochter aus Palästina. Da konnte ich ihn nicht erneut auf die Probe stellen.

Ich wage nicht zu bitten, dass du mir vergibst. Ich bitte Gott nur darum, dass er mir eine letzte Gnade erweist und du die Umstände begreifst, die mich zu meinem Handeln veranlasst haben. Meine Tochter, ich flehe zu Gott, dass dir das, was ich dir hier erzähle, nicht noch mehr Leid bereitet und es dich künftig nicht noch stärker schmerzt als jetzt schon.«

Es war das erste Mal, dass Rachel sie als ihre Tochter ansprach, und Lily stockte der Atem. Bei aller Wut auf sie musste sie zugeben, dass es sich angenehm angefühlt hatte, als sie ›meine Tochter‹ sagte. Wie schön, sich als jemandes Tochter zu fühlen.

Beklemmende Stille herrschte im Raum. Die drei Frauen hüllten sich in Schweigen, vergeblich bemüht, Ordnung zu schaffen, wenn nicht in ihren Gefühlen, dann wenigstens in ihren Gedanken.

»Ich weiß nicht, was ich sagen soll«, brach Lily das Schweigen. »Mein Englisch ist nicht mehr gut genug, um deine Einträge im Tagebuch zu verstehen, aber was auch immer drinsteht, es kann nicht aufwiegen, was ich für das neue Leben, das du dir gewählt hast, bezahlen musste. Du bist nach England gegangen und hast in Glück und Wohlstand gelebt, und ich hatte ein schreckliches Leben ohne einen Augenblick Ruhe. Auch als ich heiratete und Kinder bekam, dachte ich unaufhörlich an die Frau, die mich nicht wollte. Selbst wenn ich in den Armen meines Mannes lag oder meine Kinder umarmte, fühlte ich mich einsam, elend und verlassen. Immer meinte ich, etwas zu entbehren, irgendwie unvollkommen zu sein. Ich war dem Wahnsinn nahe, und ohne Schaul, meinen wunderbaren Mann, der mich auch dann nicht aufgeben wollte, wenn ich ihm das Leben verbitterte, schier unerträglich war, hätte ich mich auf der Straße wiedergefunden, genau dort, wo du mich zurückgelassen hast.

Komm Elija«, sagte sie, »ich brauche kein Tagebuch, das mir berichtet, wer die Frau war, die mich geboren hat, ich habe mehr als genug gehört.«

Schaul und Eldad warteten auf der Anhöhe, starrten auf die Boote und den Wellengang, schweigsam und nervös. Die Zeit verging im Schneckentempo. Die Luft kühlte ab, scharfer Wind wehte vom Meer, dunkle Wolken zogen am Himmel auf. Schauls Glieder wurden steif, doch schlimmer als die starke Kälte, die selbst sein dicker Wollmantel und die lächerliche Mütze nicht abhalten konnten, bedrängte ihn der Gedanke, was Lily bei der Konfrontation mit ihrer Vergangenheit wohl durchlitt. Er war müde, die Füße schmerzten ihm vom langen Stehen. Wie ein Löwe im Käfig lief er auf der Anhöhe hin und her, in sich gekehrt, schaute alle Augenblicke auf die Stufen hinunter zu Rachel Townsends Haus.

Eldad, der gegen seine Gewohnheit eine Zigarette nach der anderen anzündete, war ebenfalls angespannt, besorgt um Lily, aber auch um Elija, die diesen schwierigen Prozess mit ihrer Mutter durchlief, so kurz, nachdem die beiden einander endlich ihre Herzen geöffnet hatten. Er fand es nicht selbstverständlich, dass Elija, nach all den Jahren der Wut und des Schweigens, ihrer Mutter bei der Auseinandersetzung mit der Frau, die sie ihrem Schicksal überlassen hatte, zur Seite stand. Er vertraute seiner Liebsten, dass sie für ihre Mutter stark sein würde, wusste, dass sie mitgegangen war, um Lily zu unterstützen, aber wer weiß, was sie dabei durchmachte.

»Woran denkst du?«, fragte Schaul. »Du siehst aus, als wärst du weit abgedriftet.«

»Ich denke an Lily und Elija«, sagte Eldad und bot ihm eine Zigarette an. Schaul lehnte ab. »Ich denke an unsere zwei Frauen, die sind stark wie Eisen.«

Schaul schwieg lange, ehe er versonnen sagte: »Weißt du, Eldad, sogar Eisen bricht im Feuer, und wenn das, was diese Rachel Townsend Lily und Elija jetzt erzählt, so brennt wie Feuer, werden auch unsere Frauen daran zerbrechen.«

Eldad dachte wieder einmal, wie sehr er diesen stillen und zurückhaltenden Schaul Zoref schätzte und liebte. Dem Anschein nach duckte sich sein Schwiegervater vor den Exzessen und Launen seiner Frau, wenn er mit butterweicher Stimme, fast flehentlich auf sie einredete – ein echter Waschlappen, auf dem sie herumtrampelte, hätte man meinen können. Aber tatsächlich war er ein starker Mann, hielt mit aller Kraft die wackligen Grundfesten dieser seltsamen Familie zusammen, in die er, Eldad, wegen seiner großen Liebe zu Elija hineingeraten war. Ohne Schaul wäre die Familie in alle Winde zersprengt. Schaul Zoref war ein ganzer Kerl, dachte Eldad, feinfühlig, aber auch eisern entschlossen, von schmächtiger Gestalt und doch mit beiden Beinen fest am Boden wie ein fest verwurzelter Baum, und seine schmalen Schultern waren breit genug, um die Bürde seiner leidgeprüften Frau zu tragen und mit ihr den Fluss des Lebens zu überschreiten. Ich liebe und achte ihn, als wäre er mein leiblicher Vater, dachte Eldad.

In ruhigem Ton sagte er zu Schaul: »Ich weiß, du möchtest hier auf Lily warten, aber ich meine, wir sollten lieber zurückgehen. Es scheint länger zu dauern als gedacht.«

»Ich gehe hier erst weg, wenn Lily aus der Tür kommt und die Stufen hochsteigt«, erwiderte Schaul bestimmt.

»Es fängt an zu regnen«, wandte Eldad ein. »Es hat doch wenig Sinn, uns hier bis auf die Knochen nassregnen zu lassen, zumal ich auch langsam müde werde.«

»Wenn du müde bist, geh in die Pension. Egal, wie lange es dauert, ich rühr mich nicht vom Fleck. Wer weiß, was sie dort durchmacht?«, seufzte Schaul. »Wer weiß, was diese Frau ihr erzählt? Wer weiß, ob sie ihr die Wahrheit sagt? Und vielleicht ist diese Wahrheit schlimmer als jede Lüge. Nein, Eldad, ich kann nicht weggehen. Ich muss auf sie warten, muss hier für sie da sein, wenn sie rauskommt.«

Sie blieben auf dem exponierten Hügel stehen, Wind peitschte ihnen ins Gesicht, und dann tat der Himmel ohne jede Vorwarnung seine Schleusen auf und ließ heftigen Regen auf die Erde prasseln. Der Wind legte noch zu, fegte sie schier von der Anhöhe, und nirgends konnten sie sich unterstellen.

»Komm mit zurück, Schaul. Es hat keinen Sinn, hier quatschnass auszuharren. Gleich schleudert der Wind uns ins Meer. Wir warten in der warmen Stube auf Lily. Sie und Elija werden nach dem Treffen mit Rachel Townsend einen heißen Tee brauchen.«

Schaul sah zum hundertsten Mal auf seine Uhr. Vor zwei Stunden hatten Elija und Lily das Haus betreten, und der Regen machte keine Anstalten, aufzuhören. An den Nägeln kauen konnte er auch in der Pension. Er war durchnässt und ausgekühlt, die Schuhe drückten. Eldad hatte recht, welchen Sinn sollte es haben, Lily und Elija bei Sturm und Regen auf der Anhöhe zu erwarten. Sie sollten lieber aufs Zimmer gehen, nachschauen, ob die Heizung funktionierte und vorsorglich eine Kanne heißen Tee für Lily und Elija bestellen. Eldad lag richtig: Wenn seine beiden Lieben zurückkehrten, würden sie viel Wärme und Liebe brauchen.

»Ich bleibe keine Minute länger an diesem verfluchten Ort. Los, wir packen, ich will noch heute hier weg.« Lily war stürmisch erregt, und Schaul konnte sie nicht beruhigen. Er drückte sie ans Herz, versicherte ihr, dass alles gut werden würde, aber sie weinte unaufhaltsam. »Ich hätte nicht nach England kommen sollen, Schaul. Ich hätte diese Frau nicht treffen sollen, hätte nicht hören sollen, welcher Mann mich gezeugt hat und unter welchen Umständen. Ich hätte lieber mit dem schwarzen Loch weiterleben sollen, in dem ich bisher steckte. Ich wusste es, Schaul, hab es immer gewusst, dass ich keine Fragen stellen durfte. Als die Bischara mir aus dem Kaffeesatz Dinge über meine Vergangenheit und über die Frau jenseits des Meeres sagen wollte, habe ich es ihr verboten, hab gesagt, ich wollte nichts hören. Tief drinnen ahnte ich, dass die Frau, die mich geboren hat, keine fromme Jungfer war, aber eine Engländerhure? Nicht mal in meinen schlimmsten Träumen bin ich auf diese Idee gekommen. Ich hätte nicht in das Kloster in Jerusalem gehen sollen, hätte Schwester Catherine besser nie getroffen. Hätte sie mir doch nicht den Brief, den Zettel und die Kette übergeben. Hätte sie mir doch nichts erzählt.«

»Beruhig dich, Lily, das ist nicht gut für deine Gesundheit«, versuchte Schaul zu beschwichtigen, »Als es passierte, hat sie als Animierdame an der Bar gearbeitet, das hast du selbst gesagt. Als du geboren wurdest, war sie keine Engländerhure mehr.«

»Was macht das aus, Schaul, wozu muss ich entdecken, dass ich in der Gosse entstanden bin?« Lily sah ihn schmerzerfüllt an.

»Meine liebe Lily, vergiss nicht, dass sie einem strenggläubigen Haus entstammt, einem Haus voller Gottesfurcht. Ein grausames Schicksal hat sie auf Abwege gebracht. Sie war ein gutes Mädchen, das in die Irre ging, und das Gute in ihr hat sie dir vererbt. Die Frau, die dich geboren hat, hat nicht aus niedriger Gesinnung gehandelt, sondern weil ihr nichts anderes übrig blieb. Sie hat ihre Strafe schon bekommen, nicht von dir, sondern vom Himmel. Vielleicht hat Gott tatsächlich wegen dem, was sie dir angetan hat, ihren Schoß verschlossen und sie daran gehindert, ein zweites Mal Mutter zu werden. Wer wüsste besser als du, Lily, dass es keine größere Strafe auf dieser Welt gibt, als des Rechts auf Mutterschaft beraubt zu werden.«

Lily hörte Schaul zu, erfasste den Sinn seiner guten Worte. Sie wurde ruhiger. Schaul spürte sie in seinen Armen versinken und drückte sie fester an sich. Sie atmete tief, schluchzte noch ein paarmal. Er strich ihr übers Haar und flüsterte ihr ins Ohr: »Das Geschehene lässt sich nicht rückgängig machen, Liebe. Komm, ich gebe dir eine Baldriantablette, damit du sanft schläfst, und wenn du aufwachst, fahren wir hier weg, das verspreche ich dir. Morgen oder übermorgen sind wir wieder daheim in Tel Aviv.«

Mit unendlicher Sanftheit half er ihr aus den Schuhen, zog ihr das Kleid aus und ein Nachthemd an. Behutsam umsorgte er sie wie ein Baby, dem man durch zu festes Zupacken, behüte, die Knochen brechen könnte. Er deckte sie zu und machte die Nachttischlampe aus.

Schaul setzte sich auf den Sessel und betrachtete Lily. Ihre Züge, die nach der Begegnung mit ihrer leiblichen Mutter so stürmisch erregt gewesen waren, hatten sich entspannt. Sie schlief mit leicht geöffnetem Mund, das dicke Haar fiel ihr ins Gesicht. Er strich es zur Seite und küsste sie leicht auf die Wangen. Ruh dich aus, meine geliebte und gepeinigte Frau. Morgen ist ein neuer Tag, morgen werden wir reparieren, was heute in dir zerbrochen ist. Jetzt ruh dich erst mal aus.

Elija

Das Herz ging mir über. »Was meine Mutter euch erzählt hat, ist nur ein Bruchteil der Geschichte«, sagte ich zu Eldad, als wir zwei allein waren. »Am Anfang habe ich ihr nicht geglaubt, dieser Rachel Townsend mit ihrem geschliffenen Englisch. Denn wie sollte diese Frau mit den perfekten Manieren wohl einmal Animierdame in einer von Engländern frequentierten Bar in Jerusalem gewesen sein. Noch dazu eine Engländerhure. Verstehst du, ich konnte nicht glauben, dass diese Christin, die den Weihnachtsbaum so hübsch geschmückt hatte, nichts anderes sein sollte als eine Jüdin von den Strenggläubigen in Mea Schearim.« Und aufgeregt fügte ich hinzu: »Diese fremde Frau, die in diesem Kaff in England lebt, ist die Mutter meiner Mutter, meine Großmutter.«

Eldad schloss mich in die Arme. »Wir sind Schauspieler in Gottes Theater, meine Hübsche. Er inszeniert unser Leben und schiebt uns herum wie Schachfiguren. Wer hätte eine solche Geschichte überhaupt für möglich gehalten.«

»Es ist alles meine Schuld. Schade, dass ich sie zu der Englandreise überredet habe«, sagte ich. »Sie wollte die Sache mit der Frau, die sie geboren hat, gar nicht aufrollen.«

»Du irrst«, widersprach Eldad, »sie brauchte dich als Weggefährtin in ihre Vergangenheit. Es lebt sich besser mit der Wahrheit, egal wie schlimm, als mit der Lüge. Das hast du mir selbst gesagt, meine Liebe, erinnerst du dich? Du hast mich genötigt, mich meinen Kriegserlebnissen zu stellen, die Worte auszusprechen, die mich beinahe von innen verbrannt hätten. Dadurch bin ich aus mir herausgekommen, habe mich der Welt geöffnet. Du wirst sehen, genauso wird es Lily gehen, nachdem sie nun die Wahrheit kennt. Sie wird besser leben, sogar in dem Wissen, dass ihre Mutter eine Hure war und sie selbst aus einer Vergewaltigung entstanden ist.«

Der Tag mit seinen Wendungen und Überraschungen wirkte sich aus. Ich war erledigt, und die Gedanken jagten einander ohne Ausweg. »Lass uns diesen schrecklichen Tag beenden«, sagte ich zu Eldad, »morgen früh packen wir und fahren ab. Wir wollten Gutes tun, haben aber Schlechtes bewirkt.«

»Nein«, beharrte Eldad, »wir haben nichts Schlechtes bewirkt, und ich meine, wir sollten nicht abreisen, bevor deine Mutter ihrer Mutter vergeben hat.«

»Ihr vergeben? Wie soll das gehen? Als anständiger Mensch hätte sie ihre Tochter bei sich behalten, sie aufgezogen und auch ihr ein neues Leben geschenkt, genau wie sich selbst. Aber nein, sie hat sie lieber abgegeben wie eine Bürde und vergessen. Und alles, was sie jetzt zu ihrer Rechtfertigung vorbringt, wird weder meine Mutter noch mich dazu bringen, ihr zu verzeihen.«

Eldad sah mich an und strich mir über die Wangen.

»Lass uns jetzt schlafen«, sagte ich schließlich, »wir sind beide müde. Morgen ist ein neuer Tag, beim Aufstehen werden wir klüger sein.«

»Vielleicht auch versöhnlicher«, sagte er lächelnd und schloss mich in die Arme.

Die Koffer waren schon gepackt. Ich wartete mit Schaul und Lily in ihrem Zimmer, dass Eldad mit den Fahrscheinen nach London vom Bahnhof zurückkam.

Lily saß still versunken im Sessel am Fenster, mit den Kräften am Ende, ich neben ihr auf dem Fensterbrett, mit Blick auf das wunderschöne Meer. Ohne dieses ganze Drama wäre ich gern noch ein paar Tage geblieben, um den hübschen, ruhigen Ort zu erkunden, der so anders war als Tel Aviv.

Am meisten fürchtete ich die kommenden Ereignisse. Was war, wenn Lily rückfällig wurde, wieder aggressiv und verschlossen wäre und Trost nur bei ihrem toten Baby auf dem Friedhof fände? Ich hatte Angst, all die großartigen Fortschritte der letzten Monate – die berührende Annäherung zwischen uns beiden, die neugeknüpften Beziehungen zu Opa und Oma Zoref –, könnten wieder zunichte gemacht werden. Ein Blick in das graue Gesicht meines Vaters verriet mir, dass er dasselbe dachte.

Lily

Im Kloster hat man uns gelehrt, Vergeben sei eine Bedingung für die Vergebung Gottes«, drang Lilys Stimme plötzlich in die Stille des Pensionszimmers. »Schon seit Jahren habe ich nicht mehr an den Unterricht im Kloster gedacht. Doch seit dem Treffen mit der, die mich geboren hat, höre ich im Geist wieder die Worte der Nonnen, die uns immer aufs Neue sagten: ›Zuerst muss man selbst vergeben, denn erst, wenn die Menschen einander vergeben haben, vergibt auch Gott.‹ Aber was soll ich machen, wenn ich nicht vergeben kann? Was soll ich machen, wenn ich schon lange nicht mehr an Gott glaube?«

Schaul und Elija versuchten, ihren Blick aufzufangen, aber Lily sah beim Sprechen ins Leere.

Ein leises Klopfen an der Tür unterbrach ihre Rede.

Elija ging öffnen. Zu ihrer Verblüffung stand Rachel Townsend vor ihr. Verwirrt gab Elija ihr den Weg frei, und die Besucherin trat majestätisch, auf ihren Stock gestützt, ein.

Lily konnte ihre Überraschung nicht verbergen: »Was machst du denn hier? Wie hast du uns gefunden?«

»Ich wohne in einem kleinen Ort, und nicht alle Tage kommen Touristen aus dem Land Israel hierher. Möchtest du mich nicht vorstellen?«, fragte sie mit Blick auf Schaul.

»Das ist mein Mann Schaul«, erwiderte Lily, »Schaul, das ist Rachel Townsend, die Frau, die mich geboren hat.«

»Sehr angenehm.« Schaul drückte verlegen die runzelige Hand der Frau, unsicher, ob er noch etwas sagen müsste, und betrachtete staunend die schöne Alte, die Lily verblüffend ähnlich sah.

»Was denn«, sagte Rachel, »ich sehe, die Koffer sind schon gepackt, und ihr seid abfahrbereit.«

»Ja«, bestätigte Lily, »mein künftiger Schwiegersohn ist zum Bahnhof gegangen, um die Fahrscheine zu kaufen.«

»Gut«, Rachel holte tief Luft, »ich verstehe, dass du so schnell wie möglich flüchten möchtest, aber bevor du in dein Land und in dein Leben zurückkehrst, möchte ich unter vier Augen mit dir sprechen.«

»Ich denke, wir haben alles gesagt, was es zu sagen gab.«

»Meine Tochter«, sagte die Frau, und wieder stockte Lily das Herz, »ich bin eine kranke Frau, mein Herz ist angegriffen, man gibt mir nicht mehr viele Jahre zu leben. Du hast nun schon die lange Reise hierher unternommen, willst du mich dann nicht noch einmal anhören?«

»Das werde ich tun«, antwortete Lily, »aber ich will, dass auch meine Tochter und mein Mann dich mit anhören.«

»Wie du möchtest.«

Lily bot der Frau ihren Sessel an und setzte sich auf einen Stuhl, ihr gegenüber. Elija und Schaul standen am Fenster hinter Lily, so dass sie Rachels Gesicht sehen konnten, aber nicht Lilys.

»Lily …«, begann Rachel Townsend versonnen, »obwohl ich wusste, dass ich dich nie wiedersehen würde, habe ich dir bei deiner Geburt einen Namen gegeben, nannte dich Lily nach meiner Lieblingsblume, die ich mir an dem Tag, der der glücklichste meines Lebens hätte werden sollen, ins Haar stecken wollte, am Tag der Hochzeit mit meinem Herzallerliebsten. Doch die hat nie stattgefunden. Für ihn hatte ich Eltern und Geschwister verlassen, meine ganze vertraute

Umgebung, denn ihm wollte ich nachgehen, aber mein Liebster hat mich meinem Schicksal überlassen, hat mich versetzt, allein gelassen in einer fremden Welt, die ich nicht kannte. Auf den Zettel habe ich eine weiße Lilie gezeichnet und daneben den Namen Lily geschrieben. Ich hoffte, die Nonnen würden dir den Namen geben, den ich für dich ausgesucht hatte, und der, wie ich nun mit Freuden sehe, so gut zu dir passt.

Lily«, sagte sie sanft, als streiche sie über die Buchstaben des wunderschönen Namens, den sie für ihre ausgesetzte Tochter gewählt hatte. »Seit meiner Ankunft hier hat mein Mann mir jeden Freitag einen Strauß weißer Lilien aus dem Blumengeschäft mitgebracht, und ich habe die schönen Blumen in die Vase gestellt, sie angeschaut und an dich gedacht, habe mir vorgestellt, wie du aussiehst, im Alter von einem, zwei, drei Jahren, als Kind, Mädchen, Frau, habe mich gefragt, wie dein Leben aussieht. Und geweint habe ich. Was hab ich geweint, und mein Mann verstand nicht, warum mir beim Anblick der Blumen die Tränen kamen, und so eindringlich er auch fragte, ich habe ihm keine Antwort gegeben, bis er es aufgab. Meine Schwiegermutter dachte, ich würde verrückt vor Trauer, weil Gott mir Kinder versagte. Weder sie noch er wussten, dass ich mich wegen eines Babys quälte, von dessen Existenz sie nichts ahnten. Die Zeit hat die Wunde nicht geheilt, die in meinem Herzen brennt, seit ich dich an jenem schrecklichen Tag vor dem Kloster ablegte.

Du sagst, Lily, ich hätte dein Leben auf dem Altar meines neuen Lebens geopfert. Du meinst, ich hätte auf Kosten deines Elends ein glückliches Leben geführt, aber glaub mir, meine Tochter, in meinem neuen Leben gab es keinen Tag, an dem ich nicht an dich gedacht hätte. Es gab keinen Moment des Glücks, in dem ich nicht zugleich tiefes Leid empfand, das ich mit keinem Menschen teilen konnte, auch nicht mit meinem Mann, der mir auf Erden am nächsten gestanden hat und starb, ohne mein Geheimnis zu kennen. Sein ganzes Eheleben hat er mit einer Frau verbracht, deren Traurigkeit er sich nicht erklären konnte.«

»Aber warum hast du mich nicht abgeholt, als du dein Leben geregelt hattest?«, fragte Lily schmerzerfüllt. »Warum bist du nicht gekommen, als du keine Kinder gebären konntest?«

»Lily, wenn mein Mann von deiner Existenz erfahren hätte, hätte ich ihm erzählen müssen, unter welchen Umständen du gezeugt wurdest, und das hätte er nicht ertragen.«

Nun brach Elijas Wut sich Bahn: »Aber er hat es ertragen, dass du eine Hure warst, damit konnte er leben?«

»Elija, ich bitte dich«, flüsterte Lily auf Hebräisch, »das ist zwischen ihr und mir. Misch dich nicht ein, lass mich das allein ausfechten.«

»Ich kann nachempfinden, warum deine Tochter wütend ist«, sagte Rachel, »sie hat allen Grund der Welt dazu und auch du, aber es war mein Leben, und das war ohnehin schon kompliziert genug. Mein Mann hat mich so sehr geliebt, dass er mit meiner Vergangenheit leben konnte, aber mit deiner Geschichte hätte er nicht leben können.«

»Meinst du, ich kann mit meiner Geschichte leben?«, fragte Lily kaum hörbar. »Ich könnte damit leben, dass ich der Vergewaltigung einer Frau, die eine Hure war, entsprungen bin?«

»Möge Gott dir helfen«, flüsterte Rachel Townsend, »aber das ist die Wahrheit, zu meinem Leidwesen.«

Lilys Stimme brach: »Ich weiß nicht, ob ich mit dieser Wahrheit klarkomme, ob ich dir vergeben kann.«

»Lily«, Rachel sah ihr direkt in die Augen, die so blau waren wie ihre eigenen, »du bist nicht schuld daran, dass ich blindlings einem jungen Mann nachgelaufen bin, der mein Leben zerstört, mich meiner Familie entfremdet und dann verlassen hat, so dass ich allein in der grausamen Welt zurückblieb. Du bist nicht schuld daran, dass ich den ältesten Beruf der Welt ergreifen musste, um zu überleben, du bist nicht schuld daran, dass ein betrunkener Engländer mich vergewaltigt hat, und auch nicht daran, dass ich dich den Nonnen überlassen habe. Das ist nicht deine Schuld, Lily.«

Rachel hielt kurz inne, nahm Lilys Hände, blickte ihr noch tiefer in die Augen und fuhr fort: »Das Schicksal hat sein Spiel mit dir und mir getrieben und uns unser Leben lang voneinander getrennt, meine Tochter. Die Launen des Schicksals haben mich zu der gemacht, die ich bin, und dich zu der, die du bist.«

Mutter und Tochter verstummten für eine Weile, als hätten sie einander nichts mehr zu sagen, bis Lily das Schweigen brach: »Hier, nimm«, sagte sie zu Rachel und nestelte die goldene Kette vom Hals, »sie gehört dir.«

Rachel Townsend ignorierte Lilys ausgestreckte Hand.

Die Luft in dem kleinen Raum wurde von Minute zu Minute stickiger. Außer den schweren Atemzügen der Anwesenden war kein Laut zu hören. Trotz des stürmischen Wetters riss Elija das Fenster weit auf. Eisiger Wind wehte herein und fegte die spannungsgeladene Stubenluft mit hinaus. Draußen heulte eine Sirene, zwei Vögel landeten auf dem Fenstersims und reckten die Schnäbel ins Zimmer, um sich aufzuwärmen.

Und dann, nach einer gefühlten Ewigkeit, als kaum noch Luft zum Atmen blieb und alle vier Herzen heftig pochten, erklang aus der Stille Rachel Townsends schwebende Stimme: »Meine Tochter, das menschliche Leben besteht aus drei Teilen: Gestern, Heute und Morgen. Das ist die Basis unseres Erdenlebens. Das Gestern können wir nicht ändern, und deshalb bleibt uns nichts anderes übrig, als das Heute zu leben und für das Morgen zu beten. Ich werde dir die Kette nicht abnehmen, meine Tochter, sie gehört dir von Geburt an. Ich habe dir dieses Kettchen angelegt, damit derjenige, der dich fand, wissen sollte, dass du nicht ohne Identität bist. Du bist eine Jüdin, so wie die, die dich geboren hat, Jüdin war.«

Erst Minuten später erklang Lilys Stimme still und leise und tränenerstickt: »Ich will die Kette nicht, sie soll mich nicht daran erinnern, dass ich dir geboren wurde. Von Geburt an spüre ich, dass ich für eine Sünde bezahle, die ich nicht begangen habe, für etwas in meinem Schicksal, in meiner Vergangenheit, von dem ich keine Ahnung hatte. Jetzt verstehe ich: Ich büße für die Sünde meiner leiblichen Mutter, für deine Sünde. Ich habe mit schrecklichem Schmerz bezahlt, mit dem Tod meines Kindes, damit, dass ich meinem Mann, der mir ein Heim gegeben hat, das Leben vergällt habe, und damit, dass ich beinahe das Leben meiner Tochter zerstört hätte. Ohne ihre Herzensgüte hätte ich die Gelegenheit verpasst, die Liebe einer Mutter zu ihrer Tochter zu empfinden und die Liebe der Tochter zu ihrer Mutter zu spüren, genauso wie wir beiden dies verpasst haben. Beinah hätte ich dein und mein Schicksal auf mich und meine Tochter übertragen. Das ist der Preis, den ich dafür bezahlt habe, dass ich ohne eigene Schuld einer Mutter geboren wurde, die mich meinem Schicksal überlassen hat, und dafür gibt es keine Vergebung.«

Schaul, der bisher geschwiegen hatte, ging auf Lily zu, nahm ihr Gesicht in beide Hände, küsste ihre Augen und flüsterte ihr ins Ohr: »Vergib, Lily. Vergib, meine Liebste. Verzeih nicht ihretwegen, sondern deinetwegen. ›Denn dem Menschen ist es verboten, grausam zu sein und sich nicht zu versöhnen zu der Stunde, da der Sünder ihn von ganzem Herzen und aus voller Seele um Verzeihung bittet, selbst wenn er ihm großes Leid zugefügt und viel an ihm gesündigt hat‹, lehrt Maimonides. Schau dir unser Leben an, meine liebe

Lily, das Zuhause, das wir aufgebaut haben, unsere Tochter, die über dich wacht. Ihr habt doch erst wieder zueinander gefunden, als Elija in ihrem Herzen die Kraft fand, dir zu verzeihen, und erst als sie dir verzieh, ist dein Herz für sie aufgegangen. Vergib ihr, damit wir nach Tel Aviv heimkehren und unser Leben fortsetzen können.«

Lilys Augen füllten sich mit Tränen, und sie sank in Schauls Arme, ihr Oberkörper zuckte im Takt ihres Schluchzens, und er hielt sie fest. Sie wusste, diese Arme würden sie immer halten, immer stützen, nie fallenlassen.

Elija

Ich sah meine Eltern eng umschlungen, lauschte ergriffen den vernünftigen Worten meines Vaters, las die Körpersprache meiner Mutter. Dann wandte ich den Blick zu der Frau, die meine Großmutter war. Auch sie verfolgte staunend die berührende Liebesszene, die sich vor ihren Augen abspielte. Wie konnte diese Frau fast fünfzig Jahre lang ein so dunkles Geheimnis aus ihrer Vergangenheit mit sich herumschleppen, dachte ich. Wieso hatte sie sich nie verplappert, niemals ein Wort verloren, das ihr Geheimnis verraten hätte. Wieso war sie in all den Jahren, die sie in England lebte, keinem einzigen Menschen aus ihrer Vergangenheit begegnet, bis wir, ihre Tochter und ihre Enkelin, auftauchten.

Und plötzlich bekam ich Erbarmen mit dieser fremden Frau, die meine Großmutter war. Erstmals seit Beginn unserer Begegnung schlug die Fremdheit in Nähe um. Zum ersten Mal sah ich Rachel Townsend, auf ihren Stock gelehnt, an, und sie war nicht mehr die böse Frau, die Lily ausgesetzt hatte, sondern meine Oma, die aufgrund ihrer furchtbaren Lebensgeschichte eine Tat begangen hatte, die vom Schicksal für sie auserkoren war. Ich dachte an ihre unglückselige Entscheidung, meine Mutter auszusetzen, um sie dadurch vermeintlich vor einem Leben in Armut, Schmach und Not zu bewahren. Und für einen kurzen Moment fühlte ich mit ihr.

Unglaublich, wie Bluts- und Schicksalsbande uns verbinden, dachte ich, wie das Schicksal meiner Großmutter auf das meiner Mutter eingewirkt hat und das meiner Mutter wiederum auf meines. Wie diese Frau, die ich vorher nie gesehen oder gar gekannt habe, so tief in mir steckt, und wie unser Leben, ohne unser Zutun, miteinander verquickt ist, so dass wir ein und dasselbe Schicksal teilen, ob wir wollen oder nicht.

Unwillkürlich sagte ich: »Vergib, Mama, vergib, damit dieser Schmerz aufhört, der dir keine Ruhe lässt, damit du wieder atmen kannst.«

»Nur wer vergeben kann, weiß auch zu lieben«, erklang plötzlich Eldads Stimme.

Im Raum herrschte solche Anspannung, und wir waren derart auf das Geschehen fixiert, dass wir gar nicht bemerkt hatten, dass Eldad vom Bahnhof zurückgekehrt war, in der Zimmertür stand und staunend die Szene betrachtete: Eine alte Frau, die so aussah, wie er sich Lily in zwanzig und mich in vierzig Jahren vorstellte, saß aufrecht in dem Sessel, den Stock in der Hand, Lily lag bitterlich weinend in Schauls Armen, und ich umschlang sie beide.

»Und wir«, fuhr er leise fort, »wir alle haben schon bewiesen, dass wir zu vergeben und zu lieben wissen.«

Mein Liebster, dankte ich im stillen Herzen wieder dem Meer, das mir am schlimmsten Tag meines Lebens meinen Schutzengel beschert hatte: Eldad, der dem Meer entstiegen war und mich gerettet hatte – wie mein Vater meine Mutter, wie der englische Offizier Stuart Townsend meine Großmutter. Eldad, der mich wieder zur Vernunft brachte, wie mein Vater über die Vernunft meiner Mutter wachte und wie Stuart Townsend einst über die Vernunft meiner Großmutter. Und als hätte eine verborgene Hand meine so lange versiegelten Tränensäcke freigegeben, sprudelten sie nun über, und es waren Freudentränen, Tränen der Rührung, Tränen der Liebe zu Eldad, zu meiner Mutter, zu meinem Vater und sogar zu meiner Großmutter.

Selbst in meinen geheimsten Gebeten hatte ich nicht zu erbitten oder zu erträumen gewagt, was nun geschah: Meine Mutter und ich fielen einander um den Hals und weinten hemmungslos, ließen unsere Tränen ineinanderfließen.

Schließlich beruhigten wir uns wieder, und in die Stille nach der starken Erregung sprach Rachel Townsend aus Teignmouth, die sich einen Augenblick wieder anhörte wie Rochel aus Mea Schearim, in das alte aschkenasische Hebräisch der Strenggläubigen verfiel, das sie wohl aus ihrer Kindheit in Erinnerung hatte: »Heute hat der Heilige, gelobt sei er, mich für all das Unrecht entschädigt, mit dem er mich mein Leben lang so reichlich überhäufte, heute hat der Ewige im Himmel mir meine Sünden vergeben und euch an meine Schwelle geleitet, dich, meine Tochter, und dich, meine Enkelin. Der Höchste droben hat entschieden, dass das Maß unserer Leiden nun voll ist, dass es genug ist mit meinen Leiden wegen der Sünde, die ich an dir begangen habe, mit deinen Leiden wegen einer Sünde, die du nicht begangen hast, und mit Elijas Leiden wegen der Blutsverwandtschaft, die uns drei verbindet.«

Ich meinte, uralte Worte zu hören, versuchte, sie mir zu merken und wie kostbare Perlen zu bewahren.

»Es war mir nicht vergönnt, dich aufzuziehen, meine Tochter. Ich habe dich nicht vom Kind zur Frau heranwachsen sehen, dich nicht unter den Hochzeitsbaldachin geleitet, dir nicht beigestanden, als du deine Tochter zur Welt brachtest, aber auch wenn du mich nie wiedersehen willst, wird kein Mensch dich von mir trennen. Bis zum Tod werde ich diesen Tag in Erinnerung behalten. Ich danke dir, meine Tochter, aus tiefstem Herzen, dass du eigens nach England gereist bist, um mich zu finden. Ich danke dir, dass du mir, kurz bevor ich meine Seele dem Schöpfer zurückgebe, die große Freude beschert hast, dich kennenzulernen und auch meine Enkelin und deine Familie.

Ich wage nicht, um ein Wiedersehen zu bitten, aber bevor wir Abschied nehmen und wieder getrennte Wege gehen, erfülle mir einen letzten Wunsch: Behalte die Kette. Als ich sie an deinen kleinen Körper heftete, küsste ich den Davidstern und bat ihn, dich zu beschützen, und erst dann wickelte ich dich in die warme Decke. Mein Gebet ist erhört worden. Da bist du heil und gesund mit deinem Mann, deiner Tochter und deinem zukünftigen Schwiegersohn, bist schöner als ich es mir vorstellen konnte. Der Davidstern hat dich beschützt. Bitte, meine Tochter, lass das Goldkettchen an deinem Hals. Als ich es dir anlegte, war ich eine junge Jüdin aus Jerusalem. Als ich meinen Wurzeln entfloh, wurde ich meinem Glauben und meinem Gott untreu und entschied mich für einen anderen Gott und eine neue Identität. Heute, da du zu mir zurückgekehrt bist, kehre vielleicht auch ich zu meinem Gott und zu meinem Volk zurück.«

Lily zog die ausgestreckte Hand mit dem Kettchen zurück, legte es jedoch nicht sich um, sondern mir.

Überrascht betastete ich den Anhänger, fuhr sanft die vier Buchstaben des Wortes Zion nach, führte den Davidstern an die Lippen und küsste ihn. Ergriffen blickte ich meine Mutter und meine Großmutter an, konnte das Wunder kaum glauben, das sich da entfaltete. In der Ferne tutete ein auslaufendes Schiff, ein leichter Windzug wehte durchs offene Fenster herein und kühlte ein wenig die aufgeheizte Luft im Raum, und dann ertönte Lilys Stimme leise und weich in der Stille: »Das ist die Kette der Generationen«, sie deutete auf das Goldkettchen an meinem Hals, »du, meine leibliche

Mutter, hast sie mir bei meiner Geburt angelegt, jetzt schenke ich sie dir, meine Tochter, und zu gegebener Zeit wirst du sie deiner künftigen Tochter umlegen und sie wiederum ihrer Tochter. So wird die goldene Kette, die ich von meiner Mutter vor dem Kloster in Jerusalem erhielt, in unserer Familie von Generation zu Generation weitergereicht werden wie eine Verbindungsschnur, denn uns alle verbinden ja Bande von Blut und Tränen.«

Sie drückte mich ans Herz und küsste mich. Dann trat sie zu der Frau, die ihre Mutter war, Rochel aus Mea Schearim in Jerusalem, kniete vor ihrem Sessel nieder und küsste ihre faltige Hand. Sie sah ihr in die tränennassen Augen und sagte zum ersten Mal in ihrem Leben das Wort, das sie noch nie über die Lippen gebracht, nach dem sie sich aber ihr Leben lang gesehnt hatte: »Mama.«

Danksagung

Das Meeresblau von Tel Aviv ist in Einsamkeit entstanden. Während des Schreibens bin ich tief abgetaucht, ohne den Kopf aus dem Wasser zu heben.

Anders als bei meinem vorigen Roman, der *Schönheitskönigin von Jerusalem*, hatte ich nicht das Bedürfnis, mich zu unterhalten, zu beraten oder jemanden außer meinen Lektoren am Schreibvorgang zu beteiligen.

Trotzdem führe ich ja kein Einsiedlerdasein, und in all den Entstehungsjahren dieses Buches erfuhr ich die Unterstützung, Liebe und Nachsicht so vieler Menschen, dass der Platz nicht ausreicht, sie alle zu erwähnen.

An erster Stelle steht meine liebe Freundin, der Kompass, an dem ich mich ausrichte, Raya Strauss Ben Dror, Geschäftsfrau, Philanthropin, Bürgeraktivistin, wahre Freundin mit großer Seele. Danke Raya, dass du an meinem Leben teilnimmst. Ich liebe dich.

Aus tiefstem Herzen danke ich meinem Verlag Modan, der mir von meinem ersten Buch an ein Zuhause geboten hat. Danke, Shula, Oded und vor allem dir, liebe Ronny, für das Vertrauen, die Unterstützung, das Feingefühl und für die Schulter zum Anlehnen, die du mir bist, wenn ich sie brauche.

Danke dem ganzen wundervollen Modan-Team, das dieses Buch auf den Weg gebracht hat, der Cheflektorin Keren

Uri sowie Abigail Kantorovich, Ronit Mani und Dikla Benano.

Und am meisten danke ich meinen großartigen und begnadeten Lektoren: Shimon Riklin, der mich seit *Die Schönheitskönigin von Jerusalem* begleitet (dort gemeinsam mit Michal Heruti), ein sympathischer, sensibler, feinsinniger Mann, dessen Umgangsformen nicht von dieser Welt sind, und Yaara Shechori, eine innerlich und äußerlich schöne Frau, die sich in Krisenzeiten dazugesellte, mich aufrüttelte und wieder auf die richtige Bahn brachte.

Dank meinem charmanten Agenten Arik und den tollen Mitarbeitern der Kneller Artists Agency, vor allem Maggi Aloni Moraiti und Avi Shemesh.

Vielen Dank an Nilli Cohen vom Institute for the Translation of Hebrew Literature für die großartige Arbeit an der *Schönheitskönigin von Jerusalem*, mit deren Hilfe das Buch in viele Sprachen übersetzt wurde und Kontinente und Zeiten überwand. Ich hoffe, die gute Zusammenarbeit wird auch mit *Das Meeresblau von Tel Aviv* weitergehen.

Dank meinen Freunden vom philanthropischen Aktionsteam Otzrot Hagalil: Tal Freiman, Noa Eyal, Yarden Oz, Nadav Arbel, Orna Don, Sigal Ben Dror und Uri Ginosar. Ihr seid viel mehr als Kollegen und Weggenossen, sehr viel mehr.

Dank dem Mann, der mich inspiriert und der stets mein erster Leser ist: Shmuel Ben Dror.

Dank dem Kreis wunderbarer Freundinnen, die mich umgeben und mit Liebe und Geduld meine Macken und Launen ertragen: Chava Levy, Rocheleh Kerstein, Yafa Entabi, Katty Zozovsky und Kami Wahabi.

Danke, danke, danke meiner Journalistinnen-Clique, deren Mitglieder nicht nur Kolleginnen, sondern auch wahre Freundinnen sind. Jeder ihrer Ratschläge ist Gold wert:

Miriam »Mitz« Kotz, Neria Barr und Ariella Aflallo, die ganz und gar Seele ist.

Und meinen Lieben:

Raffi, Alon, Chava, Zahava, Ronen, Daphna, Shlomit, Tam, Lihi und auch Tom und Noa sowie Yali, den ich auf der Welt am meisten schätze, und du weißt, warum.

Und zu guter Letzt, aber immer an erster Stelle in meinem Herzen:

Meine geliebten Kinder Maya, Dan und Uri.

Und jeden Morgen und jeden Abend danke ich denen, die einen besseren Menschen aus mir machen: Leo und Anna, die mein Leben erleuchten.

Jana Revedin
Margherita
Roman
300 Seiten. Gebunden mit Schutzumschlag
ISBN 978-3-351-03830-4
Auch als E-Book erhältlich

Für Peggy Guggenheim war sie die First Lady Venedigs

1920: Die fünfundzwanzigjährige Margherita, die in ihrem Heimatstädtchen Treviso die Zeitungen austrägt, wird durch die Heirat mit dem venezianischen Adeligen Antonio Revedin in ein neues Leben katapultiert und in kürzester Zeit zur First Lady Venedigs: Eine frühe Jaqueline Kennedy, eine frühe Grace Kelly – außergewöhnliche Frauen, die sich so talentiert wie hoffnungsvoll in eine Rolle einschreiben, die ihnen bald zum Drama gerät.
Margheritas kometenhafter Aufstieg verwebt sich mit dem der Lagunenstadt: eine Handvoll engagierter Unternehmer und Aristokraten erfindet hier gerade den exklusivsten Kur-, Kultur- und Naturtourismus der damaligen Welt und setzt ihn am Lidostrand und den Biennalegärten um.
Keine hochwohlgeborene Nobildonna, entspricht Margherita dem neuen Typ der emanzipierten, natürlich schönen Frau der 1920er Jahre genau und schart die größten Künstler, Couturiers, Dichter und Denker der Pariser und New Yorker Avant Garde um sich.

Regelmäßige Informationen erhalten Sie über unseren Newsletter. Jetzt anmelden unter: www.aufbau-verlag.de/newsletter

aufbau